पेंगुइन स्वदेश
सत्य के प्रयोग

मोहनदास करमचंद गांधी भारतीय स्वतंत्रता आंदोलन के एक प्रमुख राजनैतिक एवं आध्यात्मिक नेता थे। उनका जन्म 2 अक्टूबर 1869 को वर्तमान गुजरात राज्य के पोरबंदर जिले के मध्यमवर्गीय परिवार में हुआ था। उनके पिता का नाम करमचंद गाँधी एवं उनकी माता का नाम पुतलीबाई था। वे अपने तीन भाइयों में सबसे छोटे थे। 13 वर्ष की आयु में उनका विवाह कस्तूरबा से हुआ। गांधी ने लंदन में कानून की पढ़ाई की और 1891 में भारत लौटकर वकालत शुरू की। 1893 में वे दक्षिण अफ्रीका में कानूनी कार्य करने के अनुबंध पर गए। उस समय दक्षिण अफ्रीका पर ब्रिटिश नियंत्रण था। जब उन्होंने अपने अधिकारों का दावा करना चाहा तो उनके साथ दुर्व्यवहार किया गया, और जल्द ही उन्हें पता चला कि सभी भारतीयों के साथ ऐसा ही व्यवहार होता है। गांधी 21 वर्षों तक दक्षिण अफ्रीका में रहे और भारतीयों के अधिकारों के लिए संघर्ष करते रहे। उन्होंने साहस, अहिंसा और सत्य के सिद्धांतों पर आधारित एक कार्यपद्धति विकसित की, जिसे सत्याग्रह कहा गया। 1915 में गांधी भारत लौटे। 15 वर्षों के भीतर वे भारतीय राष्ट्रवादी आंदोलन के नेता बन गए। सत्याग्रह के सिद्धांतों का उपयोग करते हुए उन्होंने ब्रिटेन से भारत की स्वतंत्रता के अभियान का नेतृत्व किया। वे कई बार गिरफ्तार किए गए। उनका मानना था कि किसी न्यायपूर्ण कारण के लिए जेल जाना सम्मानजनक है। उन्होंने कई बार लोगों को अहिंसा की आवश्यकता का एहसास कराने के लिए उपवास किया। गांधी ने अहिंसक प्रतिरोध के माध्यम से भारतीय जनता को ब्रिटिश शासन से मुक्त कराने में मदद की और भारतीय उन्हें राष्ट्रपिता के रूप में सम्मानित करते हैं। 30 जनवरी 1948 को एक कट्टरपंथी ने उनकी हत्या कर दी।

मोहनदास करमचंद

गांधी

आत्मकथा

सत्य के प्रयोग

भूमिका : आलोक बाजपेयी

पेंगुइन स्वदेश
पेंगुइन रैंडम हाउस इंप्रिंट

पेंगुइन स्वदेश

पेंगुइन स्वदेश, पेंगुइन रैंडम हाउस ग्रुप ऑफ़ कंपनीज़ का हिस्सा है,
जिसका पता global.penguinrandomhouse.com पर मिलेगा

पेंगुइन रैंडम हाउस इंडिया प्रा.लि.
चौथी मंज़िल, कैपिटल टावर 1, एमजी रोड,
गुरुग्राम 122002, हरियाणा, भारत

पेंगुइन
रैंडम हाउस
इंडिया

प्रथम हिंदी संस्करण हिंद पॉकेट बुक्स द्वारा 2015 में प्रकाशित
यह हिंदी संस्करण पेंगुइन स्वदेश में पेंगुइन रैंडम हाउस द्वारा 2026 में प्रकाशित

10 9 8 7 6 5 4 3

यह पुस्तक एक नॉन-फ़िक्शन कृति है। पुस्तक में व्यक्त किए गए विचार केवल लेखक के हैं और किसी अन्य व्यक्ति के विचारों और राय को प्रतिबिंबित या प्रतिनिधित्व नहीं करते हैं।

ISBN 9789353492892

टाइपसेटिंग : डीजीअल्ट्राबुक्स प्रा. लि., नई दिल्ली
मुद्रक: गोपसंस पेपर्स प्राईवेट लिमिटेड, नोएडा

www.penguin.co.in

FSC
www.fsc.org
MIX
Paper | Supporting responsible forestry
FSC® C191020

विषय-सूची

दूसरा भाग

तीसरा भाग

चौथा भाग

पाँचवाँ भाग

भूमिका

महात्मा की आत्मकथा आपके हाथों में है। यकीन मानिए, अगर आप इसे पढ़ना शुरू करेंगे तो उसी पल से आपकी सोच और ज़िंदगी को देखने समझने की दिशा में थोड़ी-सी तब्दीली भी आने ही लगेगी। चाहे आप महात्मा गांधी के मुरीद हों या उन्हें कोसने वाले! गांधी को इससे अपने जीवन काल में भी खास फरक नहीं पड़ता था क्योंकि वह न तो अपनी तारीफ होने पर या निहित स्वार्थी तत्वों द्वारा चापलूसी करने पर लहालोट हो जाते थे और न ही किसी के द्वारा निंदा या अपशब्द पाने पर दुखी या क्रोधित हो जाते थे। गीता उनकी सबसे प्रिय किताबों में थी और मान सम्मान, पद-प्रतिष्ठा की चाह से परे जाकर 'स्थितिप्रज्ञ' होकर कर्मरत रहना वह उस किताब से-सीख चुके थे। इसलिए अगर आप गांधी के कटु आलोचक भी हों और उन्हें 'बदनाम' करने के अभियान से खुश होते हों, तो भी आपको यह किताब निराश नहीं करेगी।

फिर भी, जब आप यह किताब पढ़ना शुरू करने वाले हैं तो कुछ तथ्य तो आपको मानने ही पड़ेगें जिन्हें कोई भी झुठला नहीं सकता। आपके हाथ में एक ऐसी किताब है जो दुनिया की शायद सबसे ज़्यादा पढ़ी जाने वाली आत्मकथाओं में से है। केवल पढ़ी जाने वाली ही नहीं बल्कि दुनिया भर के लोगों को प्रभावित कर सकने की क्षमता वाली भी। मूल गुजराती भाषा में लिखी इस आत्मकथा का अनुवाद भारत की लगभग हर भाषा में तो हुआ ही है बल्कि दुनिया की लगभग हर प्रमुख भाषा (तीस से ज़्यादा) में भी छप चुकी है। आपको यह भी मानना ही होगा कि आप एक ऐसे इंसान की ज़िंदगी के बारे में खुद उसकी कलम से जानना शुरू करने वाले हैं जिसका नाम भर ही सारी दुनिया में किसी परिचय का मोहताज नहीं है, जिसके नाम पर दुनिया भर के शहरों में सड़के हों, मूर्तियाँ लगी हों, जो दुनिया भर के हर ठीक-ठाक विश्वविद्यालय में किसी न किसी रूप में पढ़ाया जाता हो, दुनिया भर के पुस्तकालयों में जिनकी और जिन पर लिखी किताबों का एक अलग सेक्शन 'गांधियाना' बनाया गया हो। आपको यह भी

पता ही होगा (होना चाहिए) कि दुनिया भर में जहाँ कहीं मनुष्यता, मानवता, प्रेम, करुणा और किसी अच्छाई का जिक्र होता है तो उसमें महात्मा गांधी का नाम किसी न किसी रूप में जुड़ ही जाता है। दुनिया भर में जहाँ पर भी लोग अन्याय, शोषण, अत्याचार, भेदभाव, हिंसा और बुराइयों के खिलाफ खड़े होते हैं, संघर्ष करते हैं, वे महात्मा गांधी को अपनी प्रेरणा में जरूर रखते हैं। यह सब तब है जब गांधी किसी संवैधानिक प्रशासनिक पद पर नहीं रहे कि अपने प्रचार का डंका प्रायोजित तरीके से पूरी दुनिया में कराते फिरे हों। उनके जीवन काल में अमेरिका सहित दुनिया के तमाम देशों से उनके लिए बुलावे आते थे लेकिन गांधी ने हमेशा यह कहकर मना कर दिया कि मेरी कर्मभूमि तो भारत है और मेरे पास अपने भारत के काम को छोड़कर जाने का समय ही नहीं है। वह विदेश यात्रा के शौकीन राजनेता नहीं थे। इंग्लैंड में वकालत की पढ़ाई और फिर दक्षिण अफ्रीका के अपने लंबे प्रवास के बाद 1915 में जब से उन्होंने भारत की धरती पर कदम रखा, तब से केवल एक बार अपने ही देशवासियों के काम के लिए और ब्रिटिश साम्राज्यवाद की चालों को पछाड़ने के लिए भारतीय राष्ट्रीय कांग्रेस के प्रतिनिधि के रूप में कुछ महीनों के लिए इंग्लैंड गए थे। फिर भी गांधी के कार्यों, उनके विचारों की खुशबू पूरी दुनिया में कुछ इस तरह फैली कि वह आधुनिक काल में बेजोड़ है। अगर हमारे देश की सारी दुनिया को कोई एक देन कहनी हो तो वह महात्मा गांधी ही हो सकते हैं। अगर दुनिया में भारत राष्ट्र की इज्ज़त के प्रति आप थोड़ा भी संजीदा होंगे तो आपका उन्हें भारत की आन-बान और शान कहना अतिशयोक्ति न लगेगा। भले ही गांधी को लेकर आपकी तमाम शक-सुबहें हों, मन में एक खीज हो, लेकिन मेरी एक बात याद रखिएगा कि गांधी अपनी आत्मकथा के रास्ते आपमें गहरे उतर जाएँगे और आप अब गांधी से पीछा नहीं छुड़ा पाएँगे। फिल्म 'लगे रहो मुन्ना भाई' आपको ध्यान ही होगी।

सबसे पहले कुछ बातें इस हिंदी आत्मकथा पर। गांधी को हिंदी में पढ़ने का एक अलग ही सुख या मज़ा है। खासकर गांधी का वह लेखन जो उनके जीवन में ही हिंदी में अनूदित हुआ हो। इसका एक कारण तो यह है कि भारतीय राष्ट्रीय आंदोलन के समय में गांधी द्वारा जिस हिंदी को देश भर में फैलाने की पैरवी हुई और बाकायदा काका कालेलकर और अन्य हिंदी प्रेमियों द्वारा जिसके लिए अथक मेहनत की गई, वह आज के लेखकों, साहित्यकारों की हिंदी से थोड़ा अलग थी। वह हिंदी वास्तव में बोलचाल की भाषा हिंदुस्तानी थी जिसमें हिंदी उर्दू मिली जुली

रहती थी और दूसरी तमाम लोक भाषाओं के मुहावरे और अंदाज़ घुले रहते थे। उस हिंदुस्तानी भाषा का प्रचार-प्रसार हमारे राष्ट्रीय आंदोलन के पहरुओं ने बिना सरकारी तंत्र के एक राष्ट्रीय एकता की भावना से किया था जिसमें ज़ोर जबरदस्ती और बनावटीपन नहीं था। गांधीवन के किसी भी क्षेत्र में आडंबर, कृत्रिमता, दिखावेपन से दूर थे तो भाषा के मामले में भी उनका यही मानना था कि भाषा तो केवल संवाद का, अपने खयाल रखने का एक जरिया भर है, उसे कठिन क्यों बनाना। तो, गांधी के जीवनकाल में उनके लिखे का जो हिंदी में अनुवाद किया गया, एक तो वह खुद उस पर पैनी निगाह रखते थे, दूसरे वैसे भी उन दिनों वही आम बोलचाल की जुबान लिखी जाती थी जो देश भर में बोली समझी जाती थी। हिंदी के सबसे प्रसिद्ध लेखक प्रेमचंद उस हिंदुस्तानी के सबसे माकूल उदाहरण हैं। गांधी की आत्मकथा टुकड़ों-टुकड़ों में उनके अपने अख़बार नवजीवन में 1925 से छपना शुरू हुई जो उन्होंने मूलतः गुजराती में लिखी थी। उसके साथ ही उसका अनुवाद अंग्रेज़ी और (हिंदी) हिंदुस्तानी में होने लगा था। उनकी आत्मकथा का हिंदी में अनुवाद का श्रेय काशीनाथ त्रिवेदी को जाता है यद्यपि गूगल से लगाकर बहुत से लोग हिंदी अनुवाद का श्रेय उनके सचिव महादेव देसाई को देते हैं जो कि गलती है। आत्मकथा के अनुवादक काशीनाथ त्रिवेदी महात्मा गांधी के करीबी सिपहसालारों में थे और उनके अखबारों के संपादकों में शुमार थे। संपूर्ण गांधी वाङ्मय से पता चलता है कि वह निजी स्तर पर भी गांधी से जुड़े थे। काशीनाथ त्रिवेदी और उनकी पत्नी कलावती त्रिवेदी का नाम गांधी वाङ्मय में लिखित रूप से 80 बार से ज़्यादा आया है और उनका आपसी पत्राचार भी गांधी के साथ खूब हुआ। यह सब बताने का कारण यह है कि हिंदी में अनूदित इस आत्मकथा को लेकर पाठक के मन में कोई हीनभावना न रहे कि वह गुजराती में लिखी मूल किताब या अंग्रेज़ी वाली 'माय एक्सपेरिमेंट्स विद ट्रुथ' नहीं पढ़ पा रहा। यह अनुवाद लगभग उसी हिंदुस्तानी में हुआ है जिसके गांधी हिमायती थे और खुद भी इस्तेमाल करते थे। यह सब बताने की एक दूसरी वजह भी है। भीखू पारिक और त्रिदीप सुहृद प्रसिद्ध गांधी अध्ययन कर्ता और लेखक हैं। उनका मानना है कि गांधी को अच्छे से समझने के लिए उन्हें मूल गुजराती में जरूर पढ़ना चाहिए क्योंकि उनके लेखन का जो अंग्रेज़ी अनुवाद है उसे पढ़कर 'वास्तविक' गांधी कहीं छूट जाते हैं। उनका यह गुजराती आग्रह एक मायने में तो सही लग सकता है कि किसी भी व्यक्ति को उसकी मातृभाषा में जानकर ही हम उसके व्यक्तित्व के

बारे में बेहतर अंदाजा लगा सकते हैं। लेकिन उनका यह आग्रह गांधी के बारे में कितना सटीक है इस पर मुझे संशय है। इस सलाह की व्यावहारिकता भी संदिग्ध है। गांधी सारी दुनिया में पढ़े समझे जाते हैं। क्या हम दुनिया भर को यह सलाह दे सकते हैं। अगर गांधी के खुद के नजरिए से देखें तो गांधी ने कभी स्वयं किसी को ऐसी सलाह दी हो कि मुझे समझने के लिए मेरा गुजराती लेखन ही प्रामाणिक है, ऐसा कोई दृष्टांत समग्र गांधी वाङ्मय में नहीं मिलता। हाँ, कभी-कभी किसी शब्द विशेष के अर्थ के लिए निजी पत्राचार में गांधी यह समझाते दिखते हैं कि वह शब्द गुजराती में लिखते समय उनके मन में क्या भाव था। फिर पाठक को यह भी ध्यान रखना चाहिए कि गुजराती भाषा और हिंदी भाषा में बहुत-सी समानताएँ हैं और गांधी की आत्मकथा या अन्य उनका प्रमाणित लेखन जो उनके जीवन काल में हिंदी में आया, उस पर गांधी खुद निगाह रखते थे। इसलिए मेरा साफ मानना है कि हिंदी आत्मकथा या नवजीवन प्रेस, अहमदाबाद से जो प्रचुर गांधी साहित्य हिंदी में छपा है, वह लगभग उतना ही प्रामाणिक और रसपूर्ण है जितना गुजराती आत्मकथा या गांधी का अन्य लेखन। इसका एक कारण जैसा कि ऊपर लिखा है, गुजराती और हिंदुस्तानी भाषा में रवानगी और जीवन रस से सराबोर होना भी बहुत साम्य रखता है। गांधी स्वयं भी जीवन रस की जीवंतता, गर्मजोशी और मानवीय संवेदनाओं से भरे हुए इंसान थे और साथ ही एक संजीदगी, समझदारी और गरिमापूर्ण व्यक्तित्व के धनी थे, इसलिए उनकी भाषा में एक ईमानदारी, पारदर्शिता, सच्चाई और शब्दांडबर-हीनता मिलती है। आत्मकथा गांधी की भाषा और उनकी शख्सियत की बहुत नुमाइंदगी करती है कि पाठक उनकी जीवन गंगा में उनके साथ बहता चला जाता है। गांधी मानते थे कि सत्य का पालन भाषा के स्तर पर करना सबसे कठिन और सबसे जरूरी है। किसी घटना के बारे में बताते हुए उसे बढ़ा-चढ़ाकर पेश करना भी असत्य है। अतिशयोक्तिपूर्ण वर्णन असत्य का संचार करता है। गांधी, जैसे हीरे-जवाहरात, सोना-चांदी को पहनना एक आडंबरपूर्ण जीवन में होना मनाते थे और जीवन में सादगी, सहजता के हिमायती थे, उसी तरह भाषा में भी उन्हें-सीधे-सादे तरीके से अपनी बात रखना पसंद था। कठिन भाषा वास्तव में अपने विचारों के प्रति अस्पष्टता से पैदा होती है जो कि मात्र शब्दों से आतंकित करने की प्रवृत्ति होती है। गांधी की लेखन शैली और भाषा के इस पहलू पर अलग से ध्यान देने की जरूरत है, खासकर उन लोगों को जो लिखने-पढ़ने में लगे हों।

इसके अलावा, गांधी के लिखे को पढ़ते हुए एक बात जरूर याद रखनी चाहिए जो सलाह के रूप में उन्होंने खुद अपने लेखन के द्वारा ही उन्हें समझने की कोशिश करने वालों को दी थी। उन्होंने साफ-साफ कहा, मेरा जीवन ही मेरा संदेश है। इसलिए गांधी को समझने के लिए उनके लिखे के साथ-साथ उनके कार्य जरूर ध्यान रखने चाहिए। वह स्वयं किसी को उसकी भाषा की बजाय उसके कार्यों से मापना ज़्यादा पसंद करते थे। खुद के लिए भी उनका यही पैमाना था। आत्मकथा पढ़ते हुए आपका ध्यान लगातार गांधी के कार्यों पर रहेगा ही रहेगा। गांधी ने अपने विचार 'कर्म' की प्रयोगशाला में ही कसे और इसीलिए आप उनकी आत्मकथा में गांधी के जीवन के कदमों, कर्मों, तमाम विकल्पों के बीच चयन के हजारों दृष्टांत पाएँगे जिन्हें उन्होंने अपने खास अंदाज़ में 'सत्य के साथ मेरे प्रयोग' कहा है। इसी संदर्भ में यह भी देखना दिलचस्प है कि गांधी की आत्मकथा जब उनके ही जीवन काल में उर्दू भाषा में छपी तो उन्होंने उसका शीर्षक 'तलाश-ए-हक' रखा। अगर 'सत्य के साथ मेरे प्रयोग' को 'तलाश-ए-हक' के समानार्थी रखकर हम आत्मकथा के मर्म तक पहुँचना चाहें तो गांधी की जीवन यात्रा का जो कर्मशीलता का पहलू है उसका अर्थ और ज़्यादा विस्तार से प्रामाणिक ढंग से खुलता जाता है।

एक सवाल जरूर पूछा जाना चाहिए कि गांधी ने अपनी ज़िंदगी का ब्यौरा क्यों उजागर किया? उन्होंने आत्मकथा लिखी क्यों? उन्होंने इसमें अपने बचपन से लेकर 1921 तक के तमाम ऐसे-ऐसे ब्यौरे दिए हैं जो कि ज़्यादातर लोग शर्म, या बदनामी के डर से छुपाते ही हैं। गांधी पर ऐसा कोई दबाव नहीं था कि वह दुनिया को बताएँ कि उन्होंने बचपन में चोरी की, वासनाग्रस्त हुए, वेश्यालय तक गए, चुपके से बीड़ी पी, पश्चिमपरस्ती का बुखार उन्हें चढ़ा, कभी सार्वजनिक रूप से बोलने में चक्कर तक आ जाता था, अपनी पत्नी पर मर्दवादी दादागिरी दिखाई, धक्के, लात, घूँसे, थप्पड़, लाठियाँ खाईं, भूतप्रेत, अँधेरे से डर लगता था आदि आदि। 1925 तक गांधी, महात्मा गांधी माने जा चुके थे। ब्रिटिश शासन के खिलाफ जो भारतीय राष्ट्रीय आंदोलन चल रहा था, उसके सबसे बड़े नेता बन चुके थे। देश ही नहीं, विदेशों में भी उन पर महान होने के लेख और किताबें लिखी जा चुकी थीं। तब गांधी को क्या जरूरत पड़ गई कि वह अपने को 'महात्मा' की कोटि से हटाकर खुद की जीवन यात्रा को एक किसी भी व्यक्ति की 'हो सकने' वाली कहानी के रूप में सबके सामने लाएँ। गांधी ने इसका खुद जो

जवाब दिया है, वह पहले थोड़ा विस्तार से देखा जाए। उन्होंने अपनी आत्मकथा की प्रस्तावना में लिखा है :

'एक निर्मल साथी ने, सोमवार के दिन जब मैं मौन में था, धीमे से मुझे यों कहा, आप आत्मकथा क्यों लिखना चाहते हैं? यह तो पश्चिम की प्रथा है। पूर्व में तो किसी ने लिखी जानी नहीं। और लिखेंगे क्या? आज जिस वस्तु को आप सिद्धांत के रूप में मानते हैं, उसे कल मानना छोड़ दें तो? अथवा सिद्धांत का अनुसरण करके जो भी कार्य आज आप करते हैं, उन कार्यों में बाद में हेरफेर करें तो? बहुत से लोग आपके लेखों को प्रमाणभूत समझ कर उनके अनुसार अपना आचरण गढ़ते हैं। वे गलत रास्ते चले जाएँ तो? इसलिए सावधान रहकर फिलहाल आत्मकथा जैसी कोई चीज न लिखें, तो क्या ठीक न होगा? इस दलील का मेरे मन पर थोड़ा-बहुत असर हुआ। लेकिन मुझे आत्मकथा कहाँ लिखनी है? मुझे तो आत्मकथा के बहाने सत्य के जो अनेक प्रयोग मैंने किए हैं, उनकी कथा लिखनी है। यह सच है कि उनमें मेरा जीवन ओतप्रोत होने के कारण कथा एक जीवन-वृत्तांत जैसी बन जाएगी। लेकिन अगर उसके हर पन्ने पर मेरे प्रयोग प्रकट हों, तो मैं स्वयं उस कथा को निर्दोष मानूँगा। मैं ऐसा मानता हूँ कि मेरे सब प्रयोगों का पूरा लेखा जनता के सामने रहे, तो वह लाभदायक सिद्ध होगा। राजनीति के क्षेत्र में हुए मेरे प्रयोगों को तो अब हिंदुस्तान जानता है, यही नहीं बल्कि थोड़ी-बहुत मात्रा में सभ्य कही जाने वाली दुनिया भी उन्हें जानती है। मेरे मन में इसकी कीमत कम-से-कम है, और इसलिए इन प्रयोगों के द्वारा मुझे 'महात्मा' का जो पद मिला है, उसकी कीमत भी कम ही है। कई बार तो इस विशेषण ने मुझे बहुत अधिक दुःख भी दिया है। मुझे ऐसा एक भी क्षण याद नहीं है, जब इस विशेषण के कारण मैं फूल गया होऊँ। लेकिन अपने आध्यात्मिक प्रयोगों का, जिन्हें मैं ही जान सकता हूँ और जिनके कारण राजनीतिक क्षेत्र में मेरी शक्ति भी जन्मी है, वर्णन करना मुझे अवश्य ही अच्छा लगेगा। ज्यों-ज्यों मैं विचार करता जाता हूँ, भूतकाल के अपने जीवन पर दृष्टि डालता जाता हूँ त्यों-त्यों अपनी अल्पता मैं स्पष्ट ही देख सकता हूँ। मुझे जो करना है, तीस वर्षों से मैं जिसकी आतुर भाव से रट लगाए हूँ वह तो आत्म-दर्शन है, ईश्वर का साक्षात्कार है, मोक्ष है; मेरे सारे काम इसी दृष्टि से होते हैं। मेरा सब लेखन भी इसी दृष्टि से होता है; और राजनीतिक क्षेत्र में पड़ना भी इसी वस्तु के अधीन है. . . मेरे प्रयोगों में तो आध्यात्मिक का मतलब है नैतिक; धर्म का अर्थ है नीति; आत्म की दृष्टि से पाली गई नीति धर्म है। इसलिए जिन वस्तुओं का निर्णय बालक, नौजवान और बूढ़े करते हैं और

कर सकते हैं, इस कथा में उन्हीं वस्तुओं का समावेश होगा। अगर ऐसी कथा मैं तटस्थ भाव से, निराभिमान रहकर लिख सकूँ, तो उसमें से दूसरे प्रयोग करने वालों को कुछ सामग्री मिलेगी। इन प्रयोगों के बारे में मैं किसी भी प्रकार की संपूर्णता का दावा नहीं करता। जिस तरह वैज्ञानिक अपने प्रयोग अतिशय नियम पूर्वक, विचार पूर्वक और बारीकी से करता है, फिर भी उनसे उत्पन्न परिणामों को वह अंतिम नहीं कहता, अथवा वे परिणाम सच्चे ही हैं इस बारे में भी सशंक नहीं तो तटस्थ अवश्य रहता है, अपने प्रयोगों के विषय में मेरा भी वैसा ही दावा है। उसमें से निकले हुए परिणाम सबके लिए अंतिम ही हैं, वे सच हैं अथवा वे ही सच हैं, ऐसा दावा मैं कभी करना नहीं चाहता। मैं तो पग-पग पर जिन-जिन वस्तुओं को देखता हूँ, उनके त्याज्य और ग्राह्य ऐसे दो भाग कर लेता हूँ, और जिन्हें ग्राह्य समझता हूँ उनके अनुसार अपना आचरण बना लेता हूँ और जब तक इस तरह बना हुआ आचरण मुझे अर्थात मेरी बुद्धि को और आत्मा को संतोष देता है, तब तक मुझे उसके शुभ परिणामों के बारे में अविचलित विश्वास रखना ही चाहिए। मैं पुजारी तो सत्यरूपी परमेश्वर का ही हूँ। वह एक ही सत्य है, और दूसरा सब मिथ्या है। यह सत्य मुझे मिला नहीं है, लेकिन मैं इसका शोधक हूँ। इस शोध के लिए मैं अपनी प्रिय से प्रिय वस्तु का त्याग करने को तैयार हूँ, और मुझे यह विश्वास है कि इस शोधरूपी यज्ञ में शरीर को भी होमने की मेरी तैयारी है और शक्ति है। लेकिन जब तक मैं इस सत्य का साक्षात्कार न कर लूँ, तब तक मेरी अंतरात्मा जिसे सत्य समझती है उस काल्पनिक सत्य को अपना आधार मानकर, अपना दीपस्तंभ समझकर, उसके सहारे मैं अपना जीवन व्यतीत करता हूँ। साथ ही, मैं यह भी अधिकाधिक मानने लगा हूँ कि जितना कुछ मेरे लिए संभव है, उतना एक बालक के लिए भी संभव है, और इसके लिए मेरे पास सबल कारण हैं। सत्य की शोध के साधन जितने कठिन हैं उतने ही सरल भी हैं। वे अभिमानी को असंभव मालूम होंगे और एक निर्दोष बालक को बिलकुल संभव लगेंगे। सत्य के शोधक को रज कण से भी नीचे रहना पड़ता है। सारा संसार रज कणों को कुचलता है, पर सत्य का पुजारी तो जब तक इतना अल्प नहीं बनता कि रज कण भी उसे कुचल सके, तब तक उसके लिए स्वतंत्र सत्य की झाँकी भी दुर्लभ है। यह चीज वशिष्ठ विश्वामित्र के आख्यान में स्वतंत्र रीति से बताई गई है। ईसाई धर्म और इस्लाम भी इसी वस्तु को सिद्ध करते हैं. . . मुझे विश्वास है कि इस संकुचित क्षेत्र में आत्मकथा के मेरे लेखों से बहुत कुछ मिलेगा, क्योंकि कहने योग्य एक भी बात मैं छिपाऊँगा नहीं। मुझे आशा है कि मैं अपने दोषों का खयाल पाठकों को पूरी तरह दे सकूँगा। मुझे सत्य के शास्त्रीय

प्रयोगों का वर्णन करना है, मैं कितना भला हूँ इसका वर्णन करने की मेरी तनिक भी इच्छा नहीं है। जिस गर्ज से स्वयं मैं अपने को मापना चाहता हूँ और जिसका उपयोग हम सब को अपने अपने विषय में करना चाहिए, उसके अनुसार तो मैं अवश्य कहूँगा कि मो सम कौन कुटिल खल कामी? जिन तनु दियो ताहि बिसरायो ऐसो निमकहरामी।'

गांधी की इस प्रस्तावना में कुछ बहुत महत्त्वपूर्ण सूत्र बारीकी से पिरोए हुए हैं जिनकी मीमांसा में उनका उद्देश्य अंतर्निहित है। उस पर कुछ रोशनी डालने से पहले गांधी के ही दो अन्य उद्धहरण देखिए जो उन्होंने आत्मकथा के बाबत लिखे :

'वे अनेक पाठक जो सत्य के साथ मेरे प्रयोगों की कहानी का अनुसरण कर रहे हैं, वे इस किताब (दक्षिण अफ्रीका के सत्याग्रह का इतिहास) के बिना नहीं रह सकते। अगर वे सही तौर से सत्य के मायनों को समझना चाहते हैं, जो कि मुझ पर एक गजब और बारीक ताकत के रूप में आए जिसे मैंने, बल्कि मगनलाल गांधी ने 'सत्याग्रह' कहा है और जिसे वरना 'प्यार की ताकत', 'आत्म-शक्ति', 'सच की ताकत' कहा जाता है।'

मई 1931 में गांधी ने के. नटराजन को ब्रिटिश राज के असली चेहरे की बाबत लिखा :

'ब्रिटिश राजकाज की व्यवस्था शैतानी है, इस नतीजे तक काफी मेहनती अध्ययनों से पहुँचा गया, जिन्हें दुखदाई अनुभवों ने और मजबूत किया था। मैंने हिंद स्वराज और मेरे सत्य के साथ प्रयोग में भी इस सारी प्रक्रिया के बारे में लिखा है।'

गांधी की प्रस्तावना और उनके दो उल्लिखित संदर्भों को अगर हम व्यापक निहितार्थो के साथ समझने की कोशिश करें तो उनके द्वारा आत्मकथा लिखने के उद्देश्य पर काफी रोशनी पड़ सकती है जिसका एक संक्षिप्त प्रयास यह भूमिका है।

सबसे पहले यह दिमाग में रखना बहुत जरूरी है कि 1925 तक महात्मा गांधी भारतीय स्वतंत्रता संघर्ष और आधुनिक भारत के निर्माण में संलग्न भारतीय राष्ट्रीय आंदोलन के न केवल सबसे मान्य व बड़े राजनेता के रूप में स्थापित हो चुके थे बल्कि राष्ट्र निर्माण के महायज्ञ में देश भर के युवाओं, महिलाओं, किसानों, मजदूरों, बुद्धिजीवी वर्गों, विभिन्न पेशों के लोगों को उसमें अपनी इच्छा और क्षमता अनुसार आहुति देने का आह्वान करने वाले एक मार्ग-निर्देशक

के रूप में भी अग्रणी थे। भारत की सामान्य जनता और समूचे जनमानस के लोकतांत्रिक और क्रांतिकारी राजनीतिकरण की प्रक्रिया का संगठित प्रयास 1920 के भारतीय राष्ट्रीय कांग्रेस के नागपुर अधिवेशन से उनके नेतृत्व में शुरू हो चुका था। राजनीति में कई मोर्चे पर एक साथ सामूहिकता के साथ मिलकर प्रयास करने होते हैं जिसमें कई तरह के प्रत्यक्ष राजनीतिक कार्यों, संघर्षों, त्याग और तमाम सार्वजनिक कार्यों का संपादन करना होता है जो भले-सीधी तौर पर राजनीतिक न हो, लेकिन राजनीतिक संगठन और सामाजिक चेतना के विस्तार व प्रवाह के लिए जरूरी होते हैं। महात्मा गांधी इस जटिल और कठिन रणनीतिक कौशल के सबसे प्रामाणिक व असरदार राजनेता थे। वह सारे देश की उम्मीदों के केंद्र थे और साथ ही वह देशवासियों को उनके संकुचित निजी जीवनों की परिधि से बाहर आकर देश-समाजसेवा के लिए संलग्न होने की चेतना को रास्ता दिखाने वाले भी थे। वह आधुनिक भारत के इतिहास के पहले पूर्णकालिक राजनेताओं में थे जिन्होंने धीरे-धीरे अपने व्यक्तित्व से 'निजी' को कम करके लगभग खत्म कर लिया था और सारा जीवन, अपनी सारी दिनचर्या सब कुछ देश के लिए झोंक दिया था। निश्चित ही, वह अपनी उस ज़िंदगी की यात्रा को सबके सामने रखना चाहते थे कि कोई भी व्यक्ति उसे जानकर कहीं न कहीं अपने मन में यह महसूस कर सके कि कोई भी कभी भी अपनी ज़िंदगी को (गांधी की तरह) सोद्देश्यपूर्ण और सार्थक दिशा में मोड़ सकता है।

गांधी ने अपनी ज़िंदगी की कहानी को इस तरह से आत्मकथा में सुनाया है कि उसको पढ़कर साधारण से साधारण प्रतिभा वाला इंसान भी यह महसूस कर सके कि वह भी अगर कुछ मूलभूत जीवन मूल्यों के प्रति प्रतिबद्ध रहे तो उसका जीवन सार्थक ढंग से आगे बढ़ सकता है। कोई जरूरी नहीं कि स्कूली परीक्षाओं में अव्वल आने वाले बच्चों का ही भविष्य उज्ज्वल होता है। परीक्षा में किसे कितने अंक मिले, इससे किसी इंसान का मूल्यांकन नहीं किया जा सकता। यहाँ तक कि अगर किसी को अच्छी स्कूली शिक्षा न भी मिली हो तो भी उसका भविष्य खत्म नहीं होता। उनकी खुद की पत्नी कस्तूरबा इसका सबसे बड़ा उदाहरण हैं। आत्मकथा में और भी लोगों के कई उदाहरण भरे पड़े हैं जो कि लगभग गैर-शिक्षित होने के बावजूद अलक्षित नहीं कहे जा सकते। कहने का तात्पर्य यह है कि गांधी ने अपनी कहानी बताकर देश और दुनिया के तमाम लोगों के सामने अपनी खुद की नजीर पेश की कि किस तरह से एक साधारण सा दिखने वाला बालक भी गांधी बन सकता है। शर्त यही कि वह

अपने भीतर के मनुष्य को हारने न दे और कुछ मूलभूत मूल्यों के प्रति सजग और प्रतिबद्ध रह सके।

राष्ट्रीय आंदोलन का यह वो दौर था जब देश के असंख्यों युवा और जनता देश की सेवा में खुद को लगाना चाहते थे लेकिन अपनी तमाम निजी-सीमाओं के चलते कई दुविधाओं में फंसे हुए थे, जैसा कि आज भी है ही। गांधी ने आत्मकथा से उन्हें ज़िंदगी जीने के दो मंत्र दिए जिन्हें अगर कविता में कहें तो :

लहरों से डरकर नौका पार नहीं होती,
कोशिश करने वालों की हार नहीं होती।

(प्रख्यात गांधीवादी रचनाकार पं. सोहनलाल द्विवेदी की कविता की पंक्तियाँ)

और,
अरे! जन संग ऊष्मा के
बिना, व्यक्तित्व के स्तर जुड़ नहीं सकते!
प्रयासी प्रेरणा के स्रोत,
सक्रिय वेदना की ज्योति,
सब साहाय्य उनसे लो।
तुम्हारी मुक्ति उनके प्रेम से होगी।
कि तद्‌गत लक्ष्य में से ही
हृदय के नेत्र जागेंगे,
वह जीवन लक्ष्य उनके प्राप्त
करने की क्रिया में से
उभर ऊपर
विकसते जाएँगे निज के
तुम्हारे गुण
कि अपनी मुक्ति के रास्ते
अकेले में नहीं मिलते।

(प्रख्यात हिंदी रचनाकार मुक्तिबोध की कविता चकमक की चिंगारियाँ से)

आप जैसे-जैसे आत्मकथा में उतरते जाएँगे वैसे-वैसे आप यह महसूस करते रहेंगे कि गांधी ने बचपन से ही किसी भी परेशानी की हालत में उम्मीद की लौ

नहीं छोड़ी जैसा कि हर बड़े इंसान की खासियत होती है। उन्होंने हर कठिन से कठिन परिस्थिति में, बड़े से बड़े दुःख, अपमान, पीड़ा को लोगों की सहानुभूति पाने के लिए उसका ढिंढोरा नहीं पीटा। वह गांधी जो 'उम्मीद की लौ' है उसका मूल स्रोत क्या था, इसे विस्तृत करने का यह स्थान नहीं है लेकिन उसमें ईश्वर की 'उनकी' अपनी परिकल्पना और मनुष्यता, सच्चाई और हृदय की निर्मलता और सटीक मूल्यांकन जैसे अवयवों का बड़ा संश्लिष्ट मिश्रण था। आत्मकथा में एक जगह एक खास प्रसंग में वह लिखते हैं, 'उन दिनों मैं बिलकुल नहीं जानता था कि धर्म क्या है, ईश्वर क्या है और वह हममें किस प्रकार का काम करता है। उस समय तो लौकिक दृष्टि से मैं समझा कि ईश्वर ने मुझे बचा लिया है। पर मुझे विविध क्षेत्रों में ऐसे अनुभव हुए हैं। मैं जानता हूँ कि 'ईश्वर ने बचाया' वाक्य का अर्थ आज मैं अच्छी तरह समझने लगा हूँ। . . .मैं कह सकता हूँ कि आध्यात्मिक प्रसंगों में, वकालत के प्रसंगों में, संस्थाएँ चलाने में, राजनीति में 'ईश्वर ने मुझे बचाया है।' मैंने यह अनुभव किया है कि जब हम सारी आशा छोड़कर बैठ जाते हैं, हमारे दोनों हाथ टिक जाते हैं, तब कहीं न कहीं से मदद आ पहुँचती है। स्तुति, उपासना, प्रार्थना वहम नहीं है, बल्कि हमारा खाना-पीना, चलना-बैठना जितना सच है, उससे भी अधिक सच यह चीज है। ऐसी उपासना, ऐसी प्रार्थना निरा वाणी-विलास नहीं होती। उसका मूल कंठ नहीं, हृदय है। अतएव यदि हम हृदय की निर्मलता को पा लें, उसके तारों को सुसंगठित रखें, तो उसमें से जो सुर निकलते हैं, वे गगनगामी होते हैं।'

गांधी की ज़िंदगी को पढ़ते हुए आपको उनके व्यक्तित्व, सोचने के तरीके बल्कि उनकी अवचेतन बुद्धि की भी कुछ खास बातों पर आप गौर करेंगे ही। उनमें से कुछ को यहाँ लिख रहा हूँ :

> पहली, उनकी बौद्धिक सजगता और उनके द्वारा अपने समाज, आस-पास के जीवन और विविध जीवन अनुभवों के बारे में लगातार ऑब्जर्व करते रहना। किसी वैज्ञानिक की तरह गांधीजी जीवन के तमाम आयामों और प्रसंगों को एक नीर-क्षीर-विवेक संपन्नता से शोधित करते रहते थे। फिर उसमें से सही-गलत, शुभ-अशुभ, व्याहारिकता के साथ आदर्शवादिता और दूसरे पहलुओं को ध्यान में रखकर चलते थे। गांधी के लिए अपने विवेक और तर्कशीलता को हर विचार, हर कर्म के लिए जाग्रत रखना एक ऐसी मानवीय वृत्ति थी जिसे हमें किसी भी हाल में खोना नहीं चाहिए। कहने का मतलब यह है कि चाहे कोई विचार हो, चाहे कोई धर्म संप्रदाय

हो, चाहे कोई आकर्षक से आकर्षक व्यक्तित्व हो, उसके प्रभाव में अपनी मानवीय बुद्धि को स्थगित करके बह जाना अगर अपने मनुष्य होने के प्रति अपराध नहीं तो लापरवाही जरूर है जिसका खामियाजा मनुष्य, समाज और कभी-कभी देश तक उठाते हैं। आत्मकथा में इस आशय के वृत्तांत आपको मिलेंगे जहाँ गांधीजी ने दूसरों के प्रभाव में कुछ किया और वह गलत था। इसी संदर्भ में गांधीजी सही और बुरी मित्रता का भेद खुद के उदाहरणों से समझाते हैं।

दूसरी खास बात आप आत्मकथा पढ़ते हुए पाएँगे कि गांधी 'आंतरिक यात्रा से बाह्य की यात्रा' करते हैं। यह बहुत महत्त्वपूर्ण बिंदु है जो गांधी को मानवता के उत्थान के इतिहास में विशिष्ट बनाता है। गांधी समझते थे कि मनुष्य को सबसे पहले अपनी कमियाँ देखनी चाहिए, अपनी कमियों के कारणों को समझने की कोशिश करनी चाहिए, उन कमियों को कैसे दूर किया जाए ये सोचना चाहिए और फिर उन्हें दूर करने के लिए यथोचित कदम उठाने चाहिए, चाहे वे कदम अपने मन और इंद्रियों के कितने ही खिलाफ क्यों न हों। जो मनुष्य इस आंतरिक स्वच्छीकरण की यात्रा कर पाता है (भले ही पूरी नहीं लेकिन उसका भाव और रुझान इस आंतरिक यात्रा का होना ही चाहिए) वह ही बाहरी दुनिया में सुधार या उसमें हस्तक्षेप लायक योग्यता अपने में ला पाता है। अकसर लोग अपनी कमियों पर पर्दा डालते रहते हैं और दूसरों पर आरोप लगाते रहते हैं। दूसरों में कमी निकालना, उनका छिद्रान्वेषण करना, निंदा-रस में मगन रहना एक ऐसा दुर्गुण है जो उस व्यक्ति को एक दोयम दर्जे का इंसान बना देता है। राजनीतिक सामाजिक क्षेत्रों में इस तरह के लोगों की भरमार रहती है। गांधी ने इस मानवीय दुर्बलता को पहचाना और अपना खास ध्यान और ऊर्जा, पहले खुद में फिर भारतीय राष्ट्रीय आंदोलन के नेताओं, कार्यकर्ताओं में इसे दूर करने में लगाई। ईर्ष्या, जलन, प्रतिस्पर्धा, झूठ, चोरी, धोखा, हिंसा (मानसिक और शारीरिक दोनों), भोग विलासिता में फँसा मन, कागज के शेर बनकर मन में डरपोकपन, स्वार्थवश चापलूसी, स्त्री विषयक लंपटता जैसी न जाने कितने मानवीय दुर्गुण हैं जिनको गांधी ने पहचाना और यह माना कि इन्हीं सब कमियों के कारण जीवन व्यर्थ चला जाता रहता है। गांधी राजनीतिक क्षेत्र में 'बात बहादुर' होकर लंबे-लंबे दावे और लुभावनी बातों को भी इसी श्रेणी में रखते थे जो कि देश और समाज को बहकाकर उसका अहित करती हैं।

इसीलिए गांधी की आत्मकथा में आत्मान्वेषण, आत्मपरीक्षण, आत्म मूल्यांकन की आंतरिक यात्रा के खूब दर्शन होते हैं। वह सामाजिक-राजनीतिक या किसी भी सार्वजनिक सेवाओं के लिए इस बात पर बहुत ज़ोर देते थे कि हमें उसी काम के लिए बीड़ा उठाना चाहिए जिसके लिए हममें योग्यता हो। यहाँ योग्यता से तात्पर्य पढ़ाई लिखाई से कम बल्कि एक 'मनुष्य' के रूप में मानवीय गुणों की संपन्नता से है। गांधी द्वारा दक्षिण अफ्रीका और बाद में भारत में बनाए गए आश्रमों का खासा ब्यौरा आत्मकथा में मिलेगा। इन्हें एक तरह से सामाजिक राजनीतिक कार्यों को करने की कुछ अनिवार्य योग्यताओं के निर्माण के सेंटर के रूप में देखा समझा जा सकता है। अनुशासित जीवन पद्धति, सामूहिक जीवन जीने का अभ्यास, भेदभाव रहित आचरण, बाहरी दुनिया की चकाचौंध से हटकर सादगीपूर्ण जीवन और बुद्धि विवेक को तेज कर सकने हेतु अध्ययन, केवल मानसिक विलास नहीं बल्कि मानवश्रम की श्रेष्ठता का संपादन, स्वस्थ शरीर और एकाग्र मन – ये सब गुण किसी भी एक्टिविस्ट में होने चाहिए। गांधी ने अपने आश्रमों के द्वारा सच्चे कार्यकर्ताओं की एक अहिंसक फौज का निर्माण किया जिसने भारतीय राष्ट्रीय आंदोलन और राष्ट्र निर्माण में ऐतिहासिक भूमिका निभाई। इसी से जुड़ी हुई एक महत्त्वपूर्ण बात यह है कि गांधी जीवन में त्याग की भूमिका को सबसे ज़्यादा तरजीह देते थे। कोई राजनीतिक-सामाजिक या किसी भी क्षेत्र में अगर आना चाहता है तो उसे 'त्याग करने' के लिए तत्पर रहना चाहिए न कि अपने लिए कुछ भौतिक 'पाने' हेतु। त्याग भावना तब ही आती है जब विचारधारा और उद्देश्य मन में इतना गहरे तक पैठे हों कि उनके लिए हम कष्ट भी सह सकें। गांधी द्वारा त्याग की कसौटी पर लोगों को कसने के कारण हमारे राष्ट्रीय आंदोलन में एक से बढ़कर एक महान नेतृत्व उभर कर सामने आया। नेहरू, पटेल, गणेश शंकर विद्यार्थी, जेपी, सुभाष बोस जैसे अनगिनत उदाहरण हैं जिन्होंने त्याग बल से राष्ट्रीय आंदोलन में महती भूमिका निभाईं।

गांधी के जीवन से—सीखने लायक तीसरी बहुत जरूरी बात है—रुकना नहीं, लगातार चलते जाना। अकसर लोग जीवन के एक खास समय (खासकर बचपन और जवानी) में तो नए-नए मुकामों को हासिल करने के लिए काफी तेज भागते हैं और उसके बाद उनके मन पर थकान हावी हो जाती है और बस ज़िंदगी ढकेलने लगते हैं। आप गांधी की आत्मकथा में यह देखकर विस्मृत ही हो सकते हैं कि वह अपने जीवन में लगातार कर्मशील रहे। उनके लिए विचार और कर्म

दो पृथक-पृथक क्रियाएँ नहीं थीं बल्कि एक-दूसरे की पूरक और एक-दूसरे को प्रभावित करने वाली थीं। ध्यान रखिए, गांधी कभी भी दूर भविष्य की चिंताओं या लक्ष्यों को लेकर अकर्मक नहीं हुए। बल्कि वह तो कहते थे कि 'मेरे लिए एक कदम ही काफी है।' भविष्य की चिंता और अतीत मोह दो ऐसी मनोवृत्तियाँ हैं जो व्यक्ति को उतावला और जड़, दोनों एक साथ बनाती हैं। गांधी ने आत्मकथा का जो शीर्षक 'सत्य के साथ मेरे प्रयोग' चुना उसका एक निहितार्थ यह भी था कि उन्होंने जीवन भर सतत् गतिशील रहते हुए जीवन क्षेत्र में कर्म किए और उन कार्यों की गुण दोष आधारित आत्मसमीक्षा करते हुए नए से नए रास्तों की ओर बढ़ते गए। उन्होंने अपनी मुक्ति का मार्ग कर्म चुना। भारत देश को ध्यान में रखते हुए निष्काम कर्म। अकसर विद्वानों को इसीलिए महात्मा गांधी को समझने में विफलता हाथ आती है या वे आंशिक सफल ही हो पाते हैं क्योंकि गांधी के जीवन की सतत् गतिशीलता, जैसे कोई बहती नदी हो, को समझने में उन्हें बहुत मुश्किल आती है। इसी जीवन गतिशीलता के कारण गांधी कभी ऐसा हताश निराश नहीं हुए कि भारत सेवा के कर्म क्षेत्र से अप्रासंगिक हो जाएँ।

महात्मा गांधी आधुनिक भारत के सबसे महत्त्वपूर्ण समाज सुधारक भी थे। यह तथ्य विगत कुछ दशकों में जातिवादी अस्मिता विमर्शों के चलते भुला सा दिया गया है। समाज में प्रचलित दकियानूसी धारणाओं, धार्मिक पूर्वाग्रहों, कुरीतियों, जाति प्रथा विद्रूपताओं, ऊँच-नीच, भेदभाव आदि के खिलाफ गांधी जैसा मुखर आलोचक शायद ही कोई हो। वह खुद बाल विवाह प्रथा के भुक्तभोगी थे। विवाह संस्था के तौर-तरीके के बारे में आत्मकथा में उन्होंने जो लिखा है, देखिए वह आज भी कितना प्रासंगिक है :

> 'हिंदू संसार में विवाह कोई ऐसी वैसी चीज नहीं। वर-कन्या के माता-पिता विवाह के पीछे बर्बाद होते हैं और समय लुटाते हैं। महीनों पहले से तैयारियाँ होती हैं। कपड़े बनते हैं, गहने बनते हैं, पकवानों के प्रकार की होड़ बदी जाती है। औरतें, गला हो चाहे न हो, तो भी गाने गाकर अपनी आवाज बैठा लेती हैं; बीमार भी पड़ती हैं, पड़ोसियों की शांति में खलल पहुँचाती हैं। बेचारे पड़ोसी भी अपने यहाँ प्रसंग आने पर यही सब करते हैं, इसीलिए शोरगुल, जूठन, दूसरी गंदगियाँ सब कुछ उदासीन भाव से सह लेते हैं।'

गांधी ने व्यक्तिगत जीवन में जात-पांत के भेदभाव को शुरू से ही नहीं माना। उनके द्वारा स्थापित आश्रमों में कोई जाति-भेद नहीं चल सकता था। इसके लिए

एक बार तो आश्रम का खर्चा पानी तक बंद हो गया लेकिन गांधी अपने भेदभाव विरोधी उसूल से डिग नहीं सकते थे। भारतीय राष्ट्रीय कांग्रेस के 1920 के नागपुर अधिवेशन में गांधी ने जातीय अस्पृश्यता उन्मूलन को एक राष्ट्रव्यापी मुहिम ही बना दिया। महिलाओं को राष्ट्रीय आंदोलन से जोड़ने का ऐतिहासिक श्रेय गांधी को ही है, जब महिलाएँ सामाजिक सुधार और राष्ट्रीय स्वातंत्र्य के लिए पुरुषों के कंधे से कंधा मिलाकर चलीं और सदियों पुरानी जकड़न से आजाद हुईं। महिलाएँ घर और बच्चे सँभालें और पुरुष बाहरी दुनिया में अपने कौशल दिखाएँ, घर पर मर्दवादी माहौल रहे—इस सबके खिलाफ गांधी ने लगातार लिखा, बोला और व्यापक अभियान चलाए। आत्मकथा में समाज सुधारक गांधी के अनेक वृत्तांत आपको आश्चर्य चकित कर देंगे।

गांधी धर्म-अध्यात्म को लेकर क्या सोचते थे और निजी और सार्वजनिक जीवन में इसे कैसे बरता, इस पर विस्तार से चर्चा यहाँ संभव नहीं है। फिर भी पाठक अगर आत्मकथा को थोड़ा ठहरकर पढ़ेंगे तो कुछ बातें जरूर साफ हो जाती हैं। गांधी ने धर्म का अर्थ सांप्रदायिक दृष्टिकोण में कभी नहीं तलाशा। धर्म के कर्मकांडी स्वरूप से गांधी कोसों दूर थे, ऐसा कहा जा सकता है। धर्म के नाम पर पाखंड, दिखावटीपन और अंधविश्वास के वह घोर विरोधी थे। सारा ज्ञान, सारी ईश्वरीय प्रेरणा व शक्ति किसी एक ही खास धर्म में समाई हुई है, गांधी इस विचार मात्र के प्रखर विरोधी ही नहीं मुखर आलोचक भी थे। उनके लिए धर्म अध्यात्म लगभग समानार्थी थे और वह धर्म की जो भी व्याख्या करते थे वह मनुष्यगत नैतिकता की परिधि में थी। वह किसी धर्म के संस्थागत ढाँचे को लेकर उत्साहित नहीं रहे। बल्कि अपनी कृति *हिंद स्वराज* (1909) में तो उन्होंने यहाँ तक कहा है कि वास्तव में दुनिया में जितने लोग हैं, उतने धर्म हैं। उनका कहना था कि सभी धर्मों में एक मूल एकता है, अगर उनकी मूल शिक्षाओं पर गौर किया जाए तो।

और अंत में, पूरी आत्मकथा में आप एक समान तत्त्व पाएँगे और गांधी के समग्र जीवन से भी यह साबित होता है कि महात्मा गांधी मूलतः भारतीयता की चेतना में रंगे बसे एक भारतीय राष्ट्रवादी थे। उनका दक्षिण अफ्रीका का लंबा प्रवास भी वहाँ बसे भारतीयों के मद्देनजर ही रहा।आत्मकथा में गांधी ने जिसे अपना पहला सार्वजनिक भाषण कहा है उसके कुछ अंश देखिए :

> 'वह मेरे जीवन का पहला भाषण माना जा सकता है। मैने काफी तैयारी की थी। मुझे सत्य पर बोलना था। मैं व्यापारियों के मुँह से यह सुनता

आ रहा था कि व्यापार में सत्य नहीं चल सकता। इस बात को मै तब भी नहीं मानता था, आज भी नहीं मानता। इस भाषण में मैने इस स्थिति का डटकर विरोध किया और व्यापारियों को उनके दोहरे कर्तव्य का स्मरण दिलाया। प्रदेश में आने से उनकी जिम्मेदारी देश की अपेक्षा अधिक हो गई है, क्योंकि मुट्ठीभर हिंदुस्तानियों के रहन-सहन से हिंदुस्तान के करोड़ों लोगों को नापा तोला जाता है। हिंदू, मुसलमान, पारसी, ईसाई अथवा गुजराती, मद्रासी, पंजाबी, सिंधी, कच्छी, सूरती आदि भेदों को भुला देने पर ज़ोर दिया।'

निश्चित ही गांधीजी यूरोपीय चिंतन प्रभावित उग्र राष्ट्रवाद से दूर थे जिसमें अन्य राष्ट्रों व अन्य धर्मों, नस्लों के प्रति नफ़रत पैदा करके राष्ट्रवादी होने का स्वांग किया जाता है। गांधी भारतीय सभ्यता और संस्कृति को विश्व पटल पर एक ऐसी नजीर की तरह देखना चाहते थे जिससे कि भारत विश्व सभ्यता के विकास में एक अहिंसावादी, मिली जुली संस्कृति और प्रेम-सद्भाव-शांति के पहरुआ देश के रूप में अपना योगदान दे सके।

अब, आत्मकथा पढ़ने की आपकी यात्रा को साधुवाद।

आलोक बाजपेयी,
अध्यक्ष,
गांधियन सेंटर फॉर डेमोक्रेसी एंड सोशल इक्विटी,
आईटीएम ग्वालियर

प्रस्तावना

चार या पाँच वर्ष पहले निकट के साथियों के आग्रह से मैंने आत्मकथा लिखना स्वीकार किया था और उसे आरंभ भी कर दिया था; किंतु फुलस्केप का एक पृष्ठ भी पूरा नहीं कर पाया था कि इतने में बंबई की ज्वाला प्रकट हुई और मेरा शुरू किया हुआ काम अधूरा रह गया। उसके बाद तो मैं एक के बाद एक ऐसे व्यवसायों में फँसा कि अंत में मुझे यरवदा का अपना स्थान मिला। भाई जयरामदास भी वहाँ थे। उन्होंने मेरे सामने अपनी यह माँग रखी कि दूसरे सब काम छोड़कर मुझे पहले आत्मकथा ही लिख डालनी चाहिए। मैंने उन्हें जवाब दिया कि मेरा अभ्यास-क्रम बन चुका है और उसके समाप्त होने तक मैं आत्मकथा आरंभ नहीं कर सकूँगा। अगर मुझे अपना पूरा समय यरवदा में बिताने का सौभाग्य प्राप्त हुआ होता, तो मैं जरूर आत्मकथा वहीं लिख सकता था। परंतु अभी अभ्यास-क्रम की समाप्ति में भी एक वर्ष बाकी था कि मैं रिहा कर दिया गया। उससे पहले मैं किसी तरह आत्मकथा का आरंभ भी नहीं कर सकता था, इसलिए वह लिखी नहीं जा सकी। अब स्वामी आनंद ने फिर वही माँग की है। मैं दक्षिण अफ्रीका के सत्याग्रह का इतिहास लिख चुका हूँ, इसलिए आत्मकथा लिखने को ललचाया हूँ। स्वामी की माँग तो यह थी कि मैं पूरी कथा लिख डालूँ और फिर वह पुस्तक के रूप में छपे। मेरे पास इकट्ठा इतना समय नहीं है। अगर लिखूँ तो 'नवजीवन' के लिए ही मैं लिख सकता हूँ। मुझे 'नवजीवन' के लिए कुछ लिखना ही होता है। तो आत्मकथा ही क्यों न लिखूँ? स्वामी ने मेरा यह निर्णय स्वीकार किया और अब आत्मकथा लिखने का अवसर मुझे मिला।

किंतु यह निर्णय करने पर एक निर्मल साथी ने, सोमवार के दिन जब मैं मौन में था, धीमे से मुझे यों कहा :

> 'आप आत्मकथा क्यों लिखना चाहते हैं? यह तो पश्चिम की प्रथा है। पूर्व में तो किसी ने लिखी जानी नहीं। और लिखेंगे क्या? आज जिस वस्तु को आप सिद्धांत के रूप में मानते हैं, उसे कल मानना छोड़ दें तो? अथवा

सिद्धांत का अनुसरण करके जो भी कार्य आप करते हैं, उन कार्यों में बाद में हेरफेर करें तो? बहुत से लोग आपके लेखों को प्रमाणभूत समझकर उनके अनुसार अपना आचरण गढ़ते हैं। वे गलत रास्ते चले जाएँ तो? इसलिए सावधान रहकर फिलहाल आत्मकथा जैसी चीज न लिखें, तो क्या ठीक न होगा?'

इस दलील का मेरे मन पर थोड़ा-बहुत असर हुआ। लेकिन मुझे आत्मकथा कहाँ लिखनी है? मुझे तो आत्मकथा के बहाने सत्य के जो अनेक प्रयोग मैंने किए हैं, उनकी कथा लिखनी है। यह सच है कि उनमें मेरा जीवन ओत-प्रोत होने के कारण कथा एक जीवन-वृत्तांत जैसी बन जाएगी। लेकिन अगर उसके हर पन्ने पर मेरे प्रयोग ही प्रकट हों, तो मैं स्वयं उस कथा को निर्दोष मानूँगा। मैं ऐसा मानता हूँ कि मेरे सब प्रयोगों का पूरा लेखा जनता के सामने रहे, तो वह लाभदायक सिद्ध होगा अथवा यों समझिए कि यह मेरा मोह है। राजनीति के क्षेत्र में हुए मेरे प्रयोगों को तो अब हिंदुस्तान जानता है; यही नहीं, बल्कि थोड़ी-बहुत मात्रा में सभ्य कही जानेवाली दुनिया भी उन्हें जानती है। मेरे मन में इसकी कीमत कम-से-कम है, और इसलिए इन प्रयोगों के द्वारा मुझे 'महात्मा' का जो पद मिला है, उसकी कीमत भी कम ही है। कई बार तो इस विशेषण ने मुझे बहुत अधिक दुःख भी दिया है। मुझे ऐसा एक भी क्षण याद नहीं है, जब इस विशेषण के कारण मैं फूल गया होऊँ। लेकिन अपने आध्यात्मिक प्रयोगों का, जिन्हें मैं ही जान सकता हूँ और जिनके कारण राजनीति के क्षेत्र में मेरी शक्ति भी जन्मी है, वर्णन करना मुझे अवश्य ही अच्छा लगेगा। अगर ये प्रयोग सचमुच आध्यात्मिक हैं, तो इनमें गर्व करने की गुंजाइश ही नहीं। इनसे तो केवल नम्रता की ही वृद्धि होगी। ज्यों-ज्यों मैं विचार करता जाता हूँ, भूतकाल के अपने जीवन पर दृष्टि डालता जाता हूँ, त्यों-त्यों अपनी अल्पता मैं स्पष्ट ही देख सकता हूँ। मुझे जो करना है, तीस वर्षों से मैं जिसकी आतुर भाव से रट लगाए हुए हूँ, वह तो आत्म-दर्शन है, ईश्वर का साक्षात्कार है, मोक्ष है। मेरे सारे काम इसी दृष्टि से होते हैं। मेरा सब लेखन भी इसी दृष्टि से होता है और राजनीति के क्षेत्र में मेरा पड़ना भी इसी वस्तु के अधीन है।

लेकिन ठेठ से ही मेरा यह मत रहा है कि जो एक के लिए शक्य है, वह सबके लिए भी शक्य है। इस कारण मेरे प्रयोग खानगी नहीं हुए, नहीं रहे। उन्हें सब देख सकें तो मुझे नहीं लगता कि उससे उनकी आध्यात्मिकता कम होगी। अवश्य ही

कुछ चीजें ऐसी हैं, जिन्हें आत्मा ही जानती है, जो आत्मा में ही समा जाती हैं। परंतु ऐसी वस्तु देना मेरी शक्ति से परे की बात है। मेरे प्रयोगों में तो आध्यात्मिक का मतलब है नैतिक, धर्म का अर्थ है नीति, आत्मा की दृष्टि से पाली गई नीति धर्म है। इसलिए जिन वस्तुओं का निर्णय बालक, नौजवान और बूढ़े करते हैं और कर सकते हैं, इस कथा में उन्हीं वस्तुओं का समावेश होगा। अगर ऐसी कथा मैं तटस्थ भाव से, निरभिमान रहकर लिख सकूँ, तो उसमें से दूसरे प्रयोग करने वालों को कुछ सामग्री मिलेगी।

इन प्रयोगों के बारे में मैं किसी भी प्रकार की संपूर्णता का दावा नहीं करता। जिस तरह वैज्ञानिक अपने प्रयोग अतिशय नियमपूर्वक, विचारपूर्वक और बारीकी से करता है, फिर भी उनसे उत्पन्न परिणामों को वह अंतिम नहीं कहता अथवा वे परिणाम सच्चे ही हैं, इस बारे में भी यह साशंक नहीं तो तटस्थ अवश्य होता है, अपने प्रयोगों के विषय में मेरा भी वैसा ही दावा है। मैंने खूब आत्म-निरीक्षण किया है, एक-एक भाव की जाँच की है, उसका पृथक्करण किया है। किंतु उसमें से निकले हुए परिणाम सबके लिए अंतिम ही हैं, वे सच हैं अथवा वे ही सच हैं, ऐसा दावा मैं कभी करना नहीं चाहता। हाँ, यह दावा मैं अवश्य करता हूँ कि मेरी दृष्टि से ये सच हैं और इस समय तो अंतिम जैसे ही मालूम होते हैं। अगर न मालूम हों तो पग-पग पर जिन-जिन वस्तुओं को देखता हूँ, उनके त्याज्य और ग्राह्य ऐसे दो भाग कर लेता हूँ, और जिन्हें ग्राह्य समझता हूँ उनके अनुसार अपना आचरण बना लेता हूँ। और जब तक इस तरह बना हुआ आचरण मुझे अर्थात् मेरी बुद्धि को और आत्मा को संतोष देता है, तब तक मुझे उसके शुभ परिणामों के बारे में अविचलित विश्वास रखना ही चाहिए।

यदि मुझे केवल सिद्धांतों का अर्थात् तत्वों का ही वर्णन करना हो, तब तो यह आत्मकथा मुझे लिखनी ही नहीं चाहिए। लेकिन मुझे तो उन पर रचे गए कार्यों का इतिहास देना है, और इसीलिए मैंने इन प्रयत्नों को 'सत्य के प्रयोग' जैसा पहला नाम दिया है। इसमें सत्य से भिन्न माने जाने वाले अहिंसा, ब्रह्मचर्य इत्यादि नियमों के प्रयोग भी आ जाएँगे। लेकिन मेरे मन में सत्य ही सर्वोपरि है और उसमें अगणित वस्तुओं का समावेश हो जाता है। यह सत्य स्थूल—वाचिक—सत्य नहीं है। यह तो वाणी की तरह विचार का भी है। यह सत्य केवल हमारा कल्पित सत्य ही नहीं, बल्कि स्वतंत्र चिरस्थायी सत्य है; अर्थात् परमेश्वर ही है।

परमेश्वर की व्याख्याएँ अनगिनत हैं, क्योंकि उसकी विभूतियाँ भी अनगिनत हैं। ये विभूतियाँ मुझे आश्चर्यचकित करती हैं। क्षण भर के लिए ये मुझे मुग्ध भी करती हैं। किंतु मैं पुजारी तो सत्यरूपी परमेश्वर का ही हूँ। वह एक ही सत्य है, और दूसरा सब मिथ्या है। यह सत्य मुझे मिला नहीं है, लेकिन मैं इसका शोधक हूँ। इस शोध के लिए मैं अपनी प्रिय से प्रिय वस्तु का त्याग करने को तैयार हूँ, और मुझे यह विश्वास है कि इस शोधरूपी यज्ञ में इस शरीर को भी होमने की मेरी तैयारी है और शक्ति है। लेकिन जब तक मैं इस सत्य का साक्षात्कार न कर लूँ, तब तक मेरी अंतरात्मा जिसे सत्य समझती है, उस काल्पनिक सत्य को अपना आधार मानकर, अपना दीपस्तंभ समझकर, उसके सहारे मैं अपना जीवन व्यतीत करता हूँ।

यद्यपि यह मार्ग तलवार की धार पर चलने जैसा है, तो भी मुझे यह सरल से सरल लगा है। इस मार्ग पर चलते हुए अपनी भयंकर भूलें भी मुझे नगण्य-सी लगी हैं, क्योंकि वैसी भूलें करने पर भी मैं बच गया हूँ और अपनी समझ के अनुसार आगे बढ़ा हूँ। दूर-दूर से विशुद्ध सत्य की—ईश्वर की झाँकी भी मैं कर रहा हूँ। मेरा यह विश्वास दिन-प्रतिदिन बढ़ता जाता है कि एक सत्य ही है, उसके अलावा दूसरा कुछ भी इस जगत् में नहीं है। यह विश्वास किस प्रकार बढ़ता गया है, इसे मेरा जगत् अर्थात् 'नवजीवन' इत्यादि के पाठक जानकर मेरे प्रयोगों के साझेदार बनना चाहें और उस सत्य की झाँकी भी मेरे साथ करना चाहें तो भले करें। साथ ही, मैं यह भी अधिकाधिक मानने लगा हूँ कि जितना कुछ मेरे लिए संभव है, उतना एक बालक के लिए भी संभव है, और इसके लिए मेरे पास सबल कारण हैं। सत्य की शोध के साधन जितने कठिन हैं उतने ही सरल भी हैं। वे अभिमानी को असंभव मालूम होंगे और एक निर्दोष बालक को बिलकुल संभव लगेंगे। सत्य के शोधक को रज-कण से भी नीचे रहना पड़ता है। सारा संसार रज-कणों को कुचलता है, पर सत्य का पुजारी तो जब तक इतना अल्प नहीं बनता कि रज-कण भी उसे कुचल सकें, तब तक उसके लिए स्वतंत्र सत्य की झाँकी भी दुर्लभ है। यह चीज वशिष्ठ-विश्वामित्र के आख्यान में स्वतंत्र रीति से बताई गई है। ईसाई धर्म और इस्लाम भी इसी वस्तु को सिद्ध करते हैं।

मैं जो प्रकरण लिखनेवाला हूँ, इनमें यदि पाठकों को अभिमान का भास हो, तो उन्हें अवश्य ही समझ लेना चाहिए कि मेरी शोध में खामी है और मेरी

झाँकियाँ मृगजल के समान हैं। मेरे समान अनेक का क्षय चाहे हो, पर सत्य की जय हो। अल्पात्मा को मापने के लिए हम सत्य का गज कभी छोटा न करें।

मैं चाहता हूँ कि मेरे लेखों को कोई प्रमाणभूत न समझे। यही मेरी विनती है। मैं तो सिर्फ यह चाहता हूँ कि उनमें बताये गए प्रयोगों को दृष्टांत रूप मानकर सब अपने-अपने प्रयोग यथाशक्ति और यथामति करें। मुझे विश्वास है कि इस संकुचित क्षेत्र में आत्मकथा के मेरे लेखों से बहुत-कुछ मिल सकेगा, क्योंकि कहने योग्य एक भी बात मैं छिपाऊँगा नहीं। मुझे आशा है कि मैं अपने दोषों का खयाल पाठकों को पूरी तरह दे सकूँगा। मुझे सत्य के शास्त्रीय प्रयोगों का वर्णन करना है, मैं कितना भला हूँ, इसका वर्णन करने की मेरी तनिक भी इच्छा नहीं है। जिस गज से स्वयं मैं अपने को मापना चाहता हूँ और जिसका उपयोग हम सबको अपने-अपने विषय में करना चाहिए, उसके अनुसार तो मैं अवश्य कहूँगा कि :

मो सम कौन कुटिल खल कामी?
जिन तनु दियो ताहि बिसरायो
ऐसो निमकहरामी।

क्योंकि जिसे मैं संपूर्ण विश्वास के साथ अपने श्वासोच्छ्‌वास का स्वामी समझता हूँ, जिसे मैं अपने नमक का देनेवाला मानता हूँ, उससे मैं अभी तक दूर हूँ, यह चीज मुझे प्रतिक्षण खटकती है। इसके कारण रूप अपने विकारों को मैं देख सकता हूँ, पर उन्हें अभी तक निकाल नहीं पा रहा हूँ।

परंतु इसे यहीं समाप्त करता हूँ। प्रस्तावना में से मैं प्रयोग की कथा में नहीं उतर सकता। वह तो कथा-प्रकरणों में ही मिलेगी।

आश्रम, साबरमती
मार्गशीर्ष शुक्ल 11, संवत 1982

—मोहनदास करमचंद गांधी

पहला भाग

1. जन्म

जान पड़ता है कि गांधी-कुटुंब पहले तो पंसारी का धंधा करनेवाला था। लेकिन मेरे दादा से लेकर पिछली तीन पीढ़ियों से वह दीवानगीरी करता रहा है। ऐसा मालूम होता है कि उत्तमचंद गांधी अथवा ओता गांधी टेकवाले थे। राजनीतिक खटपट के कारण उन्हें पोरबंदर छोड़ना पड़ा था, और उन्होंने जूनागढ़ राज्य में आश्रय लिया था। उन्होंने नवाब साहब को बाएँ हाथ से सलाम किया। किसी ने इस प्रकट अविनय का कारण पूछा, तो जवाब मिला 'दाहिना हाथ तो पोरबंदर को अर्पित हो चुका है।'

ओता गांधी के एक के बाद दूसरा, यों दो विवाह हुए थे। पहले विवाह से उनके चार लड़के थे और दूसरे से दो। अपने बचपन को याद करता हूँ, तो मुझे खयाल नहीं आता कि ये भाई सौतेले थे। इनमें पाँचवें करमचंद अथवा कबा गांधी और आखिरी तुलसीदास गांधी थे। दोनों भाइयों ने बारी-बारी से पोरबंदर में दीवान का काम किया। कबा गांधी मेरे पिताजी थे। पोरबंदर की दीवानगीरी छोड़ने के बाद वे राजस्थानिक कोर्ट के सदस्य थे। बाद में राजकोट में और कुछ समय के लिए वांकानेर में दीवान थे। मृत्यु के समय वे राजकोट दरबार के पेंशनर थे।

कबा गांधी के भी एक के बाद एक, यों चार विवाह हुए थे। पहले दो से दो कन्याएँ थीं; अंतिम पत्नी पुतली बाई से एक कन्या और तीन पुत्र थे। उनमें अंतिम मैं हूँ।

पिता कुटुंब-प्रेमी, सत्य-प्रिय, शूर, उदार, किंतु क्रोधी थे। थोड़े विषयासक्त भी रहे होंगे। उनका आखिरी ब्याह 40वें साल के बाद हुआ था। हमारे परिवार में और बाहर भी उनके विषय में यह धारणा थी कि वे रिश्वतखोरी से दूर भागते हैं और इसलिए शुद्ध न्याय करते हैं। राज्य के प्रति वे बहुत वफादार थे। एक बार प्रांत के किसी साहब ने राजकोट के ठाकुर साहब का अपमान किया था। पिताजी ने उसका विरोध किया। साहब नाराज हुए, कबा गांधी से माफी माँगने के लिए कहा। उन्होंने माफी माँगने से इनकार किया। फलस्वरूप कुछ घंटों के लिए उन्हें

हवालात में भी रहना पड़ा। इस पर भी जब वे डिगे नहीं तो अंत में साहब ने उन्हें छोड़ देने का हुक्म दिया।

पिताजी ने धन बटोरने का लोभ कभी नहीं किया। इस कारण हम भाइयों के लिए वे बहुत थोड़ी संपत्ति छोड़ गए थे।

पिताजी की शिक्षा केवल अनुभव की थी। आजकल जिसे हम गुजराती की पाँचवीं किताब का ज्ञान कहते हैं, उतनी शिक्षा उन्हें मिली होगी। इतिहास-भूगोल का ज्ञान तो बिलकुल ही न था। फिर भी उनका व्यावहारिक ज्ञान इतने ऊँचे दर्जे का था कि बारीक से बारीक सवालों को सुलझाने में अथवा हजार आदमियों से काम लेने में भी उन्हें कोई कठिनाई नहीं होती थी। धार्मिक शिक्षा नहीं के बराबर थी, पर मंदिरों में जाने से और कथा वगैरह सुनने से जो धर्मज्ञान असंख्य हिंदुओं को सहज भाव से मिलता रहता है, वह उनमें था। आखिर के साल में एक विद्वान् ब्राह्मण की सलाह से, जो परिवार के मित्र थे, उन्होंने गीता-पाठ शुरू किया था और रोज पूजा के समय वे थोड़े-बहुत श्लोक ऊँचे स्वर से पाठ किया करते थे।

मेरे मन पर यह छाप रही है कि माता साध्वी स्त्री थीं। वे बहुत श्रद्धालु थीं। बिना पूजा-पाठ के कभी भोजन न करतीं। हमेशा हवेली (वैष्णव-मंदिर) जातीं। जबसे मैंने होश सँभाला तबसे मुझे याद नहीं पड़ता कि उन्होंने कभी चातुर्मास का व्रत तोड़ा हो। वे कठिन-से-कठिन व्रत शुरू करतीं और उन्हें निर्विघ्न पूरा करतीं। लिए हुए व्रतों को बीमार होने पर भी कभी न छोड़तीं। ऐसे एक समय की मुझे याद है कि जब उन्होंने चंद्रायण का व्रत लिया था। व्रत के दिनों में वे बीमार पड़ीं, पर व्रत नहीं छोड़ा। चातुर्मास में एक बार खाना तो उनके लिए सामान्य बात थी। इतने से संतोष न करके एक चौमासे में उन्होंने तीसरे दिन भोजन करने का व्रत लिया था। लगातार दो-तीन उपवास तो उनके लिए मामूली बात थी। एक चातुर्मास में उन्होंने यह व्रत लिया था कि सूर्यनारायण के दर्शन करके ही भोजन करेंगी। उस चौमासे में हम बालक बादलों के सामने देखा करते कि कब सूरज के दर्शन हों और कब माँ भोजन करें। यह तो सब जानते हैं कि चौमासे में अकसर सूर्य के दर्शन दुर्लभ हो जाते हैं। मुझे ऐसे दिन याद हैं कि जब हम सूरज को देखते और कहते, 'माँ-माँ, सूरज दिखा;' और माँ उतावली होकर आतीं, इतने में सूरज छिप जाता और माँ यह कहती हुई लौट जातीं, 'कोई बात नहीं, आज भाग्य में भोजन नहीं है' और अपने काम में डूब जातीं।

माता व्यवहार-कुशल थीं। राज-दरबार की सब बातें वे जानती थीं। रनिवास में उनकी बुद्धि की अच्छी कदर होती थी। मैं बालक था। कभी-कभी माताजी

मुझे भी अपने साथ दरबार गढ़ ले जाती थीं। 'बा-माँसाहब' के साथ होने वाली बातों में से कुछ मुझे अभी तक याद हैं।

इन माता-पिता के घर में संवत् 1925 की भादों बदी बारस के दिन, अर्थात् 2 अक्टूबर, 1869 को पोरबंदर अथवा सुदामापुरी में मेरा जन्म हुआ।

बचपन मेरा पोरबंदर में ही बीता। याद पड़ता है कि मुझे किसी पाठशाला में भरती किया गया था। मुश्किल से थोड़े पहाड़े मैं सीखा था। मुझे सिर्फ इतना याद है कि मैंने उस समय दूसरे लड़कों के साथ अपने शिक्षक को गाली देना सीखा था और कुछ याद नहीं पड़ता। इससे मैं अंदाज लगाता हूँ कि मेरी बुद्धि मंद रही होगी और स्मरण-शक्ति उन पंक्तियों के कच्चे पापड़ जैसी होगी, जिन्हें हम बालक गाया करते थे। वे पंक्तियाँ मुझे यहाँ देनी ही चाहिए :

एकडे एक, पापड़ शेक;
पापड़ कच्चो—मारो—

पहली खाली जगह में मास्टर का नाम होता था। उसे मैं अमर करना नहीं चाहता। दूसरी खाली जगह में छोड़ी हुई गाली रहती थी, जिसे भरने की आवश्यकता नहीं।

2. बचपन

पोरबंदर से पिताजी राजस्थानिक कोर्ट के सदस्य बनकर राजकोट गए। उस समय मेरी उम्र लगभग सात साल की होगी। मुझे राजकोट की ग्रामशाला में भरती किया गया। इस शाला के दिन मुझे अच्छी तरह याद हैं। शिक्षकों के नाम-धाम भी याद हैं। पोरबंदर की तरह यहाँ की पढ़ाई के बारे में भी जानने लायक कोई खास बात नहीं है। मैं मुश्किल से साधारण श्रेणी का विद्यार्थी रहा होऊँगा। ग्रामशाला से उपनगर की शाला में और वहाँ से हाईस्कूल में। यहाँ तक पहुँचने में मेरा 12वाँ वर्ष बीत गया। मुझे याद नहीं पड़ता कि इस बीच मैंने किसी भी समय शिक्षकों को धोखा दिया हो। न तब तक किसी को मित्र बनाने का स्मरण है। मैं बहुत ही शरमीला लड़का था। पाठशाला में अपने काम से ही काम रखता

था। घंटी बजने के समय पहुँचता और पाठशाला के बंद होते ही घर भागता। 'भागना' शब्द मैं जान-बूझकर लिख रहा हूँ, क्योंकि किसी से बातें करना मुझे अच्छा न लगता था। साथ ही, यह डर भी रहता था कि कोई मेरा मज़ाक उड़ाएगा तो?

हाईस्कूल के पहले ही वर्ष की, परीक्षा के समय की एक घटना उल्लेखनीय है। शिक्षा विभाग के इंस्पेक्टर जाइल्स विद्यालय का निरीक्षण करने आए थे। उन्होंने पहली कक्षा के विद्यार्थियों को अंग्रेज़ी के पाँच शब्द लिखाए। उनमें एक शब्द 'केटल' (Kettle) था। मैंने उसके हिज्जे गलत लिखे थे। शिक्षक ने अपने बूट की नोक मारकर मुझे सावधान किया। लेकिन मैं क्यों सावधान होने लगा? मुझे यह खयाल ही नहीं हो सका कि शिक्षक मुझे पासवाले लड़के की पट्टी देखकर हिज्जे सुधार लेने को कहते हैं। मैंने यह माना था कि शिक्षक तो यह देख रहे हैं कि हम एक-दूसरे की पट्टी में देखकर चोरी न करें। सब लड़कों के पाँचों शब्द सही निकले और अकेला मैं बेवकूफ ठहरा! शिक्षक ने मुझे मेरी बेवकूफी बाद में समझाई; लेकिन मेरे मन पर उनके समझाने का कोई असर न हुआ। मैं दूसरे लड़कों की पट्टी में देखकर चोरी करना कभी सीख न सका।

इतने पर भी शिक्षक के प्रति मेरा विनय कभी कम न हुआ। बड़ों के दोष न देखने का गुण मुझमें स्वभाव से ही था। बाद में इन शिक्षक के दूसरे दोष भी मुझे मालूम हुए थे। फिर भी उनके प्रति मेरा आदर तो बना ही रहा। मैं यह जानता था कि बड़ों की आज्ञा का पालन करना चाहिए। वे जो कहें, सो करना; उसके काजी न बनना।

इसी समय के दो और प्रसंग मुझे हमेशा याद रहे हैं। साधाणतः पाठशाला की पुस्तकों को छोड़कर और कुछ पढ़ने का मुझे शौक नहीं था। सबक याद करना चाहिए, उलाहना सहा नहीं जाता, शिक्षक को धोखा देना ठीक नहीं, इसलिए मैं पाठ याद करता था। लेकिन मन अलसा जाता, इससे अकसर सबक कच्चा रह जाता। ऐसी हालत में दूसरी कोई चीज पढ़ने की इच्छा क्योंकर होती? किंतु पिताजी की खरीदी हुई एक पुस्तक पर मेरी दृष्टि पड़ी। नाम था—'श्रवण-पितृभक्ति नाटक'। मेरी इच्छा उसे पढ़ने की हुई और मैं उसे बड़े चाव के साथ पढ़ गया। उन्हीं दिनों शीशे में चित्र दिखाने वाले भी घर-घर आते थे। उनके पास मैंने श्रवण का वह दृश्य भी देखा, जिसमें वह अपने माता-पिता को काँवर में बैठाकर यात्रा पर ले जाता है। दोनों चीजों का मुझ पर गहरा प्रभाव पड़ा। मन में इच्छा होती कि मुझे भी श्रवण के

समान बनना चाहिए। श्रवण की मृत्यु पर उसके माता-पिता का विलाप मुझे आज भी याद है। उस ललित छंद को मैंने बाजे पर बजाना भी सीख लिया था। मुझे बाजा सीखने का शौक था और पिताजी ने एक बाजा दिला भी दिया था।

इन्हीं दिनों कोई नाटक कंपनी आई थी और उसका नाटक देखने की इजाज़त मुझे मिली थी। हरिश्चंद्र का आख्यान था। उस नाटक को देखते हुए मैं थकता ही न था। उसे बार-बार देखने की इच्छा होती थी। लेकिन यों बार-बार जाने कौन देता? पर अपने मन में मैंने उस नाटक को सैकड़ों बार खेला होगा। मुझे हरिश्चंद्र के सपने आते। 'हरिश्चंद्र की तरह सत्यवादी सब क्यों नहीं होते?' यह धुन बनी रहती। हरिश्चंद्र पर जैसी विपत्तियाँ पड़ीं वैसी विपत्तियों को भोगना और सत्य का पालन करना ही वास्तविक सत्य है। मैंने यह मान लिया था कि नाटक में जैसी लिखी हैं, वैसी ही विपत्तियाँ हरिश्चंद्र पर पड़ी होंगी। हरिश्चंद्र के दुःख देखकर, उनका स्मरण करके मैं खूब रोया हूँ। आज मेरी बुद्धि समझती है कि हरिश्चंद्र कोई ऐतिहासिक व्यक्ति नहीं था। फिर भी मेरे विचार में हरिश्चंद्र और श्रवण आज भी जीवित हैं। मैं मानता हूँ कि आज भी उन नाटकों को पढ़ूँ, तो मेरी आँखों से आँसू बह निकलेंगे।

3. बाल-विवाह

मैं चाहता हूँ कि मुझे यह प्रकरण न लिखना पड़ता। लेकिन इस कथा में मुझको ऐसे कितने ही कड़वे घूँट पीने पड़ेंगे। सत्य का पुजारी होने का दावा करके मैं और कुछ कर ही नहीं सकता। यह लिखते हुए मन अकुलाता है कि तेरह साल की उम्र में मेरा विवाह हुआ था। आज मेरी आँखों के सामने बारह-तेरह वर्ष के बालक मौजूद हैं। उन्हें देखता हूँ और अपने विवाह का स्मरण करता हूँ, तो मुझे अपने ऊपर दया आती है और इन बालकों को मेरी स्थिति में से बचने के लिए बधाई देने की इच्छा होती है। तेरहवें वर्ष में हुए अपने विवाह के समर्थन में मुझे एक भी नैतिक दलील सूझ नहीं सकती।

पाठक यह न समझें कि मैं सगाई की बात लिख रहा हूँ। काठियावाड़ में विवाह का अर्थ लग्न है, सगाई नहीं। बालक-बालिका को ब्याहने के लिए माँ-बाप

के बीच होने वाला करार सगाई है। सगाई टूट सकती है। सगाई के रहते वर यदि मर जाए, तो कन्या विधवा नहीं होती। सगाई में वर-कन्या के बीच कोई संबंध नहीं रहता। दोनों को पता भी नहीं होता। मेरी एक-एक करके तीन बार सगाई हुई थी। ये तीन सगाइयाँ कब हुईं, इसका मुझे कुछ पता नहीं। मुझे बताया गया था कि दो कन्याएँ एक के बाद एक मर गईं। इसीलिए मैं जानता हूँ कि मेरी तीन सगाइयाँ हुई थीं। कुछ ऐसा याद पड़ता है कि तीसरी सगाई कोई सात साल की उम्र में हुई होगी। लेकिन मैं नहीं जानता कि सगाई के समय मुझसे कुछ कहा गया था। विवाह में वर-कन्या की आवश्यकता पड़ती है, उसकी एक विधि होती है; और मैं जो लिख रहा हूँ, सो विवाह के विषय में ही है। विवाह का मुझे पूरा-पूरा स्मरण है।

पाठक जान चुके हैं कि हम तीन भाई थे। उनमें सबसे बड़े का विवाह हो चुका था। मझले भाई मुझसे दो या तीन साल बड़े थे। घर के बड़ों ने एक साथ तीन विवाह करने का निश्चय किया। मझले भाई का, मेरे काकाजी के छोटे लड़के का, जिनकी उम्र मुझसे एकाध साल शायद अधिक रही होगी, और मेरा। इसमें हमारे कल्याण की बात नहीं थी। बात हमारी इच्छा की तो थी ही नहीं, सिर्फ बड़ों की सुविधा और खर्च की थी।

हिंदू-संसार में विवाह कोई ऐसी-वैसी चीज नहीं। वर-कन्या के माता-पिता विवाह के पीछे बरबाद होते हैं, धन लुटाते हैं और समय लुटाते हैं। महीनों पहले से तैयारियाँ होती हैं। कपड़े बनते हैं, गहने बनते हैं, जातिभोज के खर्च के हिसाब बनते हैं, पकवानों के प्रकारों की होड़ बदी जाती है। औरतें, गला हो चाहे न हो, तो भी गाने गा-गाकर अपनी आवाज बैठा लेती हैं, बीमार भी पड़ती हैं, पड़ोसियों की शांति में खलल पहुँचाती हैं। बेचारे पड़ोसी भी अपने यहाँ प्रसंग आने पर यही सब करते होते हैं, इसलिए शोरगुल, जूठन, दूसरी गंदगियाँ, सब कुछ उदासीन भाव से सह लेते हैं।

ऐसा झमेला तीन बार करने के बदले एक ही बार कर लिया जाए, तो कितना अच्छा हो? खर्च कम होने पर भी विवाह ठाठ से हो सकता है, क्योंकि तीन विवाह एक साथ करने पर पैसा खुले हाथों खर्चा जा सकता है। पिताजी और काकाजी बूढ़े थे। हम उनके आखिरी लड़के ठहरे। इसलिए उनके मन में हमारे विवाह रचाने का आनंद लूटने की वृत्ति भी रही होगी। इन और ऐसे दूसरे विचारों से ये तीनों विवाह एक साथ करने का निश्चय किया गया, और इसके लिए तैयारियाँ

और सामग्री जुटाने का काम तो, जैसा कि मैं कह चुका हूँ, महीनों पहले से शुरू हो चुका था।

हम भाइयों को तो सिर्फ तैयारियों से ही पता चला कि विवाह होने वाले हैं। उस समय मेरे मन में अच्छे-अच्छे कपड़े पहनने, बाजे बजने, वर-यात्रा के समय घोड़े पर चढ़ने, बढ़िया भोजन मिलने, एक नई बालिका के साथ विनोद करने आदि की अभिलाषा के सिवा दूसरी कोई खास बात रही हो, इसका मुझे स्मरण नहीं है। विषय-भोग की वृत्ति तो बाद में आई। वह कैसे आई, इसका वर्णन मैं कर सकता हूँ, पर पाठक ऐसी जिज्ञासा न रखें। मैं अपनी शर्म पर परदा डालना चाहता हूँ, जो कुछ बतलाने लायक है, वह इसके आगे आएगा। किंतु इस चीज के ब्योरे का उस केंद्र-बिंदु से बहुत ही थोड़ा संबंध है, जिसे मैंने अपनी निगाह के सामने रखा है।

हम दो भाइयों को राजकोट से पोरबंदर ले जाया गया। वहाँ हल्दी चढ़ाने आदि की जो विधि हुई, वह मनोरंजक होते हुए भी उसकी चर्चा छोड़ देने लायक है।

पिताजी दीवान थे, फिर भी थे तो नौकर ही; तिस पर राज-प्रिय थे, इसलिए अधिक पराधीन रहे। ठाकुर साहब ने आखिरी घड़ी तक उन्हें छोड़ा नहीं। अंत में जब छोड़ा तो विवाह के दो दिन पहले ही रवाना किया। उन्हें पहुँचाने के लिए खास डाक बैठाई गई। पर! पर विधाता ने कुछ और ही सोचा था। राजकोट से पोरबंदर साठ कोस है। बैलगाड़ी से पाँच दिन का रास्ता था। पिताजी तीन दिन में पहुँचे। आखिरी मंजिल में ताँगा उलट गया। पिताजी को काफी चोट आई। हाथ पर पट्टी, पीठ पर पट्टी। विवाह-विषयक उनका और हमारा आधा आनंद चला गया। फिर भी विवाह तो हुए ही। लिखे मुहूर्त कहीं टल सकते हैं? मैं तो विवाह के बाल-उल्लास में पिताजी का दुःख भूल गया!

मैं पितृ-भक्त तो था ही, पर विषय-भक्त भी तो वैसा ही था न? यहाँ विषय का मतलब एक इंद्रिय का विषय नहीं है, बल्कि भोग मात्र है। माता-पिता की भक्ति के लिए सब सुखों का त्याग करना चाहिए, यह ज्ञान तो आगे चलकर मिलने वाला था। तिस पर भी मानो मुझे इस भोगेच्छा का दंड ही भुगतना हो, इस तरह मेरे जीवन में एक विपरीत घटना घटी, जो मुझे आज तक अखरती है। जब-जब निष्कुलानंद का :

त्याग न टके रे वैराग विना,
करीए कोटि उपाय जी।

गाता हूँ या सुनता हूँ, तब-तब वह विपरीत और कड़वी घटना मुझे याद आती है और शर्माती है।

पिताजी ने शरीर से पीड़ा भोगते हुए भी बाहर से प्रसन्न दिखने का प्रयत्न किया और विवाह में पूरी तरह योग दिया। पिताजी किस-किस प्रसंग पर कहाँ-कहाँ बैठे थे, इसकी याद मुझे आज भी वैसी की वैसी बनी है। बाल-विवाह की चर्चा करते हुए पिताजी के कार्य की जो टीका मैंने आज की है, वह मेरे मन ने उस समय थोड़े ही की थी? तब तो सब कुछ योग्य और मनपसंद ही लगा था। ब्याहने का शौक था और पिताजी जो कर रहे हैं, ठीक ही कर रहे हैं, ऐसा लगता था। इसलिए उस समय के स्मरण ताजे हैं।

मंडप में बैठे, फेरे फिरे, कंसार खाया-खिलाया और तभी से वर-वधू साथ में रहने लगे। वह पहली रात! दो निर्दोष बालक अनजाने संसार-सागर में कूद पड़े। भाभी ने सिखलाया कि मुझे पहली रात में कैसा बरताव करना चाहिए। धर्मपत्नी को किसने सिखलाया, सो पूछने की बात मुझे याद नहीं। अब भी पूछा जा सकता है, पर पूछने की इच्छा तक नहीं होती। पाठक यह जान लें कि हम दोनों एक-दूसरे से डरते थे, ऐसा भास मुझे है। एक-दूसरे से शर्माते तो थे ही। बातें कैसे करना, क्या करना, सो मैं क्या जानूँ? प्राप्त सिखावन भी क्या मदद करती? लेकिन क्या इस संबंध में कुछ सिखाना जरूरी होता है? जहाँ संस्कार बलवान है, वहाँ सिखावन सब गैर-जरूरी बन जाती है। धीरे-धीरे हम एक-दूसरे को पहचानने लगे, बोलने लगे। हम दोनों बराबरी की उम्र के थे। पर मैंने तो पति की सत्ता चलाना शुरू कर दिया।

4. पतित्व

जिन दिनों मेरा विवाह हुआ, उन दिनों निबंधों की छोटी-छोटी पुस्तिकाएँ—पैसे-पैसे की या पाई-पाई की, सो तो कुछ याद नहीं—निकलती थीं। उनमें दंपती-प्रेम, कमखर्ची, बाल-विवाह आदि विषयों की चर्चा रहती थी। उनमें से कुछ निबंध मेरे हाथ में पड़ते और मैं उन्हें पढ़ जाता। मेरी यह आदत तो थी ही

कि पढ़े हुए में से जो पसंद न आए, उसे भूल जाना और पसंद आए उस पर अमल करना। मैंने पढ़ा था कि एकपत्नी-व्रत पालना पति का धर्म है। बात हृदय में रम गई। सत्य का शौक तो था ही, इसलिए पत्नी को धोखा तो दे ही नहीं सकता था। इसी से यह भी समझ में आया कि दूसरी स्त्री के साथ संबंध नहीं रहना चाहिए। छोटी उम्र में एकपत्नी-व्रत के भंग की संभावना बहुत कम ही रहती है।

पर इन सद्विचारों का एक बुरा परिणाम निकला। अगर मुझे एकपत्नी-व्रत पालना है, तो पत्नी को एकपति-व्रत पालना चाहिए। इस विचार के कारण मैं ईर्ष्यालु पति बन गया। 'पालना चाहिए' में से मैं 'पलवाना चाहिए' के विचार पर पहुँचा और अगर पलवाना है तो मुझे पत्नी की निगरानी रखनी चाहिए। मेरे लिए पत्नी की पवित्रता में शंका करने का कोई कारण नहीं था, पर ईर्ष्या कारण क्यों देखने लगी? मुझे हमेशा यह जानना ही चाहिए कि मेरी स्त्री कहाँ जाती है। इसलिए मेरी अनुमति के बिना वह कहीं जा ही नहीं सकती। यह चीज हमारे बीच दुःखद झगड़े की जड़ बन गई। बिना अनुमति के कहीं भी न जा सकना तो एक तरह की कैद ही हुई। पर कस्तूरबाई ऐसी कैद सहन करने वाली थी ही नहीं। जहाँ इच्छा होती वहाँ मुझसे बिना पूछे जरूर जाती। मैं ज्यों-ज्यों दबाव डालता, त्यों-त्यों वह अधिक स्वतंत्रता से काम लेती और त्यों-त्यों मैं अधिक चिढ़ता। इससे हमारे बीच बोलचाल बंद होना एक मामूली चीज बन गई। कस्तूरबाई ने जो स्वतंत्रता बरती, उसे मैं निर्दोष मानता हूँ। जिस बालिका के मन में पाप नहीं है, वह देव-दर्शन के लिए जाने पर या किसी से मिलने जाने पर दबाव क्यों सहन करे? अगर मैं उस पर दबाव डालता हूँ, तो वह मुझ पर क्यों न डाले? यह तो अब समझ में आ रहा है। उस समय तो मुझे अपना पतित्व सिद्ध करना था।

लेकिन पाठक यह न मानें कि हमारे इस गृह-जीवन में कहीं भी मिठास नहीं थी। मेरी वक्रता की जड़ प्रेम में थी। मैं अपनी पत्नी को आदर्श स्त्री बनाना चाहता था। मेरी यह भावना थी कि वह स्वच्छ बने, स्वच्छ रहे, मैं सीखूँ सो सीखे, मैं पढ़ूँ सो पढ़े, और हम दोनों एक-दूसरे में ओत-प्रोत रहें।

कस्तूरबाई में यह भावना थी या नहीं, इसका मुझे पता नहीं। वह निरक्षर थी। स्वभाव से सीधी, स्वतंत्र, मेहनती और मेरे साथ तो कम बोलनेवाली थी। उसे अपने अज्ञान का असंतोष न था। अपने बचपन में मैंने कभी उसकी यह इच्छा नहीं जानी कि मेरी तरह वह भी पढ़ सके तो अच्छा हो। इससे मैं मानता हूँ कि

मेरी भावना एकपक्षीय थी। मेरा विषय-सुख एक स्त्री पर ही निर्भर था और मैं उस सुख का प्रतिघोष चाहता था। जहाँ प्रेम एक पक्ष की ओर से भी होता है, वहाँ सर्वांश में दुःख तो नहीं ही होता। मुझे कहना चाहिए कि मैं अपनी स्त्री के प्रति विषयासक्त था। शाला में भी उसके विचार आते रहते। कब रात पड़े और कब हम मिलें, यह विचार बना ही रहता। वियोग असह्य था। अपनी कुछ निकम्मी बकवासों से मैं कस्तूरबाई को जगाए ही रहता। मेरा खयाल है कि इस आसक्ति के साथ ही मुझमें कर्तव्य-परायणता न होती, तो मैं व्याधिग्रस्त होकर मौत के मुँह में चला जाता अथवा इस संसार में बोझ रूप बनकर ज़िंदा रहता। 'सबेरा होते ही नित्यकर्म में तो लग ही जाना चाहिए, किसी को धोखा तो दिया ही नहीं जा सकता'—अपने इन विचारों के कारण मैं बहुत से संकटों से बचा हूँ।

मैं लिख चुका हूँ कि कस्तूरबाई निरक्षर थी। उसे पढ़ाने की मेरी बड़ी इच्छा थी। पर मेरी विषय-वासना मुझे पढ़ाने कैसे देती? एक तो मुझे जबरदस्ती पढ़ाना था। वह भी रात के एकांत में ही हो सकता था। बड़ों के सामने तो स्त्री की तरफ देखा भी नहीं जा सकता था। फिर बातचीत कैसे होती? उन दिनों काठियावाड़ में घूँघट निकालने का निकम्मा और जंगली रिवाज था; आज भी बड़ी हद तक मौजूद है। इस कारण मेरे लिए पढ़ाने की परिस्थितियाँ भी प्रतिकूल थीं। अतएव मुझे यह स्वीकार करना चाहिए कि जवानी में पढ़ाने के जितने प्रयत्न मैंने किए, वे सब लगभग निष्फल हुए। जब मैं विषय की नींद में से जागा, तब तो सार्वजनिक जीवन में कूद चुका था। इसलिए अधिक समय देने की मेरी स्थिति नहीं रही थी। शिक्षक के द्वारा पढ़ाने के मेरे प्रयत्न भी व्यर्थ सिद्ध हुए। यही कारण है कि आज कस्तूरबाई की स्थिति मुश्किल से पत्र लिख सकने और साधारण गुजराती समझ सकने की है। मैं मानता हूँ कि अगर मेरा प्रेम विषय से दूषित न होता, तो आज वह एक विदुषी स्त्री होती। मैं उसके पढ़ने के आलस्य को जीत सकता था, क्योंकि मैं जानता हूँ कि शुद्ध प्रेम के लिए कुछ भी असंभव नहीं है।

यों अपनी पत्नी के प्रति विषयासक्त होते हुए भी मैं किसी कदर कैसे बच सका, इसका एक कारण बता चुका हूँ। एक और भी बताने लायक है। सैकड़ों अनुभवों के सहारे मैं इस परिणाम पर पहुँच सका हूँ कि जिसकी निष्ठा सच्ची है, उसकी रक्षा स्वयं भगवान ही कर लेते हैं। हिंदू-समाज में यदि बाल-विवाह का घातक रिवाज है, तो साथ ही उसमें से थोड़ी मुक्ति दिलानेवाला रिवाज भी है। माता-पिता बालक वर-वधू को लंबे समय तक एक साथ रहने नहीं देते। बाल-पत्नी का आधे से अधिक

समय पीहर में बीतता है। यही बात हमारे संबंध में भी हुई, मतलब यह कि तेरह से उन्नीस साल की उम्र तक हम छिटपुट मिलाकर कुल तीन साल से अधिक समय तक साथ नहीं रहे होंगे। छह-आठ महीने साथ रहते, इतने में माँ-बाप के घर का बुलावा आ ही जाता। उस समय तो वह बुलावा बहुत बुरा लगता था, पर उसी के कारण हम दोनों बच गए। फिर तो अठारह साल की उम्र में मैं विलायत गया, जिससे लंबे समय का सुंदर वियोग रहा। विलायत से लौटने पर भी हम करीब छह महीने ही साथ में रहे होंगे, क्योंकि मैं राजकोट और बंबई के बीच जाता-आता रहता था। इतने में दक्षिण अफ्रीका का बुलावा आ गया। इस बीच तो मैं अच्छी तरह जाग्रत हो चुका था।

5. हाईस्कूल में

मैं ऊपर लिख चुका हूँ कि ब्याह के समय मैं हाईस्कूल में पढ़ता था। उस समय हम तीनों भाई एक ही स्कूल में पढ़ते थे। जेठ भाई ऊपर के दर्जे में थे और जिन भाई के ब्याह के साथ मेरा ब्याह हुआ था, वे मुझसे एक दर्जा आगे थे। विवाह का परिणाम यह हुआ कि हम दो भाइयों का एक वर्ष बेकार गया। मेरे भाई के लिए तो परिणाम इससे भी बुरा रहा। ब्याह के बाद वे स्कूल में पढ़ ही न सके। कितने नौजवानों को ऐसे अनिष्ट परिणाम का सामना करना पड़ता होगा, भगवान ही जाने! विद्याभ्यास और विवाह दोनों एक साथ तो हिंदू-समाज में ही चल सकते हैं।

मेरी पढ़ाई चलती रही। हाईस्कूल में मेरी गिनती मंदबुद्धि विद्यार्थियों में नहीं थी। शिक्षकों का प्रेम मैं हमेशा ही पा सका था, हर साल माता-पिता के नाम स्कूल से विद्यार्थी की पढ़ाई और उसके आचरण के संबंध में प्रमाण-पत्र भेजे जाते थे। उनमें मेरे आचरण या अभ्यास के खराब होने की टीका कभी नहीं हुई। दूसरी कक्षा के बाद मुझे इनाम भी मिले और पाँचवीं तथा छठी कक्षा में क्रमशः प्रतिमास चार और दस रुपयों की छात्रवृत्ति भी मिली थी। इसमें मेरी होशियारी की अपेक्षा भाग्य का अंश अधिक था। ये छात्रवृत्तियाँ सब विद्यार्थियों के लिए नहीं थीं, बल्कि सोरठवासियों में से सर्वप्रथम आनेवालों के लिए थीं। चालीस-पचास विद्यार्थियों की कक्षा में उस समय सोरठ प्रदेश के विद्यार्थी कितने हो सकते थे?

मेरा अपना खयाल है कि मुझे अपनी होशियारी का कोई गर्व नहीं था। पुरस्कार या छात्रवृत्ति मिलने पर मुझे आश्चर्य होता था। पर अपने आचरण के विषय में मैं बहुत सजग था। आचरण में दोष आने पर मुझे रुलाई आ ही जाती थी। मेरे हाथों कोई भी ऐसा काम बने, जिससे शिक्षकों को मुझे डाँटना पड़े अथवा शिक्षकों का वैसा खयाल बने, तो वह मेरे लिए असह्य हो जाता था। मुझे याद है कि एक बार मुझे मार खानी पड़ी थी। मार का दुःख नहीं था, पर मैं दंड का पात्र माना गया, इसका मुझे बड़ा दुःख रहा। मैं खूब रोया। यह प्रसंग पहली या दूसरी कक्षा का है। दूसरा एक प्रसंग सातवीं कक्षा का है। उस समय दोराबजी एदलजी गीमी हेडमास्टर थे। वे विद्यार्थी-प्रेमी थे, क्योंकि वे नियमों का पालन करवाते, व्यवस्थित रीति से काम करते और लेते और अच्छी तरह पढ़ाते थे। उन्होंने उच्च कक्षा के विद्यार्थियों के लिए कसरत-क्रिकेट अनिवार्य कर दिए थे। मुझे इनसे अरुचि थी। इनके अनिवार्य बनने से पहले मैं कभी कसरत, क्रिकेट या फुटबॉल में गया ही न था। न जाने मेरा शरमीला स्वभाव ही एकमात्र कारण था। अब मैं देखता हूँ कि वह अरुचि मेरी भूल थी। उस समय मेरा यह गलत खयाल बना हुआ था कि शिक्षा के साथ कसरत का कोई संबंध नहीं है। बाद में मैं समझा कि विद्याभ्यास में व्यायाम का, अर्थात् शारीरिक शिक्षा का, मानसिक शिक्षा के समान ही स्थान होना चाहिए।

फिर भी मुझे कहना चाहिए कि कसरत में न जाने से मुझे नुकसान नहीं हुआ। उसका कारण यह रहा कि मैंने पुस्तकों में खुली हवा में घूमने जाने की सलाह पढ़ी थी और उसमें मुझे रुचि थी। इसके कारण हाईस्कूल की उच्च कक्षा से ही मुझे हवाखोरी की आदत पड़ गई थी। वह अंत तक बनी रही। टहलना भी व्यायाम तो है ही, इससे मेरा शरीर अपेक्षाकृत सुगठित बना।

अरुचि का दूसरा कारण था, पिताजी की सेवा करने की तीव्र इच्छा। स्कूल की छुट्टी होते ही मैं सीधा घर पहुँचता और सेवा में लग जाता। जब कसरत अनिवार्य हुई, तो इस सेवा में बाधा पड़ी। मैंने विनती की कि पिताजी की सेवा के लिए मुझे कसरत से छुट्टी दी जाए। पर गीमी साहब छुट्टी क्यों देने लगे? एक शनिवार के दिन सुबह का स्कूल था। शाम को चार बजे कसरत के लिए जाना था। मेरे पास घड़ी नहीं थी। आसमान बादलों से घिरा था, इसलिए समय का कोई अंदाज नहीं रहा। मैं बादलों से धोखा खा गया। जब कसरत के लिए पहुँचा, तो सब जा चुके थे। दूसरे दिन गीमी साहब ने हाजिरी देखी, तो मैं गैर-

हाजिर पाया गया। मुझसे कारण पूछा गया। मैंने सही-सही कारण बता दिया। उन्होंने उसे सच नहीं माना और मुझ पर एक या दो आने (ठीक रकम का स्मरण नहीं है) का जुर्माना किया। मैं झूठा ठहरा! मुझे बहुत दुःख हुआ। कैसे सिद्ध करूँ कि मैं झूठा नहीं हूँ? कोई उपाय न रहा। मन मसोसकर रह गया। रोया। समझा कि सच बोलनेवाले और सच्चा काम करने वाले को गाफिल भी नहीं रहना चाहिए। अपनी पढ़ाई के समय में इस तरह की मेरी यह पहली और आखिरी गफलत थी। मुझे धुँधली-सी याद है कि आखिर मैं वह जुर्माना माफ करा सका था।

मैंने कसरत से तो मुक्ति प्राप्त कर ही ली। पिताजी ने हेडमास्टर को पत्र लिखा कि स्कूल के समय के बाद वे मेरी उपस्थिति का उपयोग अपनी सेवा के लिए करना चाहते हैं। इस कारण मुझे मुक्ति मिल गई।

व्यायाम के बदले मैंने टहलने का सिलसिला रखा, इसलिए शरीर को व्यायाम न देने की गलती के लिए तो शायद मुझे सजा नहीं भोगनी पड़ी, पर दूसरी एक गलती की सजा मैं आज तक भोग रहा हूँ। मैं नहीं जानता कि पढ़ाई में सुंदर लेखन आवश्यक नहीं है, यह गलत खयाल मुझे कैसे हो गया था। पर ठेठ विलायत जाने तक यह बना रहा। बाद में और खास करके दक्षिण अफ्रीका में, जब मैंने वकीलों के तथा दक्षिण अफ्रीका में जन्मे और पढ़े-लिखे नवयुवकों के मोती के दानों-जैसे अक्षर देखे, तो मैं शर्माया और पछताया। मैंने अनुभव किया कि खराब अक्षर अधूरी शिक्षा की निशानी मानी जानी चाहिए। बाद में मैंने अक्षर सुधारने का प्रयत्न किया, पर पके घड़े पर कहीं गला जुड़ता है? जवानी में मैंने जिसकी उपेक्षा की, उसे मैं आज तक नहीं कर सका। हर एक नवयुवक और नवयुवती मेरे उदाहरण से सबक लें और समझें कि अच्छे अक्षर विद्या का आवश्यक अंग हैं। अच्छे अक्षर सीखने के लिए चित्रकला आवश्यक है। मेरी तो यह राय बनी है कि बालकों को चित्रकला पहले सिखानी चाहिए। जिस तरह पक्षियों, वस्तुओं आदि को देखकर बालक उन्हें याद रखता है और आसानी से उन्हें पहचानता है, उसी तरह अक्षर पहचानना सीखे और जब चित्रकला सीखकर चित्र आदि बनाने लगे तभी अक्षर लिखना सीखे, तो उसके अक्षर छपे अक्षरों के समान सुंदर होंगे।

इस समय के विद्याभ्यास के दूसरे दो संस्मरण उल्लेखनीय हैं। ब्याह के कारण जो एक साल नष्ट हुआ था, उसे बचा लेने की बात दूसरी कक्षा के शिक्षक ने मेरे

सामने रखी थी। उन दिनों परिश्रमी विद्यार्थी को इसके लिए अनुमति मिलती थी। इस कारण तीसरी कक्षा में मैं छह महीने रहा और गरमी की छुट्टियों से पहले होने वाली परीक्षा के बाद मुझे चौथी कक्षा में बैठाया गया। इस कक्षा से थोड़ी पढ़ाई अंग्रेज़ी माध्यम से होने लगती थी। मेरी समझ में कुछ न आता था। भूमिति भी चौथी कक्षा से शुरू होती थी। मैं उसमें पिछड़ा हुआ था ही, तिस पर मैं उसे बिलकुल समझ नहीं पाता था। भूमिति-शिक्षक अच्छी तरह समझाकर पढ़ाते थे, पर मैं कुछ समझ ही न सकता था। मैं अकसर निराश हो जाता। कभी-कभी यह भी सोचता कि एक साल में दो कक्षाएँ करने का विचार छोड़कर मैं तीसरी कक्षा में लौट जाऊँ। पर ऐसा करने में मेरी लाज जाती, और जिन शिक्षक ने मेरी लगन पर भरोसा करके मुझे चढ़ाने की सिफारिश की थी, उनकी भी लाज जाती। इस भय से नीचे जाने का विचार तो छोड़ ही दिया। जब प्रयत्न करते-करते मैं यूक्लिड के तेरहवें प्रमेय तक पहुँचा, तो अचानक मुझे बोध हुआ कि भूमिति तो सरल से सरल विषय है। जिसमें केवल बुद्धि का सीधा और सरल प्रयोग ही करना है, उसमें कठिनाई क्या है? उसके बाद तो भूमिति मेरे लिए सदा ही एक सरल और सरस विषय बना रहा।

भूमिति की अपेक्षा संस्कृत ने मुझे अधिक परेशान किया। भूमिति में रटने की कोई बात थी ही नहीं, जबकि मेरी दृष्टि से संस्कृत में तो सब रटना ही होता था। यह विषय भी चौथी कक्षा में शुरू हुआ था। छठी कक्षा में मैं हारा। संस्कृत-शिक्षक बहुत कड़े मिज़ाज के थे। विद्यार्थियों को अधिक सिखाने का लोभ रखते थे। संस्कृत वर्ग और फारसी वर्ग के बीच एक प्रकार की होड़ रहती थी। फारसी सिखाने वाले मौलवी नरम मिज़ाज के थे। विद्यार्थी आपस में बात करते कि फारसी तो बहुत आसान है और फारसी-शिक्षक बहुत भले हैं। विद्यार्थी जितना काम करते हैं, उतने से वे संतोष कर लेते हैं। मैं भी आसान होने की बात सुनकर ललचाया और एक दिन फारसी के वर्ग में जाकर बैठा। संस्कृत शिक्षक को दुःख हुआ। उन्होंने मुझे बुलाया और कहा, 'यह तो समझ कि तू किनका लड़का है? क्या तू अपने धर्म की भाषा नहीं सीखेगा? तुझे जो कठिनाई हो, सो मुझे बता। मैं तो सब विद्यार्थियों को बढ़िया संस्कृत सिखाना चाहता हूँ। आगे चलकर उसमें रस के घूँट पीने को मिलेंगे। तुझे यों हारना नहीं चाहिए। तू फिर से मेरे वर्ग में बैठ।' मैं शर्माया। शिक्षक के प्रेम की अवगणना न कर सका। आज मेरी आत्मा कृष्णशंकर मास्टर का उपकार मानती है। क्योंकि जितनी संस्कृत मैं उस समय

सीखा उतनी भी न सीखा होता तो आज संस्कृत शास्त्रों में मैं जितना रस ले सकता हूँ, उतना न ले पाता। मुझे तो इस बात का पश्चात्ताप होता है कि मैं संस्कृत अधिक न सीख सका। क्योंकि बाद में मैं समझा कि किसी भी हिंदू बालक को संस्कृत का अच्छा अभ्यास किए बिना रहना ही न चाहिए।

अब तो मैं यह मानता हूँ कि भारतवर्ष की उच्च शिक्षा के पाठ्यक्रम में मातृभाषा के अतिरिक्त राष्ट्रभाषा हिंदी, संस्कृत, फारसी, अरबी और अंग्रेज़ी का स्थान होना चाहिए। भाषाओं की इस संख्या से किसी को डरना नहीं चाहिए। भाषा पद्धतिपूर्वक सिखाई जाए और सब विषयों को अंग्रेज़ी के माध्यम से सीखने-सोचने का बोझ हम पर न हो, तो ऊपर की भाषाएँ सीखना न सिर्फ बोझ रूप न होगा, बल्कि उसमें बहुत ही आनंद आएगा। और जो व्यक्ति एक भाषा को शास्त्रीय पद्धति से सीख लेता है, उसके लिए दूसरी का ज्ञान सुलभ हो जाता है। असल में तो हिंदी, गुजराती, संस्कृत एक भाषा मानी जा सकती हैं। इसी तरह फारसी और अरबी एक मानी जाएँ। यद्यपि फारसी संस्कृत से मिलती-जुलती है और अरबी का हिब्रू से मेल है, फिर भी दोनों का विकास इस्लाम के प्रकट होने के बाद हुआ है, इसलिए दोनों के बीच निकट का संबंध है। उर्दू को मैंने अलग भाषा नहीं माना है, क्योंकि उसके व्याकरण का समावेश हिंदी में हो जाता है। उसके शब्द तो फारसी और अरबी ही हैं। ऊँचे दर्जे की उर्दू जाननेवाले के लिए अरबी और फारसी का ज्ञान जरूरी है, जैसे उच्च प्रकार की गुजराती, हिंदी, बांग्ला, मराठी जाननेवाले के लिए संस्कृत जानना आवश्यक है।

6. दुःखद प्रसंग-1

मैं कह चुका हूँ कि हाईस्कूल में मेरे थोड़े ही विश्वासपात्र मित्र थे। कहा जा सकता है कि ऐसी मित्रता रखने वाले दो मित्र अलग-अलग समय में रहे। एक का संबंध लंबे समय तक नहीं टिका, यद्यपि मैंने उस मित्र को छोड़ा नहीं था, मैंने दूसरे की सोहबत की, इसलिए पहले ने मुझे छोड़ दिया। दूसरी सोहबत मेरे जीवन का एक दुःखद प्रकरण है। यह सोहबत बहुत वर्षों तक रही। इस सोहबत को निभाने में

मेरी दृष्टि सुधारक की थी। इन भाई की पहली मित्रता मेरे मझले भाई के साथ थी। वे मेरे भाई की कक्षा में थे। मैं देख सका था कि उनमें कई दोष हैं, पर मैंने उन्हें वफादार मान लिया था। मेरी माताजी, मेरे जेठ भाई और मेरी धर्मपत्नी तीनों को यह सोहबत कड़वी लगती थी। पत्नी की चेतावनी को तो मैं अभिमानी पति क्यों मानने लगा? माता की आज्ञा का उल्लंघन मैं करता ही न था। बड़े भाई की बात मैं हमेशा सुनता था। पर उन्हें मैंने यह कहकर शांत किया, 'उसके जो दोष आप बताते हैं, उन्हें मैं जानता हूँ। उसके गुण तो आप जानते ही नहीं। वह मुझे गलत रास्ते नहीं ले जाएगा, क्योंकि उसके साथ मेरा संबंध उसे सुधारने के लिए ही है। मुझे यह विश्वास है कि अगर वह सुधर जाए, तो बहुत अच्छा आदमी निकलेगा। मैं चाहता हूँ कि आप मेरे विषय में निर्भय रहें।' मैं नहीं मानता कि मेरी इस बात से उन्हें संतोष हुआ, पर उन्होंने मुझ पर विश्वास किया और मुझे मेरे रास्ते जाने दिया।

बाद में मैं देख सका कि मेरा अनुमान ठीक नहीं था। सुधार करने के लिए भी मनुष्य को गहरे पानी में नहीं पैठना चाहिए। जिसे सुधारना है, उसके साथ मित्रता नहीं हो सकती। मित्रता में अद्वैत-भाव होता है। संसार में ऐसी मित्रता क्वचित ही पाई जाती है। मित्रता समान गुणवालों के बीच शोभती और निभती है। मित्र एक-दूसरे को प्रभावित किए बिना रह ही नहीं सकते। अतएव मित्रता में सुधार के लिए बहुत कम अवकाश रहता है। मेरी राय है कि घनिष्ठ मित्रता अनिष्ट है, क्योंकि मनुष्य दोषों को जल्दी ग्रहण करता है। गुण ग्रहण करने के लिए प्रयास की आवश्यकता है। जो आत्मा की, ईश्वर की मित्रता चाहता है, उसे एकाकी रहना चाहिए अथवा समूचे संसार के साथ मित्रता रखनी चाहिए। ऊपर का विचार योग्य हो अथवा अयोग्य, घनिष्ठ मित्रता बढ़ाने का मेरा प्रयोग निष्फल रहा।

जिन दिनों मैं इन मित्र के संपर्क में आया, उन दिनों राजकोट में 'सुधार-पंथ' का ज़ोर था। मुझे इन मित्र ने बताया कि कई हिंदू शिक्षक छिपे-छिपे मांसाहार और मद्यपान करते हैं। उन्होंने राजकोट के दूसरे प्रसिद्ध गृहस्थों के नाम भी दिए। मेरे सामने हाईस्कूल के कुछ विद्यार्थियों के नाम भी आए। मुझे तो आश्चर्य भी हुआ और दुःख भी। कारण पूछने पर यह दलील दी गई, 'हम मांसाहार नहीं करते, इसलिए प्रजा के रूप में हम निर्वीर्य हैं। अंग्रेज़ हम पर इसीलिए राज्य करते हैं कि वे मांसाहारी हैं। मैं कितना मजबूत हूँ और कितना दौड़ सकता हूँ, सो तो तुम जानते ही हो। इसका कारण भी मांसाहार ही है। मांसाहारी को फोड़े नहीं होते, होने पर झट अच्छे हो जाते हैं। हमारे शिक्षक मांस खाते हैं, इतने प्रसिद्ध

व्यक्ति खाते हैं, सो क्या बिना समझे खाते हैं? तुम्हें भी खाना चाहिए। खाकर देखो तो मालूम होगा कि तुममें कितनी ताकत आ जाती है।'

ये दलीलें किसी एक दिन नहीं दी गई थीं। अनेक उदाहरणों से सजाकर इस तरह की दलीलें कई बार दी गईं। मेरे मझले भाई तो भ्रष्ट हो चुके थे। उन्होंने इन दलीलों की पुष्टि की। अपने भाई की और इन मित्र की तुलना में मैं तो बहुत दुबला था। उनके शरीर अधिक गठीले थे। उनका शरीर-बल मुझसे कहीं ज़्यादा था। वे हिम्मतवर थे। इन मित्र के पराक्रम मुझे मुग्ध कर देते थे। वे मनचाहा दौड़ सकते थे। उनकी गति बहुत अच्छी थी। वे खूब लंबा और ऊँचा कूद सकते थे। मार सहन करने की शक्ति भी उनमें खूब थी। अपनी इस शक्ति का प्रदर्शन भी वे मेरे सामने समय-समय पर करते थे। जो शक्ति अपने में नहीं होती, उसे दूसरे में देखकर मनुष्य को आश्चर्य होता ही है। वैसा मुझे भी हुआ। आश्चर्य में से मोह पैदा हुआ। मुझमें दौड़ने-कूदने की शक्ति नहीं के बराबर थी। मैं सोचा करता कि मैं भी इन मित्र की तरह बलवान बन जाऊँ, तो कितना अच्छा हो!

इसके अलावा मैं बहुत डरपोक था। चोर, भूत, साँप आदि के डर से घिरा रहता था। ये डर मुझे खूब हैरान भी करते थे। रात कहीं अकेले जाने की हिम्मत नहीं थी। अँधेरे में तो कहीं जाता ही न था। दीये के बिना सोना लगभग असंभव था। कहीं इधर से भूत न आ जाए, उधर से चोर न आ जाए और तीसरी जगह से साँप न निकल आए! इसलिए बत्ती की जरूरत तो रहती ही थी। पास में सोई हुई और अब कुछ सयानी बनी हुई पत्नी से भी अपने इस डर की बात मैं कैसे करता? मैं यह समझ चुका था कि वह मुझसे ज़्यादा हिम्मतवाली है और इसलिए मैं शर्माता था। साँप आदि से डरना तो वह जानती ही न थी। अँधेरे में वह अकेली चली जाती थी। मेरे ये मित्र मेरी इन कमज़ोरियों को जानते थे। मुझसे कहा करते थे कि वे तो ज़िंदा साँपों को भी हाथ से पकड़ लेते हैं। चोर से कभी नहीं डरते। भूत को तो मानते ही नहीं। उन्होंने मुझे जँचाया कि यह सारा प्रताप मांसाहार का है।

इन्हीं दिनों 'नर्मद'[1] का नीचे लिखा पद स्कूलों में गाया जाता था:

अंग्रेज़ों राज्य करे, देशी रहे दबाई,
देशी रहे दबाई, जोने बेनाँ शरीर भाई
पेलो पाँच हाथ पूरो, पूरो पाँचसें नें[2]

इन सब बातों का मेरे मन पर पूरा-पूरा असर हुआ। मैं पिघला। मैं यह मानने लगा कि मांसाहार अच्छी चीज है। उससे मैं बलवान और साहसी बनूँगा। समूचा देश मांसाहार करे, तो अंग्रेज़ों को हराया जा सकता है।

मांसाहार शुरू करने का दिन निश्चित हुआ।

इस निश्चय—इस आरंभ—का अर्थ सब पाठक समझ नहीं सकेंगे। गांधी-परिवार वैष्णव संप्रदाय का है। माता-पिता बहुत कट्टर वैष्णव माने जाते थे। हवेली (वैष्णव-मंदिर) में हमेशा जाते थे। कुछ मंदिर तो परिवार के ही माने जाते थे। फिर गुजरात में जैन संप्रदाय का बड़ा ज़ोर है। उसका प्रभाव हर जगह, हर काम में पाया जाता है। इसलिए मांसाहार का जैसा विरोध और तिरस्कार गुजरात में और श्रावकों तथा वैष्णवों में पाया जाता है, वैसा हिंदुस्तान में या सारी दुनिया में और कहीं नहीं पाया जाता। ये मेरे संस्कार थे।

मैं माता-पिता का परम भक्त था। मैं मानता था कि वे मेरे मांसाहार की बात जानेंगे, तो बिना मौत के उनकी तत्काल मृत्यु हो जाएगी। जाने-अनजाने मैं सत्य का सेवक तो था ही। मैं ऐसा नहीं कह सकता कि उस समय मुझे यह ज्ञान था कि मांसाहार करने में माता-पिता को धोखा देना होगा।

ऐसी हालत में मांसाहार करने का मेरा निश्चय मेरे लिए बहुत गंभीर और भयंकर बात थी।

लेकिन मुझे तो सुधार करना था। मांसाहार का शौक नहीं था। यह सोचकर कि उसमें स्वाद है, मैं मांसाहार शुरू नहीं कर रहा था। मुझे तो बलवान और साहसी बनना था, दूसरों को वैसा बनने के लिए न्योतना था और फिर अंग्रेज़ों को हराकर हिंदुस्तान को स्वतंत्र करना था। 'स्वराज्य' शब्द उस समय तक मैंने सुना नहीं था। सुधार के इस जोश में मैं होश भूल गया।

7. दुःखद प्रसंग-2

निश्चित दिन आया। अपनी स्थिति का संपूर्ण वर्णन करना मेरे लिए कठिन है। एक तरफ सुधार का उत्साह था, जीवन में महत्त्व का परिवर्तन करने का कुतूहल था,

और दूसरी तरफ चोर की तरह छिपकर काम करने की शर्म थी। मुझे याद नहीं पड़ता कि इसमें मुख्य वस्तु क्या थी। हम नदी की तरफ एकांत की खोज में चले। दूर जाकर ऐसा कोना खोजा, जहाँ कोई देख न सके, और वहाँ मैंने कभी न देखी हुई वस्तु—मांस—देखी! साथ में भटियारखाने की डबल-रोटी थी। दोनों में से एक भी चीज मुझे भाती नहीं थी। मांस चमड़े-जैसा लगता था। खाना असंभव हो गया। मुझे कै होने लगी। खाना छोड़ देना पड़ा।

मेरी वह रात बहुत बुरी बीती। नींद नहीं आई। सपने में ऐसा भास होता था, मानो शरीर के अंदर बकरा ज़िंदा हो और रो रहा हो। मैं चौंक उठता, पछताता और फिर सोचता कि मुझे तो मांसाहार करना ही है, हिम्मत नहीं हारनी है! मित्र भी हार खाने वाले नहीं थे। उन्होंने अब मांस को अलग-अलग ढंग से पकाने, सजाने और ढकने का प्रबंध किया। नदी किनारे ले जाने के बदले किसी बावर्ची के साथ बातचीत करके छिपे-छिपे एक सरकारी डाक बंगले पर ले जाने की व्यवस्था की और वहाँ कुर्सी, मेज वगैरह सामान के प्रलोभन में मुझे डाला। इसका असर हुआ। डबल-रोटी की नफरत कुछ कम पड़ी, बकरे की दया छूटी और मांस का तो कह नहीं सकता, पर मांस वाले पदार्थों में स्वाद आने लगा। इस तरह एक साल बीता होगा और इस बीच पाँच-छह बार मांस खाने को मिला होगा, क्योंकि डाक-बंगला सदा सुलभ न रहता था। और मांस के स्वादिष्ट माने जाने वाले बढ़िया पदार्थ भी सदा तैयार नहीं हो सकते थे। फिर ऐसे भोजनों पर पैसा भी खर्च होता था। मेरे पास तो फूटी कौड़ी भी नहीं थी, इसलिए मैं कुछ दे नहीं सकता था। इस खर्च की व्यवस्था उन मित्र को ही करनी होती थी। उन्होंने कहाँ से, कैसे व्यवस्था की, इसका मुझे आज तक पता नहीं है। उनका इरादा तो मुझे मांस की आदत लगा देने का, भ्रष्ट करने का था, इसलिए पैसा वे अपने पास से खर्च करते थे। पर उनके पास भी कोई अखूट खजाना नहीं था, इसलिए ऐसी दावतें कभी-कभी ही हो सकती थीं।

जब जब ऐसा भोजन मिलता, तब-तब घर पर तो भोजन हो ही नहीं सकता था। जब माताजी भोजन के लिए बुलातीं, तब 'आज भूख नहीं है, खाना हजम नहीं हुआ है', ऐसे बहाने बनाने पड़ते थे। ऐसा कहते समय हर बार मुझे भारी आघात पहुँचता था। यह झूठ, सो भी माँ के सामने! और अगर माता-पिता को पता चले कि लड़के मांसाहारी हो गए हैं, तब तो उन पर बिजली ही टूट पड़ेगी। ये विचार मेरे दिल को कुरेदते रहते थे, इसलिए मैंने निश्चय किया—'मांस खाना

आवश्यक है; उसका प्रचार करके हम हिंदुस्तान को सुधारेंगे; पर माता-पिता को धोखा देना और झूठ बोलना तो मांस न खाने से भी बुरा है। इसलिए माता-पिता के जीते-जी मांस नहीं खाना चाहिए। उनकी मृत्यु के बाद, स्वतंत्र होने पर खुले तौर से मांस खाना चाहिए और जब तक वह समय न आवे, तब तक मांसाहार का त्याग करना चाहिए।' अपना यह निश्चय मैंने मित्र को जता दिया और तबसे मांसाहार जो छूटा, सो सदा के लिए छूट गया। माता-पिता कभी यह जान ही न पाए कि उनके दो पुत्र मांसाहार कर चुके हैं।

माता-पिता को धोखा न देने के शुभ विचार से मैंने मांसाहार छोड़ा, पर वह मित्रता नहीं छोड़ी। मैं मित्र को सुधारने चला था, पर खुद ही गिरा, और गिरावट का मुझे होश तक न रहा।

इसी सोहबत के कारण मैं व्यभिचार में भी फँस जाता। एक बार मेरे ये मित्र मुझे वेश्याओं की बस्ती में ले गए। वहाँ मुझे योग्य सूचनाएँ देकर एक स्त्री के मकान में भेजा। मुझे उसे पैसे वगैरह कुछ देना नहीं था। हिसाब हो चुका था। मुझे तो सिर्फ दिल-बहलाव की बातें करनी थीं। मैं घर में घुस तो गया, पर जिसे ईश्वर बचाना चाहता है, वह गिरने की इच्छा रखते हुए भी पवित्र रह सकता है। उस कोठरी में मैं तो बिलकुल अंधा बन गया। मुझे बोलने का भी होश न रहा। मारे शर्म के सन्नाटे में आकर उस औरत के पास खटिया पर बैठा, पर मुँह से बोल न निकल सका। औरत ने गुस्से में आकर मुझे दो-चार खरी-खोटी सुनाई और दरवाजे की राह दिखाई।

उस समय तो मुझे जान पड़ा कि मेरी मर्दानगी को बट्टा लगा; और मैंने चाहा कि धरती जगह दे, तो मैं उसमें समा जाऊँ। पर इस तरह बचने के लिए मैंने सदा ही भगवान का आभार माना है। मेरे जीवन में ऐसे ही दूसरे चार प्रसंग और आए हैं। कहना होगा कि उनमें से अनेक में, अपने प्रयत्न के बिना, केवल परिस्थिति के कारण मैं बचा हूँ। विशुद्ध दृष्टि से तो इन प्रसंगों में मेरा पतन ही माना जाएगा। चूँकि मैंने विषय की इच्छा की, इसलिए मैं उसे भोग ही चुका। फिर भी लौकिक दृष्टि से, इच्छा करने पर भी जो प्रत्यक्ष कर्म से बचता है, उसे हम बचा हुआ मानते हैं; और इन प्रसंगों में मैं इसी तरह, इतनी ही हद तक, बचा हुआ माना जाऊँगा। फिर कुछ काम ऐसे हैं, जिन्हें करने से बचना व्यक्ति के लिए और उसके संपर्क में आने वालों के लिए बहुत लाभदायक होता है, और जब विचार-शुद्धि हो जाती है तब उस कार्य में से बच जाने के लिए वह ईश्वर का अनुगृहीत होता है। जिस तरह

हम यह अनुभव करते हैं कि पतन से बचने का प्रयत्न करते हुए भी मनुष्य पतित बनता है, उसी तरह यह भी एक अनुभव-सिद्ध बात है कि गिरना चाहते हुए भी अनेक संयोगों के कारण मनुष्य गिरने से बच जाता है। इसमें पुरुषार्थ कहाँ है, दैव कहाँ है, अथवा किन नियमों के वश होकर मनुष्य आखिर गिरता या बचता है, ये सारे गूढ़ प्रश्न हैं। इनका हल आज तक हुआ नहीं, और कहना कठिन है कि अंतिम निर्णय कभी हो सकेगा या नहीं।

पर हम आगे बढ़ें।

मुझे अभी तक इस बात का होश नहीं हुआ था कि इन मित्र की मित्रता अनिष्ट है। वैसा होने से पहले मुझे अभी कुछ और कड़वे अनुभव प्राप्त करने थे। इसका बोध तो मुझे तभी हुआ जब मैंने उनके अकल्पित दोषों का प्रत्यक्ष दर्शन किया। लेकिन मैं यथासंभव समय के क्रम के अनुसार अपने अनुभव लिख रहा हूँ, इसलिए दूसरे अनुभव आगे आवेंगे।

इस समय की एक बात यहीं कहनी होगी। हम दंपती के बीच जो कुछ मतभेद पैदा होता या कलह होता, उसका एक कारण यह मित्रता भी थी। मैं ऊपर बता चुका हूँ कि मैं जैसा प्रेमी वैसा ही वहमी पति था। मेरे वहम को बढ़ाने वाली यह मित्रता थी, क्योंकि मित्र की सच्चाई के बारे में मुझे कोई संदेह था ही नहीं। इन मित्र की बातों में आकर मैंने अपनी धर्मपत्नी को कितने ही कष्ट पहुँचाए हैं। इस हिंसा के लिए मैंने अपने को कभी माफ नहीं किया है। ऐसे दुःख हिंदू स्त्री ही सहन करती है, और इस कारण मैंने स्त्री को सदा सहनशीलता की मूर्ति के रूप में देखा है। नौकर पर झूठा शक किया जाए तो वह नौकरी छोड़ देता है, पुत्र पर ऐसा शक हो तो वह पिता का घर छोड़ देता है, मित्रों के बीच शक पैदा हो तो मित्रता टूट जाती है, स्त्री को पति पर शक हो तो वह मन मसोसकर बैठी रहती है, पर अगर पति पत्नी पर शक करे, तो पत्नी बेचारी का तो भाग्य ही फूट जाता है। वह कहाँ जाए? उच्च माने जाने वाले वर्ण की हिंदू स्त्री अदालत में जाकर बँधी हुई गाँठ को कटवा भी नहीं सकती, ऐसा इकतरफा न्याय उसके लिए रखा गया है। इस तरह का न्याय मैंने दिया, इसके दुःख को मैं कभी नहीं भूल सकता। इस संदेह की जड़ तो तभी कटी जब मुझे अहिंसा का सूक्ष्म ज्ञान हुआ, यानी जब मैं ब्रह्मचर्य की महिमा को समझा और यह समझा कि पत्नी पति की दासी नहीं, उसकी सहचारिणी है, सहधर्मिणी है। दोनों एक-दूसरे के सुख-दुःख के समान साझेदार हैं और भला बुरा करने की जितनी स्वतंत्रता पति को है उतनी ही पत्नी को है। संदेह के उस काल को जब मैं याद करता हूँ, तो मुझे

अपनी मूर्खता और विषयांध निर्दयता पर क्रोध आता है और मित्रता-विषयक अपनी मूर्च्छा पर दया आती है।

8. चोरी और प्रायश्चित्त

मांसाहार के समय के और उससे पहले के कुछ दोषों का वर्णन अभी रह गया है। ये दोष विवाह से पहले के अथवा उसके तुरंत बाद के हैं।

अपने एक रिश्तेदार के साथ मुझे बीड़ी पीने का शौक लगा। हमारे पास पैसे नहीं थे। हम दोनों में से किसी का यह खयाल तो नहीं था कि बीड़ी पीने में कोई फायदा है, अथवा उसकी गंध में आनंद है। पर हमें लगा कि सिर्फ धुआँ उड़ाने में ही कुछ मज़ा है। मेरे काकाजी को बीड़ी पीने की आदत थी। उन्हें और दूसरों को धुआँ उड़ाते देखकर हमें भी बीड़ी फूँकने की इच्छा हुई। गाँठ में पैसे तो थे नहीं, इसलिए काकाजी पीने के बाद बीड़ी के जो 'ठूँठ' फेंक देते, हमने उन्हें चुराना शुरू किया।

पर बीड़ी के ये ठूँठ हर समय मिल नहीं सकते थे और उनमें से बहुत धुआँ भी नहीं निकलता था। इसलिए नौकर की जेब में पड़े दो-चार पैसों में से हमने एकाध पैसा चुराने की आदत डाली और हम बीड़ी खरीदने लगे। पर सवाल यह पैदा हुआ कि उसे सँभालकर रखें कहाँ। हम जानते थे कि बड़ों के देखते तो बीड़ी पी ही नहीं सकते। जैसे-तैसे दो-चार पैसे चुराकर कुछ हफ्ते काम चलाया। इस बीच सुना कि एक प्रकार का पौधा होता है (उसका नाम तो मैं भूल गया हूँ), जिसके डंठल बीड़ी की तरह जलते हैं और फूँके जा सकते हैं। हमने उन्हें प्राप्त किया और फूँकने लगे!

पर हमें संतोष नहीं हुआ। अपनी पराधीनता हमें अखरने लगी। हमें दुःख इस बात का था कि बड़ों की आज्ञा के बिना हम कुछ भी नहीं कर सकते थे। हम ऊब गए और हमने आत्महत्या करने का निश्चय कर लिया।

पर आत्महत्या कैसे करें? जहर कौन दे? हमने सुना कि धतूरे के बीज खाने से मृत्यु होती है। हम जंगल में जाकर बीज ले आए। शाम का समय तय किया।

केदारनाथजी के मंदिर की दीपमाला में घी चढ़ाया, दर्शन किए और एकांत खोज लिया। पर जहर खाने की हिम्मत न हुई। अगर तुरंत ही मृत्यु न हुई तो क्या होगा? मरने से लाभ क्या? क्यों न पराधीनता ही सह ली जाए? फिर भी दो-चार बीज खाए। अधिक खाने की हिम्मत ही न पड़ी। दोनों मौत से डरे और यह निश्चय किया कि रामजी के मंदिर में जाकर दर्शन करके शांत हो जाएँ और आत्महत्या की बात भूल जाएँ।

मेरी समझ में आया कि आत्महत्या का विचार करना सरल है, आत्महत्या करना सरल नहीं। इसलिए कोई आत्महत्या करने की धमकी देता है, तो मुझ पर उसका बहुत कम असर होता है अथवा यह कहना ठीक होगा कि कोई असर होता ही नहीं।

आत्महत्या के इस विचार का परिणाम यह हुआ कि हम दोनों जूठी बीड़ी चुराकर पीने की और नौकर के पैसे चुराकर बीड़ी खरीदने और फूँकने की आदत भूल गए। फिर बड़ेपन में बीड़ी पीने की कभी इच्छा नहीं हुई। मैंने हमेशा यह माना है कि यह आदत जंगली, गंदी और हानिकारक है। दुनिया में बीड़ी का इतना जबरदस्त शौक क्यों है, इसे मैं कभी समझ नहीं सका हूँ। रेलगाड़ी के जिस डिब्बे में बहुत बीड़ी पी जाती हैं, वहाँ बैठना मेरे लिए मुश्किल हो जाता है, और उसके धुएँ से मेरा दम घुटने लगता है।

बीड़ी के ठूँठ चुराने और इसी सिलसिले में नौकर के पैसे चुराने के दोष की तुलना में मुझसे चोरी का दूसरा जो दोष हुआ, उसे मैं अधिक गंभीर मानता हूँ। बीड़ी के दोष के समय मेरी उम्र बारह-तेरह साल की रही होगी; शायद इससे कम भी हो। दूसरी चोरी के समय मेरी उम्र पंद्रह साल की रही होगी। यह चोरी मेरे मांसाहारी भाई के सोने के कड़े के टुकड़े की थी। उन पर मामूली-सा, लगभग पच्चीस रुपये का, कर्ज हो गया था। उसकी अदायगी के बारे में हम दोनों भाई सोच रहे थे। मेरे भाई के हाथ में सोने का ठोस कड़ा था। उसमें से एक तोला सोना काट लेना मुश्किल न था।

कड़ा कटा। कर्ज अदा हुआ। पर मेरे लिए यह बात असह्य हो गई। मैंने निश्चय किया कि आगे कभी चोरी करूँगा ही नहीं। मुझे लगा कि पिताजी के सम्मुख अपना दोष स्वीकार भी कर लेना चाहिए। पर जीभ न खुली। पिताजी स्वयं मुझे पीटेंगे, इसका डर तो था ही नहीं। मुझे याद नहीं पड़ता कि उन्होंने कभी हममें से किसी भाई को पीटा हो। पर खुद दुःखी होंगे, शायद सिर फोड़ लें। मैंने

सोचा कि यह जोखिम उठाकर भी दोष कबूल कर ही लेना चाहिए, उसके बिना शुद्धि नहीं होगी।

आखिर मैंने तय किया कि चिट्ठी लिखकर दोष स्वीकार किया जाए और क्षमा माँग ली जाए। मैंने चिट्ठी लिखकर हाथोहाथ दी। चिट्ठी में सारा दोष स्वीकार किया और सजा चाही। आग्रहपूर्वक विनती की कि वे अपने को दुःख में न डालें और भविष्य में फिर ऐसा अपराध न करने की प्रतिज्ञा की।

मैंने काँपते हाथों चिट्ठी पिताजी के हाथ में दी। मैं उनके तख्त के सामने बैठ गया। उन दिनों वे भगंदर की बीमारी से पीड़ित थे, इस कारण बिस्तर पर ही पड़े रहते थे। खटिया के बदले लकड़ी का तख्त काम में लाते थे।

उन्होंने चिट्ठी पढ़ी। आँखों से मोती की बूँदें टपकीं। चिट्ठी भीग गई। उन्होंने क्षण भर के लिए आँखें मूँदी, चिट्ठी फाड़ डाली और स्वयं पढ़ने के लिए उठ बैठे थे, सो वापस लेट गए।

मैं भी रोया। पिताजी का दुःख समझ सका। अगर मैं चित्रकार होता, तो वह चित्र आज संपूर्णता से खींच सकता। आज भी वह मेरी आँखों के सामने इतना स्पष्ट है।

मोती की बूँदों के उस प्रेमबाण ने मुझे बेध डाला। मैं शुद्ध बना। इस प्रेम को तो अनुभवी ही जान सकता है।

रामवाण वाग्याँ रे होय ते जाणे।[3]

मेरे लिए यह अहिंसा का पदार्थ पाठ था। उस समय तो मैंने इसमें पिता के प्रेम के सिवा और कुछ नहीं देखा, पर आज मैं इसे शुद्ध अहिंसा के नाम से पहचान सकता हूँ। ऐसी अहिंसा के व्यापक रूप धारण कर लेने पर उसके स्पर्श से कौन बच सकता है? ऐसी व्यापक अहिंसा की शक्ति की थाह लेना असंभव है।

इस प्रकार की शांत क्षमा पिताजी के स्वभाव के विरुद्ध थी। मैंने सोचा था कि वे क्रोध करेंगे, कटु वचन कहेंगे, शायद अपना सिर पीट लेंगे। पर उन्होंने इतनी अपार शांति जो धारण की, मेरे विचार में उसका कारण अपराध की सरल स्वीकृति थी। जो मनुष्य अधिकारी के सम्मुख स्वेच्छा से और निष्कपट भाव से अपना अपराध स्वीकार कर लेता है और फिर कभी वैसा अपराध न करने की प्रतिज्ञा करता है, वह शुद्धतम प्रायश्चित्त करता है।

मैं जानता हूँ कि मेरी इस स्वीकृति से पिताजी मेरे विषय में निर्भय बने और उनका महान् प्रेम और भी बढ़ गया।

9. पिताजी की मृत्यु और मेरी दोहरी शर्म

उस समय मैं सोलह वर्ष का था। हम ऊपर देख चुके हैं कि पिताजी भगंदर की बीमारी के कारण बिलकुल शय्यावश थे। उनकी सेवा में अधिकतर माताजी, घर का एक पुराना नौकर और मैं रहते थे। मेरे जिम्मे 'नर्स' का काम था। उनका घाव धोना, उसमें दवा डालना, मरहम लगाने के समय मरहम लगाना, उन्हें दवा पिलाना और जब घर पर दवा तैयार करनी हो तो तैयार करना, यह मेरा खास काम था। रात में हमेशा उनके पैर दबाना और इजाज़त देने पर अथवा उनके सो जाने पर सोना, यह मेरा नियम था। मुझे यह सेवा बहुत प्रिय थी। मुझे स्मरण नहीं है कि इसमें मैं किसी भी दिन चूका होऊँ। ये दिन हाईस्कूल के तो थे ही। इसलिए खाने-पीने के बाद का मेरा समय स्कूल में अथवा पिताजी की सेवा में ही बीतता था। जिस दिन उनकी आज्ञा मिलती और उनकी तबीयत ठीक रहती, उस दिन शाम को टहलने जाता था।

इसी साल पत्नी गर्भवती हुई। मैं आज देख सकता हूँ कि इसमें दोहरी शर्म थी। पहली शर्म तो इस बात की कि विद्याध्ययन का समय होते हुए भी मैं संयम से न रह सका और दूसरी यह कि यद्यपि स्कूल की पढ़ाई को मैं अपना धर्म समझता था और उससे भी अधिक माता-पिता की भक्ति को धर्म समझता था—और सो भी इस हद तक कि इस विषय में बचपन से ही श्रवण को मैंने अपना आदर्श माना था, फिर भी विषय-वासना मुझ पर सवारी कर सकी थी। मतलब यह कि यद्यपि रोज रात को मैं पिताजी के पैर तो दबाता था, लेकिन उस समय मेरा मन शयन-गृह की ओर भटकता रहता था और सो भी ऐसे समय जब स्त्री का संग धर्मशास्त्र, वैद्यक-शास्त्र और व्यवहार-शास्त्र के अनुसार त्याज्य था। जब मुझे सेवा के काम से छुट्टी मिलती, तो मैं खुश होता और पिताजी के पैर छूकर सीधा शयन-गृह में पहुँच जाता।

पिताजी की बीमारी बढ़ती जाती थी। वैद्यों ने अपने लेप आजमाए, हकीमों ने मरहम-पट्टियाँ आजमाईं, साधारण हज्जाम वगैरह की घरेलू दवाएँ भी कीं; अंग्रेज़ डॉक्टर ने भी अपनी अक्ल आजमाकर देखी। अंग्रेज़ डॉक्टर ने सुझाया कि शल्य-क्रिया ही रोग का एकमात्र उपाय है। परिवार के एक मित्र वैद्य बीच में पड़े और उन्होंने पिताजी की उत्तरावस्था में ऐसी शल्य क्रिया को नापसंद किया।

तरह-तरह की दवाओं की जो बोतलें खरीदी थीं वे व्यर्थ गईं और शल्य क्रिया नहीं हुई। वैद्यराज प्रवीण और प्रसिद्ध थे। मेरा खयाल है कि अगर वे शल्य क्रिया होने देते, तो घाव के भरने में दिक्कत न होती। शल्य क्रिया उस समय के बंबई के प्रसिद्ध सर्जन के द्वारा होने को थी। पर अंतकाल समीप था, इसलिए उचित उपाय कैसे हो पाता? पिताजी शल्य क्रिया कराए बिना ही बंबई से वापस आए। साथ में इस निमित्त से खरीदा हुआ सामान भी लेते आए। वे अधिक जीने की आशा छोड़ चुके थे। कमजोरी बढ़ती गई और ऐसी स्थिति आ पहुँची कि प्रत्येक क्रिया बिस्तर पर ही करना जरूरी हो गया। लेकिन उन्होंने आखिरी घड़ी तक इसका विरोध ही किया और परिश्रम सहने का आग्रह रखा। वैष्णव धर्म का यह कठोर शासन है। बाह्य शुद्धि अत्यंत आवश्यक है। पर पाश्चात्य वैद्यक-शास्त्र ने हमें सिखाया है कि मल-मूत्र विसर्जन की और स्नानादि की सब क्रियाएँ बिस्तर पर लेटे-लेटे संपूर्ण स्वच्छता के साथ की जा सकती हैं और रोगी को कष्ट उठाने की जरूरत नहीं पड़ती; जब देखो तब उसका बिछौना स्वच्छ ही रहता है। इस तरह साधी गई स्वच्छता को मैं तो वैष्णव धर्म का ही नाम दूँगा। पर उस समय स्नानादि के लिए बिछौना छोड़ने का पिताजी का आग्रह देखकर मैं आश्चर्यचकित ही होता था और मन में उनकी स्तुति किया करता था।

अवसान की घोर रात्रि समीप आई। उन दिनों मेरे चाचाजी राजकोट में थे। मेरा कुछ ऐसा खयाल है कि पिताजी की बढ़ती हुई बीमारी के समाचार पाकर ही वे आए थे। दोनों भाइयों के बीच अटूट प्रेम था। चाचाजी दिन भर पिताजी के बिस्तर के पास ही बैठे रहते, और हम सबको सोने की इजाज़त देकर खुद पिताजी के बिस्तर के पास सोते। किसी को यह खयाल तो था ही नहीं कि यह रात आखिरी सिद्ध होगी। वैसे डर तो बराबर बना ही रहता था। रात के साढ़े दस या ग्यारह बजे होंगे। मैं पैर दबा रहा था। चाचाजी ने मुझसे कहा, 'जा, अब मैं बैठूंगा।' मैं खुश हुआ और सीधा शयन-गृह में पहुँचा। पत्नी तो बेचारी गहरी नींद में थी। पर मैं सोने कैसे देता? मैंने उसे जगाया। पाँच-सात मिनट बीते होंगे, इतने में जिस नौकर की मैं ऊपर चर्चा कर चुका हूँ, उसने आकर किवाड़ खटखटाया। मुझे धक्का-सा लगा। मैं चौंका। नौकर ने कहा, 'उठो, बापू बहुत बीमार हैं।' मैं जानता था कि वे बहुत बीमार तो थे ही, इसलिए यहाँ 'बहुत बीमार' का विशेष अर्थ समझ गया। एकदम बिस्तर से कूद पड़ा।

'कह तो सही, बात क्या है?'

जवाब मिला, 'बापू गुजर गए!'

मेरा पछताना किस काम आता? मैं बहुत शर्माया। बहुत दुःखी हुआ। दौड़कर पिताजी के कमरे में पहुँचा। बात मेरी समझ में आई कि अगर मैं विषयांध न होता, तो इस अंतिम घड़ी में यह वियोग मुझे नसीब न होता और मैं अंत समय तक पिताजी के पैर दबाता रहता। अब तो मुझे चाचाजी के मुँह से ही सुनना पड़ा, 'बापू हमें छोड़कर चले गए!' अपने बड़े भाई के परम भक्त चाचाजी अंतिम सेवा का गौरव पा गए। पिताजी को अपने अवसान का अंदाज हो चुका था। उन्होंने इशारा करके लिखने का सामान मँगाया और कागज पर लिखा— 'तैयारी करो।' इतना लिखकर उन्होंने अपने हाथ पर बँधा तावीज तोड़कर फेंक दिया, सोने की कंठी भी तोड़कर फेंक दी और एक क्षण में आत्मा उड़ गई।

पिछले अध्याय में मैंने अपनी जिस शर्म का जिक्र किया है, वह यही शर्म है—सेवा के समय भी विषय की इच्छा! इस काले दाग को मैं आज तक मिटा नहीं सका, भूल नहीं सका। और मैंने हमेशा माना है कि यद्यपि माता-पिता के प्रति मेरी अपार भक्ति थी, उसके लिए मैं सब कुछ छोड़ सकता था, तथापि सेवा के समय भी मेरा मन विषय को छोड़ नहीं सकता था। यह उस सेवा में रही हुई अक्षम्य त्रुटि थी। इसी से मैंने अपने को एक पत्नी-व्रत का पालन करनेवाला मानते हुए भी विषयांध माना है। इससे मुक्त होने में मुझे बहुत समय लगा और मुक्त होने से पहले कई धर्म-संकट सहने पड़े।

अपनी इस दोहरी शर्म की चर्चा समाप्त करने से पहले मैं यह भी कह दूँ कि पत्नी के जो बालक जनमा, वह दो या चार दिन जीकर चला गया। कोई दूसरा परिणाम हो भी क्या सकता था? जिन माँ-बापों को अथवा जिन बाल-दंपती को चेतना हो, वे इस दृष्टांत से चेतें।

10. धर्म की झाँकी

•

छह या सात साल से लेकर सोलह साल की उम्र तक मैंने पढ़ाई की, पर स्कूल में कहीं भी धर्म की शिक्षा नहीं मिली। यों कह सकते हैं कि शिक्षकों से जो आसानी से मिलना चाहिए था वह नहीं मिला। फिर भी वातावरण से कुछ-न-कुछ तो मिलता ही रहा। यहाँ धर्म का उदार अर्थ करना चाहिए। धर्म अर्थात् आत्मबोध,

आत्मज्ञान। मैं वैष्णव संप्रदाय में जनमा था, इसलिए हवेली में जाने के प्रसंग बार-बार आते थे। पर उसके प्रति श्रद्धा उत्पन्न नहीं हुई। हवेली का वैभव मुझे अच्छा नहीं लगा। हवेली में चलनेवाली अनीति की बातें सुनकर मन उसके प्रति उदासीन बन गया। वहाँ से मुझे कुछ भी न मिला।

पर जो हवेली से न मिला, वह मुझे अपनी धाय रंभा से मिला। रंभा हमारे परिवार की पुरानी नौकरानी थी। उसका प्रेम मुझे आज भी याद है। मैं ऊपर कह चुका हूँ कि मुझे भूत-प्रेत आदि का डर लगता था। रंभा ने मुझे समझाया कि इसकी दवा राम नाम है। मुझे तो राम नाम से भी अधिक श्रद्धा रंभा पर थी, इसलिए बचपन में भूत-प्रेतादि के भय से बचने के लिए मैंने राम नाम जपना शुरू किया। यह जप बहुत समय तक नहीं चला। पर बचपन में जो बीज बोया गया, वह नष्ट नहीं हुआ। आज राम नाम मेरे लिए अमोघ शक्ति है। मैं मानता हूँ कि उसके मूल में रंभाबाई का बोया हुआ बीज है।

इसी अरसे में मेरे चाचाजी के एक लड़के ने, जो रामायण के भक्त थे, हम दो भाइयों को राम-रक्षा का पाठ सिखाने की व्यवस्था की। हमने उसे कंठस्थ कर लिया और स्नान के बाद उसके नित्यपाठ का नियम बनाया। जब तक पोरबंदर रहे, यह नियम चला। राजकोट के वातावरण में यह टिक न सका। इस क्रिया के प्रति भी खास श्रद्धा नहीं थी। अपने बड़े भाई के लिए मन में जो आदर था, उसके कारण और कुछ शुद्ध उच्चारणों के साथ राम-रक्षा का पाठ कर पाते हैं इस अभिमान के कारण पाठ चलता रहा।

पर जिस चीज का मेरे मन पर गहरा असर पड़ा, वह था रामायण का पारायण। पिताजी की बीमारी का थोड़ा समय पोरबंदर में बीता था। वहाँ वे रामजी के मंदिर में रोज रात के समय रामायण सुनते थे। सुनाने वाले बीलेश्वर के लाधा महाराज नामक एक पंडित थे। वे रामचंद्रजी के परम भक्त थे। उनके बारे में यह कहा जाता था कि उन्हें कोढ़ की बीमारी हुई, तो उसका इलाज करने के बदले उन्होंने बीलेश्वर महादेव पर चढ़े हुए बेलपत्र लेकर कोढ़वाले अंग पर बाँधे और केवल राम नाम का जप शुरू किया। अंत में उनका कोढ़ जड़मूल से नष्ट हो गया। यह बात सच हो या न हो, हम सुननेवालों ने तो सच ही मानी। यह भी सच है कि जब लाधा महाराज ने कथा शुरू की, तब उनका शरीर बिलकुल नीरोग था। लाधा महाराज का कंठ मीठा था। वे दोहा-चौपाई गाते और अर्थ समझाते थे। स्वयं उसके रस में लीन हो जाते थे और श्रोताजनों को भी लीन कर देते थे। उस समय

मेरी उम्र तेरह साल की रही होगी, पर याद पड़ता है कि उनके पाठ में मुझे खूब रस आता था। यह रामायण-श्रवण रामायण के प्रति मेरे अत्यधिक प्रेम की बुनियाद है। आज मैं तुलसीदास की रामायण को भक्ति मार्ग का सर्वोत्तम ग्रंथ मानता हूँ।

कुछ महीनों के बाद हम राजकोट आए। वहाँ रामायण का पाठ नहीं होता था। एकादशी के दिन भागवत जरूर पढ़ी जाती थी। मैं कभी-कभी उसे सुनने बैठता था। पर भट्टजी रस उत्पन्न नहीं कर सके। आज मैं यह देख सकता हूँ कि भागवत एक ऐसा ग्रंथ है, जिसके पाठ से धर्म-रस उत्पन्न किया जा सकता है। मैंने तो उसे गुजराती में बड़े चाव से पढ़ा है। लेकिन इक्कीस दिन के अपने उपवास-काल में भारत-भूषण पं. मदनमोहन मालवीयजी के शुभ मुख से मूल संस्कृत के कुछ अंश जब सुने, तो खयाल हुआ कि बचपन में उनके समान भगवद्-भक्त के मुँह से भागवत सुनी होती, तो उस पर उसी उमर में मेरा गाढ़ प्रेम हो जाता। बचपन में पड़े हुए शुभ-अशुभ संस्कार बहुत गहरी जड़ें जमाते हैं, इसे मैं खूब अनुभव करता हूँ; और इस कारण उस उम्र में मुझे कई उत्तम ग्रंथ सुनने का लाभ नहीं मिला, सो अब अखरता है।

राजकोट में मुझे अनायास ही सब संप्रदायों के प्रति समान भाव रखने की शिक्षा मिली। मैंने हिंदू धर्म के प्रत्येक संप्रदाय का आदर करना सीखा, क्योंकि माता-पिता वैष्णव-मंदिर में, शिवालय में और राम मंदिर में भी जाते और हम भाइयों को भी साथ ले जाते या भेजते थे।

फिर पिताजी के पास जैन धर्माचार्यों में से भी कोई-न-कोई हमेशा आते रहते थे। पिताजी उन्हें भिक्षा भी देते थे। वे पिताजी के साथ धर्म और व्यवहार की बातें किया करते थे। इसके सिवा, पिताजी के मुसलमान और पारसी मित्र भी थे। वे अपने-अपने धर्म की चर्चा करते और पिताजी उनकी बातें सम्मानपूर्वक और अकसर रसपूर्वक सुना करते थे। 'नर्स' होने के कारण ऐसी चर्चा के समय मैं अकसर हाजिर रहता था। इस सारे वातावरण का प्रभाव मुझ पर यह पड़ा कि मुझमें सब धर्मों के लिए समान भाव पैदा हो गया।

एक ईसाई धर्म अपवाद रूप था। उसके प्रति कुछ अरुचि थी। उन दिनों कुछ ईसाई हाईस्कूल के कोने पर खड़े होकर व्याख्यान दिया करते थे। वे हिंदू देवताओं की और हिंदू धर्म को मानने वालों की बुराई करते थे। मुझे यह असह्य मालूम हुआ। मैं एकाध बार ही व्याख्यान सुनने के लिए खड़ा रहा होऊँगा। दूसरी बार फिर वहाँ खड़े रहने की इच्छा ही न हुई। उन्हीं दिनों एक प्रसिद्ध हिंदू के ईसाई बनने की बात सुनी। गाँव में चर्चा थी कि उन्हें ईसाई धर्म की दीक्षा देते समय

गोमांस खिलाया गया और शराब पिलाई गई। उनकी पोशाक भी बदल दी गई और ईसाई बनने के बाद वे भाई कोट-पतलून और अंग्रेज़ी टोपी पहनने लगे। इन बातों से मुझे पीड़ा पहुँची। जिस धर्म के कारण गोमांस खाना पड़े, शराब पीनी पड़े और अपनी पोशाक बदलनी पड़े, उसे धर्म कैसे कहा जाए? मेरे मन ने यह दलील की। फिर यह भी सुनने में आया कि जो भाई ईसाई बने थे, उन्होंने अपने पूर्वजों के धर्म की, रीति-रिवाजों की और देश की निंदा करना शुरू कर दिया था। इन सब बातों से मेरे मन में ईसाई धर्म के प्रति अरुचि उत्पन्न हो गई।

इस तरह यद्यपि दूसरे धर्मों के प्रति समभाव जागा, फिर भी यह नहीं कहा जा सकता कि मुझमें ईश्वर के प्रति आस्था थी। इन्हीं दिनों पिताजी के पुस्तक-संग्रह में से 'मनुस्मृति' का भाषांतर मेरे हाथ में आया। उसमें संसार की उत्पत्ति आदि की बातें पढ़ीं। उन पर श्रद्धा नहीं जमी, उलटे थोड़ी नास्तिकता ही पैदा हुई। मेरे दूसरे चाचाजी के लड़के की, जो अभी जीवित हैं, बुद्धि पर मुझे विश्वास था। मैंने अपनी शंकाएँ उनके सामने रखीं, पर वे मेरा समाधान न कर सके। उन्होंने मुझे उत्तर दिया—'सयाने होने पर ऐसे प्रश्नों के उत्तर तुम खुद दे सकोगे। बालकों को ऐसे प्रश्न नहीं पूछने चाहिए।' मैं चप रहा। मन को शांति नहीं मिली। 'मनुस्मृति' के खाद्याखाद्य-विषयक प्रकरण में और दूसरे प्रकरणों में भी मैंने वर्तमान प्रथा का विरोध पाया। इस शंका का उत्तर भी मुझे लगभग ऊपर के जैसा ही मिला। मैंने यह सोचकर अपने मन को समझा लिया, 'किसी दिन बुद्धि खुलेगी, अधिक पढ़ेंगा और समझेंगा।' उस समय 'मनुस्मृति' को पढ़कर मैं अहिंसा तो सीख ही न सका। मांसाहार की चर्चा हो चुकी है। उसे 'मनुस्मृति' का समर्थन मिला। यह भी खयाल हुआ कि सर्पादि और खटमल आदि को मारना नीति है। मुझे याद है कि उस समय मैंने धर्म समझकर खटमल आदि का नाश किया था।

पर एक चीज ने मन में जड़ जमा ली—यह संसार नीति पर टिका हुआ है। नीति मात्र का समावेश सत्य में है। सत्य को तो खोजना ही होगा। दिन-पर-दिन सत्य की महिमा मेरे निकट बढ़ती गई। सत्य की व्याख्या विस्तृत होती गई, और अभी भी हो रही है।

फिर, नीतिका एक छप्पय दिल में बस गया। अपकार का बदला अपकार नहीं, उपकार ही हो सकता है, यह एक जीवन-सूत्र ही बन गया। उसने मुझ पर साम्राज्य चलाना शुरू किया। अपकारी का भला चाहना और करना, इसका मैं अनुरागी बन गया। इसके अनगिनत प्रयोग किए। वह चमत्कारी छप्पय यह है :

पाणी आपने पाय, भलु भोजन तो दीजे;
आवी नमावे शीश, दंडवत् कोडे कीजे।
आपण घासे दाम, काम महोरोनुं करीए;
आप उगारे प्राण, ते तणा दुःखमाँ मरीए।
गुण केडे तो गुण दश गणो, मन, वाचा, कर्मे करी;
अवगुण केडे जो गुण करे, ते जगमाँ जीत्यो सही।[4]

11. विलायत की तैयारी

सन् 1887 में मैंने मैट्रिक की परीक्षा पास की। देश की और गांधी-कुटुंब की गरीबी ऐसी थी कि अहमदाबाद और बंबई जैसे परीक्षा के दो केंद्र हों, तो वैसी स्थिति वाले काठियावाड़ निवासी नजदीक के और सस्ते अहमदाबाद को पसंद करते थे। वही मैंने किया। मैंने पहले-पहल राजकोट से अहमदाबाद की यात्रा अकेले की।

बड़ों की इच्छा थी कि पास हो जाने पर मुझे आगे कॉलेज की पढ़ाई करनी चाहिए। कॉलेज बंबई में भी था और भावनगर में भी। भावनगर का खर्च कम था, इसलिए भावनगर के शामलदास कॉलेज में भरती होने का निश्चय हुआ। कॉलेज में मुझे कुछ आता न था। सब कुछ मुश्किल मालूम होता था। अध्यापकों के व्याख्यानों में न रस आता और न मैं उन्हें समझ पाता। इसमें दोष अध्यापकों का नहीं, मेरी कमजोरी का ही था। उस समय के शामलदास कॉलेज के अध्यापक तो प्रथम पंक्ति के माने जाते थे। पहला सत्र पूरा करके मैं घर आया।

कुटुंब के पुराने मित्र और सलाहकार एक विद्वान्, व्यवहार-कुशल ब्राह्मण मावजी दवे थे। पिताजी के स्वर्गवास के बाद भी उन्होंने कुटुंब के साथ संबंध बनाए रखा था। वे छुट्टी के इन दिनों में घर आए। माताजी और बड़े भाई के साथ बातचीत करते हुए उन्होंने मेरी पढ़ाई के बारे में पूछताछ की। जब सुना कि मैं शामलदास कॉलेज में हूँ तो बोले, 'जमाना बदल गया है। तुम भाइयों में से कोई कबा गांधी की गद्दी सँभालना चाहे तो बिना पढ़ाई के वह नहीं होगा।

यह लड़का अभी पढ़ रहा है, इसलिए गद्दी सँभालने का बोझ इससे उठवाना चाहिए। इसे चार-पाँच साल तो अभी बी.ए. होने में लग जाएँगे, और इतना समय देने पर भी इसे 60-50 रुपये की नौकरी मिलेगी, दीवानगीरी नहीं। और अगर उसके बाद इसे मेरे लड़के की तरह वकील बनाएँ तो थोड़े वर्ष और लग जाएँगे। और तब तक तो दीवानगीरी के लिए वकील भी बहुत से तैयार हो चुकेंगे। आपको इसे विलायत भेजना चाहिए। केवलराम (मावजी दवे के लड़के का नाम) कहता है कि वहाँ की पढ़ाई सरल है। तीन साल में पढ़कर लौट आएगा। खर्च भी चार-पाँच हजार से अधिक नहीं होगा। नए आए हुए बैरिस्टरों को देखो, वे कैसे ठाठ से रहते हैं। वे चाहें तो उन्हें दीवानगीरी आज मिल सकती है। मेरी तो सलाह है कि आप मोहनदास को इसी साल विलायत भेज दीजिए। विलायत में मेरे केवलराम के कई दोस्त हैं; वह उनके नाम सिफारिशी पत्र दे देगा, तो इसे वहाँ कोई कठिनाई नहीं होगी।'

जोशीजी ने (मावजी दवे को हम इसी नाम से पुकारते थे) मेरी तरफ देखकर मुझसे ऐसे लहजे में पूछा, मानो उनकी सलाह के स्वीकृत होने में उन्हें कोई शंका ही न हो, 'क्यों, तुझे विलायत जाना अच्छा लगेगा या यहीं पढ़ते रहना?' मुझे जो भाता था वही वैद्य ने बता दिया। मैं कॉलेज की कठिनाइयों से डर तो गया ही था। मैंने कहा, 'मुझे विलायत भेजें, तो बहुत ही अच्छा है। मुझे नहीं लगता कि मैं कॉलेज में जल्दी-जल्दी पास हो सकूँगा। पर क्या मुझे डॉक्टरी सीखने के लिए नहीं भेजा सकता?'

मेरे भाई बीच में बोले, 'पिताजी को यह पसंद न था। तेरी चर्चा निकलने पर वे यही कहते थे कि हम वैष्णव होकर हाड़-मांस की चीर-फाड़ का काम न करें। पिताजी तो तुझे वकील ही बनाना चाहते थे।'

जोशीजी ने समर्थन किया, 'मुझे गांधीजी की तरह डॉक्टरी के पेशे से अरुचि नहीं है। हमारे शास्त्र इस धंधे की निंदा नहीं करते। पर डॉक्टर बनकर तू दीवान नहीं बन सकेगा। मैं तो तेरे लिए दीवान-पद अथवा उससे भी अधिक चाहता हूँ। तभी तुम्हारे बड़े परिवार का निर्वाह हो सकेगा। जमाना दिन-पर-दिन बदलता जा रहा है और मुश्किल होता जाता है। इसलिए बैरिस्टर बनने में ही बुद्धिमानी है।'

माताजी की ओर मुड़कर उन्होंने कहा, 'आज तो मैं जाता हूँ। मेरी बात पर विचार करके देखिए। जब मैं लौटूंगा तो तैयारी के समाचार सुनने की आशा रखूँगा। कोई कठिनाई हो तो मुझसे कहिए।'

जोशीजी गए और मैं हवाई किले बनाने लगा।

बड़े भाई सोच में पड़ गए। पैसा कहाँ से आएगा? और मेरे जैसे नौजवान को इतनी दूर कैसे भेजा जाए!

माताजी को कुछ सूझ न पड़ा। वियोग की बात उन्हें जँची ही नहीं। पर पहले तो उन्होंने यही कहा, 'हमारे परिवार में अब बुजुर्ग तो चाचाजी ही रहे हैं। इसलिए पहले उनकी सलाह लेनी चाहिए। वे आज्ञा दें तो फिर हमें सोचना होगा।'

बड़े भाई को दूसरा विचार सूझा, 'पोरबंदर राज्य पर हमारा हक है। लेली साहब एडमिनिस्ट्रेटर हैं। हमारे परिवार के बारे में उनका अच्छा खयाल है। चाचाजी पर उनकी खास मेहरबानी है। संभव है, वे राज्य की तरफ से तुझे थोड़ी-बहुत मदद कर दें।'

मुझे यह सब अच्छा लगा। मैं पोरबंदर जाने के लिए तैयार हुआ। उन दिनों रेल नहीं थी। बैलगाड़ी का रास्ता था। पाँच दिन में पहुँचा जाता था। मैं कह चुका हूँ कि मैं खुद डरपोक था, पर इस बार मेरा डर भाग गया। विलायत जाने की इच्छा ने मुझे प्रभावित किया। मैंने धोराजी तक की बैलगाड़ी की। धोराजी से आगे, एक दिन पहले पहुँचने के विचार से, ऊँट किराए पर लिया। ऊँट की सवारी का भी मेरा यह पहला अनुभव था।

मैं पोरबंदर पहुँचा। चाचाजी को साष्टांग प्रणाम किया। सारी बात सुनाई। उन्होंने सोचकर जवाब दिया, 'मैं नहीं जानता कि विलायत जाने पर हम धर्म की रक्षा कर सकते हैं या नहीं। जो बातें सुनता हूँ, उनसे तो शक पैदा होता है। मैं जब बड़े बैरिस्टरों से मिलता हूँ तो उनकी रहन-सहन में और साहबों की रहन-सहन में कोई भेद नहीं पाता। खाने-पीने का कोई बंधन उन्हें होता ही नहीं। सिगरेट तो कभी उनके मुँह से छूटती ही नहीं। पोशाक देखो तो वह भी नंगी। यह सब हमारे कुटुंब को शोभा न देगा। पर मैं तेरे साहस में बाधा नहीं डालना चाहता। मैं तो कुछ दिनों बाद यात्रा पर जाने वाला हूँ। अब मुझे कुछ ही साल जीना है। मृत्यु के किनारे बैठा हुआ मैं तुझे विलायत जाने की—समुद्र पार करने की—इजाज़त कैसे दूँ? लेकिन मैं बाधक नहीं बनूँगा। सच्ची इजाज़त तो तेरी माँ की है। अगर वह तुझे इजाज़त दे दे, तो तू खुशी-खुशी जाना। इतना कहना कि मैं तुझे रोकूँगा नहीं। मेरे आशीर्वाद तो तुझे हैं ही।'

मैंने कहा, 'इससे अधिक की आशा तो मैं आपसे रख नहीं सकता। अब मुझे अपनी माँ को राजी करना होगा। पर लेली साहब के नाम आप मुझे सिफारिशी पत्र तो देंगे न?'

चाचाजी ने कहा, 'सो मैं कैसे दे सकता हूँ? लेकिन साहब सज्जन हैं, तू पत्र लिख। कुटुंब का परिचय देना। वे जरूर तुझे मिलने का समय देंगे, और उन्हें रुचेगा तो मदद भी करेंगे।'

मैं नहीं जानता कि चाचाजी ने साहब के नाम सिफारिश का पत्र क्यों नहीं दिया। मुझे धुँधली सी याद है कि विलायत जाने के धर्म-विरुद्ध कार्य में इस तरह सीधी मदद करने में उन्हें संकोच हुआ।

मैंने लेली साहब को पत्र लिखा। उन्होंने अपने रहने के बँगले पर मुझे मिलने बुलाया। उस बँगले की सीढ़ियों पर चढ़ते-चढ़ते वे मुझसे मिले और मुझे यह कहकर ऊपर चले गए, 'तू बी.ए. कर ले, फिर मुझसे मिलना। अभी कोई मदद नहीं दी जा सकेगी।' मैं बहुत तैयारी करके, कई वाक्य रटकर गया था। नीचे झुककर दोनों हाथों से मैंने सलाम किया था। पर मेरी सारी मेहनत बेकार हुई!

मेरी दृष्टि पत्नी के गहनों पर गई। बड़े भाई के प्रति मेरी अपार श्रद्धा थी। उनकी उदारता की सीमा न थी। उनका प्रेम पिता के समान था।

मैं पोरबंदर से विदा हुआ। राजकोट आकर सारी बातें उन्हें सुनाईं। जोशीजी के साथ सलाह की। उन्होंने कर्ज करके भी मुझे भेजने की सिफारिश की। मैंने अपनी पत्नी के हिस्से के गहने बेच डालने का सुझाव रखा। उनसे 3-2 हजार रुपये से अधिक नहीं मिल सकते थे। भाई ने, जैसे भी बने, रुपयों का प्रबंध करने का बीड़ा उठाया।

माताजी कैसे समझतीं? उन्होंने सब तरह की पूछताछ शुरू कर दी थी—कोई कहता, नौजवान लोग विलायत जाकर बिगड़ जाते हैं; कोई कहता—वे मांसाहार करने लगते हैं; कोई कहता—वहाँ शराब के बिना तो चलता ही नहीं। माताजी ने मुझे ये सारी बातें सुनाईं। मैंने कहा, 'पर तू मेरा विश्वास नहीं करेगी? मैं तुझे धोखा नहीं दूँगा। शपथपूर्वक कहता हूँ कि मैं इन तीनों चीजों से बच्चूँगा। अगर ऐसा खतरा होता, तो जोशीजी क्यों जाने देते?'

माताजी बोलीं, 'मुझे तेरा विश्वास है। पर दूर देश में क्या होगा? मेरी तो अक्ल काम नहीं करती। मैं बेचरजी स्वामी से पूछूँगी।'

बेचरजी स्वामी मोढ़ बनियों में से बने हुए एक जैन साधु थे। जोशीजी की तरह वे भी हमारे सलाहकार थे। उनहोंने मदद की। वे बोले, 'मैं इस लड़के से इन तीनों चीजों के व्रत लिवाऊँगा। फिर इसे जाने देने में कोई हानि नहीं होगी।' उन्होंने प्रतिज्ञा लिवाई और मैंने मांस, मदिरा तथा स्त्री-संग से दूर रहने की प्रतिज्ञा की। माताजी ने आज्ञा दी।

हाईस्कूल में सभा हुई। राजकोट का एक युवक विलायत जा रहा है, यह आश्चर्य का विषय बना। मैं जवाब के लिए कुछ लिखकर ले गया था। जवाब देते समय उसे मुश्किल से पढ़ पाया। मुझे इतना याद है कि मेरा सिर घूम रहा था और शरीर काँप रहा था।

बड़ों के आशीर्वाद लेकर मैं बंबई के लिए रवाना हुआ। बंबई की यह मेरी पहली यात्रा थी। बड़े भाई साथ आए।

पर अच्छे काम में सौ विघ्न आते हैं। बंबई का बंदरगाह जल्दी छूट न सका।

12. जाति से बाहर

माताजी की आज्ञा और आशीर्वाद लेकर और पत्नी की गोद में कुछ महीनों का बालक छोड़कर मैं उमंगों के साथ बंबई पहुँचा। पहुँच तो गया, पर वहाँ मित्रों ने भाई को बताया कि जून-जुलाई में हिंद महासागर में तूफान आते हैं और मेरी यह पहली ही समुद्री यात्रा है, इसलिए मुझे दीवाली के बाद यानी नवंबर में रवाना करना चाहिए। और किसी ने तूफान में किसी अगनबोट के डूब जाने की बात भी कही। इससे बड़े भाई घबराए। उन्होंने ऐसा खतरा उठाकर मुझे तुरंत रवाना करने से इनकार किया और मुझको बंबई में अपने मित्र के घर छोड़कर खुद वापस नौकरी पर हाजिर होने के लिए राजकोट चले गए। वे एक बहनोई के पास पैसे छोड़ गए और कुछ मित्रों से मेरी मदद करने की सिफारिश करते गए।

बंबई में मेरे लिए दिन काटना मुश्किल हो गया। मुझे विलायत के ही सपने आते रहते थे।

इस बीच जाति में खलबली मची। जाति की सभा बुलाई गई। अभी तक कोई मोढ़ बनिया विलायत नहीं गया था। और मैं जा रहा हूँ, इसलिए मुझसे जवाब तलब किया जाना चाहिए। मुझे पंचायत में हाजिर रहने का हुक्म मिला। मैं गया। मैं नहीं जानता कि मुझमें अचानक हिम्मत कहाँ से आ गई। हाजिर रहने में मुझे न तो संकोच हुआ, न डर लगा। जाति के सरपंच के साथ दूर का कुछ रिश्ता भी था। पिताजी के साथ उनका संबंध अच्छा था। उन्होंने मुझसे कहा, 'जाति का

खयाल है कि तूने विलायत जाने का जो विचार किया है, वह ठीक नहीं है। हमारे धर्म में समुद्र पार करने की मनाही है, तिस पर यह भी सुना जाता है कि वहाँ धर्म की रक्षा नहीं हो पाती। वहाँ साहब लोगों के साथ खाना-पीना पड़ता है।'

मैंने जवाब दिया, 'मुझे तो लगता है कि विलायत जाने में लेशमात्र भी अधर्म नहीं है। मुझे तो वहाँ जाकर विद्याध्ययन ही करना है। फिर जिन बातों का आपको डर है, उनसे दूर रहने की प्रतिज्ञा मैंने अपनी माताजी के सम्मुख ली है, इसलिए मैं उनसे दूर रह सकूँगा।'

सरपंच बोले, 'पर हम तुझसे कहते हैं कि वहाँ धर्म की रक्षा हो ही नहीं सकती। तू जानता है कि तेरे पिताजी के साथ मेरा कैसा संबंध था? तुझे मेरी बात माननी चाहिए।'

मैंने जवाब में कहा, 'आपके साथ के संबंध को मैं जानता हूँ। आप पिता के समान हैं। पर इस बारे में मैं लाचार हूँ। विलायत जाने का अपना निश्चय मैं बदल नहीं सकता। जो विद्वान् ब्राह्मण मेरे पिताजी के मित्र और सलाहकार हैं, वे मानते हैं कि मेरे विलायत जाने में कोई दोष नहीं है। मुझे अपनी माताजी और अपने भाई की अनुमति भी मिल चुकी है।'

'पर तू जाति का हुक्म नहीं मानेगा?'

'मैं लाचार हूँ। मेरा खयाल है कि इसमें जाति को दखल नहीं देना चाहिए।'

इस जवाब से सरपंच गुस्सा हुए। मुझे दो-चार बातें सुनाईं। मैं स्वस्थ बैठा रहा। सरपंच ने आदेश दिया, 'यह लड़का आज से जातिच्युत माना जाएगा, जो कोई इसकी मदद करेगा अथवा इसे विदा करने जाएगा, पंच उससे जवाब तलब करेंगे और उससे सवा रुपया दंड का लिया जाएगा।'

मुझ पर इस निश्चय का कोई असर नहीं हुआ। मैंने सरपंच से विदा ली। अब सोचना यह था कि इस निश्चय का मेरे भाई पर क्या असर होगा? कहीं वे डर गए तो? सौभाग्य से वे दृढ़ रहे और मुझे लिख भेजा कि जाति के निश्चय के बावजूद वे मुझे विलायत जाने से नहीं रोकेंगे।

इस घटना के बाद मैं अधिक बेचैन हो गया। भाई पर दबाव पड़ा तो क्या होगा? दूसरा कोई विघ्न आ गया तो? इस चिंता में मैं अपने दिन बिता रहा था कि इतने में ख़बर मिली कि 4 सितंबर को रवाना होने वाले जहाज में जूनागढ़ के एक वकील बैरिस्टरी के लिए विलायत जाने वाले हैं। बड़े भाई ने जिन मित्रों से मेरे बारे में कह रखा था, उनसे मैं मिला। उन्होंने भी यह साथ न छोड़ने की

सलाह दी। समय बहुत कम था। मैंने भाई को तार किया और जाने की इजाज़त माँगी। उन्होंने इजाज़त दे दी। मैंने बहनोई से पैसे माँगे। उन्होंने जाति के हुक्म की चर्चा की। जातिच्युत होना उन्हें पुसाता न था। मैं अपने कुटुंब के एक मित्र के पास पहुँचा और उनसे विनती की कि वे मुझे किराए वगैरह के लिए आवश्यक रकम दे दें और बाद में भाई से ले लें। उन मित्र ने ऐसा करना कबूल किया, इतना ही नहीं, बल्कि मुझे हिम्मत भी बँधाई। मैंने उनका आभार माना, पैसे लिए और टिकट खरीदा।

विलायत की यात्रा का सारा सामान तैयार करना था। दूसरे एक अनुभवी मित्र ने सामान तैयार करा दिया। मुझे सब अजीब-सा लगा। कुछ रुचा, कुछ बिलकुल नहीं रुचा। जिस नेकटाई को मैं बाद में शौक से लगाने लगा था, वह तो बिलकुल नहीं रुची। वास्कट नंगी पोशाक मालूम हुई। पर विलायत जाने के शौक की तुलना में यह अरुचि कोई चीज न थी। रास्ते में खाने का सामान भी पर्याप्त ले लिया था।

मित्रों ने मेरे लिए जगह भी त्र्यम्बकराय मजूमदार (जूनागढ़ के वकील का नाम) की कोठरी में ही रखी थी। उनसे मेरे विषय में कह भी दिया था। वे तो प्रौढ़ उम्र के अनुभवी सज्जन थे। मैं दुनिया के अनुभव से शून्य अठारह साल का नौजवान था। मजूमदार ने मित्रों से कहा, 'आप इसकी फिक्र न करें।'

इस तरह 1888 के सितंबर महीने की चार तारीख को मैंने बंबई का बंदरगाह छोड़ा।

13. आखिर विलायत पहुँचा

जहाज में मुझे समुद्र का तो जरा भी कष्ट नहीं हुआ। पर जैसे-जैसे दिन बीतते जाते, वैसे-वैसे मैं अधिक परेशान होता जाता था। 'स्टुअर्ड' के साथ बातचीत करने में भी शर्माता था। अंग्रेज़ी में बातें करने की मुझे आदत ही न थी। मजूमदार को छोड़कर दूसरे सब मुसाफिर अंग्रेज़ थे। मैं उनके साथ बोल न पाता था। वे मुझसे बोलने का प्रयत्न करते, तो मैं समझ न पाता; और समझ लेता तो जवाब क्या देना, सो सूझता

न था। बोलने से पहले हर एक वाक्य को जमाना पड़ता था। काँटे-चम्मच से खाना आता न था, और किस पदार्थ में मांस नहीं है, यह पूछने की हिम्मत नहीं होती थी। इसलिए मैं खाने की मेज पर तो कभी गया ही नहीं। अपनी कोठरी में ही खाता था। अपने साथ खास करके जो मिठाई वगैरह लाया था, उन्हीं से मैंने काम चलाया। मजूमदार को तो कोई संकोच नहीं था। वे सबके साथ घुल-मिल गए थे। डेक पर भी आज़ादी से जाते थे। मैं सारे दिन कोठरी में बैठा रहता था। कभी कदास, जब डेक पर थोड़े लोग होते, तो कुछ देर वहाँ जाकर बैठ लेता था। मजूमदार मुझे समझाते कि सबके साथ घुलो-मिलो, आज़ादी से बातचीत करो; वे मुझसे यह भी कहते कि वकील की जीभ खूब चलनी चाहिए। वकील के नाते वे अपने अनुभव सुनाते और कहते कि अंग्रेज़ी हमारी भाषा नहीं है, उसमें गलतियाँ तो होंगी ही, फिर भी खुलकर बोलते रहना चाहिए। पर मैं अपनी भीरुता छोड़ न पाता था।

मुझ पर दया करके एक भले अंग्रेज़ ने मुझसे बातचीत शुरू की। वे उम्र में बड़े थे। मैं क्या खाता हूँ, कौन हूँ, कहाँ जा रहा हूँ, किसी से बातचीत क्यों नहीं करता आदि प्रश्न वे पूछते रहते। उन्होंने मुझे खाने की मेज पर जाने की सलाह दी। मांस न खाने के मेरे आग्रह की बात सुनकर वे हँसे और मुझ पर तरस खाकर बोले, 'यहाँ तो (पोर्ट सईद पहुँचने से पहले तक) ठीक है, पर बिस्के की खाड़ी में पहुँचने पर तुम अपने विचार बदल लोगे। इंग्लैंड में तो इतनी ठंड पड़ती है कि मांस खाए बिना चलता ही नहीं।'

मैंने कहा, 'मैंने सुना है कि वहाँ लोग मांसाहार के बिना रह सकते हैं।'

वे बोले, 'इसे गलत समझो। अपने परिचितों में मैं ऐसे किसी आदमी को नहीं जानता, जो मांस न खाता हो। सुनो, मैं शराब पीता हूँ, पर तुम्हें पीने के लिए नहीं कहता। लेकिन मैं समझता हूँ कि तुम्हें मांस तो खाना ही चाहिए।'

मैंने कहा, 'इस सलाह के लिए मैं आपका आभार मानता हूँ, पर मांस न खाने के लिए मैं अपनी माताजी से वचनबद्ध हूँ। इस कारण मैं मांस नहीं खा सकता। अगर उसके बिना काम ही न चला, तो मैं वापस हिंदुस्तान चला जाऊँगा, पर मांस तो कभी न खाऊँगा।'

बिस्के की खाड़ी आई। वहाँ भी मुझे न तो मांस की जरूरत मालूम हुई और न मदिरा की। मुझसे कहा गया था कि मैं मांस न खाने के प्रमाण-पत्र इकट्ठा कर लूँ। इसलिए इन अंग्रेज़ मित्र से मैंने प्रमाण-पत्र माँगा। उन्होंने खुशी-खुशी दिया। कुछ समय तक मैं उसे धन की तरह सँभाले रहा। बाद में मुझे पता चला

कि प्रमाण-पत्र तो मांस खाते हुए भी प्राप्त किए जा सकते हैं। इसलिए उनके बारे में मेरा मोह नष्ट हो गया। अगर मेरी बात पर भरोसा नहीं है, तो ऐसे मामले में प्रमाण-पत्र दिखाकर मुझे क्या लाभ हो सकता है?

दुःख-सुख सहते हुए यात्रा समाप्त करके हम साउदेम्प्टन बंदरगाह पर पहुँचे। मुझे याद है कि उस दिन शनिवार था। जहाज पर मैं काली पोशाक पहनता था। मित्रों ने मेरे लिए सफेद फलालैन के कोट-पतलून भी बनवा दिए थे। उन्हें मैंने विलायत में उतरते समय पहनने का विचार कर रखा था, यह समझकर कि सफेद कपड़े अधिक अच्छे लगेंगे! मैं फलालैन का सूट पहनकर उतरा। सितंबर के आखिरी दिन थे। मैंने वहाँ इस पोशाक में एक अपने को ही देखा। मेरी पेटियाँ और उनकी चाबियाँ तो ग्रिंडले कंपनी के एजेंट ले गए थे। सबकी तरह मुझे भी करना चाहिए, यह समझकर मैंने तो अपनी चाबियाँ भी दे दी थीं!

मेरे पास चार सिफारिशी पत्र थे—डॉक्टर प्राणजीवन मेहता के नाम, दलपतराम शुक्ल के नाम, प्रिंस रणजीतसिंहजी के नाम और दादाभाई नौरोजी के नाम। मैंने साउदेम्प्टन से डॉक्टर मेहता को एक तार भेजा था। जहाज में किसी ने सलाह दी थी कि विक्टोरिया होटल में ठहरना चाहिए। इस कारण मजूमदार और मैं उस होटल में पहुँचे। मैं तो अपनी सफेद पोशाक की शर्म से ही गड़ा जा रहा था। तिस पर होटल में पहुँचने पर पता चला कि अगले दिन रविवार होने से ग्रिंडले के यहाँ से सामान सोमवार तक नहीं आएगा। इससे मैं परेशान हुआ।

सात-आठ बजे डॉक्टर मेहता आए। उन्होंने प्रेमभरा विनोद किया। मैंने अनजाने रेशमी रोओं वाली उनकी टोपी देखने के खयाल से उठाई और उस पर उलटा हाथ फेरा। इससे टोपी के रोएँ खड़े हो गए। डॉक्टर मेहता ने देखा, मुझे तुरंत ही रोका। पर अपराध तो हो चुका था। उनके रोकने का नतीजा तो यही निकल सकता था कि दुबारा वैसा अपराध न हो।

समझिए कि यहीं से यूरोप के रीति-रिवाजों के संबंध में मेरी शिक्षा का श्रीगणेश हुआ। डॉक्टर मेहता हँसते-हँसते बहुत सी बातें समझाते जाते थे। किसी की चीज छूनी नहीं चाहिए; किसी से जान-पहचान होने पर जो प्रश्न हिंदुस्तान में यों ही पूछे जा सकते हैं, वे यहाँ नहीं पूछे जा सकते। बातें करते समय ऊँची आवाज से नहीं बोल सकते; हिंदुस्तान में अंग्रेज़ों से बात करते समय 'सर' कहने का जो रिवाज है, वह यहाँ अनावश्यक है। 'सर' तो नौकर अपने मालिक से अथवा अपने बड़े अफसर से कहता है, फिर उन्होंने होटल में रहने के खर्च की भी चर्चा की और

सुझाया कि किसी निजी कुटुंब में रहने की जरूरत पड़ेगी। इस विषय में अधिक विचार सोमवार पर छोड़ा गया। कई सलाहें देकर डॉक्टर मेहता विदा हुए।

होटल में तो हम दोनों को यही लगा कि यहाँ कहाँ आ फँसे। होटल महँगा भी था। माल्टा से एक सिंधी यात्री जहाज पर सवार हुए थे। मजूमदार उनसे अच्छे घुल-मिल गए थे। ये सिंधी यात्री लंदन के अच्छे जानकार थे। उन्होंने हमारे लिए दो कमरे किराए पर लेने की जिम्मेदारी उठाई। हम सहमत हुए और सोमवार को जैसे ही सामान मिला, बिल चुकाकर उक्त सिंधी सज्जन द्वारा ठीक किए कमरों में हमने प्रवेश किया।

मुझे याद है कि मेरे हिस्से का होटल का बिल लगभग तीन पाँड का हुआ था। मैं तो उसे देखकर चकित ही रह गया। तीन पौंड देने पर भी भूखा रहा। होटल की कोई चीज मुझे रुचती नहीं थी। एक चीज ली और वह नहीं रुची; दूसरी ली, पर दाम तो दोनों के ही चुकाने चाहिए। यह कहना ठीक होगा कि अभी तो मेरा काम बंबई से लाए हुए पाथेय से ही चल रहा था।

इस कमरे में भी मैं बहुत परेशान रहा। देश की याद खूब आती थी। माता का प्रेम मूर्तिमान होता था। रात पड़ती और मैं रोना शुरू करता। घर की अनेक स्मृतियों की चढ़ाई के कारण नींद तो आ ही कैसे सकती थी? इस दुःख की चर्चा किसी से की भी नहीं जा सकती थी, करने से लाभ भी क्या था? मैं स्वयं नहीं जानता था कि किस उपाय से मुझे आश्वासन मिलेगा। यहाँ के लोग विचित्र, रहन-सहन विचित्र, घर भी विचित्र, घरों में रहने का ढंग भी विचित्र! क्या कहने और क्या करने से यहाँ शिष्टाचार के नियमों का उल्लंघन होगा, इसकी जानकारी भी मुझे बहुत कम थी। तिस पर खाने-पीने का परहेज और खाने योग्य आहार सूखा तथा नीरस लगता था। इस कारण मेरी दशा सरौते के बीच सुपारी जैसी हो गई। विलायत में रहना मुझे अच्छा नहीं लगता था और देश को लौटा नहीं जा सकता था। विलायत पहुँच जाने पर तो तीन साल वहाँ पूरे करने का ही मेरा आग्रह था।

14. मेरी पसंद

डॉक्टर मेहता सोमवार को मुझसे मिलने विक्टोरिया होटल पहुँचे। वहाँ उन्हें

हमारा नया पता मिला; इससे वे नई जगह आकर मिले। मेरी मूर्खता के कारण जहाज में मुझे दाद हो गई थी। जहाज में खारे पानी से नहाना होता था। उसमें साबुन घुलता न था। लेकिन मैंने तो साबुन का उपयोग करने में सभ्यता समझी। इससे शरीर साफ होने के बदले चीकट हो गया। उससे दाद हो गई, डॉक्टर को दिखाई। उन्होंने मुझे जलानेवाली दवा—एसेटिक एसिड- –दी। इस दवा ने मुझे रुलाया था। डॉक्टर मेहता ने हमारे कमरे वगैरह देखे और सिर हिलाया, 'यह जगह काम की नहीं। इस देश में आकर पढ़ने की अपेक्षा यहाँ के जीवन और रीति-रिवाज का अनुभव प्राप्त करना ही अधिक महत्त्व का है। इसके लिए किसी परिवार में रहना जरूरी है। पर अभी तो मैंने सोचा है कि तुम्हें कुछ तालीम मिल सके, इसके लिए . . . के घर रहो। मैं तुम्हें वहाँ ले जाऊँगा।'

मैंने आभारपूर्वक उनका सुझाव मान लिया। मैं मित्र के घर पहुँचा। उनके स्वागत-सत्कार में कोई कभी नहीं थी। उन्होंने मुझे अपने सगे भाई की तरह रखा, अंग्रेज़ी रीति-रिवाज सिखाए; यह कह सकता हूँ कि अंग्रेज़ी में थोड़ी बातचीत करने की आदत उन्हीं ने डलवाई।

मेरे भोजन का प्रश्न बहुत विकट हो गया। बिना नमक और मसालों वाली साग-सब्जी रुचती नहीं थी। घर की मालकिन मेरे लिए कुछ बनावे तो क्या बनावे? सवेरे तो ओटमील (जई का आटा) की लपसी बनती। उससे पेट कुछ भर जाता। पर दोपहर और शाम को मैं हमेशा भूखा रहता। मित्र मुझे रोज मांस खाने के लिए समझाते। मैं प्रतिज्ञा की आड़ लेकर चुप हो जाता। उनकी दलीलों का जवाब देना मेरे बस का न था।

दोपहर को सिर्फ रोटी, पत्तोंवाली एक भाजी और मुरब्बे पर गुजर करता था। यही खुराक शाम के लिए भी थी। मैं देखता कि रोटी के तो दो-तीन टुकड़े ही लेने की रीत है। इससे अधिक माँगते शर्म लगती थी। मुझे डटकर खाने की आदत थी। भूख तेज थी और खूब खुराक चाहती थी। दोपहर या शाम को दूध नहीं मिलता था। मेरी यह हालत देखकर एक दिन मित्र चिढ़ गए और बोले, 'अगर तुम मेरे सगे भाई होते, तो मैं तुम्हें निश्चय ही वापस भेज देता। यहाँ की हालत जाने बिना निरक्षर माता के सामने की गई प्रतिज्ञा का मूल्य ही क्या? वह तो प्रतिज्ञा ही नहीं कही जा सकती। मैं तुमसे कहता हूँ कि कानून इसे प्रतिज्ञा नहीं मानेगा। ऐसी प्रतिज्ञा से चिपटे रहना तो निरा अंधविश्वास कहा जाएगा। और ऐसे अंधविश्वास में फँसे रहकर तुम इस देश से अपने देश में कुछ भी न ले जा सकोगे। तुम तो कहते हो कि तुमने मांस

खाया है। तुम्हें वह अच्छा भी लगा है। जहाँ खाने की जरूरत नहीं थी वहाँ खाया और जहाँ खाने की खास जरूरत है वहाँ छोड़ा। यह कैसा आश्चर्य है!'

मैं टस से मस नहीं हुआ।

ऐसी बहस रोज हुआ करती। मेरे पास छत्तीस रोगों को मिटानेवाला एक नन्ना ही था। मित्र मुझे जितना समझाते, मेरी दृढ़ता उतनी ही बढ़ती जाती। मैं रोज भगवान से रक्षा की याचना करता और मुझे रक्षा मिलती। मैं नहीं जानता था कि ईश्वर कौन है। पर रंभा की दी हुई श्रद्धा अपना काम कर रही थी।

एक दिन मित्र ने मेरे सामने बेंथम का ग्रंथ पढ़ना शुरू किया। उपयोगितावाद वाला अध्याय पढ़ा। मैं घबराया। भाषा ऊँची थी। मैं मुश्किल से समझ पाता। उन्होंने उसका विवेचन किया। मैंने उत्तर दिया, 'मैं आपसे माफी चाहता हूँ। मैं ऐसी सूक्ष्म बातें समझ नहीं पाता। मैं स्वीकार करता हूँ कि मांस खाना चाहिए, पर मैं अपनी प्रतिज्ञा का बंधन तोड़ नहीं सकता। उसके लिए मैं कोई दलील नहीं दे सकता। मुझे विश्वास है कि दलील में मैं आपसे कभी जीत नहीं सकता। पर मूर्ख समझकर अथवा हठी समझकर इस मामले में मुझे छोड़ दीजिए। मैं आपके प्रेम को समझता हूँ। आपका आशय समझता हूँ। आपको मैं अपना परम हितैषी मानता हूँ। मैं यह भी देख रहा हूँ कि आपको दुःख होता है, इसी से आप इतना आग्रह करते हैं। पर मैं लाचार हूँ। मेरी प्रतिज्ञा नहीं टूट सकती।'

मित्र देखते रहे। उन्होंने पुस्तक बंद कर दी। 'बस, अब मैं बहस नहीं करूँगा', कहकर वे चुप हो गए। मैं खुश हुआ। इसके बाद उन्होंने बहस करना छोड़ दिया।

पर मेरे बारे में उनकी चिंता दूर न हुई। वे बीड़ी पीते थे, शराब पीते थे। लेकिन मुझसे कभी नहीं कहा कि इनमें से एक का भी मैं सेवन करूँ। उलटे, वे मना ही करते रहे। उन्हें चिंता यह थी कि मांसाहार के अभाव में मैं कमज़ोर हो जाऊँगा और इंग्लैंड में निश्चिंततापूर्वक रह न सकूँगा।

इस तरह एक महीने तक मैंने नौसिखिए के रूप में उम्मीदवारी की। मित्र का घर रिचमंड में था, इसलिए मैं हफ्ते में एक या दो बार ही लंदन जा पाता था। डॉक्टर मेहता और भाई दलपतराम शुक्ल ने सोचा कि अब मुझे किसी कुटुंब में रहना चाहिए। भाई शुक्ल ने वेस्ट केंसिंग्टन में एक एंग्लो-इंडियन का घर खोज निकाला और मुझे वहाँ रखा। घर की मालकिन एक विधवा थी। उससे मैंने मांस-त्याग की बात कही। बुढ़िया ने मेरी सार-सँभाल की जिम्मेदारी ली। मैं वहाँ रहने लगा।

वहाँ भी मुझे रोज भूखा रहना पड़ता था। मैंने घर से मिठाई वगैरह खाने की चीजें मँगाई थीं, पर वे अभी आई नहीं थीं। सब कुछ फीका लगता था। बुढ़िया हमेशा पूछती; पर वह करे क्या? तिस पर मैं अभी तक शर्माता था। बुढ़िया के दो लड़कियाँ थीं। वे आग्रह करके थोड़ी अधिक रोटी देतीं। पर वे बेचारी क्या जानें कि उनकी समूची रोटी खाने पर ही मेरा पेट भर सकता था?

लेकिन अब मैं होशियारी पकड़ने लगा था। अभी पढ़ाई शुरू नहीं हुई थी। मुश्किल से समाचार-पत्र पढ़ने लगा था। यह भाई शुक्ल का प्रताप था। हिंदुस्तान में मैंने समाचार-पत्र कभी पढ़े नहीं थे। पर बराबर पढ़ते रहने के अभ्यास से उन्हें पढ़ने का शौक मैं पैदा कर सका था। 'डेली न्यूज़', 'डेली टेलीग्राफ' और 'पेलमेल गजेट'—इन पत्रों को सरसरी निगाह से देख जाता था। पर शुरू-शुरू में तो इसमें मुश्किल से एक घंटा खर्च होता होगा।

मैंने घूमना शुरू किया। मुझे निरामिष अर्थात् अन्नाहार देनेवाले भोजन-गृह की खोज करनी थी। घर की मालकिन ने भी कहा था कि खास लंदन में ऐसे गृह मौजूद हैं। मैं रोज दस-बारह मील चलता था। किसी मामूली से भोजन-गृह में जाकर पेट भर रोटी खा लेता था। पर उससे संतोष न होता था। इस तरह भटकता हुआ एक दिन मैं फैरिंग्डन स्ट्रीट पहुँचा और वहाँ 'वेजिटेरियन रेस्त्राँ' (अन्नाहारी भोजनालय) का नाम पढ़ा। मुझे वह आनंद हुआ, जो बालक को मनचाही चीज मिलने से होता है। हर्ष-विभोर होकर अंदर घुसने से पहले मैंने दरवाजे के पास की शीशेवाली खिड़की में बिक्री की पुस्तकें देखीं। उनमें मुझे सॉल्ट की *अन्नाहार की हिमायत* नामक पुस्तक दिखी। एक शिलिंग में मैंने वह खरीद ली और फिर भोजन करने बैठा। विलायत आने के बाद यहाँ पहली बार भरपेट भोजन मिला। ईश्वर ने मेरी भूख मिटाई।

सॉल्ट की पुस्तक पढ़ी। मुझ पर उसकी अच्छी छाप पड़ी। इस पुस्तक को पढ़ने के दिन से मैं स्वेच्छापूर्वक, अर्थात् विचारपूर्वक, अन्नाहार में विश्वास करने लगा। माता के निकट की गई प्रतिज्ञा अब मुझे विशेष आनंद देने लगी। और जिस तरह अब तक मैं यह मानता था कि सब मांसाहारी बनें तो अच्छा हो, और पहले केवल सत्य की रक्षा के लिए तथा बाद में प्रतिज्ञा-पालन के लिए ही मैं मांस-त्याग करता था और भविष्य में किसी दिन स्वयं आज़ादी से, प्रकट रूप में, मांस खाकर दूसरों को खानेवालों के दल में सम्मिलित करने की उमंग रखता था, उसी तरह अब स्वयं अन्नाहारी रहकर दूसरों को वैसा बनाने का लोभ मुझमें जागा।

15. 'सभ्य' पोशाक में

अन्नाहार पर मेरी श्रद्धा दिन-पर-दिन बढ़ती गई। सॉल्ट की पुस्तक ने आहार के विषय में अधिक पुस्तकें पढ़ने की मेरी जिज्ञासा को तीव्र बना दिया। जितनी पुस्तकें मुझे मिलीं, मैंने खरीद लीं और पढ़ डालीं। उनमें हावर्ड विलियम्स की *आहार-नीति* नामक पुस्तक में अलग-अलग युगों के ज्ञानियों, अवतारों और पैगंबरों के आहार का और आहार-विषयक उनके विचारों का वर्णन किया गया है। पाइथागोरस, ईसामसीह इत्यादि को उसने केवल अन्नाहारी सिद्ध करने का प्रत्यन किया है। डॉक्टर मिसेज एना किंग्सफर्ड की *उत्तम आहार की रीति* नामक पुस्तक भी आकर्षक थी। साथ ही, डॉ. एलिंसन के आरोग्य-विषयक लेखों ने भी इसमें अच्छी मदद की। वे दवा के बदले केवल आहार के हेरफेर से ही रोगी को नीरोग करने की पद्धति का समर्थन करते थे। डॉ. एलिंसन स्वयं अन्नाहारी थे और बीमारों को केवल अन्नाहार की ही सलाह देते थे। इन सब पुस्तकों के अध्ययन का परिणाम यह हुआ कि मेरे जीवन में आहार-विषयक प्रयोगों ने महत्त्व का स्थान प्राप्त कर लिया। आरंभ में इन प्रयोगों में आरोग्य की दृष्टि मुख्य थी। बाद में धार्मिक दृष्टि सर्वोपरि बनी।

इस बीच मेरे उन मित्र को तो मेरी चिंता बनी ही रही। उन्होंने प्रेमवश यह माना कि अगर मैं मांस नहीं खाऊँगा, तो कमज़ोर हो जाऊँगा। यही नहीं, बल्कि मैं बेवकूफ बना रहूँगा, क्योंकि अंग्रेज़ों के समाज में घुल-मिल ही न सकूँगा। वे जानते थे कि मैं अन्नाहार-विषयक पुस्तकें पढ़ता रहता हूँ। उन्हें डर लगा कि इन पुस्तकों के पढ़ने से मैं भ्रमित-चित्त बन जाऊँगा, प्रयोगों में मेरा जीवन व्यर्थ चला जाएगा, मुझे जो करना है, उसे मैं भूल जाऊँगा और 'पोथी-पंडित' बन जाऊँगा। इस विचार से उन्होंने मुझे सुधारने का एक आखिरी प्रयत्न किया। उन्होंने मुझे नाटक दिखाने के लिए न्योता। वहाँ जाने से पहले मुझे उनके साथ हॉबर्न भोजन-गृह में भोजन करना था। मेरी दृष्टि में यह गृह एक महल था। विक्टोरिया होटल छोड़ने के बाद ऐसे गृह में जाने का मेरा यह पहला अनुभव था। विक्टोरिया होटल का अनुभव तो निकम्मा था; क्योंकि ऐसा मानना होगा कि वहाँ मैं बेहोशी की हालत में था। सैकड़ों के बीच हम दो मित्र एक मेज के सामने बैठे। मित्र ने पहली 'प्लेट' मँगाई। वह 'सूप' की थी। मैं परेशान हुआ। मित्र से क्या पूछता? मैंने तो परोसने वाले को अपने पास बुलाया।

मित्र समझ गए। चिढ़कर मुझसे पूछा, 'क्या है?'

मैंने धीरे से संकोचपूर्वक कहा, 'मैं जानना चाहता हूँ कि इसमें मांस है या नहीं?'

'ऐसे गृह में यह जंगलीपन नहीं चल सकता। अगर तुम्हें अब भी यही किचकिच करनी हो तो तुम बाहर जाकर किसी छोटे से भोजन-गृह में खा लो और बाहर ही मेरी राह देखो।'

मैं इस प्रस्ताव से खुश होकर उठा और दूसरे भोजनालय की खोज में निकला। पास ही एक अन्नाहार वाला भोजन-गृह था। पर वह तो बंद हो चुका था। मुझे समझ न पड़ा कि अब क्या करना चाहिए। मैं भूखा रहा। हम नाटक देखने गए। मित्र ने उक्त घटना के बारे में एक भी शब्द मुँह से न निकाला। मेरे पास तो कहने को था ही क्या?

लेकिन यह हमारे बीच का अंतिम मित्र-युद्ध था। न हमारा संबंध टूटा, न उसमें कटुता आई। उनके सारे प्रयत्नों के मूल में रहे हुए प्रेम को मैं पहचान सका था। इस कारण विचार और आचार की भिन्नता के रहते हुए भी उनके प्रति मेरा आदर बढ़ गया।

पर मैंने सोचा कि मुझे उनका डर दूर करना चाहिए। मैंने निश्चय किया कि मैं जंगली नहीं रहूँगा। सभ्य के लक्षण ग्रहण करूँगा और दूसरे प्रकार से समाज में समरस होने योग्य बनकर अन्नाहार की अपनी विचित्रता को छिपा लूँगा।

मैंने 'सभ्यता' सीखने के लिए अपनी सामर्थ्य की परे का और छिछला रास्ता पकड़ा।

विलायती होने पर भी बंबई के कटे-सिले कपड़े अच्छे अंग्रेज़ समाज में शोभा नहीं देंगे, इस विचार से मैंने 'आर्मी और नेवी' स्टोर में कपड़े सिलवाए। उन्नीस शिलिंग की (उस जमाने के लिहाज से तो यह कीमत बहुत ही कही जाएगी) 'चिमनी' टोपी सिर पर पहनी। इतने से संतोष न हुआ तो बॉण्ड स्ट्रीट में, जहाँ शौकीन लोगों के कपड़े सिलते थे, दस पाउंड पर बत्ती रखकर शाम की पोशाक सिलवाई। भोले और बादशाही दिल वाले बड़े भाई से मैंने दोनों जेबों में लटकाने लायक सोने की एक बढ़िया चेन मँगवाई और वह मिल भी गई। बँधी-बँधाई टाई पहनना शिष्टाचार में शुमार न था, इसलिए टाई बाँधने की कला हस्तगत की। देश में आईना हजामत के दिन ही देखने को मिलता था, पर यहाँ तो बड़े आईने के सामने खड़े रहकर ठीक से टाई बाँधने में और बालों में पट्टी डालकर सीधी माँग

निकालने में रोज लगभग दस मिनट तो बरबाद होते ही थे। बाल मुलायम नहीं थे, इसलिए उन्हें अच्छी तरह मुड़े हुए रखने के लिए ब्रश (झाड़ू ही समझिए!) के साथ रोज लड़ाई चलती थी और टोपी पहनते तथा निकालते समय हाथ तो मानो माँग को सहेजने के लिए सिर पर पहुँच ही जाता था। और बीच-बीच में, समाज में बैठे-बैठे, माँग पर हाथ फिराकर बालों को व्यवस्थित रखने की एक और सभ्य क्रिया बराबर चलती ही रहती थी।

पर इतनी टीमटाम ही काफी न थी। अकेली सभ्य पोशाक से सभ्य थोड़े ही बना जा सकता था? मैंने सभ्यता के दूसरे कई बाहरी गुण भी जान लिए थे और मैं उन्हें सीखना चाहता था। सभ्य पुरुष को नाचना जानना चाहिए। उसे फ्रेंच अच्छी तरह जान लेनी चाहिए; क्योंकि फ्रेंच इंग्लैंड के पड़ोसी फ्रांस की भाषा थी और सारे यूरोप की राष्ट्रभाषा भी थी। और मुझे यूरोप में घूमने की इच्छा थी। इसके अलावा, सभ्य पुरुष को लच्छेदार भाषण करना भी आना चाहिए। मैंने नृत्य सीखने का निश्चय किया। एक कक्षा में भरती हुआ। एक सत्र के करीब तीन पाउंड जमा किए। कोई तीन हफ्तों में करीब छह सबक सीखे होंगे। पैर ठीक से तालबद्ध पड़ते न थे। पियानो बजता था, पर वह क्या कह रहा है, कुछ समझ में न आता था। 'एक, दो, तीन' चलता, पर उसके बीच का अंतर तो वह बाजा ही बताता था, जो मेरे लिए अगम्य था, तो अब क्या किया जाए? अब तो बाबाजी की बिल्ली वाला किस्सा हुआ। चूहों को भगाने के लिए बिल्ली, बिल्ली के लिए गाय, यों बाबाजी का परिवार बढ़ा; उसी तरह मेरे लोभ का परिवार भी बढ़ा। वायलिन बजाना सीख लूँ, तो सुर और ताल का खयाल हो जाए। तीन पौंड वायलिन खरीदने में गँवाए और कुछ उसकी शिक्षा के लिए भी दिए। भाषण करना सीखने के लिए एक तीसरे शिक्षक का घर खोजा। उन्हें भी एक गिन्नी तो भेंट की ही। बेल की *स्टैंडर्ड एलोक्युशनिस्ट* पुस्तक खरीदी। पिट का एक भाषण शुरू किया।

इन बेल साहब ने मेरे कान में घंटी (बेल) बजाई। मैं जागा।

मुझे कौन इंग्लैंड में जीवन बिताना है? लच्छेदार भाषण करना सीखकर मैं क्या करूँगा? नाच नाचकर मैं सभ्य कैसे बनूँगा? वायलिन तो देश में भी सीखा जा सकता है। मैं तो विद्यार्थी हूँ। मुझे विद्या-धन बढ़ाना चाहिए। मुझे अपने पेशे से संबंध रखनेवाली तैयारी करनी चाहिए। मैं अपने सदाचार से सभ्य समझा जाऊँ तो ठीक है, नहीं तो मुझे यह लोभ छोड़ना चाहिए।

इन विचारों की धुन में मैंने उपर्युक्त आशय के उद्गारोंवाला पत्र भाषण-शिक्षक को भेज दिया। उनसे मैंने दो या तीन पाठ पढ़े थे। नृत्य-शिक्षिका को भी ऐसा ही पत्र लिखा। वायलिन शिक्षिका के घर वायलिन लेकर पहुँचा। उन्हें जिस दाम भी वह बिके, बेच डालने की इजाज़त दे दी। उनके साथ कुछ मित्रता का-सा संबंध हो गया था। इस कारण मैंने उनसे अपने मोह की चर्चा की। नाच आदि के जंजाल में से निकल जाने की मेरी बात उन्होंने पसंद की।

सभ्य बनने की मेरी यह सनक लगभग तीन महीने तक चली होगी। पोशाक की टीमटाम तो बरसों चली। पर अब मैं विद्यार्थी बना।

16. फेरफार

कोई यह न माने कि नाच आदि के मेरे प्रयोग उस समय की मेरी स्वच्छंदता के सूचक हैं। पाठकों ने देखा होगा कि उनमें कुछ समझदारी थी। मोह के इस समय में भी मैं एक हद तक सावधान था। पाई-पाई का हिसाब रखता था। खर्च का अंदाज रखता था। मैंने हर महीने पंद्रह पाउंड से अधिक खर्च न करने का निश्चय किया था। मोटर में आने-जाने का अथवा डाक का खर्च भी हमेशा लिखता था और सोने से पहले हमेशा अपनी रोकड़ मिला लेता था। यह आदत अंत तक बनी रही और मैं जानता हूँ कि इससे सार्वजनिक जीवन में मेरे हाथों लाखों रुपयों का जो उलट-फेर हुआ है, उसमें मैं उचित किफायतशारी से काम ले सका हूँ। और आगे मेरी देख-रेख में जितने आंदोलन चले, उनमें मैंने कभी कर्ज नहीं किया, बल्कि हर एक में कुछ-न-कुछ बचत ही रही। यदि हर एक नवयुवक उसे मिलनेवाले थोड़े रुपयों का भी हिसाब खबरदारी के साथ रखेगा, तो उसका लाभ वह भी उसी तरह अनुभव करेगा, जिस तरह भविष्य में मैंने और जनता ने किया।

अपनी रहन-सहन पर मेरा कुछ अंकुश था, इस कारण मैं देख सका कि मुझे कितना खर्च करना चाहिए। अब मैंने खर्च आधा कर डालने का निश्चय किया। हिसाब जाँचने से पता चला कि गाड़ी-भाड़े का मेरा खर्च काफी होता था। फिर कुटुंब में रहने से हर हफ्ते कुछ खर्च तो होता ही था। किसी दिन कुटुंब के लोगों को

बाहर भोजन के लिए ले जाने का शिष्टाचार बरतना जरूरी था। कभी उनके साथ दावत में जाना पड़ता, तो गाड़ी-भाड़े का खर्च लग ही जाता था। कोई लड़की साथ हो, तो उसका खर्च चुकाना जरूरी हो जाता था। जब बाहर जाता, तो खाने के लिए घर न पहुँच पाता। वहाँ तो पैसे पहले से ही चुकाए रहते और बाहर खाने के पैसे और चुकाने पड़ते। मैंने देखा कि इस तरह के खर्चों से बचा जा सकता है। महज शर्म की वजह से होने वाले खर्चों से बचने की बात भी समझ में आई।

अब तक मैं कुटुंबों में रहता था, उसके बदले अपना ही कमरा लेकर रहने का मैंने निश्चय किया, और यह भी तय किया कि काम के अनुसार और अनुभव प्राप्त करने के लिए अलग-अलग मुहल्लों में घर बदलता रहूँगा। घर मैंने ऐसी जगह पसंद किए कि जहाँ से काम की जगह पर आधे घंटे में पैदल पहुँचा जा सके और गाड़ी-भाड़ा बचे। इससे पहले जहाँ जाना होता वहाँ का गाड़ी-भाड़ा हमेशा चुकाना पड़ता और घूमने के लिए अलग से समय निकालना पड़ता था। अब काम पर जाते हुए ही घूमने की व्यवस्था जम गई और इस व्यवस्था के कारण मैं रोज आठ-दस मील तक आसानी से घूम लेता था। खासकर इस एक आदत के कारण मैं विलायत में शायद ही कभी बीमार पड़ा होऊँगा। मेरा शरीर काफी कस गया। कुटुंब में रहना छोड़कर मैंने दो कमरे किराए पर लिए। एक सोने के लिए और दूसरा बैठक के रूप में। यह फेरफार की दूसरी मंजिल कही जा सकती है। तीसरा फेरफार अभी होना शेष था।

इस तरह आधा खर्च बचा। लेकिन समय का क्या हो? मैं जानता था कि बैरिस्टरी की परीक्षा के लिए बहुत पढ़ना जरूरी नहीं है; इसलिए मुझे बेफिक्री थी। पर मेरी कच्ची अंग्रेज़ी मुझे दुःख देती थी। लेली साहब के शब्द—'तुम बी.ए. हो जाओ, फिर आना'—मुझे चुभते थे। मैंने सोचा मुझे बैरिस्टर बनने के अलावा कुछ और भी पढ़ना चाहिए। ऑक्सफोर्ड, कैंब्रिज की पढ़ाई का पता लगाया। कई मित्रों से मिला। मैंने देखा कि वहाँ जाने से खर्च बहुत बढ़ जाएगा और पढ़ाई लंबी चलेगी। मैं तीन साल से अधिक रह नहीं सकता था। किसी मित्र ने कहा, 'अगर तुम्हें कोई कठिन परीक्षा ही देनी हो, तो तुम लंदन की मैट्रिक्युलेशन पास कर लो। उसमें मेहनत काफी करनी पड़ेगी और साधारण ज्ञान बढ़ेगा। खर्च बिलकुल नहीं बढ़ेगा।' मुझे यह सुझाव अच्छा लगा। पर परीक्षा के विषय देखकर मैं चौंका। लैटिन और दूसरी एक भाषा अनिवार्य थी। लैटिन कैसे सीखी जाए? पर मित्र ने सुझाया—'वकील के लिए लैटिन बहुत उपयोगी है। लैटिन

जाननेवाले के लिए कानूनी किताबें समझना आसान हो जाता है और 'रोमन लॉ' की परीक्षा में एक प्रश्न पत्र तो केवल लैटिन भाषा में ही होता है। इसके सिवा, लैटिन जानने से अंग्रेज़ी भाषा पर प्रभुत्व बढ़ता है।' इन सब दलीलों का मुझ पर असर हुआ। मैंने सोचा, मुश्किल हो चाहे न हो, पर लैटिन तो सीख ही लेनी है। फ्रेंच की शुरू की हुई पढ़ाई को पूरा करना है। इसलिए निश्चय किया कि दूसरी भाषा फ्रेंच हो। मैट्रिक्युलेशन का एक प्राइवेट वर्ग चलता था। उसमें भरती हो गया। हर छठे महीने परीक्षा होती थी। मेरे पास मुश्किल से पाँच महीने का समय था। यह काम मेरे बूते के बाहर था। परिणाम यह हुआ कि सभ्य बनने की जगह मैं अत्यंत उद्यमी विद्यार्थी बन गया। समय-पत्रक बनाया। एक-एक मिनट का उपयोग किया। पर मेरी बुद्धि या स्मरण-शक्ति ऐसी नहीं थी कि दूसरे विषयों के अतिरिक्त लैटिन और फ्रेंच की तैयारी कर सकूँ। परीक्षा में बैठा, लैटिन में फेल हो गया। दुःख तो हुआ, पर हिम्मत नहीं हारा। लैटिन में रुचि पैदा हो गई थी। मैंने सोचा कि दूसरी बार परीक्षा में बैठने से फ्रेंच अधिक अच्छी हो जाएगी और विज्ञान में नया विषय ले लूँगा। प्रयोगों के अभाव में रसायनशास्त्र मुझे रुचता ही न था। यद्यपि अब देखता हूँ कि उसमें खूब रस आना चाहिए था। देश में तो यह विषय सीखा ही था इसलिए लंदन की मैट्रिक के लिए भी पहली बार इसी को पसंद किया था। इस बार प्रकाश और उष्णता (Light और Heat) का विषय लिया। यह विषय आसान माना जाता था। मुझे भी आसान प्रतीत हुआ।

पुनः परीक्षा देने की तैयारी के साथ ही रहन-सहन में अधिक सादगी लाने का प्रयत्न शुरू किया। मैंने अनुभव किया कि अभी मेरे कुटुंब की गरीबी के अनुरूप मेरा जीवन सादा नहीं बना है। भाई की तंगी और उनकी उदारता के विचारों ने मुझे व्याकुल बना दिया। जो लोग हर महीने पंद्रह पाउंड या आठ पाउंड खर्च करते थे, उन्हें तो छात्रवृत्तियाँ मिलती थीं। मैं देखता था कि मुझसे भी अधिक सादगी से रहने वाले लोग हैं। मैं ऐसे गरीब विद्यार्थियों के संपर्क में ठीक-ठीक आया था। एक विद्यार्थी लंदन की गरीब बस्ती में हफ्ते के दो शिलिंग देकर एक कोठरी में रहता था और लोकार्ट की कोको की सस्ती दुकान में दो पेनी का कोको और रोटी खाकर अपना गुजारा करता था। उससे स्पर्धा करने की तो मेरी शक्ति नहीं थी, पर मैंने अनुभव किया कि मैं अवश्य ही दो के बदले एक कमरे में रह सकता हूँ और आधी रसोई अपने हाथ से भी बना सकता हूँ। इस प्रकार मैं हर महीने चार या पाँच पाउंड में अपना निर्वाह कर सकता हूँ। सादे रहन-सहन पर पुस्तकें भी पढ़ चुका था। दो

कमरे छोड़ दिए और हफ्ते के आठ शिलिंग पर एक कमरा किराए पर लिया। एक अँगीठी खरीदी और सुबह का भोजन हाथ से बनाना शुरू किया। इसमें मुश्किल से बीस मिनट खर्च होते थे। ओटमील की लपसी बनाने और कोको के लिए पानी उबालने में कितना समय लगता? दोपहर का भोजन बाहर कर लेता और शाम को फिर कोको बनाकर रोटी के साथ खा लेता। इस तरह मैं एक से सवा शिलिंग के अंदर रोज के अपने भोजन की व्यवस्था करना सीख गया। यह मेरा अधिक से अधिक पढ़ाई का समय था। जीवन सादा बन जाने से समय अधिक बचा। दूसरी बार परीक्षा में बैठा और पास हुआ।

पर पाठक यह न मानें कि सादगी से मेरा जीवन नीरस बना होगा। उलटे, इन फेरफारों के कारण मेरी आंतरिक और बाह्य स्थिति के बीच एकता पैदा हुई, कौटुंबिक स्थिति के साथ मेरे रहन-सहन का मेल बैठा, जीवन अधिक सारमय बना और मेरे आत्मानंद का पार न रहा।

17. खुराक के प्रयोग

जैसे-जैसे मैं जीवन की गहराई में उतरता गया, वैसे-वैसे मुझे बाहर और भीतर के आचरण में फेरफार करने की जरूरत मालूम होती गई। जिस गति से रहन-सहन और खर्च में फेरफार हुए, उसी गति से अथवा उससे भी अधिक वेग से मैंने खुराक में फेरफार करना शुरू किया। मैंने देखा कि अन्नाहारविषयक अंग्रेज़ी पुस्तकों में लेखकों ने बहुत सूक्ष्मता से विचार किया था। उन्होंने धार्मिक, वैज्ञानिक, व्यावहारिक और वैद्यक दृष्टि से अन्नाहार की छानबीन की थी। नैतिक दृष्टि से उन्होंने यह सोचा था कि मनुष्य को पशु-पक्षियों पर जो प्रभुत्व प्राप्त हुआ है, वह उन्हें मारकर खाने के लिए नहीं, बल्कि उनकी रक्षा के लिए है अथवा जिस प्रकार मनुष्य एक-दूसरे का उपयोग करते हैं, पर एक-दूसरे को खाते नहीं, उसी प्रकार पशु-पक्षी भी उपयोग के लिए हैं, खाने के लिए नहीं। और, उन्होंने देखा कि खाना भोग के लिए नहीं, बल्कि जीने के लिए ही है। इस कारण कइयों ने आहार में मांस का ही नहीं बल्कि अंडों और दूध का भी त्याग सुझाया और

किया। विज्ञान की दृष्टि से और मनुष्य की शरीर-रचना को देखकर कई लोग इस परिणाम पर पहुँचे कि मनुष्य को भोजन पकाने की आवश्यकता ही नहीं है; वह वनपक्क (झाड़ पर कुदरती तौर पर पके हुए फल) ही खाने के लिए पैदा किया गया है। दूध उसे केवल माता का ही पीना चाहिए। दाँत निकलने के बाद उसको चबा सकने योग्य खुराक ही लेनी चाहिए। वैद्यक दृष्टि से उन्होंने मिर्च-मसालों का त्याग सुझाया और व्यावहारिक अथवा आर्थिक दृष्टि से उन्होंने बताया कि कम-से-कम खर्चवाली खुराक अन्नाहार ही हो सकती है। मुझ पर इन चारों दृष्टियों का प्रभाव पड़ा और अन्नाहार देनेवाले भोजन-गृह में मैं चारों दृष्टिवाले व्यक्तियों से मिलने लगा। विलायत में इनका एक मंडल था और एक साप्ताहिक भी निकलता था। मैं साप्ताहिक का ग्राहक बना और मंडल का सदस्य। कुछ ही समय में मुझे उसकी कमेटी में ले लिया गया। यहाँ मेरा परिचय ऐसे लोगों से हुआ, जो अन्नाहारियों में स्तंभ रूप माने जाते थे। मैं प्रयोगों में व्यस्त हो गया।

घर से मिठाई-मसाले वगैरह जो मँगाए थे, सो लेने बंद कर दिए, और मन ने दूसरा मोड़ पकड़ा। इस कारण मसालों का प्रेम कम पड़ गया और जो सब्जी रिचमंड में मसाले के अभाव में बेस्वाद मालूम होती थी, वह अब सिर्फ उबाली हुई स्वादिष्ट लगने लगी। ऐसे अनेक अनुभवों से मैंने यह सीखा कि स्वाद का सच्चा स्थान जीभ नहीं, पर मन है।

आर्थिक दृष्टि तो मेरे सामने थी ही। उन दिनों एक पंथ ऐसा था, जो चाय-कॉफी को हानिकारक मानता था और कोको का समर्थन करता था। मैं यह समझ चुका था कि केवल उन्हीं वस्तुओं का सेवन करना योग्य है, जो शरीर-व्यापार के लिए आवश्यक हैं। इस कारण मुख्यतः मैंने चाय और कॉफी का त्याग किया और कोको को अपनाया।

भोजन-गृह के दो विभाग थे। एक में जितने पदार्थ खाओ उतने पैसे देने होते थे। इसमें एक बार में शिलिंग-दो शिलिंग का भी खर्च हो जाता था। इस विभाग में अच्छी स्थिति के लोग जाते थे। दूसरे विभाग में छह पेनी में तीन पदार्थ और डबल-रोटी का एक टुकड़ा मिलता था। जिन दिनों मैंने खूब किफायतशारी शुरू की थी, उन दिनों मैं अकसर छह पेनीवाले विभाग में जाता था।

ऊपर के प्रयोगों के साथ उप-प्रयोग तो बहुत हुए। कभी स्टार्चवाला आहार छोड़ा, कभी सिर्फ डबल-रोटी और फल पर ही रहा और कभी पनीर, दूध और अंडों का ही सेवन किया।

यह आखिरी प्रयोग उल्लेखनीय है। यह पंद्रह दिन भी नहीं चला। स्टार्च-रहित आहार का समर्थन करने वालों ने अंडों की खूब स्तुति की थी और यह सिद्ध किया था कि अंडे मांस नहीं हैं। यह तो स्पष्ट ही है कि अंडे खाने में किसी जीवित प्राणी को दुःख नहीं पहुँचता। इस दलील के भुलावे में आकर मैंने माताजी के सम्मुख की हुई प्रतिज्ञा के रहते भी अंडे खाए, पर मेरा वह मोह क्षणिक था। प्रतिज्ञा का नया अर्थ करने का मुझे अधिकार न था। अर्थ तो प्रतिज्ञा करानेवाले का ही माना जा सकता था। इसे मैं जानता था। इस कारण प्रतिज्ञा के रहस्य का बोध होते ही मैंने अंडे छोड़े और प्रयोग भी छोड़ा।

यह एक सूक्ष्म रहस्य है और ध्यान में रखने योग्य है। विलायत में मैंने मांस की तीन व्याख्याएँ पढ़ी थीं। एक के अनुसार मांस का अर्थ पशु-पक्षी का मांस था। अतएव ये व्याख्याकार उसका त्याग करते थे, पर मछली खाते थे; अंडे तो खाते ही थे। दूसरी व्याख्या के अनुसार साधारण मनुष्य जिसे जीव के रूप में जानता है, उसका त्याग किया जाता था। इसके अनुसार मछली त्याज्य थी, पर अंडे ग्राह्य थे। तीसरी व्याख्या में साधारणतया जितने भी जीव माने जाते हैं, उनके और उनसे उत्पन्न होने वाले पदार्थों के त्याग की बात थी। इस व्याख्या के अनुसार अंडों का और दूध का भी त्याग बंधनकारक था। यदि मैं इनमें से पहली व्याख्या को मानता, तो मछली भी खा सकता था। पर मैं समझ गया था कि मेरे लिए तो माताजी की व्याख्या ही बंधनकारक है। अतएव यदि मुझे उनके सम्मुख ली गई प्रतिज्ञा का पालन करना हो, तो अंडे खाने ही न चाहिए। इस कारण मैंने अंडों का त्याग किया। पर मेरे लिए यह बहुत कठिन हो गया, क्योंकि बारीकी से पूछताछ करने पर पता चला कि अन्नाहारवाले भोजन-गृह में भी अंडोंवाली बहुत चीजें बनती थीं। तात्पर्य यह कि वहाँ भी भाग्यवश मुझे तब तक परोसनेवालों से पूछताछ करनी पड़ी थी, जब तक कि मैं अच्छा जानकार न हो गया; क्योंकि कई तरह के 'पुडिंग' में और कई तरह की 'केक' में तो अंडे होते ही थे। इस कारण एक तरह से तो मैं जंजाल से छूटा, क्योंकि थोड़ी और बिलकुल सादी चीजें ही ले सकता था। दूसरी तरफ थोड़ा आघात भी लगा, क्योंकि जीभ से लगी हुई कई चीजों का मुझे त्याग करना पड़ा था। पर वह आघात क्षणिक था। प्रतिज्ञा-पालन का स्वच्छ, सूक्ष्म और स्थायी स्वाद उस क्षणिक स्वाद की तुलना में मुझे अधिक प्रिय लगा।

पर सच्ची परीक्षा तो आगे होने वाली थी, और वह एक-दूसरे व्रत के निमित्त से। जिसे राम रखे, उसे कौन चखे?

इस अध्याय को समाप्त करने से पहले प्रतिज्ञा के अर्थ के विषय में कुछ कहना जरूरी है। मेरी प्रतिज्ञा माता के सम्मुख किया हुआ एक करार था। दुनिया में बहुत से झगड़े केवल करार के अर्थ के कारण उत्पन्न होते हैं। इकरारनामा कितनी ही स्पष्ट भाषा में क्यों न लिखा जाए, तो भी भाषाशास्त्री 'राई का पर्वत' कर देंगे। इसमें सभ्य-असभ्य का भेद नहीं रहता। स्वार्थ सबको अंधा बना देता है। राजा से लेकर रंक तक सभी लोग करारों के खुद को अच्छे लगनेवाले अर्थ करके दुनिया को, खुद को और भगवान को धोखा देते हैं। इस प्रकार पक्षकार लोग जिस शब्द अथवा वाक्य का अपने अनुकूल पड़नेवाला अर्थ करते हैं, न्यायशास्त्र में उसे द्वि-अर्थी मध्यमपद कहा गया है। सुवर्ण न्याय तो यह है कि विपक्ष ने हमारी बात का जो अर्थ माना हो, वही सच माना जाए; हमारे मन में जो हो, वह खोटा अथवा अधूरा है। और ऐसा ही दूसरा सुवर्ण न्याय यह है कि जहाँ दो अर्थ हो सकते हों वहाँ दुर्बल पक्ष जो अर्थ करे, वही सच माना जाना चाहिए। इन दो सुवर्ण मार्गों का त्याग होने से ही अकसर झगड़े होते हैं और अधर्म चलता है। और इस अन्याय की जड़ असत्य है। जिसे सत्य के ही मार्ग पर जाना है, उसे सुवर्ण मार्ग सहज भाव से मिल जाता है। उसे शास्त्र नहीं खोजने पड़ते। माता ने 'मांस' शब्द का जो अर्थ माना और जिसे मैं उस समय समझा, वही मेरे लिए सच्चा था। वह अर्थ नहीं, जिसे मैं अपने अधिक अनुभव से या अपनी विद्वत्ता के मद में सीखा-समझा था।

इस समय तक के मेरे प्रयोग आर्थिक और आरोग्य की दृष्टि से होते थे। विलायत में उन्होंने धार्मिक स्वरूप ग्रहण नहीं किया था। धार्मिक दृष्टि से मेरे कठिन प्रयोग दक्षिण अफ्रीका में हुए, जिनकी छान-बीन आगे करनी होगी। पर कहा जा सकता है कि उनका बीज विलायत में बोया गया था।

जो आदमी नया धर्म स्वीकार करता है, उसमें उस धर्म के प्रचार का जोश उस धर्म में जन्मे हुए लोगों की अपेक्षा अधिक पाया जाता है। विलायत में तो अन्नाहार एक नया धर्म ही था और मेरे लिए भी वह वैसा ही माना जाएगा, क्योंकि बुद्धि से तो मैं मांसाहार का हिमायती बनने के बाद ही विलायत गया था। अन्नाहार की नीति को ज्ञानपूर्वक तो मैंने विलायत में ही अपनाया था। अतएव मेरी स्थिति नए धर्म में प्रवेश करने जैसी बन गई थी, और मुझमें नवधर्मी का जोश आ गया था। इस कारण उस समय मैं जिस बस्ती में रहता था, उसमें मैंने अन्नाहारी मंडल की स्थापना करने का निश्चय किया। इस बस्ती का नाम बेजवॉटर था। इसमें सर

एडविन आर्नल्ड रहते थे। मैंने उन्हें उप-सभापति बनने को निमंत्रित किया। वे बने। डॉ. ओल्डफील्ड सभापति बने। मैं मंत्री बना। यह संस्था कुछ समय तक तो अच्छी चली; पर कुछ महीनों के बाद इसका अंत हो गया, क्योंकि मैंने मुद्दत के बाद अपने रिवाज के अनुसार वह बस्ती छोड़ दी। पर इस छोटे और अल्प अवधि के अनुभव से मुझे संस्थाओं का निर्माण करने और उन्हें चलाने का कुछ अनुभव प्राप्त हुआ।

18. लज्जाशीलता—मेरी ढाल

अन्नाहारी मंडल की कार्यकारिणी में मुझे चुन तो लिया गया था और उसमें मैं हर बार हाजिर भी रहता था, पर बोलने के लिए जीभ खुलती ही न थी। डॉ. ओल्डफील्ड मुझसे कहते, 'मेरे साथ तो तुम काफी बात कर लेते हो, पर समिति की बैठक में कभी जीभ ही नहीं खोलते। तुम्हें नर-मक्खी की उपमा दी जानी चाहिए।' मैं इस विनोद को समझ गया। मक्खियाँ निरंतर उद्यमी रहती हैं, पर नर-मक्खी बराबर खाती-पीती रहती है और काम बिलकुल नहीं करती। यह बड़ी अजीब बात थी कि जब दूसरे सब समिति में अपनी-अपनी सम्मति प्रकट करते, तब मैं गूँगा बनकर ही बैठा रहता था। मुझे बोलने की इच्छा न होती हो, सो बात नहीं, पर बोलता क्या? मुझे सब सदस्य अपने से अधिक जानकार मालूम होते थे। फिर किसी विषय में बोलने की जरूरत मालूम होती और मैं कुछ कहने की हिम्मत करने जाता, इतने में दूसरा विषय छिड़ जाता।

यह चीज बहुत समय तक चली। इस बीच समिति में एक गंभीर विषय उपस्थित हुआ। उसमें भाग न लेना मुझे अन्याय होने देने जैसा लगा। गूँगे की तरह मत देकर शांत रहने में नामर्दगी मालूम हुई। 'टेम्स आयर्न वर्क्स' के मालिक मि. हिल्स मंडल के सभापति थे। वे नीति के कट्टर हिमायती थे। कहा जा सकता है कि मंडल उनके पैसे से चल रहा था। समिति के कई सदस्य तो उनके ही आसरे निभ रहे थे। इस समिति में डॉ. एलिंसन भी थे। उन दिनों संतानोत्पत्ति पर कृत्रिम उपायों से अंकुश रखने का आंदोलन चल रहा था। डॉ. एलिंसन उन उपायों के

समर्थक थे और मजदूरों में उनका प्रचार करते थे। मि. हिल्स को ये उपाय नीति-नाशक प्रतीत हुए। उनके विचार में अन्नाहारी मंडल केवल आहार के ही सुधार के लिए नहीं था, बल्कि वह एक नीतिवर्धक मंडल भी था। इसलिए उनकी राय थी कि डॉ. एलिंसन के समान समाज-घातक विचार रखनेवाले लोग उस मंडल में नहीं रहने चाहिए। इसलिए डॉ. एलिंसन को समिति से हटाने का एक प्रस्ताव आया। मैं इस चर्चा में दिलचस्पी रखता था। डॉ. एलिंसन के कृत्रिम उपायों संबंधी विचार मुझे भयंकर मालूम हुए थे। उनके खिलाफ मि. हिल्स के विरोध को मैं शुद्ध नीति मानता था। मेरे मन में उनके प्रति बड़ा आदर था। उनकी उदारता के प्रति भी आदरभाव था। पर एक अन्नाहार-संवर्धक मंडल में से शुद्ध नीति के नियमों को न मानने वाले का, उसकी अश्रद्धा के कारण बहिष्कार किया जाए, इसमें मुझे साफ अन्याय दिखाई दिया। मेरा खयाल था कि अन्नाहारी मंडल के स्त्री-पुरुष संबंध विषयक मि. हिल्स के विचार उनके अपने विचार थे। मंडल के सिद्धांत के साथ उनका कोई संबंध न था। मंडल का उद्देश्य केवल अन्नाहार का प्रचार करना था; दूसरी नीति का नहीं। इसलिए मेरी यह राय थी कि दूसरी अनेक नीतियों का अनादर करने वाले के लिए भी अन्नाहारी मंडल में स्थान हो सकता है।

समिति में मेरे विचार के दूसरे सदस्य भी थे। पर मुझे अपने विचार व्यक्त करने का जोश चढ़ा था। उन्हें कैसे व्यक्त किया जाए, यह एक महान् प्रश्न बन गया। मुझमें बोलने की हिम्मत नहीं थी, इसलिए मैंने अपने विचार लिखकर सभापति के सम्मुख रखने का निश्चय किया। मैं अपना लेख ले गया। जैसा कि मुझे याद है, मैं उसे पढ़ पाने की हिम्मत भी नहीं कर सका। सभापतिजी ने उसे दूसरे सदस्य से पढ़वाया। डॉ. एलिंसन का पक्ष हार गया। अतएव इस प्रकार के अपने इस पहले युद्ध में मैं पराजित पक्ष में रहा। पर चूँकि मैं उस पक्ष को सच्चा मानता था, इसलिए मुझे संपूर्ण संतोष रहा। मेरा कुछ ऐसा खयाल है कि उसके बाद मैंने समिति से इस्तीफा दे दिया था।

मेरी लज्जाशीलता विलायत में अंत तक बनी रही। किसी से मिलने जाने पर भी, जहाँ पाँच-सात मनुष्यों की मंडली इकट्ठा होती वहाँ मैं गूँगा बन जाता था।

एक बार मैं वेंटनर गया था। वहाँ मजूमदार भी थे। वहाँ के एक अन्नाहारी घर में हम दोनों रहते थे। *एथिक्स ऑफ डायेट* के लेखक इसी बंदरगाह में रहते थे। हम उनसे मिले। वहाँ अन्नाहार को प्रोत्साहन देने के लिए एक सभा की गई। उसमें हम दोनों को बोलने का निमंत्रण मिला। दोनों ने उसे स्वीकार किया। मैंने

जान लिया था कि लिखा हुआ भाषण पढ़ने में कोई दोष नहीं माना जाता। मैं देखता था कि अपने विचारों को सिलसिले से और संक्षेप में प्रकट करने के लिए बहुत से लोग लिखा हुआ पढ़ते थे। मैंने अपना भाषण लिख लिया। बोलने की हिम्मत नहीं थी। जब मैं पढ़ने खड़ा हुआ, तो पढ़ न सका। आँखों के सामने अँधेरा छा गया और हाथ-पैर काँपने लगे। मेरा भाषण मुश्किल से फुलस्केप का एक पृष्ठ रहा होगा। मजूमदार ने उसे पढ़कर सुनाया। मजूमदार का भाषण तो अच्छा हुआ। श्रोतागण उनकी बातों का स्वागत तालियों की गड़गड़ाहट से करते थे। मैं शर्माया और बोलने की अपनी असमर्थता के लिए दुःखी हुआ।

विलायत में सार्वजनिक रूप से बोलने का अंतिम प्रयत्न मुझे विलायत छोड़ते समय करना पड़ा था। विलायत छोड़ने से पहले मैंने अन्नाहारी मित्रों को हॉबर्न भोजन-गृह में भोज के लिए निमंत्रित किया था। मैंने सोचा कि अन्नाहारी भोजन गृहों में तो अन्नाहार मिलता ही है, पर जिस भोजन-गृह में मांसाहार बनता हो वहाँ अन्नाहार का प्रवेश हो तो अच्छा। यह विचार करके मैंने इस गृह के व्यवस्थापक के साथ विशेष प्रबंध करके वहाँ भोज दिया। यह नया प्रयोग अन्नाहारियों में प्रसिद्धि पा गया। पर मेरी तो फजीहत ही हुई। भोज मात्र भोग के लिए ही होते हैं। पर पश्चिम में इनका विकास एक कला के रूप में किया गया है। भोज के समय विशेष सजावट और विशेष आडंबर की व्यवस्था रहती है। बाजे बजते हैं, भाषण किए जाते हैं। इस छोटे से भोज में भी यह सारा आडंबर था ही। मेरे भाषण का समय आया। मैं खड़ा हुआ। खूब सोचकर बोलने की तैयारी की थी। मैंने कुछ ही वाक्यों की रचना की थी, पर पहले वाक्य से आगे न बढ़ सका। लोकसभा (हाउस ऑफ कॉमन्स) के उसके पहले भाषण के बारे में यह कहा जाता है कि उसने 'मेरी धारणा है', 'मेरी धारणा', 'मेरी धारणा है', यों तीन बार कहा, पर बाद में वह आगे न बढ़ सका। जिस अंग्रेज़ी शब्द का अर्थ 'धारणा' है, उसका अर्थ 'गर्भ धारण करना' भी है। इसलिए जब एडीसन आगे न बढ़ सका, तो लोकसभा का एक मसखरा सदस्य कह बैठा, 'इन सज्जन ने तीन बार गर्भ धारण किया, पर ये कुछ पैदा तो कर ही न सके!' मैंने यह कहानी सोच रखी थी और एक छोटा-सा विनोदपूर्ण भाषण करने का मेरा इरादा था। इसलिए मैंने अपने भाषण का आरंभ इस कहानी से किया, पर गाड़ी वहीं अटक गई। सोचा हुआ सब भूल गया और विनोदपूर्ण तथा गूढार्थ भरा भाषण करने की कोशिश में मैं स्वयं विनोद का पात्र बन गया। अंत में—'सज्जनो, आपने

मेरा निमंत्रण स्वीकार किया, इसके लिए मैं आपका आभार मानता हूँ', इतना कहकर मुझे बैठ जाना पड़ा!

मैं कह सकता हूँ कि मेरा यह शरमीला स्वभाव दक्षिण अफ्रीका पहुँचने पर ही दूर हुआ। बिलकुल दूर हो गया, ऐसा तो आज भी नहीं कहा जा सकता। बोलते समय सोचना तो पड़ता ही है। नए समाज के सामने बोलते हुए मैं सकुचाता हूँ। बोलने से बचा जा सके, तो जरूर बच जाता हूँ। और यह स्थिति तो आज भी नहीं है कि मित्रमंडली के बीच बैठा होने पर कोई खास बात कर ही सकूँ अथवा बात करने की इच्छा होती हो। अपने इस शरमीले स्वभाव के कारण मेरी फजीहत तो हुई, पर मेरा कोई नुकसान नहीं हुआ; बल्कि अब तो मैं देख सकता हूँ कि मुझे फायदा हुआ है। पहले बोलने का यह संकोच मेरे लिए दुःखकर था, अब वह सुखकर हो गया है। एक बड़ा फायदा तो यह हुआ कि मैं शब्दों का मितव्यय करना सीखा। मुझे अपने विचारों पर काबू रखने की आदत सहज ही पड़ गई। मैं अपने आपको यह प्रमाण-पत्र दे सकता हूँ कि मेरी जबान या कलम से बिना सोचे-विचारे या बिना तौले शायद ही कोई शब्द कभी निकलता है। याद नहीं पड़ता कि अपने भाषण या लेख के किसी अंश के लिए मुझे कभी शर्माना या पछताना पड़ा हो। मैं अनेक संकटों से बच गया हूँ और मुझे अपना बहुत-सा समय बचा लेने का लाभ मिला है।

अनुभव ने मुझे यह भी सिखाया है कि सत्य के प्रत्येक पुजारी के लिए मौन का सेवन इष्ट है। मनुष्य जाने-अनजाने भी प्रायः अतिशयोक्ति करता है अथवा जो कहने योग्य है उसे छिपाता है या दूसरे ढंग से कहता है। ऐसे संकटों से बचने के लिए भी मितभाषी होना आवश्यक है। कम बोलनेवाला बिना विचारे नहीं बोलेगा; वह अपने प्रत्येक शब्द को तौलेगा। अकसर मनुष्य बोलने के लिए अधीर हो जाता है। 'मैं भी बोलना चाहता हूँ, इस आशय की चिट्ठी किस सभापति को नहीं मिलती होगी? फिर उसे जो समय दिया जाता है, वह उसके लिए पर्याप्त नहीं होता। वह अधिक बोलने देने की माँग करता है और अंत में बिना अनुमति के भी बोलता रहता है। इन सब लोगों के बोलने से दुनिया को लाभ होता हो, ऐसा क्वचित् ही पाया जाता है। पर उतने समय की बरबादी तो स्पष्ट ही देखी जा सकती है। इसलिए यद्यपि आरंभ में मुझे अपनी लज्जाशीलता दुःख देती थी, लेकिन आज उसके स्मरण से मुझे आनंद होता है। यह लज्जाशीलता मेरी ढाल थी। उससे मुझे परिपक्व बनने का लाभ मिला। सत्य की अपनी पूजा में मुझे उससे सहायता मिली।

19. असत्यरूपी विष

चालीस साल पहले विलायत जाने वाले हिंदुस्तानी विद्यार्थी आज की तुलना में कम थे। स्वयं विवाहित होने पर भी अपने को कुँआरा बताने का उनमें रिवाज-सा पड़ गया था। उस देश में स्कूल या कॉलेज में पढ़नेवाले कोई विद्यार्थी विवाहित नहीं होते। विवाहित के लिए विद्यार्थी-जीवन नहीं होता। हमारे यहाँ तो प्राचीनकाल में विद्यार्थी ब्रह्मचारी ही कहलाता था। बाल-विवाह की प्रथा तो इस जमाने में ही पड़ी है। कह सकते हैं कि विलायत में बाल-विवाह जैसी कोई चीज है ही नहीं। इसलिए भारत के युवकों को यह स्वीकार करते हुए शर्म मालूम होती है कि वे विवाहित हैं। विवाह की बात छिपाने का दूसरा एक कारण यह है कि अगर विवाह प्रकट हो जाए, तो जिस कुटुंब में रहते हैं उसकी जवान लड़कियों के साथ घूमने-फिरने और हँसी-मज़ाक करने का मौका नहीं मिलता। यह हँसी-मज़ाक अधिकतर निर्दोष होता है। माता-पिता इस तरह की मित्रता पसंद भी करते हैं। वहाँ युवक और युवतियों के बीच ऐसे सहवास की आवश्यकता भी मानी जाती है, क्योंकि वहाँ तो प्रत्येक युवक को अपनी सहधर्मचारिणी स्वयं खोज लेनी होती है। अतएव विलायत में जो संबंध स्वाभाविक माना जाता है, उसे हिंदुस्तान का नवयुवक विलायत पहुँचते ही जोड़ना शुरू कर दे, तो परिणाम भयंकर ही होगा। कई बार ऐसे परिणाम प्रकट भी हुए हैं। फिर भी हमारे नवयुवक इस मोहिनी माया में फँसे पड़े थे। हमारे नवयुवकों ने उस सोहबत के लिए असत्याचरण पसंद किया, जो अंग्रेज़ों की दृष्टि से कितनी ही निर्दोष होते हुए भी हमारे लिए त्याज्य है। इस फंदे में मैं भी फँस गया। पाँच-छह साल से विवाहित और एक लड़के का बाप होते हुए भी मैंने अपने को कुँआरा बताने में संकोच नहीं किया! पर इसका स्वाद मैंने थोड़ा ही चखा। मेरे शरमीले स्वभाव ने, मेरे मौन ने, मुझे बहुत कुछ बचा लिया। जब मैं बोल ही न पाता था, तो कौन लड़की ठाली बैठी थी, जो मुझसे बात करती? मेरे साथ घूमने के लिए भी शायद ही कोई लड़की निकलती।

मैं जितना शरमीला था उतना ही डरपोक भी था। वेंटनर में जिस परिवार में मैं रहता था, वैसे परिवार में घर की बेटी हो तो वह, सभ्यता के विचार से ही सही, मेरे समान विदेशी को घुमाने ले जाती। सभ्यता के इस विचार से प्रेरित होकर इस घर की मालकिन की लड़की मुझे वेंटनर के आस-पास की सुंदर पहाड़ियों

पर ले गई। वैसे मेरी चाल कुछ धीमी नहीं थी, पर उसकी चाल मुझसे भी तेज थी। इसलिए मुझे उसके पीछे-पीछे घिसटना पड़ा। वह तो रास्ते भर बातों के फव्वारे उड़ाती चली, जब कि मेरे मुँह से कभी 'हाँ' या कभी 'न' की आवाज भर निकलती थी। बहुत हुआ तो 'कितना सुंदर है!' कह देता। इससे ज़्यादा बोल न पाता। वह तो हवा गें उड़ती जाती और मैं यह सोचता रहता कि वापस घर कब पहुँचूँगा। फिर भी यह कहने की हिम्मत न पड़ती कि चलो, अब लौट चलें। इतने में हम एक पहाड़ी की चोटी पर जा खड़े हुए। पर अब उतरा कैसे जाए? अपने ऊँची एड़ीवाले बूटों के बावजूद बीस-पचीस साल की वह रमणी बिजली की तरह ऊपर से नीचे उतर गई, जब कि मैं शर्मिंदा होकर अभी यही सोच रहा था कि ढाल कैसे उतरा जाए। वह नीचे खड़ी हँसती है; मुझे हिम्मत बँधाती है; ऊपर आकर हाथ का सहारा देकर नीचे ले जाने को कहती है! मैं इतना पस्तहिम्मत तो कैसे बनता? मुश्किल से पैर जमाता हुआ, कहीं कुछ बैठता हुआ, मैं नीचे उतरा। उसने मज़ाक में 'शा... ब्बा...श!' कहकर मुझ शर्माए हुए को और अधिक शर्मिंदा किया। इस तरह के मज़ाक से मुझे शर्मिंदा करने का उसे हक था।

लेकिन हर जगह मैं इस तरह कैसे बच पाता? ईश्वर मेरे अंदर से असत्य का विष निकालना चाहता था। वेंटनर की तरह ही ब्राइटन भी समुद्र किनारे हवाखोरी का मुकाम है। एक बार मैं वहाँ गया था। जिस होटल में मैं ठहरा था, उसमें साधारण खुशहाल स्थिति की एक विधवा बुढ़िया भी हवाखोरी के लिए आकर टिकी थी। यह मेरा पहले वर्ष का समय था—वेंटनर के पहले का। यहाँ सूची में खाने की सभी चीजों के नाम फ्रेंच भाषा में लिखे थे। मैं उन्हें समझता न था। मैं बुढ़ियावाली मेज पर ही बैठा था। बुढ़िया ने देखा कि मैं अजनबी हूँ और कुछ परेशानी में भी हूँ। उसने बातचीत शुरू की।

'तुम अजनबी-से मालूम होते हो। किसी परेशानी में भी हो। अभी तक कुछ खाने को भी नहीं मँगाया है!'

मैं भोजन के पदार्थों की सूची पढ़ रहा था और परोसनेवाले से पूछने की तैयारी कर रहा था। इसलिए मैंने उस भद्र महिला को धन्यवाद दिया और कहा, 'यह सूची मेरी समझ में नहीं आ रही है। मैं अन्नाहारी हूँ। इसलिए यह जानना जरूरी है कि इनमें से कौन सी चीजें निर्दोष हैं।'

उस महिला ने कहा, 'तो लो, मैं तुम्हारी मदद करती हूँ और सूची समझा देती हूँ। तुम्हारे खाने लायक चीजें मैं तुम्हें बता सकूँगी।'

मैंने धन्यवादपूर्वक उसकी सहायता स्वीकार की। यहाँ से हमारा जो संबंध जुड़ा, सो मेरे विलायत में रहने तक और उसके बाद भी बरसों तक बना रहा। उसने मुझे लंदन का अपना पता दिया और हर रविवार को अपने घर भोजन के लिए आने को न्योता। वह दूसरे अवसरों पर भी मुझे अपने यहाँ बुलाती थी, प्रयत्न करके मेरा शरमीलापन छुड़ाती थी, जवान स्त्रियों से जान-पहचान कराती थी और उनसे बातचीत करने को ललचाती थी। उसके घर रहनेवाली एक स्त्री के साथ बहुत बातें करवाती थी। कभी-कभी हमें अकेला भी छोड़ देती थी।

आरंभ में मुझे यह सब बहुत कठिन लगा। बात करना सूझता न था। विनोद भी क्या किया जाए! पर वह बुढ़िया मुझे प्रवीण बनाती रही। मैं तालीम पाने लगा। हर रविवार की राह देखने लगा। उस स्त्री के साथ बातें करना भी मुझे अच्छा लगने लगा।

बुढ़िया भी मुझे लुभाती जाती। उसे इस संग में रस आने लगा। उसने तो हम दोनों का हित ही चाहा होगा।

अब मैं क्या करूँ? मैंने सोचा—'क्या ही अच्छा होता, अगर मैं इस भद्र महिला से अपने विवाह की बात कह देता? उस दशा में क्या वह चाहती कि किसी के साथ मेरा ही ब्याह हो? अब भी देर नहीं हुई है। मैं सच-सच कह दूँ, तो अधिक संकट से बच जाऊँगा।' यह सोचकर मैंने उसे एक पत्र लिखा। अपनी स्मृति के आधार पर नीचे उसका सार देता हूँ :

> 'जब से हम ब्राइटन में मिले, आप मुझ पर प्रेम रखती रही हैं। माँ जिस तरह अपने बेटे की चिंता रखती है, उसी तरह आप मेरी चिंता रखती हैं। आप तो यह भी मानती हैं कि मुझे ब्याह करना चाहिए, और इसी खयाल से आप मेरा परिचय युवतियों से कराती हैं। ऐसे संबंध के अधिक आगे बढ़ने से पहले ही मुझे आपसे यह कहना चाहिए कि मैं आपके प्रेम के योग्य नहीं हूँ। मैं आपके घर आने लगा तभी मुझे आपसे यह कह देना चाहिए था कि मैं विवाहित हूँ। मैं जानता हूँ कि हिंदुस्तान के जो विद्यार्थी विवाहित होते हैं, वे इस देश में अपने ब्याह की बात प्रकट नहीं करते। इससे मैंने भी उस रिवाज का अनुकरण किया। पर अब मैं देखता हूँ कि मुझे अपने विवाह की बात बिलकुल छिपानी नहीं चाहिए थी। मुझे साथ में यह भी कह देना चाहिए कि मेरा ब्याह बचपन में हुआ है और मेरे एक लड़का भी है। आपसे इस बात को छिपाने का अब मुझे बहुत दुःख होता है; पर अब भगवान ने सच कह देने की हिम्मत दी है, इससे मुझे आनंद होता है। क्या आप मुझे माफ करेंगी? जिस बहन के साथ आपने मेरा परिचय कराया

है, उसके साथ मैंने कोई अनुचित छूट नहीं ली, इसका विश्वास मैं आपको दिलाता हूँ। मुझे इस बात का पूरा पूरा खयाल है कि मुझे ऐसी छूट नहीं लेनी चाहिए। पर आप तो स्वाभाविक रूप से यह चाहती हैं कि किसी के साथ मेरा संबंध जुड़ जाए। आपके मन में यह बात आगे न बढ़े, इसके लिए भी मुझे आपके सामने सत्य प्रकट कर देना चाहिए।

'यदि इस पत्र के मिलने पर आप मुझे अपने यहाँ आने के लिए अयोग्य समझेंगी, तो मुझे उससे जरा भी बुरा नहीं लगेगा। आपकी ममता के लिए तो मैं आपका चिरऋणी बन चुका हूँ। मुझे स्वीकार करना चाहिए कि अगर आप मेरा त्याग न करेंगी, तो मुझे खुशी होगी। यदि अब भी आप मुझे अपने घर आने योग्य मानेंगी, तो उसे मैं आपके प्रेम की एक नई निशानी समझेंगा और उस प्रेम के योग्य बनने का सदा प्रयत्न करता रहूँगा।'

पाठक समझ लें कि यह पत्र मैंने क्षण भर में नहीं लिख डाला था। न जाने कितने मसविदे तैयार किए होंगे। पर यह पत्र भेजकर मैंने अपने सिर का एक बड़ा बोझ उतार डाला।

लगभग लौटती डाक से मुझे उस विधवा बहन का उत्तर मिला। उसने लिखा था :

'खुले दिल से लिखा तुम्हारा पत्र मिला। हम दोनों खुश हुईं और खूब हँसीं। तुमने जिस असत्य से काम लिया, वह तो क्षमा के योग्य ही है। पर तुमने अपनी सही स्थिति प्रकट कर दी, यह अच्छा ही हुआ। मेरा न्योता कायम है। अगले रविवार को हम अवश्य तुम्हारी राह देखेंगी, तुम्हारे बाल-विवाह की बातें सुनेंगी और तुम्हारा मज़ाक उड़ाने का आनंद भी लूटेंगी। विश्वास रखो कि हमारी मित्रता तो जैसी थी वैसी ही रहेगी।'

इस प्रकार मैंने अपने अंदर घुसे हुए असत्य के विष को बाहर निकाल दिया और फिर तो अपने विवाह आदि की बात करने में मुझे कहीं घबराहट नहीं हुई।

20. धर्मों का परिचय

विलायत में रहते मुझे कोई एक साल हुआ होगा। इस बीच दो थियोसॉफिस्ट

मित्रों से मेरी पहचान हुई। दोनों सगे भाई थे और अविवाहित थे। उन्होंने मुझसे 'गीताजी' की चर्चा की। वे एडविन आर्नल्ड का 'गीताजी' का अनुवाद पढ़ रहे थे। पर उन्होंने मुझे अपने साथ संस्कृत में 'गीता' पढ़ने के लिए न्योता। मैं शर्माया, क्योंकि मैंने 'गीता' संस्कृत में या मातृभाषा में पढ़ी ही नहीं थी। मुझे उनसे कहना पड़ा कि मैंने 'गीता' पढ़ी ही नहीं है, पर मैं उसे आपके साथ पढ़ने को तैयार हूँ। संस्कृत का मेरा अभ्यास भी नहीं के बराबर ही है। मैं उसे इतना ही समझ पाऊँगा कि अनुवाद में कोई गलत अर्थ होगा, तो उसे सुधार सकूँगा। इस प्रकार मैंने उन भाइयों के साथ 'गीता' पढ़ना शुरू किया। दूसरे अध्याय के अंतिम श्लोकों में से :

ध्यायतो विषयान्पुंसः संगस्तेषूपजायते ।
संगात्संजायते कामः कामात्क्रोधोऽभिजायते ॥
क्रोधाद् भवति सम्मोहः सम्मोहात्स्मृतिविभ्रमः ।
स्मृतिभ्रंशाद् बुद्धिनाशो बुद्धिनाशात्प्रणश्यति ॥[5]

इन श्लोकों का मेरे मन पर गहरा असर पड़ा। उनकी भनक मेरे कान में गूँजती ही रही। उस समय मुझे लगा कि 'भगवद्गीता' अमूल्य ग्रंथ है। यह मान्यता धीरे-धीरे बढ़ती गई, और आज तत्त्वज्ञान के लिए मैं उसे सर्वोत्तम ग्रंथ मानता हूँ। निराशा के समय में इस ग्रंथ ने मेरी अमूल्य सहायता की है। मैं इसके लगभग सभी अंग्रेज़ी अनुवाद पढ़ गया हूँ, पर एडविन आर्नल्ड का अनुवाद मुझे श्रेष्ठ प्रतीत होता है। उसमें मूल ग्रंथ के भाव की रक्षा की गई है, फिर भी वह ग्रंथ अनुवाद जैसा नहीं लगता। इस बार मैंने 'भगवद्गीता' का अध्ययन किया, ऐसा तो मैं कह ही नहीं सकता। मेरे नित्यपाठ का ग्रंथ तो वह कई वर्षों के बाद बना।

इन्हीं भाइयों ने मुझे सुझाया कि मैं आर्नल्ड का *बुद्ध चरित* पढ़ूँ। उस समय तक तो मुझे सर एडविन आर्नल्ड के 'गीता' के अनुवाद का ही पता थी। मैंने 'बुद्ध चरित' भगवद्गीता से भी अधिक रसपूर्वक पढ़ा। पुस्तक हाथ में लेने के बाद उसे समाप्त करके ही छोड़ सका।

एक बार ये भाई मुझे ब्लैवट्स्की लॉज में भी ले गए। वहाँ मैडम ब्लैवट्स्की के और मिसेज एनी बेसेंट के दर्शन कराए। मिसेज बेसेंट हाल ही थियोसॉफिकल सोसाइटी में दाखिल हुई थीं। इससे समाचार-पत्रों में इस संबंध की जो चर्चा चलती थी, उसे मैं दिलचस्पी के साथ पढ़ा करता था। इन भाइयों ने मुझे सोसाइटी में दाखिल होने का भी सुझाव दिया। मैंने नम्रतापूर्वक इनकार किया और कहा,

'मेरा धर्मज्ञान नहीं के बराबर है, इसलिए मैं किसी भी पंथ में सम्मिलित होना नहीं चाहता।' मेरा कुछ ऐसा खयाल है कि इन्हीं भाइयों के कहने से मैंने मैडम ब्लैवट्स्की की पुस्तक 'की टु थियोसॉफी' (थियोसॉफी की कुंजी) पढ़ी थी। उससे हिंदू धर्म की पुस्तकें पढ़ने की इच्छा पैदा हुई और पादरियों के मुँह से सुना हुआ यह खयाल दिल से निकल गया कि हिंदू धर्म अंधविश्वासों से ही भरा हुआ है।

इन्हीं दिनों एक अन्नाहारी छात्रावास में मुझे मैनचेस्टर के एक ईसाई सज्जन मिले। उन्होंने मुझसे ईसाई धर्म की चर्चा की। मैंने उन्हें राजकोट का अपना संस्मरण सुनाया। वे सुनकर दुःखी हुए। उन्होंने कहा, 'मैं स्वयं अन्नाहारी हूँ। मद्यपान भी नहीं करता। यह सच है कि बहुत से ईसाई मांस खाते हैं और शराब पीते हैं; पर इस धर्म में दो में से एक भी वस्तु का सेवन करना कर्तव्य रूप नहीं है। मेरी सलाह है कि आप *बाइबल* पढ़ें।' मैंने उनकी यह सलाह मान ली। उन्होंने 'बाइबल' खरीदकर मुझे दी। मेरा कुछ ऐसा खयाल है कि वे भाई खुद ही *बाइबल* बेचते थे। उन्होंने नक्शों और विषय-सूची आदि से युक्त *बाइबल* मुझे बेची। मैंने उसे पढ़ना शुरू किया, पर मैं 'पुराना इकरार' (ओल्ड टेस्टामेंट) तो पढ़ ही न सका। 'जेनेसिस'—सृष्टि-रचना—के प्रकरण के बाद तो पढ़ते समय मुझे नींद ही आ जाती। मुझे याद है कि 'मैंने *बाइबल* पढ़ी है' यह कह सकने के लिए मैंने बिना रस के और बिना समझे दूसरे प्रकरण बहुत कष्टपूर्वक पढ़े थे। 'नंबर्स' नामक प्रकरण पढ़ते-पढ़ते मेरा जी उचट गया था।

पर जब 'नए इकरार' (न्यू टेस्टामेंट) पर आया, तो कुछ और ही असर हुआ। ईसा के 'गिरि-प्रवचन' का मुझ पर बहुत अच्छा प्रभाव पड़ा। उसे मैंने हृदय में बसा लिया। बुद्धि ने 'गीताजी' के साथ उसकी तुलना की। 'जो तुझसे कुर्ता माँगे उसे अँगरखा भी दे दे', 'जो तेरे दाहिने गाल पर तमाचा मारे, बायाँ गाल भी उसके सामने कर दे'—यह पढ़कर मुझे अपार आनंद हुआ। शामळ भट्ट[6] के छप्पय की याद आ गई।

गई। मेरे बाल-मन ने *गीता*, आर्नल्ड कृत *बुद्ध चरित* और ईसा के बचनों का एकीकरण किया। मन को यह बात जाँच गई कि त्याग में धर्म है।

इस वाचन से दूसरे धर्माचार्यों की जीवनियाँ पढ़ने की इच्छा हुई। किसी मित्र ने कार्लाइल की *विभूतियाँ और विभूति-पूजा* (हीरोज़ एण्ड हीरो-वर्शिप) पढ़ने की सलाह दी। उसमें से मैंने पैगंबर (हज़रत मुहम्मद) का प्रकरण पढ़ा और मुझे उनकी महानता, वीरता और तपश्चर्या का पता चला।

मैं धर्म के इस परिचय से आगे न बढ़ सका। अपनी परीक्षा की पुस्तकों के अलावा दूसरा कुछ पढ़ने की फुरसत मैं नहीं निकाल सका। पर मेरे मन ने यह निश्चय किया कि मुझे धर्म-पुस्तकें पढ़नी चाहिए और सब मुख्य धर्मों का परिचय प्राप्त कर लेना चाहिए।

नास्तिकता के बारे में भी कुछ जाने बिना काम कैसे चलता? ब्रेडला का नाम तो सब हिंदुस्तानी जानते ही थे। ब्रेडला नास्तिक माने जाते थे। इसलिए उनके संबंध की एक पुस्तक पढ़ी। नाम मुझे याद नहीं रहा। मुझ पर उसका कुछ भी प्रभाव नहीं पड़ा। मैं नास्तिकतारूपी सहारे के रेगिस्तान को पार कर गया। मिसेज बेसेंट की ख्याति तो उस समय भी खूब थी। वे नास्तिक से आस्तिक बनी हैं, इस चीज ने भी मुझे नास्तिकवाद के प्रति उदासीन बना दिया। मैंने मिसेज बेसेंट की *मैं थियोसॉफिस्ट कैसे बनी?* पुस्तिका पढ़ ली थी। उन्हीं दिनों ब्रेडला का देहांत हुआ था। बोकिंग में उनका अंतिम संस्कार किया गया था। मैं भी वहाँ पहुँच गया था। मेरा खयाल है कि वहाँ रहने वाले हिंदुस्तानियों में से तो एक भी बाकी नहीं बचा होगा। कई पादरी भी उनके प्रति अपना सम्मान प्रकट करने के लिए आए थे। वापस लौटते हुए हम सब एक जगह रेलगाड़ी की राह देखते खड़े थे। वहाँ उस दल में से किसी पहलवान नास्तिक ने इन पादरियों में से एक के साथ जिरह शुरू की :

'क्यों साहब, आप कहते हैं न कि ईश्वर है?'

उन भद्र पुरुष ने धीमी आवाज में उत्तर दिया—'हाँ, मैं कहता तो हूँ।'

वह हँसा और मानो पादरी को मात दे रहा हो इस ढंग से बोला—'अच्छा, आप यह तो स्वीकार करते हैं न कि पृथ्वी की परिधि 28,000 मील है?'

'अवश्य।'

'तो कहिए, ईश्वर का कद कितना होगा और वह कहाँ रहता होगा?'

'अगर हम समझें तो वह हम दोनों के हृदय में वास करता है।'

'बच्चों को फुसलाइए, बच्चों को।' कहकर उस योद्धा ने अपने आस-पास खड़े हुए हम लोगों की तरफ विजयी की दृष्टि से देखा। पादरी नम्रतापूर्वक मौन रहे। इस संवाद के कारण नास्तिकवाद के प्रति मेरी रुचि और बढ़ गई।

21. 'निर्बल के बल राम'

धर्मशास्त्र का और दुनिया के धर्मों का कुछ भान तो मुझे हुआ, पर उतना ज्ञान मनुष्य को बचाने के लिए काफी नहीं होता। संकट के समय जो चीज मनुष्य को बचाती है, उसका उसे उस समय न तो भान होता है, न ज्ञान। जब नास्तिक बचता है तो वह कहता है कि मैं संयोग से बच गया। ऐसे समय आस्तिक कहेगा कि मुझे ईश्वर ने बचाया। परिणाम के बाद वह यह अनुमान कर लेता है कि धर्मों के अभ्यास से, संयम से ईश्वर उसके हृदय में प्रकट होता है। उसे ऐसा अनुमान करने का अधिकार है। पर बचते समय वह नहीं जानता कि उसे उसका संयम बचाता है। या कौन बचाता है, जो अपनी संयम-शक्ति का अभिमान रखता है, उसके संयम को धूल में मिलते किसने नहीं जाना है? ऐसे समय शास्त्रज्ञान तो छूछे-जैसा प्रतीत होता है।

बौद्धिक धर्मज्ञान के इस मिथ्यापन का अनुभव मुझे विलायत में हुआ। पहले भी मैं ऐसे संकटों में से बच गया था, पर उनका पृथक्करण नहीं किया जा सकता। कहना होगा कि उस समय मेरी उम्र बहुत कम थी।

पर अब तो मेरी उम्र 20 साल की थी। मैं गृहस्थाश्रम का ठीक ठीक अनुभव ले चुका था।

बहुत करके मेरे विलायत-निवास के आखिरी साल में, यानी 1890 के साल में पोर्टस्मथ में अन्नाहारियों का एक सम्मेलन हुआ था। उसमें मुझे और एक हिंदुस्तानी मित्र को निमंत्रित किया गया था। हम दोनों वहाँ पहुँचे। हमें एक महिला के घर ठहराया गया था।

पोर्टस्मथ खलासियों का बंदरगाह कहलाता है। वहाँ बहुतेरे घर दुराचारिणी स्त्रियों के होते हैं। वे स्त्रियाँ वेश्या नहीं होतीं, न निर्दोष ही होती हैं। ऐसे ही एक घर में हम लोग टिके थे। इसका यह मतलब नहीं कि स्वागत-समिति ने जान-बूझकर ऐसे घर ठीक किए थे। पर पोर्टस्मथ जैसे बंदरगाह में जब यात्रियों को ठहराने के लिए डेरों की तलाश होती है, तो यह कहना मुश्किल ही हो जाता है कि कौन से घर अच्छे हैं और कौन से बुरे।

रात पड़ी। हम सभा से घर लौटे। भोजन के बाद ताश खेलने बैठे। बिलायत में अच्छे-भले घरों में भी इस तरह गृहिणी मेहमानों के साथ ताश खेलने बैठती

हैं। ताश खेलते हुए निर्दोष विनोद तो सब कोई करते हैं। लेकिन यहाँ तो वीभत्स विनोद शुरू हुआ। मैं नहीं जानता था कि मेरे साथी इसमें निपुण हैं। मुझे इस विनोद में रस आने लगा। मैं भी इसमें शरीक हो गया। वाणी में से क्रिया में उतरने की तैयारी थी। ताश एक तरफ धरे ही जा रहे थे। लेकिन मेरे भले साथी के मन में राम बसे। उन्होंने कहा, 'अरे, तुममें यह कलियुग कैसा! तुम्हारा यह काम नहीं है। तुम यहाँ से भागो।'

मैं शर्माया। सावधान हुआ। हृदय में उन मित्र का उपकार माना। माता के सम्मुख की हुई प्रतिज्ञा याद आई। मैं भागा। काँपता-काँपता अपनी कोठरी में पहुँचा। छाती धड़क रही थी। कातिल के हाथ से बचकर निकले हुए शिकार की जैसी दशा होती है वैसी ही मेरी हुई।

मुझे खयाल है कि पर-स्त्री को देखकर विकारवश होने और उसके साथ रंगरेलियाँ करने की इच्छा पैदा होने का मेरे जीवन में यह पहला प्रसंग था। उस रात मैं सो नहीं सका। अनेक प्रकार के विचारों ने मुझ पर हमला किया। घर छोड़ दूँ? भाग जाऊँ? मैं कहाँ हूँ? अगर मैं सावधान न रहूँ, तो मेरी क्या गत हो? मैंने खूब चौकन्ना रहकर बरतने का निश्चय किया। यह सोच लिया कि घर तो नहीं छोड़ना है, पर जैसे भी बने पोर्टस्मथ जल्दी छोड़ देना है। सम्मेलन दो दिन से अधिक चलने वाला न था। इसलिए, जैसा कि मुझे याद है, मैंने दूसरे ही दिन पोर्टस्मथ छोड़ दिया। मेरे साथी पोर्टस्मथ में कुछ दिन के लिए रुके।

उन दिनों मैं यह बिलकुल नहीं जानता था कि धर्म क्या है, ईश्वर क्या है और वह हममें किस प्रकार काम करता है। उस समय तो लौकिक दृष्टि से मैं यही समझा कि ईश्वर ने मुझे बचा लिया है। पर मुझे विविध क्षेत्रों में ऐसे अनुभव हुए हैं। मैं जानता हूँ कि 'ईश्वर ने बचाया' वाक्य का अर्थ आज मैं अच्छी तरह समझने लगा हूँ। पर साथ ही मैं यह भी जानता हूँ कि इस वाक्य की पूरी कीमत अभी तक मैं आँक नहीं सका हूँ। वह तो अनुभव से ही आँकी जा सकती है। पर मैं कह सकता हूँ कि कई आध्यात्मिक प्रसंगों में, वकालत के प्रसंगों में, संस्थाएँ चलाने में, राजनीति में 'ईश्वर ने मुझे बचाया है।' मैंने यह अनुभव किया है कि जब हम सारी आशा छोड़कर बैठ जाते हैं, हमारे दोनों हाथ टिक जाते हैं, तब कहीं-न-कहीं से मदद आ पहुँचती है। स्तुति, उपासना, प्रार्थना वहम नहीं है, बल्कि हमारा खाना-पीना, चलना-बैठना जितना सच है, उससे भी अधिक सच यह चीज है। यह कहने में अतिशयोक्ति नहीं कि यही सच है और सब झूठ है।

ऐसी उपासना, ऐसी प्रार्थना, निरा वाणी-विलास नहीं होती। उसका मूल कंठ नहीं, हृदय है। अतएव यदि हम हृदय की निर्मलता को पा लें, उसके तारों को सुसंगठित रखें, तो उनमें से जो सुर निकलते हैं, वे गगनगामी होते हैं। उसके लिए जीभ की आवश्यकता नहीं होती। वह स्वभाव से ही अद्भुत वस्तु है। मुझे इस विषय में कोई शंका ही नहीं है कि विकाररूपी मलों की शुद्धि के लिए हार्दिक उपासना एक रामबाण औषधि है। पर इस प्रसादी के लिए हममें संपूर्ण नम्रता होनी चाहिए।

22. नारायण हेमचंद्र

इन्हीं दिनों स्व. नारायण हेमचंद्र विलायत आए थे। लेखक के रूप में मैंने उनका नाम सुन रखा था। मैं उनसे नेशनल इंडियन एसोसिएशन की मिस मैनिंग के घर मिला। मिस मैनिंग जानती थीं कि मैं सबके साथ हिल-मिल नहीं पाता। जब मैं उनके घर जाता, तो मुँह बंद करके बैठा रहता। कोई बुलवाता तभी बोलता।

उन्होंने नारायण हेमचंद्र से मेरी पहचान कराई।

नारायण हेमचंद्र अंग्रेज़ी नहीं जानते थे। उनकी पोशाक अजीब थी। बेडौल पतलून पहने हुए थे। ऊपर सिकुड़नों वाला, गले पर मैला, बादामी रंग का कोट था। नेकटाई या कॉलर नहीं थे। कोट पारसी तर्ज का, पर बेढंगा था। सिर पर ऊन की गुँथी हुई झब्बेदार टोपी थी। उन्होंने लंबी दाढ़ी बढ़ा रखी थी।

कद इकहरा और ठिंगना कहा जा सकता था। मुँह पर चेचक के दाग थे। चेहरा गोल। नाक न नुकीली, न चपटी। दाढ़ी पर उनका हाथ फिरता रहता। सारे सजे-धजे लोगों के बीच नारायण हेमचंद्र विचित्र लगते थे और सबसे अलग पड़ जाते थे।

'मैंने आपका नाम बहुत सुना है। आपके कुछ लेख भी पढ़े हैं। क्या आप मेरे घर पधारेंगे?'

नारायण हेमचंद्र की आवाज कुछ मोटी थी। उन्होंने मुस्कराते हुए जवाब दिया—'आप कहाँ रहते हैं?'

'स्टोर स्ट्रीट में।'

'तब तो हम पड़ोसी हैं। मुझे अंग्रेज़ी सीखनी है। आप मुझे सिखाएँगे?'

मैंने उत्तर दिया, 'अगर मैं आपकी कुछ मदद कर सकूँ, तो मुझे खुशी होगी। मैं अपनी शक्ति भर प्रयत्न अवश्य करूँगा। आप कहें तो आपके स्थान पर आ जाया करूँ।'

'नहीं-नहीं, मैं ही आपके घर आऊँगा। मेरे पास पाठमाला है। उसे लेता आऊँगा।'

हमने समय निश्चित किया। हमारे बीच मजबूत स्नेह-गाँठ बँध गई।

नारायण हेमचंद्र को व्याकरण बिलकुल नहीं आता था। वे 'घोड़ा' को क्रियापद बना देते और 'दौड़ना' को संज्ञा। ऐसे मनोरंजक उदाहरण तो मुझे कई याद हैं। पर नारायण हेमचंद्र तो मुझे घोटकर पी जाने वालों में थे। व्याकरण के मेरे साधारण ज्ञान से वे मुग्ध होने वाले नहीं थे। व्याकरण न जानने की उन्हें कोई शर्म ही नहीं थी।

'तुम्हारी तरह मैं किसी स्कूल में नहीं पढ़ा हूँ। अपने विचार प्रकट करने में मुझे व्याकरण की आवश्यकता मालूम नहीं हुई। बोलो, तुम बँगला जानते हो? मैं तो बँगला जानता हूँ। मैं बंगाल में घूमा हूँ। महर्षि देवेंद्रनाथ ठाकुर की पुस्तकों के अनुवाद गुजराती जनता को मैंने ही दिए हैं। मैं गुजराती जनता को कई भाषाओं के अनुवाद देना चाहता हूँ। अनुवाद करते समय मैं शब्दार्थ से नहीं चिपकता, भावार्थ देकर संतोष मान लेता हूँ। मेरे बाद दूसरे भले ही अधिक देते रहें। मैं बिना व्याकरण के भी मराठी जानता हूँ, हिंदी जानता हूँ, और अब अंग्रेज़ी भी जानने लगा हूँ। मुझे तो शब्द-भंडार चाहिए। तुम यह न समझो कि अकेली अंग्रेज़ी से मुझे संतोष हो जाएगा। मुझे फ्रांस जाना है और फ्रेंच भी सीख लेनी है। मैं जानता हूँ कि फ्रेंच-साहित्य विशाल है। संभव हुआ तो मैं जर्मनी भी जाऊँगा और जर्मन भाषा सीख लूँगा।'

नारायण हेमचंद्र की वाग्धारा इस प्रकार चलती ही रही। भाषाएँ सीखने और यात्रा करने के उनके लोभ की कोई सीमा न थी।

'तब आप अमेरिका तो जरूर ही जाएँगे?'

'जरूर। उस नई दुनिया को देखे बिना मैं वापस कैसे लौट सकता हूँ?'

'पर आपके पास इतने पैसे कहाँ हैं?'

'मुझे पैसों से क्या मतलब? मुझे कौन तुम्हारी तरह टीमटाम से रहना है? मेरा खाना कितना है और पहनना कितना है? अपनी पुस्तकों से मुझे जो थोड़ा मिलता

है और मित्र जो थोड़ा दे देते हैं, वह काफी हो जाता है। मैं तो सब कहीं तीसरे दर्जे में ही जाता हूँ। अमेरिका डेक में जाऊँगा।'

नारायण हेमचंद्र की सादगी तो उनकी अपनी ही चीज थी। उनकी निखालिसता भी वैसी ही थी। अभिमान उन्हें छू तक नहीं गया था। लेकिन लेखक के रूप में अपनी शक्ति पर उन्हें आवश्यकता से अधिक विश्वास था।

हम रोज मिला करते थे। हममें विचार और आचार की पर्याप्त समानता थी। दोनों अन्नाहारी थे। दोपहर का भोजन अकसर साथ ही करते थे। यह मेरा वह समय था, जब मैं हफ्ते के सत्रह शिलिंग में अपना निर्वाह करता और हाथ से भोजन बनाता था। कभी मैं उनके मुकाम पर जाता, तो किसी दिन वे मेरे घर आते थे। मैं अंग्रेज़ी ढंग की रसोई बनाता था। उन्हें देशी ढंग के बिना संतोष ही न होता था। दाल तो होनी ही चाहिए। मैं गाजर वगैरह का झोल (सूप) बनाता, तो इसके लिए वे मुझ पर तरस खाते। वे कहीं से मूँग खोजकर ले आए थे। एक दिन मेरे लिए मूँग पकाकर लाए और मैंने उन्हें बड़े चाव से खाया। फिर तो लेने-देने का हमारा यह व्यवहार बढ़ा। मैं अपने बनाए पदार्थ उन्हें चखाता और वे अपनी चीजें मुझे चखाते।

उन दिनों कार्डिनल मैनिंग का नाम सबकी जबान पर था। डक के मजदूरों की हड़ताल थी। जॉन बर्न्स और कार्डिनल मैनिंग के प्रयत्न से हड़ताल जल्दी ही खुल गई। कार्डिनल मैनिंग की सादगी के बारे में डिज़रायली ने जो लिखा था, सो मैंने नारायण हेमचंद्र को सुनाया।

'तब तो मुझे इन साधु पुरुष से मिलना चाहिए।'

'वे बहुत बड़े आदमी हैं। आप कैसे मिलेंगे?'

'जैसे मैं बतलाता हूँ। तुम मेरे नाम से उन्हें पत्र लिखो। परिचय दो कि मैं लेखक हूँ और उनके परोपकार के कार्य का अभिनंदन करने के लिए स्वयं उनसे मिलना चाहता हूँ। यह भी लिखो कि मुझे अंग्रेज़ी बोलना नहीं आता, इसलिए मुझे तुमको दुभाषिए के रूप में ले जाना होगा।'

मैंने इस तरह का पत्र लिखा। दो-तीन दिन में कार्डिनल मैनिंग का जवाब एक कार्ड में आया। उन्होंने मिलने का समय दिया था।

हम दोनों गए। मैंने प्रथा के अनुसार मुलाकाती पोशाक पहन ली थी। पर नारायण हेमचंद्र तो जैसे रहते थे वैसे ही रहे। वही कोट और वही पतलून। मैंने मज़ाक किया। मेरी बात को उन्होंने हँसकर उड़ा दिया और बोले, 'तुम 'सभ्य'

लोग सब डरपोक हो। महापुरुष किसी की पोशाक नहीं देखते। वे तो उसका दिल परखते हैं।' हमने कार्डिनल के महल में प्रवेश किया। घर महल ही था। हमारे बैठते ही एक बहुत दुबले-पतले, बूढ़े, ऊँचे पुरुष ने प्रवेश किया। हम दोनों के साथ हाथ मिलाए। नारायण हेमचंद्र का स्वागत किया।

'मैं आपका समय नहीं लूँगा। मैंने आपके बारे में सुना था। हड़ताल में आपने जो काम किया, उसके लिए आपका उपकार मानना चाहता हूँ। संसार के साधु पुरुषों के दर्शन करने का मेरा नियम है, इस कारण मैंने आपको इतना कष्ट दिया।' नारायण हेमचंद्र ने मुझसे कहा कि मैं इन वाक्यों का अनुवाद कर दूँ।

'आपके आने से मुझे खुशी हुई है। आशा है, यहाँ आप सुखपूर्वक रहेंगे और यहाँ के लोगों का परिचय प्राप्त करेंगे। ईश्वर आपका कल्याण करे।' यह कहकर कार्डिनल खड़े हो गए।

एक बार नारायण हेमचंद्र मेरे यहाँ धोती-कुर्ता पहनकर आए। भली घर-मालकिन ने दरवाजा खोला और उन्हें देखकर डर गई। मेरे पास आकर (पाठकों को याद होगा कि मैं अपने घर तो बदलता ही रहता था। इसलिए यह मालकिन नारायण हेमचंद्र को नहीं जानती थी।) बोली, 'कोई पागल-सा आदमी तुमसे मिलना चाहता है।' मैं दरवाजे पर गया, तो नारायण हेमचंद्र को खड़ा पाया। मैं दंग रह गया। पर उनके मुँह पर तो सदा की हँसी के सिवा और कुछ न था।

'क्या लड़कों ने आपको तंग नहीं किया?'

जवाब में बोले, 'मेरे पीछे दौड़ते रहे। मैंने कुछ ध्यान नहीं दिया, इसलिए वे चुप हो गए।'

नारायण हेमचंद्र कुछ महीने विलायत रहकर पेरिस गए। वहाँ फ्रेंच का अध्ययन शुरू किया और फ्रेंच पुस्तकों का अनुवाद करने लगे। उनके अनुवाद को जाँचने लायक फ्रेंच मैं जानता था, इसलिए उन्होंने उसे देख जाने को कहा। मैंने देखा कि वह अनुवाद नहीं था, केवल भावार्थ था।

आखिर उन्होंने अमेरिका जाने का अपना निश्चय पूरा किया। बड़ी मुश्किल से डेक का या तीसरे दर्जे का टिकट पा सके थे। अमेरिका में धोती-कुर्ता पहनकर निकलने के कारण 'असभ्य पोशाक पहनने' के अपराध में वे पकड़ लिए गए थे। मुझे याद पड़ता है कि बाद में वे छूट गए थे।

23. महाप्रदर्शनी

सन् 1890 में पेरिस में एक बड़ी प्रदर्शनी हुई थी। उसकी तैयारियों के बारे में मैं पढ़ता रहता था। पेरिस देखने की तीव्र इच्छा तो थी ही। मैंने सोचा कि यह प्रदर्शनी देखने जाऊँ, तो दोहरा लाभ होगा। प्रदर्शनी में एफिल टॉवर देखने का आकर्षण बहुत था। यह टॉवर सिर्फ लोहे का बना है। एक हजार फीट ऊँचा है। इसके बनने से पहले लोगों की यह कल्पना थी कि एक हजार फीट ऊँचा मकान खड़ा ही नहीं रह सकता। प्रदर्शनी में और भी बहुत-कुछ देखने जैसा था।

मैंने पढ़ा था कि पेरिस में एक अन्नाहार भोजन-गृह है। उसमें एक कमरा मैंने ठीक किया। गरीबी से यात्रा करके पेरिस पहुँचा। सात दिन रहा। देखने योग्य सब चीजें अधिकतर पैदल घूमकर ही देखीं। साथ में पेरिस और उस प्रदर्शनी की 'गाइड' तथा नक्शा ले लिया था। उसके सहारे रास्तों का पता लगाकर मुख्य-मुख्य चीजें देख लीं।

प्रदर्शनी की विशालता और विविधता के सिवा उसकी और कोई बात मुझे याद नहीं है। एफिल टॉवर पर तो दो-तीन बार चढ़ा था, इसलिए उसकी मुझे अच्छी तरह याद है। पहली मंजिल पर खाने-पीने का प्रबंध था। यह कह सकने के लिए कि इतनी ऊँची जगह पर भोजन किया था, मैंने साढ़े सात शिलिंग फूँककर वहाँ खाना खाया।

पेरिस के प्राचीन गिरजाघरों की याद बनी हुई है। उनकी भव्यता और उनके अंदर मिलने वाली शांति भुलाई नहीं जा सकती। नोत्रदाम की कारीगरी और अंदर की चित्रकारी को मैं आज भी भूला नहीं हूँ। उस समय मन में यह खयाल आया था कि जिन्होंने लाखों रुपये खर्च करके ऐसे स्वर्गीय मंदिर बनवाए हैं, उनके दिल की गहराई में ईश्वर-प्रेम तो रहा ही होगा।

पेरिस के फैशन, पेरिस के स्वेच्छाचार और उसके भोग-विलास के विषय में मैंने काफी पढ़ा था। उसके प्रमाण गली-गली में देखने को मिलते थे। पर ये गिरजाघर उन भोग-विलासों से बिलकुल अलग दिखाई पड़ते थे। गिरजों में घुसते ही बाहर की अशांति भूल जाते हैं। लोगों का व्यवहार बदल जाता है। लोग अदब से पेश आते हैं। वहाँ कोलाहल नहीं होता। कुमारी मरियम की मूर्ति के सम्मुख कोई-न-कोई प्रार्थना करता ही रहता है। यह सब वहम नहीं है, बल्कि हृदय की भावना है,

ऐसा प्रभाव उस समय मुझ पर पड़ा था और वह बढ़ता ही गया है। कुमारिका की मूर्ति के सम्मुख घुटनों के बल बैठकर प्रार्थना करने वाले उपासक संगमरमर के पत्थर को नहीं पूजते थे, बल्कि उसमें मानी हुई अपनी कल्पित शक्ति को पूजते थे। ऐसा करके वे ईश्वर की महिमा को घटाते नहीं बल्कि बढ़ाते थे, यह प्रभाव मेरे मन पर उस समय पड़ा था, जिसकी धुँधली याद मुझे आज भी है।

एफिल टॉवर के बारे में दो शब्द कहना आवश्यक है। मैं नहीं जानता कि आज एफिल टॉवर का क्या उपयोग हो रहा है, प्रदर्शनी में जाने के बाद प्रदर्शनी संबंधी बातें तो पढ़ने में आती ही थीं। उसमें उसकी स्तुति भी पढ़ी और निंदा भी। मुझे याद है कि निंदा करने वालों में टॉल्स्टॉय मुख्य थे। उन्होंने लिखा था कि एफिल टॉवर मनुष्य की मूर्खता का चिह्न है, उसके ज्ञान का परिणाम नहीं। अपने लेख में उन्होंने बताया था कि दुनिया में प्रचलित कई तरह के नशों में तंबाकू का व्यसन एक प्रकार से सबसे ज़्यादा खराब है। कुकर्म करने की जो हिम्मत मनुष्य में शराब पीने से नहीं आती, वह बीड़ी पीने से आती है। शराब पीने वाला पागल हो जाता है, जबकि बीड़ी पीने वाले की अक्ल पर धुआँ छा जाता है, और इस कारण वह हवाई किले बनाने लगता है। टॉल्स्टॉय ने अपनी यह सम्मति प्रकट की थी कि एफिल टॉवर ऐसे ही व्यसन का परिणाम है।

एफिल टॉवर में सौंदर्य तो कुछ है ही नहीं। ऐसा नहीं कह सकते कि उसके कारण प्रदर्शनी की शोभा में कोई वृद्धि हुई। एक नई चीज है, बड़ी चीज है, इसलिए हजारों लोग उसे देखने के लिए उस पर चढ़े। यह टॉवर प्रदर्शनी का एक खिलौना था। और जब तक हम मोहवश हैं तब तक हम भी बालक हैं, यह चीज इस टॉवर द्वारा भली-भाँति सिद्ध होती है। मानना चाहें तो इतनी उपयोगिता उसकी मानी जा सकती है।

24. बैरिस्टर तो बने—लेकिन आगे क्या?

मैं जिस काम के लिए—बैरिस्टर बनने—विलायत गया था, उसका मैंने क्या किया, इसकी चर्चा मैंने अब तक छोड़ रखी थी। अब उसके बारे में कुछ लिखने का समय आ गया है।

बैरिस्टर बनने के लिए दो बातों की जरूरत थी। एक थी, 'टर्म पूरी करना' अर्थात् सत्र में उपस्थित रहना। वर्ष में चार सत्र होते थे। ऐसे बारह सत्रों में हाजिर रहना था। दूसरी चीज थी, कानून की परीक्षा देना। सत्रों में उपस्थिति का मतलब था, 'दावतें खाना'; यानी हर एक सत्र में लगभग चौबीस दावतें होती थीं, उनमें से छह में सम्मिलित होना। दावतों में भोजन करना ही चाहिए, ऐसा कोई नियम नहीं था; परंतु निश्चित समय पर उपस्थित रहकर भोज की समाप्ति तक वहाँ बैठे रहना जरूरी था। आमतौर पर तो सब खाते-पीते ही थे। खाने में अच्छी-अच्छी चीजें होती थीं और पीने के लिए बढ़िया मानी जाने वाली शराब। अलबत्ता, उसके दाम चुकाने होते थे। यह रकम ढाई से साढ़े तीन शिलिंग तक होती थी अर्थात् दो-तीन रुपये का खर्च हुआ। वहाँ यह कीमत बहुत कम मानी जाती थी, क्योंकि बाहर के होटल में ऐसा भोजन करने वालों के लगभग इतने पैसे तो शराब के ही लग जाते थे। खाने के खर्च की अपेक्षा शराब पीने वाले को पीने का खर्च अधिक होता है। हिंदुस्तान में हमको—यदि हम 'सभ्य' न हुए तो—इस पर आश्चर्य हो सकता है। मुझे तो विलायत जाने पर यह सब जानकर बहुत आघात पहुँचा था। और मेरी समझ में नहीं आता था कि शराब पीने के पीछे इतना पैसा बरबाद करने की हिम्मत लोग कैसे करते हैं? बाद में समझना सीखा! इन दावतों में मैं शुरू के दिनों में कुछ भी न खाता था, क्योंकि मेरे काम की चीजों में वहाँ सिर्फ रोटी, उबले आलू और गोभी ही होती थी। शुरू में तो ये रुचे नहीं, इससे खाए नहीं। बाद में जब उनमें स्वाद अनुभव किया, तब तो दूसरी चीजें भी प्राप्त करने की शक्ति मुझमें आ गई थी।

विद्यार्थियों के लिए एक प्रकार के भोजन की और 'बेंचरों' (विद्या-मंदिर के बड़ों) के लिए अलग से अमीरी भोजन की व्यवस्था रहती थी। मेरे साथ एक पारसी विद्यार्थी थे। वे भी अन्नाहारी बन गए थे। हम दोनों ने अन्नाहार के प्रचार के लिए 'बेंचरों' के भोजन में से अन्नाहारी के खाने लायक चीजों की माँग की। माँग कबूल हुई। इससे हमें 'बेंचरों' की मेज पर से फल वगैरह और दूसरी शाक सब्जियाँ मिलने लगीं।

शराब तो मेरे काम की नहीं थी। चार आदमियों के बीच शराब की दो बोतलें मिलती थीं। इसलिए अनेक चौकड़ियों में मेरी माँग रहती थी। मैं पीता नहीं था, इसलिए बाकी तीन को दो बोतलें जो 'उड़ाने' को मिल जाती थीं! इसके अलावा, इन सत्रों में 'महारात्रि' (ग्रैंड नाइट) होती थी। उस दिन 'पोर्ट' और 'शेरी' के अलावा 'शैंपेन' शराब भी मिलती थी। 'शैंपेन' की लज्जत कुछ और ही मानी जाती है। इसलिए इस 'महारात्रि' के दिन मेरी कीमत बढ़ जाती और उस रात हाजिर रहने का न्योता भी मुझे मिलता।

इस खानपान से बैरिस्टरी में क्या वृद्धि हो सकती है, इसे मैं न तब समझ सका, न बाद में। एक समय ऐसा अवश्य था कि जब इन भोजों में थोड़े ही विद्यार्थी सम्मिलित होते थे और उनके तथा बेंचरों के बीच वार्तालाप होता तथा भाषण भी होते थे। इससे उन्हें व्यवहार-ज्ञान प्राप्त हो सकता था। वे अच्छी हों चाहे बुरी, पर एक प्रकार की सभ्यता सीखते थे और भाषण करने की शक्ति बढ़ाते थे। मेरे समय में तो यह सब असंभव ही था। बेंचर तो दूर, एक तरफ, अस्पृश्य बनकर बैठे रहते थे। इस पुरानी प्रथा का बाद में कोई मतलब नहीं रह गया। फिर भी प्राचीनता के प्रेमी इंग्लैंड में वह बनी रही।

कानून की पढ़ाई सरल थी। बैरिस्टर मज़ाक में 'डिनर (भोज के) बैरिस्टर' ही कहलाते थे। सब जानते थे कि परीक्षा का मूल्य नहीं के बराबर है। मेरे समय में दो परीक्षाएँ होती थीं—रोमन लॉ की और इंग्लैंड के कानून की। दो भागों में दी जाने वाली इस परीक्षा की पुस्तकें निर्धारित थीं। पर उन्हें शायद ही कोई पढ़ता था। रोमन लॉ पर लिखे संक्षिप्त 'नोट' मिलते थे। उन्हें पंद्रह दिन में पढ़कर पास होने वालों को मैंने देखा था। यही चीज इंग्लैंड के कानून के बारे में भी थी। उस पर लिखे नोटों को दो-तीन महीनों में पढ़कर तैयार होने वाले विद्यार्थी भी मैंने देखे थे। परीक्षा के प्रश्न सरल, परीक्षक उदार। रोमन लॉ में पंचानवे से निन्यानवे प्रतिशत तक लोग उत्तीर्ण होते थे और अंतिम परीक्षा में पचहत्तर प्रतिशत या उससे भी अधिक। इस कारण अनुत्तीर्ण होने का डर बहुत कम रहता था। फिर परीक्षा वर्ष में एक बार नहीं, चार बार होती थी। ऐसी सुविधावाली परीक्षा किसी के लिए बोझ रूप हो ही नहीं सकती थी।

पर मैंने उसे बोझ बना लिया। मुझे लगा कि मुझे मूल पुस्तकें पढ़ ही जानी चाहिए। न पढ़ने में मुझे धोखेबाजी लगी। इसलिए मैंने मूल पुस्तकें खरीदने पर काफी खर्च किया। मैंने रोमन लॉ को लैटिन में पढ़ डालने का निश्चय किया। विलायत की मैट्रिक्युलेशन परीक्षा में मैंने लैटिन सीखी थी, वह यहाँ उपयोगी सिद्ध हुई। यह पढ़ाई व्यर्थ नहीं गई। दक्षिण अफ्रीका में रोमन-डच-लॉ (कानून) प्रमाणभूत माना जाता है। उसे समझने में जस्टिनियन का अध्ययन मेरे लिए बहुत उपयोगी सिद्ध हुआ।

इंग्लैंड के कानून का अध्ययन मैं नौ महीनों में काफी मेहनत के बाद समाप्त कर सका, क्योंकि ब्रूम के *कॉमन लॉ* नामक बड़े परंतु दिलचस्प ग्रंथ का अध्ययन करने में ही काफी समय लग गया। स्नेल की *इक्विटी* को रसपूर्वक पढ़ा, पर उसे

समझने में मेरा दम निकल गया। व्हाइट और ट्यूडर के प्रमुख मुकदमों में से जो पढ़ने योग्य थे, उन्हें पढ़ने में मुझे मज़ा आया और ज्ञान भी प्राप्त हुआ। विलियम्स और एडवर्ड्स की स्थावर संपत्ति-विषयक पुस्तक और गुडीव की जंगम संपत्ति पर लिखी पुस्तक मैं रसपूर्वक पढ़ सका था। विलियम्स की पुस्तक तो मुझे उपन्यास सी लगी। उसे पढ़ते समय जी जरा भी नहीं ऊबा। कानून की पुस्तकों में इतनी ही रुचि के साथ हिंदुस्तान आने के बाद मैंने मेइन का 'हिंदू लॉ' पढ़ा था। पर हिंदुस्तान के कानून की बात यहाँ नहीं करूँगा।

परीक्षाएँ पास करके मैं 10 जून, 1891 के दिन बैरिस्टर कहलाया। 11 जून को ढाई शिलिंग देकर इंग्लैंड के हाईकोर्ट में अपना नाम दर्ज कराया और 12 जून को हिंदुस्तान के लिए रवाना हुआ।

पर मेरी निराशा और मेरे भय की कोई सीमा न थी। मैंने अनुभव किया कि कानून तो मैं निश्चय ही पढ़ चुका हूँ, पर ऐसी कोई भी चीज मैंने सीखी नहीं है, जिससे मैं वकालत कर सकूँ।

मेरी इस व्यथा के वर्णन के लिए स्वतंत्र प्रकरण आवश्यक है।

25. मेरी परेशानी

बैरिस्टर कहलाना आसान मामूल हुआ, पर बैरिस्टरी करना मुश्किल लगा। कानून पढ़े, पर वकालत करना न सीखा। कानून में मैंने कई धर्म-सिद्धांत पढ़े, जो अच्छे लगे। पर यह समझ में न आया कि इस पेशे में उनका उपयोग कैसे किया जा सकेगा। अपनी संपत्ति का उपयोग तुम इस तरह करो कि जिससे दूसरे की संपत्ति को हानि न पहुँचे—यह एक धर्म-वचन है। पर मैं यह न समझ सका कि वकालत का पेशा करते हुए मुवक्किल के मामले में इसका उपयोग कैसे किया जा सकता होगा? जिन मुकदमों में इस सिद्धांत का उपयोग हुआ था, उन्हें मैं पढ़ गया। पर उससे मुझे इस सिद्धांत का उपयोग करने की युक्ति मालूम न हुई।

इसके अलावा, पढ़े हुए कानूनों में हिंदुस्तान के कानून का तो नाम तक न था। मैं यह जान ही न पाया कि हिंदू शास्त्र और इस्लामी कानून कैसे हैं। न मैंने

अर्जी-दावा तैयार करना सीखा। मैं बहुत परेशान हुआ। फीरोजशाह मेहता का नाम मैंने सुना था। वे अदालतों में सिंह की तरह गर्जना करते थे। विलायत में उन्होंने यह कला कैसे सीखी होगी? उनके जितनी होशियारी तो इस जीवन में आ ही नहीं सकती। पर एक वकील के नाते आजीविका प्राप्त करने की शक्ति पाने के विषय में भी मेरे मन में बड़ी शंका उत्पन्न हो गई।

यह उलझन उसी समय से चल रही थी, जब मैं कानून का अध्ययन करने में लगा था। मैंने अपनी कठिनाइयाँ एक-दो मित्रों के सामने रखीं। उन्होंने सुझाया कि मैं दादाभाई नौरोजी की सलाह लूँ। यह तो मैं पहले ही लिख चुका हूँ कि दादाभाई के नाम का एक पत्र मेरे पास था। उस पत्र का उपयोग मैंने देर में किया। ऐसे महान् पुरुष से मिलने जाने का मुझे क्या अधिकार था? कहीं उनका भाषण होता, तो मैं सुनने जाता और एक कोने में बैठकर आँख और कान को तृप्त करके लौट आता। विद्यार्थियों से संपर्क रखने के लिए उन्होंने एक मंडल की भी स्थापना की थी। मैं उसमें जाता रहता था। विद्यार्थियों के प्रति दादाभाई की चिंता देखकर और उनके प्रति विद्यार्थियों का आदर देखकर मुझे आनंद होता था। आखिर मैंने उन्हें अपने पास का सिफारिशी पत्र देने की हिम्मत की। मैं उनसे मिला। उन्होंने मुझसे कहा था, 'तुम मुझसे मिलना चाहो और कोई सलाह लेना चाहो तो जरूर मिलना।' पर मैंने उन्हें कभी कोई कष्ट नहीं दिया। किसी भारी कठिनाई के सिवा उनका समय लेना मुझे पाप जान पड़ा। इसलिए उक्त मित्र की सलाह मानकर दादाभाई के सम्मुख अपनी कठिनाइयाँ रखने की मेरी हिम्मत न पड़ी।

उन्हीं मित्र ने या किसी और ने मुझे सुझाया कि मैं मि. फ्रेडरिक पिंकट से मिलूँ। मि. पिंकट कंजर्वेटिव (अनुदार) दल के थे। पर हिंदुस्तानियों के प्रति उनका प्रेम निर्मल और निःस्वार्थ था। कई विद्यार्थी उनसे सलाह लेते थे। अतएव उन्हें पत्र लिखकर मैंने मिलने का समय माँगा। उन्होंने समय दिया। मैं उनसे मिला। इस मुलाकात को मैं कभी भूल नहीं सका। वे मुझसे मित्र की तरह मिले। मेरी निराशा को तो उन्होंने हँसकर ही उड़ा दिया—'क्या तुम यह मानते हो कि सबके लिए फीरोजशाह मेहता बनना जरूरी है? फीरोजशाह मेहता या बदरुद्दीन तैयबजी तो एक-दो ही होते हैं। तुम निश्चय समझो कि साधारण वकील बनने के लिए बहुत अधिक होशियारी की जरूरत नहीं होती। साधारण प्रामाणिकता और लगन से मनुष्य वकालत का पेशा आराम से चला सकता है। सब मुकदमे उलझनों वाले नहीं होते। अच्छा, यह तो बताओ कि तुम्हारा साधारण वाचन क्या है?'

जब मैंने अपनी पढ़ी हुई पुस्तकों की बात की, तो मैंने देखा कि वे थोड़े निराश हुए। पर वह निराशा क्षणिक थी। तुरंत ही उनके चेहरे पर हँसी छा गई और वे बोले, 'अब मैं तुम्हारी मुश्किल को समझ गया हूँ। साधारण विषयों की तुम्हारी पढ़ाई बहुत कम है। तुम्हें दुनिया का ज्ञान नहीं है। इसके बिना वकील का काम नहीं चल सकता। तुमने तो हिंदुस्तान का इतिहास भी नहीं पढ़ा है। वकील को मनुष्य-स्वभाव का ज्ञान होना चाहिए। उसे चेहरा देखकर मनुष्य को परखना आना चाहिए। साथ ही, हर एक हिंदुस्तानी को हिंदुस्तान के इतिहास का भी ज्ञान होना चाहिए। वकालत के साथ इसका कोई संबंध नहीं है, पर तुम्हें इसकी जानकारी होनी चाहिए। मैं देख रहा हूँ कि तुमने के और मेलेसन की 1857 के गदर की किताब भी नहीं पढ़ी है। उसे तो तुम फौरन पढ़ डालो और जिन दो पुस्तकों के नाम देता हूँ, उन्हें मनुष्य की परख के खयाल से पढ़ जाना।' यों कहकर उन्होंने लेवेटर और शेमलपेनिक की मुख-सामुद्रिक-विद्या (फिज़ियोग्रॉमी) विषयक पुस्तकों के नाम लिख दिए।

मैंने उन वयोवृद्ध मित्र का बहुत आभार माना। उनकी उपस्थिति में तो मेरा भय क्षण भर के लिए दूर हो गया। पर बाहर निकलने के बाद तुरंत ही मेरी घबराहट फिर शुरू हो गई। चेहरा देखकर आदमी को परखने की बात को रटता हुआ और उन दो पुस्तकों का विचार करता हुआ मैं घर पहुँचा। दूसरे दिन लेवेटर की पुस्तक खरीदी। शेमलपेनिक की पुस्तक उस दुकान पर नहीं मिली। लेवेटर की पुस्तक पढ़ी, पर वह तो स्नेल से भी अधिक कठिन जान पड़ी। रस भी नहीं के बराबर ही मिला। शेक्सपियर के चेहरे का अध्ययन किया। पर लंदन की सड़कों पर चलने वाले शेक्सपियरों को पहचानने की शक्ति तो मिली ही नहीं।

लेवेटर की पुस्तक से मुझे कोई ज्ञान नहीं मिला। मि. पिंकट की सलाह का सीधा लाभ मुझे कम ही मिला, पर उनके स्नेह का बड़ा लाभ मिला। उनके हँसमुख और उदार चेहरे की याद बनी रही। मैंने उनके इन वचनों पर श्रद्धा रखी कि वकालत करने के लिए फीरोजशाह मेहता की होशियारी और याददाश्त वगैरह की जरूरत नहीं है; प्रामाणिकता और लगन से काम चल सकेगा। इन दो गुणों की पूँजी तो मेरे पास काफी मात्रा में थी। इसलिए दिल में कुछ आशा जागी।

के और मेलेसन की पुस्तक मैं विलायत में पढ़ नहीं पाया। पर मौका मिलते ही उसे पढ़ डालने का निश्चय कर लिया था। यह इच्छा दक्षिण अफ्रीका में पूरी हुई।

इस प्रकार निराशा में तनिक सी आशा का पुट लेकर मैं काँपते पैरों आसाम जहाज से बंबई के बंदरगाह पर उतरा। उस समय बंदरगाह में समुद्र क्षुब्ध था, इस कारण लांच (बड़ी नाव) में बैठकर किनारे पर आना पड़ा।

दूसरा भाग

1. रायचंद भाई

पिछले प्रकरण में मैंने लिखा था कि बंबई के बंदर में समुद्र तूफानी था। जून-जुलाई में हिंद महासागर के लिए वह आश्चर्य की बात नहीं मानी जा सकती। अदन से ही समुद्र का यह हाल था। सब लोग बीमार थे, अकेला मैं मौज में था। तूफान देखने के लिए डेक पर खड़ा रहता। भीग भी जाता। सुबह के नाश्ते के समय मुसाफिरों में हम एक या दो ही मौजूद रहते। जई की लपसी हमें रकाबी को गोद में रखकर खानी पड़ती थी, वरना हालत ऐसी थी कि लपसी ही गोद में फैल जाती!

मेरे विचार में बाहर का यह तूफान मेरे अंदर के तूफान के चिह्न रूप था। पर जिस तरह बाहरी तूफान के रहते मैं शांत रह सका, मुझे लगता है कि अंदर के तूफान के लिए भी वही बात कही जा सकती है। जाति का प्रश्न तो था ही। धंधे की चिंता के विषय में भी मैं लिख चुका हूँ। इसके अलावा, सुधारक होने के कारण मैंने मन में कई सुधारों की कल्पना कर रखी थी। उनकी भी चिंता थी। कुछ दूसरी चिंताएँ अनसोची उत्पन्न हो गईं।

मैं माँ के दर्शनों के लिए अधीर हो रहा था। जब हम घाट पर पहुँचे, मेरे बड़े भाई वहाँ मौजूद ही थे। उन्होंने डॉ. मेहता से और उनके बड़े भाई से पहचान कर ली थी। डॉ. मेहता का आग्रह था कि मैं उनके घर ही ठहरूँ, इसलिए मुझे वहीं ले गए। इस प्रकार जो संबंध विलायत में जुड़ा था, वह देश में कायम रहा और अधिक दृढ़ बनकर दोनों कुटुंबों में फैल गया।

माता के स्वर्गवास का मुझे कुछ पता न था। घर पहुँचने पर इसकी खबर मुझे दी गई और स्नान कराया गया। मुझे यह खबर विलायत में ही मिल सकती थी, पर आघात को हलका करने के विचार से बंबई पहुँचने तक मुझे इसकी कोई खबर न देने का निश्चय बड़े भाई ने कर रखा था। मैं अपने दुःख पर परदा डालना चाहता हूँ। पिता की मृत्यु से मुझे जो आघात पहुँचा था, उसकी तुलना में माता की मृत्यु की खबर से मुझे बहुत अधिक आघात पहुँचा। मेरे बहुतेरे मनोरथ मिट्टी

में मिल गए। पर मुझे याद है कि इस मृत्यु के समाचार सुनकर मैं फूट-फूटकर रोया न था। मैं अपने आँसुओं को भी रोक सका था, और मैंने अपना रोज का काम-काज इस तरह शुरू कर दिया था, मानो माता की मृत्यु हुई ही न हो।

डॉ. मेहता ने अपने घर जिन लोगों से मेरा परिचय कराया, उनमें से एक का उल्लेख किए बिना काम चल ही नहीं सकता। उनके भाई रेवाशंकर जगजीवन तो मेरे आजन्म मित्र बन गए। पर मैं जिनकी चर्चा करना चाहता हूँ, वे हैं कवि रायचंद अथवा राजचंद्र। वे डॉक्टर के बड़े भाई के जामाता थे और रेवाशंकर जगजीवन की पेढ़ी के साझी तथा कर्ता-धर्ता थे। उस समय उनकी उम्र पचीस साल से अधिक नहीं थी। फिर भी अपनी पहली ही मुलाकात में मैंने यह अनुभव किया था कि वे चरित्रवान और ज्ञानी पुरुष हैं। वे शतावधानी माने जाते थे। डॉ. मेहता ने मुझे शतावधान का नमूना देखने को कहा। मैंने भाषा-ज्ञान का अपना भंडार खाली कर दिया और कवि ने मेरे कहे हुए शब्दों को उसी क्रम से सुना दिया, जिस क्रम में वे कहे गए थे! उनकी इस शक्ति पर मुझे ईर्ष्या हुई, लेकिन मैं उस पर मुग्ध न हुआ। मुझे मुग्ध करने वाली वस्तु का परिचय तो बाद में हुआ। वह था उनका व्यापक शास्त्रज्ञान, उनका शुद्ध चारित्र्य और आत्मदर्शन करने का उनका उत्कट उत्साह। बाद में मुझे पता चला कि वे आत्मदर्शन के लिए ही अपना जीवन बिता रहे थे :

हसताँ रमताँ प्रगट हरि देखूँ रे,
माएँ जीव्यूँ सफल तव लेखूँ रे;
मुक्तानंदनो नाथ विहारी रे,
ओधा जीवनदोरी हमारी रे।[7]

मुक्तानंद का यह वचन उनकी जीभ पर तो था ही, पर वह उनके हृदय में भी अंकित था।

वे स्वयं हजारों का व्यापार करते, हीरे मोती की परख करते, व्यापार की समस्याएँ सुलझाते; पर यह सब उनका विषय न था। उनका विषय, उनका पुरुषार्थ तो था आत्म-परिचय—हरिदर्शन। उनकी गद्दी पर दूसरी कोई चीज हो चाहे न हो, पर कोई-न-कोई धर्म पुस्तक और डायरी तो अवश्य रहती थी। व्यापार की बात समाप्त होते ही धर्म पुस्तक खुलती अथवा उनकी डायरी खुलती

थी। उनके लेखों का जो संग्रह प्रकाशित हुआ है, उसका अधिकांश इस डायरी से लिया गया है, जो मनुष्य लाखों के लेन-देन की बात करके तुरंत ही आत्म-ज्ञान की गूढ़ बातें लिखने बैठ जाए, उसकी जाति व्यापारी की नहीं, बल्कि शुद्ध ज्ञानी की है। उनका ऐसा अनुभव मुझे एक बार नहीं, कई बार हुआ था। मैंने कभी उन्हें मूर्च्छा की स्थिति में नहीं पाया। मेरे साथ उनका कोई स्वार्थ नहीं था। मैं उनके बहुत निकट संपर्क में रहा हूँ। उस समय मैं एक भिखारी बैरिस्टर था। पर जब भी मैं उनकी दुकान पर पहुँचता, वे मेरे साथ धर्म-चर्चा के सिवा दूसरी कोई बात ही न करते थे। यद्यपि उस समय मैं अपनी दिशा स्पष्ट नहीं कर पाया था; यह भी नहीं कह सकता कि साधारणतः मुझे धर्म-चर्चा में रस था; फिर भी रायचंद भाई की धर्म-चर्चा में रुचिपूर्वक सुनता था। उसके बाद मैं अनेक धर्माचार्यों के संपर्क में आया हूँ। मैंने हर एक धर्म के आचार्यों से मिलने का प्रयत्न किया है। पर मुझ पर जो छाप रायचंद भाई ने डाली, कोई न डाल सका। उनके बहुतेरे वचन मेरे हृदय में सीधे उतर जाते थे। मैं उनकी बुद्धि का सम्मान करता था। उनकी प्रामाणिकता के लिए भी मेरे मन में उतना ही आदर था। इसलिए मैं जानता था कि वे मुझे जान-बूझकर गलत रास्ते नहीं ले जाएँगे और जो उनके मन में होगा, वही कहेंगे। इस कारण अपने आध्यात्मिक संकट के समय मैं उनका आश्रय लिया करता था।

रायचंद भाई के प्रति इतना आदर रखते हुए भी मैं उन्हें धर्मगुरु के रूप में अपने हृदय में स्थान न दे सका। मेरी वह खोज तो आज भी चल रही है।

हिंदू धर्म में गुरुपद को जो महत्त्व प्राप्त है, उसमें मैं विश्वास रखता हूँ। 'गुरु बिन ज्ञान न होय, इस वचन में बहुत-कुछ सच्चाई है। अक्षरज्ञान देनेवाले अपूर्ण शिक्षक से काम चलाया जा सकता है, पर आत्म-दर्शन करानेवाले अपूर्ण शिक्षक से तो चलाया ही नहीं जा सकता। गुरुपद संपूर्ण ज्ञानी को ही दिया जा सकता है। गुरु की खोज में ही सफलता निहित है, क्योंकि शिष्य की योग्यता के अनुसार ही गुरु मिलता है। इसका अर्थ यह है कि योग्यता-प्राप्ति के लिए प्रत्येक साधक को संपूर्ण प्रयत्न करने का अधिकार है, और इस प्रयत्न का फल ईश्वराधीन है।

तात्पर्य यह कि यद्यपि मैं रायचंद भाई को अपने हृदय का स्वामी नहीं बना सका, तो भी मुझे समय-समय पर उनका सहारा किस प्रकार मिला है, इसे अब हम आगे देखेंगे। यहाँ तो इतना कहना काफी होगा कि मेरे जीवन पर गहरा प्रभाव डालनेवाले आधुनिक पुरुष तीन हैं : रायचंद भाई ने अपने सजीव संपर्क से, टॉल्स्टॉय ने *वैकुंठ तेरे हृदय में है* नामक अपनी पुस्तक से और रस्किन ने *अंटु*

दिस लास्ट सर्वोदय नामक पुस्तक से मुझे चकित कर दिया। पर इन प्रसंगों की चर्चा आगे यथास्थान होगी।

2. संसार-प्रवेश

बड़े भाई ने मुझ पर बड़ी-बड़ी आशाएँ बाँध रखी थीं। उनको पैसे का, कीर्ति का और पद का लोभ बहुत था। उनका दिल बादशाही था। उदारता उन्हें फिजूलखर्ची की हद तक ले जाती थी। इस कारण और अपने भोले स्वभाव के कारण उन्हें मित्रता करने में देर न लगती थी। इस मित्र-मंडली की मदद से वे मेरे लिए मुकदमे लाने वाले थे। उन्होंने यह भी मान लिया था कि मैं खूब कमाऊँगा, इसलिए घर-खर्च बढ़ा रखा था। मेरे लिए वकालत का क्षेत्र तैयार करने में भी उन्होंने कोई कसर नहीं रखी थी।

जाति का झगड़ा मौजूद ही था। उसमें दो तड़ें पड़ गई थीं। एक पक्ष ने मुझे तुरंत जाति में ले लिया। दूसरा पक्ष न लेने पर डटा रहा। जाति में लेने वाले पक्ष को संतुष्ट करने के लिए राजकोट ले जाने से पहले भाई मुझे नासिक ले गए। वहाँ गंगा-स्नान कराया और राजकोट पहुँचने पर जातिभोज दिया।

मुझे इस काम में कोई रुचि न थी। बड़े भाई के मन में मेरे लिए अगाध प्रेम था। मैं मानता हूँ कि उनके प्रति मेरी भक्ति भी वैसी ही थी। इसलिए उनकी इच्छा को आदेश मानकर मैं यंत्र की भाँति बिना समझे उनकी इच्छा का अनुसरण करता रहा। जाति का प्रश्न इससे हल हो गया।

जाति की जिस तड़ से मैं बहिष्कृत रहा, उसमें प्रवेश करने का प्रयत्न मैंने कभी नहीं किया, न मैंने जाति के किसी मुखिया के प्रति मन में कोई रोष रखा। उनमें मुझे तिरस्कार से देखनेवाले लोग भी थे। उनके साथ मैं नम्रता का बरताव करता था। जाति के बहिष्कार-संबंधी कानून का मैं संपूर्ण आदर करता था। अपने सास-ससुर के घर अथवा अपनी बहन के घर मैं पानी तक न पीता था। वे छिपे तौर पर पिलाने को तैयार भी होते, पर जो काम खुले तौर से न किया जा सके, उसे छिपकर करने के लिए मेरा मन ही तैयार न होता था।

मेरे इस व्यवहार का परिणाम यह हुआ कि जाति की ओर से मुझे कभी कोई कष्ट नहीं दिया गया। यही नहीं, बल्कि आज तक मैं जाति के एक विभाग में विधिवत् बहिष्कृत माना जाता हूँ, फिर भी उनकी ओर से मैंने सम्मान और उदारता का ही अनुभव किया है। उन्होंने मेरे कार्य में मुझे मदद भी दी है, और मुझसे यह आशा तक नहीं रखी कि जाति के लिए मैं कुछ-न-कुछ करूँ। मैं ऐसा मानता हूँ कि यह मधुर फल मेरे अप्रतिकार का ही परिणाम है। यदि मैंने जाति में सम्मिलित होने की खटपट की होती, अधिक तड़ें पैदा करने का प्रयत्न किया होता, जातिवालों को छेड़ा-चिढ़ाया होता, तो वे अवश्य मेरा विरोध करते और मैं विलायत से लौटते ही उदासीन और अलिप्त रहने के स्थान पर खटपट के फन्दे में फँस जाता और केवल मिथ्यत्व का पोषण करनेवाला बन जाता।

पत्नी के साथ मेरा संबंध अब भी जैसा मैं चाहता था वैसा बना नहीं था। विलायत जाकर भी मैं अपने ईर्ष्यालु स्वभाव को छोड़ नहीं पाया था। हर बात में मेरा छिद्रान्वेषण और मेरा संशय वैसा ही बना रहा। इससे मैं अपनी मनोकामनाएँ पूरी न कर सका। पत्नी को अक्षर-ज्ञान तो होना ही चाहिए। मैंने सोचा था कि यह काम मैं स्वयं करूँगा, पर मेरी विषयासक्ति ने मुझे यह काम करने ही न दिया और अपनी इस कमजोरी का गुस्सा मैंने पत्नी पर उतारा। एक समय तो ऐसा भी आया जब मैंने उसे उसके मायके ही भेज दिया और अतिशय कष्ट देने के बाद ही फिर से अपने साथ रखना स्वीकार किया। बाद में मैंने अनुभव किया कि इसमें मेरी नादानी के सिवा और कुछ नहीं था।

बच्चों की शिक्षा के विषय में भी मैं सुधार करना चाहता था। बड़े भाई के बालक थे और मैं भी एक लड़का छोड़ गया था, जो अब चार साल का हो रहा था। मैंने सोचा था कि इन बालकों से कसरत कराऊँगा, इन्हें मजबूत बनाऊँगा और इन्हें अपने सहवास में रखूँगा। इसमें भाई की सहानुभूति थी। इसमें मैं थोड़ी-बहुत सफलता प्राप्त कर सका था। बच्चों का साथ मुझे बहुत रुचा और उनसे हँसी-मज़ाक करने की मेरी आदत अब तक बनी हुई है। तभी से मेरा यह विचार बना है कि मैं बच्चों के शिक्षक का काम अच्छी तरह कर सकता हूँ।

खाने-पीने में भी सुधार करने की आवश्यकता स्पष्ट थी। घर में चाय-कॉफी को जगह मिल चुकी थी। बड़े भाई ने सोचा कि मेरे विलायत से घर लौटने के पहले घर में विलायत की कुछ हवा तो दाखिल हो ही जानी चाहिए। इसलिए चीनी मिट्टी के बरतन, चाय आदि जो चीजें पहले घर में केवल दवा के रूप में और

'सभ्य' मेहमानों के लिए काम आती थीं, वे अब सबके लिए बरती जाने लगीं। ऐसे वातावरण में मैं अपने 'सुधार' लेकर पहुँचा। ओटमील पॉरिज (जई की लपसी) को घर में जगह मिली, चाय-कॉफी के बदले कोको शुरू हुआ। पर यह परिवर्तन तो नाममात्र को ही था, चाय-कॉफी के साथ कोको और बढ़ गया। बूट मोजे घर में घुस ही चुके थे। मैंने कोट-पतलून से घर को पुनीत किया।

इस तरह खर्च बढ़ा। नवीनताएँ बढ़ीं। घर पर सफेद हाथी बँध गया। पर यह खर्च लाया कहाँ से जाए? राजकोट में तुरंत धंधा शुरू करता हूँ, तो हँसी होती है। मेरे पास ज्ञान तो इतना भी न था कि राजकोट में पास हुए वकील के मुकाबले मैं खड़ा हो सकूँ, तिस पर फीस उससे दस गुनी लेने का दावा! कौन मूर्ख मुवक्किल मुझे काम देता? अथवा कोई ऐसा मूर्ख मिल भी जाए, तो क्या मैं अपने अज्ञान में धृष्टता और विश्वासघात की वृद्धि करके अपने ऊपर संसार का ऋण और बढ़ा लूँ?

मित्रों की सलाह यह रही कि मुझे कुछ समय के लिए बंबई जाकर हाईकोर्ट की वकालत का अनुभव प्राप्त करना और हिंदुस्तान के कानून का अध्ययन करना चाहिए। और कोई मुकदमा मिल सके तो उसके लिए कोशिश करनी चाहिए। मैं बंबई के लिए रवाना हुआ।

वहाँ घर बसाया। रसोइया रखा। रसोइया मेरे जैसा ही था। ब्राह्मण था। मैंने उसे नौकर की तरह कभी रखा ही नहीं। यह ब्राह्मण नहाता था, पर धोता नहीं था। उसकी धोती मैली, जनेऊ मैला। शास्त्र के अभ्यास से उसे कोई सरोकार नहीं। लेकिन अधिक अच्छा रसोइया कहाँ से लाता?

'क्यों रविशंकर (उसका नाम रविशंकर था), तुम रसोई बनाना तो जानते नहीं, पर संध्या आदि का क्या हाल है?'

'क्या बताऊँ भाईसाहब, हल मेरा संध्या-तर्पण है और कुदाल खटकरम है। अपने राम तो ऐसे ही बाम्हन हैं। कोई आप जैसा निबाह ले तो निभ जाएँ, नहीं तो आखिर खेती तो अपनी है ही।'

मैं समझ गया। मुझे रविशंकर का शिक्षक बनना होगा। समय मेरे पास बहुत था। आधी रसोई रविशंकर बनाता और आधी मैं। मैंने विलायत की अन्नाहार वाली खुराक के प्रयोग यहाँ शुरू किए। एक स्टोव खरीदा। मैं स्वयं तो पंक्ति-भेद को मानता ही न था। रविशंकर को भी उसका आग्रह न था। इसलिए हमारी पटरी ठीक जम गई। शर्त या मुसीबत, जो कहो सो यह थी कि रविशंकर ने मैल से नाता तोड़ने और रसोई साफ रखने की सौगंध ले रखी थी!

लेकिन मैं चार-पाँच महीने से अधिक बंबई में रह ही न सकता था, क्योंकि खर्च बढ़ता जाता था और आदमनी कुछ भी न थी।

इस तरह मैंने संसार में प्रवेश किया। बैरिस्टरी मुझे अखरने लगी। आडंबर अधिक, कुशलता कम। जवाबदारी का खयाल मुझे दबोच रहा था।

3. पहला मुकदमा

बंबई में एक ओर मेरी कानून की पढ़ाई शुरू हुई, दूसरी ओर मेरे आहार के प्रयोग चले और उनमें वीरचंद गांधी मेरे साथ हो गए। तीसरी तरफ भाई ने मेरे लिए मुकदमे खोजने की कोशिश शुरू की।

कानून की पढ़ाई का काम धीमी चाल से चला। जाब्ता दीवानी (सिविल प्रोसीजर कोड) किसी भी तरह गले न उतरता था। एविडेंस एक्ट (कानून शहादत) की पढ़ाई ठीक चली। वीरचंद गांधी सॉलिसिटर बनने की तैयारी कर रहे थे। इसलिए वे वकीलों के बारे में बहुत कुछ कहते रहते थे, 'फीरोजशाह मेहता की होशियारी का कारण उनका अगाध कानूनी ज्ञान है। 'एविडेंस एक्ट' (कानून शहादत) तो उनको जबानी याद है। धारा 32 के हर एक मुकदमे की उन्हें जानकारी है। बदरुद्दीन तैयबजी की होशियारी ऐसी है कि न्यायाधीश भी उनके सामने चौंधिया जाते हैं। बहस करने की उनकी शक्ति अद्भुत है।'

इधर मैं इन महारथियों की बातें सुनता और उधर मेरी घबराहट बढ़ जाती।

वे कहते, 'पाँच-सात साल तक बैरिस्टर का अदालत में जूतियाँ तोड़ते रहना आश्चर्यजनक नहीं माना जाता। इसीलिए मैंने सॉलिसिटर बनने का निश्चय किया है। कोई तीन साल के बाद भी तुम अपना खर्च चलाने लायक कमा लो, तो कहना होगा कि तुमने खूब प्रगति कर ली।'

हर महीने खर्च बढ़ता जाता था। बाहर बैरिस्टर की तख्ती लटकाए रहना और घर में बैरिस्टरी करने की तैयारी करना! मेरा मन इन दो के बीच कोई मेल नहीं बैठा पाता था। इसलिए कानून की मेरी पढ़ाई व्यग्र चित्त से होती थी। शहादत के कानून में कुछ रुचि पैदा होने की बात ऊपर कह चुका हूँ। मेइन का 'हिंदू लॉ' मैंने

बहुत रुचिपूर्वक पढ़ा, पर मुकदमा लड़ने की हिम्मत न आई। अपना दुःख किसे सुनाऊँ? मेरी दशा ससुराल गई हुई नई बहू की सी हो गई!

इतने में मुझे ममीबाई का मुकदमा मिला। स्मॉल कॉज कोर्ट (छोटी अदालत) में जाना था। मुझसे कहा गया, 'दलाल को कमीशन देना पड़ेगा!' मैंने साफ इनकार कर दिया।

'पर फौजदारी अदालत के सुप्रसिद्ध वकील श्री. . ., जो हर महीने तीन-चार हजार कमाते हैं, भी कमीशन तो देते हैं।'

'मुझे कौन उनकी बराबरी करनी है? मुझको तो हर महीने 300 रुपये मिल जाएँ तो काफी है। पिताजी को कौन इससे अधिक मिलते थे?'

'पर वह जमाना लद गया। बंबई का खर्च बड़ा है। तुम्हें व्यवहार की दृष्टि से भी सोचना चाहिए।'

मैं टस-से-मस न हुआ। कमीशन मैंने नहीं ही दिया। फिर भी ममीबाई का मुकदमा तो मुझे मिला। मुकदमा आसान था। मुझे ब्रीफ के (मेहनताने के) रु. 30 मिले। मुकदमा एक दिन से ज़्यादा चलनेवाला न था।

मैंने पहली बार स्मॉल कॉज कोर्ट में प्रवेश किया। मैं प्रतिवादी की तरफ से था, इसलिए मुझे जिरह करनी थी। मैं खड़ा तो हुआ, पर पैर काँपने लगे। सिर चकराने लगा। मुझे ऐसा लगा, मानो अदालत घूम रही है। सवाल कुछ सूझते ही न थे। जज हँसा होगा। वकीलों को तो मज़ा आया ही होगा। पर मेरी आँखों के सामने तो अँधेरा था—मैं देखता क्या?

मैं बैठ गया। दलाल से कहा, 'मुझसे यह मुकदमा नहीं चल सकेगा। आप पटेल को सौंपिए। मुझे दी हुई फीस वापस ले लीजिए।'

पटेल को उसी दिन के 51 रुपये देकर वकील किया गया। उनके लिए तो वह एक बच्चों का खेल था।

मैं भागा। मुझे याद नहीं कि मुवक्किल जीता या हारा। मैं शर्माया। मैंने निश्चय किया कि जब तक पूरी हिम्मत न आ जाए, कोई मुकदमा न लूँगा; और फिर दक्षिण अफ्रीका जाने तक कभी अदालत में गया ही नहीं। इस निश्चय में कोई शक्ति न थी। ऐसा कौन बेकार बैठा था, जो हारने के लिए अपना मुकदमा मुझे देता? इसलिए मैं निश्चय न करता तो भी कोई मुझे अदालत में जाने की तकलीफ देनेवाला न था!

पर बंबई में मुझे अभी एक और मुकदमा मिलने वाला था। इस मुकदमे में अर्जी-दावा तैयार करना था। एक गरीब मुसलमान की जमीन पोरबंदर में जब्त

हुई थी। मेरे पिताजी का नाम जानकर वह उनके बैरिस्टर लड़के के पास आया था। मुझे उसका मामला लचर लगा। पर मैंने अर्जी-दावा तैयार कर देना कबूल कर लिया। छपाई का खर्च मुवक्किल को देना था। मैंने अर्जी-दावा तैयार कर लिया। मित्रों को दिखाया। उन्होंने पास कर दिया और मुझे कुछ-कुछ विश्वास हुआ कि मैं अर्जी-दावे लिखने लायक तो जरूर बन सकूँगा—असल में मैं इस लायक था भी।

मेरा काम बढ़ता गया। मुफ्त में अर्जियाँ लिखने का धंधा करता तो अर्जियाँ लिखने का काम तो मिलता, पर उससे दाल-रोटी की व्यवस्था कैसे होती?

मैंने सोचा कि मैं शिक्षक का काम तो अवश्य ही कर सकता हूँ। मैंने अंग्रेज़ी का अभ्यास काफी किया था। अतएव मैंने सोचा कि यदि किसी हाईस्कूल में मैट्रिक की कक्षा में अंग्रेज़ी सिखाने का काम मिल जाए तो कर लूँ। खर्च का गड्ढा कुछ तो भरे!

मैंने अखबारों में विज्ञापन पढ़ा—'आवश्यकता है, अंग्रेज़ी शिक्षक की; प्रतिदिन एक घंटे के लिए। वेतन रु. 75।' यह एक प्रसिद्ध हाईस्कूल का विज्ञापन था। मैंने प्रार्थना-पत्र भेजा। मुझे प्रत्यक्ष मिलने की आज्ञा हुई। मैं बड़ी उमंगों के साथ मिलने गया। पर जब आचार्य को पता चला कि मैं बी.ए. नहीं हूँ, तो उन्होंने मुझे खेदपूर्वक विदा कर दिया।

'पर मैंने लंदन की मैट्रिक्युलेशन परीक्षा पास की है। लैटिन मेरी दूसरी भाषा थी।' मैंने कहा।

'सो ठीक है, पर हमें तो ग्रेज्युएट की ही आवश्यकता है।'

मैं लाचार हो गया। मेरी हिम्मत छूट गई। बड़े भाई भी चिंतित हुए। हम दोनों ने सोचा कि बंबई में अधिक समय बिताना निरर्थक है। मुझे राजकोट में ही जमना चाहिए। भाई स्वयं छोटे वकील थे। मुझे अर्जी-दावे लिखने का कुछ-न-कुछ काम तो दे ही सकते थे। फिर राजकोट में तो घर का खर्च चलता ही था। इसलिए बंबई का खर्च कम कर डालने से बड़ी बचत हो जाती। मुझे यह सुझाव जँचा। यों कुल लगभग छह महीने रहकर बंबई का घर मैंने समेट लिया।

जब तक बंबई में रहा, मैं रोज हाईकोर्ट जाता था। पर मैं यह नहीं कह सकता कि वहाँ मैंने कुछ सीखा। सीखने लायक समझ ही मुझमें न थी। कभी-कभी तो मुकदमा समझ में न आता और उसकी कारवाई में रुचि न रहती, तो बैठा-बैठा झपकियाँ भी लेता रहता। यों झपकियाँ लेने वाले दूसरे साथी भी मिल जाते थे। इससे मेरी शर्म का

बोझ हलका हो जाता था। आखिर मैं यह समझने लगा कि हाईकोर्ट में बैठकर ऊँघना फैशन के खिलाफ नहीं है। फिर तो शर्म की कोई वजह ही न रह गई।

यदि इस युग में भी मेरे समान कोई बेकार बैरिस्टर बंबई में हों, तो उनके लिए अपना एक छोटा-सा अनुभव यहाँ मैं लिख देता हूँ।

घर गिरगाँव में होते हुए भी मैं शायद ही कभी गाड़ी भाड़े का खर्च करता था। ट्राम में भी क्वचित् ही बैठता था। अकसर गिरगाँव से हाईकोर्ट तक प्रतिदिन पैदल ही जाता था। इसमें पूरे 45 मिनट लगते थे और वापसी में तो बिना चूके पैदल ही घर आता था। दिन में धूप लगती थी, पर मैंने उसे सहन करने की आदत डाल ली थी। इस तरह मैंने काफी पैसे बचाए। बंबई में मेरे साथी बीमार पड़ते थे, पर मुझे याद नहीं है कि मैं एक दिन भी बीमार पड़ा होऊँ। जब मैं कमाने लगा तब भी इस तरह पैदल ही दफ्तर जाने की आदत मैंने आखिर तक कायम रखी। इसका लाभ मैं आज तक उठा रहा हूँ।

4. पहला आघात

बंबई से निराश होकर मैं राजकोट पहुँचा। वहाँ अलग दफ्तर खोला। गाड़ी कुछ चली। अर्जियाँ लिखने का काम मिलने लगा और हर महीने औसत 300 रुपये की आमदनी होने लगी। अर्जी-दावे लिखने का यह काम मुझे मेरी होशियारी के कारण नहीं मिलने लगा था, कारण था वसीला। बड़े भाई के साथ काम करने वाले वकील की वकालत जमी हुई थी। उनके पास जो बहुत महत्त्व के अर्जी-दावे आते अथवा जिन्हें वे महत्त्व का मानते, उनका काम तो बड़े बैरिस्टर के पास ही जाता था। उनके गरीब मुवक्किलों के अर्जी-दावे लिखने का काम मुझे मिलता था।

बंबई में कमीशन नहीं देने की मेरी जो टेक थी, मानना होगा कि वह यहाँ कायम न रही। मुझे दोनों स्थितियों का भेद समझाया गया था। वह यों था—बंबई में सिर्फ दलाल को पैसे देने की बात थी; यहाँ वकील को देने हैं। मुझसे कहा गया था कि बंबई की तरह यहाँ भी सब बैरिस्टर बिना अपवाद के अमुक प्रतिशत कमीशन देते हैं। अपने भाई की इस दलील का कोई जवाब मेरे पास न था, 'तुम देखते हो कि मैं दूसरे

वकील का साझेदार हूँ। हमारे पास आने वाले मुकदमों में से जो तुम्हें देने लायक होते हैं, वे तुम्हें देने की मेरी वृत्ति तो रहती ही है। पर यदि तुम मेरे मेहनताने का हिस्सा मेरे साझी को न दो, तो मेरी स्थिति कितनी विषम हो जाए? हम साथ रहते हैं, इसलिए तुम्हारे मेहनताने का लाभ मुझे तो मिल ही जाता है। पर मेरे साझी का क्या हो? अगर वही मुकदमा वे किसी दूसरे को दें, तो उसके मेहनताने में उन्हें जरूर हिस्सा मिलेगा।' मैं इस दलील के भुलावे में आ गया और मैंने अनुभव किया कि अगर मुझे बैरिस्टरी करनी है, तो ऐसे मामलों में कमीशन न देने का आग्रह मुझे नहीं रखना चाहिए। मैं ढीला पड़ा। मैंने अपने मन को मना लिया, अथवा स्पष्ट शब्दों में कहूँ तो धोखा दिया। पर इसके सिवा दूसरे किसी भी मामले में कमीशन देने की बात मुझे याद नहीं है।

यद्यपि मेरा आर्थिक व्यवहार चल निकला, पर इन्हीं दिनों मुझे अपने जीवन का पहला आघात पहुँचा। अंग्रेज़ अधिकारी कैसे होते हैं, इसे मैं कानों से तो सुनता था, पर आँखों से देखने का मौका मुझे अब मिला।

पोरबंदर के भूतपूर्व राणा साहब को गद्दी मिलने से पहले मेरे भाई उनके मंत्री और सलाहकार थे। उन पर इस आशय का आरोप लगाया गया था कि उन दिनों उन्होंने राणा साहब को गलत सलाह दी थी। उस समय के पोलिटिकल एजेंट के पास यह शिकायत पहुँची थी और मेरे भाई के बारे में उनका खयाल खराब हो गया था। इस अधिकारी से मैं विलायत में मिला था। कह सकता हूँ कि वहाँ उन्होंने मुझसे अच्छी दोस्ती कर ली थी। भाई ने सोचा कि इस परिचय का लाभ उठाकर मुझे पोलिटिकल एजेंट से दो शब्द कहने चाहिए और उन पर जो खराब असर पड़ा है, उसे मिटाने की कोशिश करनी चाहिए। मुझे यह बात बिलकुल अच्छी न लगी। मैंने सोचा—मुझको विलायत के न-कुछ-से परिचय का लाभ नहीं उठाना चाहिए। अगर मेरे भाई ने कोई बुरा काम किया है, तो सिफारिश से क्या होगा? अगर नहीं किया है, तो वे विधिवत् प्रार्थना-पत्र भेजें अथवा अपनी निर्दोषता पर विश्वास रखकर निर्भय रहें। यह दलील भाई के गले न उतरी। उन्होंने कहा, 'तुम काठियावाड़ को नहीं जानते। दुनियादारी अभी तुम्हें सीखनी है। यहाँ तो वसीले से सारे काम चलते हैं। तुम्हारे समान भाई अपने परिचित अधिकारी से सिफारिश के दो शब्द कहने का मौका आने पर दूर हट जाए, तो यह उचित नहीं कहा जाएगा।'

मैं भाई की इच्छा को टाल नहीं सका। अपनी मर्जी के खिलाफ मैं गया। अफसर के पास जाने का मुझे कोई अधिकार न था। मुझे इसका खयाल था कि

जाने में मेरा स्वाभिमान नष्ट होगा। फिर भी मैंने उससे मिलने का समय माँगा। मुझे समय मिला और मैं मिलने गया। पुराने परिचय का स्मरण कराया, पर मैंने तुरंत ही देखा कि विलायत और काठियावाड़ में फर्क है। अपनी कुर्सी पर बैठे हुए अफसर और छुट्टी पर गए हुए अफसर में भी फर्क होता है। अधिकारी ने परिचय की बात मान ली, पर इसके साथ ही वह अधिक अकड़ गया। मैंने उसकी अकड़ में देखा और आँखों में पढ़ा, मानो वे कह रही हों, 'उस परिचय का लाभ उठाने के लिए तो तुम नहीं आए हो न?' यह समझते हुए भी मैंने अपनी बात शुरू की। साहब अधीर हो गए। बोले, 'तुम्हारे भाई प्रपंची हैं। मैं तुमसे ज़्यादा बातें सुनना नहीं चाहता। मुझे समय नहीं है। तुम्हारे भाई को कुछ कहना हो तो वे विधिवत् प्रार्थना-पत्र दें।' यह उत्तर पर्याप्त था, यथार्थ था। पर गरज तो बावली होती है न? मैं अपनी बात कहे जा रहा था। साहब उठे, 'अब तुम्हें जाना चाहिए।'

मैंने कहा, 'पर मेरी बात तो पूरी सुन लीजिए।'

साहब खूब चिढ़ गए। बोले, 'चपरासी, इसे दरवाजा दिखाओ।'

'हजूर' कहता हुआ चपरासी दौड़ा आया। मैं तो अब भी कुछ बड़बड़ा ही रहा था। चपरासी ने मुझे हाथ से धक्का देकर दरवाजे के बाहर कर दिया।

साहब गए। चपरासी गया। मैं चला, अकुलाया, खीझा। मैंने तुरंत एक पत्र घसीटा—'आपने मेरा अपमान किया है। चपरासी के जरिए मुझ पर हमला किया है। आप माफी नहीं मागेंगे, तो मैं आप पर मानहानि का विधिवत् दावा करूँगा।' मैंने यह चिट्ठी भेजी। थोड़ी ही देर में साहब का सवार जवाब दे गया। उसका सार यह था :

> 'तुमने मेरे साथ असभ्यता का व्यवहार किया। जाने के लिए कहने पर भी तुम नहीं गए, इससे मैंने जरूर अपने चपरासी को तुम्हें दरवाजा दिखाने के लिए कहा। चपरासी के कहने पर भी तुम दफ्तर से बाहर नहीं गए, तब उसने तुम्हें दफ्तर से बाहर कर देने के लिए आवश्यक बल का उपयोग किया। तुम्हें जो करना हो सो करने के लिए तुम स्वतंत्र हो।'

यह जवाब जेब में डालकर मैं मुँह लटकाए घर लौटा। भाई को सारा हाल सुनाया। वे दुःखी हुए। पर वे मुझे क्या तसल्ली देते? मैंने वकील मित्रों से चर्चा की। मैं कौन दावा दायर करना जानता था? उन दिनों सर फीरोजशाह मेहता अपने किसी मुकदमे के सिलसिले में राजकोट आए हुए थे। मेरे जैसा नया बैरिस्टर उनसे कैसे मिल सकता था? पर उन्हें बुलाने वाले वकील के द्वारा पत्र

भेजकर मैंने उनकी सलाह पुछवाई। उनका उत्तर था 'गांधी से कहिए, ऐसे अनुभव तो सब वकील-बैरिस्टरों को हुए होंगे। तुम अभी नए ही हो। विलायत की खुमारी अभी तुम पर सवार है। तुम अंग्रेज़ अधिकारियों को पहचानते नहीं हो। अगर तुम्हें सुख से रहना हो और दो पैसे कमाने हों, तो मिली हुई चिट्ठी फाड़ डालो और जो अपमान हुआ है, उसे पी जाओ। मामला चलाने से तुम्हें एक पाई का भी लाभ न होगा। उलटे, तुम बरबाद हो जाओगे। तुम्हें अभी जीवन का अनुभव प्राप्त करना है।'

मुझे यह सिखावन जहर की तरह कड़वी लगी, पर उस कड़वी घूँट को पी जाने के सिवा और कोई उपाय न था। मैं अपमान को भूल तो न सका, पर मैंने उसका सदुपयोग किया। मैंने नियम बना लिया—'मैं फिर कभी अपने को ऐसी स्थिति में नहीं पड़ने दूँगा, इस तरह किसी की सिफारिश न करूँगा।' इस नियम का मैंने अभी उल्लंघन नहीं किया। इस आघात ने मेरे जीवन की दिशा बदल दी।

5. दक्षिण अफ्रीका की तैयारी

मेरा उक्त अधिकारी के यहाँ जाना अवश्य दोषयुक्त था। पर अधिकारी की अधीरता और उसके रोष के सामने मेरा दोष छोटा हो गया। दोष का दंड चपरासी का धक्का न था। मैं उसके पास पाँच मिनट भी न बैठा होऊँगा। उसे तो मेरा बोलना ही असह्य मालूम हुआ। वह मुझसे शिष्टतापूर्वक जाने को कह सकता था, पर उसके अधिकार के मद की कोई सीमा न थी। बाद में मुझे पता चला कि इस अधिकारी के पास धीरज नाम की कोई चीज थी ही नहीं। अपने यहाँ आने वाले का अपमान करना उसके लिए साधारण बात थी। मर्जी के खिलाफ कोई बात मुँह से निकलते ही साहब का मिज़ाज बिगड़ जाता था।

मेरा ज़्यादातर काम तो उसी की अदालत में रहता था। खुशामद मैं कर ही नहीं सकता था। मैं इस अधिकारी को अनुचित रीति से रिझाना नहीं चाहता था। उसे नालिश की धमकी देकर मैं नालिश न करूँ और उसे कुछ भी न लिखूँ, यह भी मुझे अच्छा न लगा।

इस बीच मुझे काठियावाड़ के रियासती षड्यंत्रों का भी कुछ अनुभव हुआ। काठियावाड़ अनेक छोटे-छोटे राज्यों का प्रदेश है। यहाँ मुत्सद्दियों का बड़ा समाज होना स्वाभाविक ही था। राज्यों के बीच सूक्ष्म षड्यंत्र चलते, पदों की प्राप्ति के लिए साजिशें होतीं, राजा कच्चे कान का और परवश रहता। साहबों के अर्दलियों तक की खुशामद की जाती। सरिश्तेदार तो साहब से भी सवाया होता; क्योंकि वही तो साहब की आँख, कान और दुभाषिए का काम करता था। सरिश्तेदार की इच्छा ही कानून थी। सरिश्तेदार की आमदनी साहब की आमदनी से ज़्यादा मानी जाती थी। संभव है, इसमें अतिशयोक्ति हो, पर सरिश्तेदार के अल्प वेतन की तुलना में उसका खर्च अवश्य ही अधिक होता था।

यह वातावरण मुझे विष-सा प्रतीत हुआ। मैं अपनी स्वतंत्रता की रक्षा कैसे कर सकूँगा, इसकी चिंता बराबर बनी रहती। मैं उदासीन हो गया। भाई ने मेरी उदासीनता देखी। एक विचार यह आया कि कहीं नौकरी कर लूँ, तो मैं इन खटपटों से मुक्त रह सकता हूँ। पर बिना खटपट के दीवान का या न्यायाधीश का पद कैसे मिल सकता था?

वकालत करने में साहब के साथ का झगड़ा बाधक बनता था।

पोरबंदर में एडमिनिस्ट्रेशन—नाबालिगी शासन—था। वहाँ राणा साहब के लिए कुछ सत्ता प्राप्त करने का प्रयत्न करना था। मेर लोगों से लगान उचित से अधिक वसूल किया जाता था। इसके सिलसिले में भी मुझे वहाँ एडमिनिस्ट्रेटर से मिलना था। मैंने देखा कि एडमिनिस्ट्रेटर यद्यपि हिंदुस्तानी हैं, तथापि उनका रोब-दाब तो साहब से भी अधिक है। वे होशियार थे, पर उनकी होशियारी का लाभ जनता को अधिक मिला हो, यह मैं देख न सका। राणा साहब को थोड़ी सत्ता मिली। कहना होगा कि मेर लोगों को तो कुछ भी न मिला। उनके मामले की पूरी जाँच हुई हो, ऐसा भी मैंने अनुभव नहीं किया।

इसलिए यहाँ भी मैं थोड़ा निराश ही हुआ। मैंने अनुभव किया कि न्याय नहीं मिला। न्याय पाने के लिए मेरे पास कोई साधन न था। बहुत करें तो बड़े साहब के सामने अपील की जा सकती है। वे राय देंगे—'हम इस मामले में दखल नहीं दे सकते।' ऐसे फैसलों के पीछे कोई कानून कायदा हो, तब तो कुछ आशा भी की जा सके। पर यहाँ तो साहब की मर्जी ही कानून है।

मैं अकुलाया।

इसी बीच भाई के पास पोरबंदर की एक मेमन फर्म का संदेशा आया—'दक्षिण अफ्रीका में हमारा व्यापार है। हमारी फर्म बड़ी है। वहाँ हमारा एक बड़ा

मुकदमा चल रहा है। चालीस हजार पौंड का दावा है। मामला बहुत लंबे समय से चल रहा है। हमारे पास अच्छे-से-अच्छे वकील-बैरिस्टर हैं। अगर आप अपने भाई को भेजें, तो वे हमारी मदद करें और उन्हें भी कुछ मदद मिल जाए। वे हमारा मामला हमारे वकील को अच्छी तरह समझा सकेंगे। इसके सिवा, वे नया देश देखेंगे और कई नए लोगों से उनकी जान-पहचान होगी।'

भाई ने मुझसे चर्चा की। मैं इस सबका अर्थ समझ न सका। मैं यह जान न सका कि मुझे सिर्फ वकील को समझाने का ही काम करना पड़ेगा या अदालत में भी जाना होगा। फिर भी मैं ललचाया।

दादा अब्दुल्ला के साझी मरहूम सेठ अब्दुल करीम झवेरी से भाई ने मेरी मुलाकात कराई। सेठ ने कहा, 'आपको ज़्यादा मेहनत नहीं करनी होगी। बड़े-बड़े साहबों से हमारी दोस्ती है। उनसे आपकी जान-पहचान होगी। आप हमारी दुकान में भी मदद कर सकेंगे। हमारे यहाँ अंग्रेज़ी पत्र-व्यवहार बहुत होता है। आप उसमें भी मदद कर सकेंगे। आप हमारे बँगले में ही रहेंगे। इससे आप पर खर्च का बिलकुल बोझ नहीं पड़ेगा।'

मैंने पूछा, 'आप मेरी सेवाएँ कितने समय के लिए चाहते हैं? आप मुझे वेतन क्या देंगे?'

'हमें एक साल से अधिक आपकी जरूरत नहीं रहेगी। आपको पहले दर्जे का मार्ग व्यय देंगे और निवास तथा भोजन खर्च के अलावा 105 पौंड देंगे।'

इसे वकालत नहीं कह सकते। यह नौकरी थी। पर मुझे तो जैसे भी बने हिंदुस्तान छोड़ना था। नया देश देखने को मिलेगा और अनुभव प्राप्त होगा सो अलग। भाई को 105 पौंड भेजूँगा तो घर का खर्च चलाने में कुछ मदद होगी। यह सोचकर मैंने वेतन के बारे में बिना कुछ झिकझिक किए ही सेठ अब्दुल करीम का प्रस्ताव स्वीकार कर लिया और मैं दक्षिण अफ्रीका जाने के लिए तैयार हो गया।

6. नेटाल पहुँचा

विलायत जाते समय वियोग के विचार से जो दुःख हुआ था, वह दक्षिण अफ्रीका जाते समय न हुआ। माता तो चल ही बसी थीं। मैंने दुनिया का और यात्रा का

अनुभव प्राप्त किया था। राजकोट और बंबई के बीच तो आना-जाना बना ही रहता था। इसलिए इस बार वियोग केवल पत्नी का ही दुःखदाई था। विलायत से आने के बाद एक और बालक की प्राप्ति हुई थी। हमारे बीच के प्रेम में अभी विषय-भोग का प्रभाव तो था ही, फिर भी उसमें निर्मलता आने लगी थी। मेरे विलायत से लौटने के बाद हम दोनों बहुत कम साथ रह पाए थे। और, शिक्षक की तरह मेरी योग्यता जो भी रही हो, परंतु मैं पत्नी का शिक्षक बना था इसलिए और पत्नी में जो कई सुधार मैंने कराए थे उन्हें निबाहने के लिए भी हम दोनों साथ रहने की आवश्यकता अनुभव करते थे, पर अफ्रीका मुझे अपनी तरफ खींच रहा था। उसने वियोग को सह्य बना दिया। 'एक साल के बाद तो हम फिर मिलेंगे ही न?' पत्नी को यह कहकर और सांत्वना देकर मैंने राजकोट छोड़ा और मैं बंबई पहुँचा।

मुझे दादा अब्दुल्ला के बंबई वाले एजेंट के जरिए टिकट ख़रीदना था। पर स्टीमर में कोई केबिन खाली न थी। हालत यह थी कि अगर इस मौके को चूक जाता तो मुझे एक महीने तक बंबई की हवा खानी पड़ती। एजेंट ने कहा, 'हमने कोशिश तो बहुत की, पर हमें टिकट नहीं मिल सका। आप डेक में जाएँ तो जा सकते हैं। भोजन की व्यवस्था सलून में हो सकेगी।' वह जमाना मेरे लिए पहले दर्जे की यात्रा का था। क्या बैरिस्टर डेक का यात्री बनकर जाए? मैंने डेक में जाने से इनकार कर दिया। मुझे एजेंट पर शक हुआ। मैं यह मान न सका कि पहले दर्जे का टिकट मिल ही नहीं सकता। एजेंट की अनुमति लेकर मैंने ही टिकट प्राप्त करने का प्रयत्न किया। मैं स्टीमर पर पहुँचा। बड़े अधिकारी से मिला। पूछताछ करने पर उसने सरल भाव से उत्तर दिया—'हमारे यहाँ इतनी भीड़ शायद ही कभी होती है। पर इस स्टीमर से मोजांबिक के गवर्नर-जनरल जा रहे हैं, इससे सारी जगहें भर गई हैं।'

'तो आप मेरे लिए किसी तरह जगह निकाल ही नहीं सकते?'

अफसर ने मेरी तरफ देखा। फिर वह हँसा और बोला, 'एक उपाय है। मेरे केबिन में एक बर्थ खाली रहती है। उसमें हम यात्री को नहीं लेते, पर आपको मैं वह जगह देने के लिए तैयार हूँ।' मैं खुश हुआ। अफसर का आभार माना। सेठ से बात करके टिकट कटाया, और 1893 के अप्रैल महीने में उमंगों से भरा मैं दक्षिण अफ्रीका में अपना भाग्य आजमाने के लिए रवाना हो गया।

पहला बंदर लामू पड़ता था। वहाँ पहुँचने में करीब तेरह दिन लगे। रास्ते में कप्तान से अच्छी मित्रता हो गई। कप्तान को शतरंज खेलने का शौक था, पर

वह अभी नौसिखुआ ही था। उसे अपने से कमज़ोर खेलने वाले साथी की जरूरत थी। इसलिए उसने मुझे खेलने के लिए न्योता। मैंने शतरंज का खेल कभी देखा न था। उसके विषय में सुना काफी था। खेलने वाले कहते थे कि इस खेल में बुद्धि का खासा उपयोग होता है। कप्तान ने कहा कि वह खुद मुझे सिखाएगा। मैं उसे अच्छा शिष्य मिला, क्योंकि मुझमें धैर्य था। मैं हारता ही रहता था। इससे कप्तान का सिखाने का उत्साह बढ़ता जाता था। मुझे शतरंज का खेल पसंद पड़ा, पर मेरा यह शौक कभी जहाज के नीचे न उतरा। उसमें मेरी गति राजा-रानी आदि की चाल जान लेने से अधिक न बढ़ सकी।

लामू बंदर आया। स्टीमर वहाँ तीन-चार घंटे ठहरने वाला था। मैं बंदर देखने नीचे उतरा। कप्तान भी गया था। उसने मुझसे कहा, 'यहाँ का बंदर दगाबाज है। तुम जल्दी लौट आना।'

गाँव तो बिलकुल छोटा-सा था। वहाँ के डाकखाने में गया, तो हिंदुस्तानी नौकर दिखाई दिए। इससे मुझे खुशी हुई। मैंने उनसे बातचीत की हबशियों से मिला। उनकी रहन-सहन में रुचि पैदा हुई। इसमें थोड़ा समय चला गया। डेक के दूसरे भी कई यात्री थे। मैंने उनसे जान-पहचान कर ली थी। वे रसोई बनाने और आराम से भोजन करने के लिए नीचे उतरे थे। मैं उनकी नाव में बैठा। बंदर में ज्वार काफी था। हमारी नाव में बोझ ज़्यादा था। प्रवाह का ज़ोर इतना अधिक था कि नाव की रस्सी स्टीमर की सीढ़ी के साथ किसी तरह बँध ही नहीं पाती थी। नाव सीढ़ी के पास पहुँचती और हट जाती। स्टीमर खुलने की पहली सीटी बजी। मैं घबराया। कप्तान ऊपर से देख रहा था। उसने स्टीमर को पाँच मिनट के लिए रुकवाया। स्टीमर के पास ही एक छोटी सी नाव थी। एक मित्र ने उसे दस रुपये देकर मेरे लिए ठीक किया, और इस छोटी नाव ने मुझे उस नाव में से उठा लिया। स्टीमर की सीढ़ी उठ चुकी थी। मुझे रस्सी से ऊपर खींच लिया गया और स्टीमर चल दिया! दूसरे यात्री रह गए। कप्तान की दी हुई चेतावनी का अर्थ अब मेरी समझ में आया।

लामू से मुंबासा और वहाँ से जंजीबार पहुँचा। जंजीबार में तो काफी ठहरना था—आठ या दस दिन। वहाँ नए स्टीमर पर सवार होना था।

मुझ पर कप्तान के प्रेम का पार न था। इस प्रेम ने मेरे लिए उलटा रूप धारण किया। उसने मुझे अपने साथ सैर के लिए न्योता दिया। एक अंग्रेज़ मित्र को भी न्योता था। हम तीनों कप्तान की नाव पर सवार हुए। मैं इस सैर का मर्म बिलकुल

नहीं समझ पाया था। कप्तान को क्या पता कि मैं ऐसे मामलों में निपट अजान हूँ। हम लोग हबशी औरतों की बस्ती में पहुँचे। एक दलाल हमें वहाँ ले गया। हममें से हर एक एक-एक कोठरी में घुस गया। पर मैं तो शर्म का मारा वहाँ गुमसुम ही बैठा रहा। बेचारी उस स्त्री के मन में क्या विचार उठे होंगे, सो तो वही जाने। कप्तान ने आवाज दी। मैं जैसा अंदर घुसा था वैसा ही बाहर निकला। कप्तान मेरे भोलेपन को समझ गया। पहले तो मैं बहुत ही शर्मिंदा हुआ। पर मैं यह काम किसी भी दशा में पसंद नहीं कर सकता था, इसलिए मेरी शर्मिंदगी तुरंत ही दूर हो गई, और मैंने इसके लिए ईश्वर का उपकार माना कि उस बहन को देखकर मेरे मन में तनिक भी विकार उत्पन्न नहीं हुआ। मुझे अपनी इस दुर्बलता पर घृणा हुई कि मैं कोठरी में घुसने से ही इनकार करने का साहस न दिखा सका।

मेरे जीवन की ऐसी यह तीसरी परीक्षा थी। कितने ही नवयुवक शुरू में निर्दोष होते हुए भी झूठी शर्म के कारण बुराई में फँस जाते होंगे। मैं अपने पुरुषार्थ के कारण नहीं बचा था। अगर मैंने कोठरी में घुसने से साफ इनकार किया होता, तो वह मेरा पुरुषार्थ माना जाता। मुझे तो अपनी रक्षा के लिए केवल ईश्वर का ही उपकार मानना चाहिए। पर इस घटना के कारण ईश्वर में मेरी श्रद्धा बढ़ी और झूठी शर्म छोड़ने की कुछ हिम्मत भी मुझमें आई।

जंजीबार में एक हफ्ता बिताना था, इसलिए एक घर किराए से लेकर मैं शहर में रहा। शहर को खूब घूम-घूमकर देखा। जंजीबार की हरियाली की कल्पना मलाबार को देखकर ही हो सकती है। वहाँ के विशाल वृक्ष और वहाँ के बड़े-बड़े फल वगैरह देखकर मैं तो दंग ही रह गया।

जंजीबार से मैं मोजांबिक और वहाँ से लगभग मई के अंत में नेटाल पहुँचा।

7. अनुभवों की बानगी

नेटाल के बंदरगाह को डरबन कहते हैं और वह नेटाल बंदर के नाम से भी पहचाना जाता है। मुझे लेने के लिए अब्दुल्ला सेठ आए थे। स्टीमर के घाट (डक) पर पहुँचने पर जब नेटाल के लोग अपने मित्रों को लेने स्टीमर पर आए,

तभी मैं समझ गया कि यहाँ हिंदुस्तानियों की अधिक इज्जत नहीं है। अब्दुल्ला सेठ को पहचानने वाले उनके साथ जैसा बरताव करते थे, उसमें भी मुझे एक प्रकार की असभ्यता दिखाई पड़ी थी, जो मुझे व्यथित करती थी। अब्दुल्ला सेठ इस असभ्यता को सह लेते थे। वे उसके आदी बन गए थे। मुझे जो देखते, वे कुछ कुतूहल की दृष्टि से देखते थे। अपनी पोशाक के कारण मैं दूसरे हिंदुस्तानियों से कुछ अलग पड़ जाता था। मैंने उस समय 'फ्रॉक कोट' वगैरह पहने थे और सिर पर बंगाली ढंग की पगड़ी पहनी थी।

अब्दुल्ला सेठ मुझे घर ले गए। उनके कमरे की बगल में एक कमरा था, वह उन्होंने मुझे दिया। न वे मुझे समझते और न मैं उन्हें समझता। उन्होंने अपने भाई के दिए हुए पत्र पढ़े और वे ज़्यादा घबराए। उन्हें जान पड़ा कि भाई ने तो उनके घर एक सफेद हाथी ही बाँध दिया है। मेरी साहबी रहन-सहन उन्हें खर्चीली मालूम हुई। उस समय मेरे लिए कोई खास काम न था। उनका मुकदमा तो ट्रांसवाल में चल रहा था। मुझे तुरंत वहाँ भेजकर क्या करते? इसके अलावा, मेरी होशियारी या ईमानदारी का विश्वास भी किस हद तक किया जाए? प्रिटोरिया में वे मेरे साथ रह नहीं सकते थे। प्रतिवादी प्रिटोरिया में रहता था। मुझ पर उसका अनुचित प्रभाव पड़ जाए तो क्या हो? यदि वे मुझे इस मुकदमे का काम न सौंपें, तो दूसरे काम तो उनके कारकुन मुझसे बहुत अच्छा कर सकते थे। कारकुनों से गलती हो तो उन्हें उलाहना दिया जा सकता था, पर मैं गलती करूँ तो? काम या तो मुकदमे का था या फिर मुहर्रिर का था। इनके अलावा तीसरा कोई काम न था। अतएव यदि मुकदमे का काम न सौंपा जाता, तो मुझे घर बैठे खिलाने की नौबत आती।

अब्दुल्ला सेठ बहुत कम पढ़े-लिखे थे, पर उनके पास अनुभव का ज्ञान बहुत था। उनकी बुद्धि तीव्र थी और स्वयं उन्हें इसका भान था। रोज के अभ्यास से उन्होंने सिर्फ बातचीत करने लायक अंग्रेज़ी का ज्ञान प्राप्त कर लिया था। पर अपनी इस अंग्रेज़ी के द्वारा वे अपना सब काम निकाल लेते थे। वे बैंक के मैनेजरों से बातचीत करते थे, यूरोपियन व्यापारियों के साथ सौदे कर लेते थे और वकीलों को अपने मामले समझा सकते थे। हिंदुस्तानी उनकी बहुत इज्जत करते थे। उन दिनों उनकी फर्म हिंदुस्तानियों की फर्मों में सबसे बड़ी, अथवा बड़ी फर्मों में एक तो थी ही। अब्दुल्ला सेठ का स्वभाव वहमी था।

उन्हें इस्लाम का अभिमान था। वे तत्त्वज्ञान की चर्चा के शौकीन थे। अरबी नहीं जानते थे, फिर भी कहना होगा कि उन्हें 'कुरान शरीफ' की और आम तौर

पर इस्लाम के धार्मिक साहित्य की अच्छी जानकारी थी। दृष्टांत तो उन्हें कंठस्थ ही थे। उनके सहवास से मुझे इस्लाम का काफी व्यावहारिक ज्ञान हो गया। हम एक-दूसरे को पहचानने लगे। उसके बाद तो वे मेरे साथ खूब धर्म-चर्चा करते थे।

वे दूसरे या तीसरे दिन मुझे डरबन की अदालत दिखाने ले गए। वहाँ कुछ जान-पहचान कराई। अदालत में मुझे अपने वकील के पास बैठाया। मजिस्ट्रेट मुझे बार-बार देखता रहा। उसने मुझे पगड़ी उतारने के लिए कहा। मैंने इनकार किया और अदालत छोड़ दी।

मेरे भाग्य में यहाँ भी लड़ाई ही बदी थी।

अब्दुल्ला सेठ ने मुझे पगड़ी उतारने का रहस्य समझाया—मुसलमानी पोशाक पहना हुआ आदमी अपनी मुसलमानी पगड़ी पहन सकता है। पर दूसरे हिंदुस्तानियों को अदालत में पैर रखते ही अपनी पगड़ी उतार लेनी चाहिए।

इस सूक्ष्म भेद को समझाने के लिए मुझे कुछ तथ्यों की जानकारी देनी होगी।

इन दो-तीन दिनों में ही मैंने देख लिया था कि हिंदुस्तानी अफ्रीका में अपने-अपने गुट बनाकर बैठ गए थे। एक भाग मुसलमान व्यापारियों का था—वे अपने को 'अरब' कहते थे। दूसरा भाग हिंदू या पारसी कारकुनों, मुनीमों या गुमाश्तों का था। हिंदू कारकुन अधर में लटकते थे। कोई 'अरब' में मिल जाते थे। पारसी अपना परिचय परसियन के नाम से देते थे। व्यापार के अलावा भी इन तीनों का आपस में थोड़ा-बहुत संबंध अवश्य था। एक चौथा और बड़ा समुदाय तमिल, तेलुगु और उत्तर हिंदुस्तान के गिरमिटिया तथा गिरमिट-मुक्त हिंदुस्तानियों का था। गिरमिट का अर्थ है वह इकरार—यानी 'एग्रीमेंट', जिसके अनुसार उन दिनों गरीब हिंदुस्तानी पाँच साल तक मजदूरी करने के लिए नेटाल जाते थे। गिरमिट 'एग्रीमेंट' का ही अपभ्रंश है और उसी से गिरमिटिया शब्द बना है। इस वर्ग के साथ दूसरों का व्यवहार केवल काम की दृष्टि से ही रहता था। अंग्रेज़ इन गिरमिटवालों को 'कुली' के नाम से पहचानते थे; और चूँकि वे संख्या में अधिक थे, इसलिए दूसरे हिंदुस्तानियों को भी 'कुली' कहते थे। कुली के बदले 'सामी' भी कहते। 'सामी' ज़्यादातर तामिल नामों के अंत में लगनेवाला प्रत्यय है। सामी अर्थात् स्वामी। स्वामी का मतलब तो मालिक हुआ। इसलिए जब कोई हिंदुस्तानी सामी शब्द से चिढ़ता और उसमें कुछ हिम्मत होती तो वह अपने को 'सामी' कहनेवाले अंग्रेज़ से कहता, 'तुम मुझे 'सामी' कहते हो, पर जानते हो कि 'सामी' का मतलब मालिक होता है? मैं तुम्हारा मालिक तो हूँ नहीं।'

यह सुनकर कोई अंग्रेज़ शर्मा जाता, कोई चिढ़कर ज़्यादा गालियाँ देता और कोई-कोई गारता भी राहृी; क्योंकि उसकी दृष्टि से तो 'सामी' शब्द निंदासूचक ही हो सकता था। उसका अर्थ मालिक करना तो उसे अपमानित करने के बराबर ही हो सकता था।

इसलिए मैं 'कुली बैरिस्टर' कहलाया। व्यापारी 'कुली व्यापारी' कहलाते थे। कुली का मूल अर्थ मजदूर तो भुला दिया गया। मुसलमान व्यापारी यह शब्द सुनकर गुस्सा होता और कहता, 'मैं कुली नहीं हूँ। मैं तो अरब हूँ।' अथवा 'मैं व्यापारी हूँ।' कोई थोड़ा विनयशील अंग्रेज़ होता तो यह सुनकर माफी भी माँग लेता।

ऐसी दशा में पगड़ी पहनने का प्रश्न एक महत्त्व का प्रश्न बन गया। पगड़ी उतारने का मतलब था अपगान राहन करना। मैंने तो सोचा कि मैं हिंदुस्तानी पगड़ी को विदा कर दूँ और अंग्रेज़ी टोपी पहन लूँ, ताकि उसे उतारने में अपमान न जान पड़े और मैं झगड़े से बच जाऊँ।

पर अब्दुला सेठ को यह सुझाव अच्छा न लगा। उन्होंने कहा, 'अगर आप इस वक्त यह फेरफार करेंगे तो उससे अनर्थ होगा। जो दूसरे लोग देश की ही पगड़ी पहनना चाहेंगे, उनकी स्थिति नाज़ुक बन जाएगी। इसके अलावा, आपको तो देशी पगड़ी ही शोभा देगी। आप अंग्रेज़ी टोपी पहनेंगे तो आपकी गिनती 'वेटरों' में होगी।'

इन वाक्यों में दुनियावी समझदारी थी, देशाभिमान था और थोड़ी संकुचितता भी थी। दुनियावी समझदारी तो स्पष्ट ही है। देशाभिमान के बिना पगड़ी का आग्रह नहीं हो सकता; और संकुचितता के बिना 'वेटर' की टीका संभव नहीं। गिरमिटिया हिंदुस्तानी हिंदू, मुसलमान और ईसाई इन तीन भागों में बँटे हुए थे। जो गिरमिटिया हिंदुस्तानी ईसाई बन गए, उनकी संतान ईसाई कहलाई। सन् 1893 में भी ये बड़ी संख्या में थे। वे सब अंग्रेज़ी पोशाक ही पहनते थे। उनका एक खासा हिस्सा होटलों में नौकरी करके अपनी आजीविका चलाता था। अब्दुल्ला सेठ के वाक्यों में अंग्रेज़ी टोपी की जो टीका थी, वह इन्हीं लोगों को लक्ष्य में रखकर की गई थी। इसके मूल में मान्यता यह थी कि होटल में 'वेटर' का काम करना बुरा है। आज भी यह भेद बहुतों के मन में बसा हुआ है।

कुल मिलाकर अब्दुल्ला सेठ की दलील मुझे अच्छी लगी। मैंने पगड़ी के किस्से को लेकर अपने और पगड़ी के बचाव में समाचार-पत्रों के नाम एक पत्र लिखा। अखबारों में मेरी पगड़ी की खूब चर्चा हुई।' अनवेलकम विजिटर'—

अवांछित अतिथि—शीर्षक से अखबारों में मेरी चर्चा हुई और तीन-चार दिन के अंदर ही मैं अनायास दक्षिण अफ्रीका में प्रसिद्धि पा गया। किसी ने मेरा पक्ष लिया और किसी ने मेरी धृष्टता की खूब निंदा की।

मेरी पगड़ी तो लगभग अंत तक बनी रही। कब गई सो हम अंतिम भाग में देखेंगे।

8. प्रिटोरिया जाते हुए

मैं डरबन में रहने वाले ईसाई हिंदुस्तानियों के संपर्क में भी तुरंत आ गया। वहाँ की अदालत के दुभाषिया मि. पॉल रोमन कैथोलिक थे। उनसे परिचय किया और प्रोटेस्टेंट मिशन के शिक्षक स्व. मि. सुभान गॉडफ्रे से भी परिचित हुआ। इन्हीं के पुत्र जेम्स गॉडफ्रे यहाँ दक्षिण अफ्रीका के भारतीय प्रतिनिधि-मंडल में पिछले साल आए थे। इन्हीं दिनों स्व. पारसी रुस्तमजी से परिचय हुआ और तभी स्व. आदमजी मियाँखान के साथ जान-पहचान हुई। ये सब भाई अभी तक काम के सिवा एक-दूसरे से मिलते न थे, लेकिन जैसा कि हम आगे चलकर देखेंगे, बाद में ये एक-दूसरे के काफी नजदीक आए।

मैं इस प्रकार जान-पहचान कर रहा था कि इतने में फर्म के वकील की तरफ से पत्र मिला कि मुकदमे की तैयारी की जानी चाहिए और खुद अब्दुल्ला सेठ को प्रिटोरिया जाना चाहिए अथवा किसी को वहाँ भेजना चाहिए।

अब्दुल्ला सेठ ने वह पत्र मुझे पढ़ने को दिया और पूछा, 'आप प्रिटोरिया जाएँगे?' मैंने कहा, 'मुझे मामला समझाइए, तभी कुछ कह सकूँगा। अभी तो मैं नहीं जानता कि मुझे वहाँ क्या करना होगा?' उन्होंने अपने मुनीमों से कहा कि वे मुझे मामला समझा दें।

मैंने देखा कि मुझे ककहरे से शुरू करना होगा। जब मैं जंजीबार में उतरा था तो वहाँ की अदालत का काम देखने गया था। एक पारसी वकील किसी गवाह के बयान ले रहे थे और जमा-नामे के सवाल पूछ रहे थे। मैं तो जमानामे में कुछ समझता ही न था। बहीखाता न तो मैंने हाईस्कूल में सीखा था और न विलायत में।

मैंने देखा कि इस मामले का दार-मदार बहियों पर है। जिसे बहीखाते की जानकारी हो वही इस मामले को समझ और समझा सकता है। जब मुनीमनामे की बात करता, तो मैं परेशान होता। मैं पी. नोट का मतलब नहीं जानता था। कोश में यह शब्द मिलता न था। जब मैंने मुनीम के सामने अपना अज्ञान प्रकट किया तब उससे पता चला कि पी. नोट का मतलब प्रॉमिसरी नोट है। मैंने बहीखाते की पुस्तक खरीदी और पढ़ डाली। कुछ आत्म-विश्वास उत्पन्न हुआ। मामला समझ में आया। मैंने देखा कि अब्दुल्ला सेठ बही-खाता लिखना नहीं जानते थे। पर उन्होंने व्यावहारिक ज्ञान इतना अधिक प्राप्त कर लिया था कि वे बहीखाते की गुत्थियाँ फौरन सुलझा सकते थे। मैंने उनसे कहा, 'मैं प्रिटोरिया जाने को तैयार हूँ।' सेठ ने पूछा, 'आप कहाँ उतरेंगे?'

मैंने जवाब दिया, 'जहाँ आप कहें।'

'तो मैं अपने वकील को लिखूँगा। वे आपके लिए ठहरने का प्रबंध करेंगे। प्रिटोरिया में मेरे मेमन दोस्त हैं। उन्हें मैं अवश्य लिखूँगा, पर उनके यहाँ आपका ठहरना ठीक न होगा। वहाँ हमारे प्रतिपक्षी की अच्छी रसाई है। आपके नाम मेरे निजी कागज पत्र पहुँचें और उनमें से कोई उन्हें पढ़ ले, तो हमारे मुकदमे को नुकसान पहुँच सकता है। उनके साथ जितना कम संबंध रहे उतना ही अच्छा है।'

मैंने कहा, 'आपके वकील जहाँ रखेंगे वहीं मैं रहूँगा अथवा मैं कोई अलग घर खोज लूँगा। आप निश्चिंत रहिए, आपकी एक भी व्यक्तिगत बात बाहर न जाएगी। पर मैं मिलता-जुलता तो सभी से रहूँगा। मुझे तो प्रतिपक्षी से मित्रता कर लेनी है। मुझसे बन पड़ा तो मैं इस मुकदमे को आपस में निबटाने की भी कोशिश करूँगा। आखिर तैयब सेठ आपके रिश्तेदार ही तो हैं न?'

प्रतिपक्षी स्व. तैयब हाजी खानमुहम्मद अब्दुल्ला सेठ के निकट संबंधी थे।

मैंने देखा कि मेरी इस बात पर अब्दुल्ला सेठ कुछ चौंके। पर उस समय तक मुझे डरबन पहुँचे छह-सात दिन हो चुके थे। हम एक-दूसरे को जानने और समझने लग गए थे। मैं अब 'सफेद हाथी' लगभग नहीं रहा था। वे बोले, 'हाँ...आ...आ, यदि समझौता हो जाए, तो उसके जैसी भली बात तो कोई है ही नहीं। पर हम रिश्तेदार हैं, इसलिए एक-दूसरे को अच्छी तरह पहचानते हैं। तैयब सेठ जल्दी मानने वाले नहीं हैं। हम भोलापन दिखाएँ तो वे हमारे पेट की बात निकलवा लें और फिर हमको फँसा लें। इसलिए आप जो कुछ करें सो होशियार रहकर कीजिए।'

मैंने कहा, 'आप तनिक भी चिंता न करें। मुझे मुकदमे की बात तैयब सेठ से या किसी और से करने की आवश्यकता ही नहीं है। मैं तो इतना ही कहूँगा कि आप दोनों आपस में झगड़ा निबटा लें, तो वकीलों के घर न भरने पड़ें।'

मैं सातवें या आठवें दिन डरबन से रवाना हुआ। मेरे लिए पहले दर्जे का टिकट कटाया गया। वहाँ रेल में सोने की सुविधा के लिए पाँच शिलिंग का अलग टिकट कटाना होता था। अब्दुल्ला सेठ ने उसे कटाने का आग्रह किया, पर मैंने हठवश, अभिमानवश और पाँच शिलिंग बचाने के विचार से बिस्तर का टिकट कटाने से इनकार कर दिया।

अब्दुल्ला सेठ ने मुझे चेताया, 'देखिए, यह देश दूसरा है, हिंदुस्तान नहीं है। खुदा की मेहरबानी है। आप पैसे की कंजूसी न कीजिए। आवश्यक सुविधा प्राप्त कर लीजिए।'

मैंने उन्हें धन्यवाद दिया और निश्चिंत रहने को कहा।

ट्रेन लगभग नौ बजे नेटाल की राजधानी मेरित्सबर्ग पहुँची। यहाँ बिस्तर दिया जाता था। रेलवे के किसी नौकर ने आकर पूछा, 'आपको बिस्तर की जरूरत है?'

मैंने कहा, 'मेरे पास अपना बिस्तर है।'

वह चला गया। इस बीच एक यात्री आया। उसने मेरी तरफ देखा। मुझे भिन्न वर्ण का पाकर वह परेशान हुआ, बाहर निकला और एक-दो अफसरों को लेकर आया। किसी ने मुझे कुछ न कहा। आखिर एक अफसर आया। उसने कहा, 'इधर आओ। तुम्हें आखिरी डिब्बे में जाना है।'

मैंने कहा, 'मेरे पास पहले दर्जे का टिकट है।'

उसने जवाब दिया, 'इसकी कोई बात नहीं। मैं तुमसे कहता हूँ कि तुम्हें आखिरी डिब्बे में जाना है।'

'मैं कहता हूँ कि मुझे इस डिब्बे में डरबन से बैठाया गया है और मैं इसी में जाने का इरादा रखता हूँ।'

अफसर ने कहा, 'यह नहीं हो सकता। तुम्हें उतरना पड़ेगा, और न उतरे तो सिपाही उतारेगा।'

मैंने कहा, 'तो फिर सिपाही भले उतारे, मैं खुद तो नहीं उतरूंगा।'

सिपाही आया। उसने मेरा हाथ पकड़ा और मुझे धक्का देकर नीचे उतारा। मेरा सामान उतार लिया। मैंने दूसरे डिब्बे में जाने से इनकार कर दिया। ट्रेन चल दी। मैं वेटिंग रूम में बैठ गया। अपना 'हैंड-बैग' साथ में रखा। बाकी सामान को हाथ न

लगाया। रेलवेवालों ने उसे कहीं रख दिया। सर्दी का मौसम था। दक्षिण अफ्रीका की सर्दी ऊँचाईवाले प्रदेशों में बहुत तेज होती है। मेरित्सबर्ग इसी प्रदेश में था। इससे ठंड खूब लगी। मेरा ओवर-कोट मेरे सामान में था। पर सामान माँगने की हिम्मत न हुई। फिर अपमान हो तो? ठंड से मैं काँपता रहा। कमरे में दीया न था। आधी रात के करीब एक यात्री आया। जान पड़ा कि वह कुछ बात करना चाहता है, पर मैं बात करने की मनःस्थिति में न था।

मैंने अपने धर्म का विचार किया : 'या तो मुझे अपने अधिकारों के लिए लड़ना चाहिए या लौट जाना चाहिए, नहीं तो जो अपमान हों, उन्हें सहकर प्रिटोरिया पहुँचना चाहिए। और मुकदमा खत्म करके देश लौट जाना चाहिए। मुकदमा अधूरा छोड़कर भागना तो नामर्दी होगी। मुझे जो कष्ट सहना पड़ा है, सो तो ऊपरी कष्ट है। वह गहराई तक पैठे हुए महारोग का लक्षण है। यह महारोग है रंग-द्वेष। यदि मुझमें इस गहरे रोग को मिटाने की शक्ति हो, तो उस शक्ति का उपयोग मुझे करना चाहिए। ऐसा करते हुए स्वयं जो कष्ट सहने पड़ें, सो सब सहने चाहिए और उनका विरोध रंग-द्वेष को मिटाने की दृष्टि से ही करना चाहिए।'

यह निश्चय करके मैंने दूसरी ट्रेन में, जैसे भी हो, आगे ही जाने का फैसला किया।

सबेरे ही सबेरे मैंने जनरल मैनेजर को शिकायत का लंबा तार भेजा। दादा अब्दुल्ला को भी खबर भेजी। अब्दुल्ला सेठ तुरंत जनरल मैनेजर से मिले। जनरल मैनेजर ने अपने आदमियों के व्यवहार का बचाव किया, पर बतलाया कि मुझे बिना किसी रुकावट के मेरे स्थान तक पहुँचाने के लिए स्टेशन-मास्टर को कह दिया गया है। अब्दुल्ला सेठ ने मेरित्सबर्ग के हिंदू व्यापारियों को भी मुझसे मिलने और मेरी सुख-सुविधा का खयाल रखने का तार भेजा और दूसरे स्टेशनों पर भी इसी आशय के तार रवाना किए। इससे व्यापारी मुझे मिलने स्टेशन पर आए। उन्होंने अपने ऊपर पड़नेवाले कष्टों की कहानी मुझे सुनाई और मुझसे कहा कि आप पर जो बीती है, उसमें आश्चर्य की कोई बात नहीं है। जब हिंदुस्तानी लोग पहले या दूसरे दर्जे में सफर करते हैं, तो अधिकारियों और यात्रियों की तरफ से रुकावट खड़ी होती ही है। दिन ऐसी ही बातें सुनने में बीता। रात पड़ी। ट्रेन आई। मेरे लिए जगह तैयार ही थी। बिस्तर का जो टिकट मैंने डरबन में कटाने से इनकार किया था, वह मेरित्सबर्ग में कटाया। ट्रेन मुझे चार्ल्सटाउन की ओर ले चली।

9. अधिक परेशानी

ट्रेन सुबह चार्ल्सटाउन पहुँचती थी। उन दिनों चार्ल्सटाउन से जोहानिसबर्ग पहुँचने के लिए ट्रेन नहीं थी, घोड़ों की सिकरम थी और बीच में एक रात स्टैंडरटन में रुकना पड़ता था। मेरे पास सिकरम का टिकट था। मेरे एक दिन देर से पहुँचने के कारण वह टिकट रद नहीं होता था। इसके सिवा, अब्दुल्ला सेठ ने सिकरम वाले के नाम चार्ल्सटाउन के पते पर तार भी कर दिया था। पर उसे तो बहाना ही खोजना था, इसलिए मुझे निरा अजनबी समझकर उसने कहा, 'आपका टिकट तो रद हो चुका है।' मैंने उचित उत्तर दिया। पर टिकट रद होने की बात तो मुझे दूसरे ही कारण से कही गई थी। यात्री सब सिकरम के अंदर ही बैठते थे। लेकिन मैं तो 'कुली' की गिनती में था। अजनबी दिखाई पड़ता था। इसलिए सिकरम वाले की नीयत यह थी कि मुझे गोरे यात्रियों के पास न बैठाना पड़े तो अच्छा हो। सिकरम के बाहर, अर्थात् कोचवान की बगल में दाएँ-बाएँ, दो बैठकें थीं। उनमें से एक पर सिकरम-कंपनी का एक गोरा मुखिया बैठता था। वह अंदर बैठा और मुझे कोचवान की बगल में बैठाया। मैं समझ गया कि यह निरा अन्याय है, अपमान है। पर मैंने इस अपमान को पी जाना उचित समझा। मैं ज़ोर-जबरदस्ती से अंदर बैठ सकूँ, ऐसी स्थिति थी ही नहीं। अगर तकरार में पड़ें तो सिकरम चली जाए और मेरा एक दिन और टूट जाए; और फिर दूसरे दिन क्या हो, सो तो दैव ही जाने! इसलिए मैं समझदारी से काम लेकर बाहर बैठ गया। पर मन में तो बहुत झूँझलाया।

लगभग तीन बजे सिकरम पारडीकोप पहुँची। अब उस गोरे मुखिया ने चाहा कि जहाँ मैं बैठा था वहाँ वह बैठे। उसे सिगरेट पीनी थी। थोड़ी हवा भी खानी होगी। इसलिए उसने एक मैला सा बोरा, जो वहीं कोचवान के पास पड़ा था. उठा लिया और पैर रखने के पटिए पर बिछाकर मुझसे कहा, 'सामी, तू यहाँ बैठ। मुझे कोचवान के पास बैठना है।' मैं इस अपमान को सहने में असमर्थ था। इसलिए मैंने डरते-डरते उससे कहा, 'तुमने मुझे यहाँ बैठाया और मैंने वह अपमान सह लिया। मेरी जगह तो अंदर थी, पर तुम अंदर बैठ गए और मुझे यहाँ बैठाया। अब तुम्हें बाहर बैठने की इच्छा हुई है और सिगरेट पीनी है, इसलिए तुम मुझे अपने पैरों के पास बैठाना चाहते हो। मैं अंदर जाने को तैयार हूँ, पर तुम्हारे पैरों के पास बैठने को तैयार नहीं।'

मैं मुश्किल से इतना कह पाया था कि मुझ पर तमाचों की वर्षा होने लगी, और वह गोरा मेरी बाँह पकड़कर मुझे नीचे खींचने लगा। बैठक के पास ही पीतल के सींखचे थे। मैंने भूत की तरह उन्हें पकड़ लिया और निश्चय किया कि कलाई चाहे उखड़ जाए, पर सींखचे न छोड़ेंगा। मुझ पर जो बीत रही थी, उसे अंदर बैठे हुए यात्री देख रहे थे। वह गोरा मुझे गालियाँ दे रहा था, खींच रहा था, मार भी रहा था। पर मैं चुप था। वह बलवान था और मैं बलहीन। यात्रियों में से कइयों को दया आई और उनमें से कुछ बोल उठे—'अरे भाई, उस बेचारे को वहाँ बैठा रहने दो। उसे नाहक मारो मत। उसकी बात सच है वहाँ नहीं तो उसे हमारे पास अंदर बैठने दो।' गोरे ने कहा—'हरगिज नहीं।' पर थोड़ा शर्मिंदा वह जरूर हुआ। अतएव उसने मुझे मारना बंद कर दिया और मेरी बाँह छोड़ दी। दो-चार गालियाँ तो ज़्यादा दीं, पर एक नौकर दूसरी तरफ बैठा था, उसे अपने पैरों के सामने बैठाकर खुद बाहर बैठा। यात्री अंदर बैठ गए। सीटी बजी। सिकरम चली। मेरी छाती तो धड़क ही रही थी। मुझे शक हो रहा था कि मैं ज़िंदा मुकाम पर पहुँच सकूँगा या नहीं। वह गोरा मेरी ओर बराबर घूरता ही रहा। अंगुली दिखाकर बड़बड़ाता रहा—'याद रख, स्टैंडरटन पहुँचने दे, फिर तुझे मज़ा चखाऊँगा।' मैं तो गूँगा ही बैठा रहा और भगवान से अपनी रक्षा के लिए प्रार्थना करता रहा।

रात हुई। स्टैंडरटन पहुँचे। कई हिंदुस्तानी चेहरे दिखाई दिए। मुझे कुछ तसल्ली हुई। नीचे उतरते ही हिंदुस्तानी भाइयों ने कहा—'हम आपको ईसा सेठ की दुकान पर ले जाने के लिए ही खड़े हैं। हमें दादा अब्दुल्ला का तार मिला है।' मैं बहुत खुश हुआ। उनके साथ सेठ ईसा हाजी सुमार की दुकान पर पहुँचा। सेठ और उनके मुनीम-गुमाश्तों ने मुझे चारों ओर से घेर लिया। मैंने अपनी बीती उन्हें सुनाई। वे बहुत दुःखी हुए और अपने कड़वे अनुभवों का वर्णन करके उन्होंने मुझे आश्वस्त किया। मैं सिकरम-कंपनी के एजेंट को अपने साथ हुए व्यवहार की जानकारी देना चाहता था। मैंने एजेंट के नाम चिट्ठी लिखी। उस गोरे ने जो धमकी दी थी, उसकी चर्चा की और यह आश्वासन चाहा कि सुबह आगे की यात्रा शुरू होने पर मुझे दूसरे यात्रियों के पास अंदर ही जगह दी जाए। चिट्ठी एजेंट को भेज दी। एजेंट ने मुझे संदेशा भेजा—'स्टैंडरटन से बड़ी सिकरम जाती है। और कोचवान वगैरह बदल जाते हैं। जिस आदमी के खिलाफ आपने शिकायत की है, वह कल नहीं रहेगा। आपको दूसरे यात्रियों के पास ही जगह मिलेगी।' इस संदेश से मुझे थोड़ी बेफिक्री

हुई। मुझे मारने वाले उस गोरे पर किसी तरह का कोई मुकदमा चलाने का तो मैंने विचार ही नहीं किया था। इसलिए मार का यह प्रकरण यहीं समाप्त हो गया। सबेरे ईसा सेठ के लोग मुझे सिकरम पर ले गए। मुझे मुनासिब जगह मिली और बिना किसी हैरानी के मैं उस रात जोहानिसबर्ग पहुँच गया।

स्टैंडरटन छोटा-सा गाँव है। जोहानिसबर्ग विशाल नगर है। अब्दुल्ला सेठ ने तार तो वहाँ भी दे ही दिया था। मुझे मुहम्मद कासिम कमरुद्दीन की दुकान का नाम-पता भी दिया था। उनका आदमी सिरकम के पड़ाव पर पहुँचा था, पर न मैंने उसे देखा और न वह मुझे पहचान सका। मैंने होटल में जाने का विचार किया। दो-चार होटलों के नाम जान लिए थे। गाड़ी की, गाड़ी वाले से कहा कि ग्रांड नेशनल होटल में ले चलो। वहाँ पहुँचने पर मैनेजर के पास गया। जगह माँगी। मैनेजर ने क्षण भर मुझे निहारा, फिर शिष्टाचार की भाषा में कहा, 'मुझे खेद है, सब कमरे भरे पड़े हैं।' और मुझे विदा किया। इसलिए मैंने गाड़ी वाले से मुहम्मद कासिम कमरुद्दीन की दुकान पर ले चलने को कहा। वहाँ अब्दुलगनी सेठ मेरी राह देख रहे थे। उन्होंने मेरा स्वागत किया। मैंने होटल की अपनी बीती उन्हें सुनाई। वे खिलखिलाकर हँस पड़े। बोले, 'वे हमें होटल में कैसे उतरने देंगे?'

मैंने पूछा, 'क्यों नहीं?'

'सो तो आप कुछ दिन रहने के बाद जान जाएँगे। इस देश में तो हमीं रह सकते हैं, क्योंकि हमें पैसे कमाने हैं। इसीलिए नाना प्रकार के अपमान सहन करते हैं और पड़े हुए हैं।' यों कहकर उन्होंने ट्रांसवाल में हिंदुस्तानियों पर गुजरने वाले कष्टों का इतिहास कह सुनाया।

इन अब्दुलगनी सेठ का परिचय हमें आगे और भी करना होगा। उन्होंने कहा, 'यह देश आपके समान लोगों के लिए नहीं है। देखिए, कल आपको प्रिटोरिया जाना है। वहाँ आपको तीसरे दर्जे में ही जगह मिलेगी। ट्रांसवाल में नेटाल से अधिक कष्ट हैं। यहाँ हमारे लोगों को पहले या दूसरे दर्जे का टिकट दिया ही नहीं जाता।'

मैंने कहा, 'आपने इसके लिए पूरी कोशिश नहीं की होगी।'

अब्दुलगनी सेठ बोले, 'हमने पत्र-व्यवहार तो किया है, पर हमारे अधिकतर लोग पहले-दूसरे दर्जे में बैठना भी कहाँ चाहते हैं?'

मैंने रेलवे के नियम माँगे। उन्हें पढ़ा। उनमें इस बात की गुंजाइश थी। ट्रांसवाल के मूल कानून सूक्ष्मतापूर्वक नहीं बनाए जाते थे। रेलवे के नियमों का तो पूछना ही

क्या था? मैंने सेठ से कहा, 'मैं तो फर्स्ट क्लास में ही जाऊँगा। और वैसे न जा सका तो प्रिटोरिया यहाँ से 37 मील ही तो है। मैं वहाँ घोड़ागाड़ी करके चला जाऊँगा।'

अब्दुलगनी सेठ ने उसमें लगनेवाले खर्च और समय की तरफ मेरा ध्यान खींचा। पर मेरे विचार से वे सहमत हुए। मैंने स्टेशन-मास्टर को पत्र भेजा। उसमें मैंने अपने बैरिस्टर होने की बात लिखी; यह भी सूचित किया कि मैं हमेशा पहले दर्जे में ही सफर करता हूँ; प्रिटोरिया तुरंत पहुँचने की आवश्यकता की तरफ भी उनका ध्यान खींचा और उन्हें लिखा कि उनके उत्तर की प्रतीक्षा करने जितना समय मेरे पास नहीं रहेगा, अतएव पत्र का जवाब पाने के लिए मैं खुद ही स्टेशन पर पहुँचूँगा और पहले दर्जे का टिकट पाने की आशा रखूँगा।

इसमें मेरे मन में थोड़ा पेच था। मेरा यह खयाल था कि स्टेशन-मास्टर लिखित उत्तर तो 'ना' का ही देगा। फिर, कुली बैरिस्टर कैसे रहते होंगे, इसकी भी वह कोई कल्पना न कर सकेगा। इसलिए अगर मैं पूरे साहबी ठाठ में उसके सामने जाकर खड़ा रहूँगा और उससे बात करूँगा, तो वह समझ जाएगा और शायद मुझे टिकट दे देगा। अतएव मैं फ्रॉक कोट, नेकटाई वगैरह डाटकर स्टेशन पहुँचा। स्टेशन-मास्टर के सामने मैंने गिन्नी निकालकर रखी और पहले दर्जे का टिकट माँगा।

उसने कहा, 'आपने ही मुझे चिट्ठी लिखी है?'

मैंने कहा, 'जी हाँ। यदि आप मुझे टिकट देंगे, तो मैं आपका एहसान मानूँगा। मुझे आज प्रिटोरिया पहुँचना ही चाहिए।'

स्टेशन-मास्टर हँसा। उसे दया आई। वह बोला, 'मैं ट्रांसवालर नहीं हूँ। मैं हॉलैंडर हूँ। आपकी भावना को मैं समझ सकता हूँ। आपके प्रति मेरी सहानुभूति है। मैं आपको टिकट देना चाहता हूँ। पर एक शर्त है—अगर रास्ते में गार्ड आपको उतार दे और तीसरे दर्जे में बैठाए तो आप मुझे फँसिए नहीं; यानी आप रेलवे कंपनी पर दावा न कीजिए। मैं चाहता हूँ कि आपकी यात्रा निर्विघ्न पूरी हो। आप सज्जन हैं, यह तो मैं देख ही सकता हूँ।' यों कहकर उसने टिकट काट दिया। मैंने उसका उपकार माना और उसे निश्चिंत किया। अब्दुलगनी सेठ मुझे विदा करने आए थे। यह कौतुक देखकर वे प्रसन्न हुए, उन्हें आश्चर्य हुआ। पर मुझे चेताया—'आप भली-भाँति प्रिटोरिया पहुँच जाएँ, तो समझिएगा कि बेड़ा पार हुआ। मुझे डर है कि गार्ड आपको पहले दर्जे में आराम से बैठने नहीं देगा; और गार्ड ने बैठने भी दिया, तो यात्री नहीं बैठने देंगे।'

मैं तो पहले दर्जे के डिब्बे में बैठा। ट्रेन चली। जर्मिस्टन पहुँचने पर गार्ड टिकट जाँचने आया। मुझे देखते ही खीझ उठा। अंगुली से इशारा करके मुझसे कहा, 'तीसरे दर्जे में जाओ।' मैंने पहले दर्जे का अपना टिकट दिखाया। उसने कहा, 'कोई बात नहीं; जाओ, तीसरे दर्जे में।'

इस डिब्बे में एक ही अंग्रेज़ यात्री था। उसने गार्ड को आड़े हाथों लिया, 'तुम इन भले आदमी को क्यों परेशान करते हो? देखते नहीं हो, इनके पास पहले दर्जे का टिकट है? मुझे इनके बैठने से तनिक भी कष्ट नहीं है।'

यों कहकर उसने मेरी तरफ देखा और कहा, 'आप इतमीनान से बैठे रहिए।'

गार्ड बड़बड़ाया, 'आपको कुली के साथ बैठना है, तो मेरा क्या बिगड़ता है?' और चल दिया।

रात करीब आठ बजे ट्रेन प्रिटोरिया पहुँची।

10. प्रिटोरिया में पहला दिन

मुझे आशा थी कि प्रिटोरिया स्टेशन पर दादा अब्दुल्ला के वकील की ओर से कोई आदमी मुझे मिलेगा। मैं जानता था कि कोई हिंदुस्तानी तो मुझे लेने आया ही न होगा, और किसी भी हिंदुस्तानी के घर न रहने के वचन से मैं बँधा हुआ था। वकील ने किसी आदमी को स्टेशन पर भेजा न था। बाद में मुझे पता चला कि मेरे पहुँचने के दिन रविवार था, इसलिए थोड़ी असुविधा उठाए बिना वे किसी को भेज नहीं सकते थे। मैं परेशान हुआ। सोचने लगा, कहाँ जाऊँ? डर था कि कोई होटल मुझे जगह न देगा। सन् 1893 का प्रिटोरिया स्टेशन 1914 के प्रिटोरिया स्टेशन से बिलकुल भिन्न था। धीमी रोशनी वाली बत्तियाँ जल रही थीं। यात्री भी अधिक नहीं थे। मैंने सब यात्रियों को जाने दिया और सोचा कि टिकट-कलेक्टर को थोड़ी फुरसत होने पर अपना टिकट दूँगा और यदि वह मुझे किसी छोटे-से होटल का या ऐसे मकान का पता देगा तो वहाँ चला जाऊँगा, या फिर रात स्टेशन पर ही पड़ा रहूँगा। इतना पूछने के लिए भी मन बढ़ता न था, क्योंकि अपमान होने का डर था।

स्टेशन खाली हुआ। मैंने टिकट-कलेक्टर को टिकट देकर पूछताछ शुरू की। उसने सभ्यता से उत्तर दिए, पर मैंने देखा कि वह मेरी अधिक मदद नहीं कर सकता था। उसकी बगल में एक अमेरिकन हबशी सज्जन खड़े थे। उन्होंने मुझसे बातचीत शुरू की :

> 'मैं देख रहा हूँ कि आप बिलकुल अजनबी हैं और यहाँ आपका कोई मित्र नहीं है। अगर आप मेरे साथ चलें, तो मैं आपको एक छोटे-से होटल में ले चलूँगा। उसका मालिक अमेरिकन है और उसे अच्छी तरह जानता हूँ। मेरा खयाल है कि वह टिका लेगा।'

मुझे थोड़ा शक तो हुआ, पर मैंने इन सज्जन का उपकार माना और उनके साथ जाना स्वीकार किया। वे मुझे जॉन्स्टन के फैमिली होटल में ले गए। पहले उन्होंने मि. जॉन्स्टन को एक ओर ले जाकर थोड़ी बात की। मि. जॉन्स्टन ने मुझे एक रात के लिए टिकाना कबूल किया, और वह भी इस शर्त पर कि भोजन मेरे कमरे में पहुँचा देंगे।

मि. जॉन्स्टन ने कहा, 'मैं आपको विश्वास दिलाता हूँ कि मेरे मन में तो काले-गोरे का कोई भेद नहीं है, पर मेरे ग्राहक सब गोरे ही हैं। यदि मैं आपको भोजन-गृह में भोजन कराऊँ, तो मेरे ग्राहक बुरा मानेंगे और शायद वे चले जाएँगे।'

मैंने जवाब दिया, 'आप मुझे एक रात के लिए रहने दे रहे हैं, इसे भी मैं आपका उपकार मानता हूँ। इस देश की स्थिति से में कुछ-कुछ परिचित हो चुका हूँ। मैं आपकी कठिनाई को समझ सकता हूँ। मुझे आप खुशी से मेरे कमरे में खाना दीजिए। कल तक मैं दूसरा प्रबंध कर लेने की आशा रखता हूँ।'

मुझे कमरा दिया गया। मैंने उसमें प्रवेश किया। एकांत मिलने पर भोजन की राह देखता हुआ मैं विचारों में डूब गया। इस होटल में अधिक यात्री नहीं रहते थे। कुछ देर बाद भोजन के साथ वेटर को आता देखने के बदले मैंने मि. जॉन्स्टन को देखा। उन्होंने कहा, 'मैंने आपको कमरे में खाना देने की बात कही थी। पर मैंने उसमें शर्म महसूस की, इसलिए अपने ग्राहकों से आपके विषय में बातचीत करके उनकी राय जानी। आप भोजन-गृह में बैठकर भोजन करें, तो उन्हें कोई आपत्ति नहीं है। इसके अलावा, आप यहाँ जितने दिन भी रहना चाहें रहें, उनकी ओर से कोई रुकावट नहीं होगी। इसलिए अब आप चाहें तो भोजन-गृह में आइए और जब तक जी चाहे यहाँ रहिए।'

मैंने फिर उनका उपकार माना और मैं भोजन-गृह में गया। निश्चिंत होकर भोजन किया।

दूसरे दिन सबेरे मैं वकील के घर गया। उनका नाम था, ए. डब्ल्यू. बेकर। उनसे मिला। अब्दुल्ला सेठ ने मुझे उनके बारे में कुछ बता दिया था। इसलिए हमारी पहली मुलाकात से मुझे कोई आश्चर्य न हुआ। वे मुझसे प्रेमपूर्वक मिले और मेरे बारे में कुछ बातें पूछीं, जो मैंने उन्हें बतला दीं। उन्होंने कहा, 'बैरिस्टर के नाते तो आपका यहाँ कोई उपयोग हो ही न सकेगा। इस मुकदमे के लिए हमने अच्छे-से-अच्छे बैरिस्टर कर रखे हैं। मुकदमा लंबा है और गुत्थियों से भरा हुआ है। इसलिए आपसे मैं आवश्यक तथ्य आदि प्राप्त करने का ही काम ले सकूँगा। पर इतना फायदा अवश्य होगा कि अपने मुवक्किल के साथ पत्र-व्यवहार करने में मुझे अब आसानी हो जाएगी, और तथ्यादि की जो जानकारी मुझे प्राप्त करनी होगी, वह मैं आपके द्वारा मँगवा सकूँगा। आपके लिए अभी तक मैंने कोई मकान तो तलाश नहीं किया है। सोचा था कि आपको देखने के बाद खोज लूँगा। यहाँ रंगभेद बहुत है, इसलिए घर मिलना आसान नहीं है। पर मैं एक बहन को जानता हूँ। वह गरीब है, भटियारे की स्त्री है। मेरा खयाल है कि वह आपको टिका लेगी। उसे भी कुछ मदद हो जाएगी। चलिए, हम उसके यहाँ चलें।'

यों कहकर वे मुझे वहाँ ले गए। मि. बेकर ने उस बहन को एक ओर ले जाकर उससे कुछ बातें कीं, और उसने मुझे टिकाना स्वीकार किया। हफ्ते के पैंतीस शिलिंग देने का निश्चय हुआ।

मि. बेकर वकील थे और कट्टर पादरी भी थे। वे अभी जीवित हैं, और आजकल केवल पादरी का ही काम करते हैं। वकालत उन्होंने छोड़ दी है। रुपये-पैसे से सुखी हैं। उन्होंने मेरे साथ अब तक पत्र-व्यवहार जारी रखा है। पत्रों का विषय एक ही होता है। वे अपने पत्रों में अलग-अलग ढंग से ईसाई धर्म की उत्तमता की चर्चा करते हैं, और इस बात का प्रतिपादन करते हैं कि ईसा को ईश्वर का एकमात्र पुत्र और तारनहार माने बिना परम शांति नहीं मिल सकती।

हमारी पहली ही मुलाकात में मि. बेकर ने धर्म-संबंधी मेरी मनःस्थिति जान ली। मैंने उन्हें बता दिया—'मैं जन्म से हिंदू हूँ। इस धर्म का भी मुझे अधिक ज्ञान नहीं है। दूसरे धर्मों का ज्ञान भी कम ही है। मैं कहाँ हूँ, क्या मानता हूँ, मुझे क्या मानना चाहिए, यह सब मैं नहीं जानता। अपने धर्म का अध्ययन मैं गंभीरता से करना चाहता हूँ। दूसरे धर्मों का अध्ययन भी यथाशक्ति करने का मेरा इरादा है।'

यह सब सुनकर मि. बेकर खुश हुए और बोले, 'मैं स्वयं 'साउथ अफ्रीका जनरल मिशन' का एक डायरेक्टर हूँ। मैंने अपने खर्च से एक गिरजाघर बनवाया है। उसमें समय-समय पर धर्म संबंधी व्याख्यान दिया करता हूँ। मैं रंगभेद को नहीं मानता। मेरे साथ काम करने वाले कुछ साथी भी हैं। हम प्रतिदिन एक बजे कुछ मिनट के लिए मिलते हैं और आत्मा की शांति तथा प्रकाश (ज्ञान के उदय) के लिए प्रार्थना करते हैं। उसमें आप आएँगे, तो मुझे खुशी होगी। वहाँ मैं अपने साथियों से भी आपकी पहचान करा दूँगा। वे सब आप से मिलकर प्रसन्न होंगे और मुझे विश्वास है कि उनका समागम आपको भी अच्छा लगेगा। मैं आपको कुछ धार्मिक पुस्तकें भी पढ़ने के लिए दूँगा, पर सच्ची पुस्तक तो *बाइबल* ही है। मेरी सलाह है कि आप उसे अवश्य पढ़िए।'

मैंने मि. बेकर को धन्यवाद दिया और अपने बस भर रोज एक बजे उनके मंडल में प्रार्थना के लिए पहुँचना स्वीकार किया।

'तो कल एक बजे यहीं आइएगा। हम साथ ही प्रार्थना मंदिर चलेंगे।'

हम जुदा हुए। अधिक विचार करने की अभी मुझे फुरसत नहीं थी। मैं मि. जॉन्स्टन के पास गया। बिल चुकाया। नए घर में पहुँचा। वहाँ भोजन किया। घर की मालकिन भली स्त्री थी। उसने मेरे लिए अन्नाहार तैयार किया था। इस कुटुंब से घुल-मिल जाने में मुझे देर न लगी। भोजन से निबटकर मैं उन मित्र से मिलने गया, जिनके नाम दादा अब्दुल्ला ने मुझे पत्र दिया था। उससे जान-पहचान हुई। हिंदुस्तानियों की दुर्दशा की विशेष बातें उनसे जानने को मिलीं। उन्होंने मुझसे अपने घर रहने का आग्रह किया। मैंने उन्हें धन्यवाद दिया और मेरे लिए जो व्यवस्था हो चुकी थी, उसकी बात कही। उन्होंने मुझसे आग्रहपूर्वक कहा कि जिस चीज की आवश्यकता हो, मैं उनसे माँग लूँ।

शाम हुई। मैं अपने कमरे में जाकर विचारों के चक्कर में पड़ गया। मैंने अपने लिए तुरंत कोई काम नहीं देखा। अब्दुल्ला सेठ को इसकी सूचना भेज दी। मि. बेकर की मित्रता का क्या अर्थ हो सकता है? उनके धर्म-बंधुओं से मुझे क्या मिल सकेगा? ईसाई धर्म का अध्ययन मुझे किस हद तक करना चाहिए? हिंदू धर्म का साहित्य कहाँ से प्राप्त किया जाए? उसे समझे बिना मैं ईसाई धर्म के स्वरूप को कैसे समझ सकता हूँ? मैं एक ही निर्णय कर सका—मुझे जो भी पढ़ने को मिले, उसे मैं निष्पक्ष भाव से पढ़ूँ और मि. बेकर के समुदाय को, भगवान जिस समय जो सुझा दे, सो जवाब दूँ। जब तक मैं अपने धर्म को पूरी तरह समझ न लूँ, तब

तक मुझे दूसरे धर्मों को अपनाने का विचार नहीं करना चाहिए। इस तरह सोचता हुआ मैं निद्रावश हो गया।

11. ईसाइयों से संपर्क

दूसरे दिन एक बजे मैं मि. बेकर के प्रार्थना-समाज में गया। वहाँ मिस हेरिस, मिस गेब, मि. कोट्स आदि से परिचय हुआ। सबने घुटनों के बल बैठकर प्रार्थना की। मैंने भी उनका अनुकरण किया। प्रार्थना में जिसकी जो इच्छा होती, सो ईश्वर से माँगता। दिन शांति से बीते, ईश्वर हमारे हृदय के द्वार खोले इत्यादि बातें तो होती ही थीं। मेरे लिए भी प्रार्थना की गई—'हे प्रभु, हमारे बीच जो नए भाई आए हैं, उन्हें तू मार्ग दिखा। जो शांति तूने हमें दी है, वह उन्हें भी दे। जिस ईसा ने हमें मुक्त किया है, वह उन्हें भी मुक्त करे। यह सब हम ईसा के नाम पर माँगते हैं।' इस प्रार्थना में भजन-कीर्तन नहीं था। वे लोग ईश्वर से कोई भी एक चीज माँगते और बिखर जाते। यह समय सबके दोपहर के भोजन का होता था, इसलिए प्रार्थना करके सब अपने-अपने भोजन के लिए चले जाते थे। प्रार्थना में पाँच मिनट से अधिक नहीं लगते थे।

मिस हेरिस और मिस गेब दोनों प्रौढ़ अवस्था की कुमारिकाएँ थीं। मि. कोट्स क्वेकर थे। ये दोनों कुमारिकाएँ साथ रहती थीं। उन्होंने मुझे हर रविवार को चार बजे की चाय के लिए अपने घर आने का निमंत्रण दिया। मि. कोट्स जब मिलते तो मुझे हर रविवार को उन्हें हफ्ते भर की अपनी धार्मिक डायरी सुनानी पड़ती। कौन-कौन सी पुस्तकें मैंने पढ़ीं, मेरे मन पर उनका क्या प्रभाव पड़ा, इसकी चर्चा होती। वे दोनों बहनें अपने मीठे अनुभव सुनातीं और अपने को प्राप्त हुई परम शांति की बातें करतीं।

मि. कोट्स एक साफ दिलवाले चुस्त नौजवान क्वेकर थे। उनके साथ मेरा प्रगाढ़ संबंध हो गया था। हम बहुत बार एक साथ घूमने भी जाया करते थे। वे मुझे दूसरे ईसाइयों के घर भी ले जाते थे।

मि. कोट्स ने मुझे पुस्तकों से लाद दिया। जैसे-जैसे वे मुझे पहचानते जाते, वैसे-वैसे उन्हें अच्छी लगने वाली पुस्तकें वे मुझे पढ़ने को देते रहते। मैंने भी

केवल श्रद्धावश ही उन पुस्तकों को पढ़ना स्वीकार किया। इन पुस्तकों की हम आपस में भी चर्चा किया करते थे।

सन् 1893 के वर्ष में मैंने ऐसी पुस्तकें बहुत पढ़ीं। उन सबके नाम तो मुझे याद नहीं हैं, लेकिन उनमें सिटी टेंपलवाले डॉ. पारकर की टीका, पियर्सन की *मैनी इनफॉलिबल प्रूफ्स*, बटलर की *एनॉलोजी* इत्यादि पुस्तकें थीं। इनमें का कुछ भाग तो समझ में न आता, कुछ रुचता, कुछ न रुचता। मैं मि. कोट्स को ये सारी बातें सुनाता रहता। *मैनी इनफॉलिबल प्रूफ्स* का अर्थ है, कई अचूक प्रमाण—अर्थात् लेखक की राय में *बाइबल* में जिस धर्म का वर्णन है, उसके समर्थन के प्रमाण। मुझ पर इस पुस्तक का कोई प्रभाव नहीं पड़ा। पारकर की टीका नीतिवर्धक मानी जा सकती है, पर ईसाई धर्म की प्रचलित मान्यताओं के विषय में शंका रखनेवाले को उससे कोई मदद नहीं मिल सकती थी। बटलर की *एनॉलोजी* बहुत गंभीर और कठिन पुस्तक प्रतीत हुई। उसे अच्छी तरह समझने के लिए पाँच-सात बार पढ़ना चाहिए। वह नास्तिक को आस्तिक बनाने की पुस्तक जान पड़ी। उसमें ईश्वर के अस्तित्व के बारे में दी गई दलीलें मेरे किसी काम की न थीं, क्योंकि वह समय मेरी नास्तिकता का नहीं था। पर ईसा के अद्वितीय अवतार के बारे में और उनके मनुष्य तथा ईश्वर के बीच संधि करने वाला होने के बारे में जो दलीलें दी गई थीं, उनकी मुझ पर कोई छाप नहीं पड़ी।

पर मि. कोट्स हारनेवाले आदमी नहीं थे। उनके प्रेम का पार न था। उन्होंने मेरे गले में वैष्णवी कंठी देखी। उन्हें यह वहम जान पड़ा और वे दुःखी हुए। बोले, 'यह वहम तुम जैसों को शोभा नहीं देता। लाओ, इसे तोड़ दूँ।'

'यह कंठी नहीं टूट सकती; माताजी की प्रसादी है।'

'पर क्या तुम इसमें विश्वास करते हो?'

'मैं इसका गूढ़ार्थ नहीं जानता। इसे न पहनने से मेरा अकल्याण होगा, ऐसा मुझे प्रतीत नहीं होता। पर माताजी ने जो माला मुझे प्रेमपूर्वक पहनाई है, जिसे पहनाने में उन्होंने मेरा कल्याण माना है, उसका त्याग मैं बिना कारण नहीं करूँगा। समय पाकर यह जीर्ण हो जाएगी और टूट जाएगी, तो दूसरी प्राप्त करके पहनने का लोभ मुझे नहीं रहेगा। पर यह कंठी टूट नहीं सकती।'

मि. कोट्स मेरी इस दलील की कद्र नहीं कर सके, क्योंकि उन्हें तो मेरे धर्म के प्रति ही अनास्था थी। वे मुझे अज्ञान कूप में से उबार लेने की आशा रखते थे। वे मुझे यह बताना चाहते थे कि दूसरे धर्मों में भले ही कुछ सत्य हो, पर पूर्ण

सत्यरूप ईसाई धर्म को स्वीकार किए बिना मोक्ष मिल ही नहीं सकता; ईसा की मध्यस्थता के बिना पाप धुल ही नहीं सकते और सारे पुण्य कर्म निरर्थक हो जाते हैं। मि. कोट्स ने जिस प्रकार मुझे पुस्तकों का परिचय कराया, उसी प्रकार जिन्हें वे धर्मप्राण ईसाई मानते थे, उनसे भी मेरा परिचय कराया।

इन परिचयों में एक परिचय 'प्लीमथ ब्रदर' से संबंधित एक कुटुंब का था। प्लीमथ ब्रदर नाम का एक ईसाई संप्रदाय है। कोट्स के कराए हुए बहुत से परिचय मुझे अच्छे लगे। वे लोग मुझे ईश्वर से डरने वाले जान पड़े। पर इस कुटुंब में एक भाई ने मुझसे यह दलील की—'आप हमारे धर्म की खूबी नहीं समझ सकते। आपकी बातों से हम देखते हैं कि आपको क्षण-क्षण में अपनी भूलों का विचार करना होता है। उन्हें सदा सुधारना होता है। न सुधारने पर आपको पश्चात्ताप करना पड़ता है, प्रायश्चित्त करना होता है। इस क्रियाकांड से आपको मुक्ति कब मिल सकती है? शांति तो आपको मिल ही नहीं सकती। आप यह तो स्वीकार करते ही हैं कि हम पापी हैं। अब हमारे विश्वास की परिपूर्णता देखिए। हमारा प्रयत्न व्यर्थ है। फिर भी मुक्ति की आवश्यकता तो है ही। पाप का बोझ कैसे उठे? हम उसे ईसा पर डाल दें। वह ईश्वर का एकमात्र निष्पाप पुत्र है। उसका वरदान है कि जो ईश्वर को मानते हैं, उनके पाप वह धो देता है। ईश्वर की यह अगाध उदारता है। ईसा की इस मुक्ति-योजना को हमने स्वीकार किया है, इसलिए हमारे पाप हमसे चिपटते नहीं। पाप तो मनुष्य से होते ही हैं। इस दुनिया में निष्पाप कैसे रहा जा सकता है? इसी से ईसा ने सारे संसार के पापों का प्रायश्चित्त एक ही बार में कर डाला। जो उनके महाबलिदान को स्वीकार करना चाहते हैं, वे वैसा करके शांति प्राप्त कर सकते हैं। कहाँ आपकी अशांति और कहाँ हमारी शांति?'

यह दलील मेरे गले बिलकुल न उतरी। मैंने नम्रतापूर्वक उत्तर दिया—'यदि सर्वमान्य ईसाई धर्म यही है, तो वह मेरे काम का नहीं है। मैं पाप के परिणाम से मुक्ति नहीं चाहता, मैं तो पाप-वृत्ति से, पाप-कर्म से मुक्ति चाहता हूँ। जब तक वह मुक्ति नहीं मिलती, तब तक अपनी यह अशांति मुझे प्रिय रहेगी।'

प्लीमध ब्रदर ने उत्तर दिया, 'मैं आपको विश्वास दिलाता हूँ कि आपका प्रयत्न व्यर्थ है। मेरी बात पर आप फिर सोचिएगा।'

और, इन भाई ने जैसा कहा वैसा अपने व्यवहार द्वारा करके भी दिखा दिया—जान-बूझकर अनीति कर दिखाई।

पर सब ईसाइयों की ऐसी मान्यता नहीं होती, यह तो मैं इन परिचयों से पहले ही जान चुका था। मि. कोट्स स्वयं ही पाप से डरकर चलने वाले थे। उनका हृदय निर्मल था। वे हृदय-शुद्धि की शक्यता में विश्वास रखते थे। उक्त बहनें भी वैसी ही थीं। मेरे हाथ पड़ने वाली पुस्तकों में से कई भक्तिपूर्ण थीं। अतएव इस परिचय से मि. कोट्स को जो घबराहट हुई, उसे मैंने शांत किया और उन्हें विश्वास दिलाया कि एक प्लीमथ ब्रदर की अनुचित धारणा के कारण मैं ईसाई धर्म के बारे में गलत राय नहीं बना सकता। मेरी कठिनाइयाँ तो 'बाइबल' के बारे में और उसके रूढ़ अर्थ के बारे में थीं।

12. हिंदुस्तानियों से परिचय

ईसाई-संबंधों के बारे में अधिक लिखने से पहले उसी समय के दूसरे अनुभवों का उल्लेख करना आवश्यक है।

नेटाल में जो स्थान दादा अब्दुल्ला का था, प्रिटोरिया में वही स्थान सेठ तैयब हाजी खानमहम्मद का था। उनके बिना एक भी सार्वजनिक काम चल नहीं सकता था। उनसे मैंने पहले ही हफ्ते में जान-पहचान कर ली। मैंने उन्हें बताया कि मैं प्रिटोरिया के प्रत्येक हिंदुस्तानी के संपर्क में आना चाहता हूँ। मैंने हिंदुस्तानियों की स्थिति का अध्ययन करने की अपनी इच्छा प्रकट की और इन सारे कामों में उनकी मदद चाही। उन्होंने खुशी से मदद देना कबूल किया।

मेरा पहला कदम तो सब हिंदुस्तानियों की एक सभा करके उनके सामने सारी स्थिति का चित्र खड़ा कर देना था। सेठ हाजी महम्मद हाजी जूसब के यहाँ यह सभा हुई, जिनके नाम मेरे पास एक सिफारिशी पत्र था। इस सभा में मेमन व्यापारी विशेष रूप से आए थे। कुछ हिंदू भी थे। प्रिटोरिया में हिंदुओं की आबादी बहुत कम थी।

यह मेरे जीवन का पहला भाषण माना जा सकता है। मैंने काफी तैयारी की थी। मुझे सत्य पर बोलना था। मैं व्यापारियों के मुँह से यह सुनता आ रहा था कि व्यापार में सत्य नहीं चल सकता। इस बात को मैं तब भी नहीं मानता था, आज

भी नहीं मानता। यह कहने वाले व्यापारी मित्र आज भी मौजूद हैं कि व्यापार के साथ सत्य का मेल नहीं बैठ सकता। वे व्यापार को व्यवहार कहते हैं, सत्य को धर्म कहते हैं और दलील यह देते हैं कि व्यवहार एक चीज है, धर्म दूसरी। उनका यह विश्वास है कि व्यवहार में शुद्ध सत्य चल ही नहीं सकता; उसमें तो सत्य यथाशक्ति ही बोला-बरता जा सकता है। अपने भाषण में मैंने इस स्थिति का डटकर विरोध किया और व्यापारियों को उनके दोहरे कर्तव्य का स्मरण कराया। परदेश में आने से उनकी जिम्मेदारी देश की अपेक्षा अधिक हो गई है, क्योंकि मुट्ठी भर हिंदुस्तानियों के रहन-सहन से हिंदुस्तान के करोड़ों लोगों को नापा-तौला जाता है।

अंग्रेज़ों के रहन-सहन की तुलना में हमारा रहन-सहन गंदा है, इसे मैं देख चुका था। मैंने इसकी ओर भी उनका ध्यान खींचा। हिंदू, मुसलमान, पारसी, ईसाई अथवा गुजराती, मद्रासी, पंजाबी, सिंधी, कच्छी, सूरती आदि भेदों को भुला देने पर ज़ोर दिया।

अंत में मैंने यह सुझाया कि एक मंडल की स्थापना करके हिंदुस्तानियों के कष्टों और कठिनाइयों का इलाज अधिकारियों से मिलकर और अर्जियाँ भेजकर करना चाहिए, और यह सूचित किया कि मुझे जितना समय मिलेगा उतना इस काम के लिए मैं बिना वेतन के दूँगा।

मैंने देखा कि सभा पर मेरी बातों का अच्छा प्रभाव पड़ा।

मेरे भाषण के बाद चर्चा हुई। कइयों ने मुझे तथ्यों की जानकारी देने को कहा। मेरी हिम्मत बढ़ी। मैंने देखा कि इस सभा में अंग्रेज़ी जानने वाले कुछ ही लोग थे। मुझे लगा कि ऐसे परदेश में अंग्रेज़ी का ज्ञान हो तो अच्छा है। इसलिए मैंने सलाह दी कि जिन्हें फुरसत हो वे अंग्रेज़ी सीख लें। मैंने यह भी कहा कि अधिक उम्र हो जाने पर भी पढ़ा जा सकता है, और इस तरह पढ़ने वालों के उदाहरण भी दिए। और कोई क्लास खुले तो उसे अथवा छुटपुट पढ़ने वाले मिलें तो उन्हें पढ़ाने की जिम्मेदारी मैंने खुद अपने सिर ली। क्लास तो नहीं खुला, पर तीन आदमी अपनी सुविधा से उनके घर जाकर पढ़ाने की शर्त पर पढ़ने के लिए तैयार हुए। इनमें दो मुसलमान थे। दो में से एक हज्जाम था और एक कारकुन था। एक हिंदू छोटा दुकानदार था। मैंने सबकी बात मान ली। पढ़ाने की अपनी शक्ति के विषय में तो मुझे कोई अविश्वास था ही नहीं। मेरे शिष्यों को थका मानें तो वे थके कहे जा सकते हैं, पर मैं नहीं थका। कभी ऐसा भी होता कि मैं उनके घर जाता और उन्हें फुरसत न होती। पर मैंने धीरज न छोड़ा। इनमें से किसी को

अंग्रेज़ी का गहरा अध्ययन तो करना ही न था। पर दो ने करीब आठ महीनों में अच्छी प्रगति कर ली, ऐसा कहा जा सकता है। दो ने हिसाब-किताब रखना और साधारण पत्र-व्यवहार करना सीख लिया। हज्जाम को तो अपने ग्राहकों के साथ बातचीत कर सकने लायक ही अंग्रेज़ी सीखनी थी। दो व्यक्तियों ने अपनी इस पढ़ाई के कारण ठीक-ठीक कमाने की शक्ति भी प्राप्त कर ली थी।

सभा के परिणाम से मुझे संतोष हुआ। निश्चय हुआ कि ऐसी सभा हर महीने या हर हफ्ते की जाए। यह सभा न्यूनाधिक नियमित रूप से होती थी, और उसमें विचारों का आदान-प्रदान होता रहता था। नतीजा यह हुआ कि प्रिटोरिया में शायद ही कोई ऐसा हिंदुस्तानी रहा होगा, जिसे मैं पहचानने न लगा होऊँ अथवा जिसकी स्थिति से मैं परिचित न हो गया होऊँ। हिंदुस्तानियों की स्थिति का ऐसा ज्ञान प्राप्त करने का परिणाम यह आया कि मुझे प्रिटोरिया में रहने वाले ब्रिटिश एजेंट से परिचय करने की इच्छा हुई। मैं मि. जेकोब्स डि-वेट से मिला। उनकी सहानुभूति हिंदुस्तानियों के साथ थी। उनका प्रभाव कम था, पर उन्होंने यथासंभव मदद करने और मिलना हो तब आकर मिल जाने के लिए कहा। रेलवे के अधिकारियों से मैंने पत्र-व्यवहार शुरू किया और बतलाया कि उन्हीं के कायदों के अनुसार हिंदुस्तानियों को ऊँचे दर्जे में यात्रा करने से रोका नहीं जा सकता। इसके परिणामस्वरूप यह पत्र मिला कि अच्छे कपड़े पहने हुए हिंदुस्तानियों को ऊँचे दर्जे के टिकट दिए जाएँगे। इससे पूरी सुविधा नहीं मिली, क्योंकि अच्छे कपड़े किसने पहने हैं, इसका निर्णय तो स्टेशन-मास्टर को ही करना था न?

ब्रिटिश एजेंट ने मुझे हिंदुस्तानियों के बारे में हुए पत्र-व्यवहार संबंधी कई कागज पढ़ने को दिए। तैयब सेठ ने भी दिए थे। उनसे मुझे पता चला कि ऑरेंज फ्री स्टेट से हिंदुस्तानियों को किस निर्दयता के साथ निकाल बाहर किया गया था। सारांश यह कि ट्रांसवाल और ऑरेंज फ्री स्टेट के हिंदुस्तानियों की आर्थिक, सामाजिक और राजनीतिक स्थिति का गहरा अध्ययन मैं प्रिटोरिया में कर सका। इस अध्ययन का आगे चलकर मेरे लिए पूरा उपयोग होने वाला है, इसकी मुझे जरा भी कल्पना नहीं थी। मुझे तो एक साल के अंत में अथवा मुकदमा पहले समाप्त हो जाए तो उससे पहले ही स्वदेश लौट जाना था।

पर ईश्वर ने कुछ और ही सोच रखा था।

13. कुलीपन का अनुभव

ट्रांसवाल और ऑरेंज फ्री स्टेट के हिंदुस्तानियों की स्थिति का पूरा चित्र देने का यह स्थान नहीं है। उसकी जानकारी चाहने वाले को *दक्षिण अफ्रीका के सत्याग्रह का इतिहास* पढ़ना चाहिए। पर यहाँ उसकी रूपरेखा देना आवश्यक है।

ऑरेंज फ्री स्टेट में तो एक कानून बनाकर सन् 1888 में या उससे पहले हिंदुस्तानियों के सब हक छीन लिए गए थे। वहाँ हिंदुस्तानियों के लिए सिर्फ होटल के वेटर के रूप में काम करने या ऐसी कोई दूसरी मजदूरी करने की ही गुंजाइश रह गई थी। जो व्यापारी हिंदुस्तानी थे, उन्हें नाम मात्र का मुआवजा देकर निकाल दिया गया था। हिंदुस्तानी व्यापारियों ने अर्जियाँ वगैरह भेजीं, पर वहाँ उनकी तूती की आवाज कौन सुनता?

ट्रांसवाल में सन् 1885 में एक कड़ा कानून बना। 1886 में उसमें कुछ सुधार हुआ। उसके फलस्वरूप यह तय हुआ कि हर एक हिंदुस्तानी को प्रवेश-फीस के रूप में तीन पौंड जमा कराने चाहिए। उनके लिए अलग छोड़ी गई जगह में ही वे जमीन-मालिक हो सकते थे। पर वहाँ भी उन्हें व्यवहार में जमीन का स्वामित्व नहीं मिला। उन्हें मताधिकार भी नहीं दिया गया था। ये तो खास एशियावासियों के लिए बने कानून थे। इसके अलावा, जो कानून काले रंग के लोगों पर लागू होते थे, वे भी एशियावासियों पर लागू होते थे। उनके अनुसार हिंदुस्तानी लोग पटरी (फुटपाथ) पर अधिकारपूर्वक चल नहीं सकते थे और रात नौ बजे के बाद परवाने के बिना बाहर नहीं निकल सकते थे। इस अंतिम कानून का अमल हिंदुस्तानियों पर न्यूनाधिक प्रमाण में होता था। जिनकी गिनती अरबों में होती थी, वे बतौर मेहरबानी के इस नियम से मुक्त समझे जाते थे। मतलब यह कि इस तरह की राहत देना पुलिस की मर्जी पर रहता था।

इन दोनों नियमों का प्रभाव स्वयं मुझ पर क्या पड़ेगा, इसकी जाँच मुझे करानी पड़ी थी। मैं अकसर मि. कोट्स के साथ रात को घूमने जाया करता था। कभी-कभी घर पहुँचने में दस भी बज जाते थे। अतएव पुलिस मुझे पकड़े तो? यह डर जितना स्वयं मुझे था, उससे अधिक मि. कोट्स को था। अपने हबशियों को तो वे ही परवाने देते थे। लेकिन मुझे परवाना कैसे दे सकते थे? मालिक अपने नौकर को ही परवाना देने का अधिकारी था। मैं लेना चाहूँ और मि. कोट्स

देने को तैयार हो जाएँ, तो भी वह नहीं दिया जा सकता था, क्योंकि वैसा करना विश्वासघात माना जाता।

इसलिए मि. कोट्स या उनके कोई मित्र मुझे वहाँ के सरकारी वकील डॉ. क्राउज़े के पास ले गए। हम दोनों एक ही 'इन' के बैरिस्टर निकले। उन्हें यह बात असह्य जान पड़ी कि रात नौ बजे के बाद बाहर निकलने के लिए मुझे परवाना लेना चाहिए। उन्होंने मेरे प्रति सहानुभूति प्रकट की। मुझे परवाना देने के बदले उन्होंने अपनी तरफ से एक पत्र दिया। उसका आशय यह था कि मैं चाहे जिस समय चाहे जहाँ जाऊँ, पुलिस को उसमें दखल नहीं देना चाहिए। मैं इस पत्र को हमेशा अपने साथ रखकर घूमने निकलता था। कभी उसका उपयोग नहीं करना पड़ा। लेकिन इसे तो केवल संयोग ही समझना चाहिए।

डॉ. क्राउज़े ने मुझे अपने घर आने का निमंत्रण दिया। मैं यह कह सकता हूँ कि हमारे बीच मित्रता हो गई थी। मैं कभी-कभी उनके यहाँ जाने लगा। उनके द्वारा उनके अधिक प्रसिद्ध भाई के साथ मेरी पहचान हुई। वे जोहानिसबर्ग में पब्लिक प्रोसिक्यूटर नियुक्त हुए थे। उन पर बोअर-युद्ध के समय अंग्रेज़ अधिकारी का खून कराने का षड्यंत्र रचने के लिए मुकदमा भी चला था और उन्हें सात साल के कारावास की सजा मिली थी। बेंचरों ने उनकी सनद भी छीन ली थी। लड़ाई समाप्त होने पर डॉ. क्राउजे जेल से छूटे, सम्मानपूर्वक ट्रांसवाल की अदालत में फिर से प्रविष्ट हुए और अपने धंधे में लगे। बाद में ये संबंध मेरे लिए सार्वजनिक कार्यों में उपयोगी सिद्ध हुए थे और मेरे कई सार्वजनिक काम इनके कारण आसान हो गए थे।

पटरी पर चलने का प्रश्न मेरे लिए कुछ गंभीर परिणामवाला सिद्ध हुआ। मैं हमेशा प्रेसिडेंट स्ट्रीट के रास्ते एक खुले मैदान में घूमने जाया करता था। इस मुहल्ले में प्रेसिडेंट क्रूगर का घर था। यह घर सब तरह के आडंबरों से रहित था। इसके चारों ओर कोई अहाता भी नहीं था। आस-पास के दूसरे घरों में और इसमें कोई फर्क नहीं मालूम होता था। प्रिटोरिया में कई लखपतियों के घर इसकी तुलना में बहुत बड़े, शानदार और अहातेवाले थे। प्रेसिडेंट की सादगी प्रसिद्ध थी। घर के सामने पहरा देने वाले संतरी को देखकर ही पता चलता था कि यह किसी अधिकारी का घर है। मैं प्रायः हमेशा ही इस सिपाही के बिलकुल पास से होकर निकलता था, पर मुझे कुछ नहीं कहता था। सिपाही समय-समय पर बदला करते थे। एक बार एक सिपाही ने बिना चेताए, बिना पटरी पर से उतर जाने को कहे, मुझे धक्का मारा, लात मारी और नीचे उतार दिया। मैं तो गहरे सोच में पड़ गया। लात मारने का कारण पूछने से पहले ही मि. कोट्स ने, जो उसी समय घोड़े पर

सवार होकर उधर से गुजर रहे थे, मुझे पुकारा और कहा, 'गांधी, मैंने सब देखा है। आप मुकदमा चलाना चाहें तो मैं गवाही दूँगा। मुझे इस बात का बहुत खेद है कि आप पर इस तरह हमला किया गया।'

मैंने कहा, 'इसमें खेद का कोई कारण नहीं। सिपाही बेचारा क्या जाने? उसके लिए तो काले-काले सब एक से ही हैं। वह हबशियों को इसी तरह पटरी पर से उतारता होगा। इसलिए उसने मुझे ही धक्का मारा। मैंने तो नियम ही बना लिया है कि मुझ पर जो बीतेगी, उसके लिए मैं कभी अदालत में नहीं जाऊँगा। इसलिए मुझे मुकदमा नहीं चलाना है।'

'यह तो आपने अपने स्वभाव के अनुरूप ही बात कही है। पर आप इस पर फिर से सोचिए। ऐसे आदमी को कुछ सबक तो देना ही चाहिए।'

इतना कहकर उन्होंने उस सिपाही से बात की और उसे उलाहना दिया। मैं सारी बात तो समझ नहीं सका। सिपाही डच था और उसके साथ उनकी बातें डच भाषा में हुईं। सिपाही ने मुझसे माफी माँगी। मैं तो उसे पहले ही माफ कर चुका था।

लेकिन उस दिन से मैंने वह रास्ता छोड़ दिया। दूसरे सिपाहियों को इस घटना का क्या पता होगा? मैं खुद जाकर फिर लात किसलिए खाऊँ? इसलिए मैंने घूमने जाने के लिए दूसरा रास्ता पसंद कर लिया।

इस घटना ने प्रवासी भारतीयों के प्रति मेरी भावना को अधिक तीव्र बना दिया। इन कायदों के बारे में ब्रिटिश एजेंट से चर्चा करके प्रसंग आने पर इसके लिए एक 'टेस्ट' केस चलाने की बात मैंने हिंदुस्तानियों से की।

इस तरह मैंने हिंदुस्तानियों की दुर्दशा का ज्ञान पढ़कर, सुनकर और अनुभव करके प्राप्त किया। मैंने देखा कि स्वाभिमान की रक्षा चाहने वाले हिंदुस्तानियों के लिए दक्षिण अफ्रीका उपयुक्त देश नहीं है। यह स्थिति किस तरह बदली जा सकती है, इसके विचार में मेरा मन अधिकाधिक व्यस्त रहने लगा। किंतु अभी मेरा मुख्य धर्म तो दादा अब्दुल्ला के मुकदमे को ही सँभालने का था।

14. मुकदमे की तैयारी

प्रिटोरिया में मुझे जो एक वर्ष मिला, वह मेरे जीवन का अमूल्य वर्ष था। सार्वजनिक काम करने की अपनी शक्ति का कुछ अंदाज मुझे यहाँ हुआ। उसे

सीखने का अवसर यहीं मिला। मेरी धार्मिक भावना अपने आप तीव्र होने लगी। और कहना होगा कि सच्ची वकालत भी मैं यहीं सीखा। नया बैरिस्टर पुराने बैरिस्टर के दफ्तर में रहकर जो बातें सीखता है, सो मैं यहीं सीख सका। यहाँ मुझमें यह विश्वास पैदा हुआ कि वकील के नाते मैं बिलकुल नालायक नहीं रहूँगा। वकील बनने की कुंजी भी यहीं मेरे हाथ लगी।

दादा अब्दुल्ला का मुकदमा छोटा न था। चालीस हजार पाउंड का यानी छह लाख रुपयों का दावा था। दावा व्यापार के सिलसिले में था, इसलिए उसमें बहीखाते की गुत्थियाँ बहुत थीं। दावे का आधार कुछ तो प्रॉमिसरी नोट पर और कुछ प्रॉमिसरी नोट लिख देने का वचन पलवाने पर था। बचाव यह था कि प्रॉमिसरी नोट धोखा देकर लिखवाए गए थे और उनका पूरा मुआवजा नहीं मिला था। इसमें तथ्य और कानून की गलियाँ काफी थीं। बहीखाते की उलझनें भी बहुत थीं।

दोनों पक्षों ने अच्छे-से-अच्छे सॉलिसिटर और बैरिस्टर किए थे, इसलिए मुझे उन दोनों के काम का अनुभव प्राप्त करने का सुंदर अवसर मिला। सॉलिसिटर के लिए वादी का मुकदमा तैयार करने और तथ्य संग्रह करने का सारा बोझ मुझ पर था। उसमें से सॉलिसिटर कितना रखता है और सॉलिसिटर द्वारा तैयार की गई सामग्री में से बैरिस्टर कितनी सामग्री का उपयोग करता है, सो मुझे देखने को मिलता था। मैं समझ गया कि इस केस को तैयार करने में मुझे अपनी ग्रहण-शक्ति का और व्यवस्था-शक्ति का ठीक अंदाज हो जाएगा।

मैंने केस में पूरी दिलचस्पी ली। मैं उसमें तन्मय हो गया। आगे-पीछे के सब कागज-पत्र पढ़ गया। मुवक्किल के विश्वास की और उसकी होशियारी की सीमा न थी। इससे मेरा काम बहुत आसान हो गया। मैंने बारीकी से बहीखाते का अध्ययन कर लिया। बहुत से पत्र गुजराती में थे। उनका अनुवाद भी मुझे ही करना पड़ता था। इससे मेरी अनुवाद करने की शक्ति बढ़ी।

मैंने कड़ा परिश्रम किया। जैसा कि मैं ऊपर लिख चुका हूँ, धार्मिक चर्चा आदि में और सार्वजनिक काम में मुझे खूब दिलचस्पी थी और मैं उसमें समय भी देता था, तो भी वह चीज मेरे निकट गौण थी। मुकदमे की तैयारी को मैं प्रधानता देता था। इसके लिए कानून का या दूसरी पुस्तकों का अध्ययन आवश्यक होता, तो मैं उसे हमेशा पहले कर लिया करता था। परिणाम यह हुआ कि मुकदमे के तथ्यों पर मुझे इतना प्रभुत्व प्राप्त हो गया जितना कदाचित् वादी-प्रतिवादी को भी नहीं था, क्योंकि मेरे पास तो दोनों के ही कागज-पत्र रहते थे।

मुझे स्व. मि. पिंकट के शब्द याद आए। उनका अधिक समर्थन बाद में दक्षिण अफ्रीका के सुप्रसिद्ध बैरिस्टर स्व. मि. लेनर्ड ने एक अवसर पर किया था। मि. पिंकट का कथन था, 'तथ्य तीन-चौथाई कानून हैं।' एक मुकदमे में मैं जानता था कि न्याय तो मुवक्किल की ओर ही है, पर कानून विरुद्ध जाता दिखा। मैं निराश हो गया और मि. लेनर्ड की मदद लेने दौड़ा। तथ्य की दृष्टि से केस उन्हें भी मजबूत मालूम हुआ। उन्होंने कहा, 'गांधी, मैं एक बात सीखा हूँ, और वह यह कि यदि हम तथ्यों पर ठीक-ठीक अधिकार कर लें, तो कानून अपने आप हमारे साथ हो जाएगा। इस मुकदमे के तथ्य हम समझ लें।' यों कहकर उन्होंने मुझे एक बार फिर तथ्यों को पढ़-समझ लेने और बाद में मिलने की सलाह दी। उन्हीं तथ्यों को फिर जाँचने पर, उनका मनन करने पर, मैंने उन्हें भिन्न रूप में समझा और उनसे संबंध रखनेवाले एक पुराने मुकदमे का भी पता चला, जो दक्षिण अफ्रीका में चला था। मैं हर्ष-विभोर होकर मि. लेनर्ड के यहाँ पहुँचा। वे खुश हुए और बोले, 'अच्छा, यह मुकदमा हम जरूर जीतेंगे। जरा इसका ध्यान रखना होगा कि मामला किस जज के सामने चलेगा।'

दादा अब्दुल्ला के केस की तैयारी करते समय मैं तथ्य की महिमा को इस हद तक नहीं पहचान सका था। तथ्य का अर्थ है—सच्ची बात। सचाई पर डटे रहने से कानून अपने आप हमारी मदद पर आ जाते हैं।

अंत में मैंने दादा अब्दुल्ला के केस में यह देख लिया कि उनका पक्ष मजबूत है। कानून को उनकी मदद करनी ही चाहिए।

पर मैंने देखा कि मुकदमा लड़ने में दोनों पक्ष, जो आपस में रिश्तेदार हैं और एक ही नगर के निवासी हैं, बरबाद हो जाएँगे। कोई कह नहीं सकता था कि मुकदमे का अंत कब होगा। अदालत में चलता रहे, तो उसे जितना चाहो उतना लंबा किया जा सकता था। मुकदमे को लंबा करने में दो में से किसी एक पक्ष का भी लाभ न होता। इसलिए संभव हो तो दोनों पक्ष मुकदमे का शीघ्र अंत चाहते थे।

मैंने तैयब सेठ से विनती की। झगड़े को आपस में ही निबटा लेने की सलाह दी। उन्हें अपने वकील से मिलने को कहा। यदि दोनों पक्ष अपने विश्वास के किसी व्यक्ति को पंच चुन लें, तो मामला झटपट निबट जाए। वकीलों का खर्च इतना अधिक बढ़ता जा रहा था कि उसमें उनके जैसे बड़े व्यापारी भी बरबाद हो जाते। दोनों इतने चिंता के साथ मुकदमा लड़ रहे थे कि एक भी निश्चिंत होकर दूसरा कोई काम नहीं कर सकता था। इस बीच आपस में बैर भी बढ़ता ही जा रहा था। मुझे वकील के धंधे से घृणा हो गई। वकील के नाते तो दोनों के वकीलों को अपने-अपने मुवक्किल को

जीतने के लिए कानून की गलियाँ ही खोजकर देनी थीं। इस मुकदमे में पहले-पहल मैंने यह जाना कि जीतने वाले को पूरा खर्च कभी मिल ही नहीं सकता। दूसरे पक्ष से कितना खर्च वसूल किया जा सकता है, इसकी एक मर्यादा होती है, जब कि मुवक्किल का खर्च उससे कहीं अधिक होता है। मुझे यह सब असह्य मालूम हुआ। मैंने तो अनुभव किया कि मेरा धर्म दोनों की मित्रता साधना और दोनों रिश्तेदारों में मेल करा देना है। मैंने समझौते के लिए जी-तोड़ मेहनत की। तैयब सेठ मान गए। आखिर पंच नियुक्त हुए। उनके सामने मुकदमा चला। मुकदमे में दादा अब्दुल्ला जीते।

पर इतने से मुझे संतोष नहीं हुआ। यदि पंच के फैसले पर अमल होता, तो तैयब हाजी खानमहम्मद इतना रुपया एक साथ दे ही नहीं सकते थे। दक्षिण अफ्रीका में बसे हुए पोरबंदर के मेमनों में आपस का ऐसा एक अलिखित नियम था कि खुद चाहे मर जाएँ, पर दिवाला न निकालें। तैयब सेठ सैंतीस हजार पाउंड और मुकदमे का खर्च एक मुश्त दे ही नहीं सकते थे। उन्हें न तो एक दमड़ी कम देनी थी और न दिवाला ही निकालना था। रास्ता एक ही था कि दादा अब्दुल्ला उन्हें काफी लंबी मोहलत दें। दादा अब्दुल्ला ने उदारता से काम लिया और खूब लंबी मोहलत दे दी। पंच नियुक्त कराने में मुझे जितनी मेहनत पड़ी, उससे अधिक मेहनत यह लंबी अवधि निश्चित कराने में पड़ी। दोनों पक्षों को प्रसन्नता हुई। दोनों की प्रतिष्ठा बढ़ी। मेरे संतोष की सीमा न रही। मैं सच्ची वकालत सीखा, मनुष्य के अच्छे पहलू को खोजना सीखा और मनुष्य-हृदय में प्रवेश करना सीखा। मैंने देखा कि वकील का कर्तव्य दोनों पक्षों के बीच खुदी हुई खाई को पाटना है। इस शिक्षा ने मेरे मन में ऐसी जड़ जमाई कि बीस साल की अपनी वकालत का मेरा अधिकांश समय अपने दफ्तर में बैठकर सैकड़ों मामलों को आपस में सुलझाने में ही बीता। उसमें मैंने कुछ खोया नहीं। यह भी नहीं कहा जा सकता कि मैंने पैसा खोया। आत्मा तो खोई ही नहीं।

15. धार्मिक मंथन

अब फिर ईसाई मित्रों के साथ अपने संपर्क पर विचार करने का समय आया है।

मेरे भविष्य के बारे में मि. बेकर की चिंता बढ़ती जा रही थी। वे मुझे वेलिंग्टन

कंवेंशन में ले गए। प्रोटेस्टेंट ईसाइयों में कुछ वर्षों के अंतर से धर्म-जागृति अर्थात् आत्मशुद्धि के लिए विशेष प्रयत्न किए जाते हैं। इसे धर्म की पुनः प्रतिष्ठा अथवा धर्म के पुनरुद्धार का नाम दे सकते हैं। ऐसा एक सम्मेलन वेलिंग्टन में था। उसके सभापति वहाँ के प्रसिद्ध धर्मनिष्ठ पादरी रेवरेंड एण्ड्रू मरे थे। मि. बेकर को यह आशा थी कि इस सम्मेलन में होने वाली जागृति, वहाँ आने वाले लोगों के धार्मिक उत्साह और उनकी शुद्धता की मेरे हृदय पर ऐसी गहरी छाप पड़ेगी कि मैं ईसाई बने बिना न रह सकूँगा।

फिर मि. बेकर का अंतिम आधार था—प्रार्थना की शक्ति। प्रार्थना में उन्हें खूब श्रद्धा थी। उनका विश्वास था कि अन्तःकरणपूर्वक की गई प्रार्थना को ईश्वर सुनता ही है। प्रार्थना से ही मूलर (एक प्रसिद्ध श्रद्धालु ईसाई) जैसे व्यक्ति अपना व्यवहार चलाते हैं, इसके दृष्टांत भी वे मुझे सुनाते रहते थे। प्रार्थना की महिमा के विषय में मैंने उनकी सारी बातें तटस्थ भाव से सुनीं। मैंने उनसे कहा कि यदि ईसाई बनने का अंतर्नाद मेरे भीतर उठा, तो उसे स्वीकार करने में कोई भी वस्तु मेरे लिए बाधक न हो सकेगी। अंतर्नाद के वश होना तो मैं इसके कई वर्ष पहले सीख चुका था। उसके वश होने में मुझे आनंद आता था। उसके विरुद्ध जाना मेरे लिए कठिन और दुःखद था।

हम वेलिंग्टन गए। मुझ 'साँवले साथी' को साथ में रखना मि. बेकर के लिए भारी पड़ गया। मेरे कारण उन्हें कई बार अड़चनें उठानी पड़ती थीं। रास्ते में हमें पड़ाव करना था, क्योंकि मि. बेकर का संघ रविवार को यात्रा न करता था और बीच में रविवार पड़ता था। मार्ग में और स्टेशन पर पहले तो मुझे प्रवेश देने से ही इनकार किया गया, और झकझक के बाद जब प्रवेश मिला तो होटल के मालिक ने भोजन-गृह में भोजन कराने से इनकार कर दिया। पर मि. बेकर यों आसानी से झुकने वाले नहीं थे। वे होटल में ठहरने वाले के हक पर डटे रहे। लेकिन मैं उनकी कठिनाइयों को समझ सका था। वेलिंग्टन में भी मैं उनके साथ ही ठहरा था। वहाँ भी उन्हें छोटी-छोटी अड़चनों का सामना करना पड़ता था। अपने सद्भाव से वे उन्हें छिपाने का प्रयत्न करते थे, फिर भी मैं उन्हें देख ही लेता था।

सम्मेलन में श्रद्धालु ईसाइयों का मिलाप हुआ। उनकी श्रद्धा को देखकर मैं प्रसन्न हुआ। मैं मि. मरे से मिला। मैंने देखा कि कई लोग मेरे लिए प्रार्थना कर रहे हैं। उनके कई भजन मुझे बहुत मीठे मालूम हुए।

सम्मेलन तीन दिन चला। मैं सम्मेलन में आने वालों की धार्मिकता को समझ सका, उसकी सराहना कर सका। पर मुझे अपने विश्वास में—अपने धर्म में—

परिवर्तन करने का कारण न मिला। मुझे यह प्रतीति न हुई कि ईसाई बनकर ही मैं स्वर्ग जा सकता हूँ अथवा मोक्ष पा सकता हूँ। जब यह बात मैंने अपने भले ईसाई मित्रों से कही तो उनको चोट तो पहुँची, पर मैं लाचार था।

मेरी कठिनाइयाँ गहरी थीं। 'एक ईसामसीह ही ईश्वर के पुत्र हैं। उन्हें जो मानता है वह तर जाता है',—यह बात मेरे गले उतरती न थी। यदि ईश्वर के पुत्र हो सकते हैं, तो हम सब उसके पुत्र हैं। यदि ईसा ईश्वर-तुल्य हैं, ईश्वर ही हैं, तो मनुष्य मात्र ईश्वर के समान है; ईश्वर बन सकता है। ईसा की मृत्यु से और अनेक रक्त से संसार के पाप धुलते हैं, इसे अक्षरशः सच मानने के लिए बुद्धि तैयार नहीं होती थी। रूपक के रूप में उसमें सत्य चाहे हो। इसके अतिरिक्त, ईसाइयों का यह विश्वास है कि मनुष्य के ही आत्मा है, दूसरे जीवों के नहीं, और देह के नाश के साथ उनका संपूर्ण नाश हो जाता है, जबकि मेरा विश्वास इसके विरुद्ध था। मैं ईसा को एक त्यागी, महात्मा, दैवी शिक्षक के रूप में स्वीकार कर सकता था, पर उन्हें अद्वितीय पुरुष के रूप में स्वीकार करना मेरे लिए शक्य न था। ईसा की मृत्यु से संसार को एक महान् उदाहरण प्राप्त हुआ। पर उनकी मृत्यु में कोई गूढ़ चमत्कारपूर्ण प्रभाव था, इसे मेरा हृदय स्वीकार नहीं कर सकता था। ईसाइयों के पवित्र जीवन में मुझे ऐसी कोई चीज नहीं मिली, जो अन्य धर्मावलंबियों के जीवन में न मिली हो। उनमें होने वाले परिवर्तनों जैसे ही परिवर्तन मैंने दूसरे के जीवन में भी होते देखे थे। सिद्धांत की दृष्टि से ईसाई सिद्धांतों में मुझे कोई अलौकिकता नहीं दिखाई पड़ी। त्याग की दृष्टि से हिंदू धर्मावलंबियों का त्याग मुझे ऊँचा मालूम हुआ। मैं ईसाई धर्म को संपूर्ण अथवा सर्वोपरि धर्म के रूप में स्वीकार न कर सका।

अपना यह हृदय-मंथन मैंने अवसर आने पर ईसाई मित्रों के सामने रखा। उसका कोई संतोषजनक उत्तर वे मुझे नहीं दे सके।

पर जिस तरह मैं ईसाई धर्म को स्वीकार न कर सका, उसी तरह हिंदू धर्म की संपूर्णता के विषय में अथवा उसकी सर्वोपरिता के विषय में भी मैं उस समय निश्चय न कर सका। हिंदू धर्म की त्रुटियाँ मेरी आँखों के सामने तैरा करती थीं। यदि अस्पृश्यता हिंदू धर्म का अंग है, तो वह सड़ा हुआ और बाद में जुड़ा हुआ अंग जान पड़ा। अनेक संप्रदायों की, अनेक जात-पाँतों की हस्ती को मैं समझ न सका। अकेले वेदों के ईश्वर-प्रणीत होने का अर्थ क्या है? यदि वेद ईश्वर-प्रणीत हैं, तो *बाइबल* और *कुरान* क्यों नहीं?

जिस तरह ईसाई मित्र मुझे प्रभावित करने के लिए प्रयत्नशील थे, उसी तरह मुसलमान मित्र भी प्रयत्न करते रहते थे। अब्दुल्ला सेठ मुझे इस्लाम का अध्ययन करने के लिए ललचा रहे थे। उनकी खूबियों की चर्चा तो वे करते ही रहते थे।

मैंने अपनी कठिनाइयाँ रायचंद भाई के सामने रखीं। हिंदुस्तान के दूसरे धर्मशास्त्रियों के साथ भी पत्र-व्यवहार शुरू किया। उनकी ओर से उत्तर भी मिले। रायचंद भाई के पत्र से मुझे बड़ी शांति मिली। उन्होंने मुझे धीरज रखने और हिंदू धर्म का गहरा अध्ययन करने की सलाह दी। उनके एक वाक्य का भावार्थ यह था—'निष्पक्ष भाव से विचार करते हुए मुझे यह प्रतीति हुई है कि हिंदू धर्म में जो सूक्ष्म और गूढ़ विचार हैं, आत्मा का निरीक्षण है, दया है, वह दूसरे धर्मों में नहीं है।'

मैंने सेल का *कुरान* खरीदा और पढ़ना शुरू किया। कुछ दूसरी इस्लामी पुस्तकें भी प्राप्त कीं। विलायत में ईसाई मित्रों से पत्र-व्यवहार शुरू किया। उनमें से एक ने एडवर्ड मेटलैंड से मेरा परिचय कराया। उनके साथ मेरा पत्र-व्यवहार चलता रहा। उन्होंने एना किंग्सफर्ड के साथ मिलकर *परफेक्ट वे* (उत्तम मार्ग) नामक पुस्तक लिखी थी। वह मुझे पढ़ने के लिए भेजी। उसमें प्रचलित ईसाई धर्म का खंडन था। उन्होंने मेरे नाम *बाइबल का नया अर्थ* नाम पुस्तक भी भेजी। ये पुस्तकें मुझे पसंद आईं। इनसे हिंदू मत की पुष्टि हुई। टॉल्स्टॉय की *वैकुंठ तेरे हृदय में है* नामक पुस्तक ने मुझे अभिभूत कर लिया। मुझ पर उसकी बहुत गहरी छाप पड़ी। इस पुस्तक की स्वतंत्र विचार-शैली, इसकी प्रौढ़ नीति और इसके सत्य के सम्मुख मि. कोट्स द्वारा दी गई सब पुस्तकें मुझे शुष्क प्रतीत हुईं।

इस प्रकार मेरा अध्ययन मुझे ऐसी दिशा में ले गया, जो ईसाई मित्रों की इच्छा के विपरीत थी। एडवर्ड मेटलैंड के साथ मेरा पत्र-व्यवहार काफी लंबे समय तक चला। कवि (रायचंद भाई) के साथ तो अंत तक बना रहा। उन्होंने कई पुस्तकें मेरे लिए भेजीं। मैं उन्हें भी पढ़ गया। उनमें *पंचीकरण*, *मणिरत्नमाला*, योगवासिष्ठ की *मुमुक्षु प्रकरण*, हरि-भद्रसूरि की *षड्दर्शन-समुच्चय* इत्यादि पुस्तकें थीं।

इस प्रकार यद्यपि मैंने इसाई मित्रों की धारणा से भिन्न मार्ग पकड़ लिया था, फिर भी उनके समागम ने मुझमें जो धर्म-जिज्ञासा जाग्रत् की, उसके लिए तो मैं उनका सदा के लिए ऋणी बन गया। अपना यह संबंध मुझे हमेशा याद रहेगा। ऐसे मधुर और पवित्र संबंध भविष्य में बढ़ते ही गए, घटे नहीं।

16. को जाने कल की?

'खबर नहीं इस जुग में पल की,
समझ मन! को जाने कल की?'

मुकदमे के खत्म होने पर मेरे लिए प्रिटोरिया में रहने का कोई कारण न रहा। मैं डरबन गया। वहाँ पहुँचकर मैंने हिंदुस्तान लौटने की तैयारी की। अब्दुल्ला सेठ मुझे बिना मान-सम्मान के जाने दें, यह संभव न था। उन्होंने मेरे निमित्त से सिडनहैम में एक सामूहिक भोजन का आयोजन किया। पूरा दिन वहीं बिताना था।

मेरे पास कुछ अखबार पड़े थे। मैं उन्हें पढ़ रहा था। एक अखबार के एक कोने में मैंने एक छोटा-सा संवाद देखा। उसका शीर्षक था—'इंडियन फ्रेंचाइज़' यानी हिंदुस्तानी मताधिकार। इस संवाद का आशय यह था कि हिंदुस्तानियों को नेटाल की धारासभा के लिए सदस्य चुनने का जो अधिकार है, वह छीन लिया जाए। धारासभा में इससे संबंध रखने वाले कानून पर बहस चल रही थी। मैं इस कानून से अपरिचित था। भोज में सम्मिलित सदस्यों में किसी को भी हिंदुस्तानियों का अधिकार छीननेवाले इस बिल की कोई खबर न थी।

मैंने अब्दुल्ला सेठ से पूछा। उन्होंने कहा, 'इन बातों को हम क्या जानें? व्यापार पर कोई संकट आवे तो हमें उसका पता चलता है। देखिए न, ऑरेंज फ्री स्टेट में हमारे व्यापार की जड़ उखड़ गई। उसके लिए हमने मेहनत की, पर हम तो अपंग ठहरे। अखबार पढ़ते हैं, तो उसमें भी सिर्फ भाव-ताव की बातें ही समझ पाते हैं। कानूनी बातों का हमें क्या पता चले? हमारे आँख-कान तो हमारे गोरे वकील हैं।'

मैंने पूछा, 'पर यहाँ पैदा हुए और अंग्रेज़ी जानने वाले इतने सारे नौजवान हिंदुस्तानी यहाँ है, वे क्या करते हैं?'

अब्दुल्ला सेठ ने माथे पर हाथ रखकर कहा, 'अरे भाई, उनसे हमें क्या मिल सकता है? वे बेचारे इसमें क्या समझें? वे तो हमारे पास भी नहीं फटकते, और सच पूछो तो हम भी उन्हें नहीं पहचानते। वे ईसाई हैं, इसलिए पादरियों के पंजे में हैं। और पादरी सब गोरे हैं, जो सरकार के अधीन हैं!'

मेरी आँखें खुल गयीं। इस समाज को अपनाना चाहिए। क्या ईसाई धर्म का यही अर्थ है? वे ईसाई हैं, इससे क्या हिंदुस्तानी नहीं रहे? और परदेशी बन गए?

किंतु मुझे तो वापस स्वदेश जाना था, इसलिए मैंने उपर्युक्त विचारों को प्रकट नहीं किया। मैंने अब्दुल्ला सेठ से कहा, 'लेकिन अगर यह कानून इसी तरह पास हो गया, तो आप सबको बड़ी मुश्किल में डाल देगा। यह तो हिंदुस्तानियों की आबादी को मिटाने का पहला कदम है। इसमें हमारे स्वाभिमान की हानि है।'

'हो सकती है। परंतु मैं आपको 'फरेंचाइज़' (इस तरह अंग्रेज़ी भाषा के कई शब्द अपना रूप बदलकर देशवासियों में रूढ़ हो गए थे। 'मताधिकार' कहो तो कोई समझता ही नहीं था।) का इतिहास सुनाऊँ। हम तो इसमें कुछ भी नहीं समझते। पर आप यह तो जानते ही हैं कि हमारे बड़े वकील मि. एस्कंब हैं। वे जबरदस्त लड़वैया हैं। उनके और यहाँ के जेटी-इंजीनियर के बीच खासी लड़ाई चलती है। मि. एस्कंब के धारासभा में जाने में यह लड़ाई बाधक होती थी। उन्होंने हमें अपनी स्थिति का भान कराया। उनके कहने से हमने अपने नाम मतदाता-सूची में लिखवाए और अपने सब मत मि. एस्कंब को दिए। अब आप देखेंगे कि हमने अपने इन मतों का मूल्य आपकी तरह क्यों नहीं आँका। लेकिन अब हम आपकी बात समझ सकते हैं। अच्छा तो कहिए, आप हमें क्या सलाह देते हैं?'

दूसरे मेहमान इस चर्चा को ध्यानपूर्वक सुन रहे थे। उनमें से एक ने कहा, 'मैं आपसे सच बात कहूँ? अगर आप इस स्टीमर से न जाएँ और एकाध महीना रुक जाएँ, तो आप जिस तरह कहेंगे, हम लड़ेंगे।'

दूसरे सब एक साथ बोल उठे, 'यह बात सच है। अब्दुल्ला सेठ, आप गांधी भाई को रोक लीजिए।'

अब्दुल्ला सेठ उस्ताद ठहरे। उन्होंने कहा, 'अब उन्हें रोकने का मुझे कोई अधिकार नहीं, अथवा जितना मुझे है उतना ही आपको भी है। पर आप जो कहते हैं, सो ठीक है। हम सब उन्हें रोक लें। पर ये तो बैरिस्टर हैं। इनकी फीस का क्या होगा?'

मैं दुःखी हुआ और बात काटकर बोला, 'अब्दुल्ला सेठ, इसमें मेरी फीस की बात ही नहीं उठती। सार्वजनिक सेवा की फीस कैसी? मैं ठहरूँ तो एक सेवक के रूप में ही ठहर सकता हूँ। मैं इन सब भाइयों को ठीक से पहचानता नहीं। पर आपको भरोसा हो कि ये सब मेहनत करेंगे, तो मैं एक महीना रुक जाने के लिए तैयार हूँ। यह सच है कि आपको मुझे कुछ भी नहीं देना होगा, फिर भी ऐसे काम बिलकुल बिना पैसे के तो हो ही नहीं सकते। हमें तार करने होंगे, कुछ साहित्य छपाना पड़ेगा, जहाँ-तहाँ जाना होगा, उसका गाड़ी-किराया लगेगा। संभव है,

हमें स्थानीय वकीलों की भी सलाह लेनी पड़े। में यहाँ के कानूनों से परिचित नहीं हूँ। मुझे कानून की पुस्तकें देखनी होंगी। इसके सिवा, ऐसे काम एक हाथ से नहीं होते, बहुतों को उनमें जुटना चाहिए।'

बहुत सी आवाजें एक साथ सुनाई पड़ीं, 'खुदा की मेहरबानी है। पैसे इकट्ठा हो जाएँगे, लोग भी बहुत हैं। आप रहना कबूल कर लें तो बस है।'

सभा सभा न रही। उसने कार्यकारिणी समिति का रूप ले लिया। मैंने सलाह दी कि भोजन से जल्दी निबटकर घर पहुँचना चाहिए। मैंने मन में लड़ाई की रूपरेखा तैयार कर ली। मताधिकार कितनों को प्राप्त है, सो जान लिया। और मैंने एक महीना रुक जाने का निश्चय किया।

इस प्रकार ईश्वर ने दक्षिण अफ्रीका में मेरे स्थायी निवास की नींव डाली और स्वाभिमान की लड़ाई का बीज रोपा गया।

17. नेटाल में बस गया

सन् 1893 में सेठ हाजी मुहम्मद हाजी दादा नेटाल के हिंदुस्तानी समाज के अग्रगण्य नेता माने जाते थे। सांपत्तिक स्थिति में सेठ अब्दुल्ला हाजी आदम मुख्य थे, पर वे और दूसरे लोग भी सार्वजनिक कामों में सेठ हाजी मुहम्मद को ही पहला स्थान देते थे। अतएव उनके सभापतित्व में अब्दुल्ला सेठ के घर एक सभा हुई। उसमें फ्रेंचाइज़ बिल का विरोध करने का निश्चय किया गया। स्वयंसेवकों के नाम लिखे गए। इस सभा में नेटाल में पैदा हुए हिंदुस्तानियों को, अर्थात् ईसाई नौजवानों को इकट्ठा किया गया था। मि. पॉल डरबन की अदालत के दुभाषिया थे। मि. सुभान गॉडफ्रे मिशन स्कूल के हेडमास्टर थे। वे भी सभा में उपस्थित रहे थे और उनके प्रभाव से उस समाज के नौजवान अच्छी संख्या में आए थे। ये सब स्वयंसेवक बन गए। व्यापारी तो अधिकतर थे ही। उनमें से जानने योग्य नाम ये हैं—सेठ दाऊद मुहम्मद, मुहम्मद कासिम कमरुद्दीन, सेठ आदमजी मियाँखान, ए. कोलंदावेल्लू पिल्लै, सी. लच्छीराम, रंगस्वामी पड़ियाची, आमद जीवा आदि। पारसी रुस्तमजी तो थे ही। कारकुन-समाज में

से पारसी माणेकजी, जोशी, नरसीराम वगैरह दादा अब्दुल्ला इत्यादि की बड़ी फर्मों के नौकर थे। इन सबको सार्वजनिक काम में सम्मिलित होने का आश्चर्य हुआ। इस प्रकार सार्वजनिक काम के लिए न्योते जाने और उसमें हाथ बँटाने का उनका यह पहला अनुभव था। उपस्थित संकट के सामने नीच-ऊँच, छोटे-बड़े, मालिक-नौकर, हिंदू-मुसलमान, पारसी, ईसाई, गुजराती, मद्रासी, सिंधी आदि भेद समाप्त हो चुके थे। सब भारत की संतान और सेवक थे।

बिल का दूसरा वाचन हो चुका था या होने वाला था। उस समय धारासभा में किए गए भाषणों में यह टीका थी कि इतने कठोर कानून का भी हिंदुस्तानियों की ओर से कोई विरोध नहीं हो रहा है, यह हिंदुस्तानी समाज की लापरवाही और मताधिकार का उपभोग करने की उनकी अयोग्यता का प्रमाण है।

मैंने सभा को वस्तुस्थिति समझाई। पहला काम तो यह सोचा गया कि धारासभा के अध्यक्ष को ऐसा तार भेजा जाए कि वे बिल पर अधिक विचार करना मुल्तवी कर दें। इसी आशय का तार मुख्यमंत्री सर जॉन रॉबिंसन को भी भेजा और दूसरा दादा अब्दुल्ला के मित्र के नाते मि. एस्कंब को भेजा गया। इस तार के जवाब में अध्यक्ष का तार मिला कि बिल की चर्चा दो दिन तक मुल्तवी रहेगी। सब खुश हुए।

प्रार्थना-पत्र तैयार किया गया। उसकी तीन प्रतियाँ भेजनी थीं। प्रेस के लिए भी प्रतियाँ तैयार करनी थी। प्रार्थना-पत्र पर जितनी मिल सकें उतनी सहियाँ लेनी थीं। यह सारा काम एक रात में पूरा करना था। शिक्षित स्वयंसेवक और दूसरे लोग लगभग सारी रात जागे। उनमें अच्छे अक्षर लिखने वाले मि. आर्थर नाम के एक वृद्ध सज्जन थे। उन्होंने सुंदर अक्षरों में प्रार्थना-पत्र की प्रति तैयार की। दूसरों ने उसकी दूसरी प्रतियाँ तैयार कीं। एक बोलता जाता और पाँच लिखते जाते थे। यों एक साथ पाँच प्रतियाँ लिखी गयीं। व्यापारी स्वयंसेवक अपनी-अपनी गाड़ियाँ लेकर अथवा अपने खर्च से गाड़ियाँ किराए पर लेकर सहियाँ लेने के लिए निकल पड़े।

प्रार्थना-पत्र गया। अखबारों में छपा। उस पर अनुकूल टीकाएँ हुईं। धारासभा पर भी असर हुआ। उसकी चर्चा भी खूब हुई। प्रार्थना-पत्र में दी गई दलीलों का खंडन करने वाले उत्तर दिए गए। पर वे देने वालों को भी लचर जान पड़े। बिल तो पास हो गया।

सब जानते थे कि यही नतीजा निकलेगा, पर कौम में नवजीवन का संचार हुआ। सब कोई यह समझे कि हम एक कौम हैं, केवल व्यापार संबंधी अधिकारों

के लिए ही नहीं, बल्कि कौम के अधिकारों के लिए भी लड़ना हम सबका धर्म है।

उन दिनों लॉर्ड रिपन उपनिवेश-मंत्री थे। उन्हें एक बहुत बड़ी अर्जी भेजने का निश्चय किया गया। इस अर्जी पर यथासंभव अधिक-से-अधिक लोगों की सहियाँ लेनी थीं। यह काम एक दिन में तो हो ही नहीं सकता था। स्वयंसेवक नियुक्त हुए और सबने काम निबटाने का जिम्मा लिया।

अर्जी लिखने में मैंने बहुत मेहनत की। जो साहित्य मुझे मिला, सो सब मैं पढ़ गया। हिंदुस्तान में हम एक प्रकार के मताधिकार का उपभोग करते हैं, सिद्धांत की इस दलील को और हिंदुस्तानियों की आबादी कम है, इस व्यावहारिक दलील को मैंने केंद्र-बिंदु बनाया।

अर्जी पर दस हजार सहियाँ हुईं। एक पखवाड़े में अर्जी भेजने लायक सहियाँ प्राप्त हो गयीं। इतने समय में नेटाल में दस हजार सहियाँ प्राप्त की गयीं, इसे पाठक छोटी-मोटी बात न समझें। सहियाँ समूचे नेटाल से प्राप्त करनी थीं। लोग ऐसे काम से अपरिचित थे। निश्चय यह था कि सही करने वाला किस बात पर सही कर रहा है, इसे जब तक वह समझ न ले तब तक सही न ली जाए। इसलिए खासतौर पर स्वयंसेवकों को भेजकर ही सहियाँ प्राप्त की जा सकती थीं। गाँव दूर-दूर थे, इसलिए अधिकतर काम करने वाले लगन से काम करें तभी ऐसा काम शीघ्रतापूर्वक हो सकता था। ऐसा ही हुआ। इसमें सबने उत्साह-पूर्वक काम किया। काम करने वालों में से सेठ दाऊद मुहम्मद, पारसी रुस्तमजी, आदमजी मियाँखान और आमद जीवा की मूर्तियाँ इस समय भी मेरी आँखों के सामने खड़ी हैं। ये खूब सहियाँ लाए थे। दाऊद सेठ अपनी गाड़ी लेकर दिन भर घूमा करते थे। किसी ने जेब-खर्च तक नहीं माँगा।

दादा अब्दुल्ला का घर धर्मशाला अथवा सार्वजनिक दफ्तर-सा बन गया था। पढे-लिखे भाई तो मेरे पास ही बने रहते थे। उनका और अन्य काम करने वालों का भोजन दादा अब्दुल्ला के घर ही होता था। इस प्रकार सब बहुत खर्च में उतर गए।

अर्जी गई। उसकी एक हजार प्रतियाँ छपवाई थीं। उस अर्जी के कारण हिंदुस्तान के आम लोगों को नेटाल का पहली बार परिचय हुआ। मैं जितने अखबारों और सार्वजनिक नेताओं के नाम जानता था उतनों को अर्जी की प्रतियाँ भेजीं।

'टाइम्स ऑफ इंडिया' ने उस पर अग्रलेख लिखा और हिंदुस्तानियों की माँग का अच्छा समर्थन किया। विलायत में भी अर्जी की प्रतियाँ सब पक्षों के नेताओं

को भेजी गई थीं। वहाँ लंदन के 'टाइम्स' का समर्थन प्राप्त हुआ। इससे आशा बँधी कि बिल मंजूर न हो सकेगा।

अब मैं नेटाल छोड़ सकूँ, ऐसी मेरी स्थिति नहीं रही। लोगों ने मुझे चारों तरफ से घेर लिया और नेटाल में ही स्थायी रूप से रहने का अत्यंत आग्रह किया। मैंने अपनी कठिनाइयाँ बतायीं। मैंने अपने मन में निश्चय कर लिया था कि मुझे सार्वजनिक खर्च पर नहीं रहना चाहिए। मुझे अलग घर बसाने की आवश्यकता जान पड़ी। उस समय मैंने यह माना था कि घर भी अच्छा और अच्छी बस्ती में लेना चाहिए।

मैंने सोचा कि दूसरे बैरिस्टरों की तरह मेरे रहने से हिंदुस्तानी समाज की इज्जत बढ़ेगी। मुझे लगा कि ऐसा घर में साल में 300 पौंड के खर्च के बिना चला ही नहीं सकूँगा। मैंने निश्चय किया कि इतनी रकम की वकालत की गारंटी मिलने पर ही मैं रह सकता हूँ और वहाँ वालों को इसकी सूचना दे दी।

साथियों ने दलील देते हुए कहा, 'पर इतनी रकम आप सार्वजनिक काम के लिए लें, यह हमें पुसा सकता है, और इसे इकट्ठा करना हमारे लिए आसान है। वकालत करते हुए आपको जो मिले, सो आपका।'

मैंने जवाब दिया, 'मैं इस तरह पैसे नहीं ले सकता। अपने सार्वजनिक काम की मैं इतनी कीमत नहीं समझता। मुझे उसमें कोई वकालत तो करनी नहीं है। मुझे तो लोगों से काम लेना होगा। उसके पैसे मैं कैसे ले सकता हूँ? फिर, मुझे सार्वजनिक काम के लिए आपसे पैसे निकलवाने होंगे। अगर मैं अपने लिए पैसे लूँ तो आपके पास से बड़ी रकमें निकलवाने में मुझे संकोच होगा और आखिर हमारी नाव अटक जाएगी। समाज से तो मैं हर साल 300 पाउंड से अधिक ही खर्च कराऊँगा।'

'पर हम आपको पहचानने लगे हैं। आप कौन अपने लिए पैसे माँगते हैं? आपके रहने का खर्च तो हमें देना ही चाहिए न?'

'यह तो आपका स्नेह और तात्कालिक उत्साह बुलवा रहा है। यही उत्साह और यही स्नेह सदा बना रहेगा, यह हम कैसे मान लें? मौका आने पर मुझे तो कभी-कभी आपको कड़वी बातें भी कहनी पड़ेंगी। उस दशा में भी मैं आपके स्नेह की रक्षा कर सकूँगा या नहीं, सो तो दैव जाने। पर असल बात यह है कि सार्वजनिक सेवा के लिए मुझे पैसे लेने ही न चाहिए। आप सब वकालत संबंधी अपना काम मुझे देने के लिए वचनबद्ध हो जाएँ, तो उतना मेरे लिए बस है।

शायद यह भी आपके लिए भारी पड़ेगा। मैं कोई गोरा बैरिस्टर नहीं हूँ। कोर्ट मुझे दाद दे या न दे, मैं क्या जानूँ? मैं तो यह भी नहीं जानता कि मुझसे कैसी वकालत हो सकेगी? इसलिए मुझे पहले से वकालत का मेहनताना देने में भी आपको जोखिम उठानी है। इतने पर भी अगर आप मुझे वकालत का मेहनताना देंगे, तो वह मेरी सार्वजनिक सेवा के कारण ही माना जाएगा न?'

इस चर्चा का परिणाम यह निकला कि कोई बीस व्यापरियों ने मेरे लिए एक वर्ष का वर्षासन बाँध दिया। इसके उपरांत, दादा अब्दुल्ला विदाई के समय मुझे जो भेंट देनेवाले थे, उसके बदले उन्होंने मेरे लिए आवश्यक फर्नीचर खरीद दिया और मैं नेटाल में बस गया।

18. रंग-भेद

न्यायालय का चिह्न तराजू है। एक निष्पक्ष, अंधी परंतु चतुर बुढ़िया उसे थामे हुए है। विधाता ने उसे अंधी बनाया है, जिससे वह मुँह देखकर तिलक न करे, बल्कि जो व्यक्ति गुण में योग्य हो, उसी को टीका लगाए। विपरीत, नेटाल के न्यायालय से वहाँ की वकील-सभा मुँह देखकर तिलक करवाने के लिए तैयार हो गई थी। परंतु अदालत ने इस अवसर पर अपने चिह्न की प्रतिष्ठा रख ली।

मुझे वकालत की सनद लेनी थी। मेरे पास बंबई के हाईकोर्ट का प्रमाण-पत्र था। विलायत का प्रमाण-पत्र बंबई के हाईकोर्ट के कार्यालय में था। प्रवेश के प्रार्थना पत्र के साथ सदाचरण के दो प्रमाण-पत्रों की आवश्यकता मानी जाती थी। मैंने सोचा कि ये प्रमाण-पत्र गोरों के होंगे तो ठीक रहेगा। इसलिए अब्दुल्ला सेठ के द्वारा मेरे संपर्क में आए हुए दो प्रसिद्ध गोरे व्यापारियों के प्रमाण-पत्र मैंने प्राप्त कर लिए थे। प्रार्थना-पत्र किसी वकील के द्वारा भेजा जाना चाहिए था और साधारण नियम यह था कि ऐसा प्रार्थना-पत्र एटार्नी जनरल बिना पारिश्रमिक के प्रस्तुत करे। मि. एस्कंब एटार्नी जनरल थे। हम यह तो जानते हैं कि अब्दुल्ला सेठ के वकील थे। मैं उनसे मिला और उन्होंने खुशी से मेरा प्रार्थना-पत्र प्रस्तुत करना स्वीकार किया।

इतने में अचानक वकील-सभा की ओर से मुझे नोटिस मिली। नोटिस में न्यायालय में मेरे प्रवेश का विरोध किया गया था। उसमें एक कारण यह दिया था कि वकालत के लिए दिए गए प्रार्थना-पत्र के साथ मैंने मूल प्रमाण-पत्र नत्थी नहीं किया था। पर विरोध का मुख्य मुद्दा यह था कि अदालत में वकीलों की भरती करने के नियम बनाते समय यह संभव न माना गया होगा कि कोई काला या पीला आदमी कभी प्रवेश के लिए प्रार्थना-पत्र देगा। नेटाल गोरों के साहस से बना था, इसलिए उसमें गोरों की ही प्रधानता होनी चाहिए। यदि काले वकील प्रवेश पाने लगेंगे, तो धीरे-धीरे गोरों की प्रधानता जाती रहेगी और उनकी रक्षा की दीवार नष्ट हो जाएगी।

इस विरोध के समर्थन के लिए वकील-सभा ने एक प्रसिद्ध वकील को नियुक्त किया था। इन वकील का भी दादा अब्दुल्ला के साथ संबंध था। उन्होंने मुझे उनके मारफत बुलवाया। मेरे साथ शुद्ध भाव से चर्चा की। मेरा इतिहास पूछा। मैंने वह बताया। इस पर वे बोले, 'मुझे तो आपके विरुद्ध कुछ नहीं कहना है। मुझे डर इस बात का था कि कहीं आप यहीं जन्मे हुए कोई धूर्त तो नहीं हैं! दूसरे, आपके पास असल प्रमाण-पत्र नहीं है, इससे मेरे संदेह को बल मिला। ऐसे भी लोग मौजूद हैं, जो दूसरों के प्रमाण-पत्रों का उपयोग करते हैं। आपने गोरों के जो प्रमाण-पत्र पेश किए हैं, उनका मुझ पर कोई प्रभाव नहीं पड़ा। वे आपको क्या जानें? आपके साथ उनकी पहचान ही कितनी?'

मैं बीच में बोला, 'लेकिन यहाँ तो मेरे लिए सभी नए हैं। अब्दुल्ला सेठ ने भी मुझे यहीं पहचाना है।'

'ठीक है। लेकिन आप तो कहते हैं कि वे आपके गाँव के हैं और आपके पिता वहाँ के दीवान थे। इसलिए आपके परिवार को तो वे पहचानते ही होंगे न? आप उनका शपथ-पत्र अगर पेश कर दें, तो फिर मुझे कोई आपत्ति न रह जाएगी। मैं वकील-सभा को लिख दूँगा कि मुझसे आपका विरोध नहीं हो सकेगा।'

मुझे गुस्सा आया, पर मैंने उसे रोक लिया। मैंने सोचा, 'यदि मैंने अब्दुल्ला सेठ का प्रमाण-पत्र प्रस्तुत किया होता, तो उसकी अवगणना की जाती और गोरे का परिचय-पत्र माँगा जाता। इसके सिवा, मेरे जन्म के साथ वकालत की मेरी योग्यता का क्या संबंध हो सकता है? यदि मैं दुष्ट अथवा कंगाल माता-पिता का लड़का होऊँ, तो मेरी योग्यता की जाँच करते समय मेरे विरुद्ध उसका उपयोग क्यों किया जाए?' पर इन सब विचारों को अंकुश में रखकर मैंने जवाब दिया, 'यद्यपि मैं यह

नहीं स्वीकार करता कि ये सब तथ्य माँगने का वकील-सभा को अधिकार है, फिर भी आप जैसा चाहते हैं वैसा शपथ-पत्र प्राप्त करने के लिए मैं तैयार हूँ।'

अब्दुल्ला सेठ का शपथ-पत्र तैयार किया और उसे वकील को दिया। उन्होंने संतोष प्रकट किया। पर वकील-सभा को संतोष न हुआ। उसने मेरे प्रवेश के विरुद्ध अपना विरोध न्यायालय के सामने प्रस्तुत किया। न्यायालय ने मि० एस्कंब का जवाब सुने बिना ही वकील-सभा का विरोध रद कर दिया। मुख्य न्यायाधीश ने कहा, 'प्रार्थी के असल प्रमाण-पत्र प्रस्तुत न करने की दलील में कोई सार नहीं है। यदि उसने झूठी शपथ ली होगी, तो उसके लिए उस पर झूठी शपथ का फौजदारी मुकदमा चल सकेगा और उसका नाम वकीलों की सूची में से निकाल दिया जाएगा। न्यायालाय के नियमों में काले-गोरे का भेद नहीं है। हमें मि. गांधी को वकालत करने से रोकने का अधिकार नहीं है। उनका प्रार्थना-पत्र स्वीकार किया जाता है। मि. गांधी, आप शपथ ले सकते हैं।'

मैं उठा। रजिस्ट्रार के सम्मुख मैंने शपथ ली। शपथ लेते ही मुख्य न्यायाधीश ने कहा, 'अब आपको अपनी पगड़ी उतार देनी चाहिए। एक वकील के नाते वकीलों से संबंध रखनेवाले न्यायालय के पोशाक-विषयक नियम का पालन आपके लिए भी आवश्यक है!'

मैं अपनी मर्यादा समझ गया। डरबन के मजिस्ट्रेट की कचहरी में जिस पगड़ी को पहने रहने का मैंने आग्रह रखा था, उसे मैंने यहाँ उतार दिया। उतारने के विरुद्ध दलील तो थी ही। पर मुझे बड़ी लड़ाइयाँ लड़नी थीं। पगड़ी पहने रहने का हठ करने में मुझे लड़ने की अपनी कला समाप्त नहीं करनी थी। इससे तो शायद उसे बट्टा ही लगता।

अब्दुल्ला सेठ को और दूसरे मित्रों को मेरी यह नरमी (या निर्बलता?) अच्छी न लगी। उनका खयाल था कि मुझे वकील के नाते भी पगड़ी पहने रहने का आग्रह रखना चाहिए था। मैंने उन्हें समझाने का प्रयत्न किया। 'जैसा देश वैसा भेष' इस कहावत का रहस्य समझाया और कहा, 'हिंदुस्तान में गोरे अफसर या जज पगड़ी उतारने के लिए विवश करें, तो उसका विरोध किया जा सकता है। नेटाल जैसे देश में और यहाँ के न्यायालय के एक अधिकारी के नाते न्यायालय की रीति-नीति का ऐसा विरोध करना मुझे शोभा नहीं देता।'

इस और ऐसी दूसरी दलीलों से मैंने मित्रों को कुछ शांत तो किया, पर मैं नहीं मानता कि एक ही वस्तु को भिन्न परिस्थितियों में भिन्न रीति से देखने का औचित्य

मैं इस अवसर पर उन्हें संतोषजनक रीति से समझा सका था। पर मेरे जीवन में आग्रह और अनाग्रह हमेशा साथ-साथ ही चलते रहे हैं। सत्याग्रह में यह अनिवार्य है, इसका अनुभव मैंने बाद में कई बार किया है। इस समझौता-वृत्ति के कारण मुझे कितनी ही बार अपने प्राणों को संकट में डालना पड़ा है और मित्रों का असंतोष सहना पड़ा है। पर सत्य वज्र के समान कठिन है और कमल के समान कोमल है।

वकील-सभा के विरोध ने दक्षिण अफ्रीका में मेरे लिए दूसरे विज्ञापन का काम किया। ज़्यादातर अखबारों ने मेरे प्रवेश के विरोध की निंदा की और वकीलों पर ईर्ष्या का दोष लगाया। इस विज्ञापन से मेरा काम किसी हद तक सरल हो गया।

19. नेटाल इंडियन कांग्रेस

वकालत का धंधा मेरे लिए गौण वस्तु थी और सदा गौण ही रही। नेटाल में अपने निवास को सार्थक करने के लिए तो मुझे सार्वजनिक काम में तन्मय हो जाना था। भारतीय मताधिकार प्रतिबंधक कानून के विरुद्ध केवल प्रार्थना-पत्र भेजकर ही बैठा नहीं जा सकता था। उसके बारे में आंदोलन चलते रहने से उपनिवेश-मंत्री पर उसका असर पड़ सकता था। इसके लिए एक संस्था की स्थापना करना आवश्यक मालूम हुआ। इस संबंध में मैंने अब्दुल्ला सेठ से सलाह की, दूसरे साथियों से मिला, और हमने एक सार्वजनिक संस्था खड़ी करने का निश्चय किया।

उसके नामकरण में थोड़ा, धर्म-संकट था। इस संस्था को किसी पक्ष के साथ पक्षपात नहीं करना था। मैं यह जानता था कि कांग्रेस का नाम कंज़र्वेटिव (पुराणपंथी) पक्ष में अप्रिय था। पर कांग्रेस हिंदुस्तान का प्राण थी। उसकी शक्ति तो बढ़नी ही चाहिए। उस नाम को छिपाने में अथवा अपनाते हुए संकोच करने में नामर्दी की गंध आती थी। अतएव मैंने अपनी दलीलें पेश करके संस्था का नाम 'कांग्रेस' ही रखने का सुझाव दिया, और सन् 1894 के मई महीने की 22 तारीख को नेटाल इंडियन कांग्रेस का जन्म हुआ।

दादा अब्दुल्ला का ऊपर वाला बड़ा कमरा भर गया था। लोगों ने इस संस्था का उत्साहपूर्वक स्वागत किया। उसका विधान सादा रखा था। चंदा भारी था।

हर महीने कम-से-कम पाँच शिलिंग देनेवाला ही उसका सदस्य बन सकता था। धनी व्यापारियों को रिझाकर उनसे अधिक-से-अधिक जितना लिया जा सके, लेने का निश्चय हुआ। अब्दुल्ला सेठ से महीने के दो पाउंड लिखवाए। दूसरे भी दो सज्जनों से इतने ही लिखवाए। मैंने सोचा कि मुझे तो संकोच करना ही नहीं चाहिए, इसलिए मैंने महीने का एक पाउंड लिखाया। मेरे लिए यह कुछ बड़ी रकम थी। पर मैंने सोचा कि अगर मेरा खर्च चलने ही वाला हो, तो मेरे लिए हर महीने एक पाउंड देना अधिक नहीं होगा। ईश्वर ने मेरी गाड़ी चला दी। एक पाउंड देनेवालों की संख्या काफी रही। दस शिलिंगवाले उनसे भी अधिक। इसके अलावा, सदस्य बने बिना कोई अपनी इच्छा से भेंट के रूप में जो कुछ दे सो स्वीकार करना था।

अनुभव से पता चला कि बिना तकाजे के कोई चंदा नहीं देता। डरबन से बाहर रहने वालों के यहाँ बार-बार जाना असंभव था। आरंभ-शूरता का दोष तुरंत प्रकट हुआ। डरबन में भी कई चक्कर लगाने पर पैसे मिलते थे। मैं मंत्री था। पैसे उगाहने का बोझ मेरे सिर था। मेरे लिए अपने मुहर्रिर का लगभग सारा दिन उगाही के काम में ही लगाए रखना जरूरी हो गया। मुहर्रिर भी दिक आ गया। मैंने अनुभव किया कि चंदा मासिक नहीं, वार्षिक होना चाहिए और वह सबको पेशगी ही दे देना चाहिए। सभा की गई। सबने मेरी सूचना का स्वागत किया और कम-से-कम तीन पाउंड वार्षिक चंदा लेने का निश्चय हुआ। इससे वसूली का काम आसान बना।

मैंने आरंभ में ही यह सीख लिया था कि सार्वजनिक काम कभी कर्ज लेकर नहीं करना चाहिए। दूसरे कामों के बारे में लोगों का विश्वास चाहे किया जाए, पर पैसे के वादे का विश्वास नहीं किया जा सकता। मैंने देख लिया था कि लिखाई हुई रकम चुकाने का धर्म लोग कहीं भी नियमित रूप से नहीं पालते। इसमें नेटाल के भारतीय अपवाद रूप नहीं थे। अतएव नेटाल इंडियन कांग्रेरा ने कभी कर्ज लेकर काम किया ही नहीं।

सदस्य बनाने में साथियों ने असीम उत्साह का परिचय दिया था। इसमें उन्हें आनंद आता था। अनमोल अनुभव प्राप्त होते थे। बहुतेरे लोग खुश होकर नाम लिखाते और तुरंत पैसे दे देते थे। दूर-दूर के गाँवों में थोड़ी कठिनाई होती थी। लोग सार्वजनिक काम का अर्थ नहीं समझते थे। बहुत सी जगहों में तो लोग अपने यहाँ आने का न्योता भेजते और प्रमुख व्यापारी के यहाँ ठहरने की व्यवस्था करते। पर

इन यात्राओं में एक जगह शुरू में ही हमें मुश्किल का सामना करना पड़ा। वहाँ एक व्यापारी से छह पाउंड मिलने चाहिए थे, पर वह तीन से आगे बढ़ता ही न था। अगर इतनी रकम हम ले लेते, तो फिर दूसरों से अधिक न मिलती। पड़ाव उन्हीं के घर था। हम सब भूखे थे। पर जब तक चंदा न मिले, भोजन कैसे करें? उन भाई को खूब समझाया-मनाया। पर वे टस-से-मस न होते थे। गाँव के दूसरे व्यापारियों ने भी उन्हें समझाया। सारी रात झक झक में बीत गई। गुस्सा तो कई साथियों को आया, पर किसी ने विनय का त्याग न किया। ठेठ सबेरे वे भाई पिघले और उन्होंने छह पाउंड दिए। हमें भोजन कराया। यह घटना टोंगाट में घटी थी। इसका प्रभाव उत्तरी किनारे पर ठेठ स्टेंगर तक और अंदर की ओर ठेठ चार्ल्सटाउन तक पड़ा। इससे चंदा-वसूली का हमारा काम आसान हो गया।

पर हमारा हेतु केवल पैसे इकट्ठे करने का ही न था। आवश्यकता से अधिक पैसा न रखने का तत्त्व भी मैं समझ चुका था।

सभा हर हफ्ते या हर महीने आवश्यकता के अनुसार होती थी। उसमें पिछली सभा का विवरण पढ़ा जाता और अनेक प्रकार की चर्चाएँ होतीं। चर्चा करने की और थोड़े में मुद्दे की बात कहने की आदत तो लोगों को थी ही नहीं। लोग खड़े होकर बोलने में झिझकते थे। सभा के नियम समझाए गए और लोगों ने उनकी कद्र की। इससे होने वाले अपने लाभ को वे देख सके और जिन्हें पहले कभी सार्वजनिक रूप से बोलने की आदत नहीं थी, वे सार्वजनिक कामों के विषय में बोलने और विचारने लग गए।

मैं यह भी जानता था कि सार्वजनिक काम करने में छोटे-छोटे खर्च बहुत पैसा खा जाते हैं। शुरू में तो मैंने निश्चय कर लिया था कि रसीद बुक तक न छपाई जाए। मेरे दफ्तर में साइक्लोस्टाइल मशीन थी। उस पर रसीदें छपा लीं। रिपोर्ट भी मैं इसी तरह छपा लेता था। जब तिजोरी में काफी पैसा जमा हो गया, सदस्य बढ़े, काम बढ़ा, तभी रसीद आदि छपाना शुरू किया। ऐसी किफायत हर एक संस्था के लिए आवश्यक है। फिर भी मैं जानता हूँ कि हमेशा यह मर्यादा रह नहीं पाती। इसीलिए इस छोटी सी उगती हुई संस्था के आरंभिक निर्माण-काल का विवरण देना मैंने उचित समझा है। लोग रसीद की परवाह नहीं करते थे। फिर भी उन्हें आग्रहपूर्वक रसीद दी जाती थी। इसके कारण आरंभ से ही पाई-पाई का हिसाब साफ रहा, और मैं मानता हूँ कि आज भी नेटाल कांग्रेस के दफ्तर में सन् 1894 के पूरे-पूरे ब्योरे वाले बहीखाते मिलने चाहिए। किसी भी संस्था का बारीकी से रखा

गया हिसाब उसकी नाक है। इसके अभाव में वह संस्था आखिर गंदी और प्रतिष्ठा-रहित हो जाती है। शुद्ध हिसाब के बिना शुद्ध सत्य की रक्षा असंभव है।

कांग्रेस का दूसरा अंग उपनिवेशों में जन्मे हुए पढ़े-लिखे हिंदुस्तानियों की सेवा करना था। इसके लिए 'कॉलोनियल बॉर्न इंडियन एज्युकेशनल एसोसिएशन' (उपनिवेशों में जन्मे हुए भारतीयों का शिक्षा-मंडल) की स्थापना की गई। नवयुवक ही मुख्यतः उसके सदस्य थे। उन्हें बहुत थोड़ा चंदा देना होता था। इस संस्था के द्वारा उनकी आवश्यकताओं का पता चलता था और उनकी विचार-शक्ति बढ़ती थी। हिंदुस्तानी व्यापारियों के साथ उनका संबंध कायम होता था और स्वयं उन्हें भी समाज की सेवा करने के अवसर प्राप्त होते थे। यह संस्था वाद-विवाद मंडल जैसी थी। इसकी नियमित सभाएँ होती थीं। उनमें वे लोग भिन्न-भिन्न विषयों पर अपने भाषण करते और निबंध पढ़ते थे। इसी निमित्त से एक छोटे से पुस्तकालय भी स्थापना हुई थी।

कांग्रेस का तीसरा अंग था बाहरी कार्य। इसमें दक्षिण अफ्रीका के अंग्रेज़ों में और बाहर इंग्लैंड तथा हिंदुस्तान में नेटाल की सच्ची स्थिति पर प्रकाश डालने का काम होता था। इस उद्देश्य से मैंने दो पुस्तिकाएँ लिखीं। पहली पुस्तिका का नाम था—'दक्षिण अफ्रीका में रहने वाले प्रत्येक अंग्रेज़ से विनती', उसमें नेटाल निवासी भारतीयों की स्थिति का साधारण दिग्दर्शन प्रमाणों-सहित कराया गया था। दूसरी पुस्तिका का नाम था—'भारतीय मताधिकार—एक विनती', उसमें भारतीय मताधिकार का इतिहास आँकड़ों और प्रमाणों-सहित दिया गया था। ये दोनों पुस्तिकाएँ काफी अध्ययन और परिश्रम के बाद लिखी गई थीं। इनका फल भी वैसा ही मिला। इनका व्यापक प्रचार किया गया था। इस कार्य के निमित्त से दक्षिण अफ्रीका में हिंदुस्तानियों के मित्र पैदा हो गए। इंग्लैंड में और हिंदुस्तान में सब पक्षों की तरफ से मदद मिली, कार्य करने की दिशा प्राप्त हुई और उसने निश्चित रूप धारण किया।

20. बालासुंदरम्

जैसी जिसकी भावना वैसा उसका फल, इस नियम को मैंने अपने बारे में अनेक

बार घटित होते देखा है। जनता की अर्थात् गरीबों की सेवा करने की मेरी प्रबल इच्छा ने गरीबों के साथ मेरा संबंध हमेशा ही अनायास जोड़ दिया है।

यद्यपि नेटाल इंडियन कांग्रेस में उपनिवेशों में पैदा हुए हिंदुस्तानियों ने प्रवेश किया था और मुहर्रिरों का समाज उसमें दाखिल हुआ था, फिर भी मजदूरों ने, गिरमिटिया समाज के लोगों ने, उसमें प्रवेश नहीं किया था। कांग्रेस उनकी नहीं हुई थी। वे उसमें चंदा देकर और दाखिल होकर उसे अपना नहीं सके थे। उनके मन में कांग्रेस के प्रति प्रेम तो तभी पैदा हो सकता था, जब कांग्रेस उनकी सेवा करे। ऐसा प्रसंग अपने आप आ गया और वह भी ऐसे समय जब कि मैं स्वयं अथवा कांग्रेस उसके लिए शायद ही तैयार थी। मुझे वकालत शुरू किए अभी मुश्किल से दो-चार महीने हुए थे। कांग्रेस का भी बचपन था। इतने में एक दिन बालासुंदरम् नाम का एक मद्रासी हिंदुस्तानी हाथ में साफा लिए रोता-रोता मेरे सामने आकर खड़ा हो गया। उसके कपड़े फटे हुए थे, वह थर-थर काँप रहा था, उसके मुँह से खून बह रहा था और उसके आगे के दो दाँत टूटे हुए थे। उसके मालिक ने उसे बुरी तरह मारा था। मालिक किसी वजह से गुस्सा हुआ होगा। उसे होश न रहा और उसने बालासुंदरम् की खूब जमकर पिटाई की। परिणामस्वरूप बालासुंदरम् के दो दाँत टूट गए।

मैंने उसे डॉक्टर के यहाँ भेजा। उन दिनों गोरे डॉक्टर ही मिलते थे। मुझे चोट-संबंधी प्रमाण-पत्र की आवश्यकता थी। उसे प्राप्त करके मैं बालासुंदरम् को मजिस्ट्रेट के पास ले गया। वहाँ बालासुंदरम् का शपथ-पत्र प्रस्तुत किया। उसे पढ़कर मजिस्ट्रेट मालिक पर गुस्सा हुआ। उसने मालिक के नाम समन जारी करने का हुक्म दिया।

मेरी नीयत मालिक को सजा कराने की नहीं थी। मुझे तो बालासुंदरम् को उसके पंजे से छुड़ाना था। मैंने गिरमिटियों से संबंध रखने वाले कानून की छानबीन कर ली। यदि साधारण नौकर नौकरी छोड़ता, तो मालिक उसके खिलाफ दीवानी दावा दायर कर सकता था, पर उसे फौजदारी में नहीं ले जा सकता था। गिरमिट में और साधारण नौकरी में बहुत फर्क था। पर खास फरक यह था कि अगर गिरमिटिया मालिक को छोड़े, तो वह फौजदारी गुनाह माना जाता था और उसके लिए उसे कैद भुगतनी होती थी। इसीलिए सर विलियम विल्सन हंटर ने इस स्थिति को लगभग गुलामी की सी स्थिति माना था। गुलाम की तरह गिरमिटिया मालिक की मिल्कियत माना जाता था। बालासुंदरम् को छुड़ाने के केवल दो

उपाय थे—या तो गिरमिटियों के लिए नियुक्त अधिकारी, जो कानून की दृष्टि से उनका रक्षक कहा जाता था, उसका गिरमिट रद करे या दूसरे के नाम लिखवा दे; अथवा मालिक स्वयं उसे छोड़ने को तैयार हो जाए। मैं मालिक से मिला। उससे मैंने कहा, 'मैं आपको सजा नहीं कराना चाहता। इस आदमी को सख्त मार पड़ी है, सो तो आप जानते ही हैं। आप इसका गिरमिट दूसरे के नाम लिखाने को राजी हो जाएँ, तो मुझे संतोष होगा।' मालिक तो यही चाहता था। फिर मैं रक्षक से मिला। उसने भी सहमत होना स्वीकार किया, पर शर्त यह रखी कि मैं बालासुंदरम् के लिए नया मालिक खोज दूँ।

मुझे नए अंग्रेज़ मालिक की खोज करनी थी। हिंदुस्तानियों को गिरमिटिया मजदूर रखने की इजाजत नहीं थी। मैं अभी कुछ ही अंग्रेजों को पहचानता था। उनमें से एक को मिला। उन्होंने मुझ पर मेहरबानी करके बालासुंदरम् को रखना मंजूर कर लिया। मैंने उनकी कृपा को साभार स्वीकार किया। मजिस्ट्रेट ने मालिक को अपराधी ठहराकर यह लिख दिया कि उसने बालासुंदरम् का गिरमिट दूसरे के नाम लिखाना स्वीकार किया है।

बालासुंदरम् के मामले की बात गिरमिटियों में चारों तरफ फैल गई और मैं उनका बंधु मान लिया गया। मुझे यह बात अच्छी लगी। मेरे दफ्तर में गिरमिटियों का ताँता-सा लग गया और मुझे उनके सुख-दुःख जानने की बड़ी सुविधा हो गई।

बालासुंदरम् के मामले की भनक ठेठ मद्रास प्रांत तक पहुँची। उस प्रांत के जिन-जिन हिस्सों से लोग नेटाल के गिरमिट में जाते, उन्हें गिरमिटिया ही इस मामले की जानकारी देते थे। वैसे यह मामला महत्त्व का नहीं था, पर लोगों को यह जानकर आनंद और आश्चर्य हुआ कि उनके लिए प्रकट रूप से काम करने वाला कोई आदमी निकल आया है। इस बात से उन्हें आश्वासन मिला।

मैं ऊपर लिख चुका हूँ कि बालासुंदरम् अपना साफा उतारकर और उसे अपने हाथ में रखकर मेरे पास आया था। इस घटना में बड़ी करुणा भरी है; इसमें हमारी बेइज्जती भी भरी है। पगड़ी उतारने का मेरा किस्सा तो हम जान ही चुके हैं। गिरमिटिया और दूसरे अनजान हिंदुस्तानी जब किसी भी गोरे के घर में दाखिल होते, तो उसके सम्मान के लिए पगड़ी उतार लिया करते थे—फिर वह टोपी हो, या बँधी हुई पगड़ी हो या लपेटा हुआ साफा हो। दोनों हाथों से सलाम करना काफी नहीं था। बालासुंदरम् ने सोचा कि मेरे सामने भी इसी तरह आना चाहिए। मेरे निकट बालासुंदरम् का यह दृश्य मेरा पहला अनुभव था। मैं शर्माया। मैंने

बालासुंदरम् को साफा बाँधने के लिए कहा। बड़े संकोच के साथ उसने साफा बाँधा। पर इससे उसे जो खुशी हुई, उसे मैं ताड़ गया। दूसरों को अपमानित करके लोग अपने को सम्मानित कैसे समझ सकते हैं, इस पहेली को मैं आज तक हल नहीं कर सका हूँ।

21. तीन पाउंड का कर

बालासुंदरम् के किस्से ने गिरमिटिया हिंदुस्तानियों के साथ मेरा संबंध जोड़ दिया। परंतु उन पर कर लगाने का जो आंदोलन चला, उसके परिणामस्वरूप मुझे उनकी स्थिति का गहरा अध्ययन करना पड़ा।

1894 के साल में गिरमिटिया हिंदुस्तानियों पर हर साल 25 पाउंड का अर्थात् 375 रुपयों का कर लगाने के कानून का मसविदा नेटाल की सरकार ने तैयार किया। उस मसविदे को पढ़कर मैं तो दिग्मूढ़ ही हो गया। मैंने उसे स्थानीय कांग्रेस के सामने रखा। इस मामले में जो आंदोलन करना उचित था, वह करने का एक प्रस्ताव कांग्रेस ने पास किया।

लगभग 1860 में जब नेटाल में बसे हुए गोरों ने देखा कि वहाँ ईख की फसल अच्छी हो सकती है, तो उन्होंने मजदूरों की खोज शुरू की। मजदूर न मिलें, तो न ईख पैदा हो सकती थी और न चीनी ही बन सकती थी। नेटाल के हबशी यह मजदूरी नहीं कर सकते थे। इसलिए नेटाल-निवासी गोरों ने भारत-सरकार के साथ विचार-विमर्श करके हिंदुस्तानी मजदूरों को नेटाल जाने देने की अनुमति प्राप्त की। उन्हें यह लालच दिया गया कि पाँच साल तक मजदूरी करने का बंधन रहेगा और पाँच साल के बाद उन्हें स्वतंत्र रीति से नेटाल में बसने की छूट रहेगी। उनको जमीन का मालिक बनने का पूरा अधिकार भी दिया गया था। उस समय गोरे चाहते थे कि हिंदुस्तानी मजदूर अपने पाँच साल पूरे होने के बाद जमीन जोतें और अपने उद्यम का लाभ नेटाल को दें।

हिंदुस्तानी मजदूरों ने यह लाभ आशा से अधिक दिया। साग-सब्जी खूब बोई। हिंदुस्तान की अनेक उत्तम तरकारियाँ पैदा कीं। जो साग-सब्जियाँ वहाँ

पहले से पैदा होती थीं, उनके दाम सस्ते कर दिए। हिंदुस्तान से आम लाकर लगाए। पर इसके साथ ही उन्होंने व्यापार भी शुरू कर दिया। घर बनाने के लिए जमीनें खरीद लीं और बहुतेरे लोग मजदूर न रहकर अच्छे जमींदार और मकान-मालिक बन गए। इस तरह मजदूरों से मकान-मालिक बन जाने वालों के पीछे-पीछे वहाँ स्वतंत्र व्यापारी भी पहुँचे। स्व, सेठ अबूबकर आमद उनमें सबसे पहले पहुँचनेवाले थे। उन्होंने वहाँ अपना कारोबार खूब जमाया।

गोरे व्यापारी चौंके। जब पहले-पहल उन्होंने हिंदुस्तानी मजदूरों का स्वागत किया था, तब उन्हें उनकी व्यापार करने की शक्ति का कोई अंदाज न था। वे किसान के नाते स्वतंत्र रहें, इस हद तक तो गोरों को उस समय कोई आपत्ति न थी, पर व्यापार में उनकी प्रतिद्वन्द्विता उन्हें असह्य जान पड़ी।

हिंदुस्तानियों के साथ उनके विरोध के मूल में यह चीज थी।

उसमें दूसरी चीजें और मिल गयीं। हमारी अलग रहन-सहन, हमारी सादगी, हमारा कम नफे से संतुष्ट रहना, आरोग्य के नियमों के बारे में हमारी लापरवाही, घर-आँगन को साफ रखने का आलस्य, उनकी मरम्मत में कंजूसी, हमारे अलग-अलग धर्म—ये सारी बातें विरोध को भड़कानेवाली सिद्ध हुईं।

यह विरोध प्राप्त मताधिकार को छीन लेने के रूप में और गिरमिटियों पर कर लगाने के कानून के रूप में प्रकट हुआ। कानून के बाहर तो अनेक प्रकार से उन्हें परेशान करना शुरू हो ही चुका था।

पहला सुझाव तो यह था कि गिरमिट पूरा होने के कुछ दिन पहले ही हिंदुस्तानियों को जबरदस्ती वापस भेज दिया जाए, ताकि उनके इकरारनामे की मुद्दत हिंदुस्तान में पूरी हो। पर इस सुझाव को भारत-सरकार मानने वाली नहीं थी। इसलिए यह सुझाव दिया गया कि :

1. मजदूरी का इकरार पूरा हो जाने पर गिरमिटिया वापस हिंदुस्तान चला जाए; अथवा
2. हर दूसरे साल नया गिरमिट लिखवाए और उस हालत में हर बार उसके वेतन में कुछ बढ़ोतरी की जाए;
3. अगर वह वापस न जाए और मजदूरी का नया इकरारनामा भी न लिखे, तो हर साल 25 पाउंड का कर दे।

इन सुझावों को स्वीकार कराने के लिए सर हेनरी बींस और मि. मेसन का डेप्युटेशन हिंदुस्तान भेजा गया। तब लॉर्ड एलविन वायसरॉय थे। उन्होंने 25 पाउंड का कर तो नामंजूर कर दिया; पर वैसे हर एक हिंदुस्तानी से तीन पाउंड का कर लेने की स्वीकृति दे दी। मुझे उस समय ऐसा लगा था और अब तक लगता है कि वायसरॉय की यह गंभीर भूल थी। इसमें उन्होंने हिंदुस्तान के हित का तनिक भी विचार नहीं किया। नेटाल के गोरों के लिए ऐसी सुविधा कर देना उनका कोई धर्म नहीं था। तीन-चार साल के बाद यह कर हर वैसे (गिरमिट-मुक्त) हिंदुस्तानी की स्त्री से और उसके हर 16 साल और उससे बड़ी उम्र के लड़के और 13 साल या उससे बड़ी उम्र की लड़की से भी लेने का निश्चय किया गया। इस प्रकार पति-पत्नी और दो बच्चोंवाले कुटुंब से, जिसमें पति को अधिक से अधिक 14 शिलिंग प्रतिमास मिलते हों, 12 पाउंड अर्थात् 180 रुपये का कर लेना भारी जुल्म माना जाएगा। दुनिया में कहीं भी इस स्थिति के गरीब लोगों से ऐसा भारी कर नहीं लिया जाता था।

इस कर के विरुद्ध जोरों की लड़ाई छिड़ी। यदि नेटाल इंडियन कांग्रेस की ओर से कोई आवाज ही न उठाई जाती, तो शायद वायसरॉय 25 पाउंड भी मंजूर कर लेते। 25 पाउंड के बदले 3 पाउंड होना भी कांग्रेस के आंदोलन का ही प्रताप हो, यह पूरी तरह संभव है। पर इस कल्पना में मेरी भूल हो सकती है। संभव है कि भारत-सरकार ने 25 पाउंड के प्रस्ताव को शुरू से ही अस्वीकार कर दिया हो, और हो सकता है कि कांग्रेस के विरोध न करने पर भी वह 3 पाउंड का कर ही स्वीकार करती। तो भी उसमें हिंदुस्तान के हित की हानि तो थी ही। हिंदुस्तान के हित-रक्षक के नाते वायसरॉय को ऐसा अमानुषी कर कभी स्वीकर नहीं करना चाहिए था।

25 से तीन पाउंड (375 रुपये से 45 रुपये) होने में कांग्रेस क्या यश लेती? उसे तो यही अखरा कि वह गिरमिटियों के हित की पूरी रक्षा न कर सकी। और तीन पाउंड का कर किसी-न-किसी दिन हटना ही चाहिए, इस निश्चय को कांग्रेस ने कभी भुलाया नहीं। पर इस निश्चय को पूरा करने में बीस वर्ष बीत गए। इस युद्ध में नेटाल ही नहीं, बल्कि समूचे दक्षिण अफ्रीका के हिंदुस्तानियों को सम्मिलित होना पड़ा। उसमें गोखले को निमित्त बनना पड़ा। गिरमिटिया हिंदुस्तानियों को पूरी तरह हाथ बँटाना पड़ा। उसके कारण कुछ लोगों को गोलियाँ खाकर मरना पड़ा। दस हजार से अधिक हिंदुस्तानियों को जेल भुगतनी पड़ी।

पर अंत में सत्य की जय हुई। हिंदुस्तानियों की तपस्या में सत्य मूर्तिमान हुआ। इसके लिए अटल श्रद्धा की, अकूत धैर्य की और सतत कार्य करते रहने की आवश्यकता थी। यदि कौम हारकर बैठ जाती, कांग्रेस लड़ाई को भूल जाती और कर को अनिवार्य समझकर उसके आगे झुक जाती, तो वह कर आज तक गिरमिटिया हिंदुस्तानियों से वसूल होता रहता और इसका कलंक स्थानीय हिंदुस्तानियों को और समूचे हिंदुस्तान को लगता।

22. धर्म-निरीक्षण

इस प्रकार मैं हिंदुस्तानी समाज की सेवा में ओतप्रोत हो गया, उसका कारण आत्म-दर्शन की अभिलाषा थी। ईश्वर की पहचान सेवा से ही होगी, यह मानकर मैंने सेवा-धर्म स्वीकार किया था। मैं हिंदुस्तान की सेवा करता था, क्योंकि वह सेवा मुझे अनायास प्राप्त हुई थी। मुझे उसकी रुचि थी। मुझे उसे खोजने नहीं जाना पड़ा था। मैं तो यात्रा करने, काठियावाड़ के षड्यंत्रों से बचने और आजीविका खोजने के लिए दक्षिण अफ्रीका गया था। पर पड़ गया ईश्वर की खोज में—आत्म-दर्शन के प्रयत्न में। ईसाई भाइयों ने मेरी जिज्ञासा को बहुत तीव्र कर दिया था। वह किसी भी तरह शांत होने वाली न थी। मैं शांत होना चाहता तो भी ईसाई भाई-बहन मुझे शांत होने न देते। क्योंकि डरबन में मि. स्पेंसर वॉल्टन ने, जो दक्षिण अफ्रीका के मिशन के मुखिया थे, मुझे खोज निकाला। उनके घर में मैं कुटुंबी जैसा हो गया। इस संबंध का मूल प्रिटोरिया में हुआ समागम था। मि. वॉल्टन की रीति-नीति कुछ दूसरे प्रकार की थी। उन्होंने मुझे ईसाई बनने को कहा हो, सो याद नहीं। पर अपना जीवन उन्होंने मेरे सामने रख दिया और अपनी प्रवृत्तियाँ—कार्यकलाप—मुझे देखने दीं। उनकी धर्मपत्नी बहुत नम्र परंतु तेजस्वी महिला थीं।

मुझे इस दंपती की पद्धति अच्छी लगती थी। अपने बीच के मूलभूत मतभेदों को हम दोनों जानते थे। ये मतभेद आपसी चर्चा द्वारा मिटाने वाले नहीं थे। जहाँ उदारता, सहिष्णुता और सत्य होता है वहाँ मतभेद भी लाभदायक सिद्ध होते हैं।

मुझे इस युगल की नम्रता, उद्यमशीलता और कार्यपरायणता प्रिय थी। इसलिए हम समय-समय पर मिलते रहते थे।

इस संबंध ने मुझे जाग्रत् रखा। धार्मिक पुस्तकों के अध्ययन के लिए जो फुरसत मुझे प्रिटोरिया में मिल गई थी, वह अब असंभव थी। पर जो थोड़ा समय बचता, उसका उपयोग मैं वैसे अध्ययन में करता था। मेरा पत्र-व्यवहार जारी था। रायचंद भाई मेरा मार्गदर्शन कर रहे थे। किसी मित्र ने मुझे नर्मदा शंकर की *धर्म-विचार* पुस्तक भेजी। उसकी प्रस्तावना मेरे लिए सहायक सिद्ध हुई। मैंने नर्मदाशंकर के विलासी जीवन की बातें सुनी थीं। प्रस्तावना में उनके जीवन में हुए परिवर्तन का वर्णन था। उसने मुझे आकर्षित किया और इस कारण उस पुस्तक के प्रति मेरे मन में आदर उत्पन्न हुआ। मैं उसे ध्यानपूर्वक पढ़ गया। मैक्समूलर की *हिंदुस्तान क्या सिखाता है?* पुस्तक मैंने बड़ी दिलचस्पी के साथ पढ़ी। थियोसॉफिकल सोसाइटी द्वारा प्रकाशित उपनिषदों का भाषांतर पढ़ा। इससे हिंदू धर्म के प्रति मेरा आदर बढ़ा। उसकी खूबियाँ मैं समझने लगा। पर दूसरे धर्मों के प्रति मेरे मन में अनादर उत्पन्न नहीं हुआ। वाशिंगटन अरविंग कृत *मुहम्मद का चरित्र* और कार्लाइल की *मुहम्मद-स्तुति* पढ़ी। मुहम्मद पैगंबर के प्रति मेरा सम्मान बढ़ा। *जरथुश्त के वचन* नामक पुस्तक भी मैंने पढ़ी।

इस प्रकार मैंने भिन्न-भिन्न संप्रदायों का थोड़ा-बहुत ज्ञान प्राप्त किया। मेरा आत्म निरीक्षण बढ़ा। जो पढ़ा और पसंद किया, उसे आचरण में लाने की आदत पक्की हुई। अतएव हिंदू धर्म में सूचित प्राणायाम संबंधी कुछ क्रियाएँ, जितनी पुस्तक की मदद से समझ सका उतनी, मैंने शुरू कीं। पर वे मुझे सधीं नहीं। मैं उनमें आगे न बढ़ सका। सोचा था कि वापस हिंदुस्तान जाने पर उनका अभ्यास किसी शिक्षक की देखरेख में करूँगा। पर वह विचार कभी पूरा नहीं हो सका।

टॉल्स्टॉय की पुस्तकों का अध्ययन मैंने बढ़ा लिया। उनकी *गॉस्पेल्स इन ब्रीफ* (नए करार का सार), *व्हॉट टु डू* (तब क्या करें?) आदि पुस्तकों ने मेरे मन पर गहरी छाप डाली। विश्व-प्रेम मनुष्यता को कहाँ तक ले जा सकता है, इसे मैं अधिकाधिक समझने लगा।

इसी समय एक दूसरे ईसाई कुटुंब के साथ मेरा संबंध जुड़ा। उसकी इच्छा से मैं हर रविवार को वेस्लियन गिरजे में जाया करता था। अकसर हर रविवार की शाम को मुझे उनके घर भोजन भी करना पड़ता था। वेस्लियन गिरजे का मुझ पर अच्छा असर नहीं पड़ा। वहाँ जो प्रवचन होते थे, वे मुझे शुष्क जान पड़े।

प्रक्षकों में भक्तिभाव के दर्शन नहीं हुए। यह ग्यारह बजे का समाज मुझे भक्तों का नहीं, बल्कि कुछ दिल बहलाने और कुछ रिवाज पालने के लिए आए हुए संसारी जीवों का समाज जान पड़ा। कभी-कभी इस सभा में मुझे बरबस नींद के झोंके आ जाते। इससे मैं शर्माता। पर अपनी यह स्थिति मुझे अच्छी नहीं लगी। आखिर मैंने इस गिरजे में जाना छोड़ दिया।

मैं जिस परिवार में हर रविवार को जाता था, कहना होगा कि वहाँ से तो मुझे छुट्टी ही मिल गई। घर की मालकिन भोली, भली परंतु संकुचित मन की मालूम हुई। हर बार उनके साथ कुछ-न-कुछ धर्मचर्चा तो होती ही रहती थी। उन दिनों मैं घर पर *लाइट ऑफ एशिया* पढ़ रहा था। एक दिन हम ईसा और बुद्ध के जीवन की तुलना करने लगे। मैंने कहाः

'गौतम की दया को देखिए। वह मनुष्य-जाति को लाँघकर दूसरे प्राणियों तक पहुँच गई थी। उनके कंधे पर खेलते हुए मेमने का चित्र आँखों के सामने आते ही क्या आपका हृदय प्रेम से उमड़ नहीं पड़ता? प्राणिमात्र के प्रति ऐसा प्रेम मैं ईसा के चरित्र में नहीं देख सका।'

उन बहन का दिल दुखा। मैं समझ गया। मैंने अपनी बात आगे न बढ़ाई। हम भोजनालय में पहुँचे। कोई पाँच वर्ष का उनका हँसमुख बालक भी हमारे साथ था। मुझे बच्चे मिल जाएँ तो फिर और क्या चाहिए? उसके साथ दोस्ती तो कर ही ली थी। मैंने उसकी थाली में पड़े मांस के टुकड़े का मज़ाक किया और अपनी रकाबी में सजे हुए सेब की स्तुति शुरू की। निर्दोष बालक पिघल गया और सेब की स्तुति में सम्मिलित हो गया।

पर माता? वह बेचारी दुःखी हुई।

मैं चेता। चुप्पी साध गया। मैंने चर्चा का विषय बदल गया।

दूसरे हफ्ते सावधान रहकर मैं उनके यहाँ गया तो सही, पर मेरे पाँव भारी हो गए थे। मुझे यह न सूझा कि मैं खुद ही वहाँ जाना बंद कर दूँ और न ऐसा करना उचित जान पड़ा। पर उस भली बहन ने मेरी कठिनाई दूर कर दी। वे बोलीं, 'मि. गांधी, आप बुरा न मानिएगा, पर मुझे आपसे कहना चाहिए कि मेरे बालक पर आपकी सोहबत का बुरा असर होने लगा है। अब वह रोज मांस खाने में आनाकानी करता है और आपकी उस चर्चा की याद दिलाकर फल माँगता है। मुझसे यह न निभ सकेगा। मेरा बच्चा मांसाहार छोड़ने से बीमार चाहे न पड़े, पर कमज़ोर तो हो ही जाएगा। इसे मैं कैसे सह सकती हूँ? आप जो चर्चा करते हैं,

वह हम सयानों के बीच शोभा दे सकती है। लेकिन बालकों पर तो उसका बुरा ही असर हो सकता है।'

'मिसेज... मुझे दुःख है। माता के नाते मैं आपकी भावना को समझ सकता हूँ। मेरे भी बच्चे हैं। इस आपत्ति का अंत सरलता से हो सकता है। मेरे बोलने का जो असर होगा, उसकी अपेक्षा मैं जो खाता हूँ या नहीं खाता हूँ, उसे देखने का असर बालक पर बहुत अधिक होगा। इसलिए अच्छा रास्ता तो यह है कि अब से आगे मैं रविवार को आपके यहाँ न आऊँ। इससे हमारी मित्रता में कोई बाधा न पहुँचेगी।'

बहन ने प्रसन्न होकर उत्तर दिया, 'मैं आपका आभार मानती हूँ।'

23. घर की व्यवस्था

मैं बंबई में और विलायत में घर बसा चुका था, पर उसमें और नेटाल में घर की व्यवस्था जमाने में फरक था। नेटाल में कुछ खर्च मैंने केवल प्रतिष्ठा के लिए चला रखा था। मैंने मान लिया था कि नेटाल में हिंदुस्तानी बैरिस्टर के नाते और हिंदुस्तानियों के प्रतिनिधि के रूप में मुझे काफी खर्च करना चाहिए, इसलिए मैंने अच्छे मुहल्ले में अच्छा घर लिया था। घर को अच्छी तरह सजाया भी था। भोजन सादा था, पर अंग्रेज़ मित्रों को न्योतना होता था और हिंदुस्तानी साथियों को भी न्योता था, इस कारण स्वभावतः वह खर्च भी बढ़ गया था।

नौकर की कमी तो सब कहीं जान पड़ती थी। किसी को नौकर के रूप में रखना मुझे आया ही नहीं।

एक साथी मेरे साथ रहता था। एक रसोइया रखा था। वह घर के आदमी जैसा बन गया था। दफ्तर में जो मुहर्रिर रखे थे, उनमें से भी जिन्हें रख सकता था, मैंने घर में रख लिया था।

मैं मानता हूँ कि यह प्रयोग काफी सफल रहा। पर उसमें से मुझे संसार के कड़वे अनुभव भी हुए।

मेरा वह साथी बहुत होशियार था और मेरे खयाल के मुताबिक मेरे प्रति वफादार था। पर मैं उसे पहचान न सका। दफ्तर के एक मुहर्रिर को मैंने घर में

रख लिया था। उसके प्रति इस साथी के मन में ईर्ष्या उत्पन्न हुई। साथी ने ऐसा जाल रचा कि मैं मुहर्रिर पर शक करने लगा। यह मुहर्रिर बहुत स्वतंत्र स्वभाव का था। उसने घर और दफ्तर दोनों छोड़ दिए। मुझे दुःख हुआ। कहीं उसके साथ अन्याय तो नहीं हुआ? यह विचार मुझे कुरेदने लगा।

इसी बीच मैंने जिस रसोइए को रखा था, उसे किसी कारण से दूसरी जगह जाना पड़ा। मैंने उसे मित्र की सार सँभाल के लिए रखा था। इसलिए उसके बदले दूसरा रसोइया लगाया। बाद में मुझे पता चला कि वह आदमी उड़ती चिड़िया भाँपनेवाला था। पर मेरे लिए वह इस तरह उपयोगी सिद्ध हुआ, मानो मुझे वैसे ही आदमी की जरूरत रही हो!

इस रसोइए को रखे मुश्किल से दो या तीन दिन ही हुए होंगे। इस बीच उसने मेरे घर में मेरे अनजाने चलने वाले अनाचार को देख लिया और मुझे चेताने का निश्चय किया। लोगों की यह धारणा बन गई थी कि मैं विश्वासशील और अपेक्षाकृत भला आदमी हूँ। इसलिए इस रसोइए को मेरे ही घर में चलने वाला भ्रष्टाचार भयानक प्रतीत हुआ।

मैं दोपहर के भोजन के लिए दफ्तर से एक बजे घर जाया करता था। एक दिन कोई बारह बजे होंगे। इतने में यह रसोइया हाँफता-हाँफता आया और मुझसे कहने लगा, 'आपको कुछ देखना हो तो खड़े पैरों घर चलिए।'

मैंने कहा, 'इसका अर्थ क्या है? तुम्हें मुझे बताना चाहिए कि काम क्या है? ऐसे समय मुझे घर चलकर क्या देखना है?'

रसोइया बोला, 'न चलेंगे तो आप पछताएँगे। मैं आपको इससे अधिक कहना नहीं चाहता।'

उसकी दृढ़ता से मैं आकर्षित हुआ। मैं अपने मुहर्रिर को साथ लेकर घर गया।

रसोइया आगे चला।

घर पहुँचने पर वह मुझे दूसरी मंजिल पर ले गया। जिस कमरे में वह साथी रहता था, उसे दिखाकर बोला, 'इस कमरे को खोलकर देखिए।'

अब मैं समझ गया। मैंने कमरे का दरवाजा खटखटाया।

जवाब क्यों मिलता? मैंने बहुत ज़ोर से दरवाजा खटखटाया। दीवार काँप उठी। दरवाजा खुला। अंदर एक बदचलन औरत को देखा। मैंने उससे कहा, 'बहन, तुम तो यहाँ से चली ही जाओ। अब फिर कभी इस घर में पैर न रखना।'

साथी से कहा, 'आज से तुम्हारा और मेरा संबंध समाप्त होता है। मैं खूब ठगाया और मूर्ख बना। मेरे विश्वास का यह बदला तो न मिलना चाहिए था।'

साथी बिगड़ा। उसने मेरा सारा परदाफाश करने की धमकी दी।

'मेरे पास कोई छिपी चीज है ही नहीं। मैंने जो कुछ किया है, उसे तुम खुशी से प्रकट करो। पर तुम्हारे साथ मेरा संबंध तो अब समाप्त हुआ।'

साथी और गरमाया। मैंने नीचे खड़े मुहर्रिर से कहा, 'तुम जाओ। पुलिस सुपरिंटेंडेंट से मेरा सलाम बोलो और कहो कि मेरे एक साथी ने मुझे धोखा दिया है। मैं उसे अपने घर में रखना नहीं चाहता। फिर भी वह निकलने से इनकार करता है। मेहरबानी करके मुझे मदद भेजिए।'

अपराध में दीनता होती है। मेरे इतना कहने से ही साथी ढीला पड़ा। उसने माफी माँगी। सुपरिंटेंडेंट के यहाँ आदमी न भेजने के लिए वह गिड़गिड़ाया और तुरंत घर छोड़कर जाना कबूल किया। उसने घर छोड़ दिया।

इस घटना ने मुझे जीवन में ठीक समय पर सचेत कर दिया। यह साथी मेरे लिए मोह रूप और अवांछनीय था, इसे मैं इस घटना के बाद ही स्पष्ट रूप से देख सका। इस साथी को रखकर मैंने अच्छे काम के लिए बुरे साधन को पसंद किया था। बबूल के पेड़ से आम की आशा रखी थी। साथी का चाल-चलन अच्छा नहीं था, फिर भी मैंने मान लिया था कि वह मेरे प्रति वफादार है। उसे सुधारने का प्रयत्न करते हुए मैं स्वयं लगभग गंदगी में सन गया था। मैंने अपने हितैषियों की सलाह का अनादर किया था। मोह ने मुझे बिलकुल अंधा बना दिया था।

यदि इस दुर्घटना से मेरी आँखें न खुली होतीं, मुझे सत्य का पता न चलता, तो संभव है कि जो स्वार्पण मैं कर सका हूँ, उसे करने में मैं कभी समर्थ न हो पाता। मेरी सेवा सदा अधूरी रहती, क्योंकि वह साथी मेरी प्रगति को अवश्य रोकता। अपना बहुत सा समय मुझे उसके लिए देना पड़ता। उसमें मुझको अंधकार में रखने और गलत रास्ते ले जाने की शक्ति थी।

पर जिसे राम रखे, उसे कौन चखे? मेरी निष्ठा शुद्ध थी, इसलिए अपनी गलतियों के बावजूद मैं बच गया और मेरे पहले अनुभव ने मुझे सावधान कर दिया।

उस रसोइए को शायद भगवान ने ही मेरे पास भेजा था। वह रसोई बनाना नहीं जानता था, इसलिए वह मेरे यहाँ रह नहीं सकता था। पर उसके आए बिना दूसरा कोई मुझे जाग्रत नहीं कर सकता था। वह स्त्री मेरे घर में पहली बार आई हो, सो बात नहीं। पर इस रसोइए जितनी हिम्मत दूसरों को हो ही कैसे सकती थी? इस साथी के प्रति मेरे बेहद विश्वास से सब लोग परिचित थे।

इतनी सेवा करके रसोइए ने तो उसी दिन और उसी क्षण जाने की इजाज़त चाही। वह बोला, 'मैं आपके घर में नहीं रह सकता। आप भोले भंडारी ठहरे। यहाँ मेरा काम नहीं।'

मैंने आग्रह नहीं किया।

उक्त मुहर्रिर पर शक पैदा कराने वाला यह साथी ही था, यह बात मुझे अब मालूम हुई। उसके साथ हुए अन्याय को मिटाने का मैंने बहुत प्रयत्न किया, पर मैं उसे पूरी तरह संतुष्ट न कर सका। मेरे लिए यह सदा ही दुःख की बात रही। फूटे बरतन को कितना ही पक्का क्यों न जोड़ा जाए, वह जोड़ा हुआ ही कहलाएगा, संपूर्ण कभी नहीं होगा।

24. देश की ओर

अब मैं दक्षिण अफ्रीका में तीन साल रह चुका था। मैं लोगों को पहचानने लगा था और लोग मुझे पहचानने लगे थे। सन् 1896 में मैंने छह महीनों के लिए देश जाने की इजाज़त माँगी। मैंने देखा कि मुझे दक्षिण अफ्रीका में लंबे समय तक रहना होगा। कहा जा सकता है कि मेरी वकालत ठीक चल रही थी। सार्वजनिक काम में लोग मेरी उपस्थिति की आवश्यकता अनुभव कर रहे थे; मैं स्वयं भी करता था। इससे मैंने दक्षिण अफ्रीका में सपरिवार रहने का निश्चय किया और उसके लिए देश हो आना ठीक समझा। फिर, मैंने यह भी देखा कि देश जाने से कुछ सार्वजनिक कार्य भी हो सकता है। मुझे लगा कि देश में लोकमत जाग्रत् करके यहाँ के भारतीयों के प्रश्न में लोगों की अधिक दिलचस्पी पैदा की जा सकती है। तीन पाउंड का कर एक नासूर था—सदा बहने वाला घाव था। जब तक वह रद न हो, चित्त को शांति नहीं मिल सकती थी।

लेकिन मेरे देश जाने पर कांग्रेस का और शिक्षा-मंडल का काम कौन सँभाले? दो साथियों पर मेरी दृष्टि पड़ी—आदमजी मियाँखान और पारसी रुस्तमजी। व्यापारी समाज में बहुत से काम करने वाले निकल आए थे, पर मंत्री का काम सँभाल सकने, नियमित रूप से काम करने और दक्षिण अफ्रीका में जन्मे हुए हिंदुस्तानियों का मन

जीत सकने की योग्यता रखने वालों में ये दो प्रथम पंक्ति में खड़े किए जा सकते थे। मंत्री के लिए साधारण अंग्रेज़ी जानने की जरूरत तो थी ही। मैंने इन दो में से स्व. आदमजी मियाँखान को मंत्री पद देने की सिफारिश कांग्रेस से की और वह स्वीकार कर ली गई। अनुभव से यह चुनाव बहुत अच्छा सिद्ध हुआ। अपनी लगन, उदारता, मिठास और विवेक से सेठ आदमजी मियाँखान ने सबको संतुष्ट किया और सबको विश्वास हो गया कि मंत्री का काम करने के लिए, वकील बैरिस्टर की या बहुत पढ़े हुए उपाधिधारी की आवश्यकता नहीं है।

सन् 1896 के मध्य में मैं देश जाने के लिए 'पोंगोला' स्टीमर में रवाना हुआ। यह स्टीमर कलकत्ते जाने वाला था।

स्टीमर में मुसाफिर बहुत थे। दो अंग्रेज़ अधिकारी थे। उनसे मेरी मित्रता हो गई। एक के साथ मैं रोज एक घंटा शतरंज खेलने में बिताता था। स्टीमर के डॉक्टर ने मुझे एक 'तमिल-शिक्षक' (तामिल सिखाने वाली) पुस्तक दी। अतएव मैंने उसका अभ्यास शुरू कर दिया।

नेटाल में मैंने अनुभव किया कि मुसलमानों के साथ अधिक निकट का संबंध जोड़ने के लिए मुझे उर्दू सीखनी चाहिए और मद्रासी भाइयों से वैसा संबंध स्थापित करने के लिए तमिल सीखनी चाहिए।

उर्दू के लिए उक्त अंग्रेज़ मित्र की माँग पर मैंने डेक के मुसाफिरों में से एक अच्छा मुंशी ढूँढ़ निकाला और हमारी पढ़ाई अच्छी तरह चलने लगी। अंग्रेज़ अधिकारी की स्मरण-शक्ति मुझसे बढ़ी-चढ़ी थी। उर्दू अक्षर पहचानने में मुझे मुश्किल होती थी, पर वह तो एक बार जिस शब्द को देख लेते, उसे कभी भूलते ही न थे। मैं अधिक मेहनत करने लगा। फिर भी उनकी बराबरी नहीं कर सका।

तमिल का अभ्यास भी ठीक चलता रहा। उसमें किसी की मदद नहीं मिल सकती थी। पुस्तक ऐसे ढंग से लिखी गई थी कि मदद की अधिक आवश्यकता न पड़े।

मुझे आशा थी कि इस तरह शुरू किए गए अभ्यास को मैं देश में पहुँचने के बाद भी जारी रख सकूँगा। पर वैसा न हो पाया। सन् 1893 के बाद का मेरा वाचन और अध्ययन मुख्यतः जेल में ही हुआ। इन दोनों भाषाओं का ज्ञान मैंने आगे बढ़ाया तो सही, पर वह सब जेल में ही। तमिल का दक्षिण अफ्रीका की जेल में और उर्दू का यरवडा जेल में। पर तमिल बोलना मैं कभी सीख न सका; पढ़ना ठीक तरह से सीखा था, पर अभ्यास के अभाव में अब उसे भी भूलता जा

रहा हूँ। उस अभाव का दुःख मुझे आज भी व्यथित करता है। दक्षिण अफ्रीका के मद्रासी भाइयों से मैंने भर-भरकर प्रेम-रस पाया है। उनका स्मरण मुझे प्रतिक्षण बना रहता है। उनकी श्रद्धा, उनका उद्योग, उनमें से बहुतों का निःस्वार्थ त्याग किसी भी तमिल-तेलुगु को देखने पर मुझे याद आए बिना रहता ही नहीं। और ये सब लगभग निरक्षरों की गिनती में थे। जैसे पुरुष थे वैसी ही स्त्रियाँ थीं। दक्षिण अफ्रीका की लड़ाई ही निरक्षरों की थी और उसके योद्धा भी निरक्षर थे—वह गरीबों की लड़ाई थी और गरीब ही उसमें जूझ रहे थे।

इन भोले और भले भारतवासियों का चित्त चुराने में मुझे भाषा की बाधा कभी न पड़ी। उन्हें टूटी-फूटी हिंदुस्तानी और टूटी-फूटी अंग्रेज़ी आती थी और उससे हमारी गाड़ी चल जाती थी। पर मैं तो इस प्रेम के प्रतिदान के रूप में तमिल-तेलुगु सीखना चाहता था। तमिल तो कुछ सीख भी ली। तेलुगु सीखने का प्रयास हिंदुस्तान में किया, पर वह ककहरे के ज्ञान से आगे नहीं बढ़ सका।

मैं तमिल-तेलुगु नहीं सीख पाया और अब शायद ही सीख पाऊँ, इसलिए यह आशा रखे हुए हूँ कि ये द्राविड़ भाषा-भाषी हिंदुस्तानी भाषा सीखेंगे। दक्षिण अफ्रीका के द्राविड़ 'मद्रासी' तो थोड़ी-बहुत हिंदी अवश्य बोल लेते हैं। मुश्किल अंग्रेज़ी पढ़े-लिखों की है। ऐसा प्रतीत होता है, मानो अंग्रेज़ी का ज्ञान हमारे लिए अपनी भाषाएँ सीखने में बाधा रूप हो!

पर यह तो विषयांतर हो गया। हम अपनी यात्रा पूरी करें।

अभी 'पोंगोला' के कप्तान का परिचय कराना बाकी है। हम परस्पर मित्र बन गए थे। यह भला कप्तान 'प्लीमथ ब्रदर' संप्रदाय का था। इससे हमारे बीच नौकाशास्त्र की बातों की अपेक्षा अध्यात्म-विद्या की बातें ही अधिक हुईं। उसने नीति और धर्मश्रद्धा में भेद किया। उसके विचार में *बाइबल* की शिक्षा बच्चों का खेल था। उसकी खूबी ही उसकी सरलता में थी। बालक, स्त्री, पुरुष सब ईसा को और उनके बलिदान को मान लें, तो उनके पाप धुल जाएँ। इस प्लीमथ ब्रदर ने प्रिटोरिया वाले ब्रदर के मेरे परिचय को ताजा कर दिया। जिस धर्म में नीति की रखवाली करनी पड़े, वह धर्म उसे नीरस प्रतीत हुआ। इस मित्रता और आध्यात्मिक चर्चा की जड़ में मेरा अन्नाहार था। मैं मांस क्यों नहीं खाता? गोमांस में क्या दोष है? क्या पेड़-पौधों की तरह ही पशु-पक्षियों को भी ईश्वर ने मनुष्य के आहार और आनंद के लिए नहीं सिरजा है? ऐसी प्रश्नावली आध्यात्मिक चर्चा उत्पन्न किए बिना रह ही नहीं सकती थी।

हम एक-दूसरे को अपने विचार समझा नहीं सके। मैं अपने इस विचार में दृढ़ था कि धर्म और नीति एक ही वस्तु के वाचक हैं। कप्तान को अपने मत के सत्य होने में थोड़ी भी शंका नहीं थी।

चौबीस दिन के बाद वह आनंदप्रद यात्रा पूरी हुई और हुगली का सौंदर्य निहारता हुआ मैं कलकत्ते उतरा। उसी दिन मैंने बंबई जाने का टिकट कटाया।

25. हिंदुस्तान में

कलकत्ते से बंबई जाते हुए प्रयाग बीच में पड़ता था। वहाँ ट्रेन 45 मिनट रुकती थी। इस बीच मैंने शहर का एक चक्कर लगा आने का विचार किया। मुझे केमिस्ट की दुकान से दवा भी खरीदनी थी। केमिस्ट ऊँघता हुआ बाहर निकला। दवा देने में उसने काफी देर कर दी। मैं स्टेशन पर पहुँचा तो गाड़ी चलती दिखाई पड़ी। भले स्टेशन-मास्टर ने मेरे लिए गाड़ी एक मिनट रोकी थी, पर मुझे वापस आते न देखकर उसने मेरा सामान उतरवा लेनी की सावधानी बरती।

मैं केलनर के होटल में ठहरा और वहीं से अपने काम का श्रीगणेश करने का मैंने निश्चय किया। प्रयाग के 'पायोनियर' पत्र की ख्याति मैंने सुन रखी थी। मैं जानता था कि वह जनता की आकांक्षाओं का विरोध है। मेरा खयाल है कि उस समय मि. चेज़नी (छोटे) संपादक थे। मुझे तो सब पक्षवालों से मिलकर प्रत्येक की सहायता लेनी थी। इसलिए मैंने मि. चेज़नी को मुलकात के लिए पत्र लिखा। ट्रेन छूट जाने की बात लिखकर यह सूचित किया कि अगले ही दिन मुझे प्रयाग छोड़ देना है। उत्तर में उन्होंने मुझे तुरंत मिलने के लिए बुलाया। मुझे खुशी हुई। उन्होंने मेरी बात ध्यानपूर्वक सुनी। बोले, 'आप जो भी लिखकर भेजेंगे, उस पर मैं तुरंत टिप्पणी लिखूँगा।' और साथ ही यह कहा, 'लेकिन मैं आपसे यह नहीं कह सकता कि मैं आपकी सभी माँगों को स्वीकार ही कर सकूँगा। हमें तो 'कॉलोनियल' (उपनिवेशवालों का) दृष्टिबिंदु भी समझना और देखना होगा।'

मैंने उत्तर दिया, 'आप इस प्रश्न का अध्ययन करेंगे और इसे चर्चा का विषय बनाएँगे, इतना ही मेरे लिए बस है। मैं शुद्ध न्याय के सिवा न तो कुछ माँगता हूँ और न कुछ चाहता हूँ।'

बाकी का दिन मैंने प्रयाग के भव्य त्रिवेणी संगम का दर्शन करने में और अपने सम्मुख पड़े हुए काम का विचार करने में बिताया।

इस आकस्मिक भेंट ने मुझ पर नेटाल में हुए हमले का बीज बोया।

बंबई में रुके बिना मैं सीधा राजकोट गया और वहाँ एक पुस्तिका लिखने की तैयारी में लगा। पुस्तिका लिखने और छपाने में लगभग एक महीना बीत गया। उसका आवरण हरा था, इसलिए बाद में वह 'हरी पुस्तिका' के नाम से प्रसिद्ध हुई। उसमें दक्षिण अफ्रीका के हिंदुस्तानियों की स्थिति का चित्रण मैंने जान-बूझकर नरम भाषा में किया था। नेटाल में लिखी हुई दो पुस्तिकाओं में, जिनका जिक्र मैं पहले कर चुका हूँ, मैंने जिस भाषा का प्रयोग किया था, उससे नरम भाषा का प्रयोग इसमें किया था; क्योंकि मैं जानता था कि छोटा दुःख भी दूर से देखने पर बड़ा मालूम होता है।

'हरी पुस्तिका' की दस हजार प्रतियाँ छपाई थीं और उन्हें सारे हिंदुस्तान के अखबारों और सब पक्षों के प्रसिद्ध लोगों को भेजा था। 'पायोनियर' में उस पर सबसे पहले लेख निकला। उसका सारांश विलायत गया और उस सारांश का सारांश फिर रायटर के द्वारा नेटाल पहुँचा। वह तार तो तीन पंक्तियों का था। नेटाल में हिंदुस्तानियों के साथ होने वाले व्यवहार का जो चित्र मैंने खींचा था, उसका वह लघु संस्करण था। वह मेरे शब्दों में नहीं था। उसका जो असर हुआ, उसे हम आगे देखेंगे। धीरे-धीरे सब प्रमुख पत्रों में इस प्रश्न की विस्तृत चर्चा हुई।

इस पुस्तिका को डाक से भेजने के लिए इसके पैकेट तैयार कराने का काम मुश्किल था, और पैसा देकर कराना खर्चीला था। मैंने सरल युक्ति खोज ली। मुहल्ले के सब लड़कों को मैंने इकट्ठा किया और उनसे सबेरे के दो-तीन घंटों में से जितना समय वे दे सकें उतना देने के लिए कहा। लड़कों ने इतनी सेवा करना खुशी से स्वीकार किया। अपनी तरफ से मैंने उन्हें अपने पास जमा होने वाले काम में आए हुए डाक के टिकट और आशीर्वाद देना कबूल किया। लड़कों ने हँसते-खेलते मेरा काम पूरा कर दिया। इस प्रकार छोटे बच्चों को स्वयंसेवक बनाने का यह मेरा पहला प्रयोग था। इन बालकों में से दो आज मेरे साथी हैं।

इन्हीं दिनों बंबई में पहली बार प्लेग का प्रकोप हुआ। चारों तरफ घबराहट फैल रही थी। राजकोट में भी प्लेग फैलने का डर था। मैंने सोचा कि मैं आरोग्य-विभाग में अवश्य काम कर सकता हूँ। मैंने अपनी सेवा राज्य को अर्पण करने के लिए पत्र लिखा। राज्य ने जो कमेटी नियुक्त की, उसमें मुझे भी स्थान दिया। मैंने पाखानों की सफाई पर ज़ोर दिया और कमेटी ने निश्चय किया कि गली-गली जाकर पाखानों का निरीक्षण किया जाए। गरीब लोगों ने अपने पाखानों का निरीक्षण करने देने में बिलकुल आनाकानी नहीं की; यही नहीं, बल्कि जो सुधार उन्हें सुझाए गए, वे भी उन्होंने कर लिए। पर जब हम मुत्सद्दी वर्ग के यानी बड़े लोगों के घरों का मुआयना करने निकले, तो कई जगहों में तो हमें पाखाने का निरीक्षण करने की इजाज़त तक न मिली, सुधार की तो बात ही क्या की जाए? हमारा साधारण अनुभव यह रहा कि धनिक समाज के पाखाने ज़्यादा गंदे थे। उनमें अँधेरा, बदबू और बेहद गंदगी थी। खुड्डी पर कीड़े बिलबिलाते थे। जीते-जी रोज नरक में ही प्रवेश करने जैसी वह स्थिति थी। हमारे सुझाए हुए सुधार बिलकुल साधारण थे। मैला जमीन पर न गिराकर कूड़े में गिराएँ। पानी की व्यवस्था ऐसी की जाए कि वह जमीन में जज्ब होने के बदले कूड़े में इकट्ठा हो। खुड्डी और भंगी के आने की जगह के बीच जो दीवार रखी जाती है वह तोड़ दी जाए, जिससे भंगी सारी जगह को अच्छी तरह साफ कर सके, पाखाने कुछ बड़े हो जाएँ तथा उनमें हवा-उजेला पहुँच सके। बड़े लोगों ने इन सुधारों को स्वीकार करने में बहुत आपत्ति की, और आखिर उन पर अमल तो किया ही नहीं।

कमेटी को भंगियों की बस्ती में भी जाना तो था ही। कमेटी के सदस्यों में से एक ही सदस्य मेरे साथ वहाँ जाने को तैयार हुए। भंगियों की बस्ती में जाना और सो भी पाखानों का निरीक्षण करने के लिए! पर मुझे तो भंगियों की बस्ती देखकर सानंद आश्चर्य ही हुआ। अपने जीवन में मैं पहली ही बार उस दिन भंगी-बस्ती देखने गया था। भंगी भाई बहनों को हमें देखकर अचंभा हुआ। मैंने उनके पाखाने देखने की इच्छा की। उन्होंने कहा, 'हमारे यहाँ पाखाने कैसे? हमारे पाखाने तो जंगल में हैं। पाखाने तो आप बड़े आदमियों के यहाँ होते हैं।'

मैंने पूछा, 'तो क्या अपने घर आप हमें देखने देंगे?'

'आइए न भाई साहब! जहाँ भी आपकी इच्छा हो, जाइए। ये ही हमारे घर हैं।'

मैं अंदर गया और घर की तथा आँगन की सफाई देखकर खुश हो गया। घर के अंदर सब लिपा-पुता देखा। आँगन झाड़ा-बुहारा था; और जो इने-गिने बरतन थे, वे सब साफ और चमचमाते हुए थे। मुझे इस बस्ती में बीमारी के फैलने का डर नहीं दिखाई दिया।

यहाँ मैं एक पाखाने का वर्णन किए बिना नहीं रह सकता। हर एक घर में नाली तो थी ही। उसमें पानी भी गिराया जाता और पेशाब भी किया जाता। इसलिए ऐसी कोठरी क्वचित् ही मिलती, जिसमें दुर्गंध न हो। पर एक घर में तो सोने के कमरे में ही मोरी और पाखाना दोनों देखे और घर की वह सारी गंदगी नाली के रास्ते नीचे उतरती थी। उस कोठरी में खड़ा भी नहीं रहा जा सकता था। घर के लोग उसमें सो कैसे सकते होंगे, इसे पाठक ही सोच लें।

कमेटी ने हवेली (वैष्णव-मंदिर) का भी निरीक्षण किया। हवेली के मुखियाजी से गांधी परिवार का मीठा संबंध था। मुखियाजी ने हवेली देखने देना और सब संभव सुधार करा देना स्वीकार किया। उन्होंने खुद वह हिस्सा कभी नहीं देखा था। हवेली में रोज जो जूठन और पत्तलें इकट्ठा होतीं, उन्हें पिछवाड़े की दीवार के ऊपर से फेंक दिया जाता था। और वह हिस्सा कौओं तथा चीलों का अड्डा बन गया था। पाखाने तो गंदे थे ही। मुखियाजी ने कितना सुधार किया, सो मैं देख न सका। हवेली की गंदगी देखकर दुःख तो हुआ ही। जिस हवेली को हम पवित्र स्थान मानते हैं, वहाँ तो आरोग्य के नियमों का अधिक-से-अधिक पालन होने की आशा रखी जानी चाहिए। स्मृतिकारों ने अंतर्बाह्य शौच पर बहुत ज़ोर दिया है, यह बात उस समय भी मेरे ध्यान से बाहर नहीं थी।

26. राजनिष्ठा और शुश्रूषा

शुद्ध राजनिष्ठा जितनी मैंने अपने में अनुभव की है, उतनी शायद ही दूसरे में देखी हो। मैं देख सकता हूँ कि इस राजनिष्ठा का मूल सत्य पर मेरा स्वाभाविक प्रेम था। राजनिष्ठा का अथवा दूसरी किसी वस्तु का स्वाँग मुझसे कभी भरा ही न जा सका। नेटाल में जब मैं किसी सभा में जाता, तो वहाँ 'गॉड सेव दि किंग' (ईश्वर

राजा की रक्षा करे) गीत अवश्य गाया जाता था। मैंने अनुभव किया कि मुझे भी उसे गाना चाहिए। ब्रिटिश राजनीति में दोष तो मैं तब भी देखता था, फिर भी कुल मिलाकर मुझे वह नीति अच्छी लगती थी। उस समय मैं मानता था कि ब्रिटिश शासन और शासकों का रुख कुल मिलाकर जनता का पोषण करनेवाला है।

दक्षिण अफ्रीका मैं इससे उलटी नीति देखता था, वर्ण-द्वेष देखता था। मैं मानता था कि यह क्षणिक और स्थानिक है। इस कारण राजनिष्ठा में मैं अंग्रेज़ों से भी आगे बढ़ जाने का प्रयत्न करता था। मैंने लगन के साथ मेहनत करके अंग्रेज़ों के राष्ट्रगीत 'गॉड सेव दि किंग' की लय सीख ली थी। जब वह सभाओं में गाया जाता, तो मैं अपना सुर उसमें मिला दिया करता था। और जो भी अवसर आडंबर के बिना राजनिष्ठा प्रदर्शित करने के आते, उनमें मैं सम्मिलित होता था।

इस राजनिष्ठा को अपनी पूरी ज़िंदगी में मैंने कभी भुनाया नहीं। इससे व्यक्तिगत लाभ उठाने का मैंने कभी विचार तक नहीं किया। राज-भक्ति को ऋण समझकर मैंने सदा ही उसे चुकाया है।

मैं जब हिंदुस्तान आया तब महारानी विक्टोरिया की डायमंड जुबिली (हीरक जयंती) की तैयारियाँ चल रही थीं। राजकोट में भी एक समिति बनी। मुझे उसका निमंत्रण मिला। मैंने उसे स्वीकार किया। उसमें मुझे दंभ की गंध आई। मैंने देखा कि उसमें दिखावा बहुत होता है। यह देखकर मुझे दुःख हुआ। समिति में रहने या न रहने का प्रश्न मेरे सामने खड़ा हुआ। अंत में मैंने निश्चय किया कि अपने कर्तव्य का पालन करके संतोष मानूँ।

एक सुझाव यह था कि वृक्षारोपण किया जाए। इसमें मुझे दंभ दिखाई पड़ा। ऐसा जान पड़ा कि वृक्षारोपण केवल साहबों को खुश करने के लिए हो रहा है। मैंने लोगों को समझाने का प्रयत्न किया कि वृक्षारोपण के लिए कोई विवश नहीं करता, वह एक सुझाव-मात्र है। वृक्ष लगाने हों तो पूरे दिल से लगाने चाहिए, नहीं तो बिलकुल न लगाने चाहिए। मुझे कुछ ऐसा याद पड़ता है कि जब मैं ऐसा कहता था, तो लोग मेरी बात को हँसी में उड़ा देते थे। अपने हिस्से का पेड़ मैंने अच्छी तरह लगाया और वह पल-पुसकर बढ़ा, इतना मुझे याद है।

'गॉड सेव दि किंग' गीत मैं अपने परिवार के बालकों को सिखाता था। मुझे याद है कि मैंने उसे ट्रेनिंग कॉलेज के विद्यार्थियों को सिखाया था। लेकिन वह यही अवसर था अथवा सातवें एडवर्ड राज्यारोहण का अवसर था, सो मुझे ठीक

याद नहीं है। आगे चलकर मुझे यह गीत गाना खटका। जैसे-जैसे अहिंसा संबंधी विचार मेरे मन में दृढ़ होते गए, वैसे-वैसे मैं अपनी वाणी और विचारों पर अधिक निगरानी रखने लगा। उस गीत में दो पंक्तियाँ ये भी हैं :

उसके शत्रुओं का नाश कर,
उनके षड्यंत्रों को विफल कर।

इन्हें गाना मुझे खटका। अपने मित्र डॉ. बूथ को मैंने अपनी यह कठिनाई बताई। उन्होंने भी स्वीकार किया कि यह गाना अहिंसक मनुष्य को शोभा नहीं देता। शत्रु कहलाने वाले लोग दगा ही करेंगे, यह कैसे मान लिया जाए? यह कैसे कहा जा सकता है कि जिन्हें हमने अपने शत्रु माना, वे बुरे ही होंगे? ईश्वर से तो न्याय ही माँगा जा सकता है। डॉ. बूथ ने इस दलील को माना। उन्होंने अपने समाज में गाने के लिए एक नए ही गीत की रचना की। डॉ. बूथ का विशेष परिचय हम आगे करेंगे।

राजनिष्ठा की तरह शुश्रूषा का गुण भी मुझमें स्वाभाविक था। यह कहा जा सकता है कि बीमारों की सेवा करने का मुझे शौक था, फिर वे अपने हों या पराए। राजकोट में मेरा दक्षिण अफ्रीका का काम चल रहा था, इसी बीच मैं बंबई हो आया। खास-खास शहरों में सभाएँ करके विशेष रूप से लोकमत तैयार करने का मेरा इरादा था। इसी खयाल से मैं वहाँ गया था। पहले मैं न्यायमूर्ति रानडे से मिला। उन्होंने मेरी बात ध्यान से सुनी और मुझे सर फीरोजशाह मेहता से मिलने की सलाह दी। बाद में मैं जस्टिस बदरुद्दीन तैयबजी से मिला। उन्होंने मेरी बात सुनकर वही सलाह दी और कहा, 'जस्टिस रानडे और मैं आपका बहुत कम मार्गदर्शन कर सकेंगे। हमारी स्थिति तो आप जानते हैं। हम सार्वजनिक काम में हाथ नहीं बँटा सकते। पर हमारी भावना तो आपके साथ है ही। सच्चे मार्गदर्शक तो सर फीरोजशाह हैं।'

सर फीरोजशाह से तो मुझे मिलना ही था। पर इन दो गुरुजनों के मुँह से उनकी सलाह के अनुसार चलने की बात सुनकर मुझे इस बात का विशेष बोध हुआ कि सर फीरोजशाह का जनता पर कितना प्रभुत्व था।

मैं सर फीरोजशाह से मिला। उनके तेज से चकाचौंध हो जाने को तो मैं तैयार था ही। उनके लिए प्रयुक्त होने वाले विशेषणों को मैं सुन चुका था। मुझे 'बंबई

के शेर' और बंबई के 'बेताज बादशाह' से मिलना था। पर बादशाह ने मुझे डराया नहीं। पिता जिस प्रेम से अपने नौजवान बेटे से मिलता है, उसी तरह वे मुझसे मिले। उनसे मुझे उनके 'चैंबर' में मिलना था। उनके पास उनके अनुयायियों का दरबार तो भरा ही रहता था। वाच्छा थे, कामा था। इनसे उन्होंने मेरी पहचान कराई। वाच्छा का नाम मैं सुन चुका था। वे सर फीरोजशाह के दाहिने हाथ माने जाते थे। वीरचंद गांधी ने अंकशास्त्री के रूप में मुझे उनका परिचय दिया था। उन्होंने कहा, 'गांधी, हम फिर मिलेंगे।'

इस सारी बातचीत में मुश्किल से दो मिनट लगे होंगे। सर फीरोजशाह ने मेरी बात सुन ली। न्यायमूर्ति रानडे और तैयबजी से मिल चुकने की बात भी मैंने उन्हें बता दी। उन्होंने कहा, 'गांधी, तुम्हारे लिए मुझे आम सभा करनी होगी। मुझे तुम्हारी मदद करनी चाहिए।' फिर अपने मुंशी की ओर मुड़े और उसे सभा का दिन निश्चित करने को कहा। दिन निश्चित करके मुझे विदा किया। सभा से एक दिन पहले आकर मिलने की आज्ञा की। मैं निर्भय होकर मन ही मन खुश होता हुआ घर लौटा।

बंबई की इस यात्रा में मैं वहाँ रहने वाले अपने बहनोई से मिलने गया। वे बीमार थे। घर में गरीबी थी। अकेली बहन से उनकी सेवा-शुश्रूषा हो नहीं पाती थी। बीमारी गंभीर थी। मैंने उन्हें अपने साथ राजकोट चलने को कहा। वे राजी हो गए। बहन-बहनोई को लेकर में राजकोट पहुँचा। बीमारी अपेक्षा से अधिक गंभीर हो गई। मैंने उन्हें अपने कमरे में रखा। मैं सारा दिन उनके पास ही रहता था। रात में भी जागना पड़ता था। उनकी सेवा करते हुए मैं दक्षिण अफ्रीका का काम कर रहा था। बहनोई का स्वर्गवास हो गया। पर उनके अंतिम दिनों में उनकी सेवा करने का अवसर मुझे मिला, इससे मुझे बड़ा संतोष हुआ।

शुश्रूषा के मेरे इस शौक ने आगे चलकर विशाल रूप धारण कर लिया। वह भी इस हद तक कि उसे करने में मैं अपना धंधा छोड़ देता था। अपनी धर्मपत्नी को और सारे परिवार को भी उसमें लगा देता था। इस वृत्ति को मैंने शौक कहा है, क्योंकि मैंने देखा है कि जब ये गुण आनंददायक हो जाते हैं तभी निभ सकते हैं। खींच-तानकर अथवा दिखावे के लिए या लोकलाज के कारण की जाननेवाली सेवा आदमी को कुचल देती है, और ऐसी सेवा करते हुए भी आदमी मुरझा जाता है। जिस सेवा में आनंद नहीं मिलता, वह न सेवक को फलती है, न सेव्य को रुचिकर लगती है। जिस सेवा में आनंद मिलता है, उस सेवा के सम्मुख ऐश-आराम या धनोपार्जन इत्यादि कार्य तुच्छ प्रतीत होते हैं।

27. बंबई में सभा

बहनोई के देहांत के दूसरे ही दिन मुझे बंबई की सभा के लिए जाना था। सार्वजनिक सभा के लिए भाषण की बात सोचने जितना समय मुझे मिला नहीं था। लंबे जागरण की थकावट मालूम हो रही थी। आवाज भारी हो गई थी। ईश्वर जैसे-तैसे मुझे निबाह लेगा, यह सोचता हुआ मैं बंबई पहुँचा। भाषण लिखने की बात तो मैंने सपने में भी नहीं सोची थी।

सभा की तारीख से एक दिन पहले शाम को पाँच बजे आज्ञानुसार मैं सर फीरोजशाह के दफ्तर में हाजिर हुआ।

उन्होंने पूछा, 'गांधी, तुम्हारा भाषण तैयार है?'

मैंने डरते-डरते उत्तर दिया, 'जी नहीं, मैंने तो जबानी ही बोलने की बात सोच रखी है।'

'बंबई में यह नहीं चलेगा। यहाँ की रिपोर्टिंग खराब है। यदि सभा से हमें कुछ फायदा उठाना हो, तो तुम्हारा भाषण लिखा हुआ ही होना चाहिए; और वह रातो-रात छप जाना चाहिए। भाषण रात ही में लिख सकोगे न?'

मैं घबराया। पर मैंने लिखने का प्रयत्न करने की हामी भरी।

बंबई के सिंह बोले, 'तो मुंशी तुम्हारे पास भाषण लेने कब पहुँचे?'

मैंने उत्तर दिया, 'ग्यारह बजे।'

सर फीरोजशाह ने अपने मुंशी का उस वक्त भाषण प्राप्त करके रातो-रात छपा लेने का हुक्म दिया और मुझे विदा किया।

दूसरे दिन मैं सभा में गया। वहाँ मैं यह अनुभव कर सका कि भाषण लिखने का आग्रह करने में कितनी बुद्धिमानी थी। फरामजी कावसजी इंस्टीट्यूट के हॉल में सभा थी। मैंने सुन रखा था कि जिस सभा में सर फीरोजशाह बोलनेवाले हों, उस सभा में खड़े रहने को जगह नहीं मिलती। ऐसी सभाओं में विद्यार्थी-समाज खास रस लेता था।

ऐसी सभा का मेरा यह पहला अनुभव था। मुझे विश्वास हो गया कि मेरी आवाज कोई सुन न सकेगा। मैंने काँपते-काँपते भाषण पढ़ना शुरू किया। सर फीरोजशाह मुझे प्रोत्साहित करते जाते थे। 'जरा और ऊँची आवाज से' यों कहते जाते थे। मुझे कुछ ऐसा खयाल है कि इस प्रोत्साहन से मेरी आवाज और धीमी पड़ती जाती थी।

पुराने मित्र केशवराव देशपांडे मेरी मदद को बढ़े। मैंने भाषण उनके हाथ में दिया। उनकी आवाज तो अच्छी थी, पर श्रोतागण क्यों सुनने लगे? 'वाच्छा', 'वाच्छा' की पुकार से हॉल गूँज उठा। वाच्छा उठे। उन्होंने देशपांडे के हाथ से कागज ले लिया और मेरा काम बन गया। सभा में तुरंत शांति छा गई और अथ से इति तक सभा ने भाषण सुना। प्रथा के अनुसार जहाँ जरूरी था वहाँ 'शेम-शेम' (धिक्कार-धिक्कार) की और तालियों की आवाज भी होती रही। मुझे खुशी हुई।

सर फीरोजशाह को मेरा भाषण अच्छा लगा। मुझे गंगा नहाने का-सा संतोष हुआ।

इस सभा के परिणामस्वरूप देशपांडे और एक पारसी सज्जन पिघले और दोनों ने मेरे साथ दक्षिण अफ्रीका जाने का अपना निश्चय प्रकट किया। पारसी सज्जन आज एक सरकारी पदाधिकारी हैं, इसलिए उनका नाम प्रकट करते हुए मैं डरता हूँ। उनके निश्चय को सर खुरशेदजी ने डिगा दिया, और उस डिगने के मूल में एक पारसी बहन थीं। उनके सामने प्रश्न था—ब्याह करें या दक्षिण अफ्रीका जाएँ? उन्होंने ब्याह करना अधिक उचित समझा। पर इन पारसी मित्र की ओर से पारसी रुस्तमजी ने प्रायश्चित्त किया और पारसी बहन की तरफ का प्रायश्चित्त दूसरी पारसी बहनें सेविका का काम करके और खादी के पीछे वैराग्य लेकर आज कर रही हैं। इसलिए इस दंपती को मैंने क्षमा कर दिया है। देशपांडे के सामने ब्याह का प्रलोभन तो न था, परंतु वे नहीं आ सके। उसका प्रायश्चित्त तो वे खुद ही कर रहे हैं। वापस दक्षिण अफ्रीका जाते समय जंजीबार में तैयबजी नाम के एक सज्जन मिले थे। उन्होंने भी आने की आशा बँधाई थी। पर वे दक्षिण अफ्रीका क्यों आने लगे? उनके न आने के अपराध का बदला अब्बास तैयबजी चुका रहे हैं। पर बैरिस्टर मित्रों को दक्षिण अफ्रीका आने के लिए ललचाने के मेरे प्रयत्न इस प्रकार निष्फल हुए।

यहाँ मुझे पेस्तनजी पादशाह की याद आ रही है। उनके साथ विलायत से ही मेरा मीठा संबंध हो गया था। पेस्तनजी से मेरा परिचय लंदन के एक अन्नाहारी भोजनालय में हुआ था। मैं जानता था कि उनके भाई बरज़ोरजी 'दीवाने' के नाम से प्रख्यात थे। मैं उनसे मिला नहीं था, पर मित्र-मंडली का कहना था कि वे 'सनकी' हैं। घोड़े पर दया करके ट्राम में न बैठते थे। शतावधानी के समान स्मरण शक्ति होते हुए भी डिग्रियाँ न लेते थे। स्वभाव के इतने स्वतंत्र कि किसी से भी दबते न थे। और पारसी होते हुए भी अन्नाहारी थे। पेस्तनजी ठीक वैसे नहीं माने

जाते थे। पर उनकी होशियारी प्रसिद्ध थी। उनकी यह ख्याति विलायत में भी थी। किंतु हमारे बीच के संबंध का मूल तो उनका अन्नाहार था। उनकी बुद्धिमत्ता की बराबरी करना मेरी शक्ति के बाहर था।

बंबई में मैंने पेस्तनजी को खोज निकाला। वे हाईकोर्ट के प्रोथोनोटरी (मुख्य लेखक) थे। मैं जब मिला तब वे बृहद् गुजराती शब्दकोश के काम में लगे हुए थे। दक्षिण अफ्रीका के काम में मदद माँगने की दृष्टि से मैंने एक भी मित्र को छोड़ा नहीं था। पेस्तनजी पादशाह ने तो मुझे भी दक्षिण अफ्रीका न जाने की सलाह दी। बोले, 'मुझसे आपकी मदद तो क्या होगी? पर मुझे आपका दक्षिण अफ्रीका लौटना ही पसंद नहीं है। यहाँ अपने देश में ही कौन कम काम है?' देखिए, अपनी भाषा की ही सेवा का कितना बड़ा काम पड़ा है? मुझे विज्ञान-संबंधी पारिभाषिक शब्दों के पर्याय ढूँढ़ने हैं। यह तो एक ही क्षेत्र हुआ। देश की गरीबी का विचार कीजिए। दक्षिण अफ्रीका में हमारे भाई कष्ट में अवश्य हैं, पर उसमें आपके जैसे आदमी का खप जाना मैं सहन नहीं कर सकता। यदि हम यहाँ अपने हाथ में राजसत्ता ले लें, तो वहाँ उनकी मदद अपने आप हो जाएगी। आपको तो मैं समझा नहीं सकता, पर आपके जैसे दूसरे सेवकों को आपके साथ कराने में मैं कभी मदद नहीं करूँगा।' ये वचन मुझे अच्छे न लगे। पर पेस्तनजी पादशाह के प्रति मेरा आदर बढ़ गया। उनका देश-प्रेम और भाषा-प्रेम देखकर मैं मुग्ध हो गया। इस प्रसंग से हमारे बीच की प्रेमगाँठ अधिक पक्की हो गई। मैं उनके दृष्टिकोण को अच्छी तरह समझ गया। पर मुझे लगा कि दक्षिण अफ्रीका का काम छोड़ने के बदले उनकी दृष्टि से भी मुझे उसमें अधिक ज़ोर से लगे रहना चाहिए। देशभक्त को देश सेवा के एक भी अंग की यथासंभव उपेक्षा नहीं करनी चाहिए, और मेरे लिए तो *गीता* का यह श्लोक तैयार ही था :

श्रेयान् स्वधर्मो विगुणः परधर्मात्स्वनुष्ठितात् ।
स्वधर्मे निधनं श्रेयः परधर्मो भयावहः ॥ (अध्याय 3, श्लोक 35)

ऊँचे परधर्म से नीचा स्वधर्म अच्छा है। स्वधर्म में मौत भी अच्छी है, परधर्म भयावह है।

28. पूना में

सर फीरोजशाह मेहता ने मेरा मार्ग सरल कर दिया था। बंबई से मैं पूना गया। मुझे मालूम था कि पूना में दो दल थे। मुझे तो सबकी मदद की जरूरत थी। मैं लोकमान्य तिलक से मिला। उन्होंने कहाः

'सब पक्षों की मदद लेने का आपका विचार बिलकुल ठीक है। आपके मामले में कोई मतभेद हो ही नहीं सकता। लेकिन आपके लिए तटस्थ सभापति चाहिए। आप प्रो. भांडारकर से मिलिए। वे आजकल किसी आंदोलन में सम्मिलित नहीं होते। पर संभव है कि इस काम के लिए आगे आ जाएँ। उनसे मिलने के बाद मुझे परिणाम से सूचित कीजिए। मैं आपकी पूरी मदद करना चाहता हूँ। आप प्रो. गोखले से तो मिलेंगे ही। मेरे पास आप जब आना चाहें, निःसंकोच आइए।'

लोकमान्य का यह मेरा प्रथम दर्शन था। मैं उनकी लोकप्रियता का कारण तुरंत समझ गया।

यहाँ से मैं गोखले के पास गया। वे फर्ग्यूसन कॉलेज में थे। मुझसे बड़े प्रेम से मिले और मुझे अपना बना लिया। उनसे भी मेरा यह पहला ही परिचय था। पर ऐसा जान पड़ा, मानो हम पहले मिल चुके हों। सर फीरोजशाह मुझे हिमालय-जैसे, लोकमान्य समुद्र-जैसे और गोखले गंगा-जैसे लगे। गंगा में मैं नहा सकता था। हिमालय पर चढ़ा नहीं जा सकता था। समुद्र में डूबने का डर था। गंगा की गोद में तो खेला जा सकता था। उसमें डोंगियाँ लेकर सैर की जा सकती थी। गोखले ने बारीकी से मेरी जाँच की—उसी तरह, जिस तरह स्कूल में भरती होते समय किसी विद्यार्थी की कि जाती है। उन्होंने मुझे बताया कि मैं किस-किस से और कैसे मिलूँ और मेरा भाषण देखने को माँगा। मुझे कॉलेज की व्यवस्था दिखाई। जब जरूरत हो तब फिर मिलने को कहा। डॉ. भांडारकर के जवाब की खबर देने को कहा और मुझे विदा किया। राजनीति के क्षेत्र में जो स्थान गोखले ने जीते-जी मेरे हृदय में प्राप्त किया और स्वर्गवास के बाद आज भी जो स्थान उन्हें प्राप्त है, वह और कोई पा नहीं सका।

रामकृष्ण भांडारकर ने मेरा वैसा ही स्वागत किया, जैसा कोई बाप बेटे का करता है। उनके यहाँ गया तब दुपहरी का समय था। ऐसे समय में भी मैं अपना काम कर रहा था, यह चीज ही उस उद्यमी शास्त्रज्ञ को प्यारी लगी। और तटस्थ

सभापति के लिए मेरे आग्रह की बात सुनकर 'देट्स इट, देट्स इट' (यह ठीक है, यह ठीक है) के उद्गार उनके मुँह से सहज ही निकल पड़े।

बातचीत के अंत में वे बोले, 'तुम किसी से भी पूछोगे तो वह बतलाएगा कि आजकल मैं किसी राजनीतिक काम में हिस्सा नहीं लेता हूँ, पर तुम्हें मैं खाली हाथ नहीं लौटा सकता। तुम्हारा मामला इतना मजबूत है और तुम्हारा उद्यम इतना स्तुत्य है कि मैं तुम्हारी सभा में आने से इनकार कर ही नहीं सकता। यह अच्छा हुआ कि तुम श्री तिलक और श्री गोखले से मिल लिए। उनसे कहो कि मैं दोनों पक्षों द्वारा बुलाई गई सभा में खुशी से आऊँगा और सभापति-पद स्वीकार करूँगा। समय के बारे में मुझसे पूछने की जरूरत नहीं है। दोनों पक्षों को जो समय अनुकूल होगा, उसके अनुकूल मैं हो जाऊँगा।' यों कहकर उन्होंने धन्यवाद और आशीर्वाद के साथ मुझे विदा किया।

बिना किसी हो-हल्ले और आडंबर के एक सादे मकान में पूना की इस विद्वान् और त्यागी मंडली ने सभा की, और मुझे संपूर्ण प्रोत्साहन के साथ विदा किया।

वहाँ से मैं मद्रास गया। मद्रास तो पागल हो उठा। बालासुंदरम् के किस्से का सभा पर गहरा असर पड़ा। मेरे लिए मेरा भाषण अपेक्षाकृत लंबा था। पूरा छपा हुआ था। पर सभा ने उसका एक-एक शब्द ध्यानपूर्वक सुना। सभा के अंत में उस 'हरी पुस्तिका' पर लोग टूट पड़े। मद्रास में संशोधन और परिवर्धन के साथ उसकी दूसरी आवृत्ति दस हजार की छपाई थी। उसका अधिकांश निकल गया। पर मैंने देखा कि दस हजार की जरूरत नहीं थी। मैंने लोगों के उत्साह का अंदाज कुछ अधिक कर लिया था। मेरे भाषण का प्रभाव तो अंग्रेज़ी जानने वाले समाज पर ही पड़ा था। उस समाज के लिए अकेले मद्रास शहर में दस हजार प्रतियों की आवश्यकता नहीं हो सकती थी।

यहाँ मुझे बड़ी-से-बड़ी मदद स्व. जी. परमेश्वरन् पिल्लै से मिली। वे 'मद्रास स्टेंडर्ड' के संपादक थे। उन्होंने इस प्रश्न का अच्छा अध्ययन कर लिया था। वे मुझे अपने दफ्तर में समय-समय पर बुलाते थे और मेरा मार्गदर्शन करते रहते थे। 'हिंदू' के जी. सुब्रह्मण्यम् से भी मैं मिला था। उन्होंने और डॉ. सुब्रह्मण्यम् ने भी पूरी सहानुभूति दिखाई थी। पर जी. परमेश्वरन् पिल्लै ने तो मुझे अपने समाचार पत्र का इस काम के लिए मनचाहा उपयोग करने दिया और मैंने निःसंकोच उसका उपयोग किया भी। सभा पाच्च्याप्पा हॉल में हुई थी और मेरा खयाल है कि डॉ. सुब्रह्मण्यम् उसके सभापति बने थे। मद्रास में सबके साथ विशेषकर अंग्रेज़ी

में ही बोलना पड़ता था, फिर भी बहुतों से इतना प्रेम और उत्साह पाया कि मुझे घर जैसा ही लगा। प्रेम किन बंधनों को नहीं तोड़ सकता?

29. 'जल्दी लौटिए'

मद्रास से मैं कलकत्ते गया। कलकत्ते में मेरी कठिनाइयों का पार न रहा। वहाँ मैं 'ग्रेट ईस्टर्न' होटल में ठहरा। किसी से जान-पहचान नहीं थी। होटल में 'डेली टेलीग्राफ' के प्रतिनिधि मि. एलर थॉर्प से पहचान हुई। वे बंगाल क्लब में रहते थे। उन्होंने मुझे वहाँ आने के लिए न्योता। उस समय उन्हें पता नहीं था कि होटल के दीवानखाने में किसी हिंदुस्तानी को नहीं ले जाया जा सकता। बाद में उन्हें इस प्रतिबंध का पता चला। इससे वे मुझे अपने कमरे में ले गए। हिंदुस्तानियों के प्रति स्थानीय अंग्रेज़ों का तिरस्कार देखकर उन्हें खेद हुआ। मुझे दीवानखाने में न ले जाने के लिए उन्होंने क्षमा माँगी। 'बंगाल के देव' सुरेंद्रनाथ बैनर्जी से तो मुझे मिलना ही था। उनसे मिला। जब मैं मिला, उनके आस-पास दूसरे मिलने वाले भी बैठे थे। उन्होंने कहा, 'मुझे डर है कि लोग आपके काम में रस नहीं लेंगे। आप देखते हैं कि यहाँ देश में ही कुछ कम विडंबनाएँ नहीं हैं। फिर भी आपसे जो हो सके, अवश्य कीजिए। इस काम में आपको महाराजाओं की मदद की जरूरत होगी। आप ब्रिटिश इंडिया एसोसिएशन प्रतिनिधियों से मिलिए; राजा सर प्यारीमोहन मुकर्जी और महाराजा टागोर से भी मिलिएगा। दोनों उदार वृत्ति के हैं और सार्वजनिक कामों में काफी हिस्सा लेते हैं।'

मैं इन सज्जनों से मिला। पर वहाँ मेरी दाल न गली। दोनों ने कहा, 'कलकत्ते में सार्वजनिक सभा करना आसान काम नहीं। पर करनी ही हो, तो उसका बहुत-कुछ आधार सुरेंद्रनाथ बैनर्जी पर होगा।'

मेरी कठिनाइयाँ बढ़ती जा रही थीं। मैं 'अमृत बाजार पत्रिका' के कार्यालय में गया। वहाँ भी जो सज्जन मुझे मिले उन्होंने मान लिया था कि मैं कोई रमताराम हूँगा। 'बंगवासी' ने तो हद कर दी। मुझे एक घंटे तक बैठाए ही रखा। संपादक महोदय दूसरों के साथ बातचीत करते जाते थे। लोग आते-जाते रहते थे, पर

संपादकजी मेरी तरफ देखते भी न थे। एक घंटे तक राह देखने के बाद जब मैंने अपनी बात छेड़ी, तो उन्होंने कहा, 'आप देखते नहीं हैं, हमारे पास कितना काम पड़ा है? आप जैसे तो कई हमारे यहाँ आते रहते हैं। आप वापस जाएँ यही अच्छा है। हमें आपकी बात नहीं सुननी है।'

मुझे क्षण भर दुःख तो हुआ, पर मैं संपादक का दृष्टिकोण समझ गया। 'बंगवासी' की ख्याति मैंने सुन रखी थी। संपादक के पास लोग आते-जाते रहते हैं, यह भी मैं देख सका था। वे सब उनके परिचित थे। उनका अखबार हमेशा भरा-पूरा रहता था। उस समय दक्षिण अफ्रीका का नाम भी कोई मुश्किल से जानता था। नित नए आदमी अपने दुखड़े लेकर आते ही रहते थे। उनके लिए तो अपना दुःख बड़ी-से-बड़ी समस्या होती, पर संपादक के पास ऐसे दुःखियों की भीड़ लगी रहती थी। वह बेचारा सबके लिए क्या कर सकता था? पर दुखिया की दृष्टि में संपादक की सत्ता बड़ी चीज होती है, हालाँकि संपादक स्वयं तो जानता है कि उसकी सत्ता उसके दफ्तर की दहलीज भी नहीं लाँघ पाती।

मैं हारा नहीं। दूसरे संपादकों से मिलता रहा। अपने रिवाज के अनुसार मैं अंग्रेज़ों से भी मिला। 'स्टेट्समैन' और 'इंग्लिशमैन' दोनों दक्षिण अफ्रीका के सवाल का महत्त्व समझते थे। उन्होंने लंबी मुलाकातें छापीं। 'इंग्लिशमैन' के मि. सॉण्डर्स ने मुझे अपनाया। मुझे उनके दफ्तर और अखबार का उपयोग करने की पूरी अनुकूलता प्राप्त हो गई। उन्होंने अपने अग्रलेख में काट-छाँट करने की भी छूट मुझे दे दी। यह कहना अतिशयोक्ति न होगी कि हमारे बीच स्नेह का संबंध हो गया। उन्होंने मुझे वचन दिया कि जो मदद उनसे हो सकेगी, वे करते रहेंगे। मेरे दक्षिण अफ्रीका लौट जाने पर भी उन्होंने मुझसे पत्र लिखते रहने को कहा और वचन दिया कि स्वयं उनसे जो कुछ हो सकेगा, वे करेंगे। मैंने देखा कि इस वचन का उन्होंने अक्षरशः पालन किया, और जब तक वे बहुत बीमार नहीं हो गए, मुझसे पत्र-व्यवहार करते रहे। मेरे जीवन में ऐसे अनसोचे मीठे संबंध अनेक जुड़े हैं। मि. सॉण्डर्स को मेरी जो बात अच्छी लगी, वह थी अतिशयोक्ति का अभाव और सत्य-परायणता। उन्होंने मुझसे जिरह करने में कोई कसर नहीं रखी थी। उसमें उन्होंने अनुभव किया कि दक्षिण अफ्रीका के गोरों के पक्ष को निष्पक्ष भाव से रखने में और भारतीय पक्ष से उसकी तुलना करने में मैंने कोई कमी नहीं रखी थी।

मेरा अनुभव मुझे बतलाता है कि प्रतिपक्षी को न्याय देकर हम जल्दी न्याय पा जाते हैं।

इस प्रकार मुझे अनसोची मदद मिल जाने से कलकत्ते में भी सार्वजनिक सभा होने की आशा बँधी। इतने में डरबन से तार मिला—'पार्लियामेंट जनवरी में बैठेगी। जल्दी लौटिए।'

इससे अखबारों में एक पत्र लिखकर मैंने तुरंत लौट जाने की जरूरत जता दी और कलकत्ता छोड़ा। दादा अब्दुल्ला के बंबई के एजेंट को तार दिया कि पहले स्टीमर से मेरे जाने की व्यवस्था करें। दादा अब्दुल्ला ने स्वयं 'कुरलैंड' नाम का स्टीमर खरीद लिया था। उन्होंने उसमें मुझे और मेरे परिवार को मुफ्त ले जाने का आग्रह किया। मैंने उसे धन्यवाद सहित स्वीकार कर लिया, और दिसंबर के आरंभ में 'कुरलैंड' स्टीमर से अपनी धर्मपत्नी, दो लड़कों और अपने स्व. बहनोई के एकमात्र लड़के को लेकर दूसरी बार दक्षिण अफ्रीका के लिए रवाना हुआ। इस स्टीमर के साथ ही दूसरा 'नादरी' स्टीमर भी डरबन के लिए रवाना हुआ। दादा अब्दुल्ला उसके एजेंट थे। दोनों स्टीमरों में कुल मिलाकर 800 हिंदुस्तानी यात्री रहे होंगे। उनमें आधे से अधिक लोग ट्रांसवाल जाने वाले थे।

तीसरा भाग

1. तूफान की आगाही

कुटुंब के साथ यह मेरी पहली समुद्री यात्रा थी। मैंने कितनी ही बार लिखा है कि हिंदू समाज में ब्याह बचपन में होने के कारण और मध्यम श्रेणी के लोगों में पति के प्रायः साक्षर और पत्नी के प्रायः निरक्षर होने के कारण पति-पत्नी के जीवन में अंतर रहता है और पति को पत्नी का शिक्षक बनना पड़ता है। मुझे अपनी धर्मपत्नी और बालकों की वेश-भूषा की, खाने-पीने की और बोलचाल की सँभाल रखनी होती थी। मुझे रीति-रिवाज सिखाने होते थे। उन दिनों की कितनी ही बातों की याद मुझे आज भी हँसाती है। हिंदू पत्नी पति-परायणता में अपने धर्म की पराकाष्ठा मानती है; हिंदू पति अपने को पत्नी का ईश्वर मानता है। इसलिए पत्नी को पति जैसा नचाए वैसा नाचना होता है।

जिस समय की बात लिख रहा हूँ, उस समय मैं मानता था कि सभ्य माने जाने के लिए हमारा बाहरी आचार-व्यवहार यथासंभव यूरोपियनों से मिलता-जुलता होना चाहिए। ऐसा करने से ही लोगों पर प्रभाव पड़ता है और बिना प्रभाव पड़े देश-सेवा नहीं हो सकती।

इस कारण पत्नी की और बच्चों की वेश-भूषा मैंने ही पसंद की। स्त्री-बच्चों का परिचय काठियावाड़ी बनियों के रूप में कराना मुझे कैसे अच्छा लगता? भारतीयों में पारसी अधिक-से-अधिक सुधरे हुए माने जाते थे। अतएव जहाँ यूरोपियन पोशाक का अनुकरण करना अनुचित प्रतीत हुआ, वहाँ पारसी यूरोपियन पोशाक अपनाई। पत्नी के लिए साड़ियाँ पारसी बहनों के ढंग की खरीदीं। बच्चों के लिए पारसी कोट-पतलून खरीदे। सबके लिए बूट और मोजे तो जरूरी थे ही। पत्नी और बच्चों को दोनों चीजें कई महीने तक पसंद नहीं पड़ीं। जूते काटते। मोजे बदबू करते। पैर सूज जाते। लेकिन इन सारी अड़चनों के जवाब मेरे पास तैयार थे। उत्तर की योग्यता की अपेक्षा आज्ञा का बल तो अधिक था ही। इसलिए पत्नी और बालकों ने पोशाक के फेरफार को लाचारी से स्वीकार कर लिया। उतनी ही लाचारी और उससे भी अधिक अरुचि से खाने में उन्होंने छुरी-काँटे का उपयोग

शुरू किया। बाद में जब मेरा मोह दूर हुआ, तो उन्होंने फिर से बूट-मोजे, छुरी काँटे इत्यादि का त्याग किया। शुरू में जिस तरह ये परिवर्तन दुःखदायक थे, उसी तरह आदत पड़ने के बाद उनका त्याग भी कष्टप्रद था। पर आज तो मैं देखता हूँ कि हम सब सुधारों की केंचुल उतारकर हलके हो गए हैं।

इसी स्टीमर में दूसरे कुछ रिश्तेदार और जान-पहचान वाले भी थे। मैं उनसे और डेक के दूसरे यात्रियों से भी खूब मिलता-जुलता रहता था। क्योंकि स्टीमर मेरे मुवक्किल और मित्र का था, इसलिए घर का सा लगता था और मैं हर जगह आज़ादी से घूम-फिर सकता था।

स्टीमर दूसरे बंदरगाह पर ठहरे बिना सीधा नेटाल पहुँचने वाला था। इसके लिए केवल अठारह दिन की यात्रा थी। हमारे पहुँचने में तीन-चार दिन बाकी थे कि इतने में समुद्र में भारी तूफान उठा, मानो वह हमारे पहुँचते ही उठने वाले तूफान की हमें चेतावनी दे रहा हो! इस दक्षिणी प्रदेश में दिसंबर का महीना गरमी और वर्षा का महीना होता है, इसलिए दक्षिणी समुद्र में इन दिनों छोटे-छोटे तूफान तो उठते ही रहते हैं। लेकिन यह तूफान इतने ज़ोर का था और इतनी देर तक रहा कि यात्री घबरा उठे।

यह दृश्य भव्य था। दुःख में सब एक हो गए। सारे भेद-भाव भूल गए। ईश्वर को हृदयपूर्वक याद करने लगे। हिंदू-मुसलमान सब साथ मिलकर भगवान का स्मरण करने लगे। कुछ लोगों ने मनौतियाँ मानीं। कप्तान भी यात्रियों से मिला-जुला और सबको आश्वासन देते हुए बोला, 'यद्यपि यह तूफान बहुत ज़ोर का माना ज़ा सकता है, तो भी इससे कहीं ज़्यादा ज़ोर के तूफानों का मैंने स्वयं अनुभव किया है। स्टीमर मजबूत हो तो वह अचानक डूबता नहीं।' इस प्रकार उसने यात्रियों को बहुत कुछ समझाया, पर इससे उन्हें तसल्ली न हुई। स्टीमर में आवाजें ऐसी होती थीं, मानो अभी कहीं से टूट जाएगा, अभी कहीं छेद हो जाएगा। जब वह हिचकोले खाता तो ऐसा लगता, मानो अभी उलट जाएगा। डेक पर तो कोई रह ही कैसे सकता था? सबके मुँह से एक ही बात सुनाई पड़ती थी—'भगवान जैसा रखे वैसा रहना होगा।'

जहाँ तक मुझे याद है, इस चिंता में चौबीस घंटे बीते होंगे। आखिर बादल बिखरे। सूर्यनारायण ने दर्शन दिए। कप्तान ने कहा, 'तूफान चला गया है।'

लोगों के चेहरों पर से चिंता दूर हुई और उसके साथ ईश्वर भी लुप्त हो गया! लोग मौत का डर भूल गए और तत्काल ही गाना-बजाना तथा खाना-पीना शुरू

हो गया। माया का आवरण फिर छा गया। लोग नमाज पढ़ते और भजन भी गाते, पर तूफान के समय उनमें जो गंभीरता दीख पड़ी, वह चली गई थी!

पर इस तूफान ने मुझे यात्रियों के साथ ओत-प्रोत कर दिया था। कहा जा सकता है कि मुझे तूफान का डर न था अथवा कम-से-कम था। लगभग ऐसे ही तूफान का अनुभव मैं पहले कर चुका था। मुझे न समुद्र लगता था, न चक्कर आते थे। इसलिए मैं यात्रियों में निर्भय होकर घूम सकता था, उन्हें हिम्मत बँधा सकता था और कप्तान की भविष्य-वाणियाँ उन्हें सुनाता रहता था। यह स्नेहगाँठ मेरे लिए बहुत उपयोगी सिद्ध हुई।

हमने अठारह या उन्नीस दिसंबर को डरबन में लंगर डाला। 'नादरी' भी उसी दिन पहुँचा।

पर वास्तविक तूफान का अनुभव तो अभी होना बाकी था।

2. तूफान

अठारह दिसंबर के आस-पास दोनों स्टीमरों ने लंगर डाले। दक्षिण अफ्रीका के बंदरगाहों में यात्रियों के स्वास्थ्य की पूरी जाँच की जाती है। यदि रास्ते में किसी को कोई छूतवाली बीमारी हुई हो, तो स्टीमर को सूतक में—क्वारंटीन में—रखा जाता है। हमारे बंबई छोड़ते समय वहाँ प्लेग की शिकायत थी, इसलिए हमें इस बात का डर जरूर था कि सूतक की कुछ बाधा होगी। बंदर में लंगर डालने के बाद स्टीमर को सबसे पहले पीला झंडा फहराना होता है। डॉक्टरी जाँच के बाद डॉक्टर के मुक्ति देने पर पीला झंडा उतरता है और फिर यात्रियों के रिश्तेदार आदि को स्टीमर पर आने की इजाज़त मिलती है।

तदनुसार हमारे स्टीमर पर भी पीला झंडा फहरा रहा था। डॉक्टर आए। जाँच करके उन्होंने पाँच दिन का सूतक घोषित किया, क्योंकि उनकी यह धारणा थी कि प्लेग के कीटाणु तेईस दिन तक ज़िंदा रह सकते हैं। इसलिए उन्होंने ऐसा आदेश दिया कि बंबई छोड़ने के बाद तेईस दिन की अवधि पूरी होने तक स्टीमरों को सूतक में रखा जाए।

पर इस सूतक की आज्ञा का हेतु केवल स्वास्थ्य-रक्षा न था। डरबन के गोरे नागरिक हमें उलटे पैरों लौटा देने का जो आंदोलन कर रहे थे, वह भी इस आज्ञा के मूल में एक कारण था।

दादा अब्दुल्ला की तरफ से हमें शहर में चल रहे इस आंदोलन की खबरें मिलती रहती थीं। गोरे लोग एक के बाद दूसरी विराट् सभाएँ कर रहे थे। दादा अब्दुल्ला के नाम धमकियाँ भेजते थे, उन्हें लालच भी देते थे। अगर दादा अब्दुल्ला दोनों स्टीमरों को वापस ले जाएँ, तो गोरे नुकसान की भरपाई करने को तैयार थे। दादा अब्दुल्ला किसी की धमकी से डरने वाले न थे। इस समय वहाँ सेठ अब्दुल करीम हाजी आदम दुकान पर थे। उन्होंने प्रतिज्ञा की थी कि कितना ही नुकसान क्यों न उठाना पड़े, वे स्टीमरों को बंदर पर लाएँगे और यात्रियों को उतारेंगे। मेरे नाम उनके विस्तृत पत्र बराबर आते रहते थे। सौभाग्य से इस समय स्व. मनसुखलाल हीरालाल नाजर मुझसे मिलने के लिए डरबन आ पहुँचे थे। वे होशियार और बहादुर आदमी थे। उन्होंने हिंदुस्तानी कौम को नेक सलाह दी। मि. लाटन वकील थे। वे भी वैसे ही बहादुर थे। उन्होंने गोरों की करतूतों की निंदा की और इस अवसर पर कौम को जो सलाह दी, वह सिर्फ वकील के नाते पैसे लेकर नहीं, बल्कि एक सच्चे मित्र के नाते दी।

इस प्रकार डरबन में द्वंद्व-युद्ध छिड़ गया। एक ओर मुट्ठी भर गरीब हिंदुस्तानी और उनके इने-गिने अंग्रेज़ मित्र थे; दूसरी ओर धनबल, बाहुबल, विद्याबल और संख्याबल में भरे-पूरे अंग्रेज़ थे। इन बलवान प्रतिपक्षियों को राज्य का बल भी प्राप्त हो गया था, क्योंकि नेटाल की सरकार ने खुल्लम-खुल्ला उनकी मदद की थी। मि. हेरी एस्कंब ने, जो मंत्रिमंडल में थे और उसके कर्ता-धर्ता थे, इन गोरों की सभाओं में प्रकट रूप से हिस्सा लिया।

मतलब यह कि हमारा सूतक केवल स्वास्थ्य-रक्षा के नियमों के ही कारण न था। उसका हेतु किसी भी तरह एजेंट को अथवा यात्रियों को दबाकर हमें वापस भेजना था। एजेंट को तो धमकी मिल ही रही थी। अब हमारे नाम भी धमकियाँ आने लगीं—'अगर तुम वापस न गए, तो तुम्हें समुद्र में डुबो दिया जाएगा। लौट जाओगे तो लौटने का भाड़ा भी शायद तुम्हें मिल जाए।' मैं यात्रियों के बीच खूब घूमा-फिरा। उन्हें धीरज बँधाया। 'नादरी' के यात्रियों को भी धीरज से काम लेने के संदेश भेजे। यात्री शांत रहे और उन्होंने हिम्मत का परिचय दिया।

यात्रियों के मनोरंजन के लिए स्टीमर पर खेलों का प्रबंध किया गया था। बड़े दिन का त्योहार आया। कप्तान ने उस दिन पहले दर्जे के यात्रियों को भोज दिया।

यात्रियों में मुख्यतः मैं और मेरे परिवार के लोग ही थे। भोजन के बाद भाषण करने की प्रथा तो थी ही। मैंने पश्चिमी सभ्यता पर भाषण किया। मैं जानता था कि यह अवसर गंभीर भाषण का नहीं होता, पर मैं दूसरा कोई भाषण दे ही नहीं सकता था। मैं आनंद में सम्मिलित हुआ था, पर मेरा दिल तो डरबन में चल रही लड़ाई में ही लगा हुआ था, क्योंकि इस हमले में मध्यबिंदु मैं था। मुझ पर दो आरोप थे :

1. मैंने हिंदुस्तान में नेटाल-वासी गोरों की अनुचित निंदा की थी;
2. मैं नेटाल को हिंदुस्तानियों से भर देना चाहता था और इसलिए खासकर नेटाल में बसाने के लिए हिंदुस्तानियों को 'कुरलैंड' और 'नादरी' में भर लाया था।

मुझे अपनी जिम्मेदारी का खयाल था। मेरे कारण दादा अब्दुल्ला भारी नुकसान में पड़ गए थे। यात्रियों के प्राण संकट में थे और अपने परिवार को साथ लाकर मैंने उसे भी दुःख में डाल दिया था।

पर मैं स्वयं बिलकुल निर्दोष था। मैंने किसी को नेटाल आने के लिए ललचाया नहीं था। 'नादरी' के यात्रियों को मैं पहचानता भी न था। 'कुरलैंड' में अपने दो-तीन रिश्तेदारों को छोड़कर बाकी के सैकड़ों यात्रियों के नाम-धाम तक मैं जानता न था। मैंने हिंदुस्तान में अंग्रेज़ों के विषय में ऐसा एक भी शब्द नहीं कहा, जो मैं नेटाल में कह न चुका था। और जो कुछ मैंने कहा था, उसके लिए मेरे पास काफी प्रमाण थे।

अतएव नेटाल के अंग्रेज़ जिस सभ्यता की उपज थे, जिसके वे प्रतिनिधि और हिमायती थे, उस सभ्यता के प्रति मेरे मन में खेद उत्पन्न हुआ। मैं उसका विचार करता रहता था, इसलिए इस छोटी सी सभा के सामने मैंने अपने वे ही विचार रखे और श्रोतावर्ग ने उन्हें सहन कर लिया। जिस भाव से मैंने उन्हें रखा, कप्तान आदि ने उसे भाव में उन्हें ग्रहण किया। उन विचारों से उनके जीवन में कोई फेरफार हुआ या नहीं, सो मैं नहीं जानता। पर इस भाषण के बाद कप्तान और दूसरे अधिकारियों के साथ पश्चिमी सभ्यता के विषय में मेरी बहुत बातें हुईं। मैंने पश्चिम की सभ्यता को प्रधानतया हिंसक बतलाया और पूर्व की सभ्यता को अहिंसक। प्रश्नकर्ताओं ने मेरे सिद्धांत मुझी पर लागू किए। बहुत करके कप्तान ने ही पूछा—'गोरे जैसी धमकी दे रहे हैं उसी के अनुसार वे आपको चोट पहुँचाएँ, तो आप अहिंसा के अपने सिद्धांत पर किस प्रकार अमल करेंगे?'

मैंने जवाब दिया, 'मुझे आशा है कि उन्हें माफ कर देने की और उन पर मुकदमा न चलाने की हिम्मत और बुद्धि ईश्वर मुझे देगा। आज भी मुझे उन पर रोष नहीं है। उनके अज्ञान, उनकी संकुचित दृष्टि के लिए मुझे खेद होता है। मैं समझता हूँ कि वे जो कह रहे हैं और कर रहे हैं वह उचित है, ऐसा वे शुद्ध भाव से मानते हैं। अतएव मेरे लिए रोष का कोई कारण नहीं।' पूछनेवाला हँसा। शायद मेरी बात पर उसे विश्वास नहीं हुआ।

इस प्रकार हमारे दिन बीतते और लंबे होते गए। सूतक समाप्त करने की अवधि अंत तक निश्चित नहीं हुई। इस विभाग के अधिकारी से पूछने पर वह कहता, 'यह मेरी शक्ति से बाहर की बात है। सरकार मुझे आदेश दे, तो मैं आप लोगों को उतरने की इजाज़त दे दूँ।'

अंत में यात्रियों को और मुझे अल्टीमेटम मिले। दोनों को धमकी दी गई कि तुम्हारी जान खतरे में है। दोनों ने नेटाल के बंदर पर उतरने के अपने अधिकार के विषयों में लिखा, और अपना यह निश्चय घोषित किया कि कैसा भी संकट क्यों न हो, हम अपने इस अधिकार पर डटे रहेंगे।

आखिर तेईसवें दिन, अर्थात् 13 जनवरी, 1897 के दिन, स्टीमरों को मुक्ति मिली और यात्रियों को उतरने का आदेश मिला।

3. कसौटी

जहाज धक्के पर लगा। यात्री उतरे। पर मेरे बारे में मि. एस्कंब ने कप्तान से कहलाया था—'गांधी को और उनके परिवार को शाम के समय उतारिएगा। उनके विरुद्ध गोरे बहुत उत्तेजित हो गए हैं और उनके प्राण संकट में हैं। सुपरिंटेंडेंट मि. टेटम उन्हें शाम को अपने साथ ले जाएँगे।'

कप्तान ने मुझे इस संदेश की खबर दी। मैंने तदनुसार चलना स्वीकार किया। लेकिन इस संदेश को मिले आधा घंटा भी न हुआ था कि इतने में मि. लाटन आए और कप्तान से मिलकर बोले, 'यदि मि. गांधी मेरे साथ चलें, तो मैं उन्हें अपनी जिम्मेदारी पर ले जाना चाहता हूँ। स्टीमर के एजेंट के वकील

के नाते मैं आपसे कहता हूँ कि मि. गांधी के बारे में जो संदेश आपको मिला है, उसके बंधन से आप मुक्त हैं।' इस प्रकार कप्तान से बातचीत करके वे मेरे पास आए और मुझसे कुछ इस मतलब की बातें कहीं, 'आपको जीवन का डर न हो, तो मैं चाहता हूँ कि श्रीमती गांधी और बच्चे गाड़ी में रुस्तमजी सेठ के घर जाएँ और आप तथा मैं आम रास्ते से पैदल चलें। मुझे यह बिलकुल अच्छा नहीं लगता कि आप अँधेरा होने पर चुपचाप शहर में दखिल हों। मेरा खयाल है कि आपका बाल भी बाँका न होगा। अब तो सब कुछ शांत है। गोरे सब तितर-बितर हो गए हैं। पर कुछ भी क्यों न हो, मेरी राय है कि आपको छिपे तौर पर शहर में कभी न जाना चाहिए।'

मैं सहमत हो गया। मेरी धर्मपत्नी और बच्चे गाड़ी में बैठकर रुस्तमजी सेठ के घर सही-सलमात पहुँच गए। कप्तान की अनुमति लेकर मैं मि. लाटन के साथ उतरा। रुस्तमजी सेठ का घर वहाँ से लगभग दो मील दूर था।

जैसे ही हम जहाज से उतरे, कुछ लड़कों ने मुझे पहचान लिया और वे 'गांधी-गांधी' चिल्लाने लगे। तुरंत ही कुछ लोग इकट्ठा हो गए और चिल्लाहट बढ़ गई। मि. लाटन ने देखा कि भीड़ बढ़ जाएगी, इसलिए उन्होंने रिक्शा मँगवाया। मुझे उसमें बैठना कभी अच्छा न लगता था। उस पर सवार होने का मुझे यह पहला ही अनुभव होने जा रहा था। पर लड़के क्यों बैठने देते? उन्होंने रिक्शावाले को धमकाया और वह भाग खड़ा हुआ।

हम आगे बढ़े। भीड़ भी बढ़ती गई। खासी भीड़ जमा हो गई। सबसे पहले तो भीड़ वालों ने मुझे मि. लाटन से अलग कर दिया। फिर मुझ पर कंकरों और सड़े अंडों की वर्षा शुरू हुई। किसी ने मेरी पगड़ी उछालकर फेंक दी। फिर लातें शुरू हुई।

मुझे गश आ गया। मैंने पास के घर की जाली पकड़ ली और दम लिया। वहाँ खड़ा रहना तो संभव ही न था। तमाचे पड़ने लगे।

इतने में पुलिस अधिकारी की स्त्री, जो मुझे पहचानती थी, उस रास्ते से गुजरी। मुझे देखते ही वह मेरी बगल में आकर खड़ी हो गई और धूप के न रहते भी उसने अपनी छतरी खोल ली। इससे भीड़ कुछ नरम पड़ी। अब मुझ पर प्रहार करने हों, तो मिसेज एलेक्जेंडर को बचाकर ही किए जा सकते थे।

इस बीच मुझ पर मार पड़ते देखकर कोई हिंदुस्तानी नौजवान पुलिस थाने पर दौड़ गया। सुपरिंटेंडेंट एलेक्जेंडर ने एक टुकड़ी मुझे घेरकर बचा लेने के लिए

भेजी। वह समय पर पहुँची। मेरा रास्ता पुलिस थाने के पास ही होकर जाता था। सुपरिंटेंडेंट ने मुझे थाने में आश्रय लेने की सलाह दी। मैंने इनकार किया और कहा, 'जब लोगों को अपनी भूल मालूम हो जाएगी, तो वे शांत हो जाएँगे। मुझे उनकी न्यायबुद्धि पर विश्वास है।'

पुलिस के दस्ते के साथ मैं सही-सलामत पारसी रुस्तमजी के घर पहुँचा। मेरी पीठ पर छिपी मार पड़ी थी। एक जगह थोड़ा खून निकल आया था। स्टीमर के डॉक्टर दादा बरज़ोर वहीं मौजूद थे। उन्होंने मेरी अच्छी सेवा-शुश्रूषा की।

यों भीतर शांति थी, पर बाहर गोरों ने घर को घेर लिया था। शाम हो चुकी थी। अँधेरा हो चला था। बाहर हजारों लोग तीखी आवाज में शोर कर रहे थे और 'गांधी को हमें सौंप दो' की पुकार मचा रहे थे। परिस्थिति का खयाल करके सुपरिंटेंडेंट वहाँ पहुँच गए थे और भीड़ को धमकी से नहीं, बल्कि उसका मन बहलाकर वश में रख रहे थे।

फिर भी वे निश्चिंत तो नहीं थे। उन्होंने मुझे इस आशय का संदेशा भेजा—'यदि आप अपने मित्र के मकान, माल-असबाब और अपने बाल-बच्चों को बचाना चाहते हों, तो जिस तरह मैं कहूँ उस तरह आपको इस घर से छिपे तौर पर निकल जाना चाहिए।'

एक ही दिन में मुझे एक-दूसरे के विरुद्ध दो काम करने का प्रसंग आया। जब प्राणों का भय केवल काल्पनिक प्रतीत होता था, तब मि. लाटन ने मुझे प्रकट रूप से बाहर निकलने की सलाह दी और मैंने उसे मान लिया। जब संकट प्रत्यक्ष मेरे सामने आकर खड़ा हो गया, तब दूसरे मित्र ने इससे उलटी सलाह दी और मैंने उसे भी मान लिया! कौन कह सकता है कि मैं अपने प्राणों के संकट से डरा या मित्र के जान-माल की जोखिम से अथवा अपने परिवार की प्राणहानि से या तीनों से? कौन निश्चयपूर्वक कह सकता है कि मेरा स्टीमर से हिम्मत दिखाकर उतरना और बाद में संकट के प्रत्यक्ष सामने आने पर छिपकर भाग निकलना उचित था? पर घटित घटनाओं के बारे में इस तरह की चर्चा ही व्यर्थ है। उनका उपयोग यही है कि जो हो चुका है, उसे समझ लें और उससे जितना सीखने को मिले, सीख लें। अमुक प्रसंग में अमुक मनुष्य क्या करेगा, यह निश्चयपूर्वक कहा ही नहीं जा सकता। इसी तरह हम यह भी देख सकते हैं कि मनुष्य के बाहरी आचरण से उसके गुणों की जो परीक्षा की जाती है, वह अधूरी और अनुमान मात्र होती है।

सो कुछ भी हो, भागने के काम में उलझ जाने से मैं अपनी चोटों को भूल गया। मैंने हिंदुस्तानी सिपाही की वर्दी पहनी। कभी सिर पर मार पड़े तो उससे बचने के लिए माथे पर पीतल की एक तश्तरी रखी और ऊपर से मद्रासी तर्ज का बड़ा साफा बाँधा। साथ में खुफिया पुलिस के दो जवान थे। उनमें से एक ने हिंदुस्तानी व्यापारी की पोशाक पहनी और अपना चेहरा हिंदुस्तानी की तरह रँग लिया। दूसरे ने क्या पहना, सो मैं भूल गया हूँ। हम बगल की गली में होकर पड़ोस की एक दुकान में पहुँचे और गोदाम में लगी हुई बोरों की थप्पियों को अँधेरे में लाँघते हुए दुकान के दरवाजे से भीड़ में घुसकर आगे निकल गए। गली के नुक्कड़ पर गाड़ी खड़ी थी उसमें बैठाकर मुझे अब उसी थाने में ले गए, जिसमें आश्रय लेने की सलाह सुपरिंटेंडेंट एलेक्जेंडर ने पहले दी थी। मैंने सुपरिंटेंडेंट एलेक्जेंडर को और खुफिया पुलिस के अधिकारियों को धन्यवाद दिया।

इस प्रकार जब एक तरफ से मुझे ले जाया जा रहा था, तब दूसरी तरफ सुपरिंटेंडेंट एलेक्जेंडर भीड़ से गाना गवा रहे थे। उस गीत का अनुवाद यह है :

> 'चलो, हम गांधी को फाँसी लटका दें इमली के उस पेड़ पर फाँसी लटका दें।'

जब सुपरिंटेंडेंट एलेक्जेंडर को मेरे सही-सलामत थाने पर पहुँच जाने की खबर मिली तो उन्होंने भीड़ से कहा, 'आपका शिकार तो... इस दुकान में से सही-सलामत निकल भागा है।' भीड़ में किसी को गुस्सा आया, कोई हँसा, बहुतों ने इस बात को मानने से इनकार किया।

इस पर सुपरिंटेंडेंट एलेक्जेंडर ने कहा, 'तो आप लोग अपने में से जिसे नियुक्त कर दें उसे मैं अंदर ले जाऊँ और वह तलाश करके देख ले। अगर आप गांधी को ढूँढ़ निकालें, तो गैं उसे आपके हवाले कर दूँगा। न ढूँढ़ सकें तो आपको बिखर जाना होगा। मुझे यह विश्वास तो है ही कि आप पारसी रुस्तमजी का मकान हरगिज नहीं जलाएँगे और न गांधी के स्त्री-बच्चों को कष्ट पहुँचाएँगे।'

भीड़ ने प्रतिनिधि नियुक्त किए। उन्होंने तलाश के बाद उसे निराशाजनक समाचार सुनाए। सब सुपरिंटेंडेंट एलेक्जेंडर की सूझ-बूझ और चतुराई की प्रशंसा करते हुए, पर मन-ही-मन कुछ गुस्सा होते हुए, बिखर गए।

उस समय के उपनिवेश-मंत्री स्व. मि. चेंबरलेन ने तार द्वारा सूचित किया कि

मुझ पर हमला करने वालों पर मुकदमा चलाया जाए और मुझे न्याय दिलाया जाए। मि. एस्कंब ने मुझे अपने पास बुलाया। मुझे पहुँची हुई चोट के लिए खेद प्रकट करते हुए उन्होंने कहा, 'आप यह तो मानेंगे ही कि आपका बाल भी बाँका हो तो मुझे उससे कभी खुशी नहीं हो सकती। आपने मि. लाटन की सलाह मानकर तुरंत उतर जाने का साहस किया। आपको ऐसा करने का हक था, पर आपने मेरे संदेश को मान लिया होता, तो यह दुःखद घटना न घटती। अब अगर आप हमला करने वालों को पहचान सकें, तो मैं उन्हें गिरफ्तार करवाने और उन पर मुकदमा चलाने को तैयार हूँ। मि. चेंबरलेन भी यही चाहते हैं।'

मैंने जवाब दिया, 'मुझे किसी पर मुकदमा नहीं चलाना है। संभव है, हमला करने वालों में से एक-दो को मैं पहचान लूँ, पर उन्हें सजा दिलाने से मुझे क्या लाभ होगा? फिर, मैं हमला करने वालों को दोषी भी नहीं मानता। उन्हें तो यह कहा गया है कि मैंने हिंदुस्तान में अतिशयोक्तिपूर्ण बातें कहकर नेटाल के गोरों को बदनाम किया है। वे इस बात को मानकर गुस्सा हों, इसमें आश्चर्य क्या है? दोष तो बड़ों का और, मुझे कहने की इजाज़त दें तो, आपका माना जाना चाहिए। आप लोगों को सही रास्ता दिखा सकते थे, पर आपने भी रायटर के तार को ठीक माना और यह कल्पना कर ली कि मैंने अतिशयोक्ति की होगी। मुझे किसी पर मुकदमा नहीं चलाना है। जब वस्तुस्थिति प्रकट होगी और लोगों को पता चलेगा, तो वे खुद पछताएँगे।'

'तो आप मुझे यह बात लिखकर दे देंगे? मुझे मि. चेंबरलेन को इस आशय का तार भेजना पड़ा। मैं नहीं चाहता कि आप जल्दी में कुछ लिखकर दे दें। मेरी इच्छा यह है कि आप मि. लाटन से और अपने दूसरे मित्रों से सलाह करके जो उचित जान पड़े सो करें। हाँ, मैं यह स्वीकार करता हूँ कि यदि आप हमला करने वालों पर मुकदमा नहीं चलाएँगे, तो सब ओर शांति स्थापित करने में मुझे बहुत मदद मिलेगी और आपकी प्रतिष्ठा तो निश्चय ही बढ़ेगी।'

मैंने जवाब दिया, 'इस विषय में मेरे विचार पक्के हो चुके हैं। यह निश्चय समझिए कि मुझे किसी पर मुकदमा नहीं चलाना है, इसलिए मैं आपको यहीं लिखकर दे देना चाहता हूँ।'

यह कहकर मैंने आवश्यक पत्र लिखकर दे दिया।

4. शांति

हमले के दो-एक दिन बाद जब मैं मि. एस्कंब से मिला तब मैं पुलिस थाने में ही था। रक्षा के लिए मेरे साथ एक-दो सिपाही रहते थे, पर दरअसल जब मुझे मि. एस्कंब के पास ले जाया गया तब रक्षा की आवश्यकता रही नहीं थी।

जिस दिन मैं जहाज से उतरा उसी दिन, अर्थात् पीला झंडा उतरने के बाद तुरंत, 'नेटाल एडवरटाइजर' नामक पत्र का प्रतिनिधि मुझसे मिल गया था। उसने मुझे कई प्रश्न पूछे थे और उनके उत्तर में मैं प्रत्येक आरोप का पूरा-पूरा जवाब दे सका था। सर फीरोजशाह मेहता के प्रताप से उस समय मैंने हिंदुस्तान में एक भी भाषण बिना लिखे नहीं किया था। अपने उन सब भाषणों और लेखों का संग्रह तो मेरे पास था ही। मैंने यह सब उसे दिया और सिद्ध कर दिखाया कि मैंने हिंदुस्तान में ऐसी एक भी बात नहीं कही, जो अधिक तीव्र शब्दों में दक्षिण अफ्रीका में न कही हो। मैंने यह भी बता दिया कि 'कुरलैंड' और 'नादरी' के यात्रियों को लाने में मेरा हाथ बिलकुल न था। उनमें अधिकतर तो पुराने ही थे और बहुतेरे नेटाल में रहने वाले नहीं थे बल्कि ट्रांसवाल जाने वाले थे। उन दिनों नेटाल में मंदी थी। ट्रांसवाल में बहुत अधिक कमाई होती थी। इस कारण अधिकतर हिंदुस्तानी वहीं जाना पसंद करते थे।

इस खुलासे का और हमलावरों पर मुकदमा दायर करने से मेरे इनकार करने का इतना ज़्यादा असर पड़ा कि गोरे शर्मिंदा हुए। समाचार-पत्रों ने मुझे निर्दोष सिद्ध किया और हुल्लड़ करने वालों की निंदा की। इस प्रकार परिणाम में तो मुझे लाभही हुआ, और मेरा लाभ मेरे कार्य का ही लाभ था। इससे भारतीय समाज की प्रतिष्ठा बढ़ी और मेरा मार्ग अधिक सरल हो गया।

तीन या चार दिन बाद में अपने घर गया और कुछ ही दिनों में व्यवस्थित रीति से अपना काम-काज करने लगा। इस घटना के कारण मेरी वकालत भी बढ़ गई।

परंतु इस तरह यदि हिंदुस्तानियों की प्रतिष्ठा बढ़ी, तो उनके प्रति गोरों का द्वेष भी बढ़ा। गोरों को विश्वास हो गया कि हिंदुस्तानियों में दृढ़तापूर्वक लड़ने की शक्ति है। फलतः उनका डर बढ़ गया। नेटाल की धारासभा में दो कानून पेश हुए, जिनसे हिंदुस्तानियों की कठिनाइयाँ बढ़ गयीं। एक से भारतीय व्यापारियों के धंधे को नुकसान पहुँचा, दूसरे से हिंदुस्तानियों के आने-जाने पर अंकुश लग

गया। सौभाग्य से मताधिकार की लड़ाई के समय यह फैसला हो चुका था कि हिंदुस्तानियों के खिलाफ हिंदुस्तानी के नाते कोई कानून नहीं बनाया जा सकता। मतलब यह कि कानून में रंग-भेद या जाति-भेद नहीं होना चाहिए। इसलिए ऊपर के दोनों कानून उनकी भाषा को देखते हुए तो सब पर लागू होते जान पड़ते थे, पर उनका मूल उद्देश्य केवल हिंदुस्तानी कौम पर दबाव डालना था।

इन कानूनों ने मेरा काम बहुत ज़्यादा बढ़ा दिया और हिंदुस्तानियों में जागृति भी बढ़ाई। हिंदुस्तानियों को ये कानून इस तरह समझा दिए गए कि इनकी बारीक से बारीक बातों से भी कोई हिंदुस्तानी अपरिचित न रह सके। हमने इनके अनुवाद भी प्रकाशित कर दिए। झगड़ा आखिर विलायत पहुँचा। पर कानून नामंजूर नहीं हुए।

मेरा अधिकतर समय सार्वजनिक काम में ही बीतने लगा। मनसुखलाल नाजर मेरे साथ रहे। उनके नेटाल में होने की बात में ऊपर लिख चुका हूँ। वे सार्वजनिक काम में अधिक हाथ बँटाने लगे, जिससे मेरा काम कुछ हलका हो गया।

मेरी अनुपस्थिति में सेठ आदमजी मियाँखान ने अपने मंत्रिपद को खूब सुशोभित किया था। उन्होंने सदस्य बढ़ाए थे और स्थानीय कांग्रेस के कोष में लगभग एक हजार पाउंड की वृद्धि की थी। यात्रियों पर हुए हमले के कारण और उपर्युक्त कानूनों के कारण जो जागृति पैदा हुई, उससे मैंने इस वृद्धि में भी वृद्धि करने का विशेष प्रयत्न किया और कोष में लगभग पाँच हजार पाउंड जमा हो गए। मेरे मन में लोभ यह था कि यदि कांग्रेस का स्थायी कोष हो जाए, उसके लिए जमीन ले ली जाए और उसका भाड़ा आने लगे तो कांग्रेस निर्भय हो जाए। सार्वजनिक संस्था का यह मेरा पहला अनुभव था। मैंने अपना विचार साथियों के सामने रखा। उन्होंने उसका स्वागत किया। मकान खरीदे गए और वे भाड़े पर उठा दिए गए। उनके किराए से कांग्रेस का मासिक खर्च आसानी से चलने लगा। संपत्ति का सुदृढ़ ट्रस्ट बन गया। वह संपत्ति आज भी मौजूद है, पर अंदर ही अंदर वह आपसी कलह का कारण बन गई है और जायदाद का किराया आज अदालत में जमा होता है।

यह दुःखद घटना तो मेरे दक्षिण अफ्रीका छोड़ने के बाद घटी, पर सार्वजनिक संस्थाओं के लिए स्थायी कोष रखने के संबंध में मेरे विचार दक्षिण अफ्रीका में ही बदल चुके थे। अनेकानेक सार्वजनिक संस्थाओं की उत्पत्ति और उनके प्रबंध की जिम्मेदारी सँभालने के बाद मैं इस दृढ़ निर्णय पर पहुँचा हूँ कि किसी भी

सार्वजनिक संस्था को स्थायी कोष पर निभने का प्रयत्न नहीं करना चाहिए। इसमें उसकी नैतिक अधोगति का बीज छिपा रहता है।

सार्वजनिक संस्था का अर्थ है, लोगों की स्वीकृति और लोगों के धन से चलने वाली संस्था। ऐसी संस्था को जब लोगों की सहायता न मिले, तो उसे जीवित रहने का अधिकार ही नहीं रहता। देखा यह गया है कि स्थायी संपत्ति के भरोसे चलानेवाली संस्था लोकमत से स्वतंत्र हो जाती है और कितनी ही बार वह उलटा आचरण भी करती है। हिंदुस्तान में हमें पग-पग पर इसका अनुभव होता है। कितनी ही धार्मिक मानी जानेवाली संस्थाओं के हिसाब-किताब का कोई ठिकाना ही नहीं रहता। उनके ट्रस्टी ही उनके मालिक बन बैठे हैं और वे किसी के प्रति उत्तरदायी भी नहीं हैं। जिस तरह प्रकृति स्वयं प्रतिदिन उत्पन्न करती और प्रतिदिन खाती है, वैसी ही व्यवस्था सार्वजनिक संस्थाओं की होनी चाहिए, इसमें मुझे कोई शंका नहीं है। जिस संस्था को लोग मदद देने के लिए तैयार न हों, उसे सार्वजनिक संस्था के रूप में जीवित रहने का अधिकार ही नहीं है। प्रतिवर्ष मिलनेवाला चंदा ही उन संस्थाओं की अपनी लोकप्रियता और उनके संचालकों की प्रामाणिकता की कसौटी है, और मेरी यह राय है कि हर एक संस्था को इस कसौटी पर कसा जाना चाहिए।

मेरे यह लिखने से कोई गलतफहमी न होनी चाहिए। ऊपर की टीका उन संस्थाओं पर लागू नहीं होती, जिन्हें मकान इत्यादि की आवश्यकता होती है। सार्वजनिक संस्थाओं के दैनिक खर्च का आधार लोगों से मिलनेवाला चंदा ही होना चाहिए।

ये विचार दक्षिण अफ्रीका के सत्याग्रह के दिनों में दृढ़ हुए। छह वर्षों की वह महान् लड़ाई स्थायी कोष के बिना चली, यद्यपि उसके लिए लाखों रुपयों की आवश्यकता थी। मुझे ऐसे अवसरों की याद है कि जब अगले दिन का खर्च कहाँ से आएगा।, इसकी मुझे खबर न होती थी। लेकिन आगे जिन विषयों की चर्चा की जाने वाली है, उनका उल्लेख यहाँ नहीं करूँगा। पाठकों को मेरे मत का समर्थन इस कथा में उचित प्रसंग पर यथास्थान मिल जाएगा।

5. बच्चों की शिक्षा

सन् 1897 की जनवरी में मैं डरबन उतरा, तब मेरे साथ तीन बालक थे। मेरा भानजा लगभग दस वर्ष की उम्र का, मेरा बड़ा लड़का नौ वर्ष का और दूसरा लड़का पाँच वर्ष का। इन सबको कहाँ पढ़ाया जाए?

मैं अपने लड़कों को गोरों के लिए चलने वाले स्कूलों में भेज सकता था, पर वह केवल मेहरबानी और अपवाद रूप होता। दूसरे सब हिंदुस्तानी बालक वहाँ पढ़ नहीं सकते थे। हिंदुस्तानी बालकों को पढ़ाने के लिए ईसाई मिशन के स्कूल थे, पर उनमें मैं अपने बालकों को भेजने के लिए तैयार न था। वहाँ दी जाने वाली शिक्षा मुझे पसंद न थी। वहाँ गुजराती द्वारा तो शिक्षा मिलती ही कहाँ से? सारी शिक्षा अंग्रेज़ी में ही दी जाती थी, अथवा बहुत प्रयत्न किया जाता, तो अशुद्ध तमिल या हिंदी में दी जा सकती थी। पर इन और ऐसी अन्य त्रुटियों को सहन करना मेरे लिए संभव न था।

मैं स्वयं बालकों को पढ़ाने का थोड़ा प्रयत्न करता था। पर वह अत्यंत अनियमित था। अपनी रुचि के अनुकूल गुजराती शिक्षक मैं खोज न सका।

मैं परेशान हुआ। मैंने ऐसे अंग्रेज़ी शिक्षक के लिए विज्ञापन दिया, जो बच्चों को मेरी रुचि के अनुकूल शिक्षा दे सके। मैंने सोचा कि इस तरह जो शिक्षक मिलेगा, उसके द्वारा थोड़ी नियमित शिक्षा होगी और बाकी मैं स्वयं, जैसे बन पड़ेगी, दूँगा। एक अंग्रेज़ महिला को 7 पाउंड के वेतन पर रखकर गाड़ी कुछ आगे बढ़ाई।

बच्चों के साथ मैं केवल गुजराती में ही बातचीत करता था। इससे उन्हें थोड़ी गुजराती सीखने को मिल जाती थी। मैं उन्हें देश भेजने के लिए तैयार न था। उस समय भी मेरा यह खयाल था कि छोटे बच्चों को माता-पिता से अलग नहीं रहना चाहिए। सुव्यवस्थित घर में बालकों को जो शिक्षा सहज ही मिल जाती है, वह छात्रालयों में नहीं मिल सकती। अतएव अधिकतर वे मेरे साथ ही रहे। भानजे और बड़े लड़के को मैंने कुछ महीनों के लिए देश में अलग-अलग छात्रालयों में भेजा अवश्य था, पर वहाँ से उन्हें तुरंत वापस बुला लिया था। बाद में मेरा बड़ा लड़का, वयस्क होने पर, अपनी इच्छा से अहमदाबाद के हाईस्कूल में पढ़ने के लिए दक्षिण अफ्रीका छोड़कर देश चला गया था। अपने भानजे को जो शिक्षा

मैं दे सका, उससे उसे संतोष था, ऐसा मेरा खयाल है। भरी जवानी में, कुछ ही दिनों की बीमारी के बाद, उसका देहांत हो गया। मेरे दूसरे तीन लड़के कभी किसी स्कूल में गए ही नहीं। दक्षिण अफ्रीका के सत्याग्रह के सिलसिले में मैंने जो विद्यालय खोला था, उसमें उन्होंने थोड़ी पढ़ाई की थी।

मेरे ये प्रयोग अपूर्ण थे। लड़कों को मैं स्वयं जितना समय देना चाहता था उतना दे नहीं सका। इस कारण और दूसरी अनिवार्य परिस्थितियों के कारण मैं अपनी इच्छा के अनुसार उन्हें अक्षर-ज्ञान नहीं दे सका। इस विषय में मेरे सब लड़कों को न्यूनाधिक मात्रा में मुझसे शिकायत भी रही है, क्योंकि जब-जब वे 'बी. ए.', 'एम. ए.' और 'मैट्रिक्युलेट' के भी संपर्क में आते, तब स्वयं किसी स्कूल में न पढ़ सकने की कमी का अनुभव करते थे।

तिस पर भी मेरी अपनी राय यह है कि जो अनुभव-ज्ञान उन्हें मिला है, माता-पिता का जो सहवास वे प्राप्त कर सके हैं, स्वतंत्रता का जो पदार्थ पाठ उन्हें सीखने को मिला है, वह सब उन्हें न मिलता यदि मैंने उनको चाहे जिस तरह स्कूल भेजने का आग्रह रखा होता। उनके बारे में जो निश्चिंतता आज मुझे है, वह न होती, और जो सादगी तथा सेवाभाव उन्होंने सीखा है, वह मुझसे अलग रहकर विलायत में या दक्षिण अफ्रीका में कृत्रिम शिक्षा प्राप्त करके वे सीख न पाते; बल्कि उनकी बनावटी रहन-सहन देशकार्य में मेरे लिए कदाचित् विघ्नरूप हो जाती।

यद्यपि मैं उन्हें जितना चाहता था उतना अक्षर-ज्ञान नहीं दे सका, तो भी अपने पिछले वर्षों का विचार करते समय मेरे मन में यह खयाल नहीं उठता कि उनके प्रति मैंने अपने धर्म का यथाशक्ति पालन नहीं किया और न मुझे उसके लिए पश्चात्ताप होता है। इसके विपरीत, अपने बड़े लड़के के बारे में मैं जो दुःखद परिणाम देखता हूँ, वह मेरे अधकचरे पूर्वकाल की प्रतिध्वनि है, ऐसा मुझे सदा ही लगा है। उस समय उसकी उम्र इतनी थी कि जिसे मैंने हर प्रकार से अपना मूर्च्छाकाल, वैभव-काल माना है, उसका स्मरण उसे बना रहे। वह क्यों माने कि वह मेरा मूर्च्छाकाल था? वह ऐसा क्यों न माने कि वह मेरा ज्ञानकाल था और उसके बाद में हुए परिवर्तन अयोग्य और मोहजन्य थे? वह क्यों न माने कि उस समय मैं संसार के राजमार्ग पर चल रहा था, इस कारण सुरक्षित था तथा बाद में किए हुए परिवर्तन मेरे सूक्ष्म अभिमान और अज्ञान की निशानी थे? यदि मेरे लड़के बैरिस्टर आदि की पदवी पाते तो क्या बुरा होता? मुझे उनके पंख काट देने

का क्या अधिकार था? मैंने उन्हें ऐसी स्थिति में क्यों नहीं रखा कि वे उपाधियाँ प्राप्त करके मनचाहा जीवन-मार्ग पसंद कर सकते? इस तरह की दलीलें मेरे कितने ही मित्रों ने मेरे सम्मुख रखी हैं।

मुझे इन दलीलों में कोई तथ्य नहीं दिखाई दिया। मैं अनेक विद्यार्थियों के संपर्क में आया हूँ। दूसरे बालकों पर मैंने दूसरे प्रयोग भी किए हैं अथवा कराने में सहायक हुआ हूँ। उनके परिणाम भी मैंने देखे हैं। वे बालक और मेरे लड़के आज समान अवस्था के हैं। मैं नहीं मानता कि वे मनुष्यता में मेरे लड़कों से आगे बढ़े हुए हैं अथवा उनसे मेरे लड़के कुछ अधिक सीख सकते हैं।

फिर भी, मेरे प्रयोग का अंतिम परिणाम तो भविष्य ही बता सकता है। यहाँ इस विषय की चर्चा करने का हेतु तो यह है कि मनुष्य जाति की उत्क्रान्ति का अध्ययन करने वाले लोग गृह-शिक्षा और स्कूली शिक्षा के भेद का और माता-पिता द्वारा अपने जीवन में किए हुए परिवर्तनों का उनके बालकों पर जो प्रभाव पड़ता है, उसका कुछ अंदाज लगा सकें।

इसके अतिरिक्त, इस प्रकरण का एक उद्देश्य यह भी है कि सत्य का पुजारी इस प्रयोग से यह देख सके कि सत्य की आराधना उसे कहाँ तक ले जाती है, और स्वतंत्रता देवी का उपासक देख सके कि वह देवी कैसा बलिदान चाहती है? बालकों को अपने साथ रखते हुए भी यदि मैंने स्वाभिमान का त्याग किया होता, दूसरे भारतीय बालक जिसे न पा सकें उसकी अपने बालकों के लिए इच्छा न रखने के विचार का पोषण न किया होता, तो मैं अपने बालकों को अक्षर-ज्ञान अवश्य दे सकता था। किंतु उस दशा में स्वतंत्रता और स्वाभिमान का जो पदार्थ-पाठ वे सीखे, वह न सीख पाते। और जहाँ स्वतंत्रता तथा अक्षर ज्ञान के बीच ही चुनाव करना हो, वहाँ कौन कहेगा कि स्वतंत्रता अक्षर-ज्ञान से हजार गुनी अधिक अच्छी नहीं है?

सन् 1920 में जिन नौजवानों को मैंने स्वतंत्रता-घातक स्कूलों और कॉलेजों को छोड़ने के लिए आमंत्रित किया था, और जिनसे मैंने कहा था कि स्वतंत्रता के लिए निरक्षर रहकर आम रास्ते पर गिट्टी फोड़ना गुलामी में रहकर अक्षर-ज्ञान प्राप्त करने से कहीं अच्छा है, वे अब मेरे कथन के मर्म को कदाचित् समझ सकेंगे।

6. सेवा-वृत्ति

वकालत का मेरा धंधा अच्छा चल रहा था, पर उससे मुझे संतोष नहीं था। जीवन अधिक सादा होना चाहिए, कुछ शरीरिक सेवा कार्य होना चाहिए, यह मंथन मन में चलता ही रहता था।

इतने में एक दिन कोढ़ से पीड़ित एक अपंग मनुष्य मेरे घर आ पहुँचा। उसे खाना देकर विदा कर देने के लिए दिल तैयार न हुआ। मैंने उसको एक कोठरी में ठहराया, उसके घाव साफ किए और उसकी सेवा की।

पर यह व्यवस्था अधिक दिन तक चल न सकती थी। उसे हमेशा के लिए घर में रखने की सुविधा मेरे पास न थी, न मुझमें इतनी हिम्मत ही थी। इसलिए मैंने उसे गिरमिटियों के लिए चलनेवाले सरकारी अस्पताल में भेज दिया।

पर इससे मुझे आश्वासन न मिला। मन में हमेशा यह विचार बना रहता कि सेवा-शुश्रूषा का ऐसा काम मैं हमेशा करता रहूँ, तो कितना अच्छा हो! डॉक्टर बूथ सेंट एडम्स मिशन के मुखिया थे। वे हमेशा अपने पास आनेवालों को मुफ्त दवा दिया करते थे। बहुत भले और दयालु आदमी थे। पारसी रुस्तमजी की दानशीलता के कारण डॉ. बूथ की देखरेख में एक बहुत छोटा अस्पताल खुला। मेरी प्रबल इच्छा हुई कि मैं इस अस्पताल में नर्स का काम करूँ। उसमें दवा देने के लिए एक से दो घंटों का काम रहता था। उसके लिए दवा बनाकर देनेवाले किसी वेतनभोगी मनुष्य की अथवा स्वयंसेवक की आवश्यकता थी। मैंने यह काम अपने जिम्मे लेने और अपने समय में से इतना समय बचाने का निर्णय किया। वकालत का मेरा बहुत-सा काम तो दफ्तर में बैठकर सलाह देने, दस्तावेज तैयार करने अथवा झगड़ों का फैसला कराने का होता था। कुछ मामले मजिस्ट्रेट की अदालत में चलते थे। उनमें से अधिकांश विवादास्पद नहीं होते थे। ऐसे मामलों को चलाने की जिम्मेदारी मि. खान ने, जो मुझसे बाद में आए थे और जो उस समय मेरे साथ ही रहते थे, अपने सिर पर ले ली और मैं उस छोटे-से अस्पताल में काम करने लगा।

रोज सबेरे वहाँ जाना होता था। आने-जाने में और अस्पताल का काम करने में प्रतिदिन लगभग दो घंटे लगते थे। इस काम से मुझे थोड़ी शांति मिली। मेरा काम बीमार की हालत समझकर उसे डॉक्टर को समझाने और डॉक्टर

की लिखी दवा तैयार करके बीमार को देने का था। इस काम से मैं दुःखी-दर्दी हिंदुस्तानियों के निकट संपर्क में आया। उनमें से अधिकांश तमिल, तेलुगु अथवा उत्तर हिंदुस्तान के गिरमिटिया होते थे।

यह अनुभव मेरे लिए भविष्य में बहुत उपयोगी सिद्ध हुआ। बोअर-युद्ध के समय घायलों की सेवा-शुश्रूषा के काम में और दूसरे बीमारों की परिचर्या में मुझे इससे बड़ी मदद मिली।

बालकों के पालन-पोषण का प्रश्न तो मेरे सामने था ही। दक्षिण अफ्रीका में मेरे दो लड़के और हुए। उन्हें किस तरह पाल-पोसकर बड़ा किया जाए, इस प्रश्न को हल करने में मुझे इस काम ने अच्छी मदद की। मेरा स्वतंत्र स्वभाव मेरी कड़ी कसौटी करता था, और आज भी करता है। हम पति-पत्नी ने निश्चय किया था कि प्रसूति आदि काम शास्त्रीय पद्धति से करेंगे। अतएव यद्यपि डॉक्टर और नर्स की व्यवस्था की गई थी, तो भी प्रश्न था कि कहीं ऐन मौके पर डॉक्टर न मिला और दाई भाग गई, तो मेरी क्या दशा होगी? दाई तो हिंदुस्तानी ही रखनी थी। तालीम पाई हुई हिंदुस्तानी दाई हिंदुस्तान में भी मुश्किल से मिलती है, तब दक्षिण अफ्रीका की तो बात ही क्या कही जाए? अतएव मैंने *बाल-संगोपन* का अध्ययन कर लिया। डॉ. त्रिभुवनदास की *माने शिखामण* (माता को सीख) नामक पुस्तक मैंने पढ़ डाली। यह कहा जा सकता है कि उसमें संशोधन-परिवर्धन करके अंतिम दो बच्चों को मैंने स्वयं पाला-पोसा। हर बार दाई की मदद कुछ ही समय के लिए ली—दो महीने से ज़्यादा तो ली ही नहीं; वह भी मुख्यतः धर्मपत्नी की सेवा के लिए ही, बालकों को नहलाने-धुलाने का काम शुरू में मैं ही करता था।

अंतिम शिशु के जन्म के समय मेरी पूरी-पूरी परीक्षा हो गई। पत्नी को प्रसव-वेदना अचानक शुरू हुई। डॉक्टर घर पर न थे। दाई को बुलवाना था। वह पास होती तो भी उससे प्रसव कराने का काम न हो पाता। अतः प्रसव के समय का सारा काम मुझे अपने हाथों ही करना पड़ा। सौभाग्य से मैंने इस विषय को *माने शिखामण* पुस्तक में ध्यानपूर्वक पढ़ लिया था। इसलिए मुझे कोई घबराहट न हुई।

मैंने देखा कि अपने बालकों के समुचित पालन-पोषण के लिए माता-पिता दोनों को बाल-संगोपन आदि का साधारण ज्ञान प्राप्त कर लेना चाहिए। मैंने तो इस विषय की अपनी सावधानी का लाभ पग-पग पर अनुभव किया है। मेरे बालक आज जिस सामान्य स्वास्थ्य का लाभ उठा रहे हैं, उसे वे उठा न पाते, यदि मैंने इस विषय का सामान्य ज्ञान प्राप्त करके उस पर अमल न किया होता। हम

लोगों में यह भ्रम फैला हुआ है कि पहले पाँच वर्षों में बालक को शिक्षा प्राप्त करने की आवश्यकता नहीं होती। पर सच तो यह है कि पहले पाँच वर्षों में बालक को जो मिलता है, वह बाद में कभी नहीं मिलता। मैं यह अनुभव से कह सकता हूँ कि बच्चे की शिक्षा माँ के पेट से शुरू होती है। गर्भाधान-काल की माता-पिता की शारीरिक और मानसिक स्थिति का प्रभाव बालक पर पड़ता है। गर्भ के समय की माता की प्रकृति और माता के आहार-विहार के भले-बुरे फलों की विरासत लेकर बालक जन्म लेता है। जन्म के बाद वह माता-पिता का अनुकरण करने लगता है और स्वयं असहाय होने के कारण उसके विकास का आधार माता-पिता पर रहता है।

जो समझदार दंपती इन बातों को सोचेंगे वे पति-पत्नी के संग को कभी विषय-वासना की तृप्ति का साधन नहीं बनाएँगे, बल्कि जब उन्हें संतान की इच्छा होगी तभी सहवास करेंगे। रतिसुख एक स्वतंत्र वस्तु है, इस धारणा में मुझे तो घोर अज्ञान ही दिखाई पड़ता है। जनन-क्रिया पर संसार के अस्तित्व का आधार है। संसार ईश्वर की लीलाभूमि है, उसकी महिमा का प्रतिबिंब है। उसकी सुव्यवस्थित वृद्धि के लिए ही रतिक्रिया का निर्माण हुआ है, इस बात को समझनेवाला मनुष्य विषय-वासना को महाप्रयत्न करके भी अंकुश में रखेगा और रतिसुख के परिणामस्वरूप होने वाली संतति की शारीरिक, मानसिक और आध्यात्मिक रक्षा के लिए जिस ज्ञान की प्राप्ति आवश्यक हो, उसे प्राप्त करके उसका लाभ अपनी संतान को देगा।

7. ब्रह्मचर्य—1

अब ब्रह्मचर्य के विषय में विचार करने का समय आ गया है। एक पत्नी-व्रत का तो विवाह के समय से ही मेरे हृदय में स्थान था। पत्नी के प्रति वफादारी मेरे सत्यव्रत का अंग था। पर अपनी स्त्री के साथ भी ब्रह्मचर्य का पालन करना चाहिए, इसका स्पष्ट बोध मुझे दक्षिण अफ्रीका में ही हुआ। किस प्रसंग से अथवा किस पुस्तक के प्रभाव से यह विचार मेरे मन में उत्पन्न हुआ, सो आज मुझे स्पष्ट याद नहीं आता। इतना ही स्मरण है कि इसमें रायचंद भाई के प्रभाव की प्रधानता थी।

उनके साथ के एक संवाद का मुझे स्मरण है। एक बार मैं ग्लैडस्टन के प्रति मिसेज ग्लैडस्टन के प्रेम की प्रशंसा कर रहा था। मैंने कहीं पढ़ा था कि पार्लियामेंट की सभा में भी मिसेज ग्लैडस्टन अपने पति को चाय बनाकर पिलाती थीं। इस वस्तु का पालन इस नियमबद्ध दंपती के जीवन का एक नियम बन गया था। मैंने कवि को वह प्रसंग पढ़कर सुनाया और उसके संदर्भ में दंपती-प्रेम की स्तुति की। रायचंद भाई बोले, 'इसमें तुम्हें महत्त्व की कौन सी बात मालूम होती है? मिसेज ग्लैडस्टन का पत्नीत्व या उनका सेवाभाव? यदि वे ग्लैडस्टन की बहन होती तो? अथवा उनकी वफादार नौकरानी होतीं और उतने ही प्रेम से चाय देतीं तो? ऐसी बहनों, ऐसी नौकरानियों के दृष्टांत क्या हमें आज नहीं मिलते? और नारी-जाति के बदले ऐसा प्रेम यदि तुमने नर-जाति में देखा होता, तो क्या तुम्हें सानंद आश्चर्य न होता? मेरे इस कथन पर विचार करना।'

रायचंद भाई स्वयं विवाहित थे। याद पड़ता है कि उस समय तो मुझे उनके ये वचन कठोर लगे थे, पर इन वचनों ने मुझे चुंबक की तरह पकड़ लिया। मुझे लगा कि पुरुष सेवक की ऐसी स्वामिभक्ति का मूल्य पत्नी की पतिनिष्ठा के मूल्य से हजार गुना अधिक है। पति-पत्नी में ऐक्य होता है, इसलिए उनमें परस्पर प्रेम हो तो कोई आश्चर्य नहीं। मालिक और नौकर के बीच वैसा प्रेम प्रयत्नपूर्वक विकसित करना होता है। दिन-पर-दिन कवि के वचनों का बल मेरी दृष्टि में बढ़ता प्रतीत हुआ।

मैंने अपने-आपसे पूछा—मुझे अपनी पत्नी के साथ कैसा संबंध रखना चाहिए? पत्नी को विषय भोग का वाहन बनाने में पत्नी के प्रति वफादारी कहाँ रहती है? जब तक मैं विषय-वासना के अधीन रहता हूँ, तब तक तो मेरी वफादारी का मूल्य साधारण ही माना जाएगा। यहाँ मुझे यह कहना चाहिए कि हमारे आपस के संबंध में पत्नी की ओर से कभी आक्रमण हुआ ही नहीं। इस दृष्टि से मैं जब चाहता तभी मेरे लिए ब्रह्मचर्य का पालन सुलभ था। मेरी अशक्ति अथवा आसक्ति ही मुझे रोक रही थी।

जाग्रत् होने के बाद भी दो बार तो मैं विफल ही रहा। प्रयत्न करता परंतु गिर पड़ता। प्रयत्न में मुख्य उद्देश्य ऊँचा नहीं था। मुख्य उद्देश्य था—संतानोत्पत्ति को रोकना। उसके बाह्य उपचारों के बारे में मैंने विलायत में कुछ पढ़ा था। डॉ. एलिंसन के इन उपायों के प्रचार का उल्लेख मैं अन्नाहार विषयक प्रकरण में कर चुका हूँ। उसका थोड़ा और क्षणिक प्रभाव मुझ पर पड़ा था। पर मि. हिल्स

ने उसका जो विरोध किया था और आंतरिक साधन—संयम—के समर्थन में जो कहा था, उसका प्रभाव मुझ पर बहुत अधिक पड़ा और अनुभव से वह चिरस्थायी बन गया। इसलिए संतानोत्पत्ति की अनावश्यकता ध्यान में आते ही मैंने संयम-पालन का प्रयत्न शुरू कर दिया।

संयम-पालन की कठिनाइयों का पार न था। हमने अलग खाटें रखीं। रात में पूरी तरह थकने के बाद ही सोने का प्रयत्न किया। इस सारे प्रयत्न का विशेष परिणाम मैं तुरंत नहीं देख सका। पर आज भूतकाल पर निगाह डालते हुए देखता हूँ कि इन सब प्रयत्नों ने मुझे अंतिम निश्चय का बल दिया।

अंतिम निश्चय तो मैं सन् 1906 में ही कर सका था। उस समय सत्याग्रह का आरंभ नहीं हुआ था। मुझे उसका सपना तक नहीं आया था। बोअर-युद्ध के बाद नेटाल में जुलू 'विद्रोह' हुआ। उस समय मैं जोहानिसबर्ग में वकालत करता था। पर मैंने अनुभव किया कि इस 'विद्रोह' के मौके पर भी मुझे अपनी सेवा नेटाल सरकार को अर्पण करनी चाहिए। मैंने सेवा अर्पण की और वह स्वीकृत हुई। उसका वर्णन आगे आएगा। पर इस सेवा के सिलसिले में मेरे मन में संयम-पालन के तीव्र विचार उत्पन्न हुए। अपने स्वभाव के अनुसार मैंने साथियों से इसकी चर्चा की। मैंने अनुभव किया कि संतानोत्पत्ति और संतान का लालन-पालन सार्वजनिक सेवा के विरोधी हैं। इस 'विद्रोह' में सम्मिलित होने के लिए मुझे जोहानिसबर्ग की अपनी गृहस्थी उजाड़ देनी पड़ी थी। टीम टाम से बसाए गए घर का और साज-सामान का, जिसे बसाए मुश्किल से एक महीना हुआ होगा, मैंने त्याग कर दिया। पत्नी और बच्चों को फीनिक्स में रख दिया और मैं डोली उठानेवालों की टुकड़ी लेकर निकल पड़ा। कठिन कूच करते हुए मैंने देखा कि यदि मुझे लोकसेवा में ही तन्मय हो जाना हो, तो पुत्रैषणा और वित्तैषणा का त्याग करना चाहिए और वानप्रस्थ-धर्म पालना चाहिए।

'विद्रोह' में तो मुझे डेढ़ महीने से अधिक समय नहीं देना पड़ा, पर छह हफ्तों का यह समय मेरे जीवन का अत्यंत मूल्यवान समय था। इस समय मैंने व्रत के महत्त्व को अधिक-से-अधिक समझा। मैंने देखा कि व्रत बंधन नहीं, बल्कि स्वतंत्रता का द्वार है। आज तक मुझे अपने प्रयत्नों में उतनी सफलता न मिलने का कारण यह था कि मैं दृढ़निश्चयी नहीं था। मुझे अपनी शक्ति पर अविश्वास था, ईश्वर की कृपा पर अविश्वास था, और इस कारण मेरा मन अनेक तरंगों और अनेक विकारों के चक्कर में पड़ा रहता था। मैंने देखा कि व्रतबद्ध न होने से मनुष्य

मोह में पड़ता है। व्रत से बँधना व्यभिचार से छुटकारा पाकर एक पत्नी-व्रत का पालन करने के समान है। 'मैं प्रयत्न करने में विश्वास रखता हूँ, व्रत से बँधना नहीं चाहता'—यह वचन निर्बलता की निशानी है, और इसमें सूक्ष्म रूप से भोग की वासना छिपी है। जो वस्तु त्याज्य है, उसका सर्वथा त्याग करने में हानि कैसे हो सकती है? जो साँप मुझे डसने वाला है, उसका त्याग मैं निश्चयपूर्वक करता हूँ, त्याग का केवल प्रयत्न नहीं करता। मैं जानता हूँ कि केवल प्रयत्न के भरोसे रहने में मृत्यु निहित है। प्रयत्न में साँप की विकरालता के स्पष्ट ज्ञान का अभाव है। इसी तरह जिस वस्तु के त्याग का हम केवल प्रयत्न करते हैं, उस वस्तु के त्याग के औचित्य के बारे में हमें स्पष्ट दर्शन नहीं हुआ है, यह सिद्ध होता है। 'आगे चलकर मेरे विचार बदल जाएँ तो?' ऐसी शंका करके प्रायः हम व्रत लेने से डरते हैं। इस विचार में स्पष्ट दर्शन का अभाव ही है। इसीलिए निष्कुलानंद ने कहा है :

'त्याग न टके रे वैराग बिना,'

जहाँ अमुक वस्तु के प्रति संपूर्ण वैराग्य उत्पन्न हो गया है, वहाँ उसके विषय में व्रत लेना अनिवार्य हो जाता है।

8. ब्रह्मचर्य—2

अच्छी तरह चर्चा करने और गहराई से सोचने के बाद सन् 1906 में मैंने ब्रह्मचर्य का व्रत लिया। व्रत लेने के दिन तक मैंने धर्मपत्नी के साथ सलाह नहीं की थी, पर व्रत लेते समय की। उसकी ओर से मेरा कोई विरोध नहीं हुआ।

यह व्रत मेरे लिए बहुत कठिन सिद्ध हुआ। मेरी शक्ति कम थी। मैं सोचता, विकारों को किस प्रकार दबा सकूँगा। अपनी पत्नी के साथ विकारयुक्त संबंध का त्याग मुझे एक अनोखी बात मालूम होती थी। फिर भी मैं यह साफ देख सकता था कि यही मेरा कर्तव्य है। मेरी नीयत शुद्ध थी। यह सोचकर कि भगवान शक्ति देगा, मैं इसमें कूद पड़ा।

आज बीस बरस बाद उस व्रत का स्मरण करते हुए मुझे सानंद आश्चर्य होता है। संयम पालने की वृत्ति तो मुझमें 1901 से ही प्रबल थी, और मैं संयम पाल भी रहा था; पर जिस स्वतंत्रता और आनंद का उपभोग मैं अब करने लगा, सन् 1906 के पहले उसके वैसे उपभोग का कोई स्मरण मुझे नहीं है। क्योंकि उस समय मैं वासनाबद्ध था, किसी भी समय उसके वश हो सकता था। अब वासना मुझ पर सवारी करने में असमर्थ हो गई।

साथ ही, मैं अब ब्रह्मचर्य की महिमा को अधिकाधिक समझने लगा। व्रत मैंने फीनिक्स में लिया था। घायलों की सेवा-शुश्रूषा के काम से छुट्टी पाने पर मैं फीनिक्स गया था। वहाँ से मुझे तुरंत जोहानिसबर्ग जाना था। मैं वहाँ गया और एक महीने के अंदर ही सत्याग्रह की लड़ाई का श्रीगणेश हुआ। मानो यह ब्रह्मचर्य-व्रत मुझे उसके लिए तैयार करने ही आया हो! सत्याग्रह की कोई कल्पना मैंने पहले से करके नहीं रखी थी। उसकी उत्पत्ति अनायास, अनिच्छापूर्वक ही हुई। पर मैंने देखा कि उससे पहले के मेरे सारे कदम—फीनिक्स जाना, जोहानिसबर्ग का भारी घर-खर्च कम कर देना और अंत में ब्रह्मचर्य व्रत लेना—मानो उसकी तैयारी के रूप में ही थे।

ब्रह्मचर्य के संपूर्ण पालन का अर्थ है, ब्रह्म-दर्शन। यह ज्ञान मुझे शास्त्र द्वारा नहीं हुआ। यह अर्थ मेरे सामने क्रम-क्रम से अनुभवसिद्ध होता गया। उससे संबंध रखनेवाले शास्त्र वाक्य मैंने बाद में पढ़े। ब्रह्मचर्य में शरीर-रक्षण, बुद्धि-रक्षण और आत्मा का रक्षण समाया हुआ है, इसे मैं व्रत लेने के बाद दिन-ब-दिन अधिकाधिक अनुभव करने लगा। अब ब्रह्मचर्य को एक घोर तपस्या के रूप में रहने देने के बदले उसे रसमय बनाना था। उसी के सहारे निभाना था, इसलिए अब उसकी विशेषताओं के मुझे नित-नए दर्शन होने लगे।

इस प्रकार यद्यपि मैं इस व्रत में से रस लूट रहा था, तो भी कोई यह न माने कि मैं उसकी कठिनाई का अनुभव नहीं करता था। आज मुझे छप्पन वर्ष पूरे हो चुके हैं, फिर भी इसकी कठिनता का अनुभव तो मुझे होता ही है। यह एक असिधारा-व्रत है, इसे मैं अधिकाधिक समझ रहा हूँ और निरंतर जागृति की आवश्यकता अनुभव करता हूँ।

ब्रह्मचर्य का पालन करना हो तो स्वादेंद्रिय पर प्रभुत्व प्राप्त करना ही चाहिए। मैंने स्वयं अनुभव किया है कि यदि स्वाद को जीत लिया जाए, तो ब्रह्मचर्य का पालन बहुत सरल हो जाता है। इस कारण अब से आगे के मेरे आहार-संबंधी प्रयोग केवल अन्नाहार की दृष्टि से नहीं, बल्कि ब्रह्मचर्य की

दृष्टि से होने लगे। मैंने प्रयोग करके अनुभव किया कि आहार थोड़ा, सादा, बिना मिर्च-मसाले का और प्राकृतिक स्थिति वाला होना चाहिए। ब्रह्मचारी का आहार वनपक्व फल हैं, इसे अपने विषय में तो मैंने छह वर्ष तक प्रयोग करके देखा है। जब मैं सूखे और हरे वनपक्व फलों पर रहता था, तब जिस निर्विकार अवस्था का अनुभव मैंने किया, वैसा अनुभव आहार में परिवर्तन करने के बाद मुझे नहीं हुआ। फलाहार के दिनों में ब्रह्मचर्य स्वाभाविक हो गया था। दुग्धाहार के कारण वह कष्ट-साध्य बन गया है। मुझे फलाहार से दुग्धाहार पर क्यों जाना पड़ा, इसकी चर्चा मैं यथास्थान करूँगा। यहाँ तो इतना ही कहना काफी है कि ब्रह्मचारी के लिए दूध का आहार व्रत पालन में बाधक है, इस विषय में मुझे शंका नहीं है। इसका कोई यह अर्थ न करे कि ब्रह्मचारी मात्र के लिए दूध का त्याग इष्ट है। ब्रह्मचर्य पर आहार का कितना प्रभाव पड़ता है, इसके संबंध में बहुत प्रयोग करने की आवश्यकता है। दूध के समान स्नायु-पोषक और उतनी ही सरलता से पचने वाला फलाहार मुझे अभी तक मिला नहीं; और न कोई वैद्य, हकीम या डॉक्टर ऐसे फलों अथवा अन्न की जानकारी दे सका है। अतएव दूध को विकारोत्पादक वस्तु जानते हुए भी मैं उसके त्याग की सलाह अभी किसी को नहीं दे सकता।

बाह्य उपचारों में जिस तरह आहार के प्रकार और परिमाण की मर्यादा आवश्यक है, उसी तरह उपवास के बारे में भी समझना चाहिए। इंद्रियाँ इतनी बलवान हैं कि उन्हें चारों तरफ से, ऊपर से और नीचे से, यों दसों दिशाओं से घेरा जाए तो ही वे अंकुश में रहती हैं। सब जानते हैं कि आहार के बिना वे काम नहीं कर सकतीं। अतएव इंद्रिय-दमन के हेतु से स्वेच्छापूर्वक किए गए उपवास से इंद्रिय दमन में बहुत मदद मिलती है, इसमें मुझे कोई संदेह नहीं। कई लोग उपवास करते हुए भी इसमें विफल होते हैं। उसका कारण यह है कि उपवास ही सब कुछ कर सकेगा, ऐसा मानकर वे केवल स्थूल उपवास करते हैं और मन से छप्पन भोगों का स्वाद लेते रहते हैं। उपवास के दिनों में वे उपवास की समाप्ति पर क्या खाएँगे, इसके विचारों का स्वाद लेते रहते हैं, और फिर शिकायत करते हैं कि न स्वादेंद्रिय का संयम सधा और न जननेंद्रिय का! उपवास की सच्ची उपयोगिता वहीं होती है जहाँ मनुष्य का मन भी देह-दमन में साथ देता है। तात्पर्य यह कि मन में विषय-भोग के प्रति विरक्ति आनी चाहिए। विषय की जड़ें मन में रहती हैं। उपवास आदि साधनों से यद्यपि बहुत सहायता मिलती है, फिर भी

वह अपेक्षाकृत कम ही होती है। कहा जा सकता है कि उपवास करते हुए भी मनुष्य विषयासक्त रह सकता है। पर बिना उपवास के विषयासक्ति को जड़मूल से मिटाना संभव नहीं है। अतएव ब्रह्मचर्य के पालन में उपवास अनिवार्य अंग है।

ब्रह्मचर्य का प्रयत्न करने वाले बहुतेरे लोग विफल होते हैं, क्योंकि वे खाने-पीने, देखने-सुनने इत्यादि में अब्रह्मचारी की तरह रहना चाहते हुए भी ब्रह्मचर्य-पालन की इच्छा रखते हैं। यह प्रयत्न वैसा ही कहा जाएगा, जैसा गरमी में जाड़े का अनुभव करने का प्रयत्न। संयमी और स्वैराचारी के, भोगी और त्यागी के जीवन में भेद होना चाहिए। साम्य होता है, पर वह ऊपर से देखने भर का। भेद स्पष्ट प्रकट होना चाहिए। आँख का उपयोग दोनों करते हैं। पर ब्रह्मचारी देव दर्शन करता है, भोगी नाटक सिनेमा में लीन रहता है। दोनों कान का उपयोग करते हैं। पर एक ईश्वर भजन सुनता है, दूसरा विलासी गाने विलासी गाने सुनने में रस लेता है। दोनों ही जागरण करते हैं। पर एक जाग्रत् अवस्था में हृदय-मंदिर में विराजे हुए राम की आराधना करता है, दूसरे को नाच-गान की धुन से सोने का होश ही नहीं रहता। दोनों भोजन करते हैं। पर एक शरीर रूपी तीर्थक्षेत्र को निबाहने भर के लिए देह को भाड़ा देता है, दूसरा स्वाद के लिए देह में अनेक वस्तुएँ भरकर उसे दुर्गंध का घर बना डालता है। इस प्रकार दोनों के आचार-विचार में भेद बना ही रहता है और यह अंतर दिन-दिन बढ़ता जाता है, घटता नहीं।

ब्रह्मचर्य का अर्थ है, मन-वचन-काया से समस्त इंद्रियों का संयम। इस संयम के लिए ऊपर बताए गए त्यागों की आवश्यकता है, इसे मैं दिन-प्रतिदिन अनुभव करता रहा हूँ और आज भी कर रहा हूँ। त्याग के क्षेत्र की सीमा ही नहीं है, जैसे ब्रह्मचर्य की महिमा की कोई सीमा नहीं है। ऐसा ब्रह्मचर्य अल्प प्रयत्न से सिद्ध नहीं होता। करोड़ों लोगों के लिए वह सदा केवल आदर्श-रूप ही रहेगा। क्योंकि प्रयत्नशील ब्रह्मचारी अपनी त्रुटियों का नित्य दर्शन करेगा, अपने अंदर ओने-कोने में छिपकर बैठे हुए विकारों को पहचान लेगा और उन्हें निकालने का सतत प्रयत्न करेगा। जब तक विचारों पर इतना अंकुश प्राप्त नहीं होता कि इच्छा के बिना एक भी विचार मन में न आए, तब तक ब्रह्मचर्य संपूर्ण नहीं कहा जा सकता। विचार मात्र विकार हैं। उन्हें वश में करने का मतलब है, मन को वश में करना; और मन को वश में करना तो वायु को वश में करने से भी कठिन है। फिर भी यदि आत्मा है, तो यह वस्तु भी साध्य है ही। हमारे मार्ग में कठिनाइयाँ आकर बाधा डालती हैं, इससे कोई यह न माने कि वह असाध्य है। वह परम

अर्थ है। और परम अर्थ के लिए परम प्रयत्न की आवश्यकता हो तो उसमें आश्चर्य ही क्या?

परंतु ऐसा ब्रह्मचर्य केवल प्रयत्न-साध्य नहीं है, इसे मैंने हिंदुस्तान में आने के बाद अनुभव किया। कहा जा सकता है कि तब तक मैं मूर्च्छावश था। मैंने यह मान लिया था कि फलाहार से विकार समूल नष्ट हो जाते हैं और मैं अभिमानपूर्वक यह मानता था कि अब मेरे लिए कुछ करना बाकी नहीं है।

पर इस विचार के प्रकरण तक पहुँचने में अभी देर है। इस बीच इतना कह देना आवश्यक है कि ईश्वर-साक्षात्कार के लिए जो लोग मेरी व्याख्या वाले ब्रह्मचर्य का पालन करना चाहते हैं, वे यदि अपने प्रयत्न के साथ ही ईश्वर पर श्रद्धा रखनेवाले हों, तो उनके लिए निराशा का कोई कारण नहीं रहेगा।

विषया विनिवर्तन्ते निराहारस्य देहिनः ।
रसवर्ज रसोऽप्यस्य परं दृष्ट्वा निवर्तते ॥[8] (गीता, 59 ,2)

अतएव आत्मार्थी लिए रामनाम और रामकृपा ही अंतिम साधन हैं, इस वस्तु का साक्षात्कार मैंने हिंदुस्तान में ही किया।

9. सादगी

भोग भोगना मैंने शुरू तो किया, पर वह टिक न सका। घर के लिए साज-सामान भी बसाया, पर मेरे मन में उसके प्रति कभी मोह उत्पन्न नहीं हो सका। इसलिए घर बसाने के साथ ही मैंने खर्च कम करना शुरू कर दिया। धोबी का खर्च भी ज़्यादा मालूम हुआ। इसके अलावा, धोबी निश्चित समय पर कपड़े नहीं लौटाता था। इसलिए दो-तीन दर्जन कमीजों और उतने ही कालरों से भी मेरा काम चल नहीं पाता था। कालर में रोज बदलता था। कमीज रोज नहीं तो एक दिन के अंतर से बदलता था। इससे दोहरा खर्च होता था। मुझे यह व्यर्थ प्रतीत हुआ।

अतएव मैंने धुलाई का सामान जुटाया। धुलाई-कला पर पुस्तक पढ़ी और धोना सीखा। पत्नी को भी सिखाया। काम का कुछ बोझ तो बढ़ा ही, पर नया काम होने से उसे करने में आनंद आता था।

पहली बार अपने हाथों धोए हुए कालर को तो मैं कभी भूल नहीं सकता। उसमें कलफ अधिक लग गया था और इस्तरी पूरी गरम नहीं थी। तिस पर कालर के जल जाने के डर से इस्तरी को मैंने अच्छी तरह दबाया भी नहीं था। इससे कालर में कड़ापन तो आ गया, पर उसमें से कलफ झड़ता रहता था! ऐसी हालत में मैं कोर्ट गया और वहाँ बैरिस्टरों के लिए मज़ाक का साधन बन गया। पर इस तरह का मज़ाक सह लेने की शक्ति उस समय भी मुझमें काफी थी।

मैंने सफाई देते हुए कहा, 'अपने हाथों कालर धोने का मेरा यह पहला प्रयोग है, इस कारण इसमें से कलफ झड़ता है। मुझे इससे कोई अड़चन नहीं होती; तिस पर आप सब लोगों के लिए विनोद की इतनी सामग्री जुटा रहा हूँ, सो घाते में।'

एक मित्र ने पूछा, 'पर क्या धोबियों का अकाल पड़ गया है?'

'यहाँ धोबी का खर्च मुझे तो असह्य मालूम होता है। कालर की कीमत के बराबर धुलाई हो जाती है और इतनी धुलाई देने के बाद भी धोबी की गुलामी करनी पड़ती है। इसकी अपेक्षा अपने हाथ से धोना मैं ज़्यादा पसंद करता हूँ।'

स्वावलंबन की यह खूबी मैं मित्रों को समझा नहीं सका। मुझे कहना चाहिए कि आखिर धोबी के धंधे में अपने काम लायक कुशलता मैंने प्राप्त कर ली थी और घर की धुलाई धोबी की धुलाई से जरा भी घटिया नहीं होती थी। कालर का कड़ापन और चमक धोबी के धोए कालर से कम न रहती थी।

गोखले के पास स्व. महादेव गोविंद रानडे की प्रसादी रूप एक दुपट्टा था। गोखले उस दुपट्टे को अतिशय जतन से रखते थे और विशेष अवसर पर ही उसका उपयोग करते थे। जोहानिसबर्ग में उनके सम्मान में भोज दिया गया, वह एक महत्त्वपूर्ण अवसर था। उस अवसर पर उन्होंने जो भाषण दिया, वह दक्षिण अफ्रीका में उनका बड़े-से-बड़ा भाषण था। अतएव उस अवसर पर उन्हें उक्त दुपट्टे का उपयोग करना था। उसमें सिलवटें पड़ी हुई थीं और उस पर इस्तरी करने की जरूरत थी। धोबी का पता लग।कर उससे तुरंत इस्तरी कराना संभव न था। मैंने अपनी कला का उपयोग करने देने की अनुमति गोखले से चाही।

'मैं तुम्हारी वकालत का तो विश्वास कर लूँगा, पर इस दुपट्टे पर तुम्हें अपनी धोबी-कला का उपयोग नहीं करने दूँगा। इस दुपट्टे पर तुम दाग लगा दो तो? इसकी कीमत तुम जानते हो?' यों कहकर अत्यंत उल्लास से उन्होंने प्रसादी की कथा मुझे सुनाई।

मैंने फिर विनती की और दाग न पड़ने देने की जिम्मेदारी ली। मुझे इस्तरी करने की अनुमति मिली और अपनी कुशलता का प्रमाण-पत्र मुझे मिल गया! अब दुनिया मुझे प्रमाण-पत्र न दे तो भी क्या?

जिस तरह मैं धोबी की गुलामी से छूटा, उसी तरह नाई की गुलामी से भी छूटने का अवसर आ गया। हजामत तो विलायत जाने वाले सब कोई हाथ से बनाना सीख ही लेते हैं, पर कोई बाल छाँटना भी सीखता होगा, इसका मुझे खयाल नहीं है। एक बार प्रिटोरिया में एक अंग्रेज़ हज्जाम की दुकान पर पहुँचा। उसने मेरी हजामत बनाने से साफ इनकार कर दिया और इनकार करते हुए जो तिरस्कार प्रकट किया, सो घाते में रहा। मुझे दुःख हुआ। मैं बाजार पहुँचा। मैंने बाल काटने की मशीन खरीदी और आईने के सामने खड़े रहकर बाल काटे। बाल जैसे तैसे कट तो गए, पर पीछे के बाल काटने में बड़ी कठिनाई हुई। सीधे तो वे कट ही न पाए। कोर्ट में खूब कहकहे लगे।

'तुम्हारे बाल ऐसे क्यों हो गए हैं? सिर पर चूहे तो नहीं चढ़ गए थे?'

मैंने कहा, 'जी नहीं, मेरे काले सिर को गोरा हज्जाम कैसे छू सकता है? इसलिए कैसे भी क्यों न हो, अपने हाथ से काटे हुए बाल मुझे अधिक प्रिय हैं।'

इस उत्तर से मित्रों को आश्चर्य नहीं हुआ। असल में उस हज्जाम का कोई दोष न था। अगर वह काली चमड़ीवालों के बाल काटने लगता तो उसकी रोजी मारी जाती। हम भी अपने अछूतों के बाल ऊँची जाति के हिंदुओं के हज्जामों को कहाँ काटने देते हैं? दक्षिण अफ्रीका में मुझे इसका बदला एक नहीं, बल्कि अनेको बार मिला है; और चूँकि मैं यह मानता था कि यह हमारे दोष का परिणाम है, इसलिए मुझे इस बात से कभी गुस्सा नहीं आया।

स्वावलंबन और सादगी के मेरे शौक ने आगे चलकर जो तीव्र स्वरूप धारण किया, उसका वर्णन यथास्थान होगा। इस चीज की जड़ तो मेरे अंदर शुरू से ही थी। उसके फूलने-फलने के लिए केवल सिंचाई की आवश्यकता थी। वह सिंचाई अनायास ही मिल गई।

10. बोअर-युद्ध

सन् 1897 से 1899 के बीच के अपने जीवन के दूसरे अनेक अनुभवों को छोड़कर अब मैं बोअर-युद्ध पर आता हूँ। जब यह युद्ध हुआ तब मेरी अपनी सहानुभूति केवल बोअरों की तरफ ही थी। पर मैं मानता था कि ऐसे मामलों में व्यक्तिगत विचारों के अनुसार काम करने का अधिकार मुझे अभी प्राप्त नहीं हुआ है। इस संबंध के मंथन-चिंतन का सूक्ष्म निरीक्षण मैंने *दक्षिण अफ्रीका के सत्याग्रह का इतिहास* में किया है, इसलिए यहाँ नहीं करना चाहता। जिज्ञासुओं को मेरी सलाह है कि वे उस इतिहास को पढ़ जाएँ। यहाँ तो इतना ही कहना काफी होगा कि ब्रिटिश राज्य के प्रति मेरी वफादारी मुझे उस युद्ध में सम्मिलित होने के लिए जबरदस्ती घसीट ले गई। मैंने अनुभव किया कि जब मैं ब्रिटिश प्रजाजन के नाते अधिकार माँग रहा हूँ, तो उसी नाते ब्रिटिश राज्य की रक्षा में हाथ बँटाना भी मेरा धर्म है। उस समय मेरी यह राय थी कि हिंदुस्तान की संपूर्ण उन्नति ब्रिटिश साम्राज्य के अंदर रहकर हो सकती है।

अतएव जितने साथी मिले उतनों को लेकर और अनेक कठिनाइयाँ सहकर हमने घायलों की सेवा-शुश्रूषा करने वाली एक टुकड़ी खड़ी की। अब तक साधारणतया यहाँ के अंग्रेज़ों की यही धारणा थी कि हिंदुस्तानी संकट के कामों में नहीं पड़ते। उन्हें स्वार्थ के अतिरिक्त और कुछ नहीं सूझता। इसलिए कई अंग्रेज़ मित्रों ने मुझे निराश करने वाले उत्तर दिए थे। अकेले डॉक्टर बूथ ने मुझे बहुत प्रोत्साहित किया। उन्होंने हमें घायल योद्धाओं की सार-सँभाल करना सिखाया। अपनी योग्यता के विषय में हमने डॉक्टरी प्रमाण-पत्र प्राप्त किए। मि. लाटन और स्व. एस्कंब ने भी हमारे इस कार्य को पसंद किया। अंत में लड़ाई के समय सेवा करने देने के लिए हमने सरकार से विनती की। जवाब में सरकार ने हमें धन्यवाद दिया, पर यह सूचित किया कि इस समय हमें आपकी सेवा की आवश्यकता नहीं है।

पर मुझे ऐसी 'ना' से संतोष मानकर बैठना न था। डॉ. बूथ की मदद लेकर उनके साथ मैं नेटाल के बिशप से मिला। हमारी टुकड़ी में बहुत से ईसाई हिंदुस्तानी थे! बिशप को मेरी यह माँग पसंद आई। उन्होंने मदद करने का वचन दिया।

इस बीच परिस्थितियाँ भी अपना काम कर रही थीं। बोअरों की तैयारी, दृढ़ता, वीरता इत्यादि अपेक्षा से अधिक तेजस्वी सिद्ध हुईं। सरकार को बहुत से रंगरूटों की जरूरत पड़ी और अंत में हमारी विनती स्वीकृत हुई।

हमारी इस टुकड़ी में लगभग ग्यारह सौ आदमी थे। उनमें करीब चालीस मुखिया थे। दूसरे कोई तीन सौ स्वतंत्र हिंदुस्तानी भी रंगरूटों में भरती हुए थे। बाकी के गिरमिटिए थे। डॉ. बूथ भी हमारे साथ थे। उस टुकड़ी ने अच्छा काम किया। यद्यपि उसे गोला-बारूद की हद के बाहर ही काम करना होता था और 'रेड क्रॉस'[9] का संरक्षण प्राप्त था, फिर भी संकट के समय गोला-बारूद की सीमा के अंदर काम करने का अवसर भी हमें मिला। ऐसे संकट में न पड़ने का इकरार सरकार ने अपनी इच्छा से हमारे साथ किया था पर स्पियाँकोप की हार के बाद हालत बदल गई। इसलिए जनरल बुलर ने यह संदेशा भेजा कि यद्यपि आप लोग जोखिम उठाने के लिए वचनबद्ध नहीं हैं, तो भी यदि आप जोखिम उठाकर घायल सिपाहियों और अफसरों को रणक्षेत्र से उठाकर और डोलियों में डालकर ले जाने को तैयार हो जाएँगे, तो सरकार आपका उपकार मानेगी। हम तो जोखिम उठाने को तैयार ही थे। अतएव स्पियाँकोप की लड़ाई के बाद हम गोला-बारूद की सीमा के अंदर काम करने लगे।

इन दिनों सबको कई बार दिन में बीस-पचीस मील की मंजिल तय करनी पड़ती थी और एक बार तो घायलों को डोल में डालकर इतने मील चलना पड़ा था। जिन घायल योद्धाओं को हमें इस प्रकार उठाकर ले जाना पड़ा, उनमें जनरल वुडगेट वगैरह भी थे।

छह हफ्तों के बाद हमारी टुकड़ी को विदा दी गई। स्पियाँकोप और वालक्रांज की हार के बाद लेडी स्मिथ आदि स्थानों को बोअरों के घेरे में से बड़ी तेजी के साथ छुड़ाने का विचार ब्रिटिश सेनापति ने छोड़ दिया था, और इंग्लैंड तथा हिंदुस्तान से और अधिक सेना के आने की राह देखने तथा धीमी गति से काम करने का निश्चय किया था।

हमारे छोटे-से काम की उस समय तो बड़ी स्तुति हुई। इससे हिंदुस्तानियों की प्रतिष्ठा बढ़ी। आखिर हिंदुस्तानी साम्राज्य के वारिस तो हैं ही, इस आशय के गीत गाए गए। जनरल बुलर ने अपने खरीते में हमारी टुकड़ी के काम की तारीफ की। मुखियों को युद्ध के पदक भी मिले।

इससे हिंदुस्तानी कौम अधिक संगठित हो गई। मैं गिरमिटिया हिंदुस्तानियों के बहुत अधिक संपर्क में आ सका। उनमें अधिक जागृति आई और हिंदू, मुसलमान, ईसाई, मद्रासी, गुजराती, सिंधी हिंदुस्तानी हैं, यह भावना अधिक दृढ़ हुई। सबने माना कि अब हिंदुस्तानियों के दुःख दूर होने ही चाहिए। उस समय तो गोरों के व्यवहार में भी स्पष्ट परिवर्तन दिखाई दिया।

लड़ाई में गोरों के साथ जो संपर्क हुआ, वह मधुर था। हमें हजारों टॉमियों के साथ रहने का मौका मिला। वे हमारे साथ मित्रता का व्यवहार करते थे, और यह जानकर कि हम उनकी सेवा के लिए आए हैं, हमारा उपकार मानते थे।

दुःख के समय मनुष्य का स्वभाव किस तरह पिघलता है, इसका एक मधुर संस्मरण यहाँ दिए बिना मैं रह नहीं सकता। हम चीवली छावनी की तरफ जा रहे थे। यह वही क्षेत्र था, जहाँ लॉर्ड रॉबर्ट्स के पुत्र लेफ्टिनेंट रॉबर्ट्स को प्राणघातक चोट लगी थी। लेफ्टिनेंट रॉबर्ट्स के शव को ले जाने का सम्मान हमारी टुकड़ी को मिला था। अगले दिन धूप तेज थी। हम कूच कर रहे थे। सब प्यासे थे। पानी पीने के लिए रास्ते में एक छोटा-सा झरना पड़ा। पहले पानी कौन पीए? मैंने सोचा कि पहले टॉमी पानी पी लें, बाद में हम पिएँगे। पर टॉमियों ने हमें देखकर तुरंत हमसे पानी पी लेने का आग्रह शुरू किया, और इस तरह बड़ी देर तक हमारे बीच 'आप पहले, हम पीछे' का मीठा झगड़ा चलता रहा।

11. सफाई-आंदोलन और अकाल-कोष

समाज के एक भी अंग का निरुपयोगी रहना मुझे हमेशा अखरा है। जनता के दोष छिपाकर उसका बचाव करना अथवा दोष दूर किए बिना अधिकार प्राप्त करना मुझे हमेशा अरुचिकर लगा है। इसलिए दक्षिण अफ्रीका में रहने वाले हिंदुस्तानियों पर लगाए जाने वाले एक आरोप का, जिसमें कुछ तथ्य था, इलाज करने का काम मैंने वहाँ के अपने निवास-काल में ही सोच लिया था। हिंदुस्तानियों पर जब-तब यह आरोप लगाया जाता था कि वे अपने घर-बार साफ नहीं रखते और बहुत गंदे रहते हैं। इस आरोप को निःशेष करने के लिए आरंभ में हिंदुस्तानियों के मुखिया माने जाने वाले लोगों के घरों में तो सुधार आरंभ हो ही चुके थे। पर घर-घर घूमने का सिलसिला तब शुरू हुआ जब डरबन में प्लेग के प्रकोप का डर पैदा हुआ। इसमें म्युनिसिपैलिटी के अधिकारियों का भी सहयोग और सम्मति थी। हमारी सहायता मिलने से उनका काम हलका हो गया और हिंदुस्तानियों को कम कष्ट उठाने पड़े; क्योंकि साधारणतः जब प्लेग

आदि का उपद्रव होता है, तब अधिकारी घबरा जाते हैं और उपायों की योजना में मर्यादा से आगे बढ़ जाते हैं। जो लोग उनकी दृष्टि में खटकते हैं, उन पर उनका दबाव असह्य हो जाता है। भारतीय समाज ने खुद ही सख्त उपायों से काम लेना शुरू कर दिया था, इसलिए वह इन सख्तियों से बच गया।

मुझे कुछ कड़वे अनुभव भी हुए। मैंने देखा कि स्थानीय सरकार से अधिकारों की माँग करने में जितनी सरलता से मैं अपने समाज की सहायता पा सकता था, उतनी सरलता से लोगों से उनके कर्तव्य का पालन कराने के काम में सहायता प्राप्त न कर सका। कुछ जगहों पर मेरा अपमान किया जाता, कुछ जगहों पर विनयपूर्वक उपेक्षा का परिचय दिया जाता। गंदगी साफ करने के लिए कष्ट उठाना उन्हें बहुत अखरता था। तब पैसा खर्च करने की तो बात ही क्या? लोगों से कुछ भी काम कराना हो तो धीरज रखना चाहिए, यह पाठ मैंने अच्छी तरह सीख लिया। सुधारक की गरज तो सुधारक की अपनी होती है। जिस समाज में वह सुधार कराना चाहता है, उससे तो उसे विरोध, तिरस्कार और प्राणों के संकट की भी आशा रखनी चाहिए। सुधारक जिसे सुधार मानता है, समाज उसे बिगाड़ क्यों न माने? अथवा बिगाड़ न माने तो भी उसके प्रति उदासीन क्यों न रहे?

इस आंदोलन का परिणाम यह हुआ कि भारतीय समाज में घर-बार साफ रखने के महत्त्व को न्यूनाधिक मात्रा में स्वीकार कर लिया गया। अधिकारियों की दृष्टि में मेरी साख बढ़ी। वे समझ गए कि मेरा धंधा केवल शिकायतें करना या अधिकार माँगने का ही नहीं है; बल्कि शिकायतें करने या अधिकार माँगने में मैं जितना तत्पर हूँ, उतना ही उत्साह और दृढ़ता भीतरी सुधार के लिए भी मुझमें है।

पर अभी समाज की वृत्ति को दूसरी एक दिशा में विकसित करना बाकी था। इन उपनिवेशवासी भारतीयों को भारतवर्ष के प्रति अपना धर्म भी अवसर आने पर समझना और पालना था। भारतवर्ष तो कंगाल है। लोग धन कमाने के लिए परदेश जाते हैं। उनकी कमाई का कुछ हिस्सा भारतवर्ष को उनकी आपत्ति के समय में मिलना चाहिए। सन् 1897 में यहाँ अकाल पड़ा था और 1899 में दूसरा भारी अकाल पड़ा। इन दोनों अकालों के समय दक्षिण अफ्रीका से अच्छी मदद आई थी। पहले अकाल के समय जितनी रकम इकट्ठा हो सकी थी, दूसरे अकाल के मौके पर उससे कहीं अधिक रकम इकट्ठा हुई थी। इस चन्दे में हमने अंग्रेज़ों से भी मदद माँगी थी और उनकी ओर से अच्छा उत्तर मिला था। गिरमिटिया हिंदुस्तानियों ने भी अपने हिस्से की रकम जमा कराई थी।

इस प्रकार इन दो अकालों के समय जो प्रथा शुरू हुई, वह अब तक कायम है और हम देखते हैं कि जब भारतवर्ष में कोई सार्वजनिक संकट उपस्थित होता है, तब दक्षिण अफ्रीका की ओर से वहाँ बसनेवाले भारतीय हमेशा अच्छी रकमें भेजते हैं।

इस तरह दक्षिण अफ्रीका के भारतीयों की सेवा करते हुए मैं स्वयं धीरे-धीरे कई बातें अनायास सीख रहा था। सत्य एक विशाल वृक्ष है। ज्यों-ज्यों उसकी सेवा की जाती है, त्यों-त्यों उसमें से अनेक फल पैदा होते दिखाई पड़ते हैं। उनका अंत ही नहीं होता। हम जैसे-जैसे उसकी गहराई में उतरते हैं, वैसे-वैसे उसमें से अधिक रत्न मिलते जाते हैं, सेवा के अवसर प्राप्त होते रहते हैं।

12. देश-गमन

लड़ाई के काम से मुक्त होने के बाद अनुभव किया कि अब मेरा काम दक्षिण अफ्रीका में नहीं, बल्कि हिंदुस्तान में है। मैंने देखा कि दक्षिण अफ्रीका में बैठा-बैठा मैं कुछ सेवा तो अवश्य कर सकूँगा, पर वहाँ मेरा मुख्य धंधा धन कमाना ही हो जाएगा।

देश का मित्रवर्ग भी देश लौट आने के लिए बराबर आग्रह करता रहता था। मुझे भी लगा कि देश जाने से मेरा उपयोग अधिक हो सकेगा। नेटाल में मि. खान और मनसुखलाल नाजर थे ही।

मैंने साथियों के सामने मुक्त होने की इच्छा प्रकट की। बड़ी कठिनाई से एक शर्त के साथ वह स्वीकृत हुई। शर्त यह थी कि यदि एक वर्ष के अंदर कौम को मेरी आवश्यकता मालूम हुई, तो मुझे वापस दक्षिण अफ्रीका पहुँचना होगा। मुझे यह शर्त कड़ी लगी, पर मैं प्रेमपाश में बँधा हुआ था :

काचे रे तांतणे मने हरजीए बाँधी,
जेम ताणे तेम तेमनी रे,
मने लागी कटारी प्रेमनी[10]।

मीराबाई यह उपमा थोड़े-बहुत अंशों में मुझ पर घटित हो रही थी। पंच भी परमेश्वर ही हैं। मित्रों की बात को मैं ठुकरा नहीं सकता था। मैंने वचन दिया और उनकी अनुमति प्राप्त की।

कहना होगा कि इस समय मेरा निकट संबंध नेटाल के साथ ही था। नेटाल के हिंदुस्तानियों ने मुझे प्रेमामृत से नहला दिया। जगह-जगह मानपत्र समर्पण की सभाएँ हुईं और हर जगह से कीमती भेंटे मिलीं।

सन् 1896 में जब मैं देश आया था, तब भी भेंटें मिली थीं। पर इस बार की भेंटों से और सभाओं के दृश्य से मैं अकुला उठा। भेंटों में सोने-चाँदी की चीजें तो थीं ही, पर हीरे की चीजें भी थीं।

इन सब चीजों को स्वीकार करने का मुझे क्या अधिकार था? यदि मैं उन्हें स्वीकार करता तो अपने मन को यह कैसे समझाता कि कौम की सेवा मैं पैसे लेकर नहीं करता? इन भेंटों में से मुवक्किलों की दी हुई थोड़ी चीजों को छोड़ दें, तो बाकी सब मेरी सार्वजनिक सेवा के निमित्त से ही मिली थीं। फिर, मेरे मन तो मुवक्किलों और दूसरे साथियों के बीच कोई भेद नहीं था। खास-खास सभी मुवक्किल सार्वजनिक कामों में भी मदद देनेवाले थे।

साथ ही, इन भेंटों में पचास गिन्नियों का एक हार कस्तूरबाई के लिए था। पर वह वस्तु भी मेरी सेवा के कारण ही मिली थी। इसलिए वह दूसरी भेंटों से अलग नहीं की जा सकती थी।

जिस शाम को इनमें से मुख्य भेंटें मिली थीं, वह रात मैंने पागल की तरह जागकर बिताई। मैं अपने कमरे में चक्कर काटता रहा, पर उलझन किसी तरह सुलझती न थी। सैकड़ों की कीमत के उपहारों को छोड़ना कठिन मालूम होता था; रखना उससे भी अधिक कठिन लगता था।

मन प्रश्न करता—मैं शायद भेंटों को पचा पाऊँ, पर मेरे बच्चों का क्या होगा? स्त्री का क्या होगा? उन्हें शिक्षा तो सेवा की मिलती थी। उन्हें हमेशा समझाया जाता था कि सेवा के दाम नहीं लिए जा सकते। मैं घर में कीमती गहने वगैरह रखता नहीं था। सादगी बढ़ती जा रही थी। ऐसी स्थिति में सोने की घड़ियों का उपयोग कौन करता? सोने की जंजीरें और हीरे की अंगूठियाँ कौन पहनता? मैं उस समय भी गहनों-गाँठों का मोह छोड़ने का उपदेश औरों को दिया करता था। अब इन गहनों और जवाहरात का मैं क्या करता?

मैं इस निर्णय पर पहुँचा कि मुझे ये चीजें रखनी ही नहीं चाहिए। पारसी रुस्तमजी आदि को इन गहनों का ट्रस्टी नियुक्त करके उनके नाम लिखे जाने

वाले पत्र का मसविदा मैंने तैयार किया, और सबेरे स्त्री-पुत्रादि से सलाह करके अपना बोझ हलका करने का निश्चय किया।

मैं यह जानता था कि धर्मपत्नी को समझाना कठिन होगा। बच्चों को समझाने में जरा भी कठिनाई नहीं होगी, इसका मुझे विश्वास था। अतः उन्हें इस मामले में वकील बनाने का मैंने निश्चय किया।

लड़के तो तुरंत समझ गए। उन्होंने कहा, 'हमें इन गहनों की आवश्यकता नहीं है। हमें ये सब लौटा ही देने चाहिए। और जीवन में कभी हमें इन वस्तुओं की आवश्यकता हुई, तो क्या हम स्वयं न खरीद सकेंगे?'

मैं खुश हुआ। मैंने पूछा, 'तो तुम अपनी माँ को समझाओगे न?'

'जरूर, जरूर। यह काम हमारा समझिए। उसे कौन ये गहने पहनने हैं? वह तो हमारे लिए ही रखना चाहती है। हमें उनकी जरूरत नहीं है, फिर वह हठ क्यों करेंगी?'

पर काम जितना सोचा था उससे अधिक कठिन सिद्ध हुआ।

'भले आपको जरूरत न हो और आपके लड़कों को भी न हो। बच्चों को तो जिस रास्ते लगा दो, उसी रास्ते वे लग जाते हैं। भले मुझे न पहनने दें, पर मेरी बहुओं का क्या होगा? उनके तो ये चीजें काम आएँगी न? और कौन जानता है कल क्या होगा? इतने प्रेम से दी गई चीजें वापस नहीं की जा सकतीं।' पत्नी की वाग्धारा चली और उनके साथ अश्रुधारा मिल गई। बच्चे दृढ़ रहे। मुझे तो डिगना था ही नहीं।

मैंने धीरे से कहा, 'लड़कों का ब्याह तो होने दो। हमें कौन उन्हें बचपन में ब्याहना है? बड़े होने पर तो ये स्वयं ही जो करना चाहेंगे, करेंगे। और हमें कहाँ गहनों की शौकीन बहुएँ खोजनी हैं? इतने पर भी कुछ कराना ही पड़ा, तो मैं कहाँ चला जाऊँगा?'

'जानती हूँ आपको। मेरे गहने भी तो आपने ही ले लिए न? जिन्होंने मुझे सुख से न पहनने दिए, वह मेरी बहुओं के लिए क्या लाएँगे? लड़कों को आप अभी से बैरागी बना रहे हैं! ये गहने वापस नहीं दिए जा सकते। और, मेरे हार पर आपका क्या अधिकार है?'

मैंने पूछा, 'पर यह हार तुम्हारी सेवा के बदले में मिला है या मेरी सेवा के?'

'कुछ भी हो। आपकी सेवा मेरी भी सेवा हुई। मुझसे आपने रात-दिन जो मजदूरी करवाई वह क्या सेवा में शुमार न होगी? मुझे रुलाकर भी आपने हर किसी को घर में ठहराया और उसकी चाकरी करवाई, उसे क्या कहेंगे?'

ये सारे बाण नुकीले थे। इनमें से कुछ चुभते थे, पर गहने तो मुझे वापस करने ही थे। बहुत सी बातों में मैं जैसे-तैसे कस्तूरबा की सहमति प्राप्त कर सका। 1896 में और 1901 में मिली हुई भेंटें मैंने लौटा दीं। उनका ट्रस्ट बना और सार्वजनिक काम के लिए उनका उपयोग मेरी अथवा ट्रस्टियों की इच्छा के अनुसार किया जाए, इस शर्त के साथ वे बैंक में रख दी गयीं। इन गहनों को बेचने के निमित्त से मैं कई बार पैसे इकट्ठा कर सका हूँ। आज भी आपत्ति-कोष के रूप में यह धन मौजूद है और उसमें वृद्धि होती रहती है।

अपने इस कार्य पर मुझे कभी पश्चात्ताप नहीं हुआ। दिन बीतने पर कस्तूरबा को भी इसके औचित्य की प्रतीति हो गई। इससे हम बहुत से लालचों से बच गए हैं।

मेरा यह मत बना है कि सार्वजनिक सेवक के लिए निजी भेंटें नहीं हो सकतीं।

13. देश में

इस प्रकार मैं देश जाने के लिए विदा हुआ। रास्ते में मॉरिशस (टापू) पड़ता था। वहाँ जहाज लंबे समय तक ठहरा था। इसलिए मैं मॉरिशस में उतरा और वहाँ की स्थिति की ठीक-ठीक जानकारी प्राप्त कर ली। एक रात मैंने वहाँ के गवर्नर सर चार्ल्स ब्रूस के यहाँ भी बिताई थी।

हिंदुस्तान पहुँचने पर थोड़ा समय मैंने घूमने-फिरने में बिताया। यह सन् 1901 का जमाना था। उस साल की कांग्रेस कलकत्ते में होने वाली थी। दीनशा एदलजी वाच्छा उसके अध्यक्ष थे। मुझे कांग्रेस में तो जाना था ही। कांग्रेस का यह मेरा पहला अनुभव था।

बंबई से जिस गाड़ी में सर फीरोजशाह मेहता रवाना हुए, उसी में मैं भी गया था। मुझे उनसे दक्षिण अफ्रीका के बारे में बातें करनी थीं। उनके डिब्बे में एक स्टेशन तक जाने की मुझे अनुमति मिली थी। उन्होंने तो खास सलून का प्रबंध किया था। उनके शाही खर्च और ठाट-बाट से मैं परिचित था। जिस स्टेशन पर उनके डिब्बे में जाने की मुझे अनुमति मिली थी, उस स्टेशन पर मैं उसमें पहुँचा।

उस समय उनके डिब्बों में तब के दीनशाजी और तबके चिमनलाल सेतलवाड़ बैठे थे। (इन दोनों को 'सर' की उपाधि बाद में मिली थी।) उनके साथ राजनीतिक चर्चा चल रही थी। मुझे देखकर सर फीरोजशाह बोले, 'गांधी, तुम्हारा काम पार न पड़ेगा। तुम जो कहोगे सो प्रस्ताव तो हम पास कर देंगे, पर अपने देश में कौन से अधिकार मिलते हैं? मैं तो मानता हूँ कि जब तक अपने देश में हमें सत्ता नहीं मिलती, तब तक उपनिवेशों में तुम्हारी स्थिति सुधर नहीं सकती।'

मैं तो सुनकर दंग ही रह गया। सर चिमनलाल ने हाँ-में-हाँ मिलाई। सर दीनशा ने मेरी ओर दया-दृष्टि से देखा।

मैंने समझाने का कुछ प्रयत्न किया, परंतु बंबई के बेताज बादशाह को मेरे समान आदमी क्या समझा सकता था? मैंने इतने से ही संतोष माना कि मुझे कांग्रेस में प्रस्ताव पेश करने दिया जाएगा।

सर दीनशा वाच्छा मेरा उत्साह बढ़ाने के लिए बोले, 'गांधी, प्रस्ताव लिखकर मुझे बताना भला!'

मैंने उनका उपकार माना। दूसरे स्टेशन पर ज्यों ही गाड़ी खड़ी हुई, मैं भागा और अपने डिब्बे में घुस गया।

हम कलकत्ते पहुँचे। अध्यक्ष आदि नेताओं को नागरिक धूमधाम से ले गए। मैंने किसी स्वयंसेवक से पूछा, 'मुझे कहाँ जाना चाहिए?'

वह मुझे रिपन कॉलेज ले गया। वहाँ बहुत से प्रतिनिधि ठहराए गए थे। मेरे सौभाग्य से जिस विभाग में मैं था, उसी में लोकमान्य तिलक भी ठहरे हुए थे। मुझे याद पड़ता है कि वे एक दिन बाद पहुँचे थे। जहाँ लोकमान्य हों वहाँ छोटा-सा दरबार तो लग ही जाता था। मैं चित्रकार होता, तो जिस खटिया पर वे बैठते थे, उसका चित्र खींच देता। उस जगह का और उनकी बैठक का आज भी मुझे इतना स्पष्ट स्मरण है। उनसे मिलने आने वाले अनगिनत लोगों में से एक ही का नाम मुझे अब याद है—'अमृतबाजार पत्रिका' के मोतीबाबू। उन दोनों का खिलखिलाकर हँसना और राज्यकर्ताओं के अन्याय के विषय में उनकी बातें भूलने योग्य नहीं हैं।

लेकिन वहाँ की व्यवस्था को थोड़ा देखें।

स्वयंसेवक एक-दूसरे से टकराते रहते थे। जो काम जिसे सौंपा जाता, वह स्वयं उसे नहीं करता था। वह तुरंत दूसरे को पुकारता था। दूसरा तीसरे को। बेचारा प्रतिनिधि तो न तीन में होता, न तेरह में।

मैंने अनेक स्वयंसेवकों से दोस्ती की। उनसे दक्षिण अफ्रीका की कुछ बातें कीं। इससे वे जरा शर्मिंदा हुए। मैंने उन्हें सेवा का मर्म समझाने का प्रयत्न किया। वे कुछ समझे। पर सेवा की अभिरुचि कुकुरमुत्ते की तरह बात की बात में तो उत्पन्न नहीं होती। उसके लिए इच्छा चाहिए और बाद में अभ्यास। इन भोले और भले स्वयंसेवकों में इच्छा तो बहुत थी, पर तालीम और अभ्यास वे कहाँ से पाते? कांग्रेस साल में तीन दिन के लिए इकट्ठा होकर फिर सो जाती थी। साल में तीन दिन की तालीम से कितना सीखा जा सकता था?

जैसे स्वयंसेवक थे, वैसे ही प्रतिनिधि थे। उन्हें भी इतने ही दिनों की तालीम मिलती थी। वे अपने हाथ से अपना कोई भी काम न करते थे। सब बातों में उनके हुक्म छूटते रहते थे। 'स्वयंसेवक, यह लाओ; स्वयंसेवक, वह लाओ' चला ही करता था।

अखा भगत[11] के 'अदकेरा अंग'—'अतिरिक्त अंग' का भी ठीक-ठीक अनुभव हुआ। छुआछूत को मानने वाले वहाँ बहुत थे। द्राविड़ी रसोई बिलकुल अलग थी। उन प्रतिनिधियों को तो 'दृष्टिदोष' भी लगता था! उनके लिए कॉलेज के अहाते में चटाइयों का रसोईघर बनाया गया था। उसमें धुआँ इतना रहता था कि आदमी का दम घुट जाए। खाना-पीना सब उसी के अंदर। रसोईघर क्या था, एक तिजोरी थी। वह कहीं से भी खुला न था।

मुझे यह वर्णधर्म उलटा लगा। कांग्रेस में आने वाले प्रतिनिधि जब इतनी छुआछूत रखते हैं, तो उन्हें भेजने वाले लोग कितनी रखते होंगे? इस प्रकार का त्रैराशिक लगाने से जो उत्तर मिला, उस पर मैंने एक लंबी साँस ली।

गंदगी की हद नहीं थी। चारों तरफ पानी ही पानी फैल रहा था। पाखाने कम थे। उनकी दुर्गंध की याद आज भी मुझे हैरान करती है। मैंने एक स्वयंसेवक को यह सब दिखाया। उसने साफ इनकार करते हुए कहा, 'यह तो भंगी का काम है।' मैंने झाड़ू माँगा। वह मेरा मुँह ताकता रहा। मैंने झाड़ू खोज निकाला। पाखाना साफ किया। पर यह तो मेरी अपनी सुविधा के लिए हुआ। भीड़ इतनी ज़्यादा थी और पाखाने इतने कम थे कि हर बार उपयोग के बाद उनकी सफाई होनी जरूरी थी। यह मेरी शक्ति के बाहर की बात थी। इसलिए मैंने अपने लायक सुविधा करके संतोष माना। मैंने देखा कि दूसरों को यह गंदगी जरा भी अखरती न थी।

पर बात यहीं खत्म नहीं होती। रात के समय कोई-कोई तो कमरे के सामने वाले बरामदे में ही निबट लेते थे। सबेरे स्वयंसेवकों को मैंने मैला दिखाया। कोई

साफ करने के लिए तैयार न था। उसे साफ करने का सम्मान भी मैंने ही प्राप्त किया।

यद्यपि अब इन बातों में बहुत सुधार हो गया है, फिर भी अविचारी प्रतिनिधि अब तक कांग्रेस के शिविर को जहाँ-तहाँ मल-त्याग करके गंदा करते हैं और सब स्वयंसेवक उसे साफ करने के लिए तैयार नहीं होते।

मैंने देखा कि अगर ऐसी गंदगी में कांग्रेस की बैठक अधिक दिनों तक जारी रहती, तो अवश्य बीमारी फैल जाती।

14. क्लर्क और बैरा

कांग्रेस के अधिवेशन को एक-दो दिन की देर थी। मैंने निश्चय किया था कि कांग्रेस के कार्यालय में मेरी सेवा स्वीकार की जाए, तो सेवा करूँ और अनुभव लूँ।

जिस दिन हम पहुँचे उसी दिन नहा-धोकर मैं कांग्रेस के कार्यालय में गया। श्री भूपेंद्रनाथ बसु और श्री घोषाल मंत्री थे। मैं भूपेंद्र बाबू के पास पहुँचा और सेवा की माँग की। उन्होंने मेरी ओर देखा और बोले, 'मेरे पास तो कोई काम नहीं है, पर शायद मि० घोषाल आपको कुछ काम दे सकेंगे। उनके पास जाइए।'

मैं घोषाल बाबू के पास गया। उन्होंने मुझे ध्यान से देखा और जरा हँसकर मुझसे पूछा, 'मेरे पास तो क्लर्क का काम है, आप करेंगे?'

मैंने उत्तर दिया, 'अवश्य करूँगा। मेरी शक्ति से बाहर न हो, ऐसा हर काम करने के लिए मैं आपके पास आया हूँ।'

'नौजवान, यही सच्ची भावना है।'

और बगल में खड़े स्वंयसेवकों की ओर देखकर बोले, 'सुनते हो, यह युवक क्या कह रहा है?'

फिर मेरी ओर मुड़कर बोले, 'तो देखिए, यह तो है पत्रों का ढेर, और यह मेरे सामने कुर्सी है। इस पर आप बैठिए। आप देखते हैं कि मेरे पास सैकड़ों आदमी आते रहते हैं। मैं उनसे मिलूँ या इन बेकार पत्र लिखने वालों को उनके पत्रों का जवाब लिखूँ? मेरे पास ऐसे क्लर्क नहीं हैं, जिनसे यह काम ले सकूँ। इन सब पत्रों में

से बहुतों में काम की एक भी बात नहीं होगी। पर आप सबको देख जाइए। जिसकी पहुँच भेजना उचित समझें, उसकी पहुँच भेज दीजिए। जिसके जवाब के बारे में मुझसे पूछना जरूरी समझें, मुझे पूछ लीजिए।' मैं तो इस विश्वास से मुग्ध हो गया।

श्री घोषाल मुझे पहचानते न थे। नाम-धाम जानने का काम तो उन्होंने बाद में किया। पत्रों का ढेर साफ करने का काम मुझे बहुत आसान लगा। अपने सामने रखे हुए ढेर को मैंने तुरंत निबटा दिया। घोषाल बाबू खुश हुए। उनका स्वभाव बातूनी था। मैं देखता था कि बातों में वे अपना बहुत समय बिता देते थे। मेरा इतिहास जानने के बाद तो मुझे क्लर्क का काम सौंपने के लिए वे कुछ लज्जित हुए। पर मैंने उन्हें निश्चिंत कर दिया, 'कहाँ आप और कहाँ मैं? आप कांग्रेस के पुराने सेवक हैं, मेरे गुरुजन हैं। मैं एक अनुभवहीन नवयुवक हूँ। यह काम सौंपकर आपने मुझ पर उपकार ही किया है, क्योंकि मुझे कांग्रेस में काम करना है। उसके काम-काज को समझने का आपने मुझे अलभ्य अवसर दिया है।'

घोषाल बाबू बोले, 'असल में यही सच्ची वृत्ति है। पर आज के नवयुवक इसे नहीं मानते। वैसे मैं तो कांग्रेस को उसके जन्म से जानता हूँ। उसे जन्म देने में मि. ह्यूम के साथ मेरा भी हिस्सा था।'

हमारे बीच अच्छी मित्रता हो गई। दोपहर के भोजन में उन्होंने मुझे अपने साथ ही रखा। घोषाल बाबू के बटन भी 'बैरा' लगाता था। यह देखकर 'बैरे' का काम मैंने ही ले लिया। मुझे वह पसंद था। बड़ों के प्रति मेरे मन में बहुत आदर था। जब वे मेरी वृत्ति समझ गए, तो अपनी निजी सेवा के सारे काम मुझसे लेने लगे। बटन लगाते समय मुझसे मुस्कराकर कहते, 'देखिए न, कांग्रेस के सेवक को बटन लगाने का भी समय नहीं मिलता, क्योंकि उस समय भी उसे काम रहता है!'

इस भोलेपन पर मुझे हँसी तो आई, पर ऐसी सेवा के प्रति मन में थोड़ी भी अरुचि उत्पन्न न हुई। और मुझे जो लाभ हुआ, उसकी तो कीमत आँकी ही नहीं जा सकती।

कुछ ही दिनों में मुझे कांग्रेस की व्यवस्था का ज्ञान हो गया। कई नेताओं से भेंट हुई। गोखले, सुरेंद्रनाथ आदि योद्धा आते-जाते रहते थे। मैं उनकी रीति-नीति देख सका। वहाँ समय की जो बरबादी होती थी, उसे भी मैंने अनुभव किया। अंग्रेज़ी भाषा का प्राबल्य भी देखा। इससे उस समय भी मुझे दुःख हुआ था। मैंने देखा कि एक आदमी से हो सकने वाले काम में अनेक आदमी लग जाते थे, और यह भी देखा कि कितने ही महत्त्वपूर्ण काम कोई करता ही न था।

मेरा मन इस सारी स्थिति की टीका किया करता था। पर चित्त उदार था, इसलिए वह मान लेता था कि जो हो रहा है, उसमें अधिक सुधार करना संभव न होगा। फलतः मन में किसी के प्रति अरुचि पैदा न होती थी।

15. कांग्रेस में

कांग्रेस का अधिवेशन शुरू हुआ। पांडाल का भव्य दृश्य, स्वयंसेवकों की कतारें, मंच पर नेताओं की उपस्थिति इत्यादि देखकर मैं घबरा गया। इस सभा में मेरा पता कहाँ लगेगा, यह सोचकर मैं अकुला उठा।

सभापति का भाषण तो एक पुस्तक ही थी। स्थिति ऐसी नहीं थी कि वह पूरा पढ़ा जा सके। अतः उसके कुछ अंश ही पढ़े गए।

बाद में विषय-निर्वाचिनी समिति के सदस्य चुने गए। उसमें गोखले मुझे ले गए थे।

सर फीरोजशाह ने मेरा प्रस्ताव लेने की स्वीकृति तो दी थी, पर उसे कांग्रेस की विषय-निर्वाचिनी समिति में कौन प्रस्तुत करेगा, कब करेगा, यह सोचता हुआ मैं समिति में बैठा रहा। हर एक प्रस्ताव पर लंबे-लंबे भाषण होते थे, सब अंग्रेज़ी में। हर एक के साथ प्रसिद्ध व्यक्तियों के नाम जुड़े होते थे। इस नक्कारखाने में मेरी तूती की आवाज कौन सुनेगा? ज्यों-ज्यों रात बीतती जाती थी, त्यों-त्यों मेरा दिल धड़कता जाता था। मुझे याद आ रहा है कि अंत-अंत में पेश होने वाले प्रस्ताव आजकल के विमानों की गति से चल रहे थे। सब कोई भागने की तैयारी में थे। रात के ग्यारह बज गए थे। मुझमें बोलने की हिम्मत न थी। मैं गोखले से मिल चुका था और उन्होंने मेरा प्रस्ताव देख लिया था।

उनकी कुर्सी के पास जाकर मैंने धीरे से कहा, 'मेरे लिए कुछ कीजिएगा।'

उन्होंने कहा, 'आपके प्रस्ताव को मैं भूला नहीं हूँ। यहाँ की उतावली आप देख रहे हैं, पर मैं इस प्रस्ताव को भूलने नहीं दूँगा।'

सर फीरोजशाह बोले, 'कहिए, सब काम निबट गया न?'

गोखले बोल उठे, 'दक्षिण अफ्रीका का प्रस्ताव तो बाकी ही है। मि. गांधी कब से बैठे राह देख रहे हैं।'

सर फीरोजशाह ने पूछा, 'आप उस प्रस्ताव को देख चुके हैं?'

'हाँ।'

'आपको वह पसंद आया?'

'काफी अच्छा है।'

'तो गांधी, पढ़ो।'

मैंने काँपते हुए प्रस्ताव पढ़ सुनाया।

गोखले ने उसका समर्थन किया।

सब बोल उठे, 'सर्वसम्मति से पास।'

वाच्छा बोले, 'गांधी, तुम पाँच मिनट लेना।'

इस दृश्य से मुझे प्रसन्नता न हुई। किसी ने भी प्रस्ताव को समझने का कष्ट नहीं उठाया। सब जल्दी में थे। गोखले ने प्रस्ताव देख लिया था, इसलिए दूसरों को देखने-सुनने की आवश्यकता प्रतीत न हुई।

सवेरा हुआ।

मुझे तो अपने भाषण की फिक्र थी। पाँच मिनट में क्या बोलूँगा? मैंने तैयारी तो अच्छी कर ली थी, पर उपयुक्त शब्द सूझते न थे। लिखित भाषण न पढ़ने का मेरा निश्चय था। पर ऐसा प्रतीत हुआ कि दक्षिण अफ्रीका में भाषण करने की जो स्वस्थता मुझमें आई थी, उसे मैं यहाँ खो बैठा था।

मेरे प्रस्ताव का समय आने पर सर दीनशा ने मेरा नाम पुकारा। मैं खड़ा हुआ। मेरा सिर चकराने लगा। जैसे-तैसे मैंने प्रस्ताव पढ़ा। किसी कवि ने अपनी कविता छपाकर सब प्रतिनिधियों में बाँटी थी। उसमें परदेश जाने की और समुद्र-यात्रा की स्तुति थी। वह मैंने पढ़ सुनाई और दक्षिण अफ्रीका के दुःखों की थोड़ी चर्चा की। इतने में सर दीनशा की घंटी बजी। मुझे विश्वास था कि मैंने अभी पाँच मिनट पूरे नहीं किए हैं। मुझे पता न था कि यह घंटी मुझे चेताने के लिए दो मिनट पहले ही बजा दी गई थी। मैंने बहुतों को आध-आध, पौन-पौन घंटे बोलते देखा था और घंटी नहीं बजी थी। मुझे दुःख तो हुआ। घंटी बजते ही मैं बैठ गया। पर उक्त काव्य में सर फीरोजशाह को उत्तर मिल गया, ऐसा मेरी अल्पबुद्धि ने उस समय मान लिया।

प्रस्ताव पास होने के बारे में तो पूछना ही क्या था? उन दिनों दर्शक और प्रतिनिधि भेद क्वचित् ही किया जाता था। प्रस्तावों का विरोध करने का कोई प्रश्न ही नहीं था। सब हाथ उठाते ही थे। सारे प्रस्ताव सर्वसम्मति से पास होते थे। मेरा प्रस्ताव भी इसी तरह पास हुआ। इसलिए मुझे प्रस्ताव का महत्त्व नहीं जान पड़ा।

फिर भी कांग्रेस में मेरा प्रस्ताव पास हुआ, यह बात ही मेरे आनंद के लिए पर्याप्त थी। जिस पर कांग्रेस की मुहर लग गई, उस पर सारे भारत की मुहर है, यह ज्ञान किसके लिए पर्याप्त न होगा?

16. लॉर्ड कर्जन का दरबार

कांग्रेस अधिवेशन समाप्त हुआ, पर मुझे तो दक्षिण अफ्रीका के काम के लिए कलकत्ते में रहकर 'चैंबर ऑफ कॉमर्स' इत्यादि मंडलों से मिलना था। इसलिए मैं कलकत्ते में एक महीना ठहरा। इस बार मैंने होटल में ठहरने के बदले परिचय प्राप्त करके 'इंडिया क्लब' में ठहरने की व्यवस्था की। इस क्लब में अग्रगण्य भारतीय उतरा करते थे। इससे मेरे मन में यह लोभ था कि उनसे मेल-जोल बढ़ाकर मैं उनमें दक्षिण अफ्रीका के काम के लिए दिलचस्पी पैदा कर सकूँगा। इस क्लब में गोखले हमेशा तो नहीं, कभी-कभी बिलियर्ड खेलने आया करते थे। जैसे ही उन्हें पता चला कि मैं कलकत्ते में ठहरने वाला हूँ, उन्होंने मुझे अपने साथ रहने के लिए निमंत्रित किया। मैंने उनका निमंत्रण साभार स्वीकार किया, पर मुझे अपने आप वहाँ जाना ठीक न लगा। एक-दो दिन बाट जोहता रहा। इतने में गोखले खुद आकर मुझे अपने साथ ले गए। मेरा संकोच देखकर उन्होंने कहा, 'गांधी, तुम्हें इस देश में रहना है। अतएव ऐसी शर्म से काम नहीं चलेगा। जितने अधिक लोगों के साथ मेल-जोल बढ़ा सको, तुम्हें बढ़ाना चाहिए। मुझे तुमसे कांग्रेस का काम लेना है।'

गोखले के स्थान पर जाने से पहले 'इंडिया क्लब' का एक अनुभव यहाँ देता हूँ।

उन्हीं दिनों लॉर्ड कर्जन का दरबार हुआ। उसमें जाने वाले कोई राजा-महाराजा इस क्लब में ठहरे हुए थे। क्लब मैं तो मैं उनको हमेशा सुंदर बंगाली धोती, कुर्ता और चादर की पोशाक में देखता था। आज उन्होंने पतलून, चोगा, खानसामों की सी पगड़ी और चमकीले बूट पहने थे। यह देखकर मुझे दुःख हुआ और मैंने इस परिवर्तन का कारण पूछा।

जवाब मिला, 'हमारा दुःख हम ही जानते हैं। अपनी संपत्ति और अपनी उपाधियों को सुरक्षित रखने के लिए हमें जो अपमान सहने पड़ते हैं, उन्हें आप कैसे जान सकते हैं?'

'पर यह खानसामे जैसी पगड़ी और ये बूट किसलिए?'

'हममें और खानसामों में आपने क्या फर्क देखा? वे हमारे खानसामा हैं, तो हम लॉर्ड कर्जन के खानसामा हैं। यदि मैं दरबार में अनुपस्थित रहूँ, तो मुझको उसका दंड भुगतना पड़े। अपनी साधारण पोशाक पहनकर जाऊँ, तो वह अपराध माना जाएगा। और वहाँ जाकर भी क्या मुझे लॉर्ड कर्जन से बातें करने का अवसर मिलेगा? कदापि नहीं।'

मुझे इस स्पष्ट वक्ता भाई पर दया आई।

ऐसे ही प्रसंग वाला एक और दरबार मुझे याद आ रहा है। जब काशी के हिंदू विश्वविद्यालय की नींव लॉर्ड हार्डिंग के हाथों रखी गई, तब उनका दरबार हुआ था। उसमें राजा-महाराजा तो आए ही थे। भारत-भूषण मालवीयजी ने मुझसे भी उसमें उपस्थित रहने का विशेष आग्रह किया था। मैं वहाँ गया था। केवल स्त्रियों को ही शोभा देने वाली राजा-महाराजाओं की पोशाकें देखकर मुझे दुःख हुआ था। रेशमी पाजामे, रेशमी अँगरखे और गले में हीरे मोती की मालाएँ, हाथ पर बाजूबंद और पगड़ी पर हीरे-मोती की झालरें! इन सबके साथ कमर में सोने की मूठवाली तलवार लटकती थी। किसी ने बताया कि ये चीजें उनके राज्याधिकार की नहीं, बल्कि उनकी गुलामी की निशानियाँ थीं। मैं मानता था कि ऐसे नामर्दी-सूचक आभूषण वे स्वेच्छा से पहनते होंगे। पर मुझे पता चला कि ऐसे सम्मेलनों में अपने सब मूल्यवान आभूषण पहनकर जाना राजाओं के लिए अनिवार्य था। मुझे यह भी मालूम हुआ कि कइयों को ऐसे आभूषण पहनने से घृणा थी और ऐसे दरबार के अवसरों को छोड़कर अन्य किसी अवसर पर वे इन गहनों को पहनते भी न थे। इस बात में कितनी सच्चाई थी, सो मैं जानता नहीं। वे दूसरे अवसरों पर पहनते हों या न पहनते हों, क्या वायसरॉय के दरबार में और क्या दूसरी जगह, औरतों को ही शोभा देनेवाले आभूषण पहनकर जाना पड़े, यही पर्याप्त दुःख की बात है। धन, सत्ता और मान मनुष्य से कितने पाप और अनर्थ कराते हैं!

17. गोखले के साथ एक महीना—1

पहले ही दिन से गोखले ने मुझे यह अनुभव न करने दिया कि मैं मेहमान हूँ। उन्होंने मुझे अपने सगे छोटे भाई की तरह रखा। मेरी सब आवश्यकताएँ जान लीं और उनके अनुकूल सारी व्यवस्था कर दी। सौभाग्य से मेरी आवश्यकताएँ थोड़ी ही थीं। मैंने अपना सब काम स्वयं कर लेने की आदत डाली थी, इसलिए मुझे दूसरों से बहुत थोड़ी सेवा लेनी होती थी। स्वावलंबन की मेरी इस आदत की, उस समय की मेरी पोशाक आदि की, सफाई की, मेरी उद्यम की और मेरी नियमितता की उन पर गहरी छाप पड़ी थी और इन सबकी वे इतनी तारीफ करते थे कि मैं घबरा उठता था।

मुझे यह अनुभव न हुआ कि उनके पास मुझसे छिपाकर रखने लायक कोई बात थी। जो भी बड़े आदमी उनसे मिलने आते, उनका मुझसे परिचय कराते थे। ऐसे परिचयों में आज मेरी आँखों के सामने सबसे अधिक डॉ. प्रफुल्लचंद्र राय आते हैं। वे गोखले के मकान के पास ही रहते थे और कह सकता हूँ कि लगभग रोज ही उनसे मिलने आते थे।

'ये प्रोफेसर राय हैं। इन्हें हर महीने आठ सौ रुपये मिलते हैं। ये अपने खर्च के लिए चालीस रुपये रखकर बाकी सब सार्वजनिक कामों में दे देते हैं। इन्होंने ब्याह नहीं किया है और न करना चाहते हैं।' इन शब्दों में गोखले ने मुझसे उनका परिचय कराया।

आज के डॉ. राय और उस समय के प्रो. राय में मैं थोड़ा ही फर्क पाता हूँ। जो वेश-भूषा उनकी तब थी, लगभग वही आज भी है। हाँ, आज वे खादी पहनते हैं, उस समय खादी थी ही नहीं। स्वदेशी मिल के कपड़े रहे होंगे। गोखले और प्रो. राय की बातचीत सुनते हुए मुझे तृप्ति ही न होती थी, क्योंकि उनकी बातें देशहित की ही होती थीं अथवा कोई ज्ञानचर्चा होती थी। कई बातें दुःखद भी होतीं, क्योंकि उनमें नेताओं की टीका रहती थी। इसलिए जिन्हें मैंने महान् योद्धा समझना सीखा था, वे मुझे बौने लगने लगे।

गोखले की काम करने की रीति से मुझे जितना आनंद हुआ उतनी ही शिक्षा भी मिली। वे अपना एक क्षण भी व्यर्थ नहीं जाने देते थे। मैंने अनुभव किया कि उनके सारे संबंध देशकार्य के निमित्त ही थे। सारी चर्चाएँ भी देशकार्य के खातिर

ही होती थीं। उनकी बातों में मुझे कहीं मलिनता, दंभ अथवा झूठ के दर्शन नहीं हुए। हिंदुस्तान की गरीबी और गुलामी उन्हें प्रतिक्षण चुभती थी। अनेक लोग अनेक विषयों में उनकी रुचि जगाने के लिए आते थे। उन सबको वे एक ही जवाब देते थे :

> 'आप यह काम कीजिए। मुझे अपना काम करने दीजिए। मुझे तो देश की स्वाधीनता प्राप्त करनी है। उसके मिलने पर ही मुझे दूसरा कुछ सूझेगा। इस समय तो इस काम से मेरे पास एक क्षण भी बाकी नहीं बचता।'

रानडे के प्रति उनका पूज्यभाव बात-बात में देखा जा सकता था। 'रानडे यह कहते थे'—ये शब्द तो उनकी बातचीत में लगभग 'सूत उवाच' जैसे हो गए थे। मैं वहाँ था, उन्हीं दिनों रानडे की जयंती (अथवा पुण्यतिथि, इस समय ठीक याद नहीं है) पड़ती थी। ऐसा लगा कि गोखले उसे हमेशा मानते थे। उस समय वहाँ मेरे सिवा उनके मित्र प्रो. काथवटे और दूसरे एक सज्जन थे, जो सब-जज थे। इनको उन्होंने जयंती मनाने के लिए निमंत्रित किया और उस अवसर पर उन्होंने हमें रानडे के अनेक संस्मरण सुनाए। रानडे, तैलंग और मांडलिक की तुलना भी की। मुझे स्मरण है कि उन्होंने तैलंग की भाषा की प्रशंसा की थी। सुधारक के रूप में मांडलिक की स्तुति की थी। अपने मुवक्किल की वे कितनी चिंता रखते थे, इसके दृष्टांत के रूप में उन्होंने यह किस्सा सुनाया कि एक बार रोज की ट्रेन छूट जाने पर वे किस तरह स्पेशल ट्रेन से अदालत पहुँचे थे। और रानडे की चौमुखी शक्ति का वर्णन करके उस समय के नेताओं में उनकी सर्वश्रेष्ठता सिद्ध की थी। रानडे केवल न्यायमूर्ति नहीं थे। वे इतिहासकार थे, अर्थशास्त्री थे, सुधारक थे। सरकारी जज होते हुए भी वे कांग्रेस में दर्शक की तरह निडर भाव से उपस्थित होते थे। इसी तरह उनकी बुद्धिमत्ता पर लोगों को इतना विश्वास था कि सब उनके निर्णय को स्वीकार करते थे। यह सब वर्णन करते हुए गोखले के हर्ष की सीमा न रहती थी।

गोखले घोडागाड़ी रखते थे। मैंने उनसे इसकी शिकायत की। मैं उनकी कठिनाइयाँ समझ नहीं सका था। पूछा, 'आप सब जगह ट्राम में क्यों नहीं जा सकते? क्या इससे नेतावर्ग की प्रतिष्ठा कम होती है?'

कुछ दुःखी होकर उन्होंने उत्तर दिया, 'क्या तुम भी मुझे पहचान न सके? मुझे बड़ी धारासभा से जो रुपया मिलता है, उसे मैं अपने काम में नहीं लाता। तुम्हें ट्राम में घूमते देखकर मुझे ईर्ष्या होती है, पर मैं वैसा नहीं कर सकता। जितने लोग मुझे पहचानते हैं उतने ही जब तुम्हें भी पहचानने लगेंगे, तब तुम्हारे लिए भी

ट्राम में घूमना असंभव नहीं तो कठिन अवश्य हो जाएगा। नेता जो कुछ करते हैं सो गौज-शौक के लिए ही करते हैं, यह मानने का कोई कारण नहीं है। तुम्हारी सादगी मुझे पसंद है। मैं यथासंभव सादगी से रहता हूँ। पर तुम निश्चित मानना कि मुझ जैसों के लिए कुछ खर्च अनिवार्य हैं।'

इस तरह मेरी एक शिकायत तो ठीक ढंग से रद हो गई। पर दूसरी जो शिकायत मैंने की, उसका कोई संतोषजनक उत्तर वे नहीं दे सके। मैंने कहा, 'पर आप टहलने भी तो ठीक से नहीं जाते। ऐसी दशा में आप बीमार रहें तो इसमें आश्चर्य क्या? क्या देश के काम में से व्यायाम के लिए भी फुरसत नहीं मिल सकती?'

जवाब मिला, 'तुम मुझे किस समय फुरसत में देखते हो कि मैं घूमने जा सकूँ?'

मेरे मन में गोखले के लिए इतना आदर था कि मैं उन्हें प्रत्युत्तर नहीं देता था। ऊपर के उत्तर से मुझे संतोष नहीं हुआ था, फिर भी मैं चुप रहा। मैंने यह माना है, और आज भी मानता हूँ कि कितने ही काम होने पर भी जिस तरह हम खाने का समय निकाले बिना नहीं रहते, उसी तरह व्यायाम का समय भी हमें निकालना चाहिए। मेरी यह नम्र राय है कि इससे देश की सेवा अधिक ही होती है, कम नहीं।

18. गोखले के साथ एक महीना—2

गोखले की छाया तले रहकर मैंने सारा समय घर में बैठकर नहीं बिताया।

दक्षिण अफ्रीका के अपने ईसाई मित्रों से मैंने कहा था कि मैं हिंदुस्तान के ईसाइयों से मिलूँगा और उनकी स्थिति की जानकारी प्राप्त करूँगा। मैंने कालीचरण बैनर्जी का नाम सुना था। वे कांग्रेस के कामों में अगुआ बनकर हाथ बँटाते थे, इसलिए मेरे मन में उनके प्रति आदर था। साधारण हिंदुस्तानी ईसाई कांग्रेस से और हिंदू-मुसलमानों से अलग रहा करते थे। इसलिए उनके प्रति मेरे मन में जो अविश्वास था, वह कालीचरण बैनर्जी के प्रति नहीं था। मैंने उनसे मिलने के बारे

में गोखले से चर्चा की। उन्होंने कहा, 'वहाँ जाकर तुम क्या पाओगे? वे बहुत भले आदमी हैं, पर मेरा खयाल है कि वे तुम्हें संतोष नहीं दे सकेंगे। में उन्हें भली भाँति जानता हूँ। फिर भी तुम्हें जाना हो तो शौक से जाओ।'

मैंने समय माँगा। उन्होंने तुरंत समय दिया और मैं गया। उनके घर उनकी धर्मपत्नी मृत्युशय्या पर पड़ी थीं। घर उनका सादा था। कांग्रेस में उनको कोट-पतलून में देखा था। पर घर में उन्हें बंगाली धोती और कुर्ता पहने देखा। यह सादगी मुझे पसंद आई। उन दिनों मैं स्वयं पारसी कोट-पतलून पहनता था, फिर भी उनकी यह पोशाक और सादगी बहुत पसंद पड़ी। मैंने उनका समय न गँवाते हुए अपनी उलझनें पेश कीं।

उन्होंने मुझसे पूछा, 'आप मानते हैं कि हम अपने साथ पाप लेकर पैदा होते हैं?'

मैंने कहा, 'जी हाँ।'

'तो इस मूल पाप का निवारण हिंदू धर्म में नहीं है, जबकि ईसाई धर्म में है।' यों कहकर वे बोले, 'पाप का बदला मौत है। *बाइबल* कहती है कि इस मौत से बचने का मार्ग ईसा की शरण है।'

मैंने 'भगवद्गीता' के भक्तिमार्ग की चर्चा की। पर मेरा बोलना निरर्थक था। मैंने इन भले आदमी का उनकी भलमनसाहत के लिए उपकार माना। मुझे संतोष न हुआ, फिर भी इस भेंट से मुझे लाभ ही हुआ।

मैं यह कह सकता हूँ कि इसी महीने में मैंने कलकत्ते की एक-एक गली छान डाली। अधिकांश काम मैं पैदल चलकर करता था। इन्हीं दिनों मैं न्यायमूर्ति मित्र से मिला। सर गुरुदास बैनर्जी से मिला। दक्षिण अफ्रीका के काम के लिए उनकी सहायता की आवश्यकता थी। उन्हीं दिनों मैंने राजा सर प्यारीमोहन मुकर्जी के भी दर्शन किए।

कालीचरण बैनर्जी ने मुझसे काली-मंदिर की चर्चा की थी। वह मंदिर देखने की मेरी तीव्र इच्छा थी। पुस्तक में मैंने उसका वर्णन पढ़ा था। इससे एक दिन मैं वहाँ जा पहुँचा। न्यायमूर्ति मित्र का मकान उसी मुहल्ले में था। अतएव जिस दिन उनसे मिला, उसी दिन काली-मंदिर भी गया। रास्ते में बलिदान के बकरों की लंबी कतार चली जा रही थी। मंदिर की गली में पहुँचते ही मैंने भिखारियों की भीड़ लगी देखी। वहाँ साधु-संन्यासी तो थे ही। उन दिनों भी मेरा नियम हृष्ट-पुष्ट भिखारियों को कुछ न देने का था। भिखारियों ने मुझे बुरी तरह घेर लिया था।

एक बाबाजी चबूतरे पर बैठे थे। उन्होंने मुझे बुलाकर पूछा, 'क्यों बेटा, कहाँ जाते हो?'

मैंने समुचित उत्तर दिया। उन्होंने मुझे और मेरे साथियों को बैठने के लिए कहा। हम बैठ गए।

मैंने पूछा, 'इन बकरों के बलिदान को आप धर्म मानते हैं?'

'जीव की हत्या को धर्म कौन मानता है?'

'तो आप यहाँ बैठकर लोगों को समझाते क्यों नहीं?'

'यह काम हमारा नहीं है। हम तो यहाँ बैठकर भगवद्-भक्ति करते हैं।'

'पर इसके लिए आपको कोई दूसरी जगह न मिली?'

बाबाजी बोले, 'हम कहीं भी बैठें, हमारे लिए सब जगह समान है। लोग तो भेड़ों के झुंड की तरह हैं। बड़े लोग जिस रास्ते ले जाते हैं, उसी रास्ते वे चलते हैं। हम साधुओं को इससे क्या मतलब?'

मैंने संवाद आगे नहीं बढ़ाया। हम मंदिर में पहुँचे। सामने लहू की नदी बह रही थी। दर्शनों के लिए खड़े रहने की मेरी इच्छा न रही। मैं बहुत अकुलाया, बेचैन हुआ। वह दृश्य मैं अब तक भूल नहीं सका हूँ। उसी दिन मुझे एक बंगाली सभा का निमंत्रण मिला था। वहाँ मैंने एक सज्जन से इस क्रूर पूजा की चर्चा की। उन्होंने कहा, 'हमारा खयाल यह है कि वहाँ जो नगाड़े वगैरह बजते हैं, उनके कोलाहल में बकरों को चाहे जैसे भी मारो, उन्हें कोई पीड़ा नहीं होती।'

उनका यह विचार मेरे गले न उतरा। मैंने उन सज्जन से कहा कि यदि बकरों को जबान होती तो वे दूसरी ही बात कहते। मैंने अनुभव किया कि यह क्रूर रिवाज बंद होना चाहिए। बुद्धदेव वाली कथा मुझे याद आई, पर मैंने देखा कि यह काम मेरी शक्ति से बाहर है।

उस समय मेरे जो विचार थे, वे ही आज भी हैं। मेरे खयाल में बकरों के जीवन का मूल्य मनुष्य के जीवन से कम नहीं है। मनुष्य-देह को निबाहने के लिए मैं बकरे की देह लेने को तैयार न होऊँगा। मैं यह मानता हूँ कि जो जीव जितना अधिक अपंग है, उतना ही उसे मनुष्य की क्रूरता से बचने के लिए मनुष्य का आश्रय पाने का अधिक अधिकार है। पर वैसी योग्यता के अभाव में मनुष्य आश्रय देने में असमर्थ है। बकरों को इस पापपूर्ण होम से बचाने के लिए जितनी आत्मशुद्धि और त्याग मुझमें है, उससे कहीं अधिक की मुझे आवश्यकता है। जान पड़ता है कि अभी तो उस शुद्धि और त्याग का रटन करते हुए ही मुझे मरना

होगा। मैं यह प्रार्थना निरंतर करता रहता हूँ कि ऐसा कोई तेजस्वी पुरुष और ऐसी कोई तेजस्विनी सती उत्पन्न हो, जो इस महापातक में से मनुष्य को बचावे, निर्दोष प्राणियों की रक्षा करे और मंदिर को शुद्ध करे। ज्ञानी, बुद्धिशाली, त्यागवृत्तिवाला और भावना-प्रधान बंगाल यह सब कैसे सहन करता है?

19. गोखले के साथ एक महीना—3

कालीमाता के निमित्त से होनेवाला विकराल यज्ञ देखकर बंगाली जीवन को जानने की मेरी इच्छा बढ़ गई। ब्रह्मसमाज के बारे मैं तो में काफी पढ़-सुन चुका था। मैं प्रतापचंद्र मजूमदार का जीवन-वृत्तांत थोड़ा जानता था। उनके व्याख्यान मैं सुनने गया था। उनका लिखा केशवचंद्र सेन का जीवन-वृत्तांत मैंने प्राप्त किया और उसे अत्यंत रसपूर्वक पढ़ गया। मैंने साधारण ब्रह्मसमाज और आदि ब्रह्मसमाज का भेद जाना। पंडित विश्वनाथ शास्त्री के दर्शन किए। महर्षि देवेंद्रनाथ ठाकुर के दर्शनों के लिए मैं प्रो. काथवटे के साथ गया। पर वे उन दिनों किसी से मिलते न थे, इससे उनके दर्शन न हो सके। उनके यहाँ ब्रह्मसमाज का उत्सव था। उसमें सम्मिलित होने का निमंत्रण पाकर हम लोग वहाँ गए थे और वहाँ उच्च कोटि का बंगाली संगीत सुन पाए थे। तभी से बंगाली संगीत के प्रति मेरा अनुराग बढ़ गया।

ब्रह्मसमाज का यथासंभव निरीक्षण करने के बाद यह तो हो ही कैसे सकता था कि मैं स्वामी विवेकानंद के दर्शन न करूँ? मैं अत्यंत उत्साह के साथ बेलूर मठ तक लगभग पैदल पहुँचा। मुझे इस समय ठीक से याद नहीं है कि मैं पूरा चला था या आधा। मठ का एकांत स्थान मुझे अच्छा लगा था। यह समाचार सुनकर मैं निराश हुआ कि स्वामीजी बीमार हैं, उनसे मिला नहीं जा सकता और वे अपने कलकत्ते वाले घर में हैं। मैंने भगिनी निवेदिता के निवास-स्थान का पता लगाया। चौरंगी के महल में उनके दर्शन किए। उनकी तड़क-भड़क से मैं चकरा गया। बातचीत में भी हमारा मेल नहीं बैठा। मैंने गोखले से इसकी चर्चा की। उन्होंने कहा, 'वह बड़ी तेज महिला है। अतएव उससे तुम्हारा मेल न बैठे, इसे मैं समझ सकता हूँ।'

फिर एक बार उनसे मेरी भेंट पेस्तनजी पादशाह के घर हुई थी। वे पेस्तनजी की वृद्धा माता को उपदेश दे रही थीं, इतने में मैं उनके घर जा पहुँचा था। अतएव मैंने उनके बीच दुभाषिए का काम किया था। हमारे बीच मेल न बैठते हुए भी इतना तो मैं देख सकता था कि हिंदू धर्म के प्रति भगिनी का प्रेम छलका पड़ता था। उनकी पुस्तकों का परिचय मैंने बाद में किया।

मैंने दिन के दो भाग कर लिए थे। एक भाग मैं दक्षिण अफ्रीका के काम के सिलसिले में कलकत्ते में रहने वाले नेताओं से मिलने में बिताता था, और दूसरा भाग कलकत्ते की धार्मिक संस्थाएँ और दूसरी सार्वजनिक संस्थाएँ देखने में बिताता था।

एक दिन बोअर-युद्ध में हिंदुस्तानी शुश्रूषा-दल ने जो काम किया था, उस पर डॉ. मलिक के सभापतित्व में मैंने भाषण किया। 'इंग्लिशमैन' के साथ की मेरी पहचान इस समय भी बहुत सहायक सिद्ध हुई। मि. सॉण्डर्स उन दिनों बीमार थे, पर उनकी मदद तो सन् 1896 में जितनी मिली थी उतनी ही इस समय भी मिली। यह भाषण गोखले को पसंद आया था और जब डॉ. राय ने मेरे भाषण की प्रशंसा की तो वे बहुत खुश हुए थे।

यों, गोखले की छाया में रहने से बंगाल में मेरा काम बहुत सरल हो गया था। बंगाल के अग्रगण्य कुटुंबों की जानकारी मुझे सहज ही मिल गई और बंगाल के साथ मेरा निकट संबंध जुड़ गया। इस चिरस्मरणीय महीने के बहुत से संस्मरण मुझे छोड़ देने पड़ेंगे। उस महीने में मैं ब्रह्मदेश का भी एक चक्कर लगा आया था। वहाँ के फुंगियों से मिला था। उनका आलस्य देखकर मैं दुःखी हुआ था। मैंने स्वर्ण-पैगोडा के दर्शन किए। मंदिर में असंख्य छोटी-छोटी मोमबत्तियाँ जल रही थीं। वे मुझे अच्छी नहीं लगीं। मंदिर के गर्भगृह में चूहों को दौड़ते देखकर मुझे स्वामी दयानंद के अनुभव का स्मरण हो आया। ब्रह्मदेश की महिलाओं की स्वतंत्रता, उनका उत्साह और वहाँ के पुरुषों की सुस्ती देखकर मैंने महिलाओं के लिए अनुराग और पुरुषों के लिए दुःख अनुभव किया। उसी समय मैंने यह भी अनुभव किया कि जिस तरह बंबई हिंदुस्तान नहीं है, उसी तरह रंगून ब्रह्मदेश नहीं है; और जिस प्रकार हम हिंदुस्तान में अंग्रेज़ व्यापरियों के कमीशन एजेंट या दलाल बने हुए हैं, उसी प्रकार ब्रह्मदेशवासियों को कमीशन एजेंट बनाया है।

ब्रह्मदेश से लौटने के बाद मैंने गोखले से विदा ली। उनका वियोग मुझे अखरा, पर बंगाल का—अथवा सच कहा जाए तो कलकत्ते का—मेरा काम पूरा हो चुका था।

मैंने सोचा था कि धंधे में लगने से पहले हिंदुस्तान की एक छोटी सी यात्रा रेलगाड़ी के तीसरे दर्जे में करूँगा और तीसरे दर्जे के यात्रियों का परिचय प्राप्त करके उनका कष्ट जान लूँगा। मैंने गोखले के सामने अपना यह विचार रखा। उन्होंने पहले तो उसे हँसकर उड़ा दिया। पर जब मैंने इस यात्रा के विषय में अपनी आशाओं का वर्णन किया, तो उन्होंने प्रसन्नतापूर्वक मेरी योजना को स्वीकृति दे दी। मुझे पहले तो काशी जाना था और वहाँ पहुँचकर विदुषी एनी बेसेंट के दर्शन करने थे। वे उस समय बीमार थीं।

इस यात्रा के लिए मुझे नया सामान जुटाना था। पीतल का एक डिब्बा गोखले ने ही दिया और उसमें मेरे लिए बेसन के लड्डू और पूरियाँ रखवा दीं। बारह आने में किरमिच का एक थैला लिया। छाया (पोरबंदर के पास के एक गाँव) की ऊन का एक ओवरकोट बनवाया। थैले में यह ओवरकोट, तौलिया, कुर्ता और धोती थी। ओढ़ने को एक कंबल था। इसके अलावा एक लोटा भी साथ में रख लिया था। इतना सामान लेकर मैं निकला।

गोखले और डॉ. राय मुझे स्टेशन तक पहुँचाने आए। मैंने दोनों से न आने की विनती की। पर दोनों ने आने का अपना आग्रह न छोड़ा। गोखले बोले, 'तुम पहले दर्जे में जाते तो शायद मैं न चलता, पर अब तो मुझे चलना ही पड़ेगा।'

प्लेटफॉर्म पर जाते समय गोखले को किसी ने नहीं रोका। उन्होंने अपनी रेशमी पगड़ी बाँधी थी और धोती तथा कोट पहना था। डॉ. राय ने बंगाली पोशाक पहनी थी, इसलिए टिकट-बाबू ने पहले तो उन्हें अंदर जाने से रोका, पर जब गोखले ने कहा, 'मेरे मित्र हैं,' तो डॉ. राय भी दाखिल हुए। इस तरह दोनों ने मुझे विदा किया।

20. काशी में

यह यात्रा कलकत्ते से राजकोट तक की थी। इसमें काशी, आगरा, जयपुर, पालनपुर और राजकोट जाना था। इतना देखने के बाद अधिक समय कहीं देना संभव न था। हर जगह मैं एक-एक दिन रहा था। पालनपुर के सिवा सब जगह

मैं धर्मशाला में अथवा यात्रियों की तरह पंडों के घर ठहरा था। जैसा कि मुझे याद है, इतनी यात्रा में गाड़ी-भाड़े सहित मेरे कुल इकतीस रुपये खर्च हुए थे। तीसरे दर्जे की यात्रा में भी मैं अकसर डाकगाड़ी छोड़ देता था, क्योंकि मैं जानता था कि उसमें अधिक भीड होती है। उसका किराया भी सवारी (पैसेंजर) गाड़ी के तीसरे दर्जे के किराए से अधिक होता था। यह एक अड़चन तो थी ही।

तीसरे दर्जे के डिब्बों में गंदगी और पाखानों की बुरी हालत तो जैसी आज है, वैसी ही उस समय भी थी। आज शायद थोड़ा सुधार हो गया हो तो बात अलग है। पर पहले और तीसरे दर्जे के बीच सुभीतों का फरक मुझे किराए के फर्क से कहीं ज़्यादा जान पड़ा। तीसरे दर्जे के यात्री भेड़-बकरी समझे जाते हैं और सुभीते के नाम पर उनको भेड़-बकरियों के-से डिब्बे मिलते हैं। यूरोप में तो मैंने तीसरे ही दर्जे में यात्रा की थी। अनुभव की दृष्टि से एक बार पहले दर्जे में भी यात्रा की थी। वहाँ मैंने पहले और तीसरे दर्जे के बीच यहाँ के जैसा फर्क नहीं देखा। दक्षिण अफ्रीका में तीसरे दर्जे के यात्री अधिकतर हबशी ही होते हैं। लेकिन वहाँ के तीसरे दर्जे में भी यहाँ के तीसरे दर्जे से अधिक सुविधाएँ हैं। कुछ प्रदेशों में तो वहाँ तीसरे दर्जे में सोने की सुविधा भी रहती है और बैठकें गद्दीदार होती हैं। हर खंड में बैठने वाले यात्रियों की संख्या की मर्यादा का ध्यान रखा जाता है। यहाँ तो तीसरे दर्जे में संख्या की मर्यादा पाले जाने का मुझे कोई अनुभव ही नहीं है।

रेलवे विभाग की ओर से होने वाली इन असुविधाओं के अलावा यात्रियों की गंदी आदतें सुघड़ यात्री के लिए तीसरे दर्जे की यात्रा को दंड स्वरूप बना देती हैं। चाहे जहाँ थूकना, चाहे जहाँ कचरा डालना, चाहे जैसे और चाहे जब बीड़ी पीना, पान तंबाकू चबाना और जहाँ बैठे वहीं उसकी पिचकारियाँ छोड़ना, फर्श पर जूठन गिराना, चिल्ला-चिल्लाकर बातें करना, पास में बैठे हुए आदमी की सुख-सुविधा का विचार न करना और गंदी बोली बोलना—यह तो सार्वत्रिक अनुभव है।

तीसरे दर्जे की यात्रा के अपने 1902 के अनुभव में और 1915 से 1919 तक के मेरे दूसरी बार के ऐसे ही अखंड अनुभव में मैंने बहुत अंतर नहीं पाया। इस महाव्याधि का एक ही उपाय मेरी समझ में आया है, और वह यह है कि शिक्षित समाज को तीसरे दर्जे में ही यात्रा करनी चाहिए और लोगों की आदतें सुधारने का प्रयत्न करना चाहिए। इसके अलावा रेलवे विभाग के अधिकारियों को शिकायत कर-करके परेशान कर डालना चाहिए, अपने लिए कोई सुविधा प्राप्त

करने या प्राप्त सुविधा की रक्षा करने के लिए घूस-रिश्वत नहीं देनी चाहिए और उनके एक भी गैरकानूनी व्यवहार को बरदाश्त नहीं करना चाहिए।

मेरा यह अनुभव है कि ऐसा करने से बहुत कुछ सुधार हो सकता है। अपनी बीमारी के कारण मुझे सन् 1920 से तीसरे दर्जे की यात्रा लगभग बंद कर देनी पड़ी है, इसका दुःख और लज्जा मुझे सदा बनी रहती है। और वह भी ऐसे अवसर पर बंद करनी पड़ी, जब तीसरे दर्जे के यात्रियों की तकलीफों को दूर करने का काम कुछ ठिकाने लग रहा था। रेलों और जहाजों में गरीब यात्रियों को भोगने पड़ते कष्ट, उनकी अपनी कुटेवों के कारण इन कष्टों में होने वाली वृद्धि, व्यापार के निमित्त से विदेशी व्यापार को सरकार की ओर से दी जानेवाली अनुचित सुविधाएँ आदि बातें इस समय हमारे लोक-जीवन की बिलकुल अलग और महत्त्व की समस्या बन गई हैं। अगर इसे हल करने में एक-दो चतुर और लगने वाले सज्जन अपना पूरा समय लगा दें, तो वह अधिक नहीं कहा जाएगा।

पर तीसरे दर्जे की यात्रा की इस चर्चा को अब छोड़कर मैं काशी के अनुभव पर आता हूँ। काशी स्टेशन पर मैं सबेरे उतरा। मुझे किसी पंडे के ही यहाँ उतरना था। ब्राह्मणों ने मुझे घेर लिया। उनमें से जो मुझे थोड़ा सुघड़ और सज्जन लगा, उसका घर मैंने पसंद किया। मेरा चुनाव अच्छा सिद्ध हुआ। ब्राह्मण के आँगन में गाय बँधी थी। ऊपर एक कमरा था। उसमें मुझे ठहराया गया। मैं विधिपूर्वक गंगा-स्नान करना चाहता था। तब तक मुझे उपवास रखना था। पंडे ने सब तैयारी की। मैंने उससे कह रखा था कि मैं सवा रुपये से अधिक दक्षिणा नहीं दे सकूँगा, अतएव उसी के लायक तैयारी वह करे। पंडे ने बिना झगड़े के मेरी विनती स्वीकार कर ली। वह बोला, 'हम लोग अमीर-गरीब सब लोगों को पूजा तो एक सी ही कराते हैं। दक्षिणा यजमान की इच्छा और शक्ति पर निर्भर करती है।' मेरे खयाल से पंडाजी ने पूजा-विधि में कोई गड़बड़ी नहीं की। लगभग बारह बजे इससे फुरसत पाकर मैं काशी-विश्वनाथ के दर्शन करने गया। वहाँ जो कुछ देखा, उससे मुझे दुःख ही हुआ।

सन् 1891 में जब मैं बंबई में वकालत करता था, तब एक बार प्रार्थना-समाज के मंदिर में 'काशी की यात्रा' विषय पर व्याख्यान सुना था। अतएव थोड़ी निराशा के लिए तो मैं पहले से तैयार ही था। पर वास्तव में जो निराशा हुई, वह अपेक्षा से अधिक थी।

सँकरी, फिसलनवाली गली में से होकर जाना था। शांति का नाम भी नहीं था। मक्खियों की भिनभिनाहट तथा यात्रियों और दुकानदारों का कोलाहल मुझे असह्य प्रतीत हुआ।

जहाँ मुनष्य ध्यान और भगवत्-चिंतन की आशा रखता है, वहाँ उसे इनमें से कुछ भी नहीं मिलता! यदि ध्यान की जरूरत हो, तो वह अपने अंतर में से पाना होगा। अवश्य ही मैंने ऐसी श्रद्धालु बहनों को भी देखा, जिन्हें इस बात का बिलकुल पता न था कि उनके आस-पास क्या हो रहा है। वे केवल अपने ध्यान में ही निमग्न थीं। पर इसे प्रबंधकों का पुरुषार्थ नहीं माना जा सकता। काशी विश्वनाथ के आस-पास शांत, निर्मल, सुगन्धित और स्वच्छ वातावरण—बाह्य एवं आंतरिक—उत्पन्न करना और उसे बनाए रखना प्रबंधकों का कर्तव्य होना चाहिए। इसके बदले वहाँ मैंने ठग दुकानदारों का बाजार देखा, जिसमें नए-से-नए ढंग की मिठाइयाँ और खिलौने बिकते थे।

मंदिर में पहुँचने पर दरवाजे के सामने बदबूदार सड़े हुए फूल मिले। अंदर बढ़िया संगमरमर का फर्श था। पर किसी अंधश्रद्धालु ने उसे रुपयों से जड़वाकर खराब कर डाला था और रुपयों में मैल भर गया था।

मैं ज्ञानवापी के समीप गया। वहाँ मैंने ईश्वर को खोजा, पर वह न मिला। इससे मैं मन ही मन क्षुब्ध हो रहा था। ज्ञानवापी के आस-पास भी गंदगी देखी। दक्षिणा के रूप में कुछ चढ़ाने की मेरी श्रद्धा नहीं थी। इसलिए मैंने सचमुच ही एक पाई चढ़ाई, जिससे पुजारी पण्डाजी तमतमा उठे। उन्होंने पाई फेंक दी। दो-चार गालियाँ देकर बोले, 'तू यों अपमान करेगा तो नरक में पड़ेगा।'

मैं शांत रहा। मैंने कहा, 'महाराज, मेरा तो जो होना होगा सो होगा, पर आपके मुँह में गाली शोभा नहीं देती। यह पाई लेनी हो तो लीजिए, नहीं तो यह भी हाथ से जाएगी।' 'जा, तेरी पाई मुझे नहीं चाहिए।' कहकर उन्होंने मुझे दो-चार और सुना दीं। मैं पाई लेकर चल दिया। मैंने माना कि महाराज ने पाई खोई और मैंने बचाई। पर महाराज पाई खोनेवाले नहीं थे। उन्होंने मुझे वापस बुलाया और कहा, 'अच्छा, धर दे। मैं तेरे जैसे नहीं होना चाहता। मैं न लूँ, तो तेरा बुरा हो।'

मैंने चुपचाप पाई दे दी और लंबी साँस लेकर चल दिया। इसके बाद मैं दो बार और काशी विश्वनाथ के दर्शन कर चुका हूँ, पर वह तो 'महात्मा' बनने के बाद। अतएव 1902 के अनुभव तो फिर कहाँ से पाता! मेरा 'दर्शन' करने वाले

लोग मुझे दर्शन क्यों करने देते? 'महात्मा' के दुःख तो मेरे जैसे 'महात्मा' ही जानते हैं। अलबत्ता, गंदगी और कोलाहल तो मैंने पहले के जैसा ही पाया।

किसी को भगवान की दया के विषय में शंका हो, तो उसे ऐसे तीर्थक्षेत्र देखने चाहिए। वह महायोगी अपने नाम पर कितना ढोंग, अधर्म, पाखंड इत्यादि सहन करता है? उसने तो कह रखा है :

ये यथा मां प्रपद्यन्ते तांस्तथैव भजाम्यहम्।

अर्थात् 'जैसी करनी वैसी भरनी।' कर्म को मिथ्या कौन कर सकता है? फिर भगवान को बीच में पड़ने की जरूरत ही क्या है? वह तो अपने कानून बनाकर निवृत्त-सा हो गया है।

यह अनुभव लेकर मैं मिसेज बेसेंट के दर्शन करने गया। मैं जानता था कि वे हाल ही बीमारी से उठी हैं। मैंने अपना नाम भेजा। वे तुरंत आईं। मुझे तो दर्शन ही करने थे, अतएव मैंने कहा, 'मुझे आपके दुर्बल स्वास्थ्य का पता है। मैं तो सिर्फ आपके दर्शन करने आया हूँ। दुर्बल स्वास्थ्य के रहते भी आपने मुझे मिलने की अनुमति दी, इसी से मुझे संतोष है। मैं आपका अधिक समय नहीं लेना चाहता।'

यह कहकर मैंने विदा ली।

21. बंबई में स्थिर हुआ?

गोखले की बड़ी इच्छा थी कि मैं बंबई में बस जाऊँ, वहाँ बैरिस्टर का धंधा करूँ और उनके साथ सार्वजनिक सेवा में हाथ बँटाऊँ। उस समय सार्वजनिक सेवा का मतलब था—कांग्रेस की सेवा। उनके द्वारा स्थापित संस्था का मुख्य कार्य कांग्रेस की व्यवस्था चलाना था।

मेरी भी यही इच्छा थी, पर काम मिलने के बारे में मुझे आत्म-विश्वास न था। पिछले अनुभवों की याद भूली नहीं थी। खुशामद करना मुझे विष-तुल्य लगता था।

इस कारण पहले तो मैं राजकोट में ही रहा। वहाँ मेरे पुराने हितैषी और मुझे विलायत भेजने वाले केवलराम मावजी दवे थे। उन्होंने मुझे तीन मुकदमे सौंपे। दो अपीलें काठियावाड़ के ज्युडीशियल असिस्टेंट के सम्मुख थीं और एक इब्तदाई मुकदमा जामनगर में था। यह मुकदमा महत्त्वपूर्ण था। मैंने इस मुकदमे की जोखिम उठाने से आनाकानी की। इस पर केवलराम बोल उठे, 'हारेंगे तो हम हारेंगे न? तुमसे जितना हो सके, तुम करो। मैं भी तुम्हारे साथ रहूँगा ही न?'

इस मुकदमे में मरे सामने स्व. समर्थ थे। मैंने तैयारी ठीक की थी। यहाँ के कानून का तो मुझे बहुत ज्ञान नहीं था। केवलराम दवे ने मुझे इस विषय में पूरी तरह तैयार कर दिया था। मेरे दक्षिण अफ्रीका जाने से पहले मित्र मुझे कहा करते थे कि सर फीरोजशाह मेहता को कानून-शहादत जबानी याद है और यही उनकी सफलता की कुंजी है। मैंने इसे याद रखा था और दक्षिण अफ्रीका जाते समय यहाँ का कानून-शहादत मैं टीका के साथ पढ़ गया था। इसके अतिरिक्त दक्षिण अफ्रीका का अनुभव तो मुझे था ही।

मुकदमे में हम विजयी हुए। इससे मुझमें कुछ विश्वास पैदा हुआ। उक्त दो अपीलों के बारे में तो मुझे शुरू से ही कोई डर न था। इससे मुझे लगा कि यदि बंबई जाऊँ तो वहाँ भी वकालत करने में कोई दिक्कत न होगी।

इस विषय पर आने के पहले थोड़ा अंग्रेज़ अधिकारियों के अविचार और अज्ञान का अपना अनुभव सुना दूँ। ज्युडीशियल असिस्टेंट कहीं एक जगह टिककर नहीं बैठते थे। उनकी सवारी घूमती रहती थी—आज यहाँ, कल वहाँ। जहाँ वे महाशय जाते थे, वहाँ वकीलों और मुवक्किलों को भी जाना होता था। वकील का मेहनताना जितना केन्द्रीय स्थान पर होता, उससे अधिक बाहर होता था। इसलिए मुवक्किल को सहज ही दुगुना खर्च पड़ जाता था। पर जज इसका बिलकुल विचार न करता था।

इस अपील की सुनवाई वेरावल में होने वाली थी। वहाँ उन दिनों बड़े ज़ोर का प्लेग था। मुझे याद है कि रोज के पचास केस होते थे। वहाँ की आबादी 5,500 के लगभग थी। गाँव प्रायः खाली हो गया था। मैं वहाँ की निर्जन धर्मशाला में टिका था। वह गाँव से कुछ दूर थी। पर बेचारे मुवक्किल क्या करते? यदि वे गरीब होते तो एक भगवान ही उनका मालिक था।

मेरे नाम वकील मित्रों का तार आया था कि मैं साहब से प्रार्थना करूँ कि प्लेग के कारण वे अपना मुकाम बदल दें। प्रार्थना करने पर साहब ने मुझसे पूछा, 'आपको कुछ डर लगता है?'

मैंने कहा, 'सवाल मेरे डरने का नहीं है। मैं मानता हूँ कि मैं अपना प्रबंध कर लूँगा, पर मुवक्किलों का क्या होगा?'

साहब बोले, 'प्लेग ने तो हिंदुस्तान में घर कर लिया है। उससे क्या डरना? वेरावल की हवा कैसी सुंदर है! (साहब गाँव से दूर समुद्र-किनारे एक महलनुमा तंबू में रहते थे।) लोगों को इस तरह बाहर रहना सीखना चाहिए।'

इस फिलॉसफी के आगे मेरी क्या चलती? साहब ने सरिश्तेदार से कहा, 'मि. गांधी की बात को ध्यान में रखिए और अगर वकीलों तथा मुवक्किलों को बहुत असुविधा होती हो तो मुझे बतलाइए।'

इसमें साहब ने तो शुद्ध भाव से अपनी समझ के अनुसार ठीक ही किया, पर उन्हें कंगाल हिंदुस्तान की मुश्किलों का अंदाज कैसे हो सकता था? वे बेचारे हिंदुस्तान की आवश्यकताओं, भली-बुरी आदतों और रीति-रिवाजों को क्योंकर समझ सकते थे? जिसे गिन्नियों में गिनती करने की आदत हो, उसे पाइयों में हिसाब लगाने को कहिए, तो वह झट से हिसाब कैसे कर सकेगा? अत्यंत शुभ हेतु रखते हुए भी जिस तरह हाथी चींटी के लिए विचार करने में असमर्थ होता है, उसी तरह हाथी की आवश्यकतावाला अंग्रेज़ चींटी की आवश्यकतावाले भारतीय के लिए विचार करने या नियम बनाने में असमर्थ ही होगा।

अब मूल विषय पर आता हूँ।

ऊपर बताए अनुसार सफलता मिलने के बाद भी मैं कुछ समय के लिए राजकोट में ही रहने की बात सोच रहा था। इतने में एक दिन केवलराम मेरे पास आए और बोले, 'गांधी, तुमको यहाँ नहीं रहने दिया जाएगा। तुम्हें तो बंबई ही जाना होगा।'

'लेकिन वहाँ मुझे पूछेगा कौन? क्या मेरा खर्च आप चलाएँगे?'

'हाँ-हाँ, मैं तुम्हारा खर्च चलाऊँगा। तुम्हें बड़े बैरिस्टर की तरह कभी-कभी यहाँ ले आया करूँगा और लिखा पढ़ी वगैरा का काम तुमको वहाँ भेजता रहूँगा। बैरिस्टरों को छोटा-बड़ा बनाना तो हम वकीलों का काम है न? तुमने अपनी योग्यता का प्रमाण तो जामनगर और वेरावल में दे ही दिया है, इसलिए मैं निश्चिंत हूँ। तुम सार्वजनिक काम के लिए सिरजे गए हो, तुम्हें हम काठियावाड़ में दफन न होने देंगे। कहो, कब रवाना होते हो?'

'नेटाल से मेरे कुछ पैसे आने बाकी हैं, उनके आने पर चला जाऊँगा।'

पैसे एक-दो हफ्तों में आ गए और मैं बंबई पहुँचा। पेइन, गिलबर्ट और सयानी के दफ्तर में 'चैंबर्स' (कमरे) किराए पर लिए और मुझे लगा कि अब मैं बंबई में स्थिर हो गया।

22. धर्म-संकट

मैंने जैसे दफ्तर किराए पर लिया, वैसे ही गिरगाँव में घर भी लिया। पर ईश्वर ने मुझे स्थिर न होने दिया। घर लिए अधिक दिन नहीं हुए थे कि इतने में मेरा दूसरा लड़का बहुत बीमार हो गया। उसे कालज्वर ने जकड़ लिया। ज्वर उतरता न था। बेचैनी भी थी। फिर रात में सन्निपात के लक्षण भी दिखाई पड़े। इस बीमारी के पहले बचपन में उसे चेचक भी बहुत ज़ोर की निकल चुकी थी।

मैंने डॉक्टर की सलाह ली। उन्होंने कहा, 'इसके लिए दवा बहुत कम उपयोगी होगी। इसे तो अंडे और मुर्गी का शोरबा देने की जरूरत है।'

मणिलाल की उम्र दस साल की थी। उससे मैं क्या पूछता? अभिभावक होने के नाते निर्णय तो मुझी को करना था। डॉक्टर एक बहुत भले पारसी थे। मैंने कहा, 'डॉक्टर, हम सब अन्नाहारी है। मेरी इच्छा अपने लड़के को इन दो में से एक भी चीज देने की नहीं होती। क्या दूसरा कोई उपाय नहीं बताइएगा?'

डॉक्टर बोले, 'आपके लड़के के प्राण संकट में हैं। दूध और पानी मिलाकर दिया जा सकता है, पर इससे उसे पूरा पोषण नहीं मिल सकेगा। जैसा कि आप जानते हैं, मैं बहुतेरे हिंदू कुटुंबों में जाता हूँ। पर दवा के नाम पर तो उन्हें जो भी चीज दें, वे ले लेते हैं। मैं सोचता हूँ कि आप अपने लड़के पर ऐसी सख्ती न करें तो अच्छा हो।'

'आप कहते हैं, सो ठीक है। आपको यही कहना भी चाहिए। मेरी जिम्मेदारी बहुत बड़ी है। लड़का बड़ा होता तो मैं अवश्य ही उसकी इच्छा जानने का प्रयत्न करता और वह जो चाहता, उसे करने देता। यहाँ तो मुझे ही इस बालक के बारे में निर्णय करना है। मेरा खयाल है कि मुनष्य के धर्म की परीक्षा ऐसे ही समय होती है। सही हो या गलत, पर मैंने यह धर्म माना है कि मनुष्य को मांसादि न खाना चाहिए। जीवन के साधनों की भी सीमा होती है। कुछ बातें ऐसी हैं, जो जीने के लिए भी हमें नहीं करनी चाहिए। मेरे धर्म की मर्यादा मुझे अपने लिए और अपने परिवार वालों के लिए ऐसे समय भी मांस इत्यादि का उपयोग करने से रोकती है। इसलिए मुझे वह जोखिम उठानी ही होगी, जिसकी आप कल्पना करते हैं। पर आपसे मैं एक चीज माँग लेता हूँ। आपका उपचार तो मैं नहीं करूँगा, किंतु मुझे इस बच्चे की छाती, नाड़ी इत्यादि देखना नहीं आता। मुझे पानी के उपचारों का थोड़ा ज्ञान है। मैं उन उपचारों को आजमाना चाहता हूँ। पर यदि आप बीच-बीच

में मणिलाल की तबीयत देखने आते रहेंगे और उसके पास शरीर में होने वाले फेरफारों की जानकारी मुझे देते रहेंगे, तो मैं आपका उपकार मानूँगा।'

सज्जन डॉक्टर ने मेरी कठिनाई समझ ली और मेरी प्रार्थना के अनुसार मणिलाल को देखने आना कबूल कर लिया।

यद्यपि मणिलाल स्वयं निर्णय करने की स्थिति में नहीं था, फिर भी मैंने उसे डॉक्टर के साथ हुई चर्चा सुना दी और उससे कहा कि वह अपनी राय बतावे।

'आप खुशी से पानी के उपचार कीजिए। मुझे न शोरबा पीना है, और न अंडे खाने हैं।'

इस कथन से मैं खुश हुआ, यद्यपि मैं समझता था कि मैंने उसे ये दोनों चीजें खिलाई होतीं तो वह खा भी लेता।

मैं कूने (लुई कुने) के उपचार जानता था। उसके प्रयोग भी मैंने किए थे। मैं यह भी जानता था कि बीमारी में उपवास का बड़ा स्थान है। मैंने मणिलाल को कूने की रीति से कटिस्नान कराना शुरू किया। मैं उसे तीन मिनट से ज़्यादा टब में नहीं रखता था। तीन दिन तक उसे केवल पानी मिलाए हुए संतरे के रस पर रखा।

बुखार उतरता न था। रात वह अंट-संट बकता था। तापमान 104 डिग्री तक जाता था। मैं घबराया। यदि बालक को खो बैठा तो दुनिया मुझे क्या कहेगी? बड़े भाई क्या कहेंगे? दूसरे डॉक्टर को क्यों न बुलाया जाए? वैद्य को क्यों न बुलाया जाए? अपनी ज्ञानहीन बुद्धि लड़ाने का माता-पिता को क्या अधिकार है?

एक ओर ऐसे विचार आते थे; तो दूसरी ओर इस तरह के विचार भी आते थे :

> 'हे जीव! तू जो अपने लिए करता, वही लड़के के लिए भी करे, तो परमेश्वर को संतोष होगा। तुझे पानी के उपचार पर श्रद्धा है, दवा पर नहीं। डॉक्टर रोगी को प्राणदान नहीं देता। वह भी तो प्रयोग ही करता है। जीवन की डोर तो एक ईश्वर के ही हाथ में है। ईश्वर का नाम लेकर, उस पर श्रद्धा रखकर, तू अपना मार्ग मत छोड़।'

मन में इस तरह का मंथन चल रहा था। रात पड़ी। मैं मणिलाल को बगल में लेकर सोया था। मैंने उसे भिगोकर निचोई हुई चादर में लपेटने का निश्चय किया। मैं उठा। चादर ली। उसे ठण्डे पानी में भिगोया। निचोया। उसमें उसे सिर से पैर तक लपेट दिया। ऊपर से दो कंबल ओढ़ा दिए। सर पर गीला तौलिया रखा। बुखार से शरीर तवे की तरह तप रहा था और बिलकुल सूखा था। पसीना आता ही न था।

मैं बहुत थक गया था। मणिलाल को उसकी माँ के जिम्मे करके मैं आधे घंटे के लिए चौपाटी पर चला गया—थोड़ी हवा खाकर ताजा होने और शांति प्राप्त करने के लिए। रात के करीब दस बजे होंगे। लोगों का आना-जाना कम हो गया था। मुझे बहुत कम होश था। मैं विचार-सागर में गोते लगा रहा था। हे ईश्वर! इस धर्म-संकट में तू मेरी लाज रखना। 'राम-राम' की रटन तो मुँह में थी ही। थोड़े चक्कर लगाकर धड़कती छाती से वापस आया। घर में पैर रखते ही मणिलाल ने मुझे पुकारा, 'बापू, आप आ गए?'

'हाँ, भाई।'

'मुझे अब इसमें से निकालिए न? मैं जला जा रहा हूँ।'

'क्यों, क्या पसीना छूट रहा है?'

'मैं तो भीग गया हूँ। अब मुझे निकालिए न बापूजी!'

मैंने मणिलाल का माथा देखा। माथे पर पसीने की बूँदें दिखाई दीं। बुखार कम हो रहा था। मैंने ईश्वर का आभार माना।

'मणिलाल, अब तुम्हारा बुखार चला जाएगा। अभी थोड़ा और पसीना नहीं आने दोगे?'

'नहीं बापूजी! अब तो मुझे निकाल लीजिए। फिर दुबारा और लपेटना हो तो लपेट दीजिएगा।'

मुझे धीरज आ गया था, इसलिए उसे बातों में उलझाकर कुछ मिनट और निकाल दिए। उसके माथे से पसीने की धाराएँ बह चलीं। मैंने चादर खोली, शरीर पोंछा और बाप-बेटे साथ सो गए। दोनों ने गहरी नींद ली।

सबेरे मणिलाल का बुखार हलका हो गया था। दूध और पानी तथा फलों के रस पर वह चालीस दिन रहा। मैं निर्भय हो चुका था। ज्वर हठीला था, पर वश में आ गया था। आज मेरे सब लड़कों में मणिलाल का शरीर सबसे अधिक सशक्त है।

मणिलाल का निरोगा होना राम की देन है, अथवा पानी के उपचार की, अल्पाहार की और सार-सँभाल की, इसका निर्णय कौन कर सकता है? सब अपनी-अपनी श्रद्धा के अनुसार जैसा चाहें, करें। मैंने तो यह जाना कि ईश्वर ने मेरी लाज रखी, और आज भी मैं यही मानता हूँ।

23. फिर दक्षिण अफ्रीका

मणिलाल स्वस्थ तो हुआ, पर मैंने देखा कि गिरगाँववाला घर रहने योग्य नहीं था। उसमें सीलन थी। पर्याप्त उजाला नहीं था। अतएव रेवाशंकर भाई से सलाह करके हम दोनों ने बंबई के किसी उपनगर में खुली जगह बँगला लेने का निश्चय किया। मैं बांद्रा, सांताक्रूज वगैरह में भटका। बांद्रा में कसाईखाना था, इसलिए वहाँ रहने की हम में से किसी की इच्छा न हुई। घाटकोपर वगैरा समुद्र से दूर लगे। आखिर सांताक्रूज में एक सुंदर बँगला मिल गया। हम उनमें रहने गए और हमने यह अनुभव किया कि आरोग्य की दृष्टि से हम सुरक्षित हो गए हैं। मैंने चर्चगेट जाने के लिए पहले दर्जे का पास खरीद लिया। पहले दर्जे में अकसर में अकेला ही होता था, इससे कुछ गर्व का अनुभव करता था, ऐसा याद पड़ता है। कई बार बांद्रा से चर्चगेट जानेवाली खास ट्रेन पकड़ने के लिए मैं सांताक्रूज से बांद्रा तक पैदल जाता था।

मैंने देखा कि मेरा धंधा आर्थिक दृष्टि से मेरी अपेक्षा से अधिक अच्छा चल निकला। दक्षिण अफ्रीका के मुवक्किल मुझे कुछ-न-कुछ काम देते रहते थे। मुझे लगा कि उससे मेरा खर्च सरलतापूर्वक चल जाएगा।

हाईकोर्ट का काम तो मुझे अभी कुछ मिलता न था। पर उन दिनों 'मूट'[1] (चर्चा) चलती थी, उसमें मैं जाया करता था। मूट यानी अभ्यास के लिए फर्जी मुकदमे में बहस करने वाली चर्चा में सम्मिलित होने की हिम्मत नहीं थी। मुझे याद है कि उसमें जमियतराम नानाभाई अच्छा हिस्सा लेते थे। दूसरे नए बैरिस्टरों की तरह मैं भी हाईकोर्ट में मुकदमे सुनने जाया करता था। वहाँ जो कुछ जानने को मिलता, उसकी तुलना में समुद्र की फरफराती हुई हवा में झपकियाँ लेने में अधिक आनंद आता था। मैं दूसरे साथियों को भी झपकियाँ लेते देखता था, इससे मुझे शर्म न मालूम होती थी। मैंने देखा कि झपकियाँ लेना फैशन में शुमार हो गया था।

मैंने हाईकोर्ट के पुस्तकालय का उपयोग करना शुरू किया और वहाँ कुछ जान-पहचान भी शुरू की। मुझे लगा कि थोड़े समय में मैं भी हाईकोर्ट में काम करने लगूँगा।

इस प्रकार एक ओर से मेरे धंधे में कुछ निश्चिंतता आने लगी।

दूसरी ओर गोखले की आँख तो मुझ पर लगी ही रहती थी। हफ्ते में दो-तीन बार चैंबर में आकर वे मेरी कुशल पूछ जाते और कभी-कभी अपने खास मित्रों

को भी साथ में लाया करते थे। अपनी कार्य-पद्धति से भी वे मुझे परिचित करते रहते थे।

पर यह कहा जा सकता है कि मेरे भविष्य के बारे में ईश्वर ने मेरा सोचा कुछ भी न होने दिया।

मैंने सुस्थिर होने का निश्चय किया और थोड़ी स्थिरता अनुभव की कि अचानक दक्षिण अफ्रीका का तार मिला—'चेंबरलेन यहाँ आ रहे हैं, आपको आना चाहिए।' मुझे अपने वचन का स्मरण तो था ही। मैंने तार दिया—'मेरा खर्च भेजिए, मैं आने को तैयार हूँ।' उन्होंने तुरंत रुपये भेज दिए और मैं दफ्तर समेटकर रवाना हो गया।

मैंने सोचा था कि मुझे एक वर्ष तो सहज ही लग जाएगा। इसलिए बँगला रहने दिया और बाल-बच्चों को वहीं रखना उचित समझा।

उस समय मैं मानता था कि जो नौजवान देश में कोई कमाई न करते हों और साहसी हों, उनके लिए परदेश चला जाना अच्छा है। इसलिए मैं अपने साथ चार-पाँच नौजवानों को लेता गया। उनमें मगनलाल गांधी भी थे।

गांधी कुटुंब बड़ा था। आज भी है। मेरी भावना यह थी कि उनमें से जो स्वतंत्र होना चाहें, वह स्वतंत्र हो जाएँ। मेरे पिता कइयों को निभाते थे, पर रियासती नौकरी में। मुझे लगा कि वे इस नौकरी से छूट सकें तो अच्छा हो। मैं उन्हें नौकरियाँ दिलाने में मदद नहीं कर सकता था। शक्ति होती तो भी ऐसा करने की मेरी इच्छा न थी। मेरी धारणा यह थी कि वे और दूसरे लोग भी स्वावलंबी बनें तो अच्छा हो।

पर आखिर तो जैसे-जैसे मेरे आदर्श आगे बढ़ते गए (ऐसा मैं मानता हूँ), वैसे-वैसे इन नौजवानों के आदर्शों को भी मैंने अपने आदर्शों की ओर मोड़ने का प्रयत्न किया। उनमें मगनलाल गांधी को अपने मार्ग पर चलाने में मुझे बहुत सफलता मिली। पर इस विषय की चर्चा आगे करूँगा।

बाल-बच्चों का वियोग, बसाए हुए घर को तोड़ना, निश्चित स्थिति में से अनिश्चित में प्रवेश करना—यह सब क्षण भर तो अखरा। पर मुझे तो अनिश्चित जीवन की आदत पड़ गई थी। इस संसार में, जहाँ ईश्वर अर्थात् सत्य के सिवा कुछ भी निश्चित नहीं है, निश्चितता का विचार करना ही दोषमय प्रतीत होता है। यह सब जो हमारे आस-पास दिखता है और होता है, सो अनिश्चित है, क्षणिक है। उसमें जो एक परम तत्त्व निश्चित रूप से छिपा हुआ है, उसकी झाँकी हमें हो

जाए, उस पर हमारी श्रद्धा बनी रहे, तभी जीवन सार्थक होता है। उसकी खोज ही परम पुरुषार्थ है।

यह नहीं कहा जा सकता कि मैं डरबन एक दिन भी पहले पहुँचा। मेरे लिए वहाँ काम तैयार ही था। मि. चेंबरलेन के पास डेप्युटेशन के जाने की तारीख निश्चित हो चुकी थी। मुझे उनके सामने पढ़ा जानेवाला प्रार्थना-पत्र तैयार करना था और डेप्युटेशन के साथ जाना था।

चौथा भाग

1. किया-कराया चौपट?

मि. चेंबरलेन दक्षिण अफ्रीका से साढ़े तीन करोड़ पाउंड लेने आए थे तथा अंग्रेज़ों का, और हो सके तो बोअरों का मन जीतने आए थे। इसलिए भारतीय प्रतिनिधियों को नीचे लिखा ठंडा जवाब मिला :

> 'आप तो जानते हैं कि उत्तरदायी उपनिवेशों पर साम्राज्य-सरकार का अंकुश नाममात्र का ही है। आपकी शिकायतें तो सच्ची जान पड़ती हैं। मुझसे जो हो सकेगा, मैं करूँगा। पर आपको जिस तरह भी बने, यहाँ के गोरों को रिझाकर रहना है।'

जवाब सुनकर प्रतिनिधि ठंडे हो गए। मैं निराश हो गया। 'जब जागे तभी सबेरा' मानकर फिर से श्रीगणेश करना होगा, यह बात मेरे ध्यान में आ गई और साथियों को मैंने समझा दी।

मि. चेंबरलेन का जवाब क्या गलत था? गोलमोल बात कहने के बदले उन्होंने साफ बात कह दी। 'जिसकी लाठी उसकी भैंस' का कानून उन्होंने थोड़े मीठे शब्दों में समझा दिया।

पर हमारे पास लाठी थी ही कहाँ? हमारे पास तो लाठी के प्रहार झेलने लायक शरीर भी मुश्किल से थे।

मि. चेंबरलेन कुछ हफ्ते ही रहने वाले थे। दक्षिण अफ्रीका कोई छोटा-सा प्रांत नहीं है। वह एक देश है, खंड है। अफ्रीका में तो अनेक उप-खंड समाए हुए हैं। यदि कन्याकुमारी से श्रीनगर 1900 मील है, तो डरबन से केपटाउन 1100 मील से कम नहीं है। इस खंड में मि. चेंबरलेन को तूफानी दौरा करना था। वे ट्रांसवाल के लिए रवाना हुए। मुझे वहाँ के भारतीयों का केस तैयार करके उनके सामने पेश करना था। प्रिटोरिया किस तरह पहुँचा जाए? वहाँ मैं समय पर पहुँच सकूँ, इसके लिए अनुमति प्राप्त करने का काम हमारे लोगों से हो सकने जैसा न था।

युद्ध के बाद ट्रांसवाल उजाड़ जैसा हो गया था। वहाँ न खाने को अन्न था, न पहनने-ओढ़ने को कपड़े मिलते थे। खाली और बंद पड़ी हुई दुकानों को माल

से भरना और खुलवाना था। यह तो धीरे-धीरे ही हो सकता था। जैसे-जैसे माल इकट्ठा होता जाए, वैसे-वैसे ही घर-बार छोड़कर भागे हुए लोगों को वापस आने दिया जा सकता था। इस कारण प्रत्येक ट्रांसवालवासी को परवाना लेना पड़ता था। गोरों को तो परवाना माँगते ही मिल जाता था। मुसीबत हिंदुस्तानियों की थी।

लड़ाई के दिनों में हिंदुस्तान और लंका से बहुत से अधिकारी और सिपाही दक्षिण अफ्रीका पहुँच गए थे। उनमें से जो लोग वहीं आबाद होना चाहें, उनके लिए वैसी सुविधा कर देना ब्रिटिश राज्याधिकारियों का कर्तव्य माना गया था। उन्हें अधिकारियों का नया मंडल तो बनाना ही था। उसमें इन अनुभवी अधिकारियों का सहज ही उपयोग हो गया। इन अधिकारियों की तीव्र बुद्धि ने एक नया विभाग ही खोज निकाला। उसमें उनकी कुशलता भी अधिक तो थी ही! हबशियों से संबंध रखनेवाला एक अलग विभाग पहले से ही था। ऐसी दशा में एशियावासियों के लिए भी एक विभाग क्यों न हो? दलील ठीक मानी गई। यह नया विभाग मेरे दक्षिण अफ्रीका पहुँचने से पहले ही खुल चुका था और धीरे-धीरे अपना जाल बिछा रहा था। जो अधिकारी भागे हुओं को वापस आने के परवाने देता था, वही सबको दे सकता था। पर उसे यह कैसे मालूम हो कि एशियावासी कौन है? इसके समर्थन में दलील यह दी गई कि नए विभाग की सिफारिश पर ही एशियावासियों को परवाने मिला करें, तो उस अधिकारी की जिम्मेदारी कम हो जाए और उसका काम भी कुछ हलका हो जाए। वस्तुस्थिति यह थी कि नए विभाग को कुछ काम की और कुछ दाम की जरूरत थी। काम न हो तो इस विभाग की आवश्यकता सिद्ध न हो सके और फलतः वह बंद हो जाए। अतएव उसे यह काम सहज ही मिल गया।

हिंदुस्तानियों को इस विभाग में अर्जी देनी पड़ती थी। फिर बहुत दिनों बाद उसका उत्तर मिलता था। ट्रांसवाल जाने की इच्छा रखनेवाले लोग अधिक थे। अतएव उनके लिए दलाल खड़े हो गए। इन दलालों और अधिकारियों के बीच गरीब हिंदुस्तानियों के हजारों रुपये लुट गए। मुझसे कहा गया था कि बिना वसीले के परवाना मिलता ही नहीं और कई बार तो वसीले या जरिए के होते हुए भी प्रति व्यक्ति सौ-सौ पाउंड तक खर्च हो जाते हैं। इसमें मेरा ठिकाना कहाँ लगता?

मैं अपने पुराने मित्र डरबन के पुलिस सुपरिंटेंडेंट के पास पहुँचा और उनसे कहा, 'आप मेरा परिचय परवाना देने वाले अधिकारी से करा दीजिए और मुझे परवाना दिला दीजिए। आप यह तो जानते हैं कि मैं ट्रांसवाल में रहा हूँ।' वे तुरंत

सिर पर टोप रखकर मेरे साथ आए और मुझे परवाना दिला दिया। मेरी ट्रेन को मुश्किल से एक घंटा बाकी था। मैंने सामान वगैरह तैयार रखा था। सुपरिंटेंडेंट एलेक्जेंडर का आभार मानकर मैं प्रिटोरिया के लिए रवाना हो गया।

मुझे कठिनाइयों का ठीक-ठीक अंदाज हो गया था। मैं प्रिटोरिया पहुँचा। प्रार्थना-पत्र तैयार किया। डरबन में प्रतिनिधियों के नाम किसी से पूछे गए हों, सो मुझे याद नहीं। लेकिन यहाँ नया विभाग काम कर रहा था। इसलिए प्रतिनिधियों के नाम पहले से पूछ लिए गए थे। इसका हेतु मुझे अलग रखना था, ऐसा प्रिटोरिया के हिंदुस्तानियों को पता चल गया था।

यह दुःखद किंतु मनोरंजक कहानी आगे लिखी जाएगी।

2. एशियाई विभाग की नवाबशाही

नए विभाग के अधिकारी समझ नहीं पाए कि मैं ट्रांसवाल में दाखिल कैसे हो गया। उन्होंने अपने पास आने-जाने वाले हिंदुस्तानियों से पूछा, पर वे बेचारे क्या जानते थे? अधिकारियों ने अनुमान किया कि मैं अपनी पुरानी जान-पहचान के कारण बिना परवाने के दाखिल हुआ होऊँगा और अगर ऐसा हो तो मुझे गिरफ्तार किया जा सकता है।

किसी बड़ी लड़ाई के बाद हमेशा ही कुछ समय के लिए राज्य-कर्ताओं को विशेष सत्ता दी जाती है। दक्षिण अफ्रीका में भी यही हुआ था। वहाँ शांतिरक्षा के हेतु एक कानून बनाया गया था। इस कानून की एक धारा यह थी कि यदि कोई बिना परवाने के ट्रांसवाल में दाखिल हो, तो उसे गिरफ्तार कर लिया जाए और कैद में रखा जाए। इस धारा के आधार पर मुझे पकड़ने के लिए सलाह-मशवरा चला। पर मुझसे परवाना माँगने की हिम्मत किसी की नहीं हुई।

अधिकारियों ने डरबन तार तो भेजे ही थे। जब उन्हें यह सूचना मिली कि मैं परवाना लेकर दाखिल हुआ हूँ, तो वे निराश हो गए। पर ऐसी निराशा से यह विभाग हिम्मत हारने वाला नहीं था। मैं ट्रांसवाल पहुँच गया था, लेकिन मुझे मि. चेंबरलेन के पास न पहुँचने देने में यह विभाग अवश्य सफल हो सकता था।

इसलिए प्रतिनिधियों के नाम माँगे गए। दक्षिण अफ्रीका में रंग-भेद का अनुभव तो जहाँ-तहाँ होता ही था, पर यहाँ हिंदुस्तान की सी गंदगी और चालबाजी की बू आई। दक्षिण अफ्रीका में शासन के साधारण विभाग जनता के लिए काम करते थे, इसलिए वहाँ के अधिकारियों में एक प्रकार की सरलता और नम्रता थी। इसका लाभ थोड़े-बहुत अंश में काली-पीली चमड़ीवालों को भी अनायास मिल जाता था। अब जब इससे भिन्न एशियाई वातावरण ने प्रवेश किया, तो वहाँ के जैसी निरंकुशता, वैसे षड्यंत्र आदि बुराइयाँ भी आ घुसीं। दक्षिण अफ्रीका में एक प्रकार की लोकसत्ता थी, जबकि एशिया से तो निरी नवाबशाही ही आई; क्योंकि वहाँ जनता की सत्ता नहीं थी, बल्कि जनता पर ही सत्ता चलाई जाती थी। दक्षिण अफ्रीका में गोरे घर बनाकर बस गए थे, इसलिए वे वहाँ की प्रजा माने गए। इस कारण अधिकारियों पर उनका अंकुश रहता था। इसमें एशिया से आए हुए निरंकुश अधिकारियों ने सम्मिलित होकर हिंदुस्तानियों की स्थिति सरौते के बीच सुपारी जैसी कर डाली।

मुझे भी इस सत्ता का ठीक-ठीक अनुभव प्राप्त हुआ। पहले तो मुझे इस विभाग के उच्चाधिकारी के पास बुलवाया गया। वे उच्चाधिकारी लंका से आए थे। 'बुलवाया गया' प्रयोग में कदाचित् अतिशयोक्ति का आभास हो सकता है, इसलिए थोड़ी अधिक स्पष्टता कर दूँ। मेरे नाम उनका कोई पत्र नहीं आया था। पर मुख्य-मुख्य हिंदुस्तानियों को वहाँ बार-बार जाना ही पड़ता था। वैसे मुखियों में स्व. सेठ तैयब हाजी खानमहम्मद भी थे। उनसे साहब ने पूछा, 'गांधी कौन है? वह क्यों आया है?'

तैयब सेठ ने जवाब दिया, 'वे हमारे सलाहकार हैं। उन्हें हमने बुलाया है।'

साहब बोले, 'तो हम सब यहाँ किस काम के लिए बैठे हैं? क्या हम आप लोगों की रक्षा के लिए नियुक्त नहीं हुए हैं? गांधी यहाँ की हालत क्या जाने?'

तैयब सेठ ने, जैसा भी उनसे बना इस चोट का जवाब देते हुए कहा, 'आप तो हैं ही, पर गांधी तो हमारे ही माने जाएँगे न? वे हमारी भाषा जानते हैं। हमें समझते हैं। आप तो आखिरकार अधिकारी ठहरे।'

साहब ने हुक्म दिया, 'गांधी को मेरे पास लाना।'

तैयब सेठ आदि के साथ मैं गया। कुर्सी तो क्यों कर मिल सकती थी? हम सब खड़े रहे।

साहब ने मेरी तरफ देखकर पूछा, 'कहिए, आप यहाँ किसलिए आए हैं?'

मैंने जवाब दिया, 'अपने भाइयों के बुलाने पर मैं उन्हें सलाह देने आया हूँ।'

'पर क्या आप जानते नहीं कि आपको यहाँ आने का अधिकार ही नहीं है? परवाना तो आपको भूल से मिल गया है। आप यहाँ के निवासी नहीं माने जा सकते। आपको वापस जाना होगा। आप मि. चेंबरलेन के पास नहीं जा सकते। यहाँ के हिंदुस्तानियों की रक्षा करने के लिए तो हमारा विभाग विशेष रूप से खोला गया है। अच्छा, जाइए।'

इतना कहकर साहब ने मुझे विदा किया। मुझे जवाब देने का अवसर ही न दिया।

दूसरे साथियों को रोक लिया। उन्हें साहब ने धमकाया और सलाह दी कि वे मुझे ट्रांसवाल विदा कर दें।

साथी कड़वा मुँह लेकर लौटे। यों एक नई ही पहेली अनपेक्षित रूप से हमारे सामने हल करने के लिए खड़ी हो गई।

3. कड़वा घूँट पिया

इस अपमान से मुझे बहुत दुःख हुआ। पर पहले मैं ऐसे अपमान सहन कर चुका था, इससे पक्का हो गया था। अतएव मैंने अपमान की परवाह न करते हुए तटस्थता-पूर्वक जब जो कर्तव्य मुझे सूझ जाए, सो करते रहने का निश्चय किया।

उक्त अधिकारी के हस्ताक्षरों वाला पत्र मिला। उसमें लिखा था कि मि. चेंबरलेन डरबन में मि. गांधी से मिल चुके हैं, इसलिए अब उनका नाम प्रतिनिधियों में से निकाल डालने की जरूरत है।

साथियों को वह पत्र असह्य प्रतीत हुआ। उन्होंने अपनी राय दी कि डेप्युटेशन ले जाने का विचार छोड़ दिया जाए। मैंने उन्हें हमारे समाज की विषम स्थिति समझाई—'अगर आप मि. चेंबरलेन के पास नहीं जाएँगे, तो यह माना जाएगा कि यहाँ हमें कोई कष्ट है ही नहीं। आखिर जो कहना हो तो लिखकर ही कहना है और वह तैयार है। मैं पढ़ूँ या दूसरा कोई पढ़े, इसकी चिंता नहीं है। मि. चेंबरलेन हमसे कोई चर्चा थोड़े ही करने वाले हैं! मेरा जो अपमान हुआ है, उसे हमें पी जाना पड़ेगा।'

मैं यों कह ही रहा था कि इतने में तैयब सेठ बोल उठे, 'पर आपका अपमान सारे भारतीय समाज का अपमान है। आप हमारे प्रतिनिधि हैं, इसे कैसे भुलाया जा सकता है?'

मैंने कहा, 'यह सच है, पर समाज को भी ऐसे अपमान पी जाने पड़ेंगे। हमारे पास दूसरा इलाज ही क्या है?'

तैयब सेठ ने जवाब दिया, 'भले जो होना हो सो हो, पर जान-बूझकर दूसरा अपमान क्यों सहा जाए? बिगाड़ तो यों भी हो ही रहा है। हमें हक ही कौन से मिले हैं?'

मुझे यह जोश अच्छा लगता था। पर मैं जानता था कि इसका उपयोग नहीं किया जा सकता। मुझे अपने समाज की मर्यादा का अनुभव था। अतएव मैंने साथियों को शांत किया और मेरे बदले स्व. जॉर्ज गॉडफ्रे को, जो हिंदुस्तानी बैरिस्टर थे, ले जाने की सलाह दी।

अतः मि. गॉडफ्रे डेप्युटेशन के नेता बने। मेरे बारे में मि. चेंबरलेन ने थोड़ी चर्चा भी की; 'एक ही व्यक्ति को दूसरी बार सुनने की अपेक्षा नए को सुनना अधिक उचित है'—आदि बातें कहकर उन्होंने किए हुए घाव को भरने का प्रयत्न किया।

पर इससे समाज का और मेरा काम बढ़ गया, पूरा न हुआ। पुनः 'ककहरे' से आरंभ करना आवश्यक हो गया। 'आपके कहने से समाज ने लड़ाई में हिस्सा लिया, पर परिणाम तो यही निकला न?' इस तरह ताना मारने वाले भी समाज में निकल आए। पर मुझ पर इन तानों का कोई असर नहीं हुआ। मैंने कहा, 'मुझे इस सलाह का पछतावा नहीं है। मैं अब भी यह मानता हूँ कि हमने लड़ाई में भाग लेकर ठीक ही किया है। वैसा करके हमने अपने कर्तव्य का पालन किया है। हमें उसका फल चाहे देखने को न मिले, पर मेरा यह दृढ़ विश्वास है कि शुभ कार्य का फल शुभ ही होता है। बीती बातों का विचार करने की अपेक्षा अब हमारे लिए अपने वर्तमान कर्तव्य का विचार करना अधिक अच्छा होगा। अतएव हम उसके बारे में सोचें।'

दूसरों ने भी इस बात का समर्थन किया।

मैंने कहा, 'सच तो यह है कि जिस काम के लिए मुझे बुलाया गया था, वह अब पूरा हुआ माना जाएगा। पर मैं मानता हूँ कि आपके मुझे छुट्टी दे देने पर भी अपने बस भर मुझे ट्रांसवाल से हटना नहीं चाहिए। मेरा काम अब नेटाल से नहीं, बल्कि यहाँ से चलना चाहिए। एक साल के अंदर वापस जाने का विचार मुझे छोड़ देना चाहिए और यहाँ की वकालत की सनद हासिल करनी चाहिए।

इस नए विभाग से निबट लेने की हिम्मत मुझमें है। यदि हमने मुकाबला न किया तो समाज लुट जाएगा और शायद यहाँ से उसके पैर भी उखड़ जाएँगे। समाज का अपमान और तिरस्कार रोज-रोज बढ़ता ही जाएगा। मि. चेंबरलेन मुझसे नहीं मिले, उक्त अधिकारी ने मेरे साथ तिरस्कारपूर्ण व्यवहार किया, यह तो सारे समाज के अपमान की तुलना में कुछ भी नहीं है। यहाँ हमारा कुत्तों की तरह रहना बरदाश्त किया ही नहीं जा सकता।'

इस प्रकार मैंने चर्चा चलाई। प्रिटोरिया और जोहानिसबर्ग में रहने वाले भारतीय नेताओं से विचार-विमर्श करके अंत में जोहानिसबर्ग में दफ्तर रखने का निश्चय हुआ।

ट्रांसवाल में मुझे वकालत की सनद मिलने के बारे में भी शंका तो थी ही। पर वकील-मंडल की ओर से मेरे प्रार्थना-पत्र का विरोध नहीं हुआ और बड़ी अदालत ने मेरी प्रार्थना स्वीकार कर ली।

हिंदुस्तानी को अच्छे स्थान में ऑफिस के लिए घर मिलना भी कठिन काम था। मि. रीच के साथ मेरा अच्छा परिचय हो गया था। उस समय वे व्यापारी वर्ग में थे। उनकी जान-पहचान के हाउस-एजेंट के द्वारा मुझे ऑफिस के लिए अच्छी बस्ती में घर मिल गया और मैंने वकालत शुरू कर दी।

4. बढ़ती हुई त्यागवृत्ति

ट्रांसवाल में भारतीय समाज के अधिकारों के लिए किस प्रकार लड़ना पड़ा और एशियाई विभाग के अधिकारियों के साथ कैसा व्यवहार करना पड़ा, इसका वर्णन करने से पहले मेरे जीवन के दूसरे अंग पर दृष्टि डाल लेना आवश्यक है।

अब तक कुछ द्रव्य इकट्ठा करने की मेरी इच्छा थी। परमार्थ के साथ स्वार्थ का मिश्रण था।

जब बंबई में दफ्तर खोला, तो एक अमेरिकन बीमा-एजेंट मिलने आया था। उसका चेहरा सुंदर था और बातें मीठी थीं। उसने मेरे साथ मेरे भावी हित की बातें ऐसे ढंग से कीं मानो हम पुराने मित्र हों—'अमेरिका में तो आपकी स्थिति के सब लोग अपने जीवन का बीमा कराते हैं। आपको भी ऐसा करके भविष्य के विषय

में निश्चिंत हो जाना चाहिए। जीवन का भरोसा है ही नहीं। अमेरिका में तो हम बीमा कराना अपना धर्म समझते हैं। क्या मैं आपको एक छोटी सी पॉलिसी लेने के लिए ललचा नहीं सकता?'

तब तक दक्षिण अफ्रीका में और हिंदुस्तान में बहुत से एजेंटों की बात मैंने मानी नहीं थी। मैं सोचता था कि बीमा कराने में कुछ भीरुता और ईश्वर के प्रति अविश्वास रहता है। पर इस बार मैं लालच में आ गया। वह एजेंट जैसे-जैसे बातें करता जाता, वैसे-वैसे मेरे सामने पत्नी और बच्चों की तस्वीर खड़ी होती जाती। 'भले आदमी, तुमने पत्नी के सब गहने बेच डाले हैं। यदि कल तुम्हें कुछ हो जाए, तो पत्नी और बच्चों के भरण-पोषण का भार उन गरीब भाई पर ही पड़ेगा न, जिन्होंने पिता का स्थान लिया है और उसे सुशोभित किया है? यह उचित न होगा।' मैंने अपने मन के साथ इस तरह की दलीलें कीं और 10,000 रुपये का बीमा करा लिया।

पर दक्षिण अफ्रीका में मेरी स्थिति बदल गई और फलतः मेरे विचार भी बदल गए। दक्षिण अफ्रीका की नई आपत्ति के समय मैंने जो कदम उठाए, सो ईश्वर को साक्षी रखकर ही उठाए थे। दक्षिण अफ्रीका में मेरा कितना समय चला जाएगा, इसकी मुझे कोई कल्पना नहीं थी। मैंने समझ लिया था कि मैं हिंदुस्तान वापस नहीं जा पाऊँगा। मुझे अपने बाल-बच्चों को साथ ही रखना चाहिए। अब उनका वियोग बिलकुल नहीं होना चाहिए। उनके भरण-पोषण की व्यवस्था भी दक्षिण अफ्रीका में ही होनी चाहिए। इस प्रकार सोचने के साथ ही उक्त पॉलिसी मेरे लिए दुःखद बन गई। बीमा एजेंट के जाल में फँस जाने के लिए मैं लज्जित हुआ। 'यदि बड़े भाई पिता के समान हैं, तो छोटे भाई की विधवा के बोझ को वे भारी समझेंगे, यह तूने कैसे सोच लिया? यह भी क्यों माना कि तू ही पहले मरेगा? पालन करनेवाला तो ईश्वर है। न तू है, न भाई हैं। बीमा कराकर तूने अपने बाल-बच्चों को भी पराधीन बना दिया है। वे स्वावलंबी क्यों न बनें? असंख्य गरीबों के बाल-बच्चों का क्या होता है? तू अपने को उन्हीं के समान क्यों नहीं मानता?'

इस प्रकार विचारधारा चली। उस पर अमल मैंने तुरंत ही नहीं किया था। मुझे याद है कि बीमे की एक किस्त तो मैंने दक्षिण अफ्रीका से भी भेजी थी।

पर इस विचार-प्रवाह को बाहर का उत्तेजन मिला। दक्षिण अफ्रीका की पहली यात्रा में ईसाई वातावरण के संपर्क में आकर धर्म के प्रति जाग्रत् बना था। इस बार मैं थियोसॉफी के वातावरण के संसर्ग में आया। मि. रीच थियोसॉफिस्ट

थे। उन्होंने मेरा संबंध जोहानिसबर्ग सोसाइटी से करा दिया। मैं उसका सदस्य तो नहीं ही बना। थियोसॉफी के सिद्धांतों से मेरा मतभेद बना रहा। फिर भी मैं लगभग हर एक थियोसॉफिस्ट के गाढ़ परिचय में आया। उनके साथ रोज मेरी धर्म-चर्चा होती थी। मैं उनकी पुस्तकें पढ़ता था, उनकी सभा में बोलने के अवसर भी मुझे आते थे। थियोसॉफी में भाईचारा स्थापित करना और बढ़ाना मुख्य वस्तु है। हम लोग इस विषय की खूब चर्चा करते थे और जहाँ मैं इस सिद्धांत में और सदस्यों के आचरण में भेद पाता, वहाँ आलोचना भी करता था। स्वयं मुझ पर इस आलोचना का काफी प्रभाव पड़ा। मैं आत्म निरीक्षण करना सीख गया।

5. निरीक्षण का परिणाम

सन् 1893 में जब मैं ईसाई मित्रों के निकट संपर्क में आया, तब मैं केवल विद्यार्थी की स्थिति में था। ईसाई मित्र मुझे *बाइबल* का संदेश सुनाने, समझाने और मुझसे उसको स्वीकार कराने का भी प्रयत्न करते थे। मैं नम्रतापूर्वक, तटस्थ भाव से उनकी शिक्षा को सुन और समझ रहा था। इस निमित्त से मैंने हिंदू धर्म का यथाशक्ति अध्ययन किया और दूसरे धर्मों को समझने की कोशिश की। अब 1903 में स्थिति थोड़ी बदल गई। थियोसॉफिस्ट मित्र मुझे अपने मंडल में सम्मिलित करने की इच्छा अवश्य रखते थे। पर उनका हेतु हिंदू के नाते मुझसे कुछ प्राप्त करना था। थियोसॉफी की पुस्तकों में हिंदू धर्म की छाया और उसका प्रभाव तो काफी है ही। अतएव इन भाइयों ने मान लिया कि मैं उनकी सहायता कर सकूँगा। मैंने उन्हें समझाया कि संस्कृत का मेरा अध्ययन नहीं के बराबर है। मैंने उसके प्राचीन धर्मग्रंथ संस्कृत में नहीं पढ़े हैं। अनुवादों के द्वारा भी मेरी पढ़ाई कम ही हुई है। फिर भी चूँकि वे संस्कार और पुनर्जन्म को मानते थे, इसलिए उन्होंने समझाया कि मुझसे थोड़ी-बहुत सहायता तो मिलेगी ही और मैं 'निरस्तपादपे देशे एरण्डोऽपि द्रुमायते' यानी जहाँ कोई वृक्ष न हो वहाँ एरंड ही वृक्ष बन जाता है जैसी स्थिति में आ पड़ा। किसी के साथ मैंने स्वामी विवेकानंद का, तो किसी के साथ मणिलाल नभु भाई का *राजयोग* पढ़ना शुरू किया। एक

मित्र के साथ *पातंजलि-योगदर्शन* पढ़ना पड़ा। बहुतों के साथ *गीता* का अभ्यास शुरू किया। 'जिज्ञासु-मंडल' के नाम से छोटा-सा मंडल भी स्थापित किया और नियमित अभ्यास होने लगा। *गीताजी* पर मुझे प्रेम और श्रद्धा तो थी ही। अब उसकी गहराई में उतरने की आवश्यकता प्रतीत हुई। मेरे पास एक-दो अनुवाद थे। उनकी सहायता से मैंने मूल संस्कृत समझ लेने का प्रयत्न किया और नित्य एक दो श्लोक कंठ करने का निश्चय किया।

प्रातः दातुन और स्नान के समय का उपयोग *गीता* के श्लोक कंठ करने में किया। दातुन में पंद्रह और स्नान में बीस मिनट लगते थे। दातुन अंग्रेज़ी ढंग से मैं खड़े-खड़े करता था। सामने की दीवार पर गीता के श्लोक लिखकर चिपका देता था और आवश्यकतानुसार उन्हें देखता तथा घोखता जाता था। ये घोखे हुए श्लोक स्नान करने तक पक्के हो जाते थे। इस बीच पिछले कंठ किए हुए श्लोकों को भी मैं एक बार दोहरा जाता था। इस प्रकार तेरह अध्याय तक कंठ करने की बात मुझे याद है। बाद में काम बढ़ गया। सत्याग्रह का जन्म होने पर उस बालक के लालन-पालन में मेरा विचार करने का समय भी बीतने लगा और कहना चाहिए कि आज भी बीत रहा है।

इस गीतापाठ का प्रभाव मेरे सहाध्यायियों पर क्या पड़ा, उसे वे जानें, परंतु मेरे लिए तो वह पुस्तक आचार की एक प्रौढ़ मार्गदर्शिका बन गई। वह मेरे लिए धार्मिक कोश का काम देने लगी। जिस प्रकार नए अंग्रेज़ी शब्दों के हिज्जों या उनके अर्थ के लिए मैं अंग्रेज़ी शब्दकोश देखता था, उसी प्रकार आचार-संबंधी कठिनाइयों और उसकी अटपटी समस्याओं को मैं *गीताजी* से हल करता था। उसके अपरिग्रह, समभाव आदि शब्दों ने मुझे पकड़ लिया। समभाव का विकास कैसे हो, उसकी रक्षा किस प्रकार की जाए? अपमान करने वाले अधिकारी, रिश्वत लेने वाले अधिकारी, व्यर्थ विरोध करने वाले कल के साथी इत्यादि और जिन्होंने बड़े-बड़े उपकार किए हैं, ऐसे सज्जनों के बीच भेद न करने का क्या अर्थ है? अपरिग्रह किस प्रकार पाला जाता होगा? देह का होना ही कौन कम परिग्रह है? स्त्री-पुत्रादि परिग्रह नहीं तो और क्या हैं? ढेरों पुस्तकों से भरी इन अलमारियों को क्या जला डालूँ? घर जलाकर तीर्थ करने जाऊँ? तुरंत ही उत्तर मिला कि घर जलाए बिना तीर्थ किया ही नहीं जा सकता। यहाँ अंग्रेज़ी कानून ने मेरी मदद की। स्नेल की कानूनी सिद्धांतों की चर्चा याद आई। *गीताजी* के अध्ययन के फलस्वरूप 'ट्रस्टी' शब्द का अर्थ विशेष रूप से समझ में आया।

कानून-शास्त्र के प्रति मेरा आदर बढ़ा। मुझे उसमें भी धर्म के दर्शन हुए। ट्रस्टी के पास करोड़ों रुपयों के रहते हुए भी उनमें की एक भी पाई उसकी नहीं होती। मुमुक्षु को ऐसा ही बरताव करना चाहिए, यह बात मैंने गीताजी से समझी। मुझे यह दीपक की तरह स्पष्ट दिखाई दिया कि अपरिग्रही बनने में, समभावी होने में हेतु का, हृदय का परिवर्तन आवश्यक है। मैंने रेवाशंकर भाई को इस आशय का पत्र लिख भेजा कि बीमे की पॉलिसी बंद कर दें। कुछ रकम वापस मिले तो ले लें, न मिले तो भरे हुए पैसों को गया समझ लें। बच्चों की और स्त्री की रक्षा उन्हें और हमें पैदा करनेवाला ईश्वर करेगा। पितृतुल्य भाई को लिखा—'आज तक तो मेरे पास जो बचा वह मैंने आपको अर्पण किया। अब मेरी आशा आप छोड़ दीजिए। अब जो बचेगा सो यहीं हिंदुस्तानी समाज के हित में खर्च होगा।'

भाई को यह बात मैं शीघ्र ही समझा न सका। पहले तो उन्होंने मुझे कड़े शब्दों में उनके प्रति मेरा धर्म समझाया—'तुम्हें पिताजी से अधिक बुद्धिमान नहीं बनना चाहिए। पिताजी ने जिस प्रकार कुटुंब का पोषण किया, उसी प्रकार तुम्हें भी करना चाहिए आदि।' मैंने उत्तर में विनयपूर्वक लिखा कि मैं पिता का ही काम कर रहा हूँ। कुटुंब शब्द का थोड़ा विशाल अर्थ किया जाए, तो मेरा निश्चय आपकी समझ में आ सकेगा।

भाई ने मेरी आशा छोड़ दी। एक प्रकार से बोलना ही बंद कर दिया। इससे मुझे दुःख हुआ। पर जिसे मैं अपना धर्म मानता था, उसे छोड़ने से कहीं अधिक दुःख होता था। मैंने कम दुःख सहन कर लिया। फिर भी भाई के प्रति मेरी भक्ति निर्मल और प्रचंड बनी रही। भाई का दुःख उनके प्रेम में से उत्पन्न हुआ था। उन्हें मेरे पैसों से अधिक आवश्यकता मेरे सद्व्यवहार की थी।

अपने अंतिम दिनों में भाई पिघले। मृत्युशय्या पर पड़े-पड़े उन्हें प्रतीति हुई कि मेरा आचरण ही सच्चा और धर्मपूर्ण था। उनका अत्यंत करुणाजनक पत्र मिला। यदि पिता पुत्र से क्षमा माँग सकता है, तो उन्होंने मुझसे क्षमा माँगी। उन्होंने लिखा कि मैं उनके लड़कों का पालन-पोषण अपनी रीति-नीति के अनुसार करूँ। स्वयं मुझसे मिलने के लिए वे अधीर हो गए। मुझे तार दिया। मैंने तार से ही जवाब दिया—'आ जाइए।' पर हमारा मिलन बदा न था।

उनकी अपने पुत्रों संबंधी इच्छा भी पूरी नहीं हुई। भाई ने देश में ही देह छोड़ी। लड़कों पर उनके पूर्व-जीवन का प्रभाव पड़ चुका था। उनमें कोई परिवर्तन नहीं हुआ। मैं उन्हें अपने पास खींच न सका। इसमें उनका कोई दोष नहीं था। स्वभाव

को कौन बदल सकता है? बलवान संस्कारों को कौन मिटा सकता है? हमारी यह धारणा मिथ्या है कि जिस तरह हममें परिवर्तन होता है या हमारा विकास होता है, उसी तरह हमारे आश्रितों अथवा साथियों में भी होना चाहिए।

माता-पिता बनने वालों की जिम्मेदारी कितनी भयंकर है, इसका कुछ अनुभव इस दृष्टांत से हो सकता है।

6. निरामिषाहार के लिए बलिदान

मेरे जीवन में जैसे-जैसे त्याग और सादगी बढ़ी और धर्म-जागृति का विकास हुआ, वैसे-वैसे निरामिषाहार का और उसके प्रचार का मेरा शौक बढ़ता गया। प्रचार-कार्य की एक ही रीति मैंने जानी है। वह है—आचार की, और आचार के साथ जिज्ञासुओं से वार्तालाप की।

जोहानिसबर्ग में एक निरामिषाहारी गृह था। एक जर्मन, जो कूने की जल-चिकित्सा में विश्वास रखता था, उसे चलाता था। मैंने वहाँ जाना शुरू किया और जितने अंग्रेज़ मित्रों को वहाँ ले जा सकता था उतनों को उसके यहाँ ले जाता था। पर मैंने देखा कि यह भोजनालय लंबे समय तक चल नहीं सकता। उसे पैसे की तंगी तो बनी ही रहती थी। मुझे जितनी उचित मालूम हुई उतनी मैंने उसकी मदद की। कुछ पैसे खोए भी। आखिर वह बंद हो गया। थियोसॉफिस्टों में अधिकतर निरामिषाहारी होते हैं; कुछ पूरे, कुछ अधूरे। इस मंडल में एक साहसी महिला भी थी। उसने बड़े पैमाने पर एक निरामिषाहारी भोजनालय खोला। यह महिला कला की शौकीन थी। वह खुले हाथों खर्च करती थी और हिसाब-किताब का उसे बहुत ज्ञान नहीं था। उसकी काफी बड़ी मित्र-मंडली थी। पहले तो उसका काम छोटे पैमाने पर शुरू हुआ, पर उसने उसे बढ़ाने और बड़ी जगह लेने का निश्चय किया। इसमें उसने मेरी मदद माँगी। उस समय मुझे उसके हिसाब आदि की कोई जानकारी नहीं थी। मैंने यह मान लिया था कि उसका अंदाज ठीक ही होगा। मेरे पास पैसे की सुविधा थी। कई मुवक्किलों के रुपये मेरे पास जमा रहते थे। उनमें से एक से पूछकर उसकी रकम में से लगभग एक हजार पाउंड उस महिला को मैंने

दे दिए। यह मुवक्किल विशाल हृदय का और विश्वासी था। वह पहले गिरमिट में आया था। उसने (हिंदी में) कहा, 'भाई, आपका दिल चाहे तो पैसे दे दो। मैं कुछ ना जानूँ। मैं तो आप ही को जानता हूँ।' उसका नाम बदरी था। उसने सत्याग्रह में बहुत बड़ा हिस्सा लिया था। वह जेल भी भुगत आया था। इतनी सम्मति के सहारे मैंने उसके पैसे उधार दे दिए। दो-तीन महीनों में ही मुझे पता चल गया कि यह रकम वापस नहीं मिलेगी। इतनी बड़ी रकम खो देने की शक्ति मुझमें नहीं थी। मेरे पास इस बड़ी रकम का दूसरा उपयोग था। रकम वापस मिली ही नहीं। पर विश्वासी बदरी की रकम डूब कैसे सकती थी? वह तो मुझी को जानता था? यह रकम मैंने भर दी।

एक मुवक्किल मित्र से मैंने अपने इस लेन-देन की चर्चा की। उन्होंने मुझे मीठा उलाहना देते हुए जाग्रत् किया—'भाई, (दक्षिण अफ्रीका में मैं 'महात्मा' नहीं बना था, 'बापू' भी नहीं हुआ था। मुवक्किल मित्र मुझे 'भाई' कहकर ही पुकारते थे।) यह आपका काम नहीं है। हम तो आपके विश्वास पर चलने वाले हैं। यह पैसा आपको वापस नहीं मिलेगा। बदरी को तो आप बचा लेंगे और अपना पैसा खोएँगे। पर इस तरह सुधार के कामों में सब मुवक्किलों के पैसे देने लगेंगे, तो मुवक्किल मर जाएँगे और आप भिखमंगे बनकर घर बैठेंगे। इससे आपके सार्वजनिक काम को क्षति पहुँचेगी।'

सौभाग्य से ये मित्र अभी जीवित हैं। दक्षिण अफ्रीका में और दूसरी जगह उनसे अधिक शुद्ध मनुष्य मैंने नहीं देखा। किसी के प्रति उनके मन में शंका उत्पन्न हो और उन्हें जान पड़े कि वह शंका खोटी है, तो तुरंत उससे क्षमा माँगकर वे अपनी आत्मा को साफ कर लेते हैं। मुझे इस मुवक्किल की चेतावनी सच मालूम हुई। बदरी की रकम तो मैं चुका सका। पर दूसरे हजार पाउंड यदि उन्हीं दिनों मैंने खो दिए होते, तो उन्हें चुकाने की शक्ति मुझमें बिलकुल नहीं थी। उसके लिए मुझे कर्ज ही लेना पड़ता। यह धंधा तो मैंने अपनी ज़िंदगी में कभी नहीं किया और इसके लिए मेरे मन में हमेशा ही बड़ी अरुचि रही है। मैंने अनुभव किया कि सुधार करने के लिए भी अपनी शक्ति के बाहर जाना उचित नहीं था। मैंने यह भी अनुभव किया कि इस प्रकार पैसे उधार देने में मैंने गीता के तटस्थ निष्काम कर्म के मुख्य पाठ का अनादर किया था। यह भूल मेरे लिए दीपस्तंभ सी बन गई।

निरामिषाहार के प्रचार के लिए ऐसा बलिदान करने की मुझे कोई कल्पना न थी। मेरे लिए वह जबरदस्ती का पुण्य बन गया।

7. मिट्टी और पानी के प्रयोग

जैसे-जैसे मेरे जीवन में सादगी बढ़ती गई, वैसे-वैसे रोगों के लिए दवा लेने की मेरी अरुचि, जो पहले से ही थी, बढ़ती गई। जब मैं डरबन में वकालत करता था तब डॉ. प्राणजीवनदास मेहता मुझे अपने साथ ले जाने के लिए आए थे। उस समय मुझे कमजोरी रहती थी और कभी-कभी सूजन भी हो आती थी। उन्होंने इसका उपचार किया था और मुझे आराम हो गया था। इसके बाद देश में वापस आने तक मुझे कोई उल्लेख करने जैसी बीमारी हुई हो, ऐसा याद नहीं आता।

पर जोहानिसबर्ग में मुझे कब्ज रहता था और कभी-कभी सिर भी दुखा करता था। कोई दस्तावर दवा लेकर मैं स्वास्थ्य को सँभाले रहता था। खाने-पीने में पथ्य का ध्यान तो हमेशा रखता ही था, पर उससे मैं पूरी तरह व्याधिमुक्त नहीं हुआ। मन में यह खयाल बना ही रहता कि दस्तावर दवाओं से भी छुटकारा मिले तो अच्छा हो।

इन्हीं दिनों मैंने मैनचेस्टर में 'नो ब्रेकफास्ट एसोसिएशन' की स्थापना का समाचार पढ़ा। इसमें दलील यह थी कि अंग्रेज़ बहुत बार और बहुत खाते हैं, रात बारह बजे तक खाते रहते हैं और फिर डॉक्टरों के घर खोजते फिरते हैं। इस उपाधि से छूटना हो तो सबेरे का नाश्ता छोड़ देना चाहिए। मुझे लगा कि यद्यपि यह दलील मुझ पर पूरी तरह घटित नहीं होती, फिर भी कुछ अंशों में लागू होती है। मैं तीन बार पेट भरकर खाता था और दोपहर को चाय भी पीता था। मैं कभी अल्पाहारी नहीं रहा। निरामिषाहार में मसालों के बिना जितने भी स्वाद लिए जा सकते थे, मैं लेता था। छह-सात बजे से पहले शायद ही उठता था। अतएव मैंने सोचा कि यदि मैं सुबह का नाश्ता छोड़ दूँ, तो सिर के दर्द से अवश्य ही छुटकारा पा सकूँगा। मैंने सुबह का नाश्ता छोड़ दिया। कुछ दिनों तक अखरा तो सही, पर सिर का दर्द बिलकुल मिट गया। इससे मैंने यह नतीजा निकाला कि मेरा आहार आवश्यकता से अधिक था।

पर इस परिवर्तन से कब्ज की शिकायत दूर न हुई। कूने के कटिस्नान का उपचार करने से थोड़ा आराम हुआ। पर अपेक्षित परिवर्तन तो नहीं ही हुआ। इस बीच उसी जर्मन होटलवाले ने या दूसरे किसी मित्र ने मुझे जुस्ट की *रिटर्न टु नेचर* (प्रकृति की ओर लौटो) नामक पुस्तक दी। उसमें मैंने मिट्टी के उपचार के बारे में पढ़ा। सूखे और हरे फल ही मनुष्य का प्राकृतिक आहार हैं, इस बात

का भी इस लेखक ने बहुत समर्थन किया है। इस बार मैंने केवल फलाहार का प्रयोग तो शुरू नहीं किया, पर मिट्टी का उपचार तुरंत शुरू कर दिया। मुझ पर उसका आश्चर्यजनक प्रभाव पड़ा। उपचार इस प्रकार था—खेती की साफ लाल या काली मिट्टी लेकर उसमें प्रमाण से पानी डालकर साफ, पतले, गीले कपड़े में उसे लपेटा और पेट पर रखकर उस पर पट्टी बाँध दी। यह पुलटिस रात को सोते समय बाँधता था और सबेरे अथवा रात में जब जाग जाता तब उसे खोल दिया करता था। इससे मेरा कब्ज जाता रहा। उसके बाद मिट्टी के ये उपचार मैंने अपने पर और अपने अनेक साथियों पर किए और मुझे याद है कि वे शायद ही किसी पर निष्फल रहे हों।

देश में आने के बाद मैं ऐसे उपचारों के विषय में आत्म-विश्वास खो बैठा हूँ। मुझे प्रयोग करने का, एक जगह स्थिर होकर बैठने का, अवसर भी नहीं मिल सका। फिर भी मिट्टी और पानी के उपचारों के बारे में मेरी श्रद्धा बहुत कुछ वैसी ही है जैसी आरंभ में थी। आज भी मैं मर्यादा के अंदर रहकर मिट्टी का उपचार स्वयं अपने ऊपर तो करता ही हूँ और प्रसंग पड़ने पर अपने साथियों को भी उसकी सलाह देता हूँ। जीवन में दो गंभीर बीमारियाँ मैं भोग चुका हूँ, फिर भी मेरा यह विश्वास है कि मनुष्य को दवा लेने की शायद ही आवश्यकता रहती है। पथ्य तथा पानी, मिट्टी इत्यादि के घरेलू उपचारों से एक हजार में से 999 रोगी स्वस्थ हो सकते हैं। क्षण-क्षण में वैद्य, हकीम और डॉक्टर के घर दौड़ने से और शरीर में अनेक प्रकार के पाक और रसायन ठूसने से मनुष्य न सिर्फ अपने जीवन को छोटा कर लेता है, बल्कि अपने मन पर काबू भी खो बैठता है। फलतः वह मनुष्यत्व गँवा देता है और शरीर का स्वामी रहने के बदले उसका गुलाम बन जाता है।

मैं यह बीमारी के बिछौने पर पड़ा-पड़ा लिख रहा हूँ, इस कारण कोई इन विचारों की अवगणना न करे। मैं अपनी बीमारी के कारण जानता हूँ। मुझे इस बात का पूरा-पूरा ज्ञान और भान है कि अपने ही दोषों के कारण मैं बीमार पड़ा हूँ और इस भान के कारण ही मैंने धीरज नहीं छोड़ा है। इस बीमारी को मैंने ईश्वर का अनुग्रह माना है और अनेक दवाओं के सेवन के लालच से मैं दूर रहा हूँ। मैं यह भी जानता हूँ कि अपने हठ से मैं डॉक्टर मित्रों को परेशान कर देता हूँ, पर वे उदार भाव से मेरे हठ को सह लेते हैं और मेरा त्याग नहीं करते।

पर मुझे इस समय की अपनी स्थिति के वर्णन को अधिक बढ़ाना न चाहिए, इसलिए हम सन् 05-1904 के समय की तरफ लौट आवें।

पर आगे बढ़कर उसका विचार करने से पहले पाठकों को थोड़ा सावधान करने की आवश्यकता है। यह लेख पढ़कर जो जुस्ट की पुस्तक खरीदें, वे उसकी हर बात को वेदवाक्य न समझें। सभी रचनाओं में प्रायः लेखक की एकांगी दृष्टि रहती है। किंतु प्रत्येक वस्तु को कम से कम सात दृष्टियों से देखा जा सकता है और उस-उस दृष्टि से वह वस्तु सच होती है। पर सब दृष्टियाँ एक ही समय और एक ही अवसर पर कभी सच नहीं होतीं। साथ ही, कई पुस्तकों में बिक्री के और नाम के लालच का दोष भी होता है। अतएव जो कोई उक्त पुस्तक पढ़ें, वे उसे विवेकपूर्वक पढ़ें और कुछ प्रयोग करने हों तो किसी अनुभवी की सलाह लेकर करें, अथवा धैर्यपूर्वक ऐसी वस्तु का थोड़ा अभ्यास करके प्रयोग आरंभ करें।

8. एक सावधानी

प्रवाह-पतित कथा के प्रसंग को अभी मुझे अगले प्रकरण तक टालना पड़ेगा।

पिछले प्रकरण में मिट्टी के प्रयोगों के विषय में मैं जो कुछ लिख चुका हूँ, उसके जैसा मेरा आहार-विषयक प्रयोग भी था। अतएव इस संबंध में भी इस समय यहाँ थोड़ा लिख डालना में उचित समझता हूँ। दूसरी कुछ बातें प्रसंगानुसार आगे आवेंगी।

आहार-विषयक मेरे प्रयोगों और तत्सम्बन्धी विचारों का विस्तार इस प्रकरण में नहीं किया जा सकता। इस विषय में मैंने *आरोग्य-विषयक सामान्य ज्ञान*[12] नामक जो पुस्तक दक्षिण अफ्रीका में 'इंडियन ओपीनियन' के लिए लिखी थी, उसमें विस्तारपूर्वक लिखा है। मेरी छोटी-छोटी पुस्तकों में यह पुस्तक पश्चिम में और यहाँ भी सबसे अधिक प्रसिद्ध हुई है। मैं आज तक इसका कारण समझ नहीं सका हूँ। यह पुस्तक केवल 'इंडियन ओपीनियन' के पाठकों के लिए लिखी गई थी। पर उसके आधार पर अनेक भाई-बहनों ने अपने जीवन में फेरफार किए हैं और मेरे साथ पत्र-व्यवहार भी किया है। इसलिए इस विषय में यहाँ कुछ लिखना आवश्यक हो गया है। क्योंकि यद्यपि उसमें लिखे हुए अपने विचारों में फेरफार करने की आवश्यकता मुझे प्रतीत नहीं हुई, तथापि अपने आचार में मैंने

जो महत्त्व का फेरफार किया है, उसे इस पुस्तक के सब पाठक नहीं जानते। यह आवश्यक है कि वे उस फेरफार को तुरंत जान लें।

इस पुस्तक के लिखने में—अन्य पुस्तकों की भाँति ही—केवल धर्म-भावना काम कर रही थी और वही आज भी मेरे प्रत्येक काम में वर्तमान है। इसलिए उसमें बताए हुए कई विचारों पर मैं आज अमल नहीं कर पाता हूँ, इसका मुझे खेद है, इसकी मुझे शर्म आती है।

मेरा दृढ़ विश्वास है कि मनुष्य बालक के रूप में माता का जो दूध पीता है, उसके सिवा उसे दूसरे दूध की आवश्यकता नहीं है। हरे और सूखे वनपक्व फलों के अतिरिक्त मनुष्य का और कोई आहार नहीं है। बादाम आदि बीजों में से और अंगूर आदि फलों में से उसे शरीर और बुद्धि के लिए आवश्यक पूरा पोषण मिल जाता है। जो ऐसे आहार पर रह सकता है, उसके लिए ब्रह्मचर्यादि आत्म-संयम बहुत सरल हो जाता है। जैसा आहार वैसी डकार, मनुष्य जैसा खाता है वैसा बनता है, इस कहावत में बहुत सार है। उसे मैंने और मेरे साथियों ने अनुभव किया है।

इन विचारों का विस्तृत समर्थन मेरी आरोग्य-संबंधी पुस्तक में है।

पर हिंदुस्तान में अपने प्रयोगों को संपूर्णता तक पहुँचाना मेरे भाग्य में बदा न था। खेड़ा जिले में सिपाहियों की भरती का काम करते-करते मैं अपनी भूल से मृत्युशय्या पर पड़ा। दूध के बिना जीने के लिए मैंने बहुत हाथ-पैर मारे। जिन वैद्यों, डॉक्टरों और रसायनशास्त्रियों को मैं जानता था, उनकी मदद माँगी। किसी ने मूँग के पानी, किसी ने महुए के तेल और किसी ने बादाम के दूध का सुझाव दिया। इन सब चीजों के प्रयोग करते-करते मैंने शरीर को निचोड़ डाला, पर उससे मैं बिछौना छोड़कर उठ न सका।

वैद्यों ने मुझे चरक इत्यादि के श्लोक सुनाकर समझाया कि रोग दूर करने के लिए खाद्याखाद्य की बाधा नहीं होती और मांसादि भी खाए जा सकते हैं। ये वैद्य दुग्धत्याग पर दृढ़ रहने में मेरी सहायता कर सकें, ऐसी स्थिति न थी। तब जहाँ 'बीफ-टी' (गोमांस की चाय) और 'ब्रांडी' की गुंजाइश हो, वहाँ से तो दूध के त्याग में सहायता मिल ही कैसे सकती थी? गाय-भैंस का दूध तो मैं ले ही नहीं सकता था। यह मेरा व्रत था। व्रत का हेतु तो दूधमात्र का त्याग था। पर व्रत लेते समय मेरे सामने गोमाता और भैंसमाता ही थी, इस कारण से तथा जीने की आशा से मैंने मन को जैसे-तैसे फुसला लिया। मैंने व्रत के अक्षर का पालन किया

और बकरी का दूध लेने का निश्चय किया। बकरी माता का दूध लेते समय भी मैंने यह अनुभव किया कि मेरे व्रत की आत्मा का हनन हुआ है।

पर मुझे 'रौलेट एक्ट' के विरुद्ध जूझना था। यह मोह मुझे छोड़ नहीं रहा था। इससे जीने की इच्छा बढ़ी और जिसे मैं अपने जीवन का महान् प्रयोग मानता हूँ, उसकी गति रुक गई।

खान-पान के साथ आत्मा का संबंध नहीं है। वह न खाती है, न पीती है। जो पेट में जाता है वह नहीं, बल्कि जो वचन अंदर से निकलते हैं, वे हानि-लाभ पहुँचाने वाले होते हैं—इत्यादि दलीलों से मैं परिचित हूँ। इनमें तथ्यांश है। पर बिना दलील किए मैं यहाँ अपना यह दृढ़ निश्चय ही प्रकट किए देता हूँ कि जो मनुष्य ईश्वर से डरकर चलना चाहता है, जो ईश्वर के प्रत्यक्ष दर्शन करने की इच्छा रखता है, ऐसे साधक और मुमुक्षु के लिए अपने आहार का चुनाव—त्याग और स्वीकार—उतना ही आवश्यक है, जितना कि विचार और वाणी का चुनाव—त्याग और स्वीकार—आवश्यक है।

पर जिस विषय में मैं स्वयं गिरा हूँ, उसके बारे में मैं केवल दूसरों को अपने सहारे चलने की सलाह नहीं दूँगा, बल्कि उन्हें वैसा करने से रोकूँगा। अतएव आरोग्य-विषयक मेरी पुस्तक के सहारे प्रयोग करने वाले सब भाई-बहनों को मैं सावधान करना चाहता हूँ। दूध का त्याग पूरी तरह लाभप्रद प्रतीत हो अथवा अनुभवी वैद्य-डॉक्टर उसे छोड़ने की सलाह दें, तभी वे उसको छोड़ें। सिर्फ मेरी पुस्तक के भरोसे वे दूध का त्याग न करें। यहाँ का मेरा अनुभव अब तक तो मुझे यही बतलाता है कि जिसकी जठराग्नि मंद हो गई है और जिसने बिछौना पकड़ लिया है, उसके लिए दूध जैसी दूसरी हलकी और पोषक खुराक है ही नहीं। अतएव उक्त पुस्तक के पाठकों से मेरी विनती और सिफारिश है कि उसमें दूध की जो मर्यादा सूचित की गई है, उस पर चलने की वे जिद न करें।

इस प्रकरण को पढ़नेवाले कोई वैद्य, डॉक्टर, हकीम या दूसरे अनुभवी दूध के बदले में किसी उतनी ही पोषक किंतु सुपाच्य वनस्पति को अपने अध्ययन के आधार पर नहीं, बल्कि अनुभव के आधार पर जानते हों, तो उसकी जानकारी देकर मुझे उपकृत करें।

9. बलवान से भिड़ंत

अब एशियाई अधिकारियों की ओर लौटें।

एशियाई अधिकारियों का बड़े से बड़ा थाना जोहानिसबर्ग में था। मैं यह देख रहा था कि उस थाने में हिंदुस्तानी, चीनी आदि लोगों का रक्षण नहीं, बल्कि भक्षण होता था। मेरे पास रोज शिकायतें आतीं—'हकदार दाखिल नहीं हो सकते और बिना हकवाले सौ-सौ पाउंड देकर चले आ रहे हैं। इसका इलाज आप नहीं करेंगे तो और कौन करेगा?' मेरी भी यही भावना थी। यदि यह सड़ायँध दूर न हो, तो मेरा ट्रांसवाल में बसना व्यर्थ माना जाएगा।

मैं प्रमाण जुटाने लगा। जब मेरे पास प्रमाणों का अच्छा-सा संग्रह हो गया, तो मैं पुलिस-कमिश्नर के पास पहुँचा। मुझे लगा कि उसमें दया और न्याय की वृत्ति है। मेरी बात को बिलकुल अनसुनी करने के बदले उसने मुझे धीरज से सुना और प्रमाण उपस्थित करने को कहा। गवाहों के बयान उसने स्वयं ही लिए। उसे विश्वास हो गया। पर जिस तरह मैं जानता था उसी तरह वह भी जानता था कि दक्षिण अफ्रीका में गोरे पंचों द्वारा गोरे अपराधियों को दंड दिलाना कठिन है। उसने कहा, 'फिर भी हम प्रयत्न तो करें ही। ऐसे अपराधी ज्यू द्वारा छोड़ दिए जाएँगे, इस डर से उन्हें न पकड़वाना भी उचित नहीं है। इसलिए मैं तो उन्हें पकड़वाऊँगा। आपको मैं इतना विश्वास दिलाता हूँ कि अपनी मेहनत में मैं कोई कसर नहीं रखूँगा।'

मुझे तो विश्वास था ही। दूसरे अधिकारियों पर भी मुझे संदेह तो था, पर उनके विरुद्ध मेरे पास कमज़ोर प्रमाण था। दो के बारे में कोई संदेह नहीं था। अतएव दो के नाम वारंट निकले।

मेरा आना-जाना छिपा रह ही नहीं सकता था। कई लोग देखते थे कि मैं प्रायः प्रतिदिन पुलिस-कमिश्नर के यहाँ जाता हूँ। इन दो अधिकारियों के छोटे-बड़े जासूस तो थे ही। वे मेरे दफ्तर पर निगरानी रखते और मेरे आने-जाने की खबरें उन अधिकारियों को पहुँचाते थे। यहाँ मुझे यह कहना चाहिए कि उक्त अधिकारियों का अत्याचार इतना ज़्यादा था कि उन्हें ज़्यादा जासूस नहीं मिलते थे। यदि हिंदुस्तानियों और चीनियों की मुझे मदद न होती, तो ये अधिकारी पकड़े ही न जाते।

इन दो में से एक अधिकारी भागा। पुलिस-कमिश्नर ने बाहर का वारंट निकालकर उसे वापस पकड़वा मँगाया। मुकदमा चला। प्रमाण भी मजबूत थे और एक के तो भागने का प्रमाण भी ज्यू के पास पहुँच सका था। फिर भी दोनों छूट गए!

मुझे बड़ी निराशा हुई। पुलिस-कमिश्नर को दुःख हुआ। वकालत से मुझे अरुचि हो गई। बुद्धि का उपयोग अपराध को छिपाने में होता देखकर मुझे बुद्धि ही अप्रिय लगने लगी।

दोनों अधिकारियों का अपराध इतना प्रसिद्ध हो गया था कि उनके छूट जाने पर भी सरकार उन्हें रख नहीं सकी। दोनों बरखास्त हो गए और एशियाई विभाग कुछ साफ हुआ। अब हिंदुस्तानियों को धीरज बँधा और उनकी हिम्मत भी बढ़ी।

इससे मेरी प्रतिष्ठा बढ़ गई। मेरे धंधे में भी वृद्धि हुई। हिंदुस्तानी समाज के जो सैकड़ों पाउंड हर महीने रिश्वत में जाते थे, उनमें बहुत-कुछ बचत हुई। यह तो नहीं कहा जा सकता कि पूरी रकम बची। बेईमान तो अब भी रिश्वत खाते थे। पर यह कहा जा सकता है कि जो प्रामाणिक थे, वे अपनी प्रामाणिकता की रक्षा कर सकते थे।

मैं कह सकता हूँ कि इन अधिकारियों के इतने अधम होने पर भी उनके विरुद्ध व्यक्तिगत रूप से मेरे मन में कुछ भी न था। मेरे इस स्वभाव को वे जानते थे। और जब उनकी कंगाल हालत में मुझे मदद करने का मौका मिला, तो मैंने उनकी मदद भी की थी। यदि मेरा विरोध न हो तो उन्हें जोहानिसबर्ग की म्युनिसिपैलिटी में नौकरी मिल सकती थी। उनका एक मित्र मुझे मिला और मैंने उन्हें नौकरी दिलाने में मदद करना मंजूर कर लिया। उन्हें नौकरी मिल भी गई।

मेरे इस कार्य का यह प्रभाव पड़ा कि मैं जिन गोरों के संपर्क में आया, वे मेरी तरफ से निर्भय रहने लगे, और यद्यपि उनके विभागों के विरुद्ध मुझे लड़ना पड़ता था, तीखे शब्द कहने पड़ते थे, फिर भी वे मेरे साथ मीठा संबंध रखते थे। इस प्रकार का बरताव मेरा एक स्वभाव ही था, इसे मैं उस समय ठीक से जानता न था। यह तो मैं बाद में समझने लगा कि ऐसे बरताव में सत्याग्रह की जड़ मौजूद है और यह अहिंसा का एक विशेष अंग है।

मनुष्य और उसका काम ये दो भिन्न वस्तुएँ हैं। अच्छे काम के प्रति आदर और बुरे के प्रति तिरस्कार होना ही चाहिए। भले-बुरे काम करने वालों के प्रति सदा आदर अथवा दया रहनी चाहिए। यह चीज समझने में सरल है, पर इसके

अनुसार आचरण कम-से-कम होता है। इसी कारण इस संसार में विष फैलता रहता है।

सत्य की शोध के मूल में ऐसी अहिंसा है। मैं प्रतिक्षण यह अनुभव करता रहता हूँ कि जब तक यह अहिंसा हाथ में नहीं आती, तब तक सत्य मिल ही नहीं सकता। व्यवस्था या पद्धति के विरुद्ध झगड़ना शोभा देता है, पर व्यवस्थापक के विरुद्ध झगड़ा करना तो अपने विरुद्ध झगड़ने के समान है। क्योंकि हम सब एक ही कैंची से रचे गए हैं, एक ही ब्रह्मा की संतान हैं। व्यवस्थापक में अनन्त शक्तियाँ निहित हैं। व्यवस्थापक का अनादर या तिरस्कार करने से उन शक्तियों का अनादर होता है। और वैसा होने पर व्यवस्थापक को और संसार को हानि पहुँचती है।

10. एक पुण्यस्मरण और प्रायश्चित्त

मेरे जीवन में ऐसी घटनाएँ घटती ही रही हैं, जिनके कारण मैं अनेक धर्मावलंबियों के और अनेक जातियों के गाढ़ परिचय में आ सका हूँ। इन सबके अनुभवों के आधार पर यह कहा जा सकता है कि मैंने अपने और पराए, देशी और विदेशी, गोरे और काले, हिंदू और मुसलमान अथवा ईसाई, पारसी या यहूदी के बीच कोई भेद नहीं किया। मैं कह सकता हूँ कि मेरा हृदय ऐसे भेद को पहचान ही न सका। अपने संबंध में मैं इस चीज को गुण नहीं मानता, क्योंकि जिस प्रकार अहिंसा, ब्रह्मचर्य, अपरिग्रह आदि यमों की सिद्धि का प्रयत्न करने का और उस प्रयत्न के अब तक चलने का मुझे पूरा भान है, उसी प्रकार मुझे याद नहीं पड़ता कि ऐसे अभेद को सिद्ध करने का मैंने विशेष प्रयत्न किया हो।

जब मैं डरबन में वकालत करता था, तब अकसर मेरे मुहर्रिर मेरे साथ रहते थे। उनमें हिंदू और ईसाई थे अथवा प्रांत की दृष्टि से कहूँ तो गुजराती और मद्रासी थे। मुझे स्मरण नहीं है कि उनके बारे में मेरे मन में कभी भेदभाव पैदा हुआ हो। मैं उन्हें अपना कुटुंबी मानता था और यदि पत्नी की ओर से इसमें कोई बाधा आती तो मैं उससे लड़ता था। एक मुहर्रिर ईसाई था। उसके माता-पिता पंचम जाति के

थे। हमारे घर की बनावट पश्चिमी ढब की थी। उसमें कमरों के अंदर मोरियाँ नहीं होतीं—मैं मानता हूँ कि होनी भी नहीं चाहिए—इससे हर एक कमरे में मोरी की जगह पेशाब के लिए खास बरतन रखा जाता है। उसे उठाने का काम नौकर का न था, बल्कि हम पति-पत्नी का था। जो मुहर्रिर अपने को घर का-सा मानने लगते, वे तो अपने बरतन खुद उठाते भी थे। यह पंचम कुल में उत्पन्न मुहर्रिर नया था। उसका बरतन हमें ही उठाना चाहिए था। कस्तूरबाई दूसरे बरतन तो उठाती थी, पर इस बरतन को उठाना उसे असह्य लगा। इससे हमारे बीच कलह हुआ। मेरा उठाना उससे सहा न जाता था और खुद उठाना उसे भारी हो गया था। आँखों से मोती की बूँदें टपकाती, हाथ में बरतन उठाती और लाल आँखों से मुझे उलाहना देकर सीढ़ियाँ उतरती हुई कस्तूरबाई का चित्र मैं आज भी खींच सकता हूँ।

पर मैं तो जितना प्रेमी उतना ही क्रूर पति था। मैं अपने को उसका शिक्षक भी मानता था, इस कारण अपने अंधे प्रेम के वश होकर उसे खूब सताता था।

यों उसके सिर्फ बरतन उठाकर ले जाने से मुझे संतोष न हुआ। मुझे संतोष तभी होता जब वह उसे हँसते मुँह ले जाती। इसलिए मैंने दो बातें ऊँची आवाज में कहीं। मैं बड़बड़ा उठा, 'यह कलह मेरे घर में नहीं चलेगा।'

यह वचन कस्तूरबाई को तीर की तरह चुभ गया।

वह भड़क उठी, 'तो अपना घर अपने पास रखो। मैं यह चली।'

मैं उस समय भगवान को भूल बैठा था। मुझमें दया का लेश भी नहीं रह गया था। मैंने उसका हाथ पकड़ा। सीढ़ियों के सामने ही बाहर निकलने का दरवाजा था। मैं उस असहाय अबला को पकड़कर दरवाजे तक खींच ले गया। दरवाजा आधा खोला।

कस्तूरबाई की आँखों से गंगा-यमुना बह रही थीं। वह बोली, 'तुम्हें तो शर्म नहीं है। लेकिन मुझे है। जरा तो शर्माओ। मैं बाहर निकलकर कहाँ जा सकती हूँ? यहाँ मेरे माँ-बाप नहीं हैं कि उनके घर चली जाऊँ। मैं तुम्हारी पत्नी हूँ, इसलिए मुझे तुम्हारी डाँट-फटकार सहनी ही होगी। अब शर्माओ और दरवाजा बंद करो। कोई देखेगा तो दो में से एक की भी शोभा नहीं रहेगी।'

मैंने मुँह तो लाल रखा, पर शर्मिंदा जरूर हुआ। दरवाजा बंद कर दिया। यदि पत्नी मुझे छोड़ नहीं सकती थी, तो मैं भी उसे छोड़कर कहाँ जा सकता था? हमारे बीच झगड़े तो बहुत हुए हैं, पर परिणाम सदा शुभ ही रहा है। पत्नी ने अपनी अद्भुत सहनशक्ति द्वारा विजय प्राप्त की है।

मैं यह वर्णन आज तटस्थ भाव से कर सकता हूँ, क्योंकि यह घटना हमारे बीते युग की है। आज मैं मोहांध पति नहीं हूँ। शिक्षक नहीं हूँ। कस्तूरबाई चाहे तो मुझे धमका सकती है। आज हम परखे हुए मित्र हैं, एक-दूसरे के प्रति निर्विकार बनकर रहते हैं। कस्तूरबाई आज मेरी बीमारी में किसी बदले की इच्छा रखे बिना मेरी चाकरी करने वाली सेविका है।

ऊपर की घटना सन् 1898 की है। उस सयम मैं ब्रह्मचर्य-पालन के विषय में कुछ भी न जानता था। यह वह समय था जब मुझे इसका स्पष्ट भान न था कि पत्नी केवल सहधर्मिणी, सहचारिणी और सुख-दुःख की साथिन है। मैं यह जानता हूँ कि उन दिनों मैं यह मानकर चलता था कि पत्नी विषय-भोग का भाजन है, और पति की कैसी भी आज्ञा क्यों न हो, उसका पालन करने के लिए वह सिरजी गई है।

सन् 1900 से मेरे विचारों में गंभीर परिवर्तन हुआ। उसकी परिणति सन् 1906 में हुई। पर इसकी चर्चा हम यथास्थान करेंगे।

यहाँ तो इतना कहना काफी है कि जैसे-जैसे मैं निर्विकार बनता गया, वैसे-वैसे मेरी गृहस्थी शांत, निर्मल और सुखी होती गई है और आज भी होती जा रही है।

इस पुण्यस्मरण से कोई यह न समझ ले कि हम दोनों आदर्श पति-पत्नी हैं अथवा मेरी पत्नी में कोई दोष ही नहीं है या कि अब तो हमारे आदर्श एक ही हैं। कस्तूरबाई के अपने कोई स्वतंत्र आदर्श हैं या नहीं, सो वह बेचारी खुद भी नहीं जानती होगी। संभव है कि मेरे बहुतेरे आचरण उसे आज भी अच्छे न लगते हों। इसके संबंध में हम कभी चर्चा नहीं करते, करने में कोई सार नहीं। उसे न तो उसके माता-पिता ने शिक्षा दी और न जब समय था तब मैं दे सका। पर उसमें एक गुण बहुत ही बड़ी मात्रा में है, जो दूसरी बहुत सी हिंदू स्त्रियों में न्यूनाधिक मात्रा में रहता है। इच्छा से हो चाहे अनिच्छा से, ज्ञान से हो चाहे अज्ञान से, उसने मेरे पीछे-पीछे चलने में अपने जीवन की सार्थकता समझी है और स्वच्छ जीवन बिताने के मेरे प्रयत्न में मुझे कभी रोका नहीं है। इस कारण यद्यपि हमारी बुद्धि-शक्ति में बहुत अंतर है, फिर भी मैंने अनुभव किया है कि हमारा जीवन संतोषी, सुखी और ऊर्ध्वगामी है।

11. अंग्रेज़ों का प्रगाढ़ परिचय

इस प्रकरण को लिखते समय प्रसंग ऐसा आ गया है, जब मुझे पाठकों को यह बताना चाहिए कि सत्य के प्रयोगों की यह कथा किस प्रकार लिखी जा रही है। यह कथा मैंने लिखनी शुरू की थी, तब मेरे पास कोई योजना तैयार न थी। इन प्रकरणों को मैं अपने सामने कोई पुस्तक, डायरी या दूसरे कागज-पत्र रखकर नहीं लिख रहा हूँ। कहा जा सकता है कि लिखने के दिन अंतर्यामी मुझे जिस तरह रास्ता दिखाता है, उसी तरह मैं लिखता हूँ। मैं निश्चयपूर्वक नहीं जानता कि जो क्रिया मेरे अंतर में चलती है, उसे अंतर्यामी की क्रिया कहा जा सकता है या नहीं। लेकिन कई वर्षों से मैंने जिस प्रकार अपने बड़े से बड़े माने गए और छोटे से छोटे गिने जा सकनेवाले कार्य किए हैं, उसकी छानबीन करते हुए मुझे यह कहना अनुचित नहीं प्रतीत होता कि वे अंतर्यामी की प्रेरणा से हुए हैं।

अंतर्यामी को मैंने देखा नहीं, जाना नहीं। संसार की ईश्वर-विषयक श्रद्धा को मैंने अपनी श्रद्धा बना लिया है। यह श्रद्धा किसी प्रकार मिटाई नहीं जा सकती। इसलिए श्रद्धा के रूप में पहचानना छोड़कर मैं उसे अनुभव के रूप में पहचानता हूँ। फिर भी इस प्रकार अनुभव के रूप में उसका परिचय देना भी सत्य पर एक प्रकार का प्रहार करना है। इसलिए कदाचित् यह कहना ही अधिक उचित होगा कि शुद्ध रूप में उसका परिचय करानेवाला शब्द मेरे पास नहीं है।

मेरी यह मान्यता है कि उस अदृष्ट अंतर्यामी के वशीभूत होकर मैं यह कथा लिख रहा हूँ।

जब मैंने पिछला प्रकरण लिखना शुरू किया, तो उसे शीर्षक' अंग्रेज़ों के परिचय' दिया था। पर प्रकरण लिखते समय मैंने देखा कि इन परिचयों का वर्णन करने से पहले जो पुण्यस्मरण मैंने लिखा, उसे लिखना आवश्यक था। अतएव वह प्रकरण मैंने लिखा और लिख चुकने के बाद पहले का शीर्षक बदलना पड़ा।

अब इस प्रकरण को लिखते समय एक नया धर्म-संकट उत्पन्न हो गया है। अंग्रेज़ों का परिचय देते हुए क्या कहना और क्या न कहना, यह महत्त्व का प्रश्न बन गया है। जो प्रस्तुत है वह न कहा जाए, तो सत्य को लांछन लगेगा। पर जहाँ इस कथा का लिखना ही कदाचित् प्रस्तुत न हो, वहाँ प्रस्तुत-अप्रस्तुत के बीच के झगड़े का एकाएक फैसला करना कठिन हो जाता है।

इतिहास के रूप में आत्मकथा मात्र की अपूर्णता और उसकी कठिनाइयों के बारे में पहले मैंने जो पढ़ा था, उसका अर्थ आज मैं अधिक समझता हूँ। मैं यह जानता हूँ कि सत्य के प्रयोगों की इस आत्मकथा में जितना मुझे याद है उतना सब मैं हरगिज नहीं दे रहा हूँ। कौन जानता है कि सत्य का दर्शन कराने के लिए मुझे कितना देना चाहिए अथवा न्याय-मंदिर में एकांगी और अधूरे प्रमाणों की क्या कीमत कूती जाएगी? लिखे हुए प्रकरणों पर कोई फुरसतवाला आदमी मुझसे जिरह करने बैठे, तो वह इन प्रकरणों पर कितना अधिक प्रकाश डालेगा? और यदि वह आलोचक की दृष्टि से इनकी छानबीन करे, तो कैसी-कैसी 'पोलें' प्रकट करके दुनिया को हँसावेगा और स्वयं फूलकर कुप्पा बनेगा?

इस तरह सोचने पर क्षण भर के लिए मन में यही विचार आता है कि क्या इन प्रकरणों का लिखना बंद कर देना ही अधिक उचित न होगा? किंतु जब तक आरंभ किया हुआ काम स्पष्ट रूप से अनीतिमय प्रतीत न हो तब तक उसे बंद न किया जाए, इस न्याय से मैं इस निर्णय पर पहुँचा हूँ कि अंतर्यामी रोकता नहीं उस समय तक ये प्रकरण मुझे लिखते रहना चाहिए।

यह कथा टीकाकारों को संतुष्ट करने के लिए नहीं लिखी जा रही है। सत्य के प्रयोगों में यह भी एक प्रयोग ही है। साथ ही, लिखने के पीछे यह दृष्टि तो है ही कि इससे साथियों को कुछ आश्वासन मिलेगा। इसका आरंभ ही उनके संतोष के लिए किया गया है। यदि स्वामी आनंद और जयरामदास मेरे पीछे न पड़ जाते, तो कदाचित् यह कथा आरंभ ही न होती। अतएव इसके लिखने में यदि कोई दोष हो रहा हो तो उसमें वे हिस्सेदार हैं।

अब मैं शीर्षक के विषय पर आता हूँ। जिस प्रकार मैंने हिंदुस्तानी मुहर्रिरों और दूसरों को घर में अपने कुटुंबियों की तरह रखा था, उसी प्रकार मैं अंग्रेज़ों को भी रखने लगा। मेरा यह व्यवहार मेरे साथ रहने वाले सब लोगों के अनुकूल न था। पर मैंने उन्हें हठपूर्वक अपने घर रखा था। कह नहीं सकता कि सबको रखने में मैंने हमेशा बुद्धिमानी ही की थी। कुछ संबंधों के कड़वे अनुभव भी प्राप्त हुए थे। किंतु ऐसे अनुभव तो देशी-विदेशी दोनों के संबंध में हुए। कड़वे अनुभवों के लिए मुझे पश्चात्ताप नहीं हुआ। कड़वे अनुभवों के होते हुए और यह जानते हुए भी कि मित्रों को असुविधा होती है और कष्ट उठाना पड़ता है, मैंने अपनी आदत नहीं बदली और मित्रों ने उसे उदारतापूर्वक सहन किया है। नए-नए मनुष्यों के साथ के संबंध जब मित्रों के लिए दुःखद सिद्ध हुए हैं, तब उनका दोष उन्हें दिखाने

में मैं हिचकिचाया नहीं हूँ। मेरी अपनी यह मान्यता है कि आस्तिक मनुष्यों में, जो अपने में विद्यमान ईश्वर को सबमें देखा चाहते हैं, सबके साथ अलिप्त होकर रहने की शक्ति आनी चाहिए। और ऐसी शक्ति तभी विकसित की जा सकती है, जब जहाँ-जहाँ अनखोजे अवसर आवें वहाँ-वहाँ उनसे दूर न भागकर नए-नए संपर्क स्थापित किए जाएँ और वैसा करते हुए भी राग-द्वेष से दूर रहा जाए।

इसलिए जब बोअर-ब्रिटिश युद्ध शुरू हुआ, तब अपना घर भरा होते हुए भी मैंने जोहानिसबर्ग से आए हुए दो अंग्रेज़ों को अपने यहाँ टिका लिया। दोनों थियोसॉफिस्ट थे। उनमें से एक का नाम किचन था। इनकी चर्चा हमें आगे भी करनी होगी। इन मित्रों के सहवास ने भी धर्मपत्नी को रुलाया ही था। मेरे कारण उसके हिस्से में रोने के अनेक अवसर आए हैं। बिना किसी परदे के इतने निकट संबंध में अंग्रेज़ों को घर में रखने का यह मेरा पहला अनुभव था। इंग्लैंड में मैं उनके घरों में अवश्य रहा था। पर उस समय मैं उनकी रहन-सहन की मर्यादा में रहा था और वह रहना लगभग होटल में रहने जैसा था। यहाँ बात उससे उलटी थी। ये मित्र कुटुंब के व्यक्ति बन गए थे। उन्होंने बहुत-कुछ भारतीय रहन-सहन का अनुसरण किया था। यद्यपि घर के अंदर बाहर का साज-सामान अंग्रेज़ी ढंग का था, तथापि अंदर की रहन-सहन और खान-पान आदि मुख्यतः भारतीय थे। मुझे याद है कि इन मित्रों को रखने में कई कठिनाइयाँ खड़ी हुई थीं, लेकिन मैं ये अवश्य कह सकता हूँ कि दोनों व्यक्ति घर के दूसरे लोगों के साथ पूरी तरह हिल-मिल गए थे। जोहानिसबर्ग में ये संबंध डरबन से भी अधिक आगे बढ़े।

12. अंग्रेज़ों से परिचय

एक बार जोहानिसबर्ग में मेरे पास चार हिंदुस्तानी कारकुन हो गए थे। मैं नहीं कह सकता कि उन्हें कारकुन मानूँ या बेटे। किंतु इससे मेरा काम न चला। टाइपिंग के बिना मेरा काम चल ही नहीं सकता था। टाइपिंग का जो थोड़ा-सा ज्ञान था, सो मुझे ही था। इन चार नौजवानों में से दो को मैंने टाइपिंग सिखाया, किंतु अंग्रेज़ी का ज्ञान कम होने से उनका टाइपिंग कभी अच्छा न हो सका। फिर, उन्हीं में से मुझे

हिसाबनवीस भी तैयार करने थे। नेटाल से अपनी इच्छानुसार मैं किसी को बुला न सकता था, क्योंकि बिना परवाने के कोई हिंदुस्तानी दाखिल नहीं हो पाता था। और अपनी सुविधा के लिए मैं अधिकारियों से मेहरबानी की भीख माँगने को तैयार न था।

मैं परेशानी में पड़ गया। काम इतना बढ़ गया था कि कितनी ही मेहनत क्यों न की जाए, मेरे लिए यह संभव नहीं रहा कि वकालत और सार्वजनिक सेवा दोनों को ठीक से कर सकूँ।

मुहर्रिरी के लिए अंग्रेज़ स्त्री-पुरुषों के मिलने पर मैं उन्हें न रखूँ, ऐसी कोई बात नहीं थी। पर मुझे यह डर था कि 'काले' आदमी के यहाँ क्या गोरे नौकरी करेंगे? लेकिन मैंने प्रयत्न करने का निश्चय किया। टाइप राइटिंग एजेंट से मेरी थोड़ी पहचान थी। मैं उसके पास गया और उससे कहा कि जिसे काले आदमी के अधीन नौकरी करने में अड़चन न हो, ऐसे टाइप राइटिंग करने वाले गोरे भाई या बहनों को वह मेरे लिए खोज दे। दक्षिण अफ्रीका में शॉर्टहैंड लिखने और टाइप का काम करने वाली अधिकतर बहनें ही होती हैं। इस एजेंट ने मुझे वचन दिया कि ऐसा आदमी प्राप्त करने का वह प्रयत्न करेगा। उसे मिस डिक नामक एक स्कॉच कुमारिका मिल गई। यह महिला हाल ही स्कॉटलैंड से आई थी। उसे प्रामाणिक नौकरी कहीं भी करने में कोई आपत्ति न थी। उसे तत्काल काम पर लगना था। उक्त एजेंट ने इस बहन को मेरे पास भेज दिया। उसे देखते ही मेरी आँखें उस पर टिक गयीं।

मैंने उससे पूछा, 'आपको हिंदुस्तानी आदमी के अधीन काम करने में कोई अड़चन तो नहीं है?'

उसने दृढ़तापूर्वक उत्तर दिया, 'बिलकुल नहीं।'

'आप वेतन कितना लेंगी?'

उसने जवाब दिया, 'क्या साढ़े सत्रह पाउंड आपके खयाल में अधिक होंगे?'

'आपसे मैं जितने काम की आशा रखता हूँ उतना काम आप करेंगी तब तो मैं इसे बिलकुल अधिक नहीं समझूँगा। आप काम पर कब से आ सकेंगी?'

'आप चाहें तो इसी क्षण से।'

मैं बहुत खुश हुआ और उस बहन को उसी समय अपने सामने बैठाकर मैंने पत्र लिखना शुरू कर दिया।

उसने केवल मेरे कारकुन का ही नहीं, बल्कि मैं मानता हूँ कि सगी लड़की अथवा बहन का पद तुरंत ही सहज भाव से ले लिया। मुझे उसे कभी ऊँची आवाज में कुछ कहना न पड़ा। शायद ही कभी उसके काम में कोई गलती निकालनी पड़ी हो। एक

समय ऐसा था जब हजारों पाउंड की व्यवस्था उसके हाथ में थी और वह हिसाब-किताब भी रखने लगी थी। उसने संपूर्ण रूप से मेरा विश्वास संपादन कर लिया था। लेकिन मेरे मन में बड़ी बात यह थी कि मैं उसकी गुह्यतम भावनाओं को जानने जितना उसका विश्वास संपादन कर सका था। अपना साथी पसंद करने में उसने मेरी सलाह ली थी। कन्यादान देने का सौभाग्य भी मुझे ही प्राप्त हुआ था। मिस डिक जब मिसेज मैकडॉनल्ड बन गयीं, तब उन्हें मुझसे अलग होना पड़ा, यद्यपि विवाह के बाद भी काम की अधिकता होने पर मैं जब चाहता उनसे काम लेता था।

किंतु ऑफिस में एक स्थायी शॉर्टहैंड राइटर की आवश्यकता तो थी ही। एक महिला इसके लिए भी मिल गई। नाम था मिस श्लेशिन। उसे मेरे पास लाने वाले मि. कैलनबैक थे, जिनका परिचय पाठकों को आगे चलकर होगा। इस समय यह महिला एक हाईस्कूल में शिक्षिका का काम कर रही है। जब वह मेरे पास आई थी, उसकी उम्र कोई सत्रह साल की रही होगी। उसकी कुछ विचित्रताओं से मि. कैलनबैक और मैं हार जाते थे। उसके स्वभाव में कहीं रंग-द्वेष तो था ही नहीं। उसे किसी की परवाह भी नहीं थी। वह किसी का भी अपमान करने से डरती न थी और अपने मन में जिसके बारे में जो विचार आते, सो कहने में संकोच न करती थी। अपने इस स्वभाव के कारण वह कभी-कभी मुझे परेशानी में डाल देती थी। लेकिन उसका सरल और शुद्ध स्वभाव सारी परेशानी दूर कर देता था। अंग्रेज़ी के उसके ज्ञान को मैंने हमेशा अपने से ऊँचा माना था। इस कारण और उसकी वफादारी पर पूरा विश्वास होने के कारण उसके द्वारा टाइप किए गए बहुत से पत्रों पर, उन्हें दुबारा जाँचे बिना ही, मैं हस्ताक्षर कर दिया करता था।

उसकी त्यागवृत्ति का पार न था। उसने एक लंबे समय तक मुझसे प्रतिमास सिर्फ छह पाउंड ही लिए और दस पाउंड से अधिक वेतन लेने से तो उसने अंत तक साफ इनकार किया। जब कभी मैं अधिक लेने को कहता, वह मुझे धमकाती और कहती, 'मैं वेतन लेने के लिए यहाँ नहीं रही हूँ। मुझे आपके साथ यह काम करना अच्छा लगता है और आपके आदर्श मुझे पसंद है, इसीलिए मैं यहाँ टिकी हूँ।'

एक बार आवश्यकता होने से उसने मुझसे चालीस पाउंड लिए थे, पर कर्ज के तौर पर। पिछले साल उसने वे सारे पैसे लौटा दिए।

जैसी उसकी त्यागवृत्ति तीव्र थी, वैसी ही उसकी हिम्मत भी थी। मुझे स्फटिक-मणि जैसी पवित्र और क्षत्रिय को भी चौंधियाने वाली वीरता से युक्त जिन महिलाओं के संपर्क में आने का सौभाग्य प्राप्त हुआ है, उनमें से एक इस

बाला को मैं मानता हूँ। अब तो वह बड़ी उम्र की प्रौढ़ कुमारिका है। आज की उसकी मानसिक स्थिति से मैं पूरी तरह परिचित नहीं हूँ; पर मेरे अनुभवों में इस बाला का अनुभव मेरे लिए सदा पुण्यस्मरण बना रहेगा। इसलिए मैं जो जानता हूँ, वह न लिखूँ तो सत्य का द्रोही बनूँ।

काम करने में उसने रात या दिन का कोई भेद कभी जाना ही नहीं। वह आधी रात को भी जहाँ जाना होता, अकेली चली जाती और अगर मैं किसी को उसके साथ भेजने का विचार करता, तो मुझे लाल आँखें दिखाती। हजारों बड़ी उम्र के हिंदुस्तानी भी उसे आदर की दृष्टि से देखते थे और उसका कहा करते थे। जब हम सब जेल में थे, शायद ही कोई जिम्मेदार आदमी बाहर रहा था, तब वह अकेली सत्याग्रह की समूची लड़ाई को सँभाले हुए थी। स्थिति यह थी कि लाखों का हिसाब उसके हाथ में, सारा पत्र-व्यवहार उसके हाथ में और 'इंडियन ओपीनियन' भी उसके हाथ में। फिर भी वह थकना तो जानती ही न थी।

मिस श्लेशिन के विषय में लिखते हुए मैं थक नहीं सकता। पर गोखले का प्रमाण-पत्र देकर मैं प्रकरण समाप्त करूँगा। गोखले ने मेरे सब साथियों का परिचय प्राप्त किया था। यह परिचय करके उन्हें बहुतों के विषय में बहुत संतोष हुआ था। उन्हें सबके चरित्र का मूल्यांकन करने का शौक था। सारे हिंदुस्तानी तथा यूरोपियन साथियों में उन्होंने मिस श्लेशिन को प्रधानता दी थी। उन्होंने कहा था, 'इतना त्याग, इतनी पवित्रता, इतनी निर्भयता और इतनी कुशलता मैंने बहुत थोड़ों में देखी है। मेरी दृष्टि में तो मिस श्लेशिन तुम्हारे साथियों में प्रथम पद की अधिकारिणी है।'

13. 'इंडियन ओपीनियन'

कुछ और भी दूसरे यूरोपियनों के गाढ़ परिचय की चर्चा करनी रह जाती है, पर उससे पहले दो-तीन महत्त्वपूर्ण बातों का उल्लेख करना आवश्यक है।

एक परिचय तो यहीं दे दूँ। मिस डिक को नियुक्त करके ही मैं अपना काम पूरा कर सकूँ, ऐसी स्थिति न थी। मि. रीच के बारे में मैं पहले लिख चुका हूँ।

उनसे मेरा अच्छा परिचय था ही। वे एक व्यापारी फर्म के संचालक थे। मैंने उन्हें सुझाया कि वहाँ से मुक्त होकर वे मेरे साथ आर्टिकल क्लर्क का काम करें। मेरा सुझाव उन्हें पसंद आया और वे ऑफिस में दाखिल हो गए। काम का मेरा बोझ हलका हो गया।

इसी अरसे में श्री मदनजीत ने 'इंडियन ओपीनियन' अखबार निकालने का विचार किया। उन्होंने मेरी सलाह और सहायता माँगी। छापाखाना तो वे चला ही रहे थे। अखबार निकालने के विचार से मैं सहमत हुआ। सन् 1904 में इस अखबार का जन्म हुआ। मनसुखलाल नाजर इसके संपादक बने। पर संपादन का सच्चा बोझ तो मुझ पर ही पड़ा। मेरे भाग्य में प्रायः हमेशा दूर से ही अखबार की व्यवस्था सँभालने का योग रहा है।

मनसुखलाल नाजर संपादक का काम न कर सकें, ऐसी कोई बात नहीं थी। उन्होंने देश में कई अखबारों के लिए लेख लिखे थे, पर दक्षिण अफ्रीका के अटपटे प्रश्नों पर मेरे रहते उन्होंने स्वतंत्र लेख लिखने की हिम्मत नहीं की। उन्हें मेरी विवेक-शक्ति पर अत्यधिक विश्वास था। अतएव जिन-जिन विषयों पर कुछ लिखना जरूरी होता, उन पर लिखकर भेजने का बोझ वे मुझ पर डाल देते थे।

यह अखबार साप्ताहिक था, जैसा कि आज भी है। आरंभ में तो वह गुजराती, हिंदी तमिल और अंग्रेज़ी में निकलता था। पर मैंने देखा कि तमिल और हिंदी विभाग नाममात्र के थे। मुझे लगा कि उनके द्वारा समाज की कोई सेवा नहीं होती। उन विभागों को रखने में मुझे असत्य का आभास हुआ। अतएव उन्हें बंद करके मैंने शांति प्राप्त की।

मैंने यह कल्पना नहीं की थी कि इस अखबार में मुझे कुछ अपने पैसे लगाने पड़ेंगे। लेकिन कुछ ही समय में मैंने देखा कि अगर मैं पेसे न दूँ, तो अखबार चल ही नहीं सकता। मैं अखबार का संपादक नहीं था। फिर भी हिंदुस्तानी और गोरे दोनों यह जानने लग गए थे कि उसके लेखों के लिए मैं ही जिम्मेदार था। अखबार न निकलता तो भी कोई हानि न होती। पर निकलने के बाद उसके बंद होने से हिंदुस्तानियों की बदनामी होगी और समाज को हानि पहुँचेगी, ऐसा मुझे प्रतीत हुआ।

मैं उसमें पैसे उड़ेलता गया और कहा जा सकता है कि आखिर ऐसा भी समय आया, जब मेरी पूरी बचत उसी पर खर्च हो जाती थी। मुझे ऐसे समय की याद है, जब मुझे हर महीने 75 पाउंड भेजने पड़ते थे।

किंतु इतने वर्षों के बाद मुझे लगता है कि इस अखबार ने हिंदुस्तानी समाज की अच्छी सेवा की है। इससे धन कमाने का विचार तो शुरू से ही किसी का नहीं था।

जब तक वह मेरे अधीन था, उसमें किए गए परिवर्तन मेरे जीवन में हुए परिवर्तनों के द्योतक थे। जिस तरह आज 'यंग इंडिया' और 'नवजीवन' मेरे जीवन के कुछ अंशों के निचोड़-रूप हैं, उसी तरह 'इंडियन ओपीनियन' था। उसमें मैं प्रति सप्ताह अपनी आत्मा उड़ेलता था और जिसे मैं सत्याग्रह के रूप में पहचानता था, उसे समझाने का प्रयत्न करता था। जेल के समयों को छोड़कर दस वर्षों के अर्थात् सन् 1914 तक के 'इंडियन ओपीनियन' के शायद ही कोई अंक ऐसे होंगे, जिनमें मैंने कुछ न लिखा हो। इनमें मैंने एक भी शब्द बिना विचारे, बिना तौले लिखा हो या किसी को केवल खुश करने के लिए लिखा हो अथवा जान-बूझकर अतिशयोक्ति की हो, ऐसा मुझे याद नहीं पड़ता। मेरे लिए यह अखबार संयम की तालीम सिद्ध हुआ था। मित्रों के लिए वह मेरे विचारों को जानने का माध्यम बन गया था। आलोचकों को उसमें से आलोचना के लिए बहुत कम सामग्री मिल पाती थी। मैं जानता हूँ कि उसके लेख आलोचकों को अपनी कलम पर अंकुश रखने के लिए बाध्य करते थे। इस अखबार के बिना सत्याग्रह की लड़ाई चल नहीं सकती थी। पाठक-समाज इस अखबार को अपना समझकर इसमें से लड़ाई का और दक्षिण अफ्रीका के हिंदुस्तानियों की दशा का सही हाल जानता था।

इस अखबार के द्वारा मुझे मनुष्य के रंग-बिरंगे स्वभाव का बहुत ज्ञान मिला। संपादक और ग्राहक के बीच निकट का और स्वच्छ संबंध स्थापित करने की ही धारणा होने से मेरे पास हृदय खोलकर रख देनेवाले पत्रों का ढेर लग जाता था। उसमें तीखे, कड़वे, मीठे यों भाँति-भाँति के पत्र मेरे नाम आते थे। उन्हें पढ़ना, उन पर विचार करना, उनमें से विचारों का सार लेकर उत्तर देना—यह सब मेरे लिए शिक्षा का उत्तम साधन बन गया था। मुझे ऐसा अनुभव हुआ मानो इसके द्वारा मैं समाज में चल रही चर्चाओं और विचारों को सुन रहा होऊँ। मैं संपादक के दायित्व को भली-भाँति समझने लगा और मुझे समाज के लोगों पर जो प्रभुत्व प्राप्त हुआ, उसके कारण भविष्य में होने वाली लड़ाई संभव हो सकी, वह सुशोभित हुई और उसे शक्ति प्राप्त हुई।

'इंडियन ओपीनियन' के पहले महीने के काम-काज से ही मैं इस परिणाम पर पहुँच गया था कि समाचार-पत्र सेवाभाव से ही चलाने चाहिए। समाचार-पत्र एक

जबरदस्त शक्ति है, किंतु जिस प्रकार निरंकुश पानी का प्रवाह गाँव के गाँव डुबो देता है और फसल को नष्ट कर देता है, उसी प्रकार कलम का निरंकुश प्रवाह भी नाश की सृष्टि करता है। यदि ऐसा अंकुश बाहर से आता है, तो वह निरंकुशता से भी अधिक विषैला सिद्ध होता है। अंकुश तो अंदर का ही लाभदायक हो सकता है।

यदि यह विचारधारा सच हो, तो दुनिया के कितने समाचार-पत्र इस कसौटी पर खरे उतर सकते हैं? लेकिन निकम्मों को बंद कौन करे? कौन किसे निकम्मा समझे? उपयोगी और निकम्मे दोनों साथ-साथ ही चलते रहेंगे। उनमें से मनुष्य को अपना चुनाव करना होगा।

14. 'कुली-लोकेशन' अर्थात् भंगी-बस्ती?

हिंदुस्तान में हम अपनी बड़ी से बड़ी सेवा करने वाले ढेड़, भंगी इत्यादि को, जिन्हें हम अस्पृश्य मानते हैं, गाँव से बाहर अलग रखते हैं। गुजराती में उनकी बस्ती को 'ढेड़वाड़ा' कहते हैं, और इस नाम का उच्चारण करने में लोगों को नफरत होती है। इसी प्रकार यूरोप के ईसाई समाज में एक जमाना ऐसा था, जब यहूदी लोग अस्पृश्य माने जाते थे और उनके लिए जो ढेड़वाड़ा बसाया जाता था, उसे 'घेटो' कहते थे। यह नाम असगुनिया माना जाता था। इसी तरह दक्षिण अफ्रीका में हम हिंदुस्तानी लोग ढेड़ बन गए हैं। एंड्रुज के आत्म-बलिदान से और शास्त्रीजी की जादू की छड़ी से हमारी शुद्धि होगी और फलतः हम ढेड़ न रहकर सभ्य माने जाएँगे या नहीं, सो आगे देखना होगा।

हिंदुओं की भाँति यहूदियों ने अपने को ईश्वर का प्रीतिपात्र और दूसरों को अप्रीति पात्र मानकर जो अपराध किया था, उसका दंड उन्हें विचित्र और अनुचित रीति से प्राप्त हुआ था। लगभग उसी प्रकार हिंदुओं ने भी अपने को सुसंस्कृत अथवा आर्य मानकर अपने ही एक अंग को प्राकृत, अनार्य अथवा ढेड़ माना है। अपने इस पाप का फल वे विचित्र रीति से और अनुचित ढंग से दक्षिण अफ्रीका आदि उपनिवेशों में भोग रहे हैं और मेरी यह धारणा है कि उसमें उनके पड़ोसी मुसलमान और पारसी भी, जो उन्हीं के रंग के और देश के हैं, फँस गए हैं।

जोहानिसबर्ग के कुली-लोकेशन को इस प्रकार का विषय बनाने का हेतु अब पाठकों की समझ में कुछ-कुछ आ गया होगा। दक्षिण अफ्रीका में हम हिंदुस्तानी 'कुली' के नाम से मशहूर हो गए हैं। यहाँ तो हम 'कुली' शब्द का अर्थ केवल मजदूर करते हैं। लेकिन दक्षिण अफ्रीका में इस शब्द का जो अर्थ होता था, उसे 'ढेड', 'पंचम' आदि तिरस्कारवाचक शब्दों द्वारा ही सूचित किया जा सकता है। वहाँ 'कुलियों' के रहने के लिए जो अलग जगह रखी जाती है, वह 'कुली लोकेशन' कही जाती है। जोहानिसबर्ग में ऐसा एक 'लोकेशन' था। दूसरी सब जगहों में जो 'लोकेशन' बसाए गए थे और जो आज भी मौजूद हैं, उनमें हिंदुस्तानियों को कोई मालिकी हक नहीं होता। पर इस जोहानिसबर्गवाले लोकेशन गें जमीन 99 तर्ष के लिए पट्टे पर दी गई थी। इसमें हिंदुस्तानियों की आबादी अत्यंत घनी थी। बस्ती बढ़ती थी, पर लोकेशन बढ़ नहीं सकता था। उसके पाखाने जैसे-तैसे साफ अवश्य होते थे, पर इसके सिवा म्युनिसिपैलिटी की ओर से और कोई विशेष देखरेख नहीं होती थी। वहाँ सड़क या रोशनी की व्यवस्था तो होती ही कैसे? इस प्रकार जहाँ लोगों के शौचादि से संबंध रखनेवाली व्यवस्था की भी किसी को चिंता न थी, वहाँ सफाई भला कैसे होती? जो हिंदुस्तानी वहाँ बसे हुए थे, वे शहर की सफाई और आरोग्य इत्यादि के नियम जानने वाले सुशिक्षित और आदर्श हिंदुस्तानी नहीं थे कि उन्हें म्युनिसिपैलिटी की मदद की अथवा उनके रहन-सहन पर म्युनिसिपैलिटी की देखरेख की आवश्यकता न हो। यदि वहाँ जंगल में मंगल कर सकने वाले, धूल में से धान पैदा करने की शक्तिवाले हिंदुस्तानी जाकर बसे होते, तो उनका इतिहास सर्वथा भिन्न होता। ऐसे लोग बड़ी संख्या में दुनिया के किसी भी भाग में परदेश जाकर बसते पाए नहीं जाते। साधारणतः लोग धन और धंधे के लिए परदेश जाते हैं। पर हिंदुस्तान से मुख्यतः बड़ी संख्या में अपढ़, गरीब और दीन-दुःखी मजदूर ही गए थे। उन्हें तो पग-पग पर रक्षा की आवश्यकता थी। उनके पीछे-पीछे व्यापारी और दूसरे स्वतंत्र हिंदुस्तानी जो गए, वे तो मुट्ठी भर ही थे।

इस प्रकार सफाई की रक्षा करने वाले विभाग की अक्षम्य असावधानी के कारण और हिंदुस्तानी बाशिन्दों के अज्ञान के कारण आरोग्य की दृष्टि से लोकेशन की स्थिति बेशक खराब थी। म्युनिसिपैलिटी ने उसे सुधारने की थोड़ी भी उचित कोशिश नहीं की। परंतु अपने ही दोष से उत्पन्न हुई खराबी को निमित्त बनाकर सफाई-विभाग ने उक्त लोकेशन को नष्ट करने का निश्चय किया और उस जमीन

पर कब्जा करने का अधिकार वहाँ की धारा-सभा से प्राप्त किया। जिस समय मैं जोहानिसबर्ग में जाकर बसा था, उस समय वहाँ की हालत ऐसी थी।

वहाँ रहने वाले अपनी जमीन के मालिक थे, इसलिए उनको कुछ-न-कुछ नुकसानी देना जरूरी था। नुकसानी की रकम निश्चित करने के लिए एक खास अदालत कायम हुई थी। म्युनिसिपैलिटी जो रकम देने को तैयार हो, उसे मकान-मालिक स्वीकार न करता, तो उक्त अदालत द्वारा ठहराई हुई रकम उसे मिलती थी। यदि म्युनिसिपैलिटी द्वारा सूचित रकम से अधिक रकम देने का निश्चय अदालत करती, तो मकान-मालिक के वकील का खर्च नियम के अनुसार म्युनिसिपैलिटी को चुकाना होता था।

इनमें से अधिकांश दावों में मकान-मालिकों ने मुझे अपना वकील किया था। मुझे इस काम से धन पैदा करने की इच्छा नहीं थी। मैंने उनसे कह दिया था— 'अगर आप जीतेंगे तो म्युनिसिपैलिटी की तरफ से जो भी खर्च मिलेगा, उससे मैं संतोष कर लूँगा। आप हारें चाहे जीतें, यदि हर पट्टे के पीछे दस पाउंड आप मुझे देंगे तो काफी होगा।' मैंने उन्हें बताया कि इसमें से भी आधी रकम गरीबों के लिए अस्पताल बनाने या ऐसे ही किसी सार्वजनिक काम में खर्च करने के लिए अलग रखने का मेरा इरादा है। स्वभावतः यह सुनकर सब बहुत खुश हुए।

लगभग सत्तर ममालों में से एक में ही हार हुई। अतएव मेरी फीस की रकम काफी बढ़ गई। पर उसी समय 'इंडियन ओपीनियन' की माँग मेरे सिर पर लटक रही थी। अतएव लगभग सोलह सौ पाउंड का चेक उसमें चला गया, ऐसा मेरा खयाल है।

इन दावों में मेरी मान्यता के अनुसार मैंने अच्छी मेहनत की थी। मुवक्किलों की तो मेरे पास भीड़ ही लगी रहती थी। इनमें से प्रायः सभी उत्तर हिंदुस्तान के बिहार इत्यादि प्रदेशों से और दक्षिण के तमिल-तेलगु प्रदेश से पहले इकरारनामे के अनुसार आए थे और बाद में मुक्त होने पर स्वतंत्र धंधा करने लगे थे।

इन लोगों ने अपने खास दुःखों को मिटाने के लिए स्वतंत्र हिंदुस्तानी व्यापारी-वर्ग के मंडल से भिन्न एक मंडल की रचना की थी। उनमें कुछ बहुत शुद्ध हृदय के, उदार भावनावाले और चारित्र्यवान हिंदुस्तानी भी थे। उनके मुखिया का नाम श्री जयराम सिंह था। और मुखिया न होते हुए भी मुखिया जैसे ही दूसरे भाई का नाम श्री बदरी था। दोनों का देहांत हो चुका है। दोनों की तरफ से मुझे बहुत अधिक सहायता मिली थी। श्री बदरी से मेरा बहुत अधिक परिचय हो गया था

और उन्होंने सत्याग्रह में सबसे आगे रहकर हिस्सा लिया था। इन और ऐसे अन्य भाइयों के द्वारा मैं उत्तर-दक्षिण के बहुसंख्यक हिंदुस्तानियों के निकट परिचय में आया था और उनका वकील ही नहीं, बल्कि भाई बनकर रहा था तथा उनके तीनों प्रकार के दुःखों में उनका साझी बना था। सेठ अब्दुल्ला ने मुझे 'गांधी' नाम से पहचानने से इनकार कर दिया। 'साहब' तो मुझे कहता और मानता ही कौन? उन्होंने एक अतिशय प्रिय नाम खोज लिया। वे मुझे 'भाई' कहकर पुकारने लगे। दक्षिण अफ्रीका में अंत तक मेरा यही नाम रहा। लेकिन जब ये गिरमिट मुक्त हिंदुस्तानी मुझे 'भाई' कहकर पुकारते थे, तब मुझे उसमें एक खास मिठास का अनुभव होता था।

15. महामारी-1

म्युनिसिपैलिटी ने इस लोकेशन का मालिकी पट्टा लेने के बाद तुरंत ही वहाँ रहने वाले हिंदुस्तानियों को हटाया नहीं था। उन्हें दूसरी अनुकूल जगह देना तो जरूरी था ही। म्युनिसिपैलिटी ने यह जगह निश्चित नहीं की थी। इसलिए हिंदुस्तानी लोग उसी 'गंदे' लोकेशन में रहे। लेकिन दो परिवर्तन हुए। हिंदुस्तानी लोग मालिक न रहकर म्युनिसिपल विभाग के किराएदार बने और लोकेशन की गंदगी बढ़ी। पहले जब हिंदुस्तानियों का मालिकी हक माना जाता था, उस समय वे इच्छा से नहीं तो डर के मारे ही कुछ-न-कुछ सफाई रखते थे। अब म्युनिसिपैलिटी को भला किसका डर था? मकानों में किराएदार बढ़े और उसके साथ गंदगी तथा अव्यवस्था भी बढ़ी।

इस तरह चल रहा था। हिंदुस्तानियों के दिलों में इसके कारण बेचैनी थी ही। इतने में अचानक भयंकर महामारी फूट निकली। यह महामारी प्राणघातक थी। यह फेफड़ों की महामारी थी। गाँठवाली महामारी की तुलना में यह अधिक भयंकर मानी जाती थी।

सौभाग्य से महामारी का कारण यह लोकेशन नहीं था। उसका कारण जोहानिसबर्ग के आस-पास की अनेक सोने की खानों में से एक खान थी। वहाँ

मुख्य रूप से हबशी काम करते थे। उनकी स्वच्छता की जिम्मेदारी केवल गोरे मालिकों के सिर थी। इस खान में कुछ हिंदुस्तानी भी काम करते थे। उनमें से तेईस को अचानक छूत लगी और एक दिन शाम को भयंकर महामारी के शिकार बनकर वे लोकेशनवाले अपने घरों में आए।

उस समय भाई मदनजीत 'इंडियन ओपीनियन' के ग्राहक बनाने और चंदा वसूल करने के लिए वहाँ आए थे। वे लोकेशन में घूम-फिर रहे थे। उनमें निर्भयता का बढ़िया गुण था। ये बीमार उनके देखने में आए और उनका हृदय व्यथित हुआ। उन्होंने पेंसिल से लिखी एक पर्ची मुझे भेजी। उसका भावार्थ यह था :

> 'यहाँ अचानक भयंकर महामारी फूट पड़ी है। आपको तुरंत आकर कुछ करना चाहिए, नहीं तो परिणाम भयंकर होगा। तुरंत आइए।'

मदनजीत ने एक खाली पड़े हुए मकान का ताला निडरतापूर्वक तोड़कर उस पर कब्जा कर लिया और उसमें इन बीमारों को रख दिया। मैं अपनी साइकिल पर लोकेशन पहुँचा। वहाँ से टाउन-क्लर्क को सब जानकारी भेजी और यह सूचित किया कि किन परिस्थितियों में मकान पर कब्जा किया गया था।

डॉ. विलियम गॉडफ्रे जोहानिसबर्ग में डॉक्टरी करते थे। समाचार मिलते ही वे दौड़े आए और बीमारों के डॉक्टर तथा नर्स का काम करने लगे। पर हम तीन आदमी तेईस बीमारों को सँभाल नहीं सकते थे।

अनुभव के आधार पर मेरा यह विश्वास बना है कि भावना शुद्ध हो, तो संकट का सामना करने के लिए सेवक और साधन मिल ही जाते हैं। मेरे ऑफिस में कल्याणदास, माणेकलाल और दूसरे दो हिंदुस्तानी थे। अंतिम दो के नाम इस समय याद नहीं हैं। कल्याणदास को उनके पिता ने मुझे सौंप दिया था। उनके जैसे परोपकारी और आज्ञा-पालन में विश्वास रखने वाले सेवक मैंने वहाँ थोड़े ही देखे होंगे। सौभाग्य से कल्याणदास उस समय ब्रह्मचारी थे। इसलिए उन्हें चाहे जैसा जोखिम का काम सौंपने में मैंने कभी संकोच नहीं किया। दूसरे माणेकलाल मुझे जोहानिसबर्ग में मिल गए थे। मेरा खयाल है कि वे भी कुँवारे थे। मैंने अपने इन चारों मुहर्रिरों, साथियों अथवा पुत्रों—कुछ भी कह लीजिए—को होमने का निश्चय किया। कल्याणदास को तो पूछना ही क्या था? दूसरे तीन भी पूछते ही तैयार हो गए। 'जहाँ आप वहाँ हम' यह उनका छोटा और मीठा जवाब था।

मि. रिच का परिवार बड़ा था। वे स्वयं तो इस काम में कूद पड़ने को तैयार थे, पर मैंने उन्हें रोका। मैं उन्हें संकट में डालने के लिए बिलकुल तैयार न था। ऐसा करने की मुझमें हिम्मत न थी। पर उन्होंने बाहर का सब काम किया।

शुश्रूषा की वह रात भयानक थी। मैंने बहुत से बीमारों की सेवा-शुश्रूषा की थी, पर प्लेग के बीमारों की सेवा—शुश्रषा करने का अवसर मुझे कभी नहीं मिला था। डॉ. गॉडफ्रे की हिम्मत ने हमें निडर बना दिया था। बीमारों की विशेष सेवा-चाकरी कर सकने जैसी स्थिति नहीं थी। उन्हें दवा देना, ढाढ़स बंधाना, पानी पिलाना और उनका मल-मूत्र आदि साफ करना, इसके सिवा विशेष कुछ करने को था ही नहीं।

चारों नौजवानों की तनतोड़ मेहनत और निडरता देखकर मेरे हर्ष की सीमा न रही।

डॉ. गॉडफ्रे की हिम्मत समझ में आ सकती है। मदनजीत की भी समझी जा सकती है। पर इन नौजवानों की हिम्मत का क्या? रात जैसे-तैसे बीती। जहाँ तक मुझे याद है उस रात हमने किसी बीमार को नहीं खोया।

पर यह प्रसंग जितना करुणाजनक है, उतना ही रसपूर्ण और मेरी दृष्टि से धार्मिक भी है। अतएव इसके लिए अभी दूसरे दो प्रकरणों की जरूरत तो रहेगी ही।

16. महामारी-2

इस प्रकार मकान और बीमारों को अपने कब्जे में लेने के लिए टाउन-क्लर्क ने मेरा उपकार माना और प्रामाणिकता से स्वीकार किया—'हमारे पास ऐसी परिस्थिति में अपने आप अचानक कुछ कर सकने के लिए कोई साधन नहीं हैं। आपको जो मदद चाहिए, आप माँगिए। टाउन-कौंसिल से जितनी मदद बन सकेगी उतनी वह करेगी।' पर उपयुक्त उपचार के प्रति सजग बनी हुई इस म्युनिसिपैलिटी ने स्थिति का सामना करने में देर न की।

दूसरे दिन मुझे एक खाली पड़े हुए गोदाम का कब्जा दिया और बीमारों को वहाँ ले जाने की सूचना की। पर उसे साफ करने का भार म्युनिसिपैलिटी ने नहीं

उठाया। मकान मैला और गंदा था। मैंने खुद ही उसे साफ किया। खटिया वगैरह सामान उदार हृदय के हिंदुस्तानियों की मदद से इकट्ठा किया और तत्काल एक कामचलाऊ अस्पताल खड़ा कर लिया। म्युनिसिपैलिटी ने एक नर्स भेज दी और उसके साथ ब्रांडी की बोतल और बीमारों के लिए अन्य आवश्यक वस्तुएँ भेजी। डॉ. गॉडफ्रे का चार्ज कायम रहा।

हम नर्स को क्वचित् ही बीमारों को छूने देते थे। नर्स स्वयं छूने को तैयार थी। वह भले स्वभाव की स्त्री थी। पर हमारा प्रयत्न यह था कि उसे संकट में न पड़ने दिया जाए।

बीमारों को समय-समय पर ब्रांडी देने की सूचना थी। रोग की छूत से बचने के लिए हमें भी थोड़ी ब्रांडी लेने को कहती और खुद भी लेती थी। हममें कोई ब्रांडी लेनेवाला न था। मुझे तो बीमारों को भी ब्रांडी देने में श्रद्धा न थी। डॉ. गॉडफ्रे की इजाज़त से तीन बीमारों पर, जो ब्रांडी के बिना रहने को तैयार थे और मिट्टी के प्रयोग करने को राजी थे, मैंने मिट्टी का प्रयोग शुरू किया और उनके माथे और छाती में जहाँ-जहाँ दर्द होता था वहाँ-वहाँ मिट्टी की पट्टी रखी। इन तीन बीमारों में से दो बचे। बाकी सब बीमारों का देहांत हो गया। बीस बीमार तो इस गोदाम में ही चल बसे।

म्युनिसिपैलिटी की दूसरी तैयारियाँ चल रही थीं। जोहानिसबर्ग से सात मील दूर एक 'लेज़रेटो' अर्थात् संक्रामक रोगों के लिए बीमारों का अस्पताल था। वहाँ तंबू खड़े करके इन तीन बीमारों को उनमें पहुँचाया गया। भविष्य में महामारी के शिकार होने वालों को भी वहीं ले जाने की व्यवस्था की गई। हमें इस काम से मुक्ति मिली। कुछ ही दिनों बाद हमें मालूम हुआ कि उक्त भली नर्स को महामारी हो गई थी और उसी में उसका देहांत हुआ। वे बीमार कैसे बचे और हम महामारी से किस कारण मुक्त रहे, सो कोई कह नहीं सकता। पर मिट्टी के उपचार के प्रति मेरी श्रद्धा और दवा के रूप में भी शराब के उपयोग के प्रति मेरी अश्रद्धा बढ़ गई। मैं जानता हूँ कि यह श्रद्धा और अश्रद्धा दोनों निराधार मानी जाएँगी। पर उस समय मुझ पर जो छाप पड़ी थी और जो अभी तक बनी हुई है, उसे मैं मिटा नहीं सकता। अतएव इस अवसर पर उसका उल्लेख करना आवश्यक समझता हूँ।

इस महामारी के शुरू होते ही मैंने तत्काल समाचार-पत्रों के लिए एक कड़ा पत्र लिखा था और उसमें लोकेशन को अपने हाथ में लेने के बाद से बढ़ी हुई

म्युनिसिपैलिटी की लापरवाही की और महामारी के लिए उसकी जवाबदारी की चर्चा की थी। इस पत्र ने मुझे मि. हेनरी पोलाक से मिला दिया था और यही पत्र स्व. जोसेफ डोक के परिचय का एक ही कारण बन गया था।

पिछले प्रकरणों में मैं लिख चुका हूँ कि मैं एक निरामिष भोजनालय में भोजन करने जाता था। वहाँ मि. आल्बर्ट वेस्ट से मेरी जान-पहचान हुई थी। हम प्रतिदिन शाम को इस भोजनालय में मिलते और भोजन के बाद साथ में घूमने जाया करते थे। वेस्ट एक छोटे-से छापाखाने के साझेदार थे। उन्होंने समाचार-पत्रों में महामारी-विषयक मेरा पत्र पढ़ा और भोजन के समय मुझे भोजनालय में न देखकर वे घबरा गए।

मैंने और मेरे साथी सेवकों ने महामारी के दिनों अपना आहार घटा लिया था। एक लंबे समय से मेरा अपना यह नियम था कि जब आस-पास महामारी की हवा हो तब पेट जितना हलका रहे उतना ही अच्छा। इसलिए मैंने शाम का ख़ाना बंद कर दिया था और दोपहर को दूसरे भोजन करने वालों को सब प्रकार के भय से दूर रखने के लिए मैं ऐसे समय पहुँचकर खा आता था जब दूसरे कोई पहुँचे न होते थे। भोजनालय के मालिक से मेरी गहरी जान-पहचान हो गई थी। मैंने उससे कह रखा था कि चूँकि मैं महामारी के बीमारों की सेवा में लगा हूँ, इसलिए दूसरों के संपर्क में कम-से-कम आना चाहता हूँ।

यों मुझे भोजनालय में न देखने के कारण दूसरे या तीसरे ही दिन सबेरे-सबेरे जब मैं बाहर निकलने की तैयारी में था, वेस्ट ने मेरे कमरे का दरवाजा खटखटाया। दरवाजा खोलते ही वेस्ट बोले, ‘आपको भोजनालय में न देखकर मैं घबरा उठा था कि कहीं आपको तो कुछ नहीं हो गया। इसलिए यह सोचकर कि इस समय आप मिल ही जाएँगे, मैं यहाँ आया हूँ। मेरे कर सकने योग्य कोई मदद हो तो मुझसे कहिए। मैं बीमारों की सेवा-शुश्रूषा के लिए भी तैयार हूँ। आप जानते हैं कि मुझ पर अपना पेट भरने के सिवा और कोई जवाबदारी नहीं है।’

मैंने वेस्ट का आभार माना। मुझे याद नहीं पड़ता कि मैंने विचार के लिए एक मिनट भी लगाया हो। तुरंत कहा, ‘आपको नर्स के रूप में तो मैं कभी न लूँगा। अगर नए बीमार न निकले तो हमारा काम एक-दो दिन में ही पूरा हो जाएगा। लेकिन एक काम अवश्य है।’

‘कौन सा?’

'क्या डरबन पहुँचकर आप 'इंडियन ओपीनियन' प्रेस का प्रबंध अपने हाथ में लेंगे? मदनजीत तो अभी यहाँ के काम में व्यस्त हैं। परंतु वहाँ किसी का जाना जरूरी है। आप चले जाएँ तो उस तरफ की मेरी चिंता बिलकुल कम हो जाए।'

वेस्ट ने जवाब दिया, 'यह तो आप जानते हैं कि मेरा अपना छापाखाना है। बहुत संभव है कि मैं जाने को तैयार हो जाऊँ। आखिरी जवाब आज शाम तक दूँ तो चलेगा न? घूमने निकल सकें तो उस समय हम बात कर लेंगे।'

मैं प्रसन्न हुआ। उसी दिन शाम को थोड़ी बातचीत की। वेस्ट को हर महीने दस पाउंड का वेतन और छापाखाने में कुछ मुनाफा हो तो उसका अमुक भाग देने का निश्चय किया। वेस्ट वेतन के लिए तो जा नहीं रहे थे। इसलिए वेतन का सवाल उनके सामने नहीं था। दूसरे ही दिन रात की मेल से वे डरबन के लिए रवाना हुए और अपनी उगाही का काम मुझे सौंपते गए। उस दिन से लेकर मेरे दक्षिण अफ्रीका के दिन तक वे मेरे सुख-दुःख के साथी रहे। वेस्ट का जन्म विलायत के एक परगने के लाउथ नामक गाँव के एक किसान-परिवार में हुआ था। उन्हें साधारण स्कूली शिक्षा प्राप्त हुई थी। वे अपने परिश्रम से अनुभव की पाठशाला में शिक्षा पाकर तैयार हुए शुद्ध, संयमी, ईश्वर से डरनेवाले, साहसी और परोपकारी अंग्रेज़ थे। मैंने उन्हें हमेशा इसी रूप में जाना है। उनका और उनके कुटुंब का परिचय इन प्रकरणों में हमें आगे अधिक होने वाला है।

17. लोकेशन की होली

यद्यपि बीमारों की सेवा-शुश्रूषा से मैं और मेरे साथी मुक्त हो चुके थे, फिर भी महामारी के कारण उत्पन्न दूसरे कामों की जवाबदारी तो सिर पर थी ही।

म्युनिसिपैलिटी लोकेशन की स्थिति के बारे में भले ही लापरवाह हो, पर गोरे नागरिकों के आरोग्य के विषय में तो वह चौबीसों घंटे जाग्रत् रहती थी। उनके आरोग्य की रक्षा के लिए पैसा खर्च करने में उसने कोई कसर न रखी। और इस मौके पर महामारी को आगे बढ़ने से रोकने के लिए तो उसने पानी की तरह पैसे बहाए। मैंने हिंदुस्तानियों के प्रति म्युनिसिपैलिटी के व्यवहार में बहुत से दोष देखे

थे। फिर भी गोरों के लिए बरती गई इस सावधानी के लिए मैं म्युनिसिपैलिटी का आदर किए बिना न रह सका, और उसके इस शुभ प्रयत्न में मुझसे जितनी मदद बन पड़ी, मैंने दी। मैं मानता हूँ कि मैंने वैसी मदद न दी होती तो म्युनिसिपैलिटी के लिए काम मुश्किल हो जाता और कदाचित् वह बंदूक के बल का उपयोग करती—करने में हिचकिचाती नहीं—और अपना चाहा सिद्ध करती।

पर वैसा कुछ हो नहीं पाया। हिंदुस्तानियों के व्यवहार से म्युनिसिपैलिटी के अधिकारी खुश हुए और बाद का कितना ही काम सरल हो गया। म्युनिसिपैलिटी की माँगों के अनुकूल बरताव कराने में मैंने हिंदुस्तानियों पर अपने प्रभाव का पूरा-पूरा उपयोग किया। हिंदुस्तानियों के लिए यह सब करना बहुत कठिन था, पर मुझे याद नहीं पड़ता कि उनमें से एक ने भी मेरी बात को टाला हो।

लोकेशन के आस-पास पहरा बैठ गया। बिना इजाज़त न कोई लोकेशन के बाहर जा सकता था और न बिना इजाज़त कोई अंदर घुस सकता था। मुझे और मेरे साथियों को स्वतंत्रतापूर्वक अंदर जाने के परवाने दिए गए थे। म्युनिसिपैलिटी का इरादा यह था कि लोकेशन में रहने वाले सब लोगों को तीन हफ्तों के लिए जोहानिसबर्ग से तेरह मील दूर एक खुले मैदान में तंबू गाड़कर बसाया जाए और लोकेशन को जला दिया जाए। डेरे-तंबू की नई बस्ती बसाने में और वहाँ रसद इत्यादि सामान पहुँचाने में कुछ दिन तो लगते ही। इस बीच के समय के लिए उक्त पहरा बैठाया गया था।

लोग बहुत घबराए। लेकिन चूँकि मैं उनके साथ था, इसलिए उन्हें तसल्ली थी। उनमें से बहुतेरे गरीब अपने पैसे घरों में गाड़कर रखते थे। अब पैसे वहाँ से हटाना जरूरी हो गया। उनका कोई बैंक न था। बैंक का तो वे नाम भी न जानते थे। मैं उनका बैंक बना। मेरे यहाँ पैसों का ढेर लग गया। ऐसे समय मैं कोई मेहनताना तो ले ही नहीं सकता था। जैसे-तैसे मैंने इस काम को पूरा किया। हमारे बैंक के मैनेजर से मेरी अच्छी जान-पहचान थी। मैंने उनसे कहा कि मुझे उनके बैंक में बहुत बड़ी रकम जमा करनी होगी। बैंक ताँबे और चाँदी के सिक्के बड़ी संख्या में लेने को तैयार नहीं होते। इसके सिवा, महामारी के क्षेत्र से आने वाले पैसों को छूने में मुहर्रिर लोग आनाकानी करें, इसकी भी संभावना थी। मैनेजर ने मेरे लिए सब प्रकार की सुविधा कर दी। यह तय हुआ कि जंतु-नाशक पानी से धोकर पैसे बैंक में भेज दिए जाएँ। मुझे याद है कि इस तरह लगभग साठ हजार पाउंड बैंक में जमा किए गए थे। जिनके पास अधिक रकमें थीं, उन मुवक्किलों को एक निश्चित अवधि के लिए अपनी

रकम ब्याज पर रखने की सलाह मैंने दी। इस प्रकार अलग-अलग मुवक्किलों के नाम कुछ रकमें जमा की गईं। इसका परिणाम यह हुआ कि उनमें से कुछ बैंक में पैसे रखने के आदी हो गए। लोकेशन में रहने वालों को एक स्पेशल ट्रेन में जोहानिसबर्ग के पास क्लिपस्पुट फार्म पर ले जाया गया। वहाँ उनके लिए खाने-पीने की व्यवस्था म्युनिसिपैलिटी ने अपने खर्च से की। तंबुओं में बसे इस गाँव का दृश्य सिपाहियों की छावनी जैसा था। लोगों को इस तरह रहने की आदत नहीं थी। इससे उन्हें मानसिक दुःख हुआ, नया-नया सा लगा। किंतु कोई खास तकलीफ नहीं उठानी पड़ी। मैं हर रोज एक बार साइकिल पर वहाँ हो आता था। इस तरह तीन हफ्ते खुली हवा में रहने से लोगों के स्वास्थ्य में अवश्य ही सुधार हुआ और मानसिक दुःख को तो वे पहले चौबीस घंटों के अंदर ही भूल गए। अतएव बाद में वे आनंद से रहने लगे। मैं जब भी वहाँ जाता, उन्हें भजन-कीर्तन और खेल-कूद में ही लगा पाता।

जैसा कि मुझे याद है, जिस दिन लोकेशन खाली किया गया, उसके दूसरे दिन उसकी होली की गई। म्युनिसिपैलिटी ने उसकी एक भी चीज बचाने का लोभ नहीं किया। इन्हीं दिनों और इसी निमित्त से म्युनिसिपैलिटी ने अपने मार्केट की सारी इमारती लकड़ी भी जला डाली और लगभग दस हजार पाउंड का नुकसान सहन किया। मार्केट में मरे हुए चूहे मिले थे, इस कारण यह कठोर कार्रवाई की गई थी। खर्च तो बहुत हुआ, पर परिणाम यह हुआ कि महामारी आगे बिलकुल न बढ़ सकी। शहर निर्भय बना।

18. एक पुस्तक का चमत्कारी प्रभाव

इस महामारी ने गरीब हिंदुस्तानियों पर मेरे प्रभाव को, मेरे धंधे को और मेरी जिम्मेदारी को बढ़ा दिया। साथ ही, यूरोपियनों के बीच मेरी बढ़ती हुई जान-पहचान भी इतनी निकट की होती गई कि उसके कारण भी मेरी जिम्मेदारी बढ़ने लगी।

जिस तरह वेस्ट से मेरी जान-पहचान निरामिषाहारी भोजन-गृह में हुई, उसी तरह पोलाक के विषय में हुआ। एक दिन जिस मेज पर मैं बैठा था, उससे दूर

की दूसरी मेज पर एक नौजवान भोजन कर रहे थे। उन्होंने मिलने की इच्छा से मुझे अपने नाम का कार्ड भेजा। मैंने उन्हें अपनी मेज पर आने के लिए निमंत्रित किया। वे आए।

'मैं 'क्रिटिक' का उप-संपादक हूँ। महामारी-विषयक आपका पत्र पढ़ने के बाद मुझे आपसे मिलने की बड़ी इच्छा हुई। आज मुझे यह अवसर मिल रहा है।'

मि. पोलाक की शुद्ध भावना से मैं उनकी ओर आकर्षित हुआ। पहली ही रात में हम एक-दूसरे को पहचानने लग गए और जीवन-विषयक अपने विचारों में हमें बहुत साम्य दिखाई पड़ा। उन्हें सादा जीवन पसंद था। एक बार जिस वस्तु को उनकी बुद्धि कबूल कर लेती, उस पर अमल करने की उनकी शक्ति मुझे आश्चर्यजनक मालूम हुई। उन्होंने अपने जीवन में कई परिवर्तन तो एकदम कर लिए।

'इंडियन ओपीनियन' का खर्च बढ़ता जाता था। वेस्ट की पहली ही रिपोर्ट मुझे चौंकाने वाली थी। उन्होंने लिखा—'आपने जैसा कहा था वैसा मुनाफा मैं इस काम में नहीं देखता। मुझे तो नुकसान ही नजर आता है। बहीखातों की अव्यवस्था है। उगाही बहुत है। पर वह बिना सिर-पैर की है। बहुत से फेरफार करने होंगे। पर इस रिपोर्ट से आप घबराइए नहीं। मैं सारी बातों को व्यवस्थित बनाने की भरसक कोशिश करूँगा। मुनाफा नहीं है, इसके लिए मैं इस काम को छोड़ूँगा नहीं।'

यदि वेस्ट चाहते तो मुनाफा न होता देखकर काम छोड़ सकते थे और मैं उन्हें किसी तरह का दोष न दे सकता था। यही नहीं, बल्कि बिना जाँच-पड़ताल किए इसे मुनाफे वाला काम बताने का दोष मुझ पर लगाने का उन्हें अधिकार था। इतना सब होने पर भी उन्होंने मुझे कभी कड़वी बात तक नहीं सुनाई। पर मैं मानता हूँ कि इस नई जानकारी के कारण वेस्ट की दृष्टि में मेरी गिनती उन लोगों में हुई होगी, जो जल्दी में दूसरों का विश्वास कर लेते हैं। मदनजीत की धारणा के बारे में पूछताछ किए बिना उनकी बात पर भरोसा करके मैंने वेस्ट से मुनाफे की बात कही थी। मेरा खयाल है कि सार्वजनिक काम करने वाले को ऐसा विश्वास न रखकर वही बात कहनी चाहिए जिसकी उसने स्वयं जाँच कर ली हो। सत्य के पुजारी को तो बहुत सावधानी रखनी चाहिए। पूरे विश्वास के बिना किसी के मन पर आवश्यकता से अधिक प्रभाव डालना भी सत्य को लांछित करना है। मुझे यह कहते दुःख होता है कि इस वस्तु को जानते हुए भी जल्दी में विश्वास करके

काम हाथ में लेने की अपनी प्रकृति को मैं पूरी तरह सुधार नहीं सका। इसमें मैं अपनी शक्ति से अधिक काम करने के लोभ का दोष देखता हूँ। इस लोभ के कारण मुझे जितना बेचैन होना पड़ा है, उसकी अपेक्षा मेरे साथियों को कहीं अधिक बेचैन होना पड़ा है।

वेस्ट का ऐसा पत्र आने से मैं नेटाल के लिए रवाना हुआ। पोलाक तो मेरी सब बातें जानने लगे ही थे। वे मुझे छोड़ने स्टेशन तक आए और यह कहकर कि 'यह पुस्तक रास्ते में पढ़ने योग्य है; आप इसे पढ़ जाइए, आपको पसंद आएगी।' उन्होंने रस्किन की *अण्टु धिस लास्ट* पुस्तक मेरे हाथ में रख दी।

इस पुस्तक को हाथ में लेने के बाद मैं छोड़ ही न सका। इसने मुझे पकड़ लिया। जोहानिसबर्ग से नेटाल का रास्ता लगभग चौबीस घंटों का था। ट्रेन शाम को डरबन पहुँचती थी। पहुँचने के बाद मुझे सारी रात नींद न आई। मैंने पुस्तक में सूचित विचारों को अमल में लाने का इरादा किया।

इससे पहले मैंने रस्किन की एक भी पुस्तक नहीं पढ़ी थी। विद्याध्ययन के समय में पाठ्यपुस्तकों के बाहर की मेरी पढ़ाई लगभग नहीं के बराबर मानी जाएगी। कर्मभूमि में प्रवेश करने के बाद समय बहुत कम बचता था। आज भी यही कहा जा सकता है। मेरा पुस्तकीय ज्ञान बहुत ही कम है। मैं मानता हूँ कि इस अनायास अथवा बरबस पाले गए संयम से मुझे कोई हानि नहीं हुई। बल्कि जो थोड़ी पुस्तकें मैं पढ़ पाया हूँ, कहा जा सकता है कि उन्हें मैं ठीक से हजम कर सका हूँ। इन पुस्तकों में से जिसने मेरे जीवन में तत्काल महत्त्व के रचनात्मक परिवर्तन कराए, वह *अण्टु धिस लास्ट* ही कही जा सकती है। बाद में मैंने उसका गुजराती अनुवाद किया और वह *सर्वोदय* के नाम से छपा।

मेरा यह विश्वास है कि जो चीज मेरे अंदर गहराई में छिपी पड़ी थी, रस्किन के ग्रंथरत्न में मैंने उनका स्पष्ट प्रतिबिंब देखा। और इस कारण उसने मुझ पर अपना साम्राज्य जमाया और मुझसे उसमें दिए गए विचारों पर अमल करवाया। जो मनुष्य हममें सोई हुई उत्तम भावनाओं को जाग्रत् करने की शक्ति रखता है, वह कवि है। सब कवियों का सब लोगों पर समान प्रभाव नहीं पड़ता, क्योंकि सबके अंदर सारी सद्भावनाएँ समान मात्रा में नहीं होतीं।

मैं 'सर्वोदय' के सिद्धांतों को इस प्रकार समझा हूँ :

1. सबकी भलाई में हमारी भलाई निहित है।

2. वकील और नाई दोनों के काम की कीमत एक सी होनी चाहिए, क्योंकि आजीविका का अधिकार सबको एक समान है।
3. सादा मेहनत-मजदूरी का, किसान का जीवन ही सच्चा जीवन है।

पहली चीज मैं जानता था। दूसरी को मैं धुँधले रूप में देखता था। तीसरी का मैंने कभी विचार ही नहीं किया था। 'सर्वोदय' ने मुझे दीए की तरह दिखा दिया कि पहली चीज में दूसरी दोनों चीजें समाई हुई हैं। सबेरा हुआ और मैं इस सिद्धांतों पर अमल करने के प्रयत्न में लगा।

19. फीनिक्स की स्थापना

सबेरे सबसे पहले तो मैंने वेस्ट से बात की। मुझ पर 'सर्वोदय' का जो प्रभाव पड़ा था, वह मैंने उन्हें सुनाया और सुझाया कि 'इंडियन ओपीनियन' को एक खेत पर ले जाना चाहिए। वहाँ सब अपने खानपान के लिए आवश्यक खर्च समान रूप से लें। सब अपने-अपने हिस्से की खेती करें और बाकी के समय में 'इंडियन ओपीनियन' का काम करें। वेस्ट ने इस सुझाव को स्वीकार किया। हर एक के भोजन आदि का खर्च कम से कम तीन पाउंड हो, ऐसा हिसाब बैठाया। इसमें गोरे-काले का भेद नहीं रखा गया था।

लेकिन प्रेस में तो लगभग दस कार्यकर्ता थे। एक सवाल यह था कि सबके लिए जंगल में बसना अनुकूल होगा या नहीं और दूसरा सवाल यह था कि सब खाने-पहनने की आवश्यक सामग्री बराबरी से लेने के लिए तैयार होंगे या नहीं। हम दोनों ने तो यह निश्चय किया कि जो इस योजना में सम्मिलित न हो सकें, वे अपने वेतन लें और आदर्श यह रहे कि धीरे-धीरे सब संस्था में रहने वाले बन जाएँ।

इस दृष्टि से मैंने कार्यकर्ताओं से बातचीत शुरू की। मदनजीत के गले तो यह उतरी ही नहीं। उन्हें डर लगा कि जिस चीज में उन्होंने अपनी आत्मा उड़ेल दी थी, वह मेरी मूर्खता से एक महीने के अंदर मिट्टी में मिल जाएगी। 'इंडियन ओपीनियन' नहीं चलेगा, प्रेस भी नहीं चलेगा और काम करने वाले भाग जाएँगे।

मेरे भतीजे छगनलाल गांधी इस प्रेस में काम करते थे। मैंने वेस्ट के साथ ही उनसे भी बात की। उन पर कुटुंब का बोझ था। किंतु उन्होंने बचपन से ही मेरे अधीन रहकर शिक्षा प्राप्त करना और काम करना पसंद किया था। मुझ पर उनका बहुत विश्वास था। अतएव बिना किसी दलील के वे इस योजना में सम्मिलित हो गए और आज तक मेरे साथ ही हैं।

तीसरे गोविंदस्वामी नामक एक मशीन चलानेवाले भाई थे। वे भी इसमें शरीक हुए। दूसरे यद्यपि संस्थावासी नहीं बने, तो भी उन्होंने यह स्वीकार किया कि मैं जहाँ भी प्रेस ले जाऊँगा वहाँ वे आएँगे।

मुझे याद नहीं पड़ता कि इस तरह कार्यकर्ताओं से बातचीत करने में दो से अधिक दिन लगे होंगे। तुरंत ही मैंने समाचार-पत्रों में एक विज्ञापन छपवाया कि डरबन के पास किसी भी स्टेशन से लगी हुई जमीन के एक टुकड़े की जरूरत है। जवाब में फीनिक्स की जमीन का संदेशा मिला। वेस्ट के साथ मैं उसे देखने गया। सात दिन के अंदर 20 एकड़ जमीन ली। उसमें एक छोटा-सा पानी का नाला था। नारंगी और आम के कुछ पेड़ थे। पास ही 80 एकड़ का दूसरा एक टुकड़ा था। उसमें विशेष रूप से फलोंवाले पेड़ और एक झोंपड़ा था। थोड़े दिनों बाद उसे भी खरीद लिया। दोनों को मिलाकर 1,000 पाउंड दिए।

सेठ पारसी रुस्तमजी मेरे ऐसे समस्त साहसों में साझेदार होते ही थे। उन्हें मेरी यह योजना पसंद आई। उनके पास एक बड़े गोदाम की चद्दरें आदि सामान पड़ा था, जो उन्होंने मुफ्त दे दिया। उसकी मदद से इमारती काम शुरू किया। कुछ हिंदुस्तानी बढ़ई और सिलावट, जो मेरे साथ (बोअर) लड़ाई में सम्मिलित हुए थे, इस काम के लिए मिल गए। उनकी मदद से कारखाना बनाना शुरू किया। एक महीने में मकान तैयार हो गया। वह 75 फीट लंबा और 50 फीट चौड़ा था। वेस्ट आदि शरीर को संकट में डालकर राज और बढ़ई के साथ रहने लगे।

फीनिक्स में घास खूब थी। बस्ती बिलकुल न थी। इससे साँपों का खतरा था। आरंभ में तो तंबू गाड़कर सब उन्हीं में रहे थे।

मुख्य घर के तैयार होने पर एक हफ्ते के अंदर अधिकांश सामान बैलगाड़ियों की मदद से फीनिक्स लाया गया। डरबन और फीनिक्स के बीच तेरह मील का फासला था। फीनिक्स स्टेशन से ढाई मील दूर था।

सिर्फ एक ही हफ्ता 'इंडियन ओपीनियन' को मर्क्युरी प्रेस में छपाना पड़ा।

मेरे साथ जितने भी सगे-संबंधी आदि आए थे और व्यापार-धंधे में लग गए

थे, उन्हें अपने मत का बनाने और फीनिक्स में भरती करने का प्रयत्न मैंने शुरू किया। ये तो सब धन-संग्रह करने का हौसला लेकर दक्षिण अफ्रीका आए थे। इन्हें समझाने का काम कठिन था। पर कुछ लोग समझे। उन सबमें से आज मैं मगनलाल गांधी का नाम अलग से लेता हूँ; क्योंकि दूसरे जो समझे थे वे तो कम-ज़्यादा समय फीनिक्स में रहने के बाद फिर द्रव्य-संचय में व्यस्त हो गए थे। मगनलाल गांधी अपना धंधा समेटकर मेरे साथ रहने आए, तब से बराबर मेरे साथ ही रहे हैं। अपने बुद्धिबल से, त्यागशक्ति से और अनन्य भक्ति से वे मेरे आंतरिक प्रयोगों के आरंभ के साथियों में आज मुख्य पद के अधिकारी हैं और स्वयं शिक्षित कारीगर के नाते मेरे विचार में वे उनके बीच अद्वितीय स्थान रखते हैं।

इस प्रकार सन् 1904 में फीनिक्स की स्थापना हुई और अनेक विडंबनाओं के बीच भी फीनिक्स संस्था तथा 'इंडियन ओपीनियन' दोनों अब तक टिके हुए हैं।

पर इस संस्था की आरंभिक कठिनाइयाँ और उसमें मिली सफलताएँ-विफलताएँ विचारणीय हैं। उनका विचार हम दूसरे प्रकरण में करेंगे।

20. पहली रात

फीनिक्स में 'इंडियन ओपीनियन' का पहला अंक निकालना सरल सिद्ध न हुआ। यदि मुझे दो सावधानियाँ न सूझी होतीं, तो अंक एक सप्ताह बंद रहता अथवा देर से निकलता। इस संस्था में इंजन से चलने वाली मशीनें लगाने का मेरा कम ही विचार था। भावना यह थी कि जहाँ खेती भी हाथ से करनी है वहाँ अखबार भी हाथ से चल सकनेवाले यंत्रों की मदद से निकले तो अच्छा हो। पर इस बार ऐसा प्रतीत हुआ कि यह हो न सकेगा। इसलिए वहाँ ऑयल इंजन ले गए थे। किंतु मैंने वेस्ट को सुझाया था कि इस तैल-यंत्र के बिगड़ने पर दूसरी कोई भी कामचलाऊ शक्ति हमारे पास हो तो अच्छा रहे। अतएव उन्होंने हाथ से चलाने का एक चक्र तैयार रखा था और उसकी मदद से मुद्रण-यंत्र को चलाने की व्यवस्था कर ली थी। इसके अलावा, हमारे अखबार का कद दैनिक पत्र के समान था। बड़ी मशीन के बिगड़ने पर उसे तुरंत सुधार सकने की सुविधा यहाँ नहीं थी। इससे भी

अखबार का काम रुक सकता था। इस कठिनाई से बचने के लिए उसका आकार बदलकर साधारण साप्ताहिक के बराबर कर दिया गया, जिससे अड़चन के समय ट्रेडल पर पैरों की मदद से कुछ पृष्ठ छापे जा सकें।

शुरू के दिनों में 'इंडियन ओपीनियन' प्रकाशित होने के दिन की पहली रात को तो सबका थोड़ा-बहुत जागरण हो ही जाता था। कागज भाँजने के काम में छोटे-बड़े सभी लग जाते थे और काम रात को दस-बारह बजे पूरा होता था। पर पहली रात तो ऐसी बीती कि वह कभी भूल नहीं सकती। फर्मा मशीन पर कस दिया गया, पर इंजन चलने से इनकार करने लगा! इंजन को बैठाने और चलाने के लिए एक इंजीनियर बुलाया गया था। उसने और वेस्ट ने बहुत मेहनत की, पर इंजन चलता ही न था। सब चिंतित हो गए। आखिर वेस्ट निराश होकर डबडबाई आँखों से मेरे पास आए और बोले, 'अब आज इंजन चलता नजर नहीं आता और इस सप्ताह हम लोग उस समय पर अखबार नहीं निकाल सकेंगे।'

'यदि यही बात है तो हम लाचार हैं। पर आँसू बहाने का कोई कारण नहीं। अब भी कोई प्रयत्न हो सकता हो तो हम करके देखें। पर आपके उस हाथ-चक्र का क्या हुआ?' यह कहकर मैंने उन्हें आश्वासन दिया।

वेस्ट बोले, 'उसे चलाने के लिए हमारे पास आदमी कहाँ हैं? हम जितने लोग यहाँ हैं उतनों से वह चल नहीं सकता। उसे चलाने के लिए बारी-बारी से चार-चार आदमियों की आवश्यकता है। हम सब तो थक चुके हैं।'

बढ़इयों का काम अभी पूरा नहीं हुआ था। इससे बढ़ई अभी गए नहीं थे। छापाखाने में ही सोए थे। उनकी ओर इशारा करके मैंने कहा, 'पर ये सब बढ़ई तो हैं न? इनका उपयोग क्यों न किया जाए? और आज की रात हम सब अखंड जागरण करें। मेरे विचार में इतना कर्तव्य बाकी रह जाता है।'

'बढ़इयों को जगाने और उनकी मदद माँगने की मेरी हिम्मत नहीं होती; और हमारे थके हुए आदमियों से भी कैसे कहा जाए?'

मैंने कहा, 'यह मेरा काम है।'

'तो संभव है, हम अपना काम समय पर पूरा कर सकें।'

मैंने बढ़इयों को जगाया और उनकी मदद माँगी। मुझे उन्हें मनाना नहीं पड़ा। उन्होंने कहा, 'यदि ऐसे समय भी हम काम न आएँ, तो हम मनुष्य कैसे? आप आराम कीजिए, हम चक्र चला लेंगे। हमें इसमें मेहनत नहीं मालूम होगी।'

छापाखाने के लोग तो तैयार थे ही।

वेस्ट के हर्ष का पार न रहा। उन्होंने काम करते हुए भजन गाना शुरू किया। चक्र चलाने में बढ़इयों की बराबरी में मैं खड़ा हुआ और दूसरे सब बारी-बारी से खड़े हुए। काम निकलने लगा। सुबह के लगभग सात बजे होंगे। मैंने देखा कि काम अभी काफी बाकी है। मैंने वेस्ट से कहा, 'क्या अब इंजीनियर को जगाया नहीं जा सकता?' दिन के उजाले में फिर से मेहनत करें तो संभव है कि इंजन चलने लगे और हमारा काम समय पर पूरा हो जाए।'

वेस्ट ने इंजीनियर को जगाया। वह तुरंत उठ खड़ा हुआ और इंजन घर में घुस गया। छूते ही इंजन चलने लगा! छापाखाना हर्षनाद से गूँज उठा। मैंने कहा, 'ऐसा क्यों होता है? रात में इतनी मेहतन करने पर भी नहीं चला और अब मानो कोई दोष ही न हो, इस तरह हाथ लगाते ही चलने लग गया!'

वेस्ट ने अथवा इंजीनियर ने जवाब दिया, 'इसका उत्तर देना कठिन है। कभी-कभी यंत्र भी ऐसा बरताव करते पाए जाते हैं, मानो हमारी तरह उन्हें भी आराम की आवश्यकता हो!'

मेरी तो यह धारणा रही कि इंजन का न चलना हम सबकी एक कसौटी थी और ऐन मौके पर उसका चल पड़ना शुद्ध परिश्रम का शुद्ध फल था।

अखबार समय से स्टेशन पर पहुँच गया और हम सब निश्चिंत हुए।

इस प्रकार के आग्रह का परिणाम यह हुआ कि अखबार की नियमितता की धाक जम गईं और फीनिक्स में परिश्रम का वातावरण बना। इस संस्था में एक ऐसा भी युग आया कि जब विचारपूर्वक इंजन चलाना बंद किया गया और दृढ़तापूर्वक चक्र से ही काम लिया गया। मेरे विचार से फीनिक्स का वह ऊँचे से ऊँचा नैतिक काल था।

21. पोलाक कूद पड़े

मेरे लिए यह हमेशा दुःख की बात रही है कि फीनिक्स जैसी संस्था की स्थापना के बाद मैं स्वयं उसमें कुछ ही समय तक रह सका। उसकी स्थापना के समय मेरी कल्पना यह थी कि मैं वहीं बस जाऊँगा, अपनी आजीविका उसमें से प्राप्त

करूँगा, धीरे-धीरे वकालत छोड़ दूँगा, फीनिक्स में रहते हुए जो सेवा मुझसे हो सकेगी करूँगा और फीनिक्स की सफलता को ही सेवा समझूँगा। पर इन विचारों पर सोचा हुआ अमल हुआ ही नहीं। अपने अनुभव के द्वारा मैंने अकसर यह देखा है कि हम चाहते कुछ हैं और हो कुछ और ही जाता है। पर इसके साथ ही मैंने यह भी अनुभव किया है कि जहाँ सत्य की ही साधना और उपासना होती है, वहाँ भले परिणाम हमारी धारणा के अनुसार न निकले, फिर भी जो अनपेक्षित परिणाम निकलता है, वह अकल्याणकारी नहीं होता और कई बार अपेक्षा से अधिक अच्छा होता है। फीनिक्स में जो अनसोचे परिणाम निकले और फीनिक्स ने जो अनसोचा स्वरूप धारण किया, वह अकल्याणकारी न था, इतना तो मैं निश्चयपूर्वक कह सकता हूँ। उन परिणामों को अधिक अच्छा कहा जा सकता है या नहीं, इसके संबंध में निश्चयपूर्वक कुछ कहा नहीं जा सकता।

हम सब अपनी मेहनत से अपना निर्वाह करेंगे, इस खयाल से मुद्रणालय के आस-पास प्रत्येक निवासी के लिए जमीन के तीन-तीन एकड़ के टुकड़े कर लिए गए थे। इनमें एक टुकड़ा मेरे लिए भी मापा गया था। इन सब टुकड़ों पर हममें से हर एक की इच्छा के विरुद्ध हमने टीन की चद्दरों के घर बनवाए। इच्छा तो किसान को शोभा देनेवाले घास-फूस और मिट्टी के अथवा ईंट के घर बाँधने की थी, पर वह पूरी न हो सकी। उसमें पैसा अधिक खर्च होता था और समय अधिक लगता था। सब जल्दी से घर-बार वाले बनने और काम में जुट जाने के लिए उतावले हो गए थे।

पत्र के संपादक तो मनसुखलाल नाजर ही माने जाते थे। वे इस योजना में सम्मिलित नहीं हुए थे। उनका घर डरबन में ही था। डरबन में 'इंडियन ओपीनियन' की एक छोटी सी शाखा भी थी।

यद्यपि कंपोज करने के लिए वैतनिक कार्यकर्ता थे, फिर भी दृष्टि यह थी कि अखबार छापने में कंपोज करने का काम, जो अधिक से अधिक समय लेते हुए भी सरल था, संस्था में रहने वाले सब लोग सीख लें और करें। अतएव जो कंपोज करना नहीं जानते थे, वे उसे सीखने के लिए तैयार हो गए। मैं इस काम में अंत तक सबसे अधिक मंद रहा और मगनलाल गांधी सबसे आगे बढ़ गए। मैंने हमेशा यह माना है कि स्वयं उन्हें भी अपने में विद्यमान शक्ति का पता नहीं था। उन्होंने छापाखाने का काम कभी किया नहीं था। फिर भी वे कुशल कंपोजिटर बन गए और कंपोज करने की गति में भी उन्होंने अच्छी प्रगति की। यही नहीं,

बल्कि थोड़े समय में छापाखाने की सब क्रियाओं पर अच्छा प्रभुत्व प्राप्त करके उन्होंने मुझे आश्चर्यचकित कर दिया।

अभी यह काम व्यवस्थित नहीं हो पाया था, मकान भी तैयार न हुए थे, इतने में अपने इस नवरचित परिवार को छोड़कर मैं जोहानिसबर्ग भाग गया। मेरी स्थिति ऐसी न थी कि मैं वहाँ के काम को लंबे समय तक छोड़ सकूँ।

जोहानिसबर्ग पहुँचकर मैंने पोलाक से इस महत्त्वपूर्ण परिवर्तन की बात कही। अपनी दी हुई पुस्तक का यह परिणाम देखकर उनके आनंद का पार न रहा। उन्होंने उमंग के साथ पूछा, 'तो क्या मैं भी इसमें किसी तरह हाथ नहीं बँटा सकता?'

'आप अवश्य हाथ बँटा सकते हैं। चाहें तो आप इस योजना में सम्मिलित भी हो सकते हैं।'

पोलाक ने जवाब दिया, 'मुझे सम्मिलित करें तो मैं तैयार हूँ।'

उनकी इस दृढ़ता से मैं मुग्ध हो गया। पोलाक ने 'क्रिटिक' से मुक्ति पाने के लिए अपने मालिक को एक महीने की नोटिस दी और अवधि समाप्त होने पर वे फीनिक्स पहुँच गए। वहाँ अपने मिलनसार स्वभाव से उन्होंने सबके दिल जीत लिए और घर के ही एक आदमी की तरह रहने लगे। सादगी उनके स्वभाव में थी। इसलिए फीनिक्स का जीवन उन्हें जरा भी विचित्र या कठिन न लगकर स्वाभाविक और रुचिकर लगा।

पर मैं ही उन्हें लंबे समय तक वहाँ रख नहीं सका। मि. रीच ने विलायत जाकर कानून की पढ़ाई पूरी करने का निश्चय किया। मेरे लिए अकेले हाथों समूचे दफ्तर का बोझ उठाना संभव न था। अतएव मैंने पोलाक को ऑफिस में रहने और वकील बनने की सलाह दी। मैंने सोचा यह था कि उनके वकील बन जाने के बाद आखिर हम दोनों फीनिक्स ही पहुँच जाएँगे।

ये सारी कल्पनाएँ मिथ्या सिद्ध हुईं। किंतु पोलाक के स्वभाव में एक प्रकार की ऐसी सरलता थी कि जिस आदमी पर उन्हें विश्वास हो जाता उससे बहस न करके वे उसके मत के अनुकूल बनने का प्रयत्न करते थे। पोलाक ने मुझे लिखा—'मुझे तो यह जीवन ही अच्छा लगता है। मैं यहाँ सुखी हूँ। यहाँ हम इस संस्था का विकास कर सकेंगे। किंतु यदि आप यह मानते हों कि मेरे वहाँ पहुँचने से हमारे आदर्श शीघ्र सफल होंगे, तो मैं आने को तैयार हूँ।'

मैंने उनके इस पत्र का स्वागत किया। पोलाक फीनिक्स छोड़कर जोहानिसबर्ग आए और मेरे दफ्तर में वकील के मुंशी की तरह काम करने लगे।

इसी समय एक स्कॉच थियोसॉफिस्ट को भी मैंने पोलाक का अनुकरण करने के लिए निमंत्रित किया और वे भी आश्रम में सम्मिलित हो गए। उन्हें मैं कानून की परीक्षा की तैयारी में मदद करता था। उनका नाम मेकिनटायर था।

यों फीनिक्स के आदर्श को शीघ्र ही सिद्ध करने के शुभ विचार से मैं उसके विरोधी जीवन में अधिकाधिक गहरा उतरता दिखाई पड़ा और यदि ईश्वरीय संकेत कुछ और ही न होता, तो सादे जीवन के नाम पर बिछाए गए मोह जाल में मैं स्वयं ही फँस जाता।

मेरी और मेरे आदर्श की रक्षा जिस रीति से हुई, उसकी हममें से किसी को कोई कल्पना नहीं थी। पर इस प्रसंग का वर्णन करने से पहले कुछ और प्रकरण लिखने होंगे।

22. 'जाको राखे साइयाँ'

अब जल्दी ही हिंदुस्तान जाने की अथवा वहाँ जाकर स्थिर होने की आशा मैंने छोड़ दी थी। मैं तो पत्नी को एक साल का आश्वासन देकर वापस दक्षिण अफ्रीका आया था। साल तो बीत गया, पर मेरे वापस लौटने की संभावना दूर चली गई। अतएव मैंने बच्चों को बुला लेने का निश्चय किया।

बच्चे आए। उनमें मेरा तीसरा लड़का रामदास भी था। रास्ते में वह स्टीमर के कप्तान से खूब हिल गया था और कप्तान के साथ खेलते-खलते उसका हाथ टूट गया था। कप्तान ने उसकी सार-सँभाल की थी। डॉक्टर ने हड्डी बैठा दी थी। जब वह जोहानिसबर्ग पहुँचा तो उसका हाथ लकड़ी की पट्टियों के बीच बँधा हुआ और रूमाल की गलपट्टी में लटका हुआ था। स्टीमर के डॉक्टर की सलाह थी कि घाव को किसी डॉक्टर से साफ कराकर पट्टी बँधवा ली जाए।

पर मेरा यह समय तो धड़ल्ले के साथ मिट्टी के प्रयोग करने का था। मेरे जिन मुवक्किलों को मेरी नीम-हकीमी पर भरोसा था, उनसे भी मैं मिट्टी और पानी के प्रयोग कराता था। तब रामदास के लिए और क्या होता? रामदास की उम्र आठ साल की थी। मैंने उससे पूछा, 'तेरे घाव की मरहम-पट्टी मैं स्वयं करूँ तो तू घबराएगा तो नहीं?'

रामदास हँसा और उसने मुझे प्रयोग करने की अनुमति दी। यद्यपि उस उम्र में उसे सारासार का पता नहीं चल सकता था, फिर भी डॉक्टर और नीम-हकीम के भेद को तो वह अच्छी तरह जानता था। लेकिन उसे मेरे प्रयोगों की जानकारी थी और मुझ पर विश्वास था, इसलिए वह निर्भय रहा।

काँपते-काँपते मैंने उसकी पट्टी खोली। घाव को साफ किया और साफ मिट्टी की पुलटिस रखकर पट्टी को पहले की तरह फिर बाँध दिया। इस प्रकार मैं खुद ही रोज घाव को धोता और उस पर मिट्टी बाँधता था। कोई एक महीने में घाव बिलकुल भर गया। किसी दिन कोई विघ्न उत्पन्न न हुआ और घाव दिन-ब-दिन भरता गया। स्टीमर के डॉक्टर ने कहलवाया था कि डॉक्टरी मरहम-पट्टी से भी घाव के भरने में इतना समय तो लग ही जाएगा।

इस प्रकार इन घरेलू उपचारों के प्रति मेरा विश्वास और इन पर अमल करने की मेरी हिम्मत बढ़ गई। घाव, बुखार, अजीर्ण, पीलिया इत्यादि रोगों के लिए मिट्टी, पानी और उपवास के प्रयोग मैंने छोटे-बड़ों और स्त्री-पुरुषों पर किए। उनमें से अधिकतर सफल हुए। इतना होने पर भी जो हिम्मत मुझमें दक्षिण अफ्रीका में थी, वह यहाँ नहीं रही और अनुभव से यह भी प्रतीति हुई कि इन प्रयोगों में खतरा जरूर है।

इन प्रयोगों के वर्णन का हेतु अपने प्रयोगों की सफलता सिद्ध करना नहीं है। एक भी प्रयोग सर्वांश में सफल हुआ है, ऐसा दावा नहीं किया जा सकता। डॉक्टर भी ऐसा दावा नहीं कर सकते। पर कहने का आशय इतना ही है कि जिसे नए अपरिचित प्रयोग करने हों, उसे आरंभ अपने से ही करना चाहिए। ऐसा होने पर सत्य जल्दी प्रकट होता है और इस प्रकार के प्रयोग करने वाले को ईश्वर उबार लेता है।

जो खतरा मिट्टी के प्रयोगों में था, वही यूरोपियनों के निकट सहवास में था। भेद केवल प्रकार का था। पर स्वयं मुझे तो इन खतरों का खयाल तक न आया।

मैंने पोलाक को अपने साथ ही रहने के लिए बुला लिया और हम सगे भाइयों की तरह रहने लगे। जिस महिला के साथ पोलाक का विवाह हुआ, उसके साथ उनकी मित्रता तो कई वर्षों से थी। दोनों ने यथासमय विवाह करने का निश्चय भी कर लिया था। पर मुझे याद पड़ता है कि पोलाक थोड़ा धन-संग्रह कर लेने की बाट जोह रहे थे। मेरी तुलना में रस्किन का उनका अध्ययन कहीं अधिक और व्यापक था। पर पश्चिम के वातावरण में रस्किन के विचारों को पूरी तरह आचरण में लाने की बात उन्हें सूझ नहीं सकती थी। मैंने दलील देते हुए कहा, 'जिसके

साथ हृदय की गाँठ बँध गई है, केवल धन की कमी के कारण उसका वियोग सहना अनुचित कहा जाएगा। आपके हिसाब से तो कोई गरीब विवाह कर ही नहीं सकता। फिर अब तो आप मेरे साथ रहते हैं। इसलिए घर खर्च का सवाल ही नहीं उठता। मैं यही ठीक समझता हूँ कि आप जल्दी अपना विवाह कर लें।'

मुझे पोलाक के साथ कभी दूसरी बार दलील करनी ही न पड़ती थी। उन्होंने मेरी दलील तुरंत मान ली। भावी मिसेज पोलाक विलायत में थीं। उनके साथ पत्र-व्यवहार शुरू किया। वे सहमत हुईं और कुछ ही महीनों में विवाह के लिए जोहानिसबर्ग आ पहुँचीं।

विवाह में खर्च बिलकुल नहीं किया था। विवाह की कोई खास पोशाक भी नहीं बनवाई थी। उन्हें धार्मिक विधि की आवश्यकता न थी। मिसेज पोलाक जन्म से ईसाई और मि. पोलाक यहूदी थे। दोनों के बीच सामान्य धर्म तो नीति धर्म ही था।

पर इस विवाह का एक रोचक प्रसंग यहाँ लिख दूँ। ट्रांसवाल में गोरों के विवाह की रजिस्ट्री करनेवाला अधिकारी काले आदमी के विवाह की रजिस्ट्री नहीं करता था। इस विवाह का शहबाला (विवाह की सब रस्मों में वर के साथ रहनेवाला व्यक्ति) मैं था। खोजने पर हमें कोई गोरा मित्र मिल सकता था। पर पोलाक के लिए वह सह्य न था। अतएव हम तीन व्यक्ति अधिकारी के सामने उपस्थित हुए। जिस विवाह में मैं शहबाला होऊँ, उसमें वर-वधू दोनों गोरे ही होंगे, अधिकारी को इसका भरोसा कैसे हो? उसने जाँच होने तक रजिस्ट्री मुल्तवी रखनी चाही। अगले रोज रविवार था। उसके बाद का दिन नए साल का होने से सार्वजनिक छुट्टी का दिन था। ब्याह के पवित्र निश्चय से निकले हुए स्त्री-पुरुष के विवाह की रजिस्ट्री का दिन इस तरह बदला जाए, यह सबको असह्य प्रतीत हुआ। मैं मुख्य न्यायाधीश को पहचानता था। वे इस विभाग के उच्चाधिकारी थे। मैं इस जोड़े को लेकर उनके सामने उपस्थित हुआ। वे हँसे और उन्होंने मुझे चिट्ठी लिख दी। इस तरह विवाह की रजिस्ट्री हो गई।

आज तक न्यूनाधिक ही सही, परंतु जाने-पहचाने गोरे पुरुष मेरे साथ रहे थे। अब एक अपरिचित अंग्रेज़ महिला ने कुटुंब में प्रवेश किया। स्वयं मुझे तो याद नहीं पड़ता कि इस कारण परिवार में कभी कोई कलह हुआ हो। किंतु जहाँ अनेक जातियों के और अनेक स्वभावों के हिंदुस्तानी आते-जाते रहते थे और जहाँ मेरी पत्नी को अभी तक ऐसे अनुभव कम ही हुए थे, वहाँ उन दोनों के

बीच कभी उद्वेग के अवसर आए भी होंगे। पर एक ही जाति के परिवार में ऐसे अवसर जितने आते हैं, उनसे अधिक अवसर तो इस विजातीय परिवार में नहीं ही आए। बल्कि, जिनका मुझे स्मरण है वे अवसर भी नगण्य ही कहे जाएँगे। सजातीय और विजातीय की भावनाएँ हमारे मन की तरंगें हैं। वास्तव में हम सब एक परिवार ही हैं।

वेस्ट का ब्याह भी यहीं संपन्न कर लूँ। जीवन के इस काल तक ब्रह्मचर्य-विषयक मेरे विचार परिपक्व नहीं हुए थे। इसलिए कुँवारे मित्रों का विवाह करा देना मेरा एक धंधा बन गया था। जब वेस्ट के लिए अपने माता-पिता के पास जाने का समय आया, तो मैंने उन्हें सलाह दी कि जहाँ तक बन सके, वे अपना ब्याह करके ही लौटें। फीनिक्स हम सबका घर बन गया था और हम सब अपने को किसान मान बैठे थे, इस कारण विवाह अथवा वंशवृद्धि हमारे लिए भय का विषय न था।

वेस्ट लेस्टर की एक सुंदर कुमारिका को ब्याह लाए। इस बहन का परिवार लेस्टर में जूतों का जो बड़ा व्यवसाय चलता है, उसमें काम करता था। मिसेज वेस्ट ने भी थोड़ा समय जूतों के कारखाने में बिताया था। उसे मैंने 'सुंदर' कहा है, क्योंकि मैं उसके गुणों का पुजारी हूँ और सच्चा सौंदर्य तो गुण में ही होता है। वेस्ट अपनी सास को भी अपने साथ लाए थे। वह भली बुढ़िया अभी जीवित है। अपने उद्यम और हँसमुख स्वभाव से वह हम सबको सदा शर्मिंदा किया करती थी।

जिस तरह मैंने इन गोरे मित्रों के ब्याह करवाए, उसी तरह मैंने हिंदुस्तानी मित्रों को प्रोत्साहित किया कि वे अपने परिवारों को बुला लें। इसके कारण फीनिक्स एक छोटा-सा गाँव बन गया और वहाँ पाँच-सात भारतीय परिवार बसकर बढ़ने लगे।

23. घर में परिवर्तन और बालशिक्षा

डरबन में मैंने जो घर बसाया था, उसमें परिवर्तन तो किए ही थे। खर्च अधिक रखा था, फिर भी झुकाव सादगी की ओर ही था। किंतु जोहानिसबर्ग में 'सर्वोदय' के विचारों ने अधिक परिवर्तन करवाए।

बैरिस्टर के घर में जितनी सादगी रखी जा सकती थी, उतनी तो रखनी शुरू कर ही दी। फिर भी कुछ साज-सामान के बिना काम चलाना मुश्किल था। सच्ची सादगी तो मन की बढ़ी। हर एक काम अपने हाथों करने का शौक बढ़ा और बालकों को भी उसमें शरीक करके कुशल बनाना शुरू किया।

बाजार की रोटी खरीदने के बदले कूने की सुझाई हुई बिना खमीर की रोटी हाथ से बनानी शुरू की। इसमें मिल का आटा काम नहीं देता था। साथ ही मेरा यह भी खयाल रहा कि मिल में पिसे आटे का उपयोग करने की अपेक्षा हाथ से पिसे आटे का उपयोग करने में सादगी, आरोग्य और पैसा तीनों की अधिक रक्षा होती है। अतएव सात पाउंड खर्च करके हाथ से चलाने की एक चक्की खरीद ली। उसका पाट वजनदार था। दो आदमी उसे सरलता से चला सकते थे; अकेले को तकलीफ होती थी। इस चक्की को चलाने में पोलाक, मैं और बालक मुख्य भाग लेते थे। कभी-कभी कस्तूरबाई भी आ जाती थी, यद्यपि उस समय वह रसोई बनाने में लगी रहती थी। मिसेज पोलाक के आने पर वे भी इसमें सम्मिलित हो गयीं। बालकों के लिए यह कसरत बहुत अच्छी सिद्ध हुई। उनसे मैंने चक्की चलाने का या दूसरा कोई काम कभी जबरदस्ती नहीं करवाया। वे सहज ही खेल समझकर चक्की चलाने आते थे। थकने पर छोड़ देने की उन्हें स्वतंत्रता थी। पर न जाने क्या कारण था कि इन बालकों ने अथवा दूसरे बालकों ने, जिनकी पहचान हमें आगे चलकर करनी है, मुझे तो हमेशा बहुत ही काम दिया है। मेरे भाग्य में टेढ़े स्वभाव के बालक भी थे, पर अधिकतर बालक सौंपा हुआ काम उमंग के साथ करते थे। 'थक गए' कहने वाले उस युग के थोड़े ही बालक मुझे याद हैं।

घर साफ रखने के लिए एक नौकर था। वह घर के आदमी की तरह रहता था और उसके काम में बालक पूरा हाथ बँटाते थे। पाखाना साफ करने के लिए तो म्युनिसिपैलिटी का नौकर आता था, पर पाखाने के कमरे को साफ करने और बैठक आदि धोने का काम नौकर को नहीं सौंपा जाता था। उससे वैसी आशा भी नहीं रखी जाती थी। यह काम हम स्वयं करते थे और इससे भी बालकों को तालीम मिलती थी। परिणाम यह हुआ कि शुरू से ही मेरे एक भी लड़के को पारखाना साफ करने की घिन न रही और आरोग्य के साधारण नियम भी वे स्वाभाविक रूप में सीख गए। जोहानिसबर्ग में कोई बीमार तो शायद ही कभी पड़ता था। पर बीमारी का प्रसंग आने पर सेवा के काम में बालक अवश्य रहते थे और इस काम को वे खुशी से करते थे।

मैं यह तो नहीं कहूँगा कि बालकों के अक्षर-ज्ञान के प्रति मैं लापरवाह रहा। पर यह ठीक है कि मैंने उसकी कुरबानी करने में संकोच नहीं किया। और इस कमी के लिए मेरे लड़कों को मेरे विरुद्ध शिकायत करने का कारण रह गया है। उन्होंने कभी-कभी अपना असंतोष भी प्रकट किया है। मैं मानता हूँ कि इसमें किसी हद तक मुझे अपना दोष स्वीकार करना चाहिए। उन्हें अक्षर-ज्ञान कराने की मेरी इच्छा बहुत थी, मैं प्रयत्न भी करता था, किंतु इस काम में हमेशा कोई न कोई विघ्न आ जाता था। उनके लिए घर पर दूसरी शिक्षा की सुविधा नहीं की गई थी, इसलिए मैं उन्हें अपने साथ पैदल दफ्तर तक ले जाता था। दफ्तर ढाई मील दूर था, इससे सुबह-शाम मिलाकर कम-से-कम पाँच मील की कसरत उन्हें और मुझे हो जाती थी। रास्ता चलते हुए मैं उन्हें कुछ-न-कुछ सिखाने का प्रयत्न करता था, पर यह भी तभी होता था जब मेरे साथ दूसरा कोई चलनेवाला न होता। दफ्तर में वे मुवक्किलों व मुहर्रिरों के संपर्क में आते थे। कुछ पढ़ने को देता तो वे पढ़ते थे। इधर-उधर घूम-फिर लेते थे और बाजार से मामूली सामान खरीदना हो तो खरीद लाते थे। सबसे बड़े हरिलाल को छोड़कर बाकी सब बालकों की परवरिश इसी प्रकार हुई। हरिलाल देश में रह गया था। यदि मैं उन्हें अक्षर-ज्ञान कराने के लिए एक घंटा भी नियमित रूप से बचा सका होता, तो मैं मानता कि उन्हें दोनों को रह गया है। मैंने ऐसा आग्रह नहीं रखा, इसका दुःख मुझे और उन्हें दोनों को रह गया है। सबसे बड़े लड़के ने अपना संताप कई बार मेरे सामने और सार्वजनिक रूप में भी प्रकट किया है। दूसरों ने हृदय की उदारता दिखाकर इस दोष को अनिवार्य समझकर दरगुजर कर दिया है। इस कमी के लिए मुझे पश्चात्ताप नहीं है; अथवा है तो इतना ही कि मैं आदर्श पिता न बन सका। किंतु मेरी यह राय है कि उनके अक्षर-ज्ञान की कुरबानी भी मैंने अज्ञान से ही क्यों न हो, फिर भी सद्भाव-पूर्वक मानी हुई सेवा के लिए ही की है। मैं यह कह सकता हूँ कि उनके चरित्र-निर्माण के लिए जितना कुछ आवश्यक रूप से करना चाहिए था, वह करने में मैंने कहीं भी त्रुटि नहीं रखी है। और मैं मानता हूँ कि हर माता-पिता का यह अनिवार्य कर्तव्य है। मेरा यह दृढ़ विश्वास है कि अपने इस परिश्रम के बाद भी मेरे बालकों के चरित्र में जहाँ त्रुटि पाई जाती है, वहाँ वह पति-पत्नी के नाते हमारी त्रुटियों का ही प्रतिबिंब है।

जिस प्रकार बच्चों को माता-पिता की सूरत-शक्ल विरासत में मिलती है, उसी प्रकार उनके गुण-दोष भी उन्हें विरासत में मिलते हैं। अवश्य ही आस-पास के वातावरण के कारण इसमें अनेक प्रकार की घट-बढ़ होती है, पर मूल पूँजी तो

वहीं होती है, जो बाप-दादा आदि से मिलती है। मैंने देखा है कि कुछ बालक अपने को ऐसे दोषों की विरासत से बचा लेते हैं। यह आत्मा का मूल स्वभाव है, उसकी बलिहारी है।

इन बालकों की अंग्रेज़ी शिक्षा के विषय में मेरे और पोलाक के बीच कितनी ही बार गरमागरम बहस हुई है। मैंने शुरू से ही यह माना है कि जो हिंदुस्तानी माता-पिता अपने बालकों को बचपन से ही अंग्रेज़ी बोलने वाले बना देते हैं, वे उनके और देश के साथ द्रोह करते हैं। मैंने यह भी माना है कि इससे बालक अपने देश की धार्मिक और सामाजिक विरासत से वंचित रहता है और उस हद तक वह देश की तथा संसार की सेवा के लिए कम योग्य बनता है। अपने इस विश्वास के कारण मैं हमेशा जान-बूझकर बच्चों के साथ गुजराती में ही बातचीत करता था। पोलाक को यह अच्छा नहीं लगता था। उनकी दलील यह थी कि मैं बच्चों के भविष्य को बिगाड़ रहा हूँ। वे मुझे आग्रह-पूर्वक और प्रेम-पूर्वक समझाया करते थे कि यदि बालक अंग्रेज़ी के समान व्यापक भाषा को सीख लें, तो संसार में चल रही जीवन की होड़ में वे एक बड़ी मंजिल को सहज ही पार कर सकते हैं। उनकी यह दलील मेरे गले न उतरती थी। अब मुझे यह याद नहीं है कि अंत में मेरे उत्तर से उन्हें संतोष हुआ था या मेरा हठ देखकर उन्होंने शांति धारण कर ली थी। इस संवाद को लगभग बीस वर्ष हो चुके हैं; फिर भी उस समय के मेरे ये विचार आज अनुभव से अधिक दृढ़ हुए हैं, और यद्यपि मेरे पुत्र अक्षर-ज्ञान में कच्चे रह गए हैं, फिर भी मातृभाषा का जो साधारण ज्ञान उन्हें आसानी से मिला है, उससे उन्हें और देश को लाभ ही हुआ है और इस समय वे देश में परदेशी जैसे नहीं बन गए हैं। वे द्विभाषी तो सहज ही हो गए, क्योंकि विशाल अंग्रेज़ मित्र-मंडली के संपर्क में आने से और जहाँ विशेष रूप से अंग्रेज़ी बोली जाती है, ऐसे देश में रहने से वे अंग्रेज़ी भाषा बोलने और उसे साधारणतः लिखने लग गए।

24. जुलू 'विद्रोह'

घर बसाकर बैठने के बाद कहीं स्थिर होकर रहना मेरे नसीब में बदा ही न था। जोहानिसबर्ग में मैं कुछ स्थिर-सा होने लगा था कि इसी बीच एक अनसोची

घटना घटी। अखबारों में यह खबर पढ़ने को मिली कि नेटाल में जुलू 'विद्रोह' हुआ है। जुलू लोगों से मेरी कोई दुश्मनी न थी। उन्होंने एक भी हिंदुस्तानी का नुकसान नहीं किया था। 'विद्रोह' शब्द के औचित्य के विषय में भी मुझे शंका थी। किंतु उन दिनों मैं अंग्रेज़ी सल्तनत को संसार का कल्याण करने वाली सल्तनत मानता था। मेरी वफादारी हार्दिक थी। मैं उस सल्तनत का क्षय नहीं चाहता था। अतएव बल प्रयोग संबंधी नीति-अनीति का विचार मुझे इस कार्य को करने से रोक नहीं सकता था। नेटाल पर संकट आने पर उसके पास रक्षा के लिए स्वयंसेवकों की सेना थी और संकट के समय उसमें काम के लायक सैनिक भरती भी हो जाते थे। मैंने पढ़ा कि स्वयंसेवकों की सेना इस विद्रोह को दबाने के लिए रवाना हो चुकी है।

मैं अपने को नेटालवासी मानता था और नेटाल के साथ मेरा निकट संबंध तो था ही। अतएव मैंने गवर्नर को पत्र लिखा कि यदि आवश्यकता हो तो घायलों की सेवा-शुश्रूषा करने वाले हिंदुस्तानियों की एक टुकड़ी लेकर मैं सेवा के लिए जाने को तैयार हूँ। तुरंत ही गवर्नर का स्वीकृति-सूचक उत्तर मिला। मैंने अनुकूल उत्तर की अथवा इतनी जल्दी उत्तर पाने की आशा नहीं रखी थी। फिर भी उक्त पत्र लिखने के पहले मैंने अपना प्रबंध तो कर ही लिया था। तय यह किया था कि यदि मेरी प्रार्थना स्वीकृत हो जाए, तो जोहानिसबर्ग का घर उठा देंगे, मि. पोलाक अलग घर लेकर रहेंगे और कस्तूरबाई फीनिक्स जाकर रहेगी। इस योजना को कस्तूरबाई की पूर्ण सम्मति प्राप्त हुई। मुझे स्मरण नहीं है कि मेरे ऐसे कार्यों में उसकी तरफ से किसी भी दिन कोई बाधा डाली गई हो। गवर्नर का उत्तर मिलते ही मैंने मकान मालिक को मकान खाली करने के संबंध में विधिवत् एक महीने की नोटिस दे दी। कुछ सामान फीनिक्स गया, कुछ मि. पोलाक के पास रहा।

डरबन पहुँचने पर मैंने आदमियों की माँग की। बड़ी टुकड़ी की आवश्यकता नहीं थी। हम चौबीस आदमी तैयार हुए। उनमें मेरे सिवा चार गुजराती थे, बाकी मद्रास प्रांत के गिरमिट-मुक्त हिंदुस्तानी थे और एक पठान था।

स्वाभिमान की रक्षा के लिए और अधिक सुविधा के साथ काम कर सकने के लिए तथा वैसी प्रथा होने के कारण चिकित्सा-विभाग के मुख्य पदाधिकारी ने मुझे 'सार्जंट मेजर' का मुद्दती पद दिया और मेरी पसंद के अन्य तीन साथियों को 'सार्जंट' का और एक को 'कार्पोरल' का पद दिया। वरदी भी सरकार की ओर से ही मिली। मैं यह कह सकता हूँ कि इस टुकड़ी ने छह सप्ताह तक सतत सेवा की।

'विद्रोह' के स्थान पर पहुँचकर मैंने देखा कि वहाँ विद्रोह जैसी कोई चीज नहीं थी। कोई विरोध करता हुआ भी नजर नहीं आता था। विद्रोह मानने का कारण यह था कि एक जुलू सरदार ने जुलू लोगों पर लगाया गया नया कर न देने की उन्हें सलाह दी थी और कर की वसूली के लिए गए हुए एक सार्जेंट को उसने कत्ल कर डाला था। सो जो भी हो, मेरा हृदय तो जुलू लोगों की तरफ था और केंद्र पर पहुँचने के बाद जब हमारे हिस्से मुख्यतः जुलू घायलों की शुश्रूषा करने का काम आया, तो मैं बहुत खुश हुआ। वहाँ के डॉक्टर अधिकारी ने हमारा स्वागत किया। उसने कहा, 'गोरों में से कोई इन घायलों की सेवा शुश्रूषा करने के लिए तैयार नहीं होता। मैं अकेला किस-किसकी सेवा करूँ? इनके घाव सड़ रहे हैं। अब आप आए हैं, इसे मैं इन निर्दोष लोगों पर ईश्वर की कृपा ही समझता हूँ।' यों कहकर उसने मुझे पट्टियाँ, जंतु-नाशक पानी आदि सामान दिया और उन बीमारों के पास ले गया। बीमार हमें देखकर खुश हो गए। गोरे सिपाही जालियों में से झाँक झाँककर हमें घाव साफ करने से रोकने का प्रयत्न करते, हमारे न मानने पर खीझते और जुलुओं के बारे में जिन गंदे शब्दों का उपयोग करते, उनसे तो कान के कीड़े झड़ जाते थे।

धीरे-धीरे गोरे सिपाहियों के साथ भी मेरा परिचय हो गया और उन्होंने मुझे रोकना बंद कर दिया। इस सेना में सन् 1896 में मेरा घोर विरोध करने वाले कर्नल स्पार्क्स और कर्नल वायली थे। वे मेरे इस कार्य से आश्चर्यचकित हो गए। मुझे खास तौर से बुलाकर उन्होंने मेरा उपकार माना। वे मुझे जनरल मेकेंजी के पास भी ले गए और उनसे मेरा परिचय कराया।

पाठक यह न समझें कि इनमें से कोई पेशेवर सिपाही था। कर्नल वायली प्रसिद्ध वकील थे। कर्नल स्पार्क्स कसाईखाने के मशहूर मालिक थे। जनरल मेकेंजी नेटाल के प्रसिद्ध किसान थे। वे सब स्वयंसेवक थे और स्वयंसेवक के नाते ही उन्होंने सैनिक शिक्षा और अनुभव प्राप्त किया था।

कोई यह न माने कि जिन बीमारों की सेवा-शुश्रूषा का काम हमें सौंपा गया था, वे किसी लड़ाई में घायल हुए थे। उनमें से एक हिस्सा उन कैदियों का था, जो शक में पकड़े गए थे। जनरल ने उन्हें कोड़ों की सजा दी थी। इन कोड़ों की मार से जो घाव पैदा हुए थे, वे सार-सँभाल के अभाव में पक गए थे। दूसरा हिस्सा उन जुलुओं का था, जो मित्र माने जाते थे। इन मित्रों को सिपाहियों ने भूल से घायल किया था, यद्यपि उन्होंने मित्रता-सूचक चिह्न धारण कर रखे थे।

इसके अतिरिक्त स्वयं मुझे गोरे सिपाहियों के लिए भी दवा लाने और उन्हें दवा देने का काम सौंपा गया था। डॉ. बूथ के छोटे से अस्पताल में मैंने एक साल तक इस काम की तालीम ली थी, इससे यह काम मेरे लिए सरल हो गया था। इस काम के कारण बहुत से गोरों के साथ मेरा अच्छा परिचय हो गया था।

पर लड़ाई में व्यस्त सेना किसी एक जगह पर तो बैठी रह ही नहीं सकती थी। जहाँ से संकट के समाचार आते, वहीं वह दौड़ जाती थी। उसमें बहुत से तो घुड़सवार ही थे। केंद्रस्थान से हमारी छावनी उठती कि हमें उसके पीछे-पीछे अपनी डोलियाँ कंधे पर उठाकर चलना पड़ता था। दो-तीन मौकों पर तो एक ही दिन में चालीस मील की मंजिल तय करनी पड़ी। यहाँ भी हमें तो केवल प्रभु का ही काम मिला। जो जुलू मित्र भूल से घायल हुए थे, उन्हें डोलियों में उठाकर छावनी तक पहुँचाना था और वहाँ उनकी सेवा-शुश्रूषा करनी थी।

25. हृदय-मंथन

जुलू 'विद्रोह' में मुझे बहुत से अनुभव हुए और बहुत-कुछ सोचने को मिला। बोअर-युद्ध में मुझे लड़ाई की भयंकरता उतनी प्रतीत नहीं हुई थी जितनी यहाँ हुई। यहाँ लड़ाई नहीं, बल्कि मनुष्य का शिकार हो रहा था। यह केवल मेरा ही नहीं, बल्कि उन कई अंग्रेज़ों का भी अनुभव था, जिनके साथ मेरी चर्चा होती रहती थी। सबेरे-सबेरे सेना गाँव में जाकर मानो पटाखे छोड़ती हो, इस प्रकार उसकी बंदूकों की आवाज दूर रहने वाले हम लोगों के कानों पर पड़ती थी। इन आवाजों को सुनना और इस वातावरण में रहना मुझे बहुत मुश्किल मालूम पड़ा। लेकिन मैं सब कुछ कड़वे घूँट की तरह पी गया और मेरे हिस्से जो काम आया सो तो केवल जुलू लोगों की सेवा का ही आया। मैं यह समझ गया कि अगर हम स्वयंसेवक-दल में सम्मिलित न हुए होते, तो दूसरा कोई यह सेवा न करता। इस विचार से मैंने अपनी अंतरात्मा को शांत किया।

यहाँ बस्ती बहुत कम थी। पहाड़ों और खाइयों में भले, सादे और जंगली माने जाने वाले जुलू लोगों के घास-फूस के झोंपड़ों को छोड़कर और कुछ न था। इस

कारण दृश्य भव्य मालूम होता था। जब इस निर्जन प्रदेश में हम किसी घायल को लेकर अथवा यों ही मीलों पैदल जाते थे, तब मैं सोच में डूब जाता था।

यहाँ ब्रह्मचर्य के बारे में मेरे विचार परिपक्व हुए। मैंने अपने साथियों से भी इसकी थोड़ी चर्चा की। मुझे अभी इस बात का साक्षात्कार तो नहीं हुआ था कि ईश्वर-दर्शन के लिए ब्रह्मचर्य अनिवार्य वस्तु है। किंतु मैं यह स्पष्ट देख सका था कि सेवा के लिए ब्रह्मचर्य आवश्यक है। मुझे लगा कि इस प्रकार की सेवा तो मेरे हिस्से अधिकाधिक आती ही रहेगी और यदि मैं भोग-विलास में, संतानोत्पत्ति में और संतति के पालन-पोषण में लगा रहा, तो मुझसे संपूर्ण सेवा नहीं हो सकेगी; मैं दो घोड़ों पर सवारी नहीं कर सकता। यदि पत्नी सगर्भा हो तो मैं निश्चिंत भाव से इस सेवा में प्रवृत्त हो ही नहीं सकता। ब्रह्मचर्य का पालन किए बिना परिवार की वृद्धि करते रहना समाज के अभ्युदय के लिए किए जाने वाले मनुष्य के प्रयत्न का विरोध करने वाली वस्तु बन जाती है। विवाहित होते हुए भी ब्रह्मचर्य का पालन किया जाए, तो परिवार की सेवा समाज-सेवा की विरोधी न बने। मैं इस प्रकार के विचार-चक्र में फँस गया और ब्रह्मचर्य का व्रत लेने के लिए थोड़ा अधीर भी हो उठा। इन विचारों से मुझे एक प्रकार का आनंद हुआ और मेरा उत्साह बढ़ा। कल्पना ने सेवा के क्षेत्र को बहुत विशाल बना दिया।

मैं मन-ही-मन इन विचारों को पक्का कर रहा था और शरीर को कस रहा था कि इतने में कोई यह अफवाह लाया कि विद्रोह शांत होने जा रहा है और अब हमें छुट्टी मिल जाएगी। दूसरे दिन हमें घर जाने की इजाज़त मिली और बाद में कुछ ही दिनों के अंदर सब अपने-अपने घर पहुँच गए। इसके कुछ ही दिनों बाद गवर्नर ने उक्त सेवा के लिए मेरे नाम आभार प्रदर्शन का एक विशेष पत्र भेजा।

फीनिक्स पहुँचकर मैंने ब्रह्मचर्य की बात बहुत रसपूर्वक छगनलाल, मगनलाल, वेस्ट इत्यादि के सामने रखी। सबको बात पसंद आई। सबने उसकी आवश्यकता स्वीकार की। सबने यह भी अनुभव किया कि ब्रह्मचर्य का पालन बहुत ही कठिन है। कइयों ने प्रयत्न करने का साहस भी किया और मेरा खयाल है कि कुछ को उसमें सफलता भी मिली।

मैंने व्रत ले लिया कि अब से आगे जीवन भर ब्रह्मचर्य का पालन करूँगा। उस समय मैं इस व्रत के महत्त्व और इसकी कठिनाइयों को पूरी तरह समझ न सका था। इसकी कठिनाइयों का अनुभव तो मैं आज भी करता रहता हूँ। इसके महत्त्व को मैं दिन-दिन अधिकाधिक समझता जाता हूँ। ब्रह्मचर्य रहित जीवन मुझे शुष्क

और पशुओं जैसा प्रतीत होता है। पशु स्वभाव निरंकुश है। मनुष्य का मनुष्यत्व स्वेच्छा से अंकुश में रहने में है। धर्मग्रंथों में पाई जानेवाली ब्रह्मचर्य की प्रशंसा में पहले मुझे अतिशयोक्ति मालूम होती थी; उसके बदले अब दिन-दिन यह अधिक स्पष्ट होता जाता है कि वह उचित है और अनुभवपूर्वक लिखी गई है।

जिस ब्रह्मचर्य के ऐसे परिणाम आ सकते हैं, वह सरल नहीं हो सकता, वह केवल शारीरिक भी नहीं हो सकता। शारीरिक अंकुश से ब्रह्मचर्य का आरंभ होता है। परंतु शुद्ध ब्रह्मचर्य में विचार की मलिनता भी न होनी चाहिए। संपूर्ण ब्रह्मचारी को तो स्वप्न में भी विकारी विचार नहीं आते। और, जब तक विकारयुक्त स्वप्न आते रहते हैं, तब तक यह समझना चाहिए कि ब्रह्मचर्य बहुत अपूर्ण है।

मुझे कायिक ब्रह्मचर्य के पालन में भी महान् कष्ट उठाना पड़ा है। आज यह कहा जा सकता है कि मैं इसके विषय में निर्भय बना हूँ। लेकिन अपने विचारों पर मुझे जो जय प्राप्त करनी चाहिए, वह प्राप्त नहीं हो सकी है। मुझे नहीं लगता कि मेरे प्रयत्न में न्यूनता रहती है। लेकिन मैं अभी तक यह समझ नहीं सका हूँ कि हम जिन विचारों को नहीं चाहते, वे हम पर कहाँ से और किस प्रकार हमला करते हैं। मुझे इस विषय में संदेह नहीं है कि मनुष्य के पास विचारों को भी रोकने की चाबी है। लेकिन अभी तो मैं इस निर्णय पर पहुँचा हूँ कि यह चाबी भी हर एक को अपने लिए खुद खोज लेनी है। महापुरुष हमारे लिए अपने जो अनुभव छोड़ गए हैं, वे मार्गदर्शक हैं। वे संपूर्ण नहीं हैं। संपूर्णता तो केवल प्रभु-प्रसादी है। और इसी हेतु से भक्तजन अपनी तपश्चर्या द्वारा पुनीत किए हुए और हमें पावन करने वाले रामनामादि मंत्र छोड़ गए हैं। संपूर्ण ईश्वरार्पण के बिना विचारों पर संपूर्ण विजय प्राप्त हो ही नहीं सकती। यह वचन मैंने सब धर्मग्रंथों में पढ़ा है और इसकी सचाई का अनुभव मैं ब्रह्मचर्य के सूक्ष्मतम पालन के अपने इस प्रयत्न के विषय में कर रहा हूँ।

पर मेरे महान् प्रयत्न और संघर्ष का थोड़ा-बहुत इतिहास अगले प्रकरणों में आने ही वाला है। इस प्रकरण के अंत में तो मैं यही कह दूँ कि अपने उत्साह के कारण मुझे आरंभ में तो व्रत का पालन सरल प्रतीत हुआ। व्रत लेते ही मैंने एक परिवर्तन कर डाला। पत्नी के साथ एक शय्या का अथवा एकांत का मैंने त्याग किया। इस प्रकार जिस ब्रह्मचर्य का पालन मैं इच्छा या अनिच्छा से सन् 1900 से करता आ रहा था, व्रत के रूप में उसका आरंभ 1906 के मध्य से हुआ।

26. सत्याग्रह की उत्पत्ति

यों एक प्रकार जो आत्मशुद्धि मैंने की, वह मानो सत्याग्रह के लिए ही हुई हो, ऐसी एक घटना जोहानिसबर्ग में मेरे लिए तैयार हो रही थी। आज मैं देख रहा हूँ कि ब्रह्मचर्य का व्रत लेने तक की मेरे जीवन की सभी मुख्य घटनाएँ मुझे छिपे तौर पर उसी के लिए तैयार कर रही थीं।

'सत्याग्रह' शब्द की उत्पत्ति के पहले उस वस्तु की उत्पत्ति हुई। उत्पत्ति के समय तो मैं स्वयं भी उसके स्वरूप को पहचान न सका था। सब कोई उसे गुजराती में 'पैसिव रेजिस्टेंस' के अंग्रेज़ी नाम से पहचानने लगे। जब गोरों की एक सभा में मैंने देखा कि 'पैसिव रेजिस्टेंस' का संकुचित अर्थ किया जाता है, उसे कमजोरों का ही हथियार माना जाता है, उसमें द्वेष हो सकता है और उसका अंतिम स्वरूप हिंसा में प्रकट हो सकता है, तब मुझे उसका विरोध करना पड़ा और हिंदुस्तानियों की लड़ाई का सच्चा स्वरूप समझाना पड़ा। और तब हिंदुस्तानियों के लिए अपनी लड़ाई का परिचय देने के लिए नए शब्द की योजना करना आवश्यक हो गया।

पर मुझे वैसा स्वतंत्र शब्द किसी तरह सूझ नहीं रहा था। अतएव उसके लिए नाममात्र का इनाम रखकर मैंने 'इंडियन ओपीनियन' के पाठकों में प्रतियोगिता करवाई। इस प्रतियोगिता के परिणामस्वरूप मगनलाल गांधी ने सत्+आग्रह की संधि करके 'सदाग्रह' शब्द बनाकर भेजा। इनाम उन्हें मिला। पर 'सदाग्रह' शब्द को अधिक स्पष्ट करने के विचार से मैंने बीच में 'य' अक्षर और बढ़ाकर 'सत्याग्रह' शब्द बनाया और गुजराती में यह लड़ाई इस नाम से पहचानी जाने लगी।

कहा जा सकता है कि इस लड़ाई का इतिहास दक्षिण अफ्रीका के मेरे जीवन का और विशेषकर मेरे सत्य के प्रयोगों का इतिहास है। इस इतिहास का अधिकांश मैंने यरवडा जेल में लिख डाला था और बाकी बाहर आने के बाद पूरा किया। वह सब 'नवजीवन' में छप चुका है और बाद में' *दक्षिण अफ्रीका के सत्याग्रह का इतिहास*[13] के नाम से पुस्तक रूप में भी प्रकाशित हो चुका है। उसका अंग्रेज़ी अनुवाद श्री वालजी गोविंदजी देसाई 'करण्ट थॉट' के लिए कर रहे हैं। पर अब मैं उसे शीघ्र ही अंग्रेज़ी में पुस्तकाकार प्रकाशित करने की व्यवस्था कर रहा हूँ, जिससे दक्षिण अफ्रीका के मेरे बड़े-से-बड़े प्रयोगों को जानने के इच्छुक सब लोग उन्हें जान-समझ सकें। जिन गुजराती पाठकों ने *दक्षिण अफ्रीका के सत्याग्रह का*

इतिहास न पढ़ा हो, उन्हें मेरी सलाह है कि वे उसे पढ़ लें। मैं चाहता हूँ कि अब से आगे के कुछ प्रकरणों में उक्त इतिहास में दिए गए मुख्य कथा भाग को छोड़कर दक्षिण अफ्रीका के मेरे जीवन के जो थोड़े व्यक्तिगत प्रसंग उसमें देने रह गए हैं, उन्हीं की चर्चा करूँ। और इनके समाप्त होने पर मैं तुरंत ही पाठकों को हिंदुस्तान के प्रयोगों का परिचय देना चाहता हूँ। अतएव जो पाठक इन प्रयोगों के प्रसंगों के क्रम को अविच्छिन्न रखना चाहते हैं, उनके लिए *दक्षिण अफ्रीका के सत्याग्रह का इतिहास* के उक्त प्रकरण अब अपने सामने रखना जरूरी है।

27. आहार के अधिक प्रयोग

मन-वचन-काया से ब्रह्मचर्य का पालन किस प्रकार हो, यह मेरी एक चिंता थी; और सत्याग्रह के युद्ध के लिए अधिक से अधिक समय किस तरह बच सके और अधिक शुद्धि किस प्रकार हो, यह दूसरी चिंता थी। इन चिंताओं ने मुझे आहार में अधिक संयम और अधिक परिवर्तन करने के लिए प्रेरित किया और पहले जो परिवर्तन मैं मुख्यतः आरोग्य की दृष्टि से करता था, वे अब धार्मिक दृष्टि से होने लगे।

इसमें उपवास और अल्पाहार ने अधिक स्थान लिया। जिस मनुष्य में विषय-वासना रहती है, उसमें जीभ के स्वाद भी अच्छी मात्रा में होते हैं। मेरी भी यही स्थिति थी। जननेंद्रिय और स्वादेंद्रिय पर काबू पाने की कोशिश में मुझे अनेक कठिनाइयों का सामना करना पड़ा है और आज भी मैं यह दावा नहीं कर सकता कि मैंने दोनों पर पूरी जय प्राप्त कर ली है। मैंने अपने आपको अत्याहारी माना है। मित्रों ने जिसे मेरा संयम माना है, उसे मैंने स्वयं कभी संयम माना ही नहीं। मैं जितना अंकुश रखना सीखा हूँ उतना भी यदि न रख सका होता, तो मैं पशु से भी नीचे गिर जाता और कभी का नष्ट हो जाता। कहा जा सकता है कि अपनी त्रुटियों का मुझे ठीक दर्शन होने से मैंने उन्हें दूर करने के लिए घोर प्रयत्न किए हैं और फलतः मैं इतने वर्षों तक इस शरीर को टिका सका हूँ और इससे कुछ काम ले सका हूँ।

मुझे इसका ज्ञान था और ऐसा संग अनायास ही प्राप्त हो गया था, इसलिए मैंने एकादशी का फलाहार अथवा उपवास शुरू किया। जन्माष्टमी आदि दूसरी

तिथियाँ भी पालना शुरू किया, किंतु संयम की दृष्टि से मैं फलाहार और अन्नाहार के बीच बहुत भेद न देख सका। जिसे हम अनाज के रूप में पहचानते हैं उसमें से जो रस हम प्राप्त करते हैं, वे रस हमें फलाहार में से भी मिल जाते हैं; और मैंने देखा है कि आदत पड़ने पर तो उसमें से अधिक रस प्राप्त होते हैं। अतएव इन तिथियों के दिन में निराहार उपवास को अथवा एकाशन को अधिक महत्त्व देने लगा। इसके सिवा, प्रायश्चित्त आदि का कोई निमित्त मिल जाता, तो में उस निमित्त से भी एक बार का उपवास कर डालता था।

इसमें से मैंने यह भी अनुभव किया कि शरीर के अधिक निर्मल होने से स्वाद बढ़ गया, भूख अधिक खुल गई और मैंने देखा कि उपवास आदि जिस हद तक संयम के साधन हैं, उसी हद तक वे भोग के साधन भी बन सकते हैं। इस ज्ञान के बाद इसके समर्थन में इसी प्रकार के कितने ही अनुभव मुझे और दूसरों को हुए हैं। यद्यपि मुझे शरीर को अधिक अच्छा और कसा हुआ बनाना था, तथापि अब मुख्य हेतु तो संयम सिद्ध करना—स्वाद जीतना ही था। अतएव मैं आहार की वस्तुओं में और उनके परिमाण में फेरबदल करने लगा। किंतु रस तो पीछा पकड़े हुए थे ही। मैं जिस वस्तु को छोड़ता और उसके बदले में जिसे लेता, उसमें से बिलकुल ही नए और अधिक रसों का निर्माण हो जाता!

इन प्रयोगों में मेरे कुछ साथी भी थे। उनमें हरमान केलनबैक मुख्य थे। चूँकि उनका परिचय मैं *दक्षिण अफ्रीका के सत्याग्रह का इतिहास* में दे चुका हूँ, इसलिए पुनः इन प्रकरणों में देने का विचार मैंने छोड़ दिया है। उन्होंने मेरे प्रत्येक उपवास में, एकाशन में और दूसरे परिवर्तनों में मेरा साथ दिया था। जिन दिनों लड़ाई खूब ज़ोर से चल रही थी, उन दिनों तो मैं उन्हीं के घर में रहता था। हम दोनों अपने परिवर्तनों की चर्चा करते और नए परिवर्तनों में से पुराने स्वादों से अधिक स्वाद ग्रहण करते थे। उस समय तो ये संवाद मीठे भी मालूम होते थे। उनमें कोई अनौचित्य नहीं जान पड़ता था। किंतु अनुभव ने सिखाया कि ऐसे स्वादों का आनंद लेना भी अनुचित था। मतलब यह कि मनुष्य को स्वाद के लिए नहीं, बल्कि शरीर के निर्वाह के लिए ही खाना चाहिए। जब प्रत्येक इंद्रिय केवल शरीर के लिए और शरीर के द्वारा आत्मा के दर्शन के लिए ही कार्य करती है, तब उसके रस शून्यवत् हो जाते हैं और तभी कहा जा सकता है कि वह स्वाभाविक रूप से बरतती है।

ऐसा स्वाभाविकता प्राप्त करने के लिए जितने प्रयोग किए जाएँ उतने कम ही हैं और ऐसा करते हुए अनेक शरीरों की आहुति देनी पड़े, तो उसे भी हमें तुच्छ समझना चाहिए। आज तो उलटी धारा बह रही है। नश्वर शरीर को सजाने के

लिए, उसकी उम्र बढ़ाने के लिए, हम अनेक प्राणियों की बलि देते हैं, फिर भी उससे शरीर और आत्मा दोनों का हनन होता है। एक रोग को मिटाने की कोशिश में, इंद्रियों के भोग भोगने का यत्न करने में हम अनेक नए रोग उत्पन्न कर लेते हैं और अंत में भोग भोगने की शक्ति भी खो बैठते हैं। और अपनी आँखों के सामने हो रही इस क्रिया को देखने से हम इनकार करते हैं।

आहार के जिन प्रयोगों का वर्णन करने में मैं कुछ समय लेना चाहता हूँ, उन्हें पाठक समझ सकें, इसलिए उनके उद्देश्य की और उनके मूल में काम कर रही विचारधारा की जानकारी देना आवश्यक था।

28. पत्नी की दृढ़ता

कस्तूरबाई पर रोग के तीन घातक हमले हुए और तीनों में वह केवल घरेलू उपचारों से बच गई। उनमें पहली घटना उस समय घटी जब सत्याग्रह का युद्ध चल रहा था। उसे बार-बार रक्तस्राव हुआ करता था। एक डॉक्टर मित्र ने शल्य क्रिया करा लेने की सलाह दी थी। थोड़ी आनाकानी के बाद पत्नी ने शल्य क्रिया कराना स्वीकार कर लिया। उसका शरीर बहुत ही क्षीण हो गया था। डॉक्टर ने बिना क्लोरोफार्म के शल्य क्रिया की। शल्य क्रिया के समय पीड़ा बहुत हो रही थी, पर जिस धीरज से कस्तूरबाई ने उसे सहन किया, उससे मैं आश्चर्यचकित हो गया। शल्य क्रिया निर्विघ्न पूरी हो गई। डॉक्टर ने और उनकी पत्नी ने कस्तूरबाई की अच्छी सार-सँभाल की।

यह घटना डरबन में हुई थी। दो या तीन दिन के बाद डॉक्टर ने मुझे निश्चिंत होकर जोहानिसबर्ग जाने की अनुमति दे दी। मैं चला गया। कुछ ही दिन बाद खबर मिली कि कस्तूरबाई का शरीर बिलकुल सुधर नहीं रहा है और वह बिछौना छोड़कर उठ-बैठ भी नहीं सकती। एक बार बेहोश भी हो चुकी थी। डॉक्टर जानते थे कि मुझसे पूछे बिना औषधि या अन्न के रूप में कस्तूरबाई को शराब अथवा मांस नहीं दिया जा सकता। डॉक्टर ने मुझे जोहानिसबर्ग में टेलीफोन किया, 'मैं आपकी पत्नी को मांस का शोरबा अथवा 'बीफ-टी' देने की जरूरत समझता हूँ। मुझे इजाज़त मिलनी चाहिए।'

मैंने उत्तर दिया, 'मैं यह इजाज़त नहीं दे सकता। किंतु कस्तूरबाई स्वतंत्र है। उससे पूछने जैसी स्थिति हो तो पूछिए और वह लेना चाहे तो जरूर दीजिए।'

'ऐसे मामलों में मैं बीमार से कुछ पूछना पसंद नहीं करता। स्वयं आपका यहाँ आना जरूरी है। यदि आप मैं जो चाहूँ सो खिलाने की छूट मुझे न दें, तो मैं आपकी स्त्री के लिए जिम्मेदार नहीं।'

मैंने उसी दिन डरबन की ट्रेन पकड़ी। डरबन पहुँचा। डॉक्टर ने मुझसे कहा, 'मैंने तो शोरबा पिलाने के बाद ही आपको टेलीफोन किया था!'

मैंने कहा, 'डॉक्टर, मैं इसे दगा समझता हूँ।'

डॉक्टर ने दृढ़तापूर्वक उत्तर दिया, 'दवा करते समय मैं दगा-वगा नहीं समझता। हम डॉक्टर लोग ऐसे समय रोगी को अथवा उसके संबंधियों को धोखा देने में पुण्य समझते हैं। हमारा धर्म तो किसी भी तरह रोगी को बचाना है!'

मुझे बहुत दुःख हुआ। पर मैं शांत रहा। डॉक्टर मित्र थे, सज्जन थे। उन्होंने और उनकी पत्नी ने मुझ पर उपकार किया था। पर मैं उक्त व्यवहार सहन करने के लिए तैयार न था।

'डॉक्टर साहब, अब स्थिति स्पष्ट कर लीजिए। कहिए, आप क्या करना चाहते हैं? मैं अपनी पत्नी को उसकी इच्छा के बिना मांस नहीं खिलाने दूँगा। मांस न लेने के कारण उसकी मृत्यु हो जाए, तो मैं उसे सहने के लिए तैयार हूँ।'

डॉक्टर बोले, 'आपकी फिलॉसफी मेरे घर में तो हरगिज नहीं चलेगी। मैं आपसे कहता हूँ कि जब तक अपनी पत्नी को आप मेरे घर में रहने देंगे, तब तक मैं उसे अवश्य ही मांस अथवा जो कुछ भी देना उचित होगा, दूँगा। यदि यह स्वीकार न हो तो आप अपनी पत्नी को ले जाइए। मैं अपने ही घर में जान-बूझकर उसकी मृत्यु नहीं होने दूँगा।'

'तो क्या आप यह कहते हैं कि मैं अपनी पत्नी को इसी समय ले जाऊँ?'

'मैं कब कहता हूँ कि ले जाइए? मैं तो यह कहता हूँ कि मुझ पर किसी प्रकार का अंकुश न रखिए। उस दशा में हम दोनों उसकी जितनी हो सकेगी उतनी सार-सँभाल करेंगे और आप निश्चिंत होकर जा सकेंगे। यदि यह सीधी सी बात आप न समझ सकें, तो मुझे विवश होकर कहना होगा कि आप अपनी पत्नी को मेरे घर से ले जाइए।'

मेरा खयाल है कि उस समय मेरा एक लड़का मेरे साथ था। मैंने उससे पूछा। उसने कहा, 'आपकी बात मुझे मंजूर है। बाnको मांस तो दिया ही नहीं जा सकता।'

फिर मैं कस्तूरबाई के पास गया। वह बहुत अशक्त थी। उससे कुछ भी पूछना मेरे लिए दुःखदाई था, किंतु धर्म समझकर मैंने उसे थोड़े में ऊपर की बात कह सुनाई। उसने दृढ़तापूर्वक उत्तर दिया, 'मैं मांस का शोरबा नहीं लूँगी। मनुष्य की देह बार-बार नहीं मिलती। चाहे आपकी गोद में मैं मर जाऊँ, पर अपनी इस देह को भ्रष्ट तो नहीं होने दूंगी।'

जितना मैं समझा सकता था, मैंने समझाया और कहा, 'तुम मेरे विचारों का अनुसरण करने के लिए बँधी हुई नहीं हो।'

हमारी जान-पहचान के कई हिंदू दवा के लिए मांस और मद्य लेते थे, इसकी भी मैंने बात की। पर वह टस-से-मस न हुई और बोली, 'मुझे यहाँ से ले चलिए।'

मैं बहुत प्रसन्न हुआ। ले जाने के विचार से घबरा गया। पर मैंने निश्चय कर लिया। डॉक्टर को पत्नी का निश्चय सुना दिया। डॉक्टर गुस्सा हुए और बोले, 'आप तो बड़े निर्दयी पति मालूम पड़ते हैं। ऐसी बीमारी में उस बेचारी से इस तरह की बातें करने में आपको शर्म भी नहीं आई? मैं आप से कहता हूँ कि आपकी स्त्री यहाँ से ले जाने लायक नहीं है। उसका शरीर इस योग्य नहीं है कि वह थोड़ा भी धक्का सहन करे। रास्ते में ही उसकी जान निकल जाए, तो मुझे आश्चर्य न होगा। फिर भी आप अपने हठ के कारण बिलकुल न मानें, तो आप ले जाने के लिए स्वतंत्र हैं। यदि मैं उसे शोरबा न दे सकूँ, तो अपने घर में एक रात रखने का भी खतरा मैं नहीं उठा सकता।'

रिमझिम-रिमझिम मेह बरस रहा था। स्टेशन दूर था। डरबन से फीनिक्स तक रेल का और फीनिक्स से लगभग ढाई मील का पैदल रास्ता था। खतरा काफी था, पर मैंने माना कि भगवान मदद करेगा। एक आदमी को पहले से फीनिक्स भेज दिया। फीनिक्स में हमारे पास 'हैमक' था। जालीदार कपड़े की झोली या पालने को हैमक कहते हैं। उसके सिरे बाँस से बाँध दिए जाएँ, तो बीमार उसमें आराम से झूलता रह सकता है। मैंने वेस्ट को खबर भेजी थी कि वे हैमक, एक बोतल गरम दूध, एक बोतल गरम पानी और छह आदमियों को साथ लेकर स्टेशन पर आ जाएँ।

दूसरी ट्रेन के छूटने का समय होने पर मैंने रिक्शा मँगवाया और उसमें, इस खतरनाक हालत में, पत्नी को बैठाकर मैं रवाना हो गया।

मुझे पत्नी को हिम्मत नहीं बँधानी पड़ी; उलटे उसी ने मुझे हिम्मत बँधाते हुए कहा, 'मुझे कुछ नहीं होगा, आप चिंता न कीजिए।'

हड्डियों के इस ढाँचे में वजन तो कुछ रह ही नहीं गया था। खाया बिलकुल नहीं जाता था। ट्रेन के डिब्बे तक पहुँचने में स्टेशन के लंबे-चौड़े प्लेटफॉर्म पर दूर तक चलकर जाना पड़ता था। वहाँ तक रिक्शा नहीं जा सकता था। मैं उसे उठाकर डिब्बे तक ले गया। फीनिक्स पहुँचने पर तो वह झोली आ गई थी। उसमें बीमार को आराम से ले गए। वहाँ केवल पानी के उपचार से धीरे-धीरे कस्तूरबाई का शरीर पुष्ट होने लगा।

फीनिक्स पहुँचने के बाद दो-तीन दिन के अंदर एक स्वामी पधारे। हमारे 'हठ' की बात सुनकर उनके मन में दया उपजी और वे हम दोनों को समझाने आए। जैसा कि मुझे याद है, स्वामीजी के आगमन के समय मणिलाल और रामदास भी वहाँ मौजूद थे। स्वामीजी ने मांसाहार की निर्दोषता पर व्याख्यान देना शुरू किया। मनुस्मृति के श्लोकों का प्रमाण दिया। पत्नी के सामने इस तरह की चर्चा मुझे अच्छी नहीं लगी, पर शिष्टता के विचार से मैंने उसे चलने दिया। मांसाहार के समर्थन में मुझे मनुस्मृति के प्रमाण की आवश्यकता नहीं थी। मैं उसके श्लोकों को जानता था। मैं जानता था कि उन्हें प्रक्षिप्त मानने वाला भी एक पक्ष है। पर वे प्रक्षिप्त न होते तो भी अन्नाहार के विषय में मेरे विचार तो स्वतंत्र रीति से पक्के हो चुके थे। कस्तूरबाई की श्रद्धा काम कर रही थी। वह बेचारी शास्त्र के प्रमाण को क्या जाने? उसके लिए तो बाप-दादों की रूढ़ि ही धर्म थी। लड़कों को अपने पिता के धर्म पर विश्वास था। इसलिए वे स्वामीजी से मज़ाक कर रहे थे। अंत में कस्तूरबाई ने इस संवाद को यह कहकर बंद किया :

'स्वामीजी, आप कुछ भी क्यों न कहें, पर मुझे मांस का शोरबा खाकर स्वस्थ नहीं होना है। अब आप मेरा सिर न पचाएँ, तो आपका मुझ पर बड़ा उपकार होगा। बाकी बातें आपको लड़कों के पिताजी से करनी हों, तो कर लीजिएगा। मैंने अपना निश्चय आपको बतला दिया।'

29. घर में सत्याग्रह

मुझे जेल का पहला अनुभव सन् 1908 में हुआ। उस समय मैंने देखा कि जेल

में कैदियों से जो कुछ नियम पलवाए जाते हैं, संयमी अथवा ब्रह्मचारी को उनका पालन स्वेच्छापूर्वक करना चाहिए। जैसे, कैदियों को सूर्यास्त से पहले पाँच बजे तक खा लेना होता है। उन्हें—हिंदुस्तानी और हबशी कैदियों को—चाय या कॉफी नहीं दी जाती। नमक खाना हो तो अलग से लेना होता है। स्वाद के लिए तो कुछ खाया ही नहीं जा सकता। जब मैंने जेल के डॉक्टर से हिंदुस्तानियों के लिए 'करी पाउडर[14]' (पिसा हुआ मसाला) माँगा और नमक बनती हुई रसोई में ही डालने की बात कही, तो वे बोले, 'यहाँ आप लोग स्वाद का आनंद लूटने के लिए नहीं आए हैं। आरोग्य की दृष्टि से 'करी पाउडर' की कोई आवश्यकता नहीं है। आरोग्य के विचार से नमक ऊपर से लें या पकाते समय रसोई में डालें, दोनों एक ही बात है।'

वहाँ तो बड़ी मेहनत बाद हम आखिर जरूरी परिवर्तन करा सके थे। पर केवल संयम की दृष्टि से देखें, तो दोनों प्रतिबंध अच्छे ही थे। ऐसा प्रतिबंध जब जबरदस्ती लगाया जाता है, तो वह सफल नहीं होता। पर स्वेच्छा से पालन करने पर ऐसा प्रतिबंध बहुत उपयोगी सिद्ध होता है। अतएव जेल से छूटने के बाद मैंने ये परिवर्तन भोजन में तुरंत किए। भरसक चाय पीना बंद किया और शाम को जल्दी खाने की आदत डाली, जो आज स्वाभाविक हो गई है।

किंतु एक ऐसी घटना घटी, जिसके कारण मैंने नमक का त्याग किया, जो लगभग दस वर्ष तक अखंड रूप से कायम रहा। अन्नाहार संबंधी कुछ पुस्तकों में मैंने पढ़ा था कि मनुष्य के लिए नमक खाना आवश्यक नहीं है और न खानेवाले को आरोग्य की दृष्टि से लाभ ही होता है। यह तो मुझे सूझा ही था कि नमक न खाने से ब्रह्मचारी को लाभ होता है। मैंने यह भी पढ़ा और अनुभव किया था कि कमज़ोर शरीरवाले को दाल न खानी चाहिए। किंतु मैं उन्हें तुरंत छोड़ न सका था। दोनों चीजें मुझे प्रिय थीं।

यद्यपि उक्त शल्य क्रिया के बाद कस्तूरबाई का रक्तस्राव थोड़े समय के लिए बंद हो गया था, पर अब वह फिर शुरू हो गया और किसी प्रकार बंद ही न होता था। अकेले पानी के उपचार व्यर्थ सिद्ध हुए। यद्यपि पत्नी को मेरे उपचारों पर विशेष श्रद्धा नहीं थी, तथापि उनके लिए तिरस्कार भी नहीं था। दूसरी दवा करने का आग्रह न था। मैंने उसे नमक और दाल छोड़ने के लिए मनाना शुरू किया। बहुत मनाने पर भी, अपने कथन के समर्थन में कुछ-न-कुछ पढ़कर सुनाने पर भी, वह मानी नहीं। आखिर उसने कहा, 'दाल और नमक छोड़ने

को तो कोई आपसे कहे, तो आप भी न छोड़ेंगे।' मुझे दुःख हुआ और हर्ष भी हुआ। मुझे अपना प्रेम उड़ेलने का अवसर मिला। उसके हर्ष में मैंने तुरंत ही कहा, 'तुम्हारा यह खयाल गलत है। मुझे बीमारी हो और वैद्य इस चीज को या दूसरी किसी चीज को छोड़ने के लिए कहे, तो मैं अवश्य छोड़ दूँ। लेकिन जाओ, मैंने तो एक साल के लिए दाल और नमक दोनों छोड़े। तुम छोड़ो या न छोड़ो, यह अलग बात है।'

पत्नी को बहुत पश्चात्ताप हुआ। वह कह उठी, 'मुझे माफ कीजिए। आपका स्वभाव जानते हुए भी मैं कहते कह गई। अब मैं दाल और नमक नहीं खाऊँगी, लेकिन आप अपनी बात लौटा लें। यह तो मेरे लिए बहुत बड़ी सजा हो जाएगी।'

मैंने कहा, 'अगर तुम दाल और नमक छोड़ोगी, तो अच्छा ही होगा। मुझे विश्वास है कि उससे तुम्हें लाभ होगा। पर मैं ली हुई प्रतिज्ञा वापस नहीं ले सकूँगा। मुझे तो इससे लाभ ही होगा। मनुष्य किसी भी निमित्त से संयम क्यों न पाले, उसमें उसे लाभ ही है। अतएव तुम मुझसे आग्रह न करो। फिर मेरे लिए भी यह एक परीक्षा हो जाएगी और इन दो पदार्थों को छोड़ने का जो निश्चय तुमने किया है, उस पर दृढ़ रहने से तुम्हें मदद मिलेगी।' इसके बाद मुझे उसे मनाने की जरूरत तो रही ही नहीं। 'आप बहुत हठीले हैं। किसी की बात मानते ही नहीं।' कहकर और अंजलि भर आँसू बहाकर वह शांत हो गई।

मैं इसे सत्याग्रह का नाम देना चाहता हूँ और इसको अपने जीवन की मधुर स्मृतियों में से एक मानता हूँ।

इसके बाद कस्तूरबाई की तबीयत खूब सँभली। इसमें नमक और दाल का त्याग कारण रूप था अथवा उस त्याग से उत्पन्न आहार-संबंधी अन्य छोटे-बड़े परिवर्तन कारणभूत थे, या इसके बाद दूसरे नियमों का पालन कराने में मेरी पहरेदारी निमित्त रूप थी, अथवा उपर्युक्त प्रसंग से उत्पन्न मानसिक उल्लास निमित्त रूप था—सो मैं कह नहीं सकता। पर कस्तूरबाई का क्षीण शरीर फिर पनपने लगा, रक्तस्राव बंद हुआ और 'वैद्यराज' के रूप में मेरी साख कुछ बढ़ी।

स्वयं मुझ पर तो इन दोनों के त्याग का प्रभाव अच्छा ही पड़ा। त्याग के बाद नमक अथवा दाल की इच्छा तक न रही। एक साल का समय तो तेजी से बीत गया। मैं इंद्रियों की शांति का अधिक अनुभव करने लगा और मन संयम को बढ़ाने की तरफ अधिक दौड़ने लगा। कहना होगा कि वर्ष की समाप्ति के बाद भी दाल और नमक का मेरा त्याग ठेठ देश लौटने तक चालू रहा। केवल एक बार सन् 1914 में

विलायत में नमक और दाल खाई थी। पर इसकी बात और देश वापस आने पर ये दोनों चीजें फिर किस तरह लेनी शुरू की, इसकी कहानी आगे कहूँगा।

नमक और दाल छुड़ाने के प्रयोग मैंने दूसरे साथियों पर भी काफी किए हैं और दक्षिण अफ्रीका में तो परिणाम अच्छे ही आए हैं। वैद्यक दृष्टि से दोनों चीजों के त्याग के विषय में दो मत हो सकते हैं, पर इसमें मुझे कोई शंका ही नहीं कि संयम की दृष्टि से तो इन दोनों चीजों के त्याग में लाभ ही है। भोगी और संयमी के आहार भिन्न होने चाहिए, उनके मार्ग भिन्न होने चाहिए। ब्रह्मचर्य का पालन करने की इच्छा रखनेवाले लोग भोगी का जीवन बिताकर ब्रह्मचर्य को कठिन और कभी-कभी लगभग असंभव बना डालते हैं।

30. संयम की ओर

मैं पिछले प्रकरण में लिख चुका हूँ कि आहार संबंधी कुछ परिवर्तन कस्तूरबाई की बीमारी के निमित्त से हुए थे। पर अब तो दिन-प्रतिदिन ब्रह्मचर्य की दृष्टि से आहार में परिवर्तन होने लगे।

इनमें पहला परिवर्तन दूध छोड़ने का हुआ। मुझे पहले-पहल रायचंद भाई से मालूम हुआ था कि दूध इंद्रिय-विकार पैदा करने वाली वस्तु है। अन्नाहार-विषयक अंग्रेज़ी पुस्तकों के वाचन से इस विचार में वृद्धि हुई। लेकिन जब तक ब्रह्मचर्य का व्रत नहीं लिया था, तब तक मैं दूध छोड़ने का कोई खास इरादा नहीं कर सका था। यह चीज तो मैं बहुत पहले से समझने लगा था कि शरीर के निर्वाह के लिए दूध आवश्यक नहीं है। लेकिन वह झट छूटने वाली चीज न थी। मैं यह अधिकाधिक समझने लगा था कि इंद्रिय-दमन के लिए दूध छोड़ना चाहिए। इन्हीं दिनों मेरे पास कलकत्ते से कुछ साहित्य आया, जिसमें गाय-भैंस पर ग्वालों द्वारा किए जाननेवाले क्रूर अत्याचारों की कथा थी। इस साहित्य का मुझ पर चमत्कारी प्रभाव पड़ा। मैंने इस संबंध में मि. केलनबैक से चर्चा की।

यद्यपि मि. केलनबैक का परिचय मैं सत्याग्रह के इतिहास में दे चुका हूँ, और पिछले एक प्रकरण में भी उनका थोड़ा उल्लेख कर चुका हूँ, तो भी यहाँ दो शब्द

अधिक कहने की आवश्यकता है। उनसे मेरी भेंट अनायास ही हुई थी। वे मि. खान के मित्र थे। मि. खान ने उनके अंतर की गहराई में वैराग्य-वृत्ति का दर्शन किया था और मेरा खयाल है कि इसी कारण उन्होंने मेरी पहचान उनसे कराई थी। जिस समय पहचान हुई, उस समय उनके तरह-तरह के शौकों से और खर्चीलेपन से मैं चौंक उठा था। पर पहले ही परिचय में उन्होंने मुझसे धर्म-विषयक प्रश्न किए। इस चर्चा में अनायास ही बुद्ध भगवान के त्याग की बात निकली। इस प्रसंग के बाद हमारा संपर्क बढ़ता चला गया। वह इस हद तक बढ़ा कि उन्होंने अपने मन में यह निश्चय कर लिया कि जो काम मैं करूँ, वह उन्हें भी करना चाहिए। वे बिलकुल अकेले थे। मकान-किराए के अलावा हर महीने लगभग बारह सौ रुपये वे अपने आप पर खर्च कर डालते थे। आखिर इसमें से इतनी सादगी पर पहुँच गए कि एक समय उनका मासिक खर्च घटकर 120 रुपये पर जा टिका। मेरे अपनी घर-गृहस्थी को तोड़ देने के बाद और पहली जेलयात्रा के पश्चात् हम दोनों साथ रहने लगे थे। उस समय हम दोनों का जीवन अपेक्षाकृत अधिक कठोर था।

जिन दिनों हम साथ रहते थे, उन्हीं दिनों दूध-संबंधी उक्त चर्चा हुई थी। मि. केलनबैंक ने सलाह दी, 'दूध के दोषों की चर्चा तो हम प्रायः करते ही हैं। तो फिर हम दूध छोड़ क्यों न दें? उसकी आवश्यकता तो है ही नहीं।' उनकी इस राय से मुझे सानंद आश्चर्य हुआ। मैंने इस सलाह का स्वागत किया और हम दोनों ने उसी क्षण टॉल्स्टॉय फॉर्म पर दूध का त्याग किया। यह घटना सन् 1912 में घटी।

इतने त्याग से मुझे शांति न हुई। दूध छोड़ने के कुछ ही समय बाद केवल फलाहार के प्रयोग का भी हमने निश्चय किया। फलाहार में भी जो सस्ते से सस्ते फल मिलें, उनसे ही अपना निर्वाह करने का हमारा निश्चय था। गरीब से गरीब आदमी जैसा जीवन बिताता है, वैसा ही जीवन बिताने की उमंग हम दोनों को थी। हमने फलाहार की सुविधा का भी खूब अनुभव किया। फलाहार में अधिकतर चूल्हा जलाने की आवश्यकता ही न होती थी। बिना सिंकी मूँगफली, केले, खजूर, नीबू और जैतून का तेल—यह हमारा साधारण आहार बन गया।

ब्रह्मचर्य का पालन करने की इच्छा रखने वालों को यहाँ एक चेतावनी देने की आवश्यकता है। यद्यपि मैंने ब्रह्मचर्य के साथ आहार और उपवास का निकट संबंध सूचित किया है, तो भी यह निश्चित है कि उसका मुख्य आधार मन पर है।

मैला मन उपवास से शुद्ध नहीं होता। आहार का उस पर प्रभाव नहीं पड़ता। मन का मैल तो विचार से, ईश्वर के ध्यान से और आखिर ईश्वरी प्रसाद से ही छूटता है। किंतु मन का शरीर के साथ निकट संबंध है और विकारयुक्त मन विकारयुक्त आहार की खोज में रहता है। विकारी मन अनेक प्रकार के स्वादों और भोगों की तलाश में रहता है और बाद में उन आहारों तथा भोगों का प्रभाव मन पर पड़ता है। अतएव उस हद तक आहार पर अंकुश रखने की और निराहार रहने की आवश्यकता अवश्य उत्पन्न होती है। विकारग्रस्त मन शरीर और इंद्रियों को अंकुश में रखने के बदले शरीर के और इंद्रियों के अधीन होकर चलता है, इस कारण भी शरीर के लिए शुद्ध और कम-से-कम विकारी आहार की मर्यादा की और प्रसंगोपात्त निराहार की—उपवास की—आवश्यकता रहती है। अतएव जो लोग यह कहते हैं कि संयमी के लिए आहार की मर्यादा की अथवा उपवास की आवश्यकता नहीं है, वे उतने ही गलती पर हैं जितने आहार तथा उपवास को सर्वस्व मानने वाले। मेरा अनुभव तो मुझे यह सिखाता है कि जिसका मन संयम की ओर बढ़ रहा है, उसके लिए आहार की मर्यादा और उपवास बहुत मदद करने वाले हैं। इनकी सहायता के बिना मन को निर्विकारता असंभव प्रतीत होती है।

31. उपवास

जिन दिनों मैंने दूध और अनाज छोड़कर फलाहार का प्रयोग शुरू किया, उन्हीं दिनों संयम के हेतु से उपवास भी शुरू किए। मि. केलनबैक इसमें भी मेरे साथ हो गए। पहले मैं उपवास केवल आरोग्य की दृष्टि से करता था। एक मित्र की प्रेरणा से मैंने यह समझा कि देह-दमन के लिए उपवास की आवश्यकता है। चूँकि मैं वैष्णव कुटुंब में पैदा हुआ था और चूँकि माताजी कठिन व्रतों का पालन करने वाली थीं, इसलिए देश में एकादशी आदि व्रत मैंने किए थे। किंतु वे देखादेखी अथवा माता-पिता को प्रसन्न करने के विचार से किए थे। ऐसे व्रतों से कोई लाभ होता है, इसे न तो मैं उस समय समझता था, न मानता ही था। किंतु उक्त मित्र को उपवास करते देखकर और अपने ब्रह्मचर्य-व्रत को सहारा पहुँचाने के विचारों से

मैंने उनका अनुकरण करना शुरू किया और एकादशी के दिन उपवास रखने का निश्चय किया। साधारणतः लोग एकादशी के दिन दूध और फल खाकर समझते हैं कि उन्होंने एकादशी की है। पर फलाहारी उपवास तो अब मैं रोज ही करने लग गया था। इसलिए मैंने पानी पीने की छूट रखकर पूरे उपवास शुरू किए।

उपवास के प्रयोगों के आरंभिक दिनों में श्रावण का महीना पड़ता था। उस साल रमज़ान और श्रावण दोनों एक साथ पड़े थे। गांधी-कुटुंब में वैष्णव व्रतों के साथ शैव व्रत भी पाले जाते थे। कुटुंब के लोग वैष्णव देवालयों की भाँति ही शिवालयों में भी जाते थे। श्रावण महीने का प्रदोष-व्रत कुटुंब में कोई न कोई प्रतिवर्ष करता ही था। इसलिए इस श्रावण भास का व्रत मैंने रखना चाहा।

इस महत्त्वपूर्ण प्रयोग का प्रारम्भ टॉल्स्टॉय आश्रम में हुआ था। वहाँ सत्याग्रही कैदियों के कुटुंबों की देखरेख करते हुए केलनबैक और मैं दोनों रहते थे। उनमें बालक और नौजवान भी थे। उनके लिए स्कूल चलता था। इन नौजवानों में चार-पाँच मुसलमान थे। इस्लाम के नियमों का पालन करने में मैं उनकी मदद करता था और उन्हें बढ़ावा देता था। नमाज वगैरह की सहूलियत कर देता था। आश्रम में पारसी और ईसाई भी थे। इन सबको अपने-अपने धर्मों के अनुसार चलने के लिए प्रोत्साहित करने का आश्रम में नियम था। अतएव मुसलमान नौजवानों को मैंने रोजे रखने के लिए उत्साहित किया। मुझे तो प्रदोष-व्रत करना ही था। किंतु मैंने हिंदुओं, पारसियों और ईसाइयों को भी मुसलमान नौजवानों का साथ देने की सलाह दी। मैंने उन्हें समझाया कि संयम में सबके साथ सहयोग करना स्तुत्य है। बहुतेरे आश्रमवासियों ने मेरी बात मान ली। हिंदू और पारसी मुसलमान साथियों का पूरा-पूरा अनुकरण नहीं करते थे, करना आवश्यक भी न था। मुसलमान सूरज डूबने की राह देखते थे, जबकि दूसरे उससे पहले खा लिया करते थे, जिससे वे मुसलमानों को परोस सकें और उनके लिए विशेष वस्तुएँ तैयार कर सकें। इसके सिवा, मुसलमान जो सहरी खाते थे, उसमें दूसरों के सम्मिलित होने की आवश्यकता न थी। सहरी वह हलका भोजन होता है जो रमज़ान के दिनों में रोजा रखनेवाले मुसलमान कुछ रात रहते कर लेते हैं। मुसलमान दिन में पानी भी न पीते थे, जबकि दूसरे लोग छूट से पानी पीते थे।

इस प्रयोग का एक परिणाम यह हुआ कि उपवास और एकाशन का महत्त्व सब समझने लगे। एक-दूसरे के प्रति उदारता और प्रेमभाव में वृद्धि हुई। आश्रम में अन्नाहार का नियम था। यह नियम मेरी भावना के कारण स्वीकार किया

गया था, यह बात मुझे आभारपूर्वक स्वीकार करनी चाहिए। रोजे के दिनों में मुसलमानों को मांस का त्याग कठिन प्रतीत हुआ होगा, पर नवयुवकों में से किसी ने मुझे उसका पता नहीं चलने दिया। वे आनंद और रसपूर्वक अन्नाहार करते थे। हिंदू बालक आश्रम में अशोभनीय न लगने वाला स्वादिष्ट भोजन भी उनके लिए तैयार करते थे।

अपने उपवास का वर्णन करते हुए यह विषयांतर मैंने जान-बूझकर किया है, क्योंकि इस मधुर प्रसंग का वर्णन मैं दूसरी जगह नहीं कर सकता था। और इस विषयांतर के साथ मैंने अपनी एक आदत की भी चर्चा कर ली है। अपने विचार में मैं जो अच्छा काम करता हूँ, उसमें अपने साथ रहनेवालों को सम्मिलित करने का प्रयत्न मैं हमेशा करता हूँ। उपवास और एकाशन के प्रयोग नए थे, पर प्रदोष और रमज़ान के बहाने मैंने सबको इसमें फाँद लिया।

इस प्रकार सहज ही आश्रम में संयम का वातावरण बढ़ा। दूसरे उपवासों और एकाशनों में भी आश्रमवासी सम्मिलित होने लगे। और मैं मानता हूँ कि इसका परिणाम शुभ निकला। सबके हृदयों पर संयम का कितना प्रभाव पड़ा, सबके विषयों को संयत करने में उपवास आदि ने कितना हाथ बँटाया, यह मैं निश्चयपूर्वक नहीं कह सकता। पर मेरा अनुभव यह है कि उपवास आदि से मुझ पर तो आरोग्य और विषय-नियमन की दृष्टि से बहुत अच्छा प्रभाव पड़ा। फिर भी मैं यह जानता हूँ कि उपवास आदि से सब पर इस तरह का प्रभाव पड़ेगा ही, ऐसा कोई अनिवार्य नियम नहीं है। इंद्रिय-दमन के हेतु से किए गए उपवास से ही विषयों को संयत करने का परिणाम निकल सकता है। कुछ मित्रों का यह अनुभव भी है कि उपवास की समाप्ति पर विषयेच्छा और स्वाद तीव्र हो जाते हैं। मतलब यह कि उपवास के दिनों में विषय को संयत करने और स्वाद को जीतने की सतत भावना बनी रहने पर ही उसका शुभ परिणाम निकल सकता है। यह मानना निरा भ्रम है कि बिना किसी हेतु के और बेमन से किए जाने वाले शारीरिक उपवास का स्वतंत्र परिणाम विषय-वासना को संयत करने में आएगा। गीताजी के दूसरे अध्याय का यह श्लोक यहाँ बहुत विचारणीय है :

विषया विनिवर्तन्ते निराहारस्य देहिनः।
रसवर्ज रसोऽप्यस्य परं दृष्ट्वा निवर्तते॥

उपवासी के विषय (उपवास के दिनों में) शांत होते हैं; पर उसका रस नहीं जाता। रस तो ईश्व-दर्शन से ही—ईश्वर-प्रसाद से ही शांत होता है।

तात्पर्य यह कि संयमी के मार्ग में उपवास आदि एक साधन के रूप में हैं, किंतु ये ही सब कुछ नहीं हैं। और यदि शरीर के उपवास के साथ मन का उपवास न हो, तो उसकी परिणति दंभ में होती है और वह हानिकारक सिद्ध होता है।

32. शिक्षक के रूप में

यदि पाठक यह याद रखें कि जो बात *दक्षिण अफ्रीका के सत्याग्रह का इतिहास* में नहीं आ सकी है अथवा थोड़े ही अंशों में आई है, वही इन प्रकरणों में आ रही है, तो वे इन प्रकरणों के आस-पास के संबंध को समझ सकेंगे।

टॉल्स्टॉय आश्रम में बालकों और बालिकाओं के लिए कुछ-न-कुछ शिक्षा का प्रबंध करना आवश्यक था। मेरे साथ हिंदू, मुसलमान, पारसी और ईसाई नवयुवक थे और कुछ बालिकाएँ भी थीं। खास इस काम के लिए शिक्षक रखना असंभव था और मुझे अनावश्यक प्रतीत हुआ। असंभव इसलिए था कि योग्य हिंदुस्तानी शिक्षकों की कमी थी और मिलने पर भी बड़ी तनख्वाह के बिना डरबन[10] से इक्कीस मील दूर आता कौन? मेरे पास पैसों की विपुलता नहीं थी। बाहर से शिक्षक लाना मैंने अनावश्यक माना, क्योंकि शिक्षा की प्रचलित पद्धति मुझे पसंद न थी। सच्ची पद्धति क्या हो सकती है, इसका अनुभव मैं ले नहीं पाया था। इतना समझता था कि आदर्श स्थिति में सच्ची शिक्षा तो माँ-बाप की निगरानी में ही हो सकती है। आदर्श स्थिति में बाहरी मदद कम-से-कम होनी चाहिए। सोचा यह था कि टॉल्स्टॉय आश्रम एक परिवार है और मैं उसमें एक पिता की जगह हूँ, इसलिए इन नवयुवकों के निर्माण की जिम्मेदारी मुझे यथाशक्ति उठानी चाहिए।

इस कल्पना में बहुत से दोष तो थे ही। नवयुवक मेरे पास जन्म से नहीं रहे थे। सब अलग-अलग वातावरण में पले थे। सब एक धर्म के भी नहीं थे। ऐसी स्थिति में रहे हुए बालकों और बालिकाओं का पिता बनकर भी मैं उनके साथ न्याय कैसे कर सकता था?

किंतु मैंने हृदय की शिक्षा को अर्थात् चरित्र के विकास को हमेशा पहला स्थान दिया है। और, यह सोचकर कि उसका परिचय तो किसी भी उम्र में और कितने ही प्रकार के वातावरण में पले हुए बालकों और बालिकाओं को न्यूनाधिक प्रमाण में कराया जा सकता है, इन बालकों और बालिकाओं के साथ मैं रात-दिन पिता की तरह रहता था। मैंने चरित्र को उनकी शिक्षा की बुनियाद माना था। यदि बुनियाद पक्की हो, तो अवसर मिलने पर दूसरी बातें बालक मदद लेकर या अपनी ताकत से खुद जान-समझ सकते हैं।

फिर भी मैं समझता था कि थोड़ा-बहुत अक्षर-ज्ञान तो कराना ही चाहिए, इसलिए कक्षाएँ शुरू कीं और इस कार्य में मैंने मि. केलनबैंक की और प्रागजी देसाई की सहायता ली।

शारीरिक शिक्षा की आवश्यकता को मैं समझता था। यह शिक्षा उन्हें सहज ही मिल रही थी।

आश्रम में नौकर तो थे ही नहीं। पाखाना-सफाई से लेकर रसोई बनाने तक के सारे काम आश्रमवासियों को ही करने होते थे। वहाँ फलों के पेड़ बहुत थे। नई फसलें भी बोनी थीं। मि. केलनबैक को खेती का शौक था। वे स्वयं सरकार के आदर्श बगीचों में जाकर थोड़े समय तक तालीम ले आए थे। ऐसे छोटे-बड़े सबको, जो रसोई के काम में लगे न होते थे, रोज अमुक समय के लिए बगीचे में काम करना ही पड़ता था। इसमें बड़ा हिस्सा बालकों का था। बड़े-बड़े गड्ढे खोदना, पेड़ काटना, बोझ उठाकर ले जाना आदि कामों में उनके शरीर अच्छी तरह कसे जाते थे। इसमें उन्हें आनंद आता था और इसलिए दूसरी कसरत या खेल-कूद की उन्हें जरूरत न रहती थी। काम करने में कुछ विद्यार्थी अथवा कभी-कभी सब विद्यार्थी नखरे करते थे, आलस्य करते थे। अकसर इन बातों की ओर से मैं आँख मीच लेता था। कभी-कभी उनसे सख्ती से काम लेता था। मैं यह भी देखता था कि जब मैं सख्ती करता था, तब उनका जी काम से ऊब जाता था। फिर भी मुझे याद नहीं पड़ता कि बालकों ने सख्ती का कभी विरोध किया हो। जब-जब मैं सख्ती करता तब-तब उन्हें समझाता और उन्हीं से कबूल कराता था कि काम के समय खेलने की आदत अच्छी नहीं मानी जा सकती। वे तत्काल तो समझ जाते, पर दूसरे ही क्षण भूल भी जाते। इस तरह हमारी गाड़ी चलती थी। किंतु उनके शरीर मजबूत बनते जा रहे थे।

आश्रम में बीमारी मुश्किल से ही आती थी। कहना चाहिए कि इसमें जलवायु का और अच्छे तथा नियमित आहार का भी बड़ा हाथ था। शारीरिक शिक्षा के

सिलसिले में ही शारीरिक धंधे की शिक्षा का भी मैं उल्लेख कर दूँ। इरादा यह था कि सबको कोई-न-कोई उपयोगी धंधा सिखाया जाए। इसके लिए मि. केलनबैक ट्रेपिस्ट मठ में चप्पल बनाना सीख आए। उनसे मैंने सीखा और जो बालक इस धंधे को सीखने के लिए तैयार हुए उन्हें मैंने सिखाया। मि. केलनबैंक को बढ़ई-काम का थोड़ा अनुभव था और आश्रम में बढ़ई का काम जाननेवाला एक साथी था, इसलिए यह काम भी कुछ हद तक बालकों को सिखाया जाता था। रसोई का काम तो लगभग सभी बालक सीख गए थे।

बालकों के लिए ये सारे काम नए थे। इन कामों को सीखने की बात तो उन्होंने स्वप्न में भी सोची न होगी। हिंदुस्तानी बालक दक्षिण अफ्रीका में जो कुछ भी शिक्षा पाते थे, वह केवल प्राथमिक अक्षर-ज्ञान की ही होती थी। टॉल्स्टॉय आश्रम में शुरू से ही यह रिवाज डाला गया था कि जिस काम को हम शिक्षक न करें, वह बालकों से न कराया जाए; और बालक जिस काम में लगे हों, उसमें उनके साथ उसी काम को करनेवाला एक शिक्षक हमेशा रहे। इसलिए बालकों ने जो कुछ सीखा, उमंग के साथ सीखा।

चरित्र और अक्षर-ज्ञान के विषय में मैं आगे लिखूँगा।

33. अक्षर-ज्ञान

पिछले प्रकरण में शारीरिक शिक्षा और उसके सिलसिले में थोड़ी दस्तकारी सिखाने का काम टॉल्स्टॉय आश्रम में किस प्रकार शुरू किया गया, इसे हम कुछ हद तक देख चुके हैं। यद्यपि यह काम मैं ऐसे ढंग से तो कर ही न सका, जिससे मुझे संतोष हो, फिर भी उसमें थोड़ी-बहुत सफलता मिली थी। पर अक्षर-ज्ञान देना कठिन मालूम हुआ। मेरे पास उसके लिए आवश्यक सामग्री न थी। दिन भर शारीरिक काम करते-करते मैं थक जाता था और जिस समय थोड़ा आराम करने की जरूरत होती, उसी समय पढ़ाई के वर्ग लेने होते थे। अतएव मैं ताजा रहने के बदले जबरदस्ती से जाग्रत् रह पाता था। सुबह का समय खेती में और घर-काम में जाता था। इसलिए दुपहर को भोजन के बाद

तुरंत ही शाला का काम शुरू होता था। इसके सिवा दूसरा कोई भी समय अनुकूल न था।

अक्षर-ज्ञान के लिए अधिक-से-अधिक तीन घंटे रखे गए थे। कक्षा में हिंदी, तमिल, गुजराती और उर्दू भाषाएँ सिखाई जाती थीं। प्रत्येक बालक को उसकी मातृभाषा के द्वारा ही शिक्षा देने का आग्रह था। अंग्रेज़ी भी सबको सिखाई जाती थी। इसके अतिरिक्त गुजरात के हिंदू बालकों को थोड़ा संस्कृत का और सब बालकों को थोड़ा हिंदी का परिचय कराया जाता था। इतिहास, भूगोल और अंकगणित सभी को सिखाना था। यही पाठ्यक्रम था। तमिल और उर्दू सिखाने का काम मेरे जिम्मे था।

तमिल का ज्ञान मैंने स्टीमरों में और जेल में प्राप्त किया था। इसमें भी पोप-कृत उत्तम 'तमिल-स्वयं-शिक्षक' से आगे मैं बढ़ नहीं सका था। उर्दू लिपि का ज्ञान भी उतना ही था जितना स्टीमर में हो पाया था। और, फारसी-अरबी के खास शब्दों का ज्ञान उतना ही था, जितना मुसलमान मित्रों के परिचय से प्राप्त कर सका था! संस्कृत जितनी हाईस्कूल में सीखा था उतनी ही जानता था। गुजराती का ज्ञान भी उतना ही था जितना शाला में मिला था।

इतनी पूँजी से मुझे अपना काम चलाना था और इसमें मेरे जो सहायक थे, वे मुझसे भी कम जाननेवाले थे। परंतु देशी भाषाओं के प्रति मेरे प्रेम ने, अपनी शिक्षण-शक्ति के विषय में मेरी श्रद्धा ने, विद्यार्थियों के अज्ञान ने और उससे भी अधिक उनकी उदारता ने इस काम में मेरी सहायता की।

तमिल विद्यार्थियों का जन्म दक्षिण अफ्रीका में ही हुआ था, इसलिए वे तमिल बहुत कम जानते थे। लिपि तो उन्हें बिलकुल नहीं आती थी। इसलिए मैं उन्हें लिपि तथा व्याकरण के मूल तत्त्व सिखाता था। यह सरल काम था। विद्यार्थी जानते थे कि तमिल बातचीत में तो वे मुझे आसानी से हरा सकते थे; और जब केवल तमिल जानने वाले ही मुझसे मिलने आते, तब वे मेरे दुभाषिए का काम करते थे। मेरी गाड़ी चली, क्योंकि मैंने विद्यर्थियों के सामने अपने अज्ञान को छिपाने का कभी प्रयत्न ही नहीं किया। हर बात में जैसा मैं था वैसा ही वे मुझे जानने लगे थे। इस कारण अक्षर-ज्ञान की भारी कमी रहते हुए भी मैं उनके प्रेम और आदर से कभी वंचित न रहा।

मुसलमान बालकों को उर्दू सिखाना अपेक्षाकृत अधिक सरल था। वे लिपि जानते थे। मेरा काम उनमें वाचन की रुचि बढ़ाने और उनके अक्षर सुधारने का ही था।

मुख्यतः आश्रम के ये सब बालक निरक्षर थे और पाठशाला में कहीं पढ़े हुए न थे। मैंने सिखाते-सिखाते देखा कि मुझे उन्हें सिखाना तो कम ही है। ज़्यादा काम तो उनका आलस्य छुड़ाने का, उनमें स्वयं पढ़ने की रुचि जगाने का और उनकी पढ़ाई पर निगरानी रखने का ही था। मुझे इतने काम से संतोष रहता था। यही कारण है कि अलग-अलग उम्र के और अलग-अलग विषयोंवाले विद्यार्थियों को एक ही कमरे में बैठाकर मैं उनसे काम ले सकता था।

पाठ्यपुस्तकों की जो पुकार जब-तब सुनाई पड़ती है, उसकी आवश्यकता मुझे कभी मालूम नहीं हुई। मुझे याद नहीं पड़ता कि जो पुस्तकें हमारे पास थीं, उनका भी बहुत उपयोग किया गया हो। हर एक बालक को बहुत सी पुस्तकें दिलाने की मैंने जरूरत नहीं देखी। मेरा खयाल है कि शिक्षक ही विद्यार्थियों की पाठ्यपुस्तक है। मेरे शिक्षकों ने पुस्तकों की मदद से मुझे जो सिखाया था, वह मुझे बहुत ही कम याद रहा है। पर उन्होंने अपने मुँह से जो सिखाया था, उसका स्मरण आज भी बना हुआ है। बालक आँखों से जितना ग्रहण करते हैं, उसकी अपेक्षा कानों से सुनी हुई बात को वे थोड़े परिश्रम से और बहुत अधिक मात्रा में ग्रहण कर सकते हैं। मुझे याद नहीं पड़ता कि मैं बालकों को एक भी पुस्तक पूरी पढ़ा पाया था।

पर अनेकानेक पुस्तकों में से जितना कुछ मैं पचा पाया था, उसे मैंने अपनी भाषा में उनके सामने रखा था। मैं मानता हूँ कि वह उन्हें आज भी याद होगा। पढ़ाया हुआ याद रखने में उन्हें कष्ट होता था, जबकि मेरी कही हुई बात को वे उसी समय मुझे फिर सुना देते थे। पढ़ने में उनका जी ऊबता था। जब मैं थकावट के कारण या अन्य किसी कारण से मंद और नीरस न होता, तब वे मेरी बात रसपूर्वक और ध्यानपूर्वक सुनते थे। उनके पूछे हुए प्रश्नों का उत्तर देने में मुझे उनकी ग्रहण-शक्ति का अन्दाजा हो जाता था।

34. आत्मिक शिक्षा

विद्यार्थियों के शरीर और मन को शिक्षित करने की अपेक्षा आत्मा को शिक्षित करने में बहुत परिश्रम करना पड़ा। आत्मा के विकास के लिए मैंने धर्मग्रंथों पर

कम आधार रखा था। मैं मानता था कि विद्यार्थियों को अपने-अपने धर्म के मूल तत्त्व जानने चाहिए, अपने अपने धर्मग्रंथों का साधारण ज्ञान होना चाहिए। इसलिए मैंने यथाशक्ति इस बात की व्यवस्था की थी कि उन्हें यह ज्ञान मिल सके। किंतु उसे मैं बुद्धि की शिक्षा का अंग मानता हूँ। आत्मा की शिक्षा एक बिलकुल भिन्न विभाग है। इसे मैं टॉल्स्टॉय आश्रम के बालकों को सिखाने लगा उसके पहले ही जान चुका था। आत्मा का विकास करने का अर्थ है चरित्र का निर्माण करना, ईश्वर का ज्ञान पाना, आत्मज्ञान प्राप्त करना। इस ज्ञान को प्राप्त करने में बालकों को बहुत ज़्यादा मदद की जरूरत होती है और इसके बिना दूसरा ज्ञान व्यर्थ है, हानिकारक भी हो सकता है, ऐसा मेरा विश्वास था।

मैंने सुना है कि लोगों में यह भ्रम फैला हुआ है कि आत्मज्ञान चौथे आश्रम में प्राप्त होता है। लेकिन जो लोग इस अमूल्य वस्तु को चौथे आश्रम तक मुल्तवी रखते हैं, वे आत्मज्ञान प्राप्त नहीं करते, बल्कि बुढ़ापा और दूसरा परंतु दयाजनक बचपन पाकर पृथ्वी पर भार रूप बनकर जीते हैं। इस प्रकार का सार्वत्रिक अनुभव पाया जाता है। संभव है कि सन् 12-1911 में मैं इन विचारों को इस भाषा में न रखता, पर मुझे यह अच्छी तरह याद है कि उस समय मेरे विचार इसी प्रकार के थे।

आत्मिक शिक्षा किस प्रकार दी जाए? मैं बालकों से भजन गवाता, उन्हें नीति की पुस्तकें पढ़कर सुनाता, किंतु इससे मुझे संतोष न होता था। जैसे-जैसे मैं उनके संपर्क में आता गया, मैंने यह अनुभव किया कि यह ज्ञान पुस्तकों द्वारा तो दिया ही नहीं जा सकता। शरीर की शिक्षा जिस प्रकार शारीरिक कसरत द्वारा दी जाती है और बुद्धि की बौद्धिक कसरत द्वारा, उसी प्रकार आत्मा की शिक्षा आत्मिक कसरत द्वारा ही दी जा सकती है। आत्मा की कसरत शिक्षक के आचरण द्वारा ही प्राप्त की जा सकती है। अतएव युवक हाजिर हों चाहे न हों, शिक्षक को सावधान रहना चाहिए। लंका में बैठा हुआ शिक्षक भी अपने आचरण द्वारा अपने शिष्यों की आत्मा को हिला सकता है। मैं स्वयं झूठ बोलूँ और अपने शिष्यों को सच्चा बनाने का प्रयत्न करूँ, तो वह व्यर्थ ही होगा। डरपोक शिक्षक शिष्यों को वीरता नहीं सिखा सकता। व्यभिचारी शिक्षक शिष्यों को संयम किस प्रकार सिखाएगा? मैंने देखा कि मुझे अपने पास रहने वाले युवकों और युवतियों के सम्मुख पदार्थपाठ-सा बनकर रहना चाहिए। इस कारण मेरे शिष्य मेरे शिक्षक बने। मैं यह समझा कि मुझे अपने लिए नहीं, बल्कि उनके लिए अच्छा बनना

और रहना चाहिए। अतएव कहा जा सकता है कि टॉल्स्टॉय आश्रम का मेरा अधिकतर संयम इन युवकों और युवतियों की बदौलत था।

आश्रम में एक युवक बहुत ऊधम मचाता था, झूठ बोलता था, किसी से दबता नहीं था और दूसरों के साथ लड़ता-झगड़ता रहता था। एक दिन उसने बहुत ही ऊधम मचाया। मैं घबरा उठा। मैं विद्यार्थियों को कभी सजा न देता था। इस बार मुझे बहुत क्रोध हो आया। मैं उसके पास पहुँचा। समझाने पर वह किसी प्रकार समझता ही न था। उसने मुझे धोखा देने का भी प्रयत्न किया। मैंने अपने पास पड़ा हुआ रूल उठाकर उसकी बाँह पर दे मारा। मारते समय मैं काँप रहा था। इसे उसने देख लिया होगा। मेरी ओर से ऐसा अनुभव किसी विद्यार्थी को इससे पहले नहीं हुआ था। विद्यार्थी रो पड़ा। उसने मुझसे माँफी माँगी। उसे डंडा लगा और चोट पहुँची, इससे वह नहीं रोया था। अगर वह मेरा मुकाबला करना चाहता, तो मुझसे निबट सकने की शक्ति उसमें थी। उसकी उम्र कोई सत्रह साल की रही होगी। उसका शरीर सुगठित था। पर मेरे रूल में उसे मेरे दुःख का दर्शन हो गया। इस घटना के बाद उसने फिर कभी मेरा सामना नहीं किया। लेकिन उसे रूल मारने का पछतावा मेरे दिल में आज तक बना हुआ है। मुझे भय है कि उसे मारकर मैंने अपनी आत्मा का नहीं, बल्कि अपनी पशुता का ही दर्शन कराया था।

बालकों को मारपीट कर पढ़ाने का मैं हमेशा विरोधी रहा हूँ। मुझे ऐसी एक ही घटना याद है कि जब मैंने अपने लड़कों में से एक को पीटा था। रूल से पीटने में मैंने उचित कार्य किया या नहीं, इसका निर्णय मैं आज तक कर नहीं सका हूँ। इस दंड के औचित्य के विषय में मुझे शंका है, क्योंकि इसमें क्रोध भरा था और दंड देने की भावना थी। यदि उसमें केवल मेरे दुःख का ही प्रदर्शन होता, तो मैं उस दंड को उचित समझता। पर उसमें विद्यमान भावना मिश्र थी। इस घटना के बाद तो मैं विद्यार्थियों को सुधारने की अधिक अच्छी रीति सीखा। यदि इस कला का उपयोग मैंने उक्त अवसर पर किया होता, तो उसका कैसा परिणाम होता, यह मैं कह नहीं सकता। वह युवक तो इस घटना को तुरंत भूल गया। मैं यह नहीं कह सकता कि उसमें बहुत सुधार हो गया, पर उस घटना ने मुझे इस बात को अधिक सोचने के लिए विवश किया कि विद्यार्थी के प्रति शिक्षक का धर्म क्या है। उसके बाद युवकों द्वारा ऐसे ही दोष हुए, लेकिन मैंने फिर कभी दंडनीति का उपयोग नहीं किया। इस प्रकार आत्मिक ज्ञान देने के प्रयत्न में मैं स्वयं आत्मा के गुण को अधिक समझने लगा।

35. भले-बुरे का मिश्रण

टॉल्स्टॉय आश्रम में मि. केलनबैक ने मेरे सामने एक प्रश्न खड़ा किया। उनके उठाने से पहले मैंने उस प्रश्न पर विचार नहीं किया था। आश्रम में कुछ लड़के बहुत ऊधमी और दुष्ट स्वभाव के थे। कुछ आवारा थे। उन्हीं के साथ मेरे तीन लड़के थे। उस तरह पले हुए दूसरे भी बालक थे। लेकिन मि. केलनबैक का ध्यान तो इस ओर ही था कि वे आवारा युवक और मेरे लड़के एक साथ कैसे रह सकते हैं। एक दिन वे बोल उठे, 'आपका यह तरीका मुझे जरा भी नहीं जँचता। इन लड़कों के साथ आप अपने लड़कों को रखें, तो उसका एक ही परिणाम आ सकता है। उन्हें इन आवारा लड़कों की छूत लगेगी। इससे वे बिगड़ेंगे नहीं तो और क्या होगा?'

मुझे इस समय तो याद नहीं है कि मैं क्षण भर सोच में पड़ा था या नहीं, पर अपना जवाब मुझे याद है। मैंने कहा था, 'अपने लड़कों और इन आवारा लड़कों के बीच मैं भेद कैसे कर सकता हूँ? इस समय तो मैं दोनों के लिए समान रूप से जिम्मेदार हूँ। ये नौजवान मेरे बुलाए यहाँ आए हैं। यदि मैं इन्हें पैसे दे दूँ, तो आज ही ये जोहानिसबर्ग जाकर वहाँ पहले की तरह फिर रहने लग जाएँ। यदि ये और इनके माता-पिता यह मानते हों कि यहाँ आकर इन्होंने मुझ पर मेहरबानी की है, तो इसमें आश्चर्य नहीं। यहाँ आने से इन्हें कष्ट उठाना पड़ रहा है, यह तो आप और मैं दोनों देख रहे हैं। पर मेरा धर्म स्पष्ट है। मुझे इन्हें यहीं रखना चाहिए। अतएव मेरे लड़के भी इनके साथ रहेंगे। इसके सिवा, क्या मैं आज से अपने लड़कों को यह भेदभाव सिखाऊँ कि वे दूसरे कुछ लड़कों की अपेक्षा ऊँचे हैं? उनके दिमाग में इस प्रकार के विचार को ठूसना ही उन्हें गलत रास्ते ले जाने जैसा है। आज की स्थिति में रहने से वे गढ़े जाएँगे, अपने आप सारासार की परीक्षा करने लगेंगे। हम यह क्यों न मानें कि यदि मेरे लड़कों में सचमुच कोई गुण है, तो उलटे उन्हीं की छूत उनके साथियों को लगेगी? सो कुछ भी हो, पर मुझे तो उन्हें यहीं रखना होगा। और यदि ऐसा करने में कोई खतरा भी हो, तो उसे उठाना होगा।'

मि. केलनबैक ने सिर हिलाया।

यह नहीं कहा जा सकता कि इस प्रयोग का परिणाम बुरा निकला। मैं नहीं मानता कि उससे मेरे लड़कों का कोई नुकसान हुआ। उलटे, मैं यह देख सका कि

उन्हें लाभ हुआ है। उनमें बड़प्पन का कोई अंश रहा हो, तो वह पूरी तरह निकल गया। वे सबके साथ घुलना-मिलना सीखे। उनकी कसौटी हुई।

इस और ऐसे दूसरे अनुभवों पर से मेरा यह विचार बना है कि माता-पिता की उचित देखरेख हो, तो भले और बुरे लड़कों के साथ रहने और पढ़ने से भलों की कोई हानि नहीं होती। ऐसा कोई नियम तो है ही नहीं कि अपने लड़कों को तिजोरी में बंद रखने से वे शुद्ध रहते हैं और बाहर निकालने से भ्रष्ट हो जाते हैं। हाँ, यह सच है कि जहाँ अनेक प्रकार के बालक और बालिकाएँ एक साथ रहती और पढ़ती हैं, वहाँ माता-पिता की और शिक्षकों की कसौटी होती है, उन्हें सावधान रहना पड़ता है।

36. प्रायश्चित्त-रूप उपवास

प्रामाणिकतापूर्वक बालकों और बालिकाओं के पालन-पोषण और शिक्षण में कितनी और कैसी कठिनाइयाँ आती हैं, इसका अनुभव दिन-दिन बढ़ता गया। शिक्षक और अभिभावक के नाते मुझे उनके हृदय में प्रवेश करना था, उनके सुख-दुःख में हाथ बँटाना था, उनके जीवन की गुत्थियाँ सुलझानी थीं और उनकी उछलती जवानी की तरंगों को सीधे मार्ग पर ले जाना था।

कुछ जेलवासियों के रिहा होने पर टॉल्स्टॉय आश्रम में थोड़े ही लोग रह गए। इनमें मुख्यतः फीनिक्सवासी थे। इसलिए मैं आश्रम को फीनिक्स ले गया। फीनिक्स में मेरी कड़ी परीक्षा हुई। टॉल्स्टॉय आश्रम में बचे हुए आश्रमवासियों को फीनिक्स छोड़कर मैं जोहानिसबर्ग गया। वहाँ कुछ ही दिन रहा था कि मेरे पास दो व्यक्तियों के भयंकर पतन के समाचार पहुँचे। सत्याग्रह की महान् लड़ाई में कहीं भी निष्फलता जैसी दिखाई पड़ती, तो उससे मुझे कोई आघात न पहुँचता था, पर इस घटना ने मुझ पर वज्र-सा प्रहार किया। मैं तिलमिला उठा। मैंने उसी दिन फीनिक्स की गाड़ी पकड़ी। मि. केलनबैक ने मेरे साथ चलने का आग्रह किया। वे मेरी दयाजनक स्थिति को समझ चुके थे। मुझे अकेले जाने देने की उन्होंने साफ मनाही कर दी। पतन के समाचार मुझे उन्हीं के द्वारा मिले थे।

रास्ते में मैंने अपना धर्म समझ लिया अथवा यों कहिए कि समझ लिया, ऐसा मानकर मैंने अनुभव किया कि अपनी निगरानी में रहनेवालों के पतन के लिए अभिभावक अथवा शिक्षक न्यूनाधिक अंश में जरूर जिम्मेदार है। इस घटना में मुझे अपनी जिम्मेदारी स्पष्ट जान पड़ी। मेरी पत्नी ने मुझे सावधान तो कर ही दिया था, किंतु स्वभाव से विश्वासी होने के कारण मैंने पत्नी की चेतावनी पर ध्यान नहीं दिया था। साथ ही, मुझे यह भी लगा कि इस पतन के लिए मैं प्रायश्चित्त करूँगा तो ही ये पतित मेरा दुःख समझ सकेंगे और उससे उन्हें अपने दोष का भान होगा तथा उसकी गंभीरता का कुछ अंदाज बैठेगा। अतएव मैंने सात दिन के उपवास और साढ़े चार महीनों के एकाशन का व्रत लिया। मि. केलनबैंक ने मुझे रोकने का प्रयत्न किया, पर वह निष्फल रहा। आखिर उन्होंने प्रायश्चित्त के औचित्य को माना और खुद भी मेरे साथ व्रत रखने का आग्रह किया। मैं उनके निर्मल प्रेम को रोक न सका। इस निश्चय के बाद मैं तुरंत ही हलका हो गया, शांत हुआ, दोषियों के प्रति मेरे मन में क्रोध न रहा, उनके लिए मन में दया ही रही।

यों ट्रेन में ही मन को हलका करके मैं फीनिक्स पहुँचा। पूछताछ करके जो अधिक जानकारी लेनी थी, सो ले ली। यद्यपि मेरे उपवास से सबको कष्ट तो हुआ, लेकिन उसके कारण वातावरण शुद्ध बना। सबको पाप करने की भयंकरता का बोध हुआ और विद्यार्थियों तथा विद्यार्थिनियों के और मेरे बीच का संबंध अधिक दृढ़ और सरल बन गया।

इस घटना के फलस्वरूप ही कुछ समय बाद मुझे चौदह उपवास करने का अवसर मिला था। मेरा यह विश्वास है कि उसका परिणाम अपेक्षा से अधिक अच्छा निकला था।

इस घटना से मैं यह सिद्ध नहीं करना चाहता कि शिष्यों के प्रत्येक दोष के लिए शिक्षकों को सदा उपवासादि करने ही चाहिए। पर मैं जानता हूँ कि कुछ परिस्थितियों में इस प्रकार के प्रायश्चित्त रूप उपवास की गुंजाइश जरूर है। किंतु उसके लिए विवेक और अधिकार चाहिए। जहाँ शिक्षक और शिष्य के बीच शुद्ध प्रेम-बंधन नहीं है, जहाँ शिक्षक को अपने शिष्य के दोष से सच्चा आघात नहीं पहुँचता, जहाँ शिष्यों के मन में शिक्षक के प्रति आदर नहीं है, वहाँ उपवास निरर्थक है और कदाचित् हानिकारक भी हो सकता है। ऐसे उपवास या एकाशन के विषय में शंका चाहे हो, परंतु इस विषय में मुझे लेशमात्र भी शंका नहीं कि शिक्षक शिष्य के दोषों के लिए कुछ अंश में जरूर जिम्मेदार है।

सात उपवास और एकाशन हम दोनों में से किसी के लिए कष्टकर नहीं हुए। इस बीच मेरा कोई भी काम बंद या मंद नहीं रहा। इस समय में मैं केवल फलाहारी ही रहा था। चौदह उपवासों का अंतिम भाग मुझे काफी कष्टकर प्रतीत हुआ था। उस समय मैं रामनाम के चमत्कार को पूरी तरह समझा न था। इस कारण दुःख सहन करने की शक्ति मुझमें कम थी। उपवास के दिनों में कैसा भी प्रयत्न करके पानी खूब पीना चाहिए, इस बाह्य कला की मुझे जानकारी नहीं थी। इस कारण भी ये उपवास कष्टप्रद सिद्ध हुए। इसके अतिरिक्त, पहले उपवास सुख-शांतिपूर्वक हो गए थे, अतएव चौदह दिन के उपवासों के समय मैं असावधान बन गया था। पहले उपवासों के समय मैं रोज कूने का कटिस्नान करता था। चौदह दिनों के उपवास में दो या तीन दिन के बाद मैंने कटिस्नान बंद कर दिया। पानी का स्वाद अच्छा नहीं लगता था और पानी पीने पर जी मचलाता था, इससे पानी बहुत ही कम पीता था। फलतः मेरा गला सूखने लगा, मैं क्षीण होने लगा और अंतिम दिनों में तो मैं बहुत धीमी आवाज में बोल पाता था। इतना होने पर भी लिखाने का आवश्यक काम मैं अंतिम दिन तक कर पाया था और रामायण इत्यादि अंत तक सुनता रहा था। कुछ प्रश्नों के विषय में सम्मति देने का आवश्यक कार्य भी मैं कर सकता था।

37. गोखले से मिलने

दक्षिण अफ्रीका के बहुत से स्मरण अब मुझे छोड़ने पड़ रहे हैं। जब सन् 1914 में सत्याग्रह की लड़ाई समाप्त हुई, तो गोखले की इच्छानुसार मुझे इंग्लैंड होते हुए हिंदुस्तान पहुँचना था। इसलिए जुलाई महीने में कस्तूरबाई, केलनबैक और मैं—तीन व्यक्ति विलायत के लिए रवाना हुए। सत्याग्रह की लड़ाई के दिनों में मैंने तीसरे दर्जे में सफर करना शुरू किया था। अतएव समुद्री यात्रा के लिए भी तीसरे दर्जे का टिकट कटाया। पर इस तीसरे दर्जे में और हमारे यहाँ के तीसरे दर्जे में बहुत अंतर है। हमारे यहाँ सोने-बैठने की जगह भी मुश्किल से मिलती है। स्वच्छता तो रह ही कैसे सकती है? जबकि वहाँ के तीसरे दर्जे में स्थान काफी था

और स्वच्छता की भी अच्छी चिंता रखी जाती थी। कंपनी ने हमारे लिए अधिक सुविधा भी कर दी थी। कोई हमें परेशान न करे, इस हेतु से एक पाखाने में खास ताला डालकर उसकी कुंजी हमें सौंप दी गई थी; और चूँकि हम तीनों फलाहारी थे, इसलिए स्टीमर के खजांची को आज्ञा दी गई थी कि वह हमारे लिए सूखे और ताजे फलों का प्रबंध करे। साधारणतः तीसरे दर्जे के यात्रियों को फल कम ही दिए जाते हैं; सूखा मेवा बिलकुल नहीं दिया जाता। इन सुविधाओं के कारण समुद्री यात्रा के हमारे अठारह दिन बड़ी शांति से बीते।

इस यात्रा के कई संस्मरण काफी जानने योग्य हैं। मि. केलनबैंक को दूरबीनों का अच्छा शौक था। दो-एक कीमती दूरबीनें उन्होंने अपने साथ रखी थीं। इस संबंध में हमारे बीच रोज चर्चा होती थी। मैं उन्हें यह समझाने का प्रयत्न करता कि यह हमारे आदर्श के और जिस सादगी तक हम पहुँचना चाहते हैं, उसके अनुकूल नहीं है। एक दिन इसको लेकर हमारे बीच तीखी कहा-सुनी हो गई। हम दोनों अपने केबिन की खिड़की के पास खड़े थे।

मैंने कहा, 'हमारे बीच इस प्रकार के झगड़े हों, इससे अच्छा क्या यह न होगा कि हम इस दूरबीन को ही समुद्र में फेंक दें और फिर इसकी कोई चर्चा ही न करें?'

मि. केलनबैंक ने तुरंत ही जवाब दिया, 'हाँ, इस मनहूस चीज को जरूर फेंक दो।'

मैंने कहा, 'तो मैं फेंकता हूँ।'

उन्होंने उतनी ही तत्परता से उत्तर दिया, 'मैं सचमुच ही कहता हूँ, जरूर फेंक दो।'

मैंने दूरबीन फेंक दी। वह कोई सात पाउंड की थी। लेकिन उसकी कीमत जितनी दामों में थी, उससे अधिक उसके प्रति रहे मि. केलनबैक के मोह में थी। फिर भी उन्होंने इस संबंध में कभी दुःख का अनुभव नहीं किया। उनके और मेरे बीच ऐसे कई अनुभव होते रहते थे। उनमें से एक यह मैंने बानगी के रूप में यहाँ दिया है।

हम दोनों के आपसी संबंध से हमें प्रतिदिन नया सीखने को मिलता था, क्योंकि दोनों सत्य का ही अनुसरण करके चलने का प्रयत्न करते थे। सत्य का अनुसरण करने से क्रोध, स्वार्थ, द्वेष इत्यादि सहज ही शांत हो जाते थे; शांत न होते तो सत्य मिलता न था। राग-द्वेषादि से भरा मनुष्य सरल चाहे हो ले, वाचिक सत्य का पालन चाहे वह कर ले, किंतु शुद्ध सत्य तो उसे मिल ही नहीं सकता। शुद्ध सत्य की शोध करने का अर्थ है, रोग-द्वेषादि द्वन्द्वों से सर्वथा मुक्ति प्राप्त करना।

जब हमने यात्रा शुरू की थी, तब मुझे उपवास समाप्त किए बहुत समय

नहीं बीता था। मुझमें पूरी शक्ति नहीं आई थी। स्टीमर में रोज डेक पर चलने की कसरत करके मैं काफी खाने और खाए हुए को हजम करने का प्रयत्न करता था। लेकिन इसके साथ ही मेरे पैरों की पिंडलियों में ज़्यादा दर्द रहने लगा। विलायत पहुँचने के बाद मेरी पीड़ा कम न हुई, बल्कि बढ़ गई। विलायत में डॉ. जीवराज मेहता से पहचान हुई थी। उन्हें अपने उपवास और पिंडलियों की पीड़ा का इतिहास सुनाने पर उन्होंने कहा, 'यदि आप कुछ दिन के लिए पूरा आराम न करेंगे, तो सदा के लिए पैरों के बेकार हो जाने का डर है।' इसी समय मुझे पता चला कि लंबे उपवास करने वाले को खोई हुई ताकत झट प्राप्त करने का या बहुत खाने का लोभ कभी न करना चाहिए। उपवास करने की अपेक्षा उपवास छोड़ने में अधिक सावधान रहना पड़ता है और शायद उसमें संयम भी अधिक रखना पड़ता है।

मदीरा में हमें समाचार मिले कि महायुद्ध के छिड़ने में कुछ घड़ियों की ही देर है। इंग्लैंड की खाड़ी में पहुँचते ही हमें लड़ाई छिड़ जाने के समाचार मिले और हमें रोक दिया गया। समुद्र में जगह-जगह सुरंगे बिछा दी गई थीं। उनसे बचाकर हमें साउदेम्पटन पहुँचाने में एक-दो दिन की देर हो गई। 4 अगस्त को युद्ध घोषित किया गया। छह अगस्त को हम विलायत पहुँचे।

38. लड़ाई में हिस्सा

विलायत पहुँचने पर पता चला कि गोखले तो पेरिस में अटक गए हैं, पेरिस के साथ यातायात का संबंध टूट गया है और कहना मुश्किल है कि वे कब तक आएँगे। गोखले अपने स्वास्थ्य के कारण फ्रांस गए थे, परंतु लड़ाई की वजह से वहाँ फँस गए। उनसे मिले बिना देश जाना न था और कोई कह नहीं सकता था कि वे कब आ सकेंगे।

इस बीच क्या किया जाए? लड़ाई के बारे में मेरा धर्म क्या है? जेल के मेरे साथी और सत्याग्रही सोराबजी अडाजणिया विलायत में ही बैरिस्टरी का अभ्यास करते थे। अच्छे-से-अच्छे सत्याग्रही के नाते सोराबजी को बैरिस्टरी की शिक्षा

प्राप्त करने के लिए इंग्लैंड भेजा गया था। खयाल यह था कि वहाँ से लौटने पर वे दक्षिण अफ्रीका में मेरी जगह काम करेंगे। उनका खर्च डॉ. प्राणजीवनदास मेहता देते थे। उनसे और उनके द्वारा डॉ. जीवराज मेहता इत्यादि, जो लोग विलायत में पढ़ रहे थे, उनसे मैंने विचार-विमर्श किया। विलायत में रहने वाले हिंदुस्तानियों की एक सभा बुलाई और उनके सामने मैंने अपने विचार रखे। मुझे लगा कि विलायत में रहने वाले हिंदुस्तानियों को लड़ाई में अपना हिस्सा अदा करना चाहिए। अंग्रेज़ विद्यार्थियों ने लड़ाई में सेवा करने का अपना निश्चय घोषित किया था। हिंदुस्तानी इससे कम नहीं कर सकते थे। इन दलीलों के विरोध में इस सभा में बहुत दलीलें दी गईं। यह कहा गया कि हमारी और अंग्रेज़ों की स्थिति के बीच हाथी-घोड़े का अंतर है। एक गुलाम है, दूसरा सरदार है। ऐसी स्थिति में सरदार के संकट में गुलाम स्वेच्छा से सरदार की सहायता किस प्रकार कर सकता है? क्या गुलामी से छुटकारा चाहनेवाले गुलाम का धर्म यह नहीं है कि वह सरदार के संकट का उपयोग अपनी मुक्ति के लिए करे? पर उस समय यह दलील मेरे गले कैसे उतरती? यद्यपि मैं दोनों की स्थिति के भेद को समझ सका था, फिर भी मुझे हमारी स्थिति बिलकुल गुलामी की नहीं लगती थी। मेरा तो यह खयाल था कि अंग्रेज़ों की शासन-पद्धति में जो दोष है, उससे अधिक दोष अनेक अंग्रेज़ अधिकारियों में है। उस दोष को हम प्रेम से दूर कर सकते हैं। यदि हम अंग्रेज़ों के द्वारा और उनकी सहायता से अपनी स्थिति सुधारना चाहते हैं, तो उनके संकट के समय उनकी सहायता करके हमें अपनी स्थिति सुधारनी चाहिए। उनकी शासन-पद्धति दोषपूर्ण होते हुए भी मुझे उस समय उतनी असह्य नहीं मालूम होती थी जितनी आज मालूम होती है। किंतु जिस प्रकार आज उस पद्धति पर से मेरा विश्वास उठ गया है और इस कारण मैं आज अंग्रेज़ी राज्य की मदद नहीं करता, उसी प्रकार जिनका विश्वास उस शासन-पद्धति पर से ही नहीं, बल्कि अंग्रेज़ अधिकारियों पर से भी उठ चुका था, वे क्योंकर मदद करने को तैयार होते?

उन्हें लगा कि यही अवसर है, जब जनता की माँग को दृढ़तापूर्वक प्रकट करना चाहिए और शासन-पद्धति में सुधार करा लेने का आग्रह रखना चाहिए। मैंने अंग्रेज़ों की इस आपत्ति के समय अपनी माँगें पेश करना ठीक न समझा। और लड़ाई के समय अधिकारों की माँग को मुल्तवी रखने के संयम में सभ्यता और दूरदृष्टि का दर्शन किया। इसलिए मैं अपनी सलाह पर दृढ़ रहा और मैंने लोगों से कहा कि जिन्हें स्वयंसवेकों की भरती में नाम लिखाने हों, वे लिखावें।

काफी संख्या में नाम लिखाए गए। उनमें लगभग सभी प्रान्तों और सभी धर्मों के लोगों के नाम थे।

मैंने इस विषय में लॉर्ड क्रू को पत्र लिखा और हिंदुस्तानियों की माँग को स्वीकार करने के लिए घायल सैनिकों की सेवा की तालीम लेना आवश्यक माना जाए, तो वैसी तालीम लेने की इच्छा और तैयारी प्रकट की। थोडे विचार-विमर्श के बाद लॉर्ड क्रू ने हिंदुस्तानियों की माँग स्वीकार कर ली और संकट के समय में साम्राज्य की सहायता करने की तैयारी दिखाने के लिए आभार प्रदर्शित किया।

नाम देनेवालों ने प्रसिद्ध डॉ. केंटली के अधीन घायलों की सेवा-शुश्रूषा करने की प्राथमिक तालीम का श्रीगणेश किया। छह हफ्तों का छोटा-सा शिक्षा-क्रम था, पर उसमें घायलों को प्राथमिक सहायता देने की सब क्रियाएँ सिखाई जाती थीं। हम लगभग 80 व्यक्ति इस विशेष वर्ग में भरती हुए। छह हफ्ते बाद परीक्षा ली गई, जिसमें एक ही व्यक्ति नापास हुआ। जो पास हो गए उनके लिए अब सरकार की ओर से कवायद वगैरह सिखाने का प्रबंध किया गया। कवायद सिखाने का काम कर्नल बेकर को सौंपा गया और वे इस टुकड़ी के सरदार नियुक्त किए गए।

इस समय विलायत का दृश्य देखने योग्य था। लोग घबराते नहीं थे, बल्कि सब लड़ाई में यथाशक्ति सहायता करने में जुट गए थे। शक्तिशाली नवयुवक तो लड़ाई की ट्रेनिंग लेने लगे। पर कमज़ोर, बूढ़े और स्त्रियाँ आदि क्या करें? चाहने पर उनके लिए भी काम तो था ही। वे लड़ाई में घायल हुए लोगों के लिए कपड़े वगैरह सीने-काटने में जुट गए। वहाँ स्त्रियों का 'लाइसियम' नामक एक क्लब है। इस क्लब की सदस्याओं ने युद्ध-विभाग के लिए आवश्यक कपड़ों में से जितने कपड़े बनाए जा सकें, उतने बनाने का बोझ अपने ऊपर लिया। सरोजिनी देवी उसकी सदस्या थीं। उन्होंने इस काम में पूरा हिस्सा लिया। मेरे साथ उनका यह पहला ही परिचय था। उन्होंने मेरे सामने ब्योंते हुए कपड़ों का ढेर लगा दिया और जितने सिल सकें उतने सी-सिलाकर उनके हवाले कर देने को कहा। मैंने उनकी इच्छा का स्वागत किया और घायलों की सेवा के शिक्षाकाल में जितने कपड़े तैयार हो सके उतने तैयार करवाकर उन्हें दे दिए।

39. धर्म की समस्या

ज्यों ही यह खबर दक्षिण अफ्रीका पहुँची कि हममें से कुछ ने इकट्ठा होकर युद्ध में काम करने के लिए अपने नाम सरकार के पास भेजे हैं, त्यों ही मेरे नाम वहाँ से दो तार आए। उनमें एक पोलाक का था। उसमें पूछा गया था—क्या आपका यह कार्य अहिंसा के आपके सिद्धांत के विरुद्ध नहीं है?'

ऐसे तार की मुझे कुछ आशा तो थी ही। क्योंकि *हिंद स्वराज* में मैंने इस विषय की चर्चा की थी और दक्षिण अफ्रीका में मित्रों के साथ तो इसकी चर्चा निरंतर होती ही रहती थी। युद्ध की अनीति को हम सब स्वीकार करते थे। जब मैं अपने ऊपर हमला करने वाले पर मुकदमा चलाने को तैयार न था, तो दो राज्यों के बीच छिड़ी हुई लड़ाई में, जिसके गुण-दोष का मुझे पता न था, मैं किस प्रकार सम्मिलित हो सकता था? यद्यपि मित्र जानते थे कि मैंने बोअर-युद्ध में हाथ बँटाया था, फिर भी उन्होंने ऐसा मान लिया था कि उसके बाद मेरे विचारों में परिवर्तन हुआ होगा।

असल में जिस विचारधारा के वश होकर मैं बोअर-युद्ध में सम्मिलित हुआ था, उसी का उपयोग मैंने इस बार भी किया था। मैं इस बात को भली-भाँति समझता था कि युद्ध में सम्मिलित होने का अहिंसा के साथ कोई मेल नहीं बैठ सकता। किंतु कर्तव्य का बोध हमेशा दीपक की भाँति स्पष्ट नहीं होता। सत्य के पुजारी को बहुत ठोकरें खानी पड़ती हैं।

अहिंसा व्यापक वस्तु है। हम हिंसा की होली के बीच घिरे हुए पामर प्राणी हैं। यह वाक्य गलत नहीं है कि 'जीव जीव पर जीता है।' मनुष्य एक क्षण के लिए भी बाह्य हिंसा के बिना जी नहीं सकता। खाते-पीते, उठते-बैठते, सभी क्रियाओं में इच्छा-अनिच्छा से वह कुछ-न-कुछ हिंसा तो करता ही रहता है। यदि इस हिंसा से छूटने के लिए वह महाप्रयत्न करता है, उसकी भावना में केवल अनुकम्पा होती है, वह सूक्ष्म-से-सूक्ष्म जंतु का भी नाश नहीं चाहता और यथाशक्ति उसे बचाने का प्रयत्न करता है, तो वह अहिंसा का पुजारी है। उसके कार्यों में निरंतर संयम की वृद्धि होगी; उसमें निरंतर करुणा बढ़ती रहेगी। किंतु कोई देहधारी बाह्य हिंसा से सर्वथा मुक्त नहीं हो सकता।

फिर, अहिंसा की तह में ही अद्वैत-भावना निहित है। और, यदि प्राणिमात्र में अभेद है, तो एक के पाप का प्रभाव दूसरे पर पड़ता है, इस कारण भी मनुष्य

हिंसा से बिलकुल अछूता नहीं रह सकता। समाज में रहनेवाला मनुष्य समाज की हिंसा में, अनिच्छा से ही क्यों न हो, साझेदार बनता है। दो राष्ट्रों के बीच युद्ध छिड़ने पर अहिंसा में विश्वास रखनेवाले व्यक्ति का धर्म है कि वह उस युद्ध को रोके। जो इस धर्म का पालन न कर सके, जिसमें विरोध करने की शक्ति न हो, जिसे विरोध करने का अधिकार प्राप्त न हुआ हो, वह युद्धकार्य में सम्मिलित हो; और सम्मिलित होते हुए भी उसमें से अपने को, अपने देश को और सारे संसार को उबारने का हार्दिक प्रयत्न करे।

मुझे अंग्रेज़ी राज्य के द्वारा अपनी अर्थात् अपने राष्ट्र की स्थिति सुधारनी थी। मैं विलायत में बैठा हुआ अंग्रेज़ों के जंगी बेड़े से सुरक्षित था। उस बल का इस प्रकार उपयोग करके मैं उसमें विद्यमान हिंसा में सीधी तरह साझेदार बनता था। अतएव यदि आखिरकार मुझे उस राज्य के साथ व्यवहार बनाए रखना हो, उस राज्य के झंडे के नीचे रहना हो, तो या तो मुझे प्रकट रूप से युद्ध का विरोध करके उसका सत्याग्रह के शास्त्र के अनुसार उस समय तक बहिष्कार करना चाहिए, जब तक उस राज्य की युद्धनीति में परिवर्तन न हो, अथवा उसके जो कानून भंग करने योग्य हों, उनको सविनय भंग करके जेल की राह पकड़नी चाहिए, अथवा उसके युद्ध कार्य में सम्मिलित होकर उसका मुकाबला करने की शक्ति और अधिकार प्राप्त करना चाहिए। मुझमें ऐसी शक्ति नहीं थी। इसलिए मैंने माना कि मेरे पास युद्ध में सम्मिलित होने का ही मार्ग बचा था।

मैंने बंदूकधारी में और उसकी मदद करने वाले में अहिंसा की दृष्टि से कोई भेद नहीं माना। जो मनुष्य लुटेरों की टोली में उनकी आवश्यक सेवा करने, उनका बोझ ढोने, लूट के समय पहरा देने तथा घायल होने पर उनकी सेवा करने में सम्मिलित होता है, वह लूट के संबंध में लुटेरों जितना ही जिम्मेदार है। इस तरह सोचने पर फ़ौज में केवल घायलों की ही सार-सँभाल करने के काम में लगा हुआ व्यक्ति भी युद्ध के दोषों से मुक्त नहीं हो सकता।

पोलाक का तार मिलने से पहले ही मैंने यह सब सोच लिया था। उनका तार मिलने पर मैंने कुछ मित्रों से उसकी चर्चा की। युद्ध में सम्मिलित होने में मैंने धर्म माना; और आज भी इस प्रश्न पर सोचता हूँ, तो मुझे उपर्युक्त विचारधारा में कोई दोष नजर नहीं आता। ब्रिटिश साम्राज्य के विषय में उस समय मेरे जो विचार थे, उनके अनुसार मैंने युद्ध-कार्य में हिस्सा लिया था। अतएव मुझे उसका पश्चात्ताप भी नहीं है।

मैं जानता हूँ कि अपने उपर्युक्त विचारों का औचित्य मैं उस समय भी सब मित्रों के सामने सिद्ध नहीं कर सका था। प्रश्न सूक्ष्म है। उसमें मतभेद के लिए अवकाश है। इसलिए अहिंसा-धर्म के माननेवालों और सूक्ष्म रीति से उसका पालन करने वालों के सम्मुख यथासंभव स्पष्टता से मैंने अपनी राय प्रकट की है। सत्य का आग्रही रूढ़ि से चिपटकर ही कोई काम न करे। वह अपने विचारों पर हठपूर्वक डटा न रहे, हमेशा यह मानकर चले कि उनमें दोष हो सकता है और जब दोष का ज्ञान हो जाए तब भारी-से-भारी जोखिमों को उठाकर भी उसे स्वीकार करे और प्रायश्चित्त भी करे।

40. छोटा-सा सत्याग्रह

इस प्रकार धर्म समझकर मैं युद्ध में सम्मिलित तो हुआ, पर मेरे नसीब में न सिर्फ उसमें सीधे हाथ बँटाना नहीं आया, बल्कि ऐसे नाजुक समय में सत्याग्रह करने की भी नौबत आ गई।

मैं लिख चुका हूँ कि जब हमारे नाम मंजूर हुए और रजिस्टर में दर्ज किए गए, तो हमें पूरी कवायद सिखाने के लिए एक अधिकारी नियुक्त किया गया। हम सबका खयाल यह था कि यह अधिकारी युद्ध की तालीम देने भर के लिए हमारे मुखिया थे, बाकी सब मामलों में दल का मुखिया मैं था। मैं अपने साथियों के प्रति जिम्मेदार था और साथी मेरे प्रति; अर्थात् हमारा खयाल यह था कि अधिकारी को सारा काम मेरे द्वारा लेना चाहिए। पर जैसे पूत के पाँव पालने में नजर आते हैं, वैसे ही उस अधिकारी की दृष्टि पहले ही दिन से हमें कुछ और ही मालूम हुई। सोराबजी बड़े होशियार थे। उन्होंने मुझे सावधान किया, 'भाई, ध्यान रखिए। ऐसा प्रतीत होता है कि ये सज्जन यहाँ अपनी जहाँगीरी चलाना चाहते हैं। हमें उनके हुक्म की जरूरत नहीं। हम उन्हें शिक्षक मानते हैं। पर मैं तो देखता हूँ कि ये जो नौजवान आए हैं, वे भी मानो हम पर हुक्म चलाने आए हैं।' ये नौजवान ऑक्सफर्ड के विद्यार्थी थे और हमें सिखाने के लिए आए थे। बड़े अधिकारी ने उन्हें हमारे नायब-अधिकारियों

के रूप में नियुक्त कर दिया था। मैं भी सोराबजी की कही बात को देख चुका था। मैंने सोराबजी को सांत्वना दी और निश्चिंत रहने को कहा। पर सोराबजी झट मानने वाले आदमी नहीं थे।

उन्होंने हँसते-हँसते कहा, 'आप भोले हैं। ये लोग मीठी-मीठी बातें करके आपको ठगेंगे और फिर जब आपकी आँख खुलेगी तब आप कहेंगे, "चलो, सत्याग्रह करें।" फिर आप हमें मुसीबत में डालेंगे।'

मैंने जवाब दिया, 'मेरा साथ करके सिवा मुसीबत के आपने किसी दिन और कुछ भी अनुभव किया है? और, सत्याग्रही तो ठगे जाने को ही जन्म लेता है न? अतएव भले ही यह साहब मुझे ठगें। क्या मैंने आपसे हजारों बार यह नहीं कहा है कि अंत में ठगनेवाला ही ठगा जाता है?'

सोराबजी खिलखिलाकर हँस पड़े, 'अच्छी बात है, तो ठगाते रहिए। किसी दिन सत्याग्रह में आप भी मरेंगे और अपने पीछे हम जैसों को भी ले डूबेंगे।'

इन शब्दों का स्मरण करते हुए मुझे स्व. मिस हॉव्हाउस के वे शब्द याद आ रहे हैं, जो असहयोग आंदोलन के अवसर पर उन्होंने मुझे लिखे थे—'सत्य के लिए किसी दिन आपको फाँसी पर चढ़ना पड़े, तो मुझे आश्चर्य न होगा। ईश्वर आपको सीधे ही रास्ते ले जाए और आपकी रक्षा करे!'

सोराबजी के साथ ऊपर की यह चर्चा तो उक्त अधिकारी के पदारूढ़ होने के बाद के आरंभिक समय में हुई थी। आरंभ और अंत के बीच का अंतर कुछ ही दिनों का था। किंतु इसी अर्से में मेरी पसलियों में सख्त सूजन आ गई। चौदह दिन के उपवास के बाद मेरा शरीर ठीक तौर से सँभल नहीं पाया था, पर कवायद में मैं पूरी तरह हिस्सा लेने लगा था और प्रायः घर से कवायद की जगह तक पैदल जाता था। यह फासला दो मील का तो जरूर था। इस कारण से आखिर मुझे खटिया का सेवन करना पड़ा।

अपनी इस स्थिति में मुझे कैम्प में जाना होता था। दूसरे लोग वहाँ रह जाते थे और मैं शाम को वापस घर लौट आता था। यहाँ सत्याग्रह का प्रसंग खड़ा हो गया।

अधिकारी ने अपना अधिकार चलाना शुरू किया। उन्होंने स्पष्ट कह दिया कि वे सब मामलों में हमारे मुखिया हैं। अपनी मुख्तारी के दो-चार पदार्थ-पाठ भी उन्होंने हमें पढ़ा दिए। सोराबजी मेरे पास पहुँचे। वे इस जहाँगीरी को बरदाश्त करने के लिए तैयार न थे। उन्होंने कहा, 'हमें सब हुक्म आपके द्वारा ही मिलने चाहिए। अभी

तो हम लोग शिक्षण-शिविर में ही हैं और हर मामले में बेहूदे हुक्म निकलते रहते हैं। उन नौजवानों में और हगमें अनेक बातों में भेद बरता जा रहा है। यह सब सह्य नहीं है। इसकी सफाई तुरंत होनी चाहिए, नहीं तो हमारा काम चौपट हो जाएगा। ये सब विद्यार्थी और दूसरे लोग, जो इस काम में सम्मिलित हुए हैं, एक भी बेहूदा हुक्म बरदाश्त करने के लिए तैयार नहीं हैं। आत्म-सम्मान की वृद्धि के लिए उठाए हुए काम में अपमान ही सहन करना पड़े, यह नहीं हो सकता।'

मैं अधिकारी के पास गया। अपने पास आई हुई सब शिकायतें मैंने उन्हें सुनाईं। उन्होंने सब शिकायतें एक पत्र द्वारा लिखित रूप में देने को कहा और साथ ही अपने अधिकार की बात कही। उन्होंने कहा, 'शिकायत आपके द्वारा नहीं होनी चाहिए। शिकायत तो नायब-अधिकारियों द्वारा सीधी मेरे पास आनी चाहिए।'

मैंने जवाब में कहा, 'मुझे अधिकार भोगने की लालसा नहीं है। सैनिक दृष्टि से तो मैं साधारण सिपाही कहा जाऊँगा, पर हमारी टुकड़ी के मुखिया के नाते आपको मुझे उसका प्रतिनिधि मानना चाहिए।' मैंने अपने पास आई हुई शिकायतें भी बताईं, 'नायब-अधिकारी हमारी टुकड़ी से पूछे बिना नियुक्त किए गए हैं और उनके विषय में बड़ा असंतोष फैला हुआ है। अतएव वे हटा दिए जाएँ और टुकड़ी को अपने नायब-अधिकारी चुनने का अधिकार दिया जाए।'

यह बात उनके गले नहीं उतरी। उन्होंने मुझे बताया, 'इन नायब-अधिकारियों को टुकड़ी चुने, यह बात ही सैनिक नियम के विरुद्ध है; और यदि वे हटा दिए जाएँ, तो आज्ञा-पालन का नाम-निशान भी न रह जाए।'

हमने सभा की। सत्याग्रह के गंभीर परिणाम कह सुनाए। लगभग सभी ने सत्याग्रह की शपथ ली। हमारी सभा ने यह प्रस्ताव पास किया कि यदि वर्तमान नायब-अधिकारी हटाए न जाएँ और दल को नए अधिकारी पसंद न करने दिए जाएँ, तो हमारी टुकड़ी कवायद में जाना और कैम्प में जाना बंद कर देगी।

मैंने अधिकारी को एक पत्र लिखकर अपना तीव्र असंतोष व्यक्त किया और बताया कि मुझे अधिकार नहीं भोगना है, मुझे तो सेवा करनी है और यह काम सांगोपांग पूरा करना है। मैंने उन्हें यह भी बतलाया कि बोअर-युद्ध में मैंने कोई अधिकार नहीं लिया था; फिर भी कर्नल गेलवे और हमारी टुकड़ी के बीच कभी किसी तकरार की नौबत नहीं आई थी; और वे अधिकारी मेरी टुकड़ी की इच्छा मेरे द्वारा जानकर ही सारी बातें करते थे। अपने पत्र के साथ मैंने हमारी टुकड़ी द्वारा स्वीकृत प्रस्ताव की एक नकल भेजी।

अधिकारी पर इसका कोई प्रभाव न पड़ा। उन्हें तो लगा कि हमारी टुकड़ी ने सभा करके प्रस्ताव पास किया, यही सैनिक नियम का गंभीर भंग था।

इसके बाद मैंने भारत-मंत्री को एक पत्र लिखकर सारी वस्तुस्थिति बताई और साथ में हमारी सभा का प्रस्ताव भेजा।

भारत-मंत्री ने मुझे जवाब में सूचित किया कि दक्षिण अफ्रीका की स्थिति भिन्न थी। यहाँ तो टुकड़ी के बड़े अधिकारी को नायब-अधिकारी चुनने का हक है, फिर भी भविष्य में वह अधिकारी आपकी सिफारिशों का ध्यान रखेगा।

इसके बाद तो हमारे बीच बहुत पत्र-व्यवहार हुए, पर वे सारे कटु अनुभव देकर मैं इस प्रकरण को बढ़ाना नहीं चाहता।

पर इतना कहे बिना तो रहा ही नहीं जा सकता कि ये अनुभव वैसे ही थे जैसे हमें रोज हिंदुस्तान में होते रहते हैं। अधिकारी ने धमकी से, युक्ति से, हममें फूट डाली। कुछ लोग शपथ ले चुकने पर भी कल अथवा बल के वश हो गए। इतने में नेटली अस्पताल में अनसोची संख्या में घायल सिपाही आ पहुँचे और उनकी सेवा-शुश्रूषा के लिए हमारी समूची टुकड़ी की आवश्यकता आ पड़ी। अधिकारी जिन्हें खींच पाए थे, वे तो नेटली पहुँच गए; पर दूसरे नहीं गए, यह इंडिया ऑफिस को अच्छा न लगा। मैं तो बिछौने पर पड़ा था। पर टुकड़ी के लोगों से मिलता रहता था। मि. रॉबर्ट्स से मेरी अच्छी जान-पहचान हो गई थी। वे मुझसे मिलने आए और बाकी के लोगों को भी भेजने का आग्रह किया। उनका सुझाव था कि वे अलग टुकड़ी के रूप में जाएँ। नेटली अस्पताल में तो टुकड़ी को वहाँ मुखिया के अधीन रहना होगा, इसलिए उसकी मानहानि नहीं होगी। सरकार को उनके जाने से संतोष होगा और भारी संख्या में आए हुए घायलों की सेवा-शुश्रूषा होगी। मेरे साथियों को और मुझे यह सलाह पसंद आई और बचे हुए विद्यार्थी भी नेटली गए। अकेला मैं ही हाथ मलता हुआ बिछौने पर पड़ा रहा।

41. गोखले की उदारता

विलायत में मुझे पसली की सूजन की जो शिकायत हुई थी, उसकी बात मैं कर चुका

हूँ। इस बीमारी के समय गोखले विलायत आ चुके थे। उनके पास मैं और केलनबैक हमेशा जाया करते थे। अधिकतर लड़ाई की ही चर्चा होती थी। केलनबैक को जर्मनी का भूगोल कंठस्थ था और उन्होंने यूरोप की यात्रा भी खूब की थी। इससे वे गोखले को नक्शा खींचकर लड़ाई के मुख्य स्थान बताया करते थे।

जब मैं बीमार पड़ा तो मेरी बीमारी भी चर्चा का एक विषय बन गई। आहार के मेरे प्रयोग तो चल ही रहे थे। उस समय का मेरा आहार मूँगफली, कच्चे और पके केले, नीबू, जैतून का तेल, टमाटर और अंगूर आदि का था। दूध, अनाज, दाल आदि मैं बिलकुल न लेता था। डॉ. जीवराज मेहता मेरी सार-सँभाल करते थे। उन्होंने दूध और अन्न लेने का बहुत आग्रह किया। शिकायत गोखले तक पहुँची। फलाहार की मेरी दलील के बारे में उन्हें बहुत आदर न था; उनका आग्रह यह था कि आरोग्य की रक्षा के लिए डॉक्टर जो कहें, सो लेना चाहिए।

गोखले के आग्रह को ठुकराना मेरे लिए बहुत ही कठिन था। जब उन्होंने खूब आग्रह किया, तो मैंने विचार के लिए चौबीस घंटों का समय माँगा। केलनबैक और मैं दोनों घर आए। मार्ग में अपने धर्म के विषय में मैंने उनसे चर्चा की। मेरे प्रयोग में वे साथ थे। उन्हें प्रयोग अच्छा लगता था। पर अपनी तबीयत के लिए मैं उसे छोड़ तो ठीक हो, ऐसी उनकी भी भावना मुझे मालूम हुई। इसलिए मुझे स्वयं ही अंतर्नाद का पता लगाना था।

सारी रात मैंने सोच-विचार में बिताई। यदि समूचे प्रयोग को छोड़ देता, तो मेरे किए हुए समस्त विचार मिट्टी में मिल जाते। उन विचारों में मुझे कहीं भी भूल नहीं दिखाई देती थी। प्रश्न यह था कि कहाँ तक गोखले के प्रेम के वश होना मेरा धर्म था, अथवा शरीर-रक्षा के लिए ऐसे प्रयोगों को किस हद तक छोड़ना ठीक था। इसलिए मैंने निश्चय किया कि इन प्रयोगों में से जो प्रयोग केवल धर्म की दृष्टि से चल रहा है, उस पर दृढ़ रहकर दूसरे सब मामलों में डॉक्टर के कहे अनुसार चलना चाहिए। दूध के त्याग में धर्म-भावना का स्थान मुख्य था। कलकत्ते में गाय-भैंस पर होने वाली दुष्ट क्रियाएँ मेरे सामने मूर्तिमंत थीं। मांस की तरह पशु का दूध भी मनुष्य का आहार नहीं है, यह बात भी मेरे सामने थी। इसलिए दूध के त्याग पर डटे रहने का निश्चय करके मैं सबेरे उठा। इतने निश्चय से मेरा मन बहुत हलका हो गया। गोखले का डर था, पर मुझे विश्वास था कि वे मेरे निश्चय का आदर करेंगे।

शाम को नेशनल लिबरल क्लब में हम उनसे मिलने गए। उन्होंने तुरंत ही प्रश्न किया, 'क्यों, डॉक्टर का कहना मानने का निश्चय कर लिया न?'

मैंने धीरे से जवाब दिया, 'मैं सब कुछ करूँगा, किंतु आप एक चीज का आग्रह न कीजिए। मैं दूध और दूध के पदार्थ अथवा मांसाहार नहीं लूँगा। उन्हें न लेने से देहपात होता हो, तो वैसा होने देने में मुझे धर्म मालूम होता है।'

गोखले ने पूछा, 'यह आपका अंतिम निर्णय है?'

मैंने जवाब दिया, 'मेरा खयाल है कि मैं दूसरा जवाब नहीं दे सकता। मैं जानता हूँ कि इससे आपको दुःख होगा, पर मुझे क्षमा कीजिए।'

गोखले ने कुछ दुःख से परंतु अत्यंत प्रेम से कहा, 'आपका निश्चय मुझे पसंद नहीं है। इसमें मैं धर्म नहीं देखता। पर अब मैं आग्रह नहीं करूँगा।' यह कहकर वे डॉ. जीवराज मेहता की ओर मुड़े और उनसे बोले, 'अब गांधी को तंग मत कीजिए। उनकी बताई हुई मर्यादा में उन्हें जो दिया जा सके, दीजिए।'

डॉक्टर ने अप्रसन्नता प्रकट की, लेकिन वे लाचार हो गए। उन्होंने मुझे मूँग का पानी लेने की सलाह दी और उसमें हींग का बघार देने को कहा। मैंने इसे स्वीकार कर लिया। एक-दो दिन वह खुराक ली। उससे मेरी तकलीफ बढ़ गई। मुझे वह मुआफिक नहीं आई। अतएव मैं फिर फलाहार पर आ गया। डॉक्टर ने बाहरी उपचार तो किए ही। उससे थोड़ा आराम मिलता था। पर मेरी मर्यादाओं से वे बहुत ही परेशान थे। इस बीच लंदन का अक्टूबर-नवंबर का कुहरा सहन न कर सकने के कारण गोखले हिंदुस्तान जाने को रवाना हो गए।

42. दर्द के लिए क्या किया?

पसली का दर्द मिट नहीं रहा था, इससे मैं घबराया। मैं इतना जानता था कि औषधोपचार से नहीं, बल्कि आहार के परिवर्तन से और थोड़े बाहरी उपचार से दर्द जाना ही चाहिए।

सन् 1890 में मैं डॉक्टर एलिंसन से मिला था। वे अन्नाहारी थे और आहार के परिवर्तन द्वारा बीमारियों का इलाज करते थे। मैंने उन्हें बुलाया। वे आए। उन्हें शरीर दिखाया और दूध के बारे में अपनी आपत्ति की बात उनसे कही। उन्होंने मुझे तुरंत आश्वस्त किया और कहा, 'दूध की कोई आवश्यकता नहीं है। और

मुझे तो तुम्हें कुछ दिनों बिना किसी चिकनाई के ही रखना है।' यों कहकर पहले तो मुझे सिर्फ रूखी रोटी और कच्चे साग तथा फल खाने की सलाह दी। कच्ची तरकारियों में मूली, प्याज और किसी तरह के दूसरे कंद तथा हरी तरकारियों को कद्दूकश पर कसकर या चटनी की शक्ल में पीसकर खाना था। मैंने इस तरह तीन दिन तक काम चलाया। पर कच्चे साग मुझे बहुत अनुकूल नहीं आए। मेरा शरीर इस योग्य नहीं था कि इस प्रयोग की पूरी परीक्षा कर सकूँ और न मुझमें वैसी श्रद्धा थी। इसके अतिरक्त, उन्होंने चौबीसों घंटे खिड़कियाँ खुली रखने, रोज कुनकुने पानी से नहाने, दर्दवाले हिस्से पर तेल की मालिश करने और पाव से लेकर आधे घंटे तक खुली हवा में घूमने की सलाह दी। यह सब मुझे अच्छा लगा। घर में फ्रांसीसी ढंग की खिड़कियाँ थीं; उन्हें पूरा खोल देने पर बरसात का पानी अंदर आता था। ऊपर का रोशनदान खुलने लायक नहीं था। अतएव उसका पूरा शीशा तुड़वाकर उससे चौबीसों घंटे हवा आने का सुभीता कर लिया। फ्रांसीसी खिड़कियाँ मैं इतनी खुली रखता था कि पानी की बौछार अंदर न आए।

यह सब करने से तबीयत कुछ सुधरी। बिलकुल अच्छी तो हुई ही नहीं। कभी-कभी लेडी सिसिलिया रॉबर्ट्स मुझे देखने आती थीं। उनसे अच्छी-जान पहचान थी। उनकी मुझे दूध पिलाने की प्रबल इच्छा थी। दूध मैं लेता न था। इसलिए उन्होंने दूध के गुणवाले पदार्थों की खोज शुरू की। उनके किसी मित्र ने उन्हें 'माल्टेड मिल्क' बताया और अनजान में कह दिया कि इसमें दूध का स्पर्श तक नहीं होता, यह तो रासायनिक प्रयोग से तैयार किया हुआ दूध के गुणवाला चूर्ण है। मैं जान चुका था कि लेडी रॉबर्ट्स को मेरी धर्म-भावना के प्रति बड़ा आदर था। अतएव मैंने उस चूर्ण को पानी में मिलाकर पिया। मुझे उसमें दूध के समान ही स्वाद आया। मैंने 'पानी पीकर घर पूछने' जैसा काम किया। बोतल पर लगे परचे को पढ़ने से पता चला कि यह तो दूध का ही पदार्थ है। अतएव एक ही बार पीने के बाद उसे छोड़ देना पड़ा। लेडी रॉबर्ट्स को खबर भेजी और लिखा कि वे तनिक भी चिंता न करें। वे तुरंत मेरे घर आईं। उन्होंने खेद प्रकट किया। उनके मित्र ने बोतल पर चिपका कागज पढ़ा नहीं था। मैंने इस भली बहन को आश्वासन दिया और इस बात के लिए उनसे माफी माँगी कि उनके द्वारा कष्टपूर्वक प्राप्त की हुई वस्तु का मैं उपयोग न कर सका। मैंने उन्हें यह भी जता दिया कि जो चूर्ण अनजान में ले लिया है, उसका मुझे कोई पछतावा नहीं है, न उसके लिए प्रायश्चित्त की ही आवश्यकता है।

लेडी रॉबर्ट्स के साथ के जो दूसरे मधुर स्मरण हैं, उन्हें मैं छोड़ देना चाहता हूँ। ऐसे कई मित्रों का मुझे स्मरण है, जिनका महान् आश्रय अनेक विपत्तियों और विरोधों में मुझे मिल सका है। श्रद्धालु मनुष्य ऐसे मीठे स्मरणों द्वारा यह अनुभव करता है कि ईश्वर दुःखरूपी कड़वी दवाएँ देता है, तो उसके साथ ही मैत्री के मीठे अनुपान भी अवश्य ही देता है।

डॉ. एलिंसन जब दूसरी बार मुझे देखने आए, तो उन्होंने अधिक स्वतंत्रता दी और चिकनाई के लिए सूखे मेवे का अर्थात् मूँगफली आदि की गिरी का मक्खन अथवा जैतून का तेल लेने को कहा। कच्चे साग अच्छे न लगें, तो उन्हें पकाकर भात के साथ खाने को कहा। यह सुधार मुझे अधिक अनुकूल पड़ा।

पर पीड़ा पूरी तरह नष्ट न हुई। सावधानी की आवश्यकता तो थी ही। मैं खटिया न छोड़ सका। डॉ. मेहता समय-समय पर आकर मुझे देख तो जाते ही थे। 'मेरा इलाज करें, तो अभी अच्छा कर दूँ', यह वाक्य तो हमेशा उनकी जबान पर रहता ही था।

इस तरह दिन बीत रहे थे कि इतने में एक दिन मि. रॉबर्ट्स आ पहुँचे और उन्होंने मुझसे देश जाने का आग्रह किया, 'इस हालत में आप नेटली कभी न जा सकेंगे। कड़ी सर्दी तो अभी आगे पड़ेगी। मेरा आपसे विशेष आग्रह है कि अब आप देश जाइए और वहाँ स्वास्थ्य-लाभ कीजिए। तब तक लड़ाई चलती रही, तो सहायता करने के बहुतेरे अवसर आपको मिलेंगे ही। वरना आपने यहाँ जो कुछ किया है, उसे मैं कम नहीं मानता।'

मैंने यह सलाह मान ली और देश जाने की तैयारी की।

43. रवानगी

मि. केलनबैक हिंदुस्तान जाने के निश्चय से हमारे साथ निकले थे। विलायत में हम साथ ही रहते थे। पर लड़ाई के कारण जर्मनों पर कड़ी नजर रखी जाती थी, इससे केलनबैक के साथ आ सकने के विषय में हम सबको संदेह था। उनके लिए पासपोर्ट प्राप्त करने का मैंने बहुत प्रयत्न किया। मि. रॉबर्ट्स स्वयं उनके लिए पासपोर्ट प्राप्त करा देने के लिए तैयार थे। उन्होंने सारी हकीकत

का तार वायसरॉय के नाम भेजा, पर लॉर्ड हार्डिंग का सीधा और दो टूक उत्तर मिला—'हमें खेद है। लेकिन इस समय ऐसा कोई खतरा उठाने के लिए हम तैयार नहीं हैं।' हम सब इस उत्तर के औचित्य को समझ गए। केलनबैक के वियोग का दुःख मुझे तो हुआ ही, पर मैंने देखा कि मुझसे अधिक दुःख उन्हें हुआ। वे हिंदुस्तान आ सके होते, तो आज एक सुंदर किसान और बुनकर का सादा जीवन बिताते होते। अब वे दक्षिण अफ्रीका में अपना पहले का जीवन बिता रहे हैं और गृह-निर्माण कला का अपना धंधा धड़ल्ले से चला रहे हैं।

हमने तीसरे दर्जे के टिकट लेने का प्रयत्न किया, पर पी. एण्ड ओ. के जहाजों में तीसरे दर्जे के टिकट नहीं मिलते। अतएव दूसरे दर्जे के लेने पड़े। दक्षिण अफ्रीका से साथ बाँधकर लाया हुआ कुछ फलाहार, जो जहाजों में मिल ही नहीं सकता था, साथ ले लिया था। दूसरी चीजें तो जहाज में मिल सकती थीं।

डॉ. मेहता ने मेरे शरीर को मीड्ज प्लास्टर की पट्टी से बाँध दिया था, और सलाह दी थी कि मैं यह पट्टी बँधी रहने दूँ। दो दिन तक तो मैंने उसे सहन किया, लेकिन बाद में सहन न कर सका। अतएव थोड़ी मेहनत से पट्टी उतार डाली और नहाने-धोने की आज़ादी हासिल की। खाने में मुख्यतः सूखे और गीले मेवे को ही स्थान दिया। मेरी तबीयत दिन-प्रतिदिन सुधरती गई और स्वेज की खाड़ी में पहुँचते-पहुँचते तो बहुत अच्छी हो गई। शरीर दुर्बल था, फिर भी मेरा डर चला गया और मैं धीरे-धीरे रोज थोड़ी कसरत बढ़ाता गया। मैंने माना कि यह शुभ परिवर्तन केवल शुद्ध समशीतोष्ण हवा के कारण ही हुआ था।

पुराने अनुभवों के कारण हो या अन्य किसी कारण से हो, पर बात यह थी कि अंग्रेज़ यात्रियों और हम लोगों के बीच मैंने जो अंतर यहाँ देखा, वह दक्षिण अफ्रीका से आते हुए भी नहीं देखा था। अंतर तो वहाँ भी था, पर यहाँ उससे कुछ भिन्न प्रकार का मालूम हुआ। किसी-किसी अंग्रेज़ के साथ मेरी बातें होती थीं, किंतु वे 'साहब सलाम' तक ही सीमित रहती थीं। हृदय की भेंट किसी से नहीं हुई। दक्षिण अफ्रीका के जहाजों में और दक्षिण अफ्रीका में हृदय की भेंटें हो सकी थीं। इस भेद का कारण मैंने तो यही समझा कि इन जहाजों पर अंग्रेज़ के मन में जाने-अनजाने यह ज्ञान काम कर रहा था कि 'मैं शासक हूँ' और हिंदुस्तानी के मन में यह ज्ञान काम कर रहा था कि 'मैं विदेशी शासन के अधीन हूँ'।

मैं ऐसे वातावरण से जल्दी छूटने और स्वदेश पहुँचने के लिए आतुर हो रहा था। अदन पहुँचने पर कुछ हद तक घर पहुँच जाने जैसा लगा। अदनवालों

के साथ हमारा खासा संबंध दक्षिण अफ्रीका में ही हो गया था; क्योंकि भाई कैकोबाद कावसजी दीनशा डरबन आ चुके थे और उनसे तथा उनकी पत्नी से मेरा अच्छा परिचय हो चुका था।

कुछ ही दिनों में हम बंबई पहुँचे। जिस देश में मैं सन् 1905 में वापस आने की आशा रखता था, उसमें दस बरस बाद तो वापस आ सका, यह सोचकर मुझे बहुत आनंद हुआ। बंबई में गोखले ने स्वागत-सम्मेलन आदि की व्यवस्था कर ही रखी थी। उनका स्वास्थ्य नाजुक था; फिर भी वे बंबई आ पहुँचे थे। मैं इस उमंग के साथ बंबई पहुँचा था कि उनसे मिलकर और अपने को उनके जीवन में समाकर मैं अपना भार उतार डालूँगा। किंतु विधाता ने कुछ दूसरी ही रचना कर रखी थी।

44. वकालत के कुछ संस्मरण

हिंदुस्तान आने के बाद मेरे जीवन की धारा किस तरह प्रभावित हुई, इसका वर्णन करने से पहले मैंने दक्षिण अफ्रीका के अपने जीवन के जिस भाग को जान-बूझकर छोड़ दिया था, उसमें से कुछ यहाँ देना आवश्यक मालूम होता है। कुछ वकील मित्रों ने वकालत के समय और वकील के नाते मेरे संस्मरणों की माँग की है। ये संस्मरण इतने अधिक हैं कि उन्हें लिखने बैठूं, तो उन्हीं की एक पुस्तक तैयार हो जाए। ऐसे वर्णन मेरी अंकित मर्यादा के बाहर जाते हैं। किंतु उनमें से कुछ, जो सत्य से संबंध रखनेवाले हैं, यहाँ देना शायद अनुचित नहीं माना जाएगा।

जैसा कि मुझे याद है, मैं यह तो बता चुका हूँ कि वकालत के धंधे में मैंने कभी असत्य का प्रयोग नहीं किया और मेरी वकालत का बड़ा भाग केवल सेवा के लिए ही अर्पित था और उसके लिए जेबखर्च के अतिरिक्त मैं कुछ नहीं लेता था। कभी-कभी जेबखर्च भी छोड़ देता था। मैंने माना था कि इतना बताना इस विभाग के लिए पर्याप्त होगा, पर मित्रों की माँग उससे आगे जाती है। वे मानते हैं कि यदि मैं सत्यरक्षा के प्रसंगों का थोड़ा भी वर्णन दे दूँ, तो वकीलों को उसमें से कुछ जानने को मिल जाएगा।

विद्यार्थी-अवस्था में भी मैं यह सुना करता था कि वकालत का धंधा झूठ बोले बिना चल ही नहीं सकता। झूठ बोलकर मैं न तो कोई पद लेना चाहता था। और न पैसा कमाना चाहता था। इसलिए इन बातों का मुझ पर कोई प्रभाव नहीं पड़ता था।

दक्षिण अफ्रीका में इसकी परीक्षा तो बहुत बार हो चुकी थी। मैं जानता था कि प्रतिपक्ष के साक्षियों को सिखाया-पढ़ाया गया है और यदि मैं मुवक्किलों को अथवा साक्षी को तनिक भी झूठ बोलने के लिए प्रोत्साहित कर दूँ, तो मुवक्किल के केस में कामयाबी मिल सकती है। किंतु मैंने हमेशा इस लालच को छोड़ा है। मुझे ऐसी एक ही घटना याद है कि जब मुवक्किल का मुकदमा जीतने के बाद मुझे यह शक हुआ कि मुवक्किल ने मुझे धोखा दिया है। मेरे दिल में भी हमेशा यही खयाल बना रहता था अगर मुवक्किल का केस सच्चा हो तो उसमें जीत मिले और झूठा हो तो उसकी हार हो। मुझे याद नहीं पड़ता कि फीस लेते समय मैंने कभी हार जीत के आधार पर फीस की दरें तय की हों। मुवक्किल हारे या जीते, मैं तो हमेशा अपना मेहनताना ही माँगता था और जीतने पर भी उसी की आशा रखता था। मुवक्किल को मैं शुरू से ही कह देता था—'मामला झूठा हो तो मेरे पास मत आना। साक्षी को सिखाने-पढ़ाने का काम कराने की मुझसे कोई आशा न रखना।' आखिर मेरी साख तो यही कायम हुई थी कि झूठे मुकदमे मेरे पास आते ही नहीं। मेरे कुछ ऐसे मुवक्किल भी थे, जो अपने सच्चे मामले तो मेरे पास लाते थे और जिनमें थोड़ी भी खोट-खराबी होती, उन्हें दूसरे वकीलों के पास ले जाते थे।

एक अवसर ऐसा भी आया, जब मेरी बहुत बड़ी परीक्षा हुई। मेरे अच्छे-से-अच्छे मुवक्किलों में से एक का यह मामला था। उसमें बहीखातों की भारी उलझनें थीं। मुकदमा बहुत लंबे समय तक चला था। उसके कुछ हिस्से कई अदालतों में गए थे। अंत में अदालत द्वारा नियुक्त हिसाब जाननेवाले पंच को उसका हिसाबी हिस्सा सौंपा गया था। पंच के फैसले में मेरे मुवक्किल की पूरी जीत थी। किंतु उसके हिसाब में एक छोटी परंतु गंभीर भूल रही थी। जमा-खर्च की रकम पंच के दृष्टिदोष से इधर की उधर ले ली गई थी। प्रतिपक्षी ने पंच के इस फैसले को रद करने की अपील की थी। मुवक्किल की ओर से मैं छोटा वकील था। बड़े वकील ने पंच की भूल देखी थी, पर उनकी राय थी कि पंच की भूल कबूल करना मुवक्किल के लिए बंधन रूप नहीं है। उनका यह स्पष्ट मत था कि ऐसी किसी बात को स्वीकार करने के लिए कोई वकील बँधा हुआ नहीं है, जो उसके मुवक्किल

के हित के विरुद्ध जाए। मैंने कहा, 'इस मुकदमे में रही हुई भूल स्वीकार की ही जानी चाहिए।'

बड़े वकील ने कहा, 'ऐसा होने पर इस बात का पूरा डर है कि अदालत सारे फैसले को ही रद कर दे; और कोई होशियार वकील मुवक्किल को ऐसी जोखिम में नहीं डालेगा। मैं तो यह जोखिम उठाने को कभी तैयार न होऊँगा। मुकदमा फिर से चलाना पड़े, तो मुवक्किल को कितने खर्च में उतरना होगा? और कौन कह सकता है कि अंतिम परिणाम क्या होगा?'

इस बातचीत के समय मुवक्किल उपस्थित थे।

मैंने कहा, 'मेरा तो खयाल है कि मुवक्किल को और हम दोनों को ऐसी जोखिमें उठानी ही चाहिए। हमारे स्वीकार न करने पर भी अदालत भूल भरे फैसले को भूल मालूम हो जाने पर बहाल रखेगी, इसका क्या भरोसा है? और भूल सुधारने की कोशिश में मुवक्किल को नुकसान उठाना पड़े, तो क्या हर्ज होगा?'

बड़े वकील ने कहा, 'लेकिन हम भूल कबूल करें तब न?'

मैंने जवाब दिया, 'हमारे भूल न स्वीकार करने पर भी अदालत उस भूल को नहीं पकड़ेगी अथवा विरोध पक्ष उसका पता नहीं लगाएगा, इसका भी क्या भरोसा है?'

बड़े वकील ने दृढ़तापूर्वक कहा, 'तो इस मुकदमे में आप बहस करेंगे? भूल कबूल करने की शर्त पर मैं उसमें हाजिर रहने को तैयार नहीं हूँ।'

मैंने नम्रतापूर्वक कहा, 'यदि आप न खड़े हों और मुवक्किल चाहें, तो मैं खड़ा होने को तैयार हूँ। यदि भूल कबूल न की जाए, तो मैं मानता हूँ कि मुकदमे में काम करना मेरे लिए असंभव होगा।'

इतना कहकर मैंने मुवक्किल की तरफ देखा। मुवक्किल थोड़े परेशान हुए। मैं तो मुकदमे में शुरू से ही था। मुवक्किल का मुझ पर पूरा विश्वास था। वे मेरे स्वभाव से भी पूरी तरह परिचित थे। उन्होंने कहा, 'ठीक है, तो आप ही अदालत में पैरवी कीजिए। भूल कबूल कर लीजिए। भाग्य में हारना होगा तो हार जाएँगे। सच्चे का रखवाला राम तो है ही न?'

मुझे खुशी हुई। मैंने दूसरे जवाब की आशा ही न रखी थी। बड़े वकील ने मुझे फिर चेताया। उन्हें मेरे 'हठ' के लिए मुझ पर तरस आया, लेकिन उन्होंने मुझे धन्यवाद भी दिया।

अदालत में क्या हुआ इसकी चर्चा आगे होगी।

45. चालाकी

अपनी सलाह के औचित्य के विषय में मुझे लेशमात्र भी शंका न थी, पर उस मुकदमे की पूरी पैरवी करने की अपनी योग्यता के संबंध में काफी शंका थी। ऐसे जोखिम वाले मामले में बड़ी अदालत में मेरा बहस करना मुझे बहुत जोखिम भरा जान पड़ा। अतएव मन में काँपते-काँपते मैं न्यायाधीशों के सामने उपस्थित हुआ। ज्यों ही उक्त भूल की बात निकली कि एक न्यायाधीश बोल उठे, 'यह चालाकी नहीं कहलाएगी?'

मुझे बड़ा गुस्सा आया। जहाँ चालाकी की गंध तक नहीं थी, वहाँ चालाकी का शक होना मुझे असह्य प्रतीत हुआ। मैंने मन में सोचा, 'जहाँ पहले से ही जज का खयाल बिगड़ा हुआ है, वहाँ इस मुश्किल मुकदमे को कैसे जीता जा सकता है?'

मैंने अपने गुस्से को दबाया और शांत भाव से जवाब दिया, 'मुझे आश्चर्य होता है कि आप पूरी बात सुनने के पहले ही चालाकी का आरोप लगाते हैं!'

जज बोले, 'मैं आरोप नहीं लगाता, केवल शंका प्रकट करता हूँ।'

मैंने उत्तर दिया, 'आपकी शंका ही मुझे आरोप जैसी लगती है। मैं आपको वस्तुस्थिति समझा दूँ और फिर शंका के लिए अवकाश हो, तो आप अवश्य शंका करें।'

जज ने शांत होकर कहा, 'मुझे खेद है कि मैंने आपको बीच में ही रोका। आप अपनी बात समझाकर कहिए।'

मेरे पास सफाई के लिए पूरा-पूरा मसाला था। शुरू में ही शंका पैदा हुई और जज का ध्यान मैं अपनी दलील की तरफ खींच सका, इससे मुझमें हिम्मत आ गई और मैंने विस्तार से सारी जानकारी दी। न्यायाधीशों ने मेरी बातों को धैर्यपूर्वक सुना और वे समझ गए कि भूल असावधानी के कारण ही हुई है। अतः बहुत परिश्रम से तैयार किया हुआ हिसाब रद करना उन्हें उचित नहीं मालूम हुआ।

प्रतिपक्षी के वकील को तो यह विश्वास ही था कि भूल स्वीकार कर लेने के बाद उनके लिए अधिक बहस करने की आवश्यकता न रहेगी। पर न्यायाधीश ऐसी स्पष्ट और सुधर सकनेवाली भूल को लेकर पंच-फैसला रद करने के लिए बिलकुल तैयार न थे। प्रतिपक्षी के वकील ने बहुत माथापच्ची की, पर जिन

न्यायाधीश के मन में शंका पैदा हुई थी, वे ही मेरे हिमायती बन गए। वे बोले, 'मि. गांधी ने गलती कबूल न की होती, तो आप क्या करते?'

'जिस हिसाब-विशेषज्ञ को हमने नियुक्त किया था, उससे अधिक होशियार अथवा ईमानदार विशेषज्ञ हम कहाँ से लाएँ?'

'हमें मानना चाहिए कि आप अपने मुकदमे को भली-भाँति समझते हैं। हिसाब का हर जानकार जिस तरह की भूल कर सकता है वैसी भूल के अतिरिक्त दूसरी कोई भूल आप न बता सकें, तो कायदे की एक मामूली सी त्रुटि के लिए दोनों पक्षों को नए सिरे से खर्च में डालने के लिए अदालत तैयार नहीं हो सकती। और यदि आप यह कहें कि इसी अदालत को यह केस नए सिरे से सुनना चाहिए, तो यह संभव न होगा।'

इस और ऐसी अनेक दलीलों से प्रतिपक्षी के वकील को शांत करके तथा फैसले में रही भूल को सुधार कर अथवा इतनी भूल सुधार कर पुनः फैसला भेजने का हुक्म पंच को देकर अदालत ने उस सुधरे हुए फैसले को बहाल रखा।

मेरे हर्ष की सीमा न रही। मुवक्किल और बड़े वकील प्रसन्न हुए और मेरी यह धारणा दृढ़ हो गई कि वकालत के धंधे में भी सत्य की रक्षा करते हुए काम हो सकता है।

पर पाठकों को यह बात याद रखनी चाहिए कि धंधे के लिए की हुई प्रत्येक वकालत के मूल में जो दोष विद्यमान है, उसे यह सत्य की रक्षा ढाँक नहीं सकती।

46. मुवक्किल साथी बन गए

नेटाल और ट्रांसवाल की वकालत में यह भेद था कि नेटाल में एडवोकेट और एटार्नी का भेद होने पर भी दोनों सब अदालतों में समान रूप से वकालत कर सकते थे, जबकि ट्रांसवाल में बंबई के जैसा भेद था। वहाँ एडवोकेट मुवक्किल के साथ का सारा व्यवहार एटार्नी की मारफत ही कर सकता है। बैरिस्टर बनने के बाद आप एडवोकेट अथवा एटार्नी में से किसी एक की सनद ले सकते हैं और फिर वही धंधा कर सकते हैं। नेटाल में मैंने एडवोकेट की सनद ली थी, ट्रांसवाल में एटार्नी की।

एडवोकेट के नाते मैं हिंदुस्तानियों के सीधे संपर्क में नहीं आ सकता था और दक्षिण अफ्रीका में वातावरण ऐसा नहीं था कि गोरे एटार्नी मुकदमे मुझे दें।

यों ट्रांसवाल में वकालत करते हुए मजिस्ट्रेट के इजलास पर तो मैं बहुत बार जा सकता था। ऐसा करते हुए एक प्रसंग इस प्रकार का आया, जब चलते मुकदमे के दौरान मैंने देखा कि मेरे मुवक्किल ने मुझे ठग लिया है। उसका मुकदमा झूठा था। वह कठहरे में खड़ा इस तरह काँप रहा था, मानो अभी गिर पड़ेगा। अतएव मैंने मजिस्ट्रेट को मुवक्किल के विरुद्ध फैसला देने को कहा और बैठ गया। प्रतिपक्षी का वकील आश्चर्यचकित हो गया। मजिस्ट्रेट खुश हुआ। मुवक्किलों को मैंने उलाहना दिया। वह जानता था कि मैं झूठे मुकदमे नहीं लेता था। उसने यह बात स्वीकार की और मैं मानता हूँ कि मैंने उसके खिलाफ फैसला माँगा, इसके लिए वह गुस्सा न हुआ। जो भी हो, पर मेरे इस बरताव का कोई बुरा प्रभाव मेरे धंधे पर नहीं पड़ा, और अदालत में मेरा काम सरल हो गया। मैंने यह भी देखा कि सत्य की मेरी इस पूजा से वकील-बंधुओं में भी मेरी प्रतिष्ठा बढ़ गई थी और विचित्र परिस्थितियों के रहते हुए भी उनमें से कुछ की प्रीति मैं प्राप्त कर सका था।

वकालत करते हुए मैंने एक ऐसी आदत भी डाली थी कि अपना अज्ञान न मैं मुवक्किलों से छिपाता था और न वकीलों से। जहाँ-जहाँ मुझे कुछ सूझ न पड़ता वहाँ-वहाँ मैं मुवक्किल से दूसरे वकील के पास जाने को कहता अथवा मुझे वकील कहता तो मैं उससे कहता कि अपने से अधिक अनुभवी वकील की सलाह लेकर मैं उसका काम करूँगा। अपने इस शुद्ध व्यवहार के कारण मैं मुवक्किलों का अटूट प्रेम और विश्वास संपादन कर सका था। बड़े वकील के पास जाने की जो फीस देनी पड़ती, उसके पैसे भी वे प्रसन्नतापूर्वक देते थे।

इस विश्वास और प्रेम का पूरा-पूरा लाभ मुझे अपने सार्वजनिक काम में मिला।

पिछले प्रकरण में मैं बता चुका हूँ कि दक्षिण अफ्रीका में वकालत करने का मेरा हेतु केवल लोकसेवा करना था। इस सेवा के लिए भी मुझे लोगों का विश्वास संपादन करने की आवश्यकता थी। उदार दिल के हिंदुस्तानियों ने पैसे लेकर की गई वकालत को भी मेरी सेवा माना; और जब मैंने उन्हें अपने हकों के लिए जेल के दुःख सहने की सलाह दी, तब उनमें से बहुतों ने उस सलाह को ज्ञानपूर्वक स्वीकार करने की अपेक्षा मेरे प्रति अपनी श्रद्धा और प्रेम के कारण ही स्वीकार किया था।

यह लिखते हुए वकालत के ऐसे कई मीठे संस्मरण मेरी कलम पर आ रहे हैं। सैकड़ों आदमी मुवक्किल न रहकर मेरे मित्र बन गए थे। वे सार्वजनिक सेवा में मेरे सच्चे साथी बन गए थे और मेरे कठोर जीवन को उन्होंने रसमय बना दिया था।

47. मुवक्किल जेल से कैसे बचा?

इन प्रकरणों के पाठक पारसी रुस्तमजी के नाम से भली-भाँति परिचित हैं। पारसी रुस्तमजी एक ही समय में मेरे मुवक्किल और सार्वजनिक काम के साथी बने, अथवा उनके विषय में तो यह भी कहा जा सकता है कि पहले वे मेरे साथी बने और बाद में मुवक्किल। मैंने उनका विश्वास इस हद तक प्राप्त कर लिया था कि अपनी निजी और घरेलू बातों में भी वे मेरी सलाह लेते थे और तदनुसार व्यवहार करते थे। बीमार पड़ने पर भी वे मेरी सलाह की आवश्यकता अनुभव करते थे और हमारी रहन-सहन में बहुत फर्क होने पर भी वे अपने ऊपर मेरे बताए उपचारों का प्रयोग करते थे।

इन साथी पर एक बार बड़ी विपत्ति आ पड़ी। अपने व्यापार की भी बहुत सी बातें वे मुझसे किया करते थे। लेकिन एक बात उन्होंने मुझसे छिपा रखी थी। पारसी रुस्तमजी चुंगी की चोरी किया करते थे। वे बंबई-कलकत्ते से जो माल मँगाते थे, उसी के सिलसिले में यह चोरी चलती थी। सब अधिकारियों से उनका अच्छा मेलजोल था, इस कारण कोई उन पर शक करता ही न था। वे जो बीजक पेश करते, उसी पर चुंगी ले ली जाती थी। ऐसे भी अधिकारी रहे होंगे, जो उनकी चोरी की ओर से आँखें मूंद लेते होंगे।

पर अखा भगत की वाणी कभी मिथ्या हो सकती है? :

'काचो पारो खावो अन्न, तेवुं छे चीरोतुं धन।'[16]

पारसी रुस्तमजी की चोरी पकड़ी गई। वे दौड़े-दौड़े मेरे पास आए। आँखों से आँसू बह रहे थे। वे कह रहे थे, 'भाई, मैंने आपसे कपट किया है। मेरा पाप आज प्रकट हो गया है। मैंने चुंगी की चोरी की है। अब मेरे भाग्य में तो जेल ही

हो सकती है। मैं बरबाद होने वाला हूँ। इस आफत से आप ही मुझे बचा सकते हैं। मैंने आपसे कुछ छिपाया नहीं। पर यह सोचकर कि व्यापार की चोरी की बात आपसे क्या कहूँ, मैंने यह चोरी छिपाई। अब मैं पछता रहा हूँ।'

मैंने धीरज देकर कहा, 'मेरी रीति से तो आप परिचित ही हैं। छुड़ाना न छुड़ाना खुदा के हाथ है। अपराध स्वीकार करके छुड़ाया जा सके, तो ही मैं छुड़ा सकता हूँ।'

इन भले पारसी का चेहरा उतर गया।

रुस्तमजी सेठ बोले, 'लेकिन आपके सामने मेरा अपराध स्वीकार कर लेना क्या काफी नहीं है?'

गैंने धीरे से जवाब दिया, 'आपने अपराध तो सरकार का किया है और स्वीकार मेरे सामने करते हैं। इससे क्या होता है?'

पारसी रुस्तमजी ने कहा, 'अंत में मुझे करना तो वही है, जो आप कहेंगे। पर... मेरे पुराने वकील हैं। उनकी सलाह तो आप लेंगे न? वे मेरे मित्र भी हैं।'

जाँच से पता चला कि चोरी लंबे समय से चल रही थी। जो चोरी पकड़ी गई वह तो थोड़ी ही थी। हम लोग पुराने वकील के पास गए। उन्होंने केस की जाँच की और कहा, 'यह मामला ज्यू के सामने जाएगा। यहाँ के ज्यू हिंदुस्तानी को क्यों छोड़ने लगे? पर मैं आशा कभी न छोड़ूँगा।'

इन वकील से मेरा गाढ़ परिचय नहीं था। पारसी रुस्तमजी ने ही जवाब दिया, 'मैं आपका आभार मानता हूँ, किंतु इस मामले में मुझे मि. गांधी की सलाह के अनुसार चलना है। वे मुझे अधिक पहचानते हैं। आप उन्हें जो सलाह देना उचित समझें, देते रहिएगा।'

इस प्रश्न को यों निबटाकर हम रुस्तमजी सेठ की दुकान पर पहुँचे।

मैंने उन्हें समझाया, 'मैं इस मामले को अदालत में जाने लायक नहीं मानता। मुकदमा चलाना न चलाना चुंगी-अधिकारी के हाथ में है। उसे भी सरकार के मुख्य वकील की सलाह के अनुसार चलना पड़ेगा। मैं दोनों से मिलने को तैयार हूँ, पर मुझे तो उनके सामने उस चोरी को भी स्वीकार करना पड़ेगा, जिसे वे नहीं जानते। मैं सोचता हूँ कि जो दंड वे ठहराएँ, उसे स्वीकार कर लेना चाहिए। बहुत करके तो वे मान जाएँगे। पर कदाचित् न मानें तो आपको जेल के लिए तैयार रहना होगा। मेरा तो यह मत है कि लज्जा जेल जाने में नहीं, बल्कि चोरी करने में है। लज्जा का काम तो हो चुका है। जेल जाना पड़े तो उसे

प्रायश्चित्त समझिए। सच्चा प्रायश्चित्त तो भविष्य में फिर कभी चुंगी की चोरी न करने की प्रतिज्ञा में है।'

मैं नहीं कह सकता कि रुस्तमजी सेठ इन सारी बातों को भली-भाँति समझ गए थे। वे बहादुर आदमी थे। पर इस बार हिम्मत हार गए थे। उनकी प्रतिष्ठा नष्ट होने का समय आ गया था। और प्रश्न यह था कि कहीं उनकी अपनी मेहनत से बनाई हुई इमारत ढह न जाए।

वे बोले, 'मैं आपसे कह चुका हूँ कि मेरा सिर आपकी गोद में है। आपको जैसा करना हो वैसा कीजिए।'

मैंने इस मामले में विनय की अपनी सारी शक्ति लगा दी। मैं अधिकारी से मिला और सारी चोरी की बात उससे निर्भयतापूर्वक कह दी। सब बहीखाते दिखा देने को कहा और पारसी रुस्तमजी के पश्चात्ताप की बात भी कही।

अधिकारी ने कहा, 'मैं इस बूढ़े पारसी को चाहता हूँ। उसने मूर्खता की है। पर मेरा धर्म तो आप जानते हैं। बड़े वकील जैसा कहेंगे वैसा मुझे करना होगा। अतएव अपनी समझाने की शक्ति का उपयोग आपको उनके सामने करना होगा।'

मैंने कहा, 'पारसी रुस्तमजी को अदालत में घसीटने पर ज़ोर न दिया जाए, तो मुझे संतोष हो जाएगा।'

इस अधिकारी से अभय-दान प्राप्त करके मैंने सरकारी वकील से पत्र-व्यवहार शुरू किया। उनसे मिला। मुझे कहना चाहिए कि मेरी सत्यप्रियता उनके ध्यान में आ गई। मैं उनके सामने यह सिद्ध कर सका कि मैं उनसे कुछ छिपा नहीं रहा हूँ।

इस मामले में या दूसरे किसी मामले में उनके संपर्क में आने पर उन्होंने मुझे प्रमाण-पत्र दिया था, 'मैं देखता हूँ कि आप 'ना' में तो जवाब लेने वाले ही नहीं हैं।'

रुस्तमजी पर मुकदमा नहीं चला। उनके द्वारा कबूल की गई चुंगी की चोरी के दूने रुपये लेकर मुकदमा उठा लेने का हुक्म जारी हुआ।

रुस्तमजी ने अपनी चुंगी-चोरी की कहानी लिखकर शीशे में मढ़वा ली और उसे अपने दफ्तर में टाँगकर अपने वारिसों और साथी व्यापारियों को चेतावनी दी।

रुस्तमजी सेठ के व्यापारी मित्रों ने मुझे चेताया, 'यह सच्चा वैराग्य नहीं है, श्मशान-वैराग्य है।'

मैं नहीं जानता कि इसमें कितनी सचाई थी।

मैंने यह बात भी रुस्तमजी सेठ से कही थी। उनका जवाब यह था, 'आपको धोखा देकर मैं कहाँ जाऊँगा?'

पाँचवाँ भाग

1. पहला अनुभव

मेरे स्वदेश आने के पहले जो लोग फीनिक्स से वापस लौटने वाले थे, वे यहाँ आ पहुँचे थे। अनुमान यह था कि मैं उनसे पहले पहुँचूँगा, लेकिन लड़ाई के कारण मुझे लंदन में रुकना पड़ा। अतएव मेरे सामने प्रश्न यह था कि फीनिक्सवासियों को कहाँ रखा जाए? मेरी अभिलाषा यह थी कि सब एक साथ ही रह सकें और फीनिक्स आश्रम का जीवन बिता सकें तो अच्छा हो। मैं किसी आश्रम-संचालक से परिचित नहीं था, जिससे साथियों को उनके यहाँ जाने के लिए लिख सकूँ। अतएव मैंने उन्हें लिखा कि वे एंड्रूज से मिलें और वे जैसी सलाह दें, वैसा करें।

पहले उन्हें काँगड़ी गुरुकुल में रखा गया, जहाँ स्वामी श्रद्धानंदजी ने उनको अपने ही बच्चों की तरह रखा। इसके बाद उन्हें शांति निकेतन में रखा गया। वहाँ कविवर ने और उनके समाज ने उन्हें वैसे ही प्रेम से नहलाया। इन दो स्थानों में उन्हें जो अनुभव प्राप्त हुआ, वह उनके और मेरे लिए भी बहुत उपयोगी सिद्ध हुआ।

कविवर, श्रद्धानंदजी और श्री सुशील रुद्र को मैं एंड्रूज की 'त्रिमूर्ति' मानता था। दक्षिण अफ्रीका में वे इन तीनों की प्रशंसा करते कभी थकते ही न थे। दक्षिण अफ्रीका के हमारे स्नेह-सम्मेलन के अनेकानेक स्मरणों में यह तो मेरी आँखों के सामने तैरा ही करता है कि इन तीन महापुरुषों के नाम उनके हृदय में और ओठों पर सदा बने ही रहते थे। एंड्रूज ने मेरे फीनिक्स कुटुंब को सुशील रुद्र के पास ही रख दिया था। रुद्र का अपना कोई आश्रम न था, केवल घर ही था। पर उस घर का कब्जा उन्होंने मेरे कुटुंब को सौंप दिया था। उनके लड़के-लड़की एक ही दिन में इनके साथ ऐसे घुल-मिल गए थे कि ये लोग फीनिक्स की याद बिलकुल भूल गए।

मैं बंबई के बंदरगाह पर उतरा। तभी मुझे पता चला कि उस समय यह परिवार शांति निकेतन में था। इसलिए गोखले से मिलने के बाद मैं वहाँ जाने को अधीर हो गया।

बंबई में सम्मान स्वीकार करते समय ही मुझे एक छोटा-सा सत्याग्रह करना पड़ता था। मेरे सम्मान में मि. पिटीट के यहाँ एक सभा रखी गई थी। उसमें तो मैं गुजराती में जवाब देने की हिम्मत न कर सका। उस महल में और आँखों को

चौंधिया देनेवाले उस ठाठ-बाट के बीच गिरमिटियों की सोहबत में रहा हुआ मैं अपने आपको देहाती जैसा लगा। आज की मेरी पोशाक की तुलना में उस समय पहना हुआ अँगरखा, साफा आदि अपेक्षाकृत सभ्य पोशाक कही जा सकती है। फिर भी मैं उस अलंकृत समाज में अलग ही छिटका पड़ता था। लेकिन वहाँ तो जैसे-तैसे मैंने अपना काम निबाहा और सर फीरोजशाह मेहता की गोद में आसरा लिया।

गुजरातियों की सभा तो थी ही। स्व. उत्तमलाल त्रिवेदी ने इस सभा का आयोजन किया था। मैंने इस सभा के बारे में पहले से कुछ बातें जान ली थीं। मि. जिन्ना भी गुजराती के नाते इस सभा में हाजिर थे। वे सभापति थे या मुख्य वक्ता, यह मैं भूल गया हूँ। पर उन्होंने अपना छोटा और मीठा भाषण अंग्रेज़ी में किया। मुझे धुँधला-सा स्मरण है कि दूसरे भाषण भी अधिकतर अंग्रेज़ी में ही हुए। जब मेरे बोलने का समय आया, तो मैंने उत्तर गुजराती में दिया। और गुजराती तथा हिंदुस्तानी के प्रति अपना पक्षपात कुछ ही शब्दों में व्यक्त करके मैंने गुजरातियों की सभा में अंग्रेज़ी के उपयोग के विरुद्ध अपना नम्र विरोध प्रदर्शित किया। मेरे मन में अपने इस कार्य के लिए संकोच तो था ही। मेरे मन में यह शंका बनी रही कि लंबी अवधि की अनुपस्थिति के बाद विदेश से वापस आया हुआ अनुभवहीन मनुष्य प्रचलित प्रवाह के विरुद्ध चले, इसमें अविवेक तो नहीं माना जाएगा? पर मैंने गुजराती में उत्तर देने की जो हिम्मत की, उसका किसी ने उलटा अर्थ नहीं लगाया और सबने मेरा विरोध सहन कर लिया। यह देखकर मुझे खुशी हुई और इस सभा के अनुभव से मैं इस परिणाम पर पहुँचा कि अपने नए जान पड़ने वाले दूसरे विचारों को जनता के सम्मुख रखने में मुझे कठिनाई नहीं पड़ेगी।

यों बंबई में दो-एक दिन रहकर और आरंभिक अनुभव लेकर मैं गोखले की आज्ञा से पूना गया।

2. गोखले के साथ पूना में

मेरे बंबई पहुँचते ही गोखले ने मुझे खबर दी थी—'गवर्नर आपसे मिलना चाहते हैं। अतएव पूना आने के पहले उनसे मिल आना उचित होगा।' इसलिए मैं उनसे

मिलने गया। साधारण बातचीत के बाद उन्होंने कहा—'मैं आपसे एक वचन माँगता हूँ। मैं चाहता हूँ कि सरकार के बारे में आप कोई भी कदम उठाएँ, उसके पहले मुझसे मिलकर बात कर लिया करें।'

मैंने जवाब दिया, 'यह बचन देना मेरे लिए बहुत सरल है। क्योंकि सत्याग्रही के नाते मेरा यह नियम ही है कि किसी के विरुद्ध कोई कदम उठाना हो, तो पहले उसका दृष्टिकोण उसी से समझ लूँ और जिस हद तक उसके अनुकूल होना संभव हो, उस हद तक अनुकूल हो जाऊँ। दक्षिण अफ्रीका में मैंने सदा इस नियम का पालन किया है और यहाँ भी वैसा ही करने वाला हूँ।'

लॉर्ड विलिंग्डन ने आभार माना और कहा, 'आप जब मिलना चाहेंगे, मुझसे तुरंत मिल सकेंगे और आप देखेंगे कि सरकार जान-बूझकर कोई बुरा काम नहीं करना चाहती।'

मैंने जवाब दिया, 'यह विश्वास ही तो मेरा सहारा है।'

मैं पूना पहुँचा। वहाँ के सब संस्मरण देने में मैं असमर्थ हूँ। गोखले ने और सोसाइटी (भारत सेवक समाज) के सदस्यों ने मुझे अपने प्रेम से नहला दिया। जहाँ तक मुझे याद है, उन्होंने सब सदस्यों को पूना बुलाया था। सबके साथ कई विषयों पर मैंने दिल खोलकर बातचीत की। गोखले की तीव्र इच्छा थी कि मैं भी सोसाइटी में सम्मिलित हो जाऊँ। मेरी इच्छा तो थी ही। किंतु सोसाइटी के सदस्यों को ऐसा लगा कि सोसाइटी के आदर्श और काम करने की रीति मुझसे भिन्न है, इसलिए मुझे सदस्य बनना चाहिए या नहीं, इस बारे में उनके मन में शंका थी। गोखले का विश्वास था कि मुझमें अपने आदर्शों पर दृढ़ रहने का जितना आग्रह है उतना ही दूसरों के आदर्शों को निबाह लने का और उनके साथ घुल-मिल जाने का भी मेरा स्वभाव है। उन्होंने कहा, 'हमारे सदस्य अभी आपके इस निबाह लेने वाले स्वभाव को पहचान नहीं पाए हैं। वे अपने आदर्शों पर दृढ़ रहने वाले स्वतंत्र और दृढ़ विचार के लोग हैं। मैं आशा तो करता हूँ कि वे आपको स्वीकार कर लेंगे पर स्वीकार न करें, तो आप कभी यह न समझना कि उन्हें आपके प्रति कम आदर या कम प्रेम है। इस प्रेम को अखंडित रखने के लिए ही वे कोई जोखिम उठाते हुए डरते हैं। पर आप सोसाइटी के विधिवत् सदस्य बनें या न बनें, मैं तो आपको सदस्य ही मानूँगा।'

मैंने अपने विचार गोखले को बता दिए थे—'मैं सोसाइटी का सदस्य बनूँ चाहे न बनूँ, तो भी मुझे एक आश्रम खोलकर उसमें फीनिक्स के साथियों को

रखना और खुद वहाँ बैठ जाना है। इस विश्वास के कारण कि गुजराती होने से मेरे पास गुजरात की सेवा के जरिए देश की सेवा करने की पूँजी अधिक होनी चाहिए। मैं गुजरात में ही कहीं स्थिर होना चाहता हूँ।' गोखले को ये विचार पसंद पड़े थे, इसलिए उन्होंने कहा—'आप अवश्य ऐसा करें। सदस्यों के साथ की बातचीत का जो भी परिणाम आए, पर यह निश्चित है कि आपको आश्रम के लिए पैसा मुझी से लेना है। उसे मैं अपना ही आश्रम समझूंगा।'

मेरा हृदय फूल उठा। मैं यह सोचकर बहुत खुश हुआ कि मुझे पैसा उगाहने के धंधे से मुक्ति मिल गई और यह कि अब मुझे अपनी जवाबदारी पर नहीं चलना पड़ेगा, बल्कि हर परेशानी के समय रास्ता दिखानेवाला कोई होगा। इस विश्वास के कारण मुझे ऐसा लगा, मानो मेरे सिर का बड़ा बोझ उतर गया हो।

गोखले ने स्व. डॉक्टर देव को बुलाकर कह दिया, 'गांधी का खाता अपने यहाँ खोल लीजिए और इन्हें आश्रम के लिए तथा अपने सार्वजनिक कार्यों के लिए जितनी रकम की जरूरत हो, आप देते रहिए।'

अब मैं पूना छोड़कर शांति निकेतन जाने की तैयारी कर रहा था। अंतिम रात को गोखले ने मुझे रुचनेवाली एक दावत दी और उसमें खास-खास मित्रों को न्योता। उसमें उन्होंने जो चीजें मैं खाता था, उन्हीं का अर्थात् सूखे और ताजे फलों के आहार का ही प्रबंध किया था। दावत की जगह उनके कमरे से कुछ ही कदम दूर थी, पर उसमें भी सम्मिलित होने की उनकी हालत न थी। लेकिन उनका प्रेम उन्हें दूर कैसे रहने देता? उन्होंने आने का आग्रह किया। वे आए भी, पर उन्हें मूर्छा आ गई और वापस जाना पड़ा। उनकी ऐसी हालत जब-तब हो जाया करती थी। अतएव उन्होंने संदेशा भेजा कि दावत जारी ही रखनी है। दावत का मतलब था, सोसाइटी के आश्रम में मेहमान घर के पासवाले आँगन में जाजिम बिछाकर बैठना, मूँगफली, खजूर आदि खाना, प्रेमपूर्ण चर्चाएँ करना और एक-दूसरे के दिलों को अधिक जानना।

पर गोखले की यह मूर्छा मेरे जीवन के लिए साधारण अनुभव बनकर रहने वाली न थी।

3. क्या वह धमकी थी?

अपने बड़े भाई की विधवा पत्नी और दूसरे कुटुंबियों से मिलने के लिए मुझे बंबई से राजकोट और पोरबंदर जाना था। इसलिए मैं उधर गया। दक्षिण अफ्रीका में सत्याग्रह की लड़ाई के सिलसिले में मैंने अपनी पोशाक जिस हद तक गिरमिटिया मजदूरों से मिलती-जुलती की जा सकती थी, कर ली थी। विलायत में भी घर में मैं यही पोशाक पहनता था। हिंदुस्तान आकर मुझे काठियावाड़ी पोशाक पहननी थी। दक्षिण अफ्रीका में मैंने उसे अपने साथ रखा था। अतएव बंबई में मैं उसी पोशाक में उतर सका था। इस पोशाक में कुर्ता, अँगरखा, धोती और सफेद साफे का समावेश होता था। ये सब देशी मिल के ही कपड़े के बने हुए थे। बंबई से काठियावाड़ मुझे तीसरे दर्जे में ही जाना था। उसमें साफा और अँगरखा मुझे झंझट मालूम हुए। अतएव मैंने कुर्ता, धोती और आठ-दस आने की कश्मीरी टोपी का उपयोग किया। ऐसी पोशाक पहनने वाले की गिनती गरीब आदमी में होती थी। उस समय वीरमगाम अथवा वढ़वाण में प्लेग के कारण तीसरे दर्जे के यात्रियों की जाँच होती थी। मुझे थोड़ा बुखार था। जाँच करने वाले अधिकारी ने हाथ देखा, तो उसे वह गरम लगा। इसलिए उसने मुझे राजकोट में डॉक्टर से मिलने का हुक्म दिया और मेरा नाम लिख लिया।

बंबई से किसी ने तार या पत्र भेजा होगा। इसलिए वढवाण स्टेशन पर वहाँ के प्रसिद्ध प्रजा-सेवक दर्जी मोतीलाल मुझसे मिले। उन्होंने मुझसे वीरमगाम की चुंगी संबंधी जाँच-पड़ताल की और उसके कारण होने वाली परेशानियों की चर्चा की। मैंने उन्हें थोड़े में ही जवाब दिया, 'आप जेल जाने को तैयार हैं?'

मैंने माना था कि बिना विचारे उत्साह में जवाब देने वाले बहुतेरे युवकों की भाँति ही मोतीलाल भी होंगे। पर उन्होंने बहुत दृढ़तापूर्वक उत्तर दिया, 'हम जरूर जेल जाएँगे। पर आपको हमें रास्ता दिखाना होगा। काठियावाड़ी के नाते आप पर हमारा पहला अधिकार है। इस समय तो हम आपको रोक नहीं सकते, पर लौटते समय आपको वढ़वाण उतरना होगा। यहाँ के युवकों का काम और उत्साह देखकर आप खुश होंगे। आप अपनी सेना में जब चाहेंगे तब हमें भरती कर सकेंगे।'

मोतीलाल पर मेरी आँख टिक गईं। उनके दूसरे साथियों ने उनकी स्तुति करते हुए कहा, 'ये भाई दर्जी हैं। अपने धंधे में कुशल हैं, इसलिए रोज एक घंटा

काम करके हर महीने लगभग पंद्रह रुपये अपने खर्च के लिए कमा लेते हैं और बाकी का सारा समय सार्वजनिक सेवा में बिताते हैं। ये हम सब पढ़े-लिखों का मार्गदर्शन करते हैं और हमें लज्जित करते हैं।'

बाद में मैं भाई मोतीलाल के संपर्क में काफी आया था और मैंने अनुभव किया था कि उनकी उपर्युक्त स्तुति में लेशमात्र भी अतिशयोक्ति नहीं थी। जब सत्याग्रह आश्रम स्थापित हुआ, तो वे हर महीने वहाँ कुछ दिन अपनी हाजिरी दर्ज करा ही जाते थे। बालकों को सीना सिखाते और आश्रम का सिलाई-काम भी कर जाते थे। वीरमगाम की बात तो वे मुझे रोज सुनाते रहते थे। वहाँ यात्रियों को जिन मुसीबतों का सामना करना पड़ता था, वे उनके लिए असह्य थीं। इन मोतीलाल को भर जवानी में बीमारी उठा ले गई और वढ़वाण उनके बिना सूना हो गया।

राजकोट पहुँचने पर दूसरे दिन सबेरे मैं उपर्युक्त आज्ञा के अनुसार अस्पताल में हाजिर हुआ। वहाँ तो मैं अपरिचित नहीं था। डॉक्टर शर्माए और उक्त जाँच करने वाले अधिकारी पर गुस्सा होने लगे। मुझे गुस्से का कोई कारण न दिखाई पड़ा। अधिकारी ने अपने धर्म का पालन ही किया था। वह मुझे पहचानता नहीं था और पहचानता होता तो भी उसने जो हुक्म दिया, वह देना उसका धर्म था। पर चूँकि मैं सुपरिचित था, इसलिए राजकोट में मैं जाँच कराने जाऊँ उसके बदले लोग घर आकर मेरी जाँच करने लगे।

ऐसे मामलों में तीसरे दर्जे के यात्रियों की जाँच करना आवश्यक है। बड़े माने जाने वाले लोग भी तीसरे दर्जे में यात्रा करें, तो उन्हें गरीबों पर लागू होने वाले नियमों का स्वेच्छा से पालन करना चाहिए और अधिकारियों को पक्षपात न करना चाहिए। पर मेरा अनुभव यह है कि अधिकारी तीसरे दर्जे के यात्रियों को आदमी समझने के बदले जानवर-जैसा समझते हैं। 'तू' के सिवा उनके लिए दूसरा कोई संबोधन ही नहीं होता। तीसरे दर्जे का यात्री न तो सामने जवाब दे सकता है, न बहस कर सकता है। उसे इस तरह व्यवहार करना पड़ता है, मानो वह अधिकारी का नौकर हो। अधिकारी उसे मारते-पीटते हैं, उसे लूटते हैं, उसकी ट्रेन छुड़वा देते हैं, उसे टिकट देने में हैरान करते हैं। यह सब मैंने स्वयं अनुभव किया है। इस वस्तुस्थिति में सुधार तभी हो सकता है जब कुछ पढ़े-लिखे और धनिक लोग गरीबों जैसे बनें, तीसरे दर्जे में यात्रा करके गरीब यात्रियों को न मिलने वाली एक भी सुविधा का उपयोग न करें और अड़चनों, अशिष्टताओं, अन्यायों तथा वीभत्सता को चुपचाप न सहकर उनका सामना करें और उन्हें दूर

कराएँ। काठियावाड़ में मैं जहाँ-जहाँ भी घूमा वहाँ-वहाँ मैंने वीरमगाम की चुंगी संबंधी जाँच की शिकायतें सुनीं।

अतएव मैंने लॉर्ड विलिंग्डन के दिए हुए निमंत्रण का तुरंत उपयोग किया। इस संबंध में जो भी कागज-पत्र मिले, उन सबको मैं पढ़ गया। मैंने देखा कि शिकायतों में बहुत सचाई है। इस विषय में मैंने बंबई सरकार से पत्र-व्यवहार शुरू किया। सेक्रेटरी से मिला। लॉर्ड विलिंग्डन से भी मिला। उन्होंने सहानुभूति प्रकट की, किंतु दिल्ली की ढील की शिकायत की।

सेक्रेटरी ने कहा, 'हमारे ही हाथ की बात होती, तो हमने यह चुंगी कभी की उठा दी होती। आप केन्द्रीय सरकार के पास जाइए।'

मैंने केन्द्रीय सरकार से पत्र-व्यवहार शुरू किया, पर पत्रों की पहुँच के अतिरिक्त कोई उत्तर न पा सका। जब मुझे लॉर्ड चेम्सफर्ड से मिलने का मौका मिला तब अर्थात् लगभग दो बरस के पत्र-व्यवहार के बाद मामले की सुनवाई हुई। लॉर्ड चेम्सफर्ड से बात करने पर उन्होंने आश्चर्य प्रकट किया। उन्हें वीरमगाम की कोई जानकारी नहीं थी। उन्होंने मेरी बात ध्यानपूर्वक सुनी और उसी समय टेलीफोन करके वीरमगाम के कागज-पत्र मँगवाए और मुझे वचन दिया कि यदि आपके कथन के विरुद्ध अधिकारियों को कोई आपत्ति नहीं हुई, तो चुंगी रद कर दी जाएगी। इस मुलाकात के बाद कुछ ही दिनों में चुंगी उठ जाने की खबर मैंने अखबारों में पढ़ी।

मैंने इस जीत को सत्याग्रह की नींव माना, क्योंकि वीरमगाम के संबंध में बातें करते हुए बंबई सरकार के सेक्रेटरी ने मुझसे कहा था कि मैंने इस विषय में बगसरा में जो भाषण किया था, उसकी नकल उनके पास है। उसमें सत्याग्रह का जो उल्लेख किया गया था, उस पर उन्होंने अपनी अप्रसन्नता भी प्रकट की थी। उन्होंने पूछा था, 'क्या आप इसे धमकी नहीं मानते? और इस तरह कोई शक्तिशाली सरकार धमकियों की परवाह करती है?'

मैंने जवाब दिया, 'यह धमकी नहीं है। यह लोकशिक्षा है। लोगों को अपने दुःख दूर करने के सब वास्तविक उपाय बताना मुझ जैसों का धर्म है। जो जनता स्वतंत्रता चाहती है, उसके पास अपनी रक्षा का अंतिम उपाय होना चाहिए। साधारणतः ऐसे उपाय हिंसात्मक होते हैं। पर सत्याग्रह शुद्ध अहिंसक शस्त्र है। उसका उपयोग और उसकी मर्यादा बताना मैं अपना धर्म समझता हूँ। मुझे इस विषय में संदेह नहीं है कि अंग्रेज़ सरकार शक्तिशाली है। पर इस विषय में भी मुझे कोई संदेह नहीं कि सत्याग्रह सर्वोपरि शस्त्र है।'

चतुर सेक्रेटरी ने अपना सिर हिलाया और कहा, 'ठीक है, हम देखेंगे।'

4. शांति निकेतन

राजकोट से मैं शांति निकेतन गया। वहाँ शांति निकेतन के अध्यापकों और विद्यार्थियों ने मुझ पर अपना प्रेम बरसाया। स्वागत की विधि में सादगी, कला और प्रेम का सुंदर मिश्रण था। वहाँ मैं काकासाहब कालेलकर से पहले-पहल मिला।

कालेलकर 'काकासाहब' क्यों कहलाते थे, यह मैं उस समय नहीं जानता था। लेकिन बाद में मालूम हुआ कि केशवराव देशपांडे, जो विलायत में मेरे समकालीन थे और जिनके साथ विलायत में मेरा अच्छा परिचय हो गया था, बड़ौदा राज्य में 'गंगनाथ विद्यालय' चला रहे हैं। उनकी अनेक भावनाओं में से एक यह भी थी कि विद्यालय में पारिवारिक भावना होनी चाहिए। इस विचार से वहाँ सब अध्यापकों के नाम रखे गए थे। उनमें कालेलकर को 'काका' नाम मिला। फड़के 'मामा' बने। हरिहर शर्मा 'अण्णा' कहलाए। दूसरों के भी यथायोग्य नाम रखे गए। काका के साथी के रूप में आनन्दानंद (स्वामी) और मामा के मित्र के नाते पटवर्धन (अप्पा) आगे चलकर इस कुटुंब में सम्मिलित हुए। इस कुटुंब के उपर्युक्त पाँचों सदस्य एक के बाद एक मेरे साथी बने। देशपांडे 'साहब' के नाम से पुकारे जाने लगे। साहब का विद्यालय बंद होने पर यह कुटुंब बिखर गया। पर इन लोगों ने अपना आध्यात्मिक संबंध न छोड़ा। काकासाहब भिन्न-भिन्न अनुभव प्राप्त करने में लग गए। इसी सिलसिले में वे इस समय शांति निकेतन में रहते थे। इसी मंडल के एक के और सदस्य चिंतामण शास्त्री भी वहाँ रहते थे। ये दोनों संस्कृत सिखाने में हिस्सा लेते थे।

शांति निकेतन में मेरे मंडल को अलग से ठहराया गया था। यहाँ मगनलाल गांधी उस मंडल को सँभाल रहे थे और फीनिक्स आश्रम के सब नियमों का पालन सूक्ष्मता से करते-कराते थे। मैंने देखा कि उन्होंने अपने प्रेम, ज्ञान और उद्योग के कारण शांति निकेतन में अपनी सुगंध फैला दी थी। एंड्रूज तो यहाँ थे ही। पियर्सन

थे। जगदानंदन बाबू, नेपाल बाबू, संतोष बाबू, क्षितिमोहन बाबू, नगेन बाबू, शरद बाबू और काली बाबू के साथ हमारा खासा संपर्क रहा। अपने स्वभाव के अनुसार मैं विद्यार्थियों और शिक्षकों में घुल-मिल गया, और स्वपरिश्रम के विषय में चर्चा करने लगा। मैंने वहाँ के शिक्षकों के सामने यह बात रखी कि वैतनिक रसोइयों के बदले शिक्षक और विद्यार्थी अपनी रसोई स्वयं बना लें तो अच्छा हो। ऐसा करने से आरोग्य और नीति की दृष्टि से रसोईघर पर शिक्षक-समाज का प्रभुत्व स्थापित होगा और विद्यार्थी स्वावलंबन तथा स्वयंपाक का पदार्थ-पाठ सीखेंगे। एक-दो शिक्षकों ने सिर हिलाकर असहमति प्रकट की। कुछ लोगों को यह प्रयोग बहुत अच्छा लगा। नई चीज, फिर वह कैसी भी क्यों न हो, बालकों को तो अच्छी लगती ही है। इस न्याय से यह चीज भी उन्हें अच्छी लगी और प्रयोग शुरू हुआ। जब कविश्री के सामने यह चीज रखी गई, तो उन्होंने अपनी यह सम्मति दी कि शिक्षक अनुकूल हों, तो स्वयं उन्हें यह प्रयोग अवश्य पसंद होगा। उन्होंने विद्यार्थियों से कहा, 'इसमें स्वराज्य की चाबी मौजूद है।'

पियर्सन ने प्रयोग को सफल बनाने में अपने आपको खपा दिया। उन्हें यह बहुत अच्छा लगा। एक मंडली साग काटने वालों की बनी, दूसरी अनाज साफ करने वालों की। रसोईघर के आस-पास शास्त्रीय ढंग से सफाई रखने के काम में नगेन बाबू आदि जुट गए। उन लोगों को कुदाली से काम करते देखकर मेरा हृदय नाच उठा।

लेकिन मेहनत के इस काम को सवा सौ विद्यार्थी और शिक्षक भी एकाएक नहीं अपना सकते थे। अतएव रोज चर्चाएँ चलती थीं। कुछ लोग थक जाते थे। परंतु पियर्सन क्यों थकने लगे? वे हँसते चेहरे से रसोईघर के किसी-न-किसी काम में जुटे ही रहते थे। बड़े-बड़े बरतन माँजना उन्हीं का काम था। बरतन माँजनेवाली टुकड़ी की थकान उतारने के लिए कुछ विद्यार्थी वहाँ सितार बजाते थे। विद्यार्थियों ने प्रत्येक काम को पर्याप्त उत्साह से अपना लिया और समूचा शांति निकेतन मधुमक्खियों के छत्ते की भाँति गूँजने लगा।

इस प्रकार के फेरफार जब एक बार शुरू हो जाते हैं, तो फिर वे रुक नहीं पाते। फीनिक्स का रसोईघर स्वावलंबी बन गया था, यही नहीं बल्कि उसमें रसोई भी बहुत सादी बनती थी। मसालों का त्याग किया गया था। अतएव भात, दाल, साग तथा गेहूँ के पदार्थ भी भाप के द्वारा पका लिए जाते थे। बंगाली खुराक में सुधार करने के विचार से उस प्रकार का एक रसोईघर शुरू किया था। उसमें

एक-दो अध्यापक और कुछ विद्यार्थी सम्मिलित हुए थे। ऐसे ही प्रयोगों में से सर्वसाधारण रसोईघर को स्वावलंबी बनाने का प्रयोग शुरू किया जा सका था।

पर आखिर कुछ कारणों से यह प्रयोग बंद हो गया। मेरा विश्वास यह है कि इस जगद्-विख्यात संस्था ने थोड़े समय के लिए भी इस प्रयोग को अपनाकर कुछ खोया नहीं और उससे प्राप्त अनेक अनुभव उसके लिए उपयोगी सिद्ध हुए थे।

मेरा विचार शांति निकेतन में कुछ समय रहने का था। किंतु विधाता मुझे जबरदस्ती घसीटकर ले गया। मैं मुश्किल से वहाँ एक हफ्ता रहा होऊँगा कि इतने में पूना से गोखले के अवसान का तार मिला। शांति निकेतन शोक में डूब गया। सब मेरे पास संवेदना प्रकट करने आए। मंदिर में विशेष सभा की गई। यह गंभीर दृश्य अपूर्व था। मैं उसी दिन पूना के लिए रवाना हुआ। पत्नी और मगनलाल गांधी को मैंने साथ लिया, बाकी सब शांति निकेतन में रहे।

बर्दवान तक एंड्रूज मेरे साथ आए थे। उन्होंने मुझसे पूछा, 'क्या आपको ऐसा लगता है कि हिंदुस्तान में आपके लिए सत्याग्रह करने का अवसर आएगा? और अगर ऐसा लगता हो तो कब आएगा, इसकी कोई कल्पना आपको है?'

मैंने जवाब दिया, 'इसका उत्तर देना कठिन है। अभी एक वर्ष तक तो मुझे कुछ करना ही नहीं है। गोखले ने मुझसे प्रतिज्ञा करवाई है कि मुझे एक वर्ष तक देश में भ्रमण करना है, किसी सार्वजनिक प्रश्न कर अपना विचार न तो बनाना है, न प्रकट करना है। मैं इस प्रतिज्ञा का अक्षरशः पालन करूँगा। बाद में भी मुझे किसी प्रश्न पर कुछ कहने की जरूरत होगी तभी मैं कहूँगा। इसलिए मैं नहीं समझता कि पाँच वर्ष तक सत्याग्रह करने का कोई अवसर आएगा।'

यहाँ यह कहना अप्रस्तुत न होगा कि 'हिंद स्वराज्य' में मैंने जो विचार व्यक्त किए हैं, गोखले उनका मज़ाक उड़ाते थे और कहते थे, 'आप एक वर्ष हिंदुस्तान में रहकर देखेंगे, तो आपके विचार अपने आप ठिकाने आ जाएँगे।'

5. तीसरे दर्जे की विडंबना

बर्दवान पहुँचकर हमें तीसरे दर्जे का टिकट लेना था। उसे लेने में परेशानी हुई।

जवाब मिला—'तीसरे दर्जे के यात्री को टिकट पहले से नहीं दिया जाता।' मैं स्टेशन-मास्टर से मिलने गया। उनके पास मुझे कौन जाने देता? किसी ने दया करके स्टेशन-मास्टर को दिखा दिया। मैं वहाँ पहुँचा। उनसे भी उपर्युक्त उत्तर ही मिला। खिड़की खुलने पर टिकट लेने गया। पर टिकट आसानी से मिलने वाला न था। बलवान यात्री एक के बाद एक घुसते जाते और मुझ जैसों को पीछे हटाते जाते। आखिर टिकट मिला।

गाड़ी आई। उसमें भी जो बलवान थे, वे घुस गए। बैठे हुओं और चढ़ने वालों के बीच गाली-गलौज और धक्का-मुक्की शुरू हुई। इसमें हिस्सा लेना मेरे लिए संभव न था। हम तीनों इधर से उधर चक्कर काटते रहे। सब ओर से एक ही जवाब मिलता था—'यहाँ जगह नहीं है।' मैं गार्ड के पास गया। उसने कहा, 'जगह मिले तो बैठो, नहीं तो दूसरी ट्रेन में जाना।'

मैंने नम्रतापूर्वक कहा, 'लेकिन मुझे जरूरी काम है।' यह सुनने के लिए गार्ड के पास समय नहीं था। मैं हारा। मगनलाल से कहा, 'जहाँ जगह मिले, बैठ जाओ।' पत्नी को लेकर मैं तीसरे दर्जे के टिकट से ड्योढ़े दर्जे में घुसा। गार्ड ने मुझे उसमें जाते देख लिया था।

आसनसोल स्टेशन पर गार्ड ज़्यादा किराए के पैसे लेने आया। मैंने कहा, 'मुझे जगह बताना आपका धर्म था। जगह न मिलने के कारण मैं इसमें बैठा हूँ। आप मुझे तीसरे दर्जे में जगह दिलाइए। मैं उसमें जाने को तैयार हूँ।'

गार्ड साहब बोले, 'मुझसे बहस मत कीजिए। मेरे पास जगह नहीं है। पैसे न देने हों, तो गाड़ी से उतरना पड़ेगा।'

मुझे तो किसी भी तरह पूना पहुँचना था। गार्ड से लड़ने की मेरी हिम्मत नहीं थी। मैंने पैसे चुका दिए। उसने ठेठ पूना तक का ड्योढ़ा भाड़ा लिया। यह अन्याय मुझे अखर गया।

सबेरे मुगलसराय स्टेशन आया। मगनलाल ने तीसरे दर्जे में जगह कर ली थी। मुगलसराय में मैं तीसरे दर्जे में गया। टिकट कलेक्टर को मैंने वस्तुस्थिति की जानकारी दी और उससे इस बात का प्रमाण-पत्र माँगा कि मैं तीसरे दर्जे में चला आया हूँ। उसने देने से इनकार किया। मैंने अधिक किराया वापस प्राप्त करने के लिए रेलवे के उच्च अधिकारी को पत्र लिखा।

उनकी ओर से इस आशय का उत्तर मिला—'प्रमाण-पत्र के बिना अतिरिक्त किराया लौटाने का हमारे यहाँ रिवाज नहीं है। पर आपके मामले में हम लौटाए

दे रहे हैं। बर्दवान से मुगलसराय तक क़ा ड्योढ़ा किराया वापस नहीं किया जा सकता।'

इसके बाद के तीसरे दर्जे की यात्रा के मेरे अनुभव तो इतने हैं कि उनकी एक पुस्तक बन जाए। पर उनमें से कुछ की प्रासंगिक चर्चा करने के सिवा इन प्रकरणों में उनका समावेश नहीं हो सकता। शारीरिक असमर्थता के कारण तीसरे दर्जे की मेरी यात्रा बंद हो गई। यह बात मुझे सदा खटकी है और आगे भी खटकती रहेगी। तीसरे दर्जे की यात्रा में अधिकारियों की मनमानी से उत्पन्न होने वाली विडंबना तो रहती ही है। पर तीसरे दर्जे में बैठनेवाले कई यात्रियों का उजड्डपन, उनकी गंदगी, उनकी स्वार्थबुद्धि और उनका अज्ञान भी कुछ कम नहीं होता। दुःख तो यह है कि अकसर यात्री यह जानते ही नहीं कि वे अशिष्टता कर रहे है अथवा गंदगी फैला रहे हैं अथवा अपना ही मतलब खोज रहे हैं। वे जो करते हैं, वह उन्हें स्वाभाविक मालूम होता है। हम सभ्य और पढ़े-लिखे लोगों ने उनकी कभी चिंता ही नहीं की।

थके-माँदे हम कल्याण जंक्शन पहुँचे। नहाने की तैयारी की। मगनलाल ने और मैंने स्टेशन के नल से पानी लेकर स्नान किया। पत्नी के लिए कुछ तजवीज कर रहा था कि इतने में भारत-सेवक-समाज के भाई कौल ने हमें पहचान लिया। वे भी पूना जा रहे थे। उन्होंने पत्नी को दूसरे दर्जे के स्नानघर में स्नान कराने के लिए ले जाने की बात कही। इस सौजन्य को स्वीकार करने में मुझे संकोच हुआ। पत्नी को दूसरे दर्जे के स्नानघर का उपयोग करने का अधिकार नहीं था, इसे मैं जानता था। पर मैंने उसे इस स्नानघर में नहाने देने के अनौचित्य के प्रति आँखें मूंद लीं। सत्य के पुजारी को यह भी शोभा नहीं देता। पत्नी का वहाँ जाने का कोई आग्रह नहीं था, पर पति के मोहरूपी सुवर्ण पात्र ने सत्य को ढाँक लिया।

6. मेरा प्रयत्न

पूना पहुँचने पर गोखले की उत्तरक्रिया आदि संपन्न करके हम सब इस प्रश्न की चर्चा में लग गए कि अब सोसाइटी किस तरह चलाई जाए और मुझे उसमें

सम्मिलित होना चाहिए या नहीं। मुझ पर भारी बोझ आ पड़ा। गोखले के जीते-जी मेरे लिए सोसाइटी में दाखिल होने का प्रयत्न करना आवश्यक न था। मुझे केवल गोखले की आज्ञा और इच्छा के वश होना था। यह स्थिति मुझे पसंद थी। भारतवर्ष के तूफानी समुद्र में कूदते समय मुझे एक कर्णधार की आवश्यकता थी और गोखले के समान कर्णधार की छाया में मैं सुरक्षित था।

अब मैंने अनुभव किया कि मुझे सोसाइटी में भरती होने के लिए सतत प्रयत्न करना चाहिए। मुझे यह लगा कि गोखले की आत्मा यही चाहेगी। मैंने बिना संकोच के और दृढ़तापूर्वक यह प्रयत्न शुरू किया। इस समय सोसाइटी के लगभग सभी सदस्य पूना में उपस्थित थे। मैंने उन्हें मनाना और मेरे विषय में उन्हें जो डर था, उसे दूर करना शुरू किया। किंतु मैंने देखा कि सदस्यों में मतभेद था। एक राय मुझे दाखिल करने के पक्ष में थी, दूसरी दृढ़तापूर्वक मेरे प्रवेश का विरोध करती थी। मैं अपने प्रति दोनों पक्षों के प्रेम को देख सकता था। पर मेरे प्रति प्रेम की अपेक्षा सोसाइटी के प्रति उनकी वफादारी कदाचित् अधिक थी; प्रेम से कम तो थी ही नहीं।

इस कारण हमारी चर्चा मीठी थी और केवल सिद्धांत का अनुसरण करने वाली थी। विरुद्ध पक्ष वालों को यही लगा कि अनेक विषयों में मेरे और उनके विचारों के बीच उत्तर-दक्षिण का अंतर था। इससे भी अधिक उन्हें यह लगा कि जिन ध्येयों को ध्यान में रखकर गोखले ने सोसाइटी की रचना की थी, मेरे सोसाइटी में रहने से उन ध्येयों के ही खतरे में पड़ जाने की पूरी संभावना थी। स्वभावतः यह उन्हें असह्य प्रतीत हुआ।

लंबी चर्चा के बाद हम एक-दूसरे से अलग हुए। सदस्यों ने अंतिम निर्णय की बात दूसरी सभा तक उठा रखी।

घर लौटते हुए मैं विचारों के भँवर में पड़ गया। बहुमत से दाखिल होने का प्रसंग आने पर क्या वैसा करना मेरे लिए इष्ट होगा? क्या वह गोखले के प्रति मेरी वफादारी मानी जाएगी? अगर मेरे विरुद्ध मत प्रकट हों, तो क्या उस दशा में मैं सोसाइटी की स्थिति को नाजुक बनाने का निमित्त न बनूँगा? मैंने स्पष्ट देखा कि जब तक सोसाइटी के सदस्यों में मुझे दाखिल करने के बारे में मतभेद रहे, तब तक स्वयं मुझी को दाखिल होने का आग्रह छोड़ देना चाहिए और इस प्रकार विरोधी पक्ष को नाजुक स्थिति में पड़ने से बचा लेना चाहिए। उसी में सोसाइटी और गोखले के प्रति मेरी वफादारी थी। ज्यों ही मेरी अंतरात्मा में इस निर्णय का

उदय हुआ, त्यों ही मैंने श्री शास्त्री को पत्र लिखा कि वे मेरे प्रवेश के विषय में सभा बुलाएँ ही नहीं। विरोध करने वालों को मेरा यह निश्चय बहुत पसंद आया। वे धर्म-संकट से बच गए। उनके और मेरे बीच की स्नेहगाँठ अधिक दृढ़ हो गई और सोसाइटी में प्रवेश पाने की अपनी अर्जी को वापस लेकर मैं सोसाइटी का सच्चा सदस्य बना।

अनुभव से मैं देखता हूँ कि मेरा प्रथा के अनुसार सोसाइटी का सदस्य न बनना ही उचित था; और जिन सदस्यों ने मेरे प्रवेश का विरोध किया था, उनका विरोध वास्तविक था। अनुभव ने यह सिद्ध कर दिया है कि उनके और मेरे सिद्धांतों के बीच भेद था। किंतु मतभेद को जान चुकने पर भी हमारे बीच आत्मा का अंतर कभी नहीं पड़ा, खटाई कभी पैदा न हुई। मतभेद के रहते भी हम परस्पर बंधु और मित्र रहे हैं। सोसाइटी का स्थान मेरे लिए यात्रा का धाम रहा है। लौकिक दृष्टि से मैं भले ही उसका सदस्य नहीं बना, पर आध्यात्मिक दृष्टि से तो मैं उसका सदस्य रहा ही हूँ। लौकिक संबंध की अपेक्षा आध्यात्मिक संबंध अधिक मूल्यवान है। आध्यात्मिक संबंध से रहित लौकिक संबंध प्राणहीन देह के समान है।

7. कुंभ मेला

मुझे डॉ. प्राणजीवनदास मेहता से मिलने रंगून जाना था। वहाँ जाते हुए श्री भूपेंद्रनाथ बसु का निमंत्रण पाकर मैं कलकत्ते में उनके घर ठहरा था। यहाँ बंगाली शिष्टाचार की पराकाष्ठा हो गई थी। उन दिनों मैं फलाहर ही करता था। मेरे साथ मेरा लड़का रामदास था। कलकत्ते में जितने प्रकार का सूखा और हरा मेवा मिला, उतना सब इकट्ठा किया गया था। स्त्रियों ने रात भर जागकर पिस्तों वगैरह को भिगोकर उनके छिलके उतारे थे। ताजे फल भी जितनी सुघड़ता से सजाए जा सकते हैं, सजाए गए थे। मेरे साथियों के लिए अनेक प्रकार के पकवान तैयार किए गए थे। मैं इस प्रेम और शिष्टाचार को तो समझा, लेकिन एक-दो मेहमानों के लिए समूचे परिवार का सारे दिन व्यस्त रहना मुझे असह्य प्रतीत हुआ। परंतु इस मुसीबत से बचने का मेरे पास कोई इलाज न था।

रंगून जाते समय स्टीमर में मैं डेक का यात्री था। यदि श्री बसु के यहाँ प्रेम की मुसीबत थी, तो स्टीमर में अप्रेम की मुसीबत थी। डेक के यात्रियों के कष्टों का मैंने बुरी तरह अनुभव किया। नहाने की जगह तो इतनी गंदी थी कि वहाँ खड़ा रहना भी कठिन था। पाखाने नरक के कुंड बने हुए थे। मल-मूत्रादि में से चलकर या उन्हें लाँघकर पाखाने में जाना होता था! मेरे लिए ये असुविधाएँ भयंकर थीं। मैं जहाज के अधिकारी के पास पहुँचा, पर कौन सुनता है? यात्रियों ने अपनी गंदगी से डेक को गंदा कर डाला था। वे जहाँ बैठे होते वहीं थूक देते, वहीं सुरती के पीक की पिचकारियाँ चलाते और वहीं खाने-पीने के बाद बचा हुआ कचरा डालते थे। बातचीत से होने वाले कोलाहल की कोई सीमा न थी। सब कोई अपने लिए अधिक-से-अधिक जगह घेरने की कोशिश करते थे। कोई किसी की सुविधा का विचार तक न करता था। वे स्वयं जितनी जगह घेरते थे, सामान उससे अधिक जगह घेर लेता था। ये दो दिन बड़ी घबराहट में बीते।

रंगून पहुँचने पर मैंने एजेंट को सारा हाल लिख भेजा। लौटते समय भी मैं डेक पर ही आया। पर इस पत्र के और डॉ. मेहता के प्रबंध के फलस्वरूप अपेक्षाकृत अधिक सुविधा से आया।

मेरे फलाहार की झंझट तो यहाँ भी अपेक्षाकृत अधिक ही रहती थी। डॉ. मेहता के साथ ऐसा संबंध था कि उनके घर को मैं अपना ही घर समझ सकता था। इससे मैंने पदार्थों पर तो अंकुश रख लिया था, लेकिन उनकी कोई मर्यादा निश्चित नहीं की थी। इस कारण तरह-तरह का जो मेवा आता, उसका मैं विरोध न करता था। नाना प्रकार की वस्तुएँ आँखों और जीभ को रुचिकर लगती थीं। खाने का कोई निश्चित समय नहीं था। मैं स्वयं जल्दी खा लेना पसंद करता था, इसलिए बहुत देर तो नहीं होती थी। फिर भी रात के आठ-नौ तो सहज ही बज जाते थे।

सन् 1915 में हरद्वार में कुंभ का मेला था। उसमें जाने की मेरी कोई खास इच्छा नहीं थी। लेकिन मुझे महात्मा मुंशीरामजी के दर्शनों के लिए जरूर जाना था। कुंभ के अवसर पर गोखले के भारत-सेवक-समाज ने एक बड़ी टुकड़ी भेजी थी। उसका प्रबंध श्री हृदयनाथ कुंजरू के जिम्मे था। स्व. डॉक्टर देव भी उसमें थे। उनका यह प्रस्ताव था कि इस काम में मदद करने के लिए मैं अपनी टुकड़ी भी ले जाऊँ। शांति निकेतन वाली टुकड़ी को लेकर मगनलाल गांधी मुझसे पहले हरद्वार पहुँच गए थे। रंगून से लौटकर मैं भी उनसे जा मिला।

कलकत्ते से हरद्वार पहुँचने में खूब परेशानी उठानी पड़ी। गाड़ी के डिब्बों में कभी-कभी रोशनी तक नहीं होती थी। सहारनपुर से तो यात्रियों को माल के या जानवरों के डिब्बों में ही ठूस दिया गया था। खुले, बिना छतवाले डिब्बों पर दोपहर का सूरज तपता था। नीचे निरे लोहे का फर्श था। फिर घबराहट का क्या पूछना? इतने पर भी श्रद्धालु हिंदू अत्यंत प्यासे होने पर भी 'मुसलमान-पानी' के आने पर उसे कभी न पीते थे। 'हिंदू-पानी' की आवाज आती तभी वे पानी पीते। इन्हीं श्रद्धालु हिंदुओं को डॉक्टर दवा में शराब दे, मांस का सत दे अथवा मुसलमान या ईसाई कंपाउंडर पानी दे, तो उसे लेने में इन्हें संकोच नहीं होता और न पूछताछ करने की जरूरत होती है।

हमने शांति निकेतन में ही देख लिया था कि भंगी का काम करना हिंदुस्तान में हमारा खास धंधा ही बन जाएगा। स्वयंसेवकों के लिए किसी धर्मशाला में तंबू लगाए गए थे। पाखानों के लिए डॉ. देव ने गड्ढे खुदवाए थे। पर उन गड्ढों की सफाई का प्रबंध तो ऐसे अवसर पर, जो थोड़े से वैतनिक भंगी मिल सकते थे, उन्हीं के द्वारा वे करा सकते थे न? इन गड्ढों में जमा होने वाले पाखाने को समय-समय पर ढकने और दूसरी तरह से उन्हें साफ रखने का काम फीनिक्स की टुकड़ी के जिम्मे कर देने की मेरी माँग को डॉ. देव ने खुशी-खुशी स्वीकार कर लिया। इस सेवा की माँग तो मैंने की, लेकिन इसे करने का बोझ मगनलाल गांधी ने उठाया। मेरा धंधा अधिकतर डेरे के अंदर बैठकर लोगों को 'दर्शन' देने का और आने वाले अनेक यात्रियों के साथ धर्म की या ऐसी ही दूसरी चर्चाएँ करने का बन गया। मैं दर्शन देते-देते अकुला उठा। मुझे उससे एक मिनट की भी फुरसत न मिलती थी। नहाने जाते समय भी दर्शनाभिलाषी मुझे अकेला न छोड़ते थे। फलाहार के समय तो एकांत होता ही कैसे? अपने तंबू के किसी भी हिस्से में मैं एक क्षण के लिए भी अकेला बैठ नहीं पाया। दक्षिण अफ्रीका में जो थोड़ी-बहुत सेवा मुझसे बन पड़ी थी, उसका कितना गहरा प्रभाव सारे भरतखंड पर पड़ा है, इसका अनुभव मैंने हरद्वार में किया।

मैं तो चक्की के पाटों के बीच पिसने लगा। जहाँ प्रकट न होता वहाँ तीसरे दर्जे के यात्री के नाते कष्ट उठाता और जहाँ ठहरता वहाँ दर्शनार्थियों के प्रेम से अकुला उठता। मेरे लिए यह कहना प्रायः कठिन हो गया है कि इन दो में से कौन सी स्थिति अधिक दयाजनक थी। दर्शनार्थियों के प्रेम-प्रदर्शन से मुझे बहुत बार गुस्सा आया है, और मन में तो उससे भी अधिक बार मैं दुःखी हुआ हूँ, इतना मैं

जानता हूँ। तीसरे दर्जे की कठिनाइयों से मुझे असुविधा हुई है, पर क्रोध शायद ही कभी आया है, और उससे मेरी उन्नति ही हुई है।

उन दिनों मुझमें घूमने-फिरने की काफी शक्ति थी। इससे मैं काफी भ्रमण कर सका था। उस समय मैं इतना प्रसिद्ध नहीं हुआ था कि रास्तों पर चलना भी मुश्किल से संभव हो। इस भ्रमण में मैंने लोगों की धर्म-भावना की अपेक्षा उनका पागलपन, चंचलता, उनका पाखंड और उनकी अव्यवस्था ही अधिक देखी। साधुओं का तो जमघट ही इकट्ठा हो गया था। ऐसा प्रतीत हुआ मानो वे सिर्फ मालपुए और खीर खाने के लिए ही जन्मे हों। यहाँ मैंने पाँच पैरों वाली एक गाय देखी। मुझे तो आश्चर्य हुआ, किंतु अनुभवी लोगों ने मेरा अज्ञान तुरंत दूर कर दिया। पाँच पैरोंवाली गाय दुष्ट और लोभी लोगों के लोभ की बलिरूप थी। गाय के कंधे को चीरकर उसमें जिन्दे बछड़े का काटा हुआ पैर फँसाकर कंधे को सी दिया जाता था और इस दोहरे कसाईपन का उपयोग अज्ञानी लोगों को ठगने में किया जाता था। पाँच पैरों वाली गाय के दर्शन के लिए कौन हिंदू न ललचाएगा? उस दर्शन के लिए वह जितना दान दे उतना कम है।

कुंभ का दिन आया। मेरे लिए वह धन्य घड़ी थी। मैं यात्रा की भावना से हरद्वार नहीं गया था। तीर्थक्षेत्र में पवित्रता की शोध में भटकने का मोह मुझे कभी नहीं रहा। किंतु 17 लाख लोग पाखंडी नहीं हो सकते थे। कहा गया था कि मेले में 17 लाख लोग आए होंगे। इनमें असंख्य लोग पुण्य कमाने के लिए, शुद्धि प्राप्त करने के लिए आए थे, इसमें मुझे कोई शंका न थी। यह कहना असंभव नहीं तो कठिन अवश्य है कि इस प्रकार की श्रद्धा आत्मा को किस हद तक ऊपर उठाती होगी।

मैं बिछौने पर पड़ा-पड़ा विचार सागर में डूब गया। चारों ओर फैले हुए पाखंड के बीच ये पवित्र आत्माएँ भी हैं। ये ईश्वर के दरबार में दंडनीय नहीं मानी जाएँगी। यदि ऐसे अवसर पर हरद्वार में आना ही पाप हो, तो मुझे सार्वजनिक रूप से उसका विरोध करके कुंभ के दिन तो हरद्वार का त्याग ही करना चाहिए। यदि यहाँ आने में और कुंभ के दिन रहने में पाप न हो, तो मुझे कोई-न-कोई कठोर व्रत लेकर प्रचलित पाप का प्रायश्चित्त करना चाहिए, आत्मशुद्धि करनी चाहिए। मेरा जीवन व्रतों की नींव पर रचा हुआ है। इसलिए मैंने कोई कठिन व्रत लेने का निश्चय किया। मुझे उस अनावश्यक परिश्रम की याद आई, जो कलकत्ते और रंगून में यजमानों को मेरे लिए उठाना पड़ा था। इसलिए मैंने आहार की

वस्तुओं की मर्यादा बाँधने और अँधेरे से पहले भोजन करने का व्रत लेने का निश्चय किया। मैंने देखा कि यदि मैं मर्यादा की रक्षा नहीं करता हूँ, तो यमज़ानों के लिए मैं भारी असुविधा का कारण बन जाऊँगा और सेवा करने के बदले हर जगह लोगों को मेरी सेवा में उलझाए रहूँगा। अतएव चौबीस घंटों में पाँच चीजों से अधिक कुछ न खाने का और रात्रि-भोजन के त्याग का व्रत तो मैंने ले ही लिया। दोनों की कठिनाई का पूरा विचार कर लिया। मैंने इस व्रत में एक भी गली न रखने का निश्चय किया। बीमारी में दवा के रूप में बहुत सी चीजें लेना या न लेना, दवा की गिनती खाने की वस्तुओं में करना या न करना, इन सब बातों को सोच लिया और निश्चय किया कि खाने के कोई भी पदार्थ मैं पाँच से अधिक न लूँगा। इन दो व्रतों को लिए अब तेरह वर्ष हो चुके हैं। इन्होंने मेरी काफी परीक्षा की है। किंतु जिस प्रकार परीक्षा की है, उसी प्रकार ये व्रत मेरे लिए काफी ढालरूप भी सिद्ध हुए हैं। मेरा यह मत है कि इन व्रतों के कारण मेरा जीवन बढ़ा है; और मैं मानता हूँ कि इनकी वजह से मैं अनेक बार बीमारियों से बच गया हूँ।

8. लछमन झूला

जब मैं पहाड़-से दिखने वाले महात्मा मुंशीरामजी के दर्शन करने और उनका गुरुकुल देखने गया, तो मुझे वहाँ बड़ी शांति मिली। हरद्वार के कोलाहल और गुरुकुल की शांति के बीच का भेद स्पष्ट दिखाई देता था। महात्मा ने मुझे अपने प्रेम से नहला दिया। ब्रह्मचारी मेरे पास से हटते ही न थे। रामदेवजी से भी उसी समय मुलाकात हुई और उनकी शक्ति का परिचय मैं तुरंत पा गया। यद्यपि हमें अपने बीच कुछ मतभेद का अनुभव हुआ, फिर भी हम परस्पर स्नेह की गाँठ से बंध गए। गुरुकुल में औद्योगिक शिक्षा शुरू करने की आवश्यकता के बारे में रामदेवजी और दूसरे शिक्षकों के साथ मैंने काफी चर्चा की। मुझे गुरुकुल छोड़ते हुए दुःख हुआ।

मैंने लछमन झूले की तारीफ बहुत सुनी थी। बहुतों ने मुझे सलाह दी थी कि ऋषिकेश गए बिना मैं हरद्वार न छोड़ूँ। मुझे वहाँ पैदल जाना था। इसलिए एक मंजिल ऋषिकेश की और दूसरी लछमन झूले की थी।

ऋषिकेश में अनेक संन्यासी मुझसे मिलने आए थे। उनमें से एक को मेरे जीवन में बड़ी दिलचस्पी पैदा हुई। फीनिक्स-मंडल मेरे साथ था। उन सबको देखकर उन्होंने अनेक प्रश्न पूछे। हमारे बीच धर्म की चर्चा हुई। उन्होंने देखा कि मुझमें धर्म की तीव्र भावना है। मैं गंगा-स्नान करके आया था, इसलिए शरीर खुला था। मेरे सिर पर शिखा और जनेऊ न देखकर उन्हें दुःख हुआ और उन्होंने मुझसे कहा, 'आप आस्तिक होते हुए भी जनेऊ और शिखा नहीं रखते हैं, इससे हमारे समान लोगों को दुःख होता है। ये दो हिंदू धर्म की बाह्य संज्ञाएँ हैं और प्रत्येक हिंदू को इन्हें धारण करना चाहिए।'

लगभग दस साल की उम्र में पोरबंदर में ब्राह्मणों के जनेऊ में बँधी हुई चाबियों की झंकार सुनकर मुझे उनसे ईर्ष्या होती थी। मैं सोचा करता था कि झंकार क रनेवाली कुंजियाँ जनेऊ में बाँधकर मैं भी घूमूँ तो कितना अच्छा हो! उन दिनों काठियावाड़ के वैश्य परिवारों में जनेऊ पहनने का रिवाज नहीं था। पर पहले तीन वर्षों को जनेऊ पहनना चाहिए, इस आशय का नया प्रचार चल रहा था। उसके फलस्वरूप गांधी-कुटुंब के कुछ व्यक्ति जनेऊ पहनने लगे थे। जो ब्राह्मण हम दो-तीन भाइयों को राम-रक्षा का पाठ सिखाते थे, उन्होंने हमें जनेऊ पहनाया और अपने पास कुंजी रखने का कोई कारण न होते हुए भी मैंने दो-तीन कुंजियाँ उसमें लटका लीं। जनेऊ के टूट जाने पर उसका मोह उतर गया था या नहीं, सो तो याद नहीं है। पर मैंने नया जनेऊ नहीं पहना।

बड़ी उम्र होने पर हिंदुस्तान और दक्षिण अफ्रीका में भी दूसरों ने मुझे जनेऊ पहनाने का प्रयत्न किया था, पर मेरे ऊपर उनकी दलीलों का कोई असर न हुआ था। यदि शूद्र जनेऊ न पहन सकें, तो दूसरे वर्ण क्यों पहनें? जिस बाह्य वस्तु की प्रथा हमारे कुटुंब में नहीं थी, उसे आरंभ करने का मुझे एक भी सबल कारण नहीं मिला था। मेरा जनेऊ पहनने से कोई विरोध नहीं था, परंतु उसे पहनने का कोई कारण नहीं दिखाई देता था। वैष्णव होने के कारण मैं कंठी पहनता था। शिखा तो गुरुजन हम भाइयों के सिर पर रखवाते ही थे। पर विलायत जाने के समय मैंने इस शर्म के मारे शिखा कटा दी थी कि वहाँ सिर खुला रखना होगा, गोरे शिखा को देखकर हँसेंगे और मुझे जंगली समझेंगे। मेरे साथ रहने वाले मेरे भतीजे छगनलाल गांधी दक्षिण अफ्रीका में बड़ी श्रद्धा से शिखा रखते थे। यह शिखा उनके सार्वजनिक काम में बाधक होगी, इस भ्रम के कारण मैंने उनका मन दुखाकर भी उसे कटवा दिया था। यों शिखा रखने में मुझे शर्म लगती थी।

मैंने स्वामीजी को उपर्युक्त बातें कह सुनाईं और कहा, 'मैं जनेऊ तो धारण नहीं करूँगा। जिसे न पहनते हुए भी असंख्य हिंदू हिंदू माने जाते हैं, उसे पहनने की मैं अपने लिए कोई जरूरत नहीं देखता। फिर, जनेऊ धारण करने का अर्थ है दूसरा जन्म लेना, अर्थात् स्वयं संकल्पपूर्वक शुद्ध बनना, ऊर्ध्वगामी बनना। आजकल हिंदू-समाज और हिंदुस्तान दोनों गिरी हालत में हैं। उसमें जनेऊ धारण करने का हमें अधिकार ही कहाँ है? हिंदू समाज को जनेऊ का अधिकार तभी हो सकता है, जब वह अस्पृश्यता का मैल धो डाले, ऊँच-नीच की बात भूल जाए, जड़ जमाए हुए दूसरे दोषों को दूर करे और चारों और फैले हुए अधर्म तथा पाखंड का अंत कर दे। इसलिए जनेऊ धारण करने की आपकी बातें मेरे गले नहीं उतरतीं। किंतु शिखा के संबंध में आपकी बात मुझे अवश्य सोचनी होगी। शिखा तो मैं रखता था। लेकिन उसे मैंने शर्म और डर के मारे ही कटा डाला है। मुझे लगता है कि शिखा धारण करनी चाहिए। मैं इस संबंध में अपने साथियों से चर्चा करूँगा।'

स्वामीजी को जनेऊ के बारे में मेरी दलील अच्छी नहीं लगी। जो कारण मैंने न पहनने के लिए दिए, वे उन्हें पहनने के पक्ष में दिखाई पड़े। जनेऊ के विषय में ऋषिकेश में मैंने जो विचार प्रकट किए थे, वे आज भी लगभग उसी रूप में कायम हैं। जब तक अलग-अलग धर्म मौजूद हैं, तब तक प्रत्येक धर्म को किसी विशेष बाह्य चिह्न की आवश्यकता हो सकती है। लेकिन जब बाह्य संज्ञा केवल आडंबर बन जाती है अथवा अपने धर्म को दूसरे धर्म से अलग बताने के काम आती है, तब वह त्याज्य हो जाती है। मैं नहीं मानता कि आजकल जनेऊ हिंदू धर्म को ऊपर उठाने का साधन है। इसलिए उसके विषय में मैं तटस्थ हूँ।

शिखा का त्याग स्वयं मेरे लिए लज्जा का कारण था। इसलिए साथियों से चर्चा करके मैंने उसे धारण करने का निश्चय किया। पर अब हमें लछमन झूले की ओर चलना चाहिए।

ऋषिकेश और लछमन झूले के प्राकृतिक दृश्य मुझे बहुत भले लगे। प्राकृतिक कला को पहचानने की पूर्वजों की शक्ति के विषय में और कला को धार्मिक स्वरूप देने की उनकी दीर्घदृष्टि के विषय में मैंने मन-ही-मन अत्यंत आदर का अनुभव किया।

किंतु मनुष्य की कृति से चित्त को शांति नहीं मिली। हरद्वार की तरह ऋषिकेश में भी लोग रास्तों को और गंगा के सुंदर किनारों को गंदा कर देते थे। गंगा के

पवित्र जल को दूषित करने में भी उन्हें किसी प्रकार का संकोच न होता था। पाखाने जाने वाले दूर जाने के बदले जहाँ लोगों की आमद-रफ्त होती, वहीं हाजत रफा करने बैठ जाते थे। यह देखकर हृदय को बहुत आघात पहुँचा।

लछमन झूला जाते हुए लोहे का झूलता पुल देखा। लोगों से सुना कि यह पुल पहले रस्सियों का था और मजबूत था। उसे तोड़कर एक उदार-हृदय मारवाड़ी सज्जन ने बड़ा दान देकर लोहे का पुल बनवा दिया और उसकी चाबी सरकार को सौंप दी।

रस्सियों के पुल की मुझे कोई कल्पना नहीं है, पर लोहे का पुल प्राकृतिक वातावरण को कलुषित कर रहा था और बहुत अप्रिय मालूम होता था। यात्रियों के इस रास्ते की चाबी सरकार को सौंप दी गई, यह चीज मेरी उस समय की वफादारी को भी असह्य लगी।

वहाँ से भी अधिक दुःखद दृश्य स्वर्गाश्रम का था। टीन की चादरों की तबेले जैसी कोठरियों को स्वर्गाश्रम का नाम दिया गया था। मुझे बतलाया गया कि ये साधकों के लिए बनवाई गई थीं। उस समय उनमें शायद ही कोई साधक रहता था। उनके पास बने हुए मुख्य भवन में रहने वालों ने भी मुझ पर अच्छा असर न डाला।

पर हरद्वार के अनुभव मेरे लिए अमूल्य सिद्ध हुए। मुझे कहाँ बसना और क्या करना चाहिए, इसका निश्चय करने में हरद्वार के अनुभवों ने मेरी बड़ी मदद की।

9. आश्रम की स्थापना

कुंभ की यात्रा मेरी हरद्वार की दूसरी यात्रा थी। सन् 1915 के मई महीने की 25 तारीख के दिन सत्याग्रह-आश्रम की स्थापना हुई। श्रद्धानंदजी की इच्छा थी कि मैं हरद्वार में बसूँ। कलकत्ते के कुछ मित्रों की सलाह वैद्यनाथ-धाम में बसाने की थी। कुछ मित्रों का प्रबल आग्रह राजकोट में बसने का था।

किंतु जब मैं अहमदाबाद से गुजरा, तो बहुत से मित्रों ने अहमदाबाद पसंद करने को कहा और आश्रम का खर्च खुद ही उठाने का जिम्मा लिया। उन्होंने मकान खोज देना भी कबूल किया।

अहमदाबाद पर मेरी नजर टिकी थी। गुजराती होने के कारण मैं मानता था कि गुजराती भाषा द्वारा मैं देश की अधिक-से-अधिक सेवा कर सकूँगा। यह भी धारणा थी कि चूँकि अहमदाबाद पहले हाथ की बुनाई का केंद्र था, इसलिए चरखे का काम यहीं अधिक अच्छी तरह हो सकेगा। साथ ही, यह आशा भी थी कि गुजरात का मुख्य नगर होने के कारण यहाँ के धनी लोग धन की अधिक मदद कर सकेंगे।

अहमदाबाद के मित्रों के साथ मैंने जो चर्चाएँ कीं, उनमें अस्पृश्यों का प्रश्न भी चर्चा का विषय बना था। मैंने स्पष्ट शब्दों में कहा था कि यदि कोई योग्य अंत्यज भाई आश्रम में भरती होना चाहेगा, तो मैं उसे अवश्य भरती करूँगा।

'आपकी शर्तों का पालन कर सकने वाले अंत्यज कौन रास्ते में पड़े हैं?' यों कहकर एक वैष्णव मित्र ने अपने मन का समाधान कर लिया और आखिर अहमदाबाद में बसने का निश्चय हुआ।

मकानों की तलाश करते हुए कोचरब में श्री जीवणलाल बैरिस्टर का मकान किराए पर लेने का निश्चय हुआ। श्री जीवणलाल मुझे अहमदाबाद में बसाने वालों में अग्रगण्य थे।

तुरंत ही प्रश्न उठा कि आश्रम का नाम क्या रखा जाए? मैंने मित्रों से सलाह की। कई नाम सामने आए। सेवाश्रम, तपोवन आदि नाम सुझाए गए थे। सेवाश्रम नाम मुझे पसंद था, पर उससे सेवा की रीति का बोध नहीं होता था। तपोवन नाम पसंद किया ही नहीं जा सकता था; क्योंकि यद्यपि मुझे तपश्चर्या प्रिय थी, फिर भी यह नाम बहुत भारी प्रतीत हुआ। हमें तो सत्य की पूजा, सत्य की शोध करनी थी, उसी का आग्रह रखना था; और दक्षिण अफ्रीका में मैंने जिस पद्धति का उपयोग किया था, उसका परिचय भारतवर्ष को कराना था तथा यह देखना था कि उसकी शक्ति कहाँ तक व्यापक हो सकती है। इसलिए मैंने और साथियों ने सत्याग्रह-आश्रम नाम पसंद किया। इस नाम से सेवा का और सेवा की पद्धति का भाव सहज ही प्रकट होता था।

आश्रम चलाने के लिए नियमावली की आवश्यकता थी। अतएव मैंने नियमावली का मसविदा तैयार करके उस पर मित्रों की राय माँगी। बहुत सी सम्मतियों में से सर गुरुदास बैनर्जी की सम्मति मुझे याद रह गई है। उन्हें नियमावली तो पसंद आई, पर उन्होंने सुझाया कि व्रतों में नम्रता के व्रत को स्थान देना चाहिए। उनके पत्र की ध्वनि यह थी कि हमारे युवक-वर्ग में नम्रता

की कमी है। यद्यपि नम्रता के अभाव का अनुभव मैं जगह-जगह करता था, फिर भी नम्रता को व्रतों में स्थान देने से नम्रता के नम्रता न रह जाने का भय लगता था। नम्रता का संपूर्ण अर्थ तो शून्यता है। शून्यता की प्राप्ति के लिए दूसरे व्रत हो सकते हैं। शून्यता मोक्ष की स्थिति है। मुमुक्षु अथवा सेवक के प्रत्येक कार्य में नम्रता—अथवा निरभिमानता—न हो, तो वह मुमुक्षु नहीं है, सेवक नहीं है। वह स्वार्थी है, अहंकारी है।

आश्रम में इस समय लगभग तेरह तमिल भाई थे। दक्षिण अफ्रीका से मेरे साथ पाँच तमिल बालक आए थे और दूसरे यहीं के थे। लगभग पचीस स्त्री-पुरुषों से आश्रम का आरंभ हुआ था। सब एक रसोई में भोजन करते थे और इस तरह रहने की कोशिश करते थे मानो एक ही कुटुंब के हों।

10. कसौटी पर चढ़े

आश्रम को कायम हुए अभी कुछ ही महीने बीते थे कि इतने में जैसी कसौटी की मुझे आशा नहीं थी वैसी कसौटी हमारी हुई। भाई अमृतलाल ठक्कर का पत्र मिला—'एक गरीब और प्रामाणिक अंत्यज परिवार है। वह आपके आश्रम में रहना चाहता है। क्या उसे भरती करेंगे?'

मैं चौंका। ठक्करबापा जैसे पुरुष की सिफारिश लेकर कोई अंत्यज परिवार इतनी जल्दी आएगा, इसकी मुझे जरा भी आशा न थी। मैंने साथियों को वह पत्र पढ़ने के लिए दिया। उन्होंने उसका स्वागत किया। भाई अमृतलाल ठक्कर को लिखा गया कि यदि वह परिवार आश्रम के नियमों का पालन करने को तैयार हो, तो हम उसे भरती करने के लिए तैयार हैं।

दूदा भाई, उनकी पत्नी दानी बहन और दुध-पीती तथा घुटनों चलती बच्ची लक्ष्मी तीनों आए। दूदा भाई बंबई में शिक्षक का काम करते थे। नियमों का पालन करने को वे तैयार थे। उन्हें आश्रम में रख लिया।

सहायक मित्र-मंडल में खलबली मच गई। जिस कुएँ में बँगले के मालिक का हिस्सा था, उस कुएँ से पानी भरने में हमें अड़चन होने लगी। चरसवाले

पर हमारे पानी के छींटे पड़ जाते, तो वह भ्रष्ट हो जाता। उसने गालियाँ देना और दूदा भाई को सताना शुरू किया। मैंने सबसे कह दिया कि गालियाँ सहते जाओ और दृढ़तापूर्वक पानी भरते रहो। हमें चुपचाप गालियाँ सुनते देखकर चरसवाला शर्मिंदा हुआ और उसने गालियाँ देना बंद कर दिया। पर पैसे की मदद बंद हो गई। जिन भाई ने आश्रम के नियमों का पालन करने वाले अंत्यजों के प्रवेश के बारे में पहले से ही शंका की थी, उन्हें तो आश्रम में अंत्यज के भरती होने की आशा ही न थी। पैसे की मदद बंद होने के साथ बहिष्कार की अफवाहें मेरे कानों तक आने लगीं। मैंने साथियों से चर्चा करके तय कर रखा था—'यदि हमारा बहिष्कार किया जाए और हमें कहीं से कोई मदद न मिले, तो भी अब हम अहमदाबाद नहीं छोड़ेंगे। अंत्यजों की बस्ती में जाकर उनके साथ रहेंगे और जो कुछ मिलेगा उससे अथवा मजदूरी करके अपना निर्वाह करेंगे।'

आखिर मगनलाल ने मुझे नोटिस दी—'अगले महीने आश्रम का खर्च चलाने के लिए हमारे पास पैसे नहीं हैं।'

मैंने धीरज से जवाब दिया, 'तो हम अंत्यजों की बस्ती में रहने जाएँगे।'

मुझ पर ऐसा संकट पहली ही बार नहीं आया था। हर बार अंतिम घड़ी में प्रभु ने मदद भेजी है।

मगनलाल के नोटिस देने के बाद तुरंत ही एक दिन सबेरे किसी लड़के ने आकर खबर दी—'बाहर मोटर खड़ी है और एक सेठ आपको बुला रहे हैं।' मैं मोटर के पास गया। सेठ ने मुझसे पूछा, 'मेरी इच्छा आश्रम को कुछ मदद देने की है, आप लेंगे?'

मैंने जवाब दिया, 'अगर आप कुछ देंगे, तो मैं जरूर लूँगा। मुझे कबूल करना चाहिए कि इस समय मैं आर्थिक संकट में भी हूँ।'

'मैं कल इसी समय आऊँगा। तब आप आश्रम में होंगे?'

मैंने 'हाँ' कहा और सेठ चले गए। दूसरे दिन नियत समय पर मोटर का भोंपू बोला। लड़कों ने खबर दी। सेठ अंदर नहीं आए। मैं उनसे मिलने गया। वे मेरे हाथ पर तेरह हजार के नोट रखकर विदा हो गए।

मैंने इस मदद की कभी आशा नहीं रखी थी। मदद देने की यह रीति भी नई देखी। उन्होंने आश्रम में पहले कभी कदम नहीं रखा था। मुझे याद आता है कि मैं उनसे एक ही बार मिला था। न आश्रम में आना, न कुछ पूछना, बाहर ही

बाहर पैसे देकर लौट जाना! ऐसा यह मेरा पहला ही अनुभव था। इस सहायता के कारण अंत्यजों की बस्ती में जाना रुक गया। मुझे लगभग एक साल का खर्च मिल गया।

पर जिस तरह बाहर खलबली मची, उसी तरह आश्रम में भी मची। यद्यपि दक्षिण अफ्रीका में मेरे यहाँ अंत्यज आदि आते रहते और भोजन करते थे, तथापि यह नहीं कहा जा सकता कि यहाँ अंत्यज कुटुंब का आना मेरी पत्नी को और आश्रम की दूसरी स्त्रियों को पसंद आया। दानी बहन के प्रति घृणा नहीं तो उनकी उदासीनता ऐसी थी, जिसे मेरी अत्यंत सूक्ष्म आँखें देख लेती थीं और तेज कान सुन लेते थे। आर्थिक सहायता के अभाव के डर ने मुझे जरा भी चिंतित नहीं किया था। पर यह आंतरिक क्षोभ कठिन सिद्ध हुआ। दानी बहन साधारण स्त्री थी। दूदा भाई की शिक्षा भी साधारण थी, पर उनकी बुद्धि अच्छी थी। उनका धीरज मुझे पसंद आया था। उन्हें कभी-कभी गुस्सा आता था, पर कुल मिलाकर उनकी सहन-शक्ति की मुझ पर अच्छी छाप पड़ी थी। मैं दूदा भाई को समझाता था कि वे छोटे-मोटे अपमान पी लिया करें। वे समझ जाते थे और दानी बहन से भी सहन करवाते थे।

इस परिवार को आश्रम में रखकर आश्रम ने बहुतेरे पाठ सीखे हैं और प्रारंभिक काल में ही इस बात के बिलकुल स्पष्ट हो जाने से कि आश्रम में अस्पृश्यता के लिए कोई स्थान नहीं है, आश्रम की मर्यादा निश्चित हो गई और इस दिशा में उसका काम बहुत सरल हो गया। इसके बावजूद, आश्रम का खर्च, बराबर बढ़ता रहने पर भी, मुख्यतः कट्टर माने जाने वाले हिंदुओं की तरफ से ही मिलता रहा है। कदाचित् यह इस बात का स्पष्ट सूचक है कि अस्पृश्यता की जड़ें अच्छी तरह हिल गई हैं। इसके दूसरे प्रमाण तो अनेकों हैं। परंतु जहाँ अंत्यज के साथ रोटी तक का व्यवहार रखा जाता हो, वहाँ भी अपने को सनातनी मानने वाले हिंदू गदद दें, यह कोई नगण्य प्रमाण नहीं माना जाएगा।

इसी प्रश्न को लेकर आश्रम में हुई एक और स्पष्टता, उसके सिलसिले में उत्पन्न हुए नाजुक प्रश्नों का समाधान, कुछ अनसोची अड़चनों का स्वागत इत्यादि सत्य की खोज के सिलसिले में हुए प्रयोगों का वर्णन प्रस्तुत होते हुए भी मुझे छोड़ देना पड़ रहा है। इसका मुझे दुःख है। किंतु अब आगे के प्रकरणों में यह दोष रहने ही वाला है। मुझे महत्त्व के तथ्य छोड़ देने पड़ेंगे, क्योंकि उनमें हिस्सा लेने वाले पात्रों में से बहुतेरे अभी जीवित हैं और उनकी सम्मति के बिना उनके नामों का और

उनसे संबंध रखनेवाले प्रसंगों का स्वतंत्रता-पूर्वक उपयोग करना अनुचित मालूम होता है। समय-समय पर सबकी सम्मति मँगवाना अथवा उनसे संबंध रखनेवाले तथ्यों को उनके पास भेजकर सुधरवाना संभव नहीं है और यह आत्मकथा की मर्यादा के बाहर की बात है। अतएव इसके आगे की कथा यद्यपि मेरी दृष्टि में सत्य के शोधक के लिए जानने योग्य है, तथापि मुझे डर है कि वह अधूरी ही दी जा सकेगी। तिस पर भी मेरी इच्छा और आशा यह है कि भगवान पहुँचने दे, तो असहयोग के युग तक मैं पहुँच जाऊँ।

11. गिरमिट की प्रथा

अब नए बसे हुए और भीतरी तथा बाहरी तूफानों में से उबरे हुए आश्रम को छोड़कर यहाँ गिरमिट-प्रथा पर थोड़ा विचार कर लेने का समय आ गया है। 'गिरमिटिया' यानी वे मजदूर जो पाँच बरस या इससे कम की मजदूरी के इकरारनामे पर सही करके हिंदुस्तान के बाहर महदूरी करने गए हों। नेटाल के ऐसे गिरमिटियों पर लगा तीन पाउंड का वार्षिक कर सन् 1914 में उठा दिया गया था, पर गिरमिट की प्रथा अभी तक बंद नहीं हुई थी। सन् 1916 में भारत-भूषण पंडित मालवीयजी ने यह प्रश्न धारासभा में उठाया था और लॉर्ड हार्डिंग ने उनका प्रस्ताव स्वीकार करके घोषित किया था कि 'समय आने पर' इस प्रथा को नष्ट करने का वचन मुझे सम्राट की ओर से मिला है। लेकिन मुझे तो स्पष्ट लगा कि इस प्रथा को तत्काल ही बंद करने का निर्णय हो जाना चाहिए। हिंदुस्तान ने अपनी लापरवाही से बरसों तक इस प्रथा को चलने दिया था। मैंने माना कि अब इस प्रथा को बंद कराने जितनी जागृति लोगों में आ गई है। मैं कुछ नेताओं से मिला, कुछ समाचारपत्रों में इस विषय में लिखा और मैंने देखा कि लोकमत इस प्रथा को मिटा देने के पक्ष में है। क्या इसमें सत्याग्रह का उपयोग हो सकता है? मुझे इस विषय में कोई शंका नहीं थीं। पर उसका उपयोग कैसे किया जाए, सो मैं नहीं जानता था।

इस बीच वायसरॉय ने 'समय आने पर' शब्दों का अर्थ समझाने का अवसर खोज लिया। उन्होंने घोषित किया कि 'दूसरी व्यवस्था करने में जितना समय

लगेगा उतने समय में' यह प्रथा उठा दी जाएगी। अतएव जब सन् 1917 के फरवरी महीने में भारत-भूषण पंडित मालवीयजी ने गिरमिट-प्रथा सदा के लिए समाप्त कर देने का कानून बड़ी धारासभा में पेश करने की इजाज़त माँगी, तो वायसरॉय ने वैसा करने से इनकार कर दिया। अतएव इस प्रश्न के संबंध में मैंने हिंदुस्तान में घूमना शुरू किया।

भ्रमण आरंभ करने से पहले मुझे वाइसरॉय से मिल लेना उचित मालूम हुआ। उन्होंने तुरंत ही मुझे मिलने की तारीख भेजी। उस समय के मि. मेफी, अब सर जॉन मेफी, उनके मंत्री थे। मि. मेफी के साथ मेरा अच्छा संबंध स्थापित हो गया। लॉर्ड चेम्सफर्ड के साथ संतोषजनक बातचीत हुई। उन्होंने निश्चयपूर्वक तो कुछ न कहा, पर मुझे उनकी मदद की आशा बँधी।

भ्रमण का आरंभ मैंने बंबई से किया। बंबई में सभा करने का जिम्मा मि. जहाँगीर पिटीट ने अपने सिर लिया। इंपीरियल सिटिज़नशिप एसोसिएशन के नाम से सभा हुई। उसमें डॉ. रीड, सर लल्लूभाई शामलदास, मि. नटराजन् आदि थे। मि. पिटीट तो थे ही। प्रस्ताव में गिरमिट-प्रथा बंद करने की विनती करनी थी। प्रश्न यह था कि वह कब बंद की जाए? तीन सुझाव थे—'जितनी जल्दी हो सके', 'इकतीस जुलाई तक' और 'तुरंत'। 'इकतीस जुलाई' का मेरा सुझाव था। मुझे तो निश्चित तारीख की जरूरत थी, ताकि उस अवधि में कुछ न हो तो यह सोचा जा सके कि आगे क्या करना है या क्या हो सकता है। सर लल्लूभाई का सुझाव 'तुरंत' रखने का था। उन्होंने कहा, 'इकतीस जुलाई' की अपेक्षा 'तुरंत' शब्द अधिक शीघ्रता-सूचक है।' मैंने समझाने का प्रयत्न किया—जनता 'तुरंत' को नहीं समझ सकती। जनता से कुछ काम लेना हो, तो उसके सामने निश्चयात्मक शब्द होना चाहिए। 'तुरंत' का अर्थ तो सब अपनी-अपनी इच्छा के अनुसार करेंगे। सरकार उसका एक अर्थ करेगी, जनता दूसरा करेगी। 'इकतीस जुलाई का अर्थ सब एक ही करेंगे और इस तारीख तक मुक्ति न मिली तो हमें क्या कदम उठाना चाहिए, सो हम सोच सकेंगे।' यह दलील डॉ. रीड के गले तुरंत उतर गई। अंत में सर लल्लूभाई को भी 'इकतीस जुलाई' पसंद आ गई और प्रस्ताव में यह तारीख रखी गई। सार्वजनिक सभा में यह प्रस्ताव पेश किया गया और सर्वत्र 'इकतीस जुलाई' की सीमा अंकित हुई।

बंबई से श्री जायजी पिटीट के अथक परिश्रम से स्त्रियों का एक डेप्युटेशन वायसरॉय के पास पहुँचा। उसमें लेडी ताता, स्व. दिलशाद बेगम आदि महिलाएँ

थीं। सब बहनों के नाम तो मुझे याद नहीं हैं, पर इस डेप्युटेशन का बहुत अच्छा प्रभाव पड़ा था और वायसरॉय ने उन्हें आशाजनक उत्तर दिया था।

मैं कराची, कलकत्ता आदि स्थानों में भी हो आया था। सब जगह अच्छी सभाएँ हुई थीं और लोगों में सर्वत्र खूब उत्साह था। आंदोलन आरंभ करते समय मुझे यह आशा नहीं थी कि ऐसी सभाएँ होंगी और उनमें लोग इतनी संख्या में उपस्थित होंगे।

इन दिनों मेरी यात्रा अकेले ही होती थी, इस कारण अनोखे अनुभव प्राप्त होते थे। खुफिया पुलिसवाले तो मेरे पीछे लगे ही रहते थे। उनके साथ मेरा झगड़ा होने का कोई कारण ही न था। मुझे कोई बात छिपानी नहीं थी। इससे वे मुझे परेशान नहीं करते थे और न मैं उन्हें परेशान करता था। सौभाग्य से उस समय मुझे 'महात्मा' की छाप नहीं मिली थी। यद्यपि जहाँ मैं पहचान लिया जाता था, वहाँ इस नाम का घोष जरूर होता था। एक बार रेल में जाते हुए कई स्टेशनों पर खुफिया पुलिसवाले मेरा टिकट देखने आते और नंबर वगैरह लेते रहते थे। उनके प्रश्नों का उत्तर मैं उन्हें तुरंत ही दे देता था। साथी यात्रियों ने मान लिया था कि मैं कोई सीधा-सादा साधु अथवा फकीर हूँ। जब दो-चार स्टेशनों तक खुफिया पुलिसवाले आए तो यात्री चिढ़ गए और उन्हें गालियाँ देकर धमकाया—'इस बेचारे साधु को नाहक क्यों सताते हो?' फिर मेरी ओर मुड़कर बोले, 'इन बदमाशों को टिकट मत दिखाओ।'

मैंने इन यात्रियों से धीमी आवाज में कहा, 'उनके टिकट देखने से मुझे कोई परेशानी नहीं होती। वे अपना कर्तव्य करते हैं। उससे मुझे कोई कष्ट नहीं होता।'

यात्रियों के गले यह बात नहीं उतरी। वे मुझ पर अधिक तरस खाने लगे और आपस में बातें करने लगे कि निर्दोष आदमियों को इस तरह तंग क्यों किया जाता है?

खुफिया पुलिसवालों की तो मुझे कोई तकलीफ नहीं मालूम हुई, पर रेल की भीड़ की तकलीफ का मुझे लाहौर से दिल्ली के बीच कड़वे से कड़वा अनुभव हुआ। कराची से कलकत्ते मुझे लाहौर के रास्ते जाना था। लाहौर में ट्रेन बदलनी थी। वहाँ की ट्रेन में मेरी कहीं दाल गलती नहीं थी। यात्री जबरदस्ती अपना रास्ता बना लेते थे। दरवाजा बंद होता, तो खिड़की में से अंदर घुस जाते थे। मुझे कलकत्ते निश्चित तारीख पर पहुँचना था। यह ट्रेन खो देता तो मैं कलकत्ते पहुँच न पाता। मैं जगह मिलने की आशा छोड़ बैठा था। कोई मुझे अपने डिब्बे में आने

न देता था। आखिर एक मजदूर ने मुझे जगह ढूँढ़ते देखकर कहा, 'मुझे बारह आने दो, तो जगह दिला दूँ।' मैंने कहा, 'मुझे जगह दिला दो, तो जरूर बारह आने दूंगा।' बेचारा मजदूर यात्रियों से गिड़गिड़ाकर कह रहा था, पर कोई मुझे लेने को तैयार न होता था। ट्रेन छूटने ही वाली थी कि एक डिब्बे के कुछ यात्रियों ने कहा, 'यहाँ जगह नहीं है, लेकिन इसके भीतर घुस सकते हो तो घुसा दो। खड़ा रहना होगा।' मजदूर मेरी ओर देखकर बोला, 'क्यों जी?' मैंने 'हाँ' कहा और उसने मुझे उठाकर खिड़की से अंदर डाल दिया। मैं अंदर घुसा और उस मजदूर ने बारह आने कमा लिए।

मेरी यह रात मुश्किल से बीती। दूसरे यात्री ज्यों-त्यों करके बैठ गए। मैं ऊपरवाली बैठक की जंजीर पकड़कर दो घंटे खड़ा ही रहा। इस बीच कुछ यात्री मुझे धमकाते ही रहते थे—'अजी, अब तक क्यों नहीं बैठते हो?' मैंने बहुतेरा समझाया कि कहीं जगह नहीं है। पर उन्हें तो मेरा खड़ा रहना भी सहन नहीं हो रहा था, यद्यपि वे ऊपर की बैठकों पर आराम से लंबे होकर पड़े थे। बार-बार मुझे परेशान करते थे। वे जितना मुझे परेशान करते थे, उतनी ही शांति से मैं उन्हें जवाब देता था। इससे वे कुछ शांत हुए। मेरा नाम-धाम पूछा। जब मुझे नाम बतलाना पड़ा तब वे शर्माए। मुझसे माफी माँगी और मेरे लिए अपनी बगल में जगह कर दी। 'सब्र का फल मीठा होता है' कहावत मुझे याद आई। मैं बहुत थक गया था। मेरा सिर घूम रहा था। बैठने के लिए जगह की जब सचमुच जरूरत थी तब ईश्वर ने दिला दी।

इस तरह मैं टकराता और धक्का-मुक्की बरदाश्त करता हुआ समय पर कलकत्ते पहुँच गया। कासिम बाजार के महाराज ने अपने यहाँ उतरने का निमंत्रण दे रखा था। कलकत्ते की सभा के अध्यक्ष भी वही थे। कराची की ही तरह कलकत्ते में भी लोगों का उत्साह उमड़ पड़ता था। कुछ अंग्रेज़ भी सभा में उपस्थित थे।

इकतीस जुलाई के पहले गिरमिट की प्रथा बंद होने की सरकारी घोषणा हुई। सन् 1894 में इस प्रथा का विरोध करनेवाला पहला प्रार्थना-पत्र मैंने तैयार किया था और यह आशा रखी थी कि किसी दिन यह 'अर्ध-गुलामी' अवश्य ही रद होगी। 1894 से शुरू किए गए इस प्रयत्न में बहुतों की सहायता थी। पर यह कहे बिना नहीं रहा जाता कि इसके पीछे शुद्ध सत्याग्रह था।

इसका विशेष विवरण और इसमें भाग लेने वाले पात्रों की जानकारी पाठकों को 'दक्षिण अफ्रीका के सत्याग्रह का इतिहास' में अधिक मिलेगी।

12. नील का दाग

चंपारन जनक राजा की भूमि है। जिस तरह चंपारन में आम के वन हैं, उसी तरह सन् 1917 में वहाँ नील के खेत थे। चंपारन के किसान अपनी ही जमीन के 20/3 भाग में नील की खेती उसके असल मालिकों के लिए करने को कानून से बँधे हुए थे। इसे वहाँ 'तीन कठिया' कहा जाता था। बीस कट्ठे का वहाँ एक एकड़ था और उसमें से तीन कट्ठे जमीन में नील बोने की प्रथा को 'तीन कठिया' कहते थे।

मुझे यह स्वीकार करना चाहिए कि वहाँ जाने से पहले मैं चंपारन का नाम तक नहीं जानता था। नील की खेती होती है, इसका खयाल भी नहीं के बराबर था। नील की गोटियाँ मैंने देखी थीं, पर वे चंपारन में बनती हैं और उनके कारण हजारों किसानों को कष्ट भोगना पड़ता है, इसकी मुझे कोई जानकारी नहीं थी।

राजकुमार शुक्ल नामक चंपारन के एक किसान थे। उन पर दुःख पड़ा था। यह दुःख उन्हें अखरता था। लेकिन अपने इस दुःख के कारण उनमें नील के इस दाग को सबके लिए धो डालने की तीव्र लगन पैदा हो गई थी। जब मैं लखनऊ कांग्रेस में गया, तो वहाँ इस किसान ने मेरा पीछा पकड़ा। 'वकील बाबू आपको सब हाल बताएँगे'—वाक्य वे कहते जाते थे और चंपारन आने का निमंत्रण देते जाते थे।

वकील बाबू से मतलब था, चंपारन के मेरे प्रिय साथी, बिहार के सेवा-जीवन के प्राण ब्रजकिशोर बाबू से। राजकुमार शुक्ल उन्हें मेरे तंबू में लाए। उन्होंने काले आलपाका की अचकन, पतलून वगैरह पहन रखा था। मेरे मन पर उनकी कोई अच्छी छाप नहीं पड़ी। मैंने मान लिया कि वे भोले किसानों को लूटनेवाले कोई वकील साहब होंगे।

मैंने उनसे चंपारन की थोड़ी कथा सुनी। अपने रिवाज के अनुसार मैंने जवाब दिया, 'खुद देखे बिना इस विषय पर मैं कोई राय नहीं दे सकता। आप कांग्रेस में बोलिएगा। मुझे तो फिलहाल छोड़ ही दीजिए।' राजकुमार शुक्ल को कांग्रेस की मदद की तो जरूरत थी ही। ब्रजकिशोर बाबू कांग्रेस में चंपारन के बारे में बोले और सहानुभूति-सूचक प्रस्ताव पास हुआ।

राजकुमार शुक्ल प्रसन्न हुए। पर इतने से ही उन्हें संतोष न हुआ। वे तो खुद मुझे चंपारन के किसानों के दुःख बताना चाहते थे। मैंने कहा, 'अपने भ्रमण में मैं चंपारन को भी सम्मिलित कर लूँगा और एक-दो दिन वहाँ ठहरूँगा।'

उन्होंने कहा, 'एक दिन काफी होगा। नजरों से देखिए तो सही।'

लखनऊ से मैं कानपुर गया था। वहाँ भी राजकुमार शुक्ल हाजिर ही थे। 'यहाँ से चंपारन बहुत नजदीक है। एक दिन दे दीजिए।'

'अभी मुझे माफ कीजिए। पर मैं चंपारन आने का वचन देता हूँ।' यह कहकर मैं ज़्यादा बँध गया।

मैं आश्रम गया तो राजकुमार शुक्ल वहाँ भी मेरे पीछे लगे ही रहे। 'अब तो दिन मुकर्रर कीजिए।'

मैंने कहा, 'मुझे फलाँ तारीख को कलकत्ते जाना है। वहाँ आइए और मुझे ले जाइए।'

कहाँ जाना, क्या करना और क्या देखना, इसकी मुझे कोई जानकारी न थी। कलकत्ते में भूपेनबाबू के यहाँ मेरे पहुँचने के पहले उन्होंने वहाँ डेरा डाल दिया था। इस अपढ़, अनगढ़ परंतु निश्चयवान किसान ने मुझे जीत लिया।

सन् 1917 के आरंभ में कलकते से हम दो व्यक्ति रवाना हुए। दोनों की एक सी जोड़ी थी। दोनों किसान-जैसे ही लगते थे। राजकुमार शुक्ल जिस गाड़ी में ले गए, उस पर हम दोनों सवार हुए। सबेरे पटना उतरे।

पटना की मेरी यह पहली यात्रा थी। वहाँ किसी के साथ मेरा ऐसा परिचय नहीं था, जिससे उनके घर उतर सकूँ। मैंने यह सोच लिया था कि राजकुमार शुक्ल अनपढ़ किसान हैं, तथापि उनका कोई वसीला तो होगा ही। ट्रेन में मुझे उनकी कुछ अधिक जानकारी मिलने लगी। पटना में उनका परदा खुल गया। राजकुमार शुक्ल की बुद्धि निर्दोष थी। उन्होंने जिन्हें अपना भिन्न मान रखा था वे वकील उनके मित्र नहीं थे, बल्कि राजकुमार शुक्ल उनके आश्रित जैसे थे। किसान मुवक्किल और वकील के बीच चौमासे की गंगा के चौडे पाट के बराबर अंतर था।

मुझे वे राजेंद्र बाबू के घर ले गए। राजेंद्र बाबू पुरी अथवा और कहीं गए थे। बँगले पर एक-दो नौकर थे। मेरे साथ खाने की कुछ सामग्री थी। मुझे थोड़ी खजूर की जरूरत थी। बेचारे राजकुमार शुक्ल बाजार से ले आए।

पर बिहार में तो छुआछूत का बहुत कड़ा रिवाज था। मेरी बालटी के पानी के छींटे नौकर को भ्रष्ट करते थे। नौकर को क्या पता कि मैं किस जाति का हूँ। राजकुमार शुक्ल ने अंदर के पाखाने का उपयोग करने को कहा। नौकर ने बाहर के पाखाने की ओर इशारा किया। मेरे लिए इसमें परेशान या गुस्सा होने का कोई कारण न था। इस प्रकार के अनुभव कर-करके मैं बहुत पक्का हो गया था। नौकर

तो अपने धर्म का पालन कर रहा था। और राजेंद्र बाबू के प्रति अपना कर्तव्य पूरा कर रहा था। इन मनोरंजक अनुभवों के कारण जहाँ राजकुमार शुक्ल के प्रति मेरा आदर बढ़ा, वहाँ उनके विषय में मेरा ज्ञान भी बढ़ा। पटना से लगाम अपने हाथ में ले ली।

13. बिहारी सरलता

मौलाना मजहरुल हक और मैं एक समय लंदन में पढ़ते थे। उसके बाद हम बंबई में सन् 1915 की कांग्रेस में मिले थे। उस साल वे मुस्लिम लीग के अध्यक्ष थे। उन्होंने पुरानी पहचान बताकर कहा था कि आप कभी पटना आएँ, तो मेरे घर अवश्य पधारिए। इस निमंत्रण के आधार पर मैंने उन्हें पत्र लिखा और अपना काम बतलाया। वे तुरंत अपनी मोटर लाए और मुझे अपने घर ले चलने का आग्रह किया। मैंने उनका आभार माना और उनसे कहा कि जिस जगह मुझे जाना है वहाँ के लिए वे मुझको पहली ट्रेन से रवाना कर दें। रेलवे गाइड से मुझे कुछ पता नहीं चल सकता था। उन्होंने राजकुमार शुक्ल से बातें कीं और सुझाया कि पहले मुझे मुजफ्फरपुर जाना चाहिए। उसी दिन शाम को मुजफ्फरपुर की ट्रेन जाती थी। उन्होंने मुझे उसमें रवाना कर दिया। उन दिनों आचार्य कृपलानी मुजफ्फरपुर में रहते थे। मैं उन्हें जानता था। जब मैं हैदराबाद गया था तब उनके महान् त्याग की, उनके जीवन की और उनके पैसे से चलनेवाले आश्रम की बात डॉ. चोइथराम के मुँह से मैंने सुनी थी। वे मुजफ्फरपुर कॉलेज में प्रोफेसर थे। इस समय प्रोफेसरी छोड़ चुके थे। मैंने उन्हें तार किया। ट्रेन आधी रात को मुजफ्फपुर पहुँचती थी। वे अपने शिष्य-मंडल के साथ स्टेशन पर आए थे। पर उनके घरबार नहीं था। वे अध्यापक मलकानी के यहाँ रहते थे। मुझे उनके घर ले गए। मलकानी वहाँ के कॉलेज में प्रोफेसर थे। उस समय के वातावरण में सरकारी कॉलेज के प्रोफेसर का मुझे अपने यहाँ टिकाना एक असाधारण बात मानी जाएगी।

कृपलानीजी ने बिहार की और उसमें भी तिरहुत विभाग की दीन दशा की बात की और मेरे काम की कठिनाई की कल्पना दी। कृपलानीजी ने बिहारवालों

के साथ घनिष्ठ संबंध जोड़ लिया था। उन्होंने उन लोगों से मेरे काम का जिक्र कर रखा था। सबेरे वकीलों का एक छोटा-सा दल मेरे पास आया। उनमें से रामनवमीप्रसाद मुझे याद रह गए हैं। उन्होंने अपने आग्रह से मेरा ध्यान आकर्षित किया था। उन्होंने कहा, 'आप जो काम करने आए हैं, वह इस जगह से नहीं होगा। आपको तो हम जैसों के यहाँ ठहरना चाहिए। गया बाबू यहाँ के प्रसिद्ध वकील हैं। उनकी ओर से मैं आग्रह करता हूँ कि आप उनके घर ठहरिए। हम सब सरकार से डरते जरूर हैं। लेकिन हमसे जितनी बनेगी उतनी मदद हम आपकी करेंगे। राजकुमार शुक्ल की बहुत सी बातें सच हैं। दुःख इस बात का है कि आज हमारे नेता यहाँ नहीं हैं। बाबू ब्रजकिशोर प्रसाद और राजेंद्र प्रसाद को मैंने तार किए हैं। दोनों तुरंत यहाँ आ जाएँगे और आपको पूरी जानकारी व मदद दे सकेंगे। मेहरबानी करके आप गया बाबू के यहाँ चलिए।'

इस भाषण से मैं ललचाया। इस डर से कि कहीं मुझे अपने घर में ठहराने से गया बाबू कठिनाई में न पड़ जाएँ, मुझे संकोच हो रहा था। गया बाबू ने मुझे निश्चिंत कर दिया।

मैं गया बाबू के घर गया। उन्होंने और उनके परिवारवालों ने मुझे अपने प्रेम से सराबोर कर दिया।

ब्रजकिशोर बाबू दरभंगा से आए। राजेंद्र बाबू पुरी से आए। यहाँ जिन्हें देखा वे लखनऊ वाले ब्रजकिशोर प्रसाद नहीं थे। उनमें बिहारवासी की नम्रता, सादगी, भलमनसी, असाधारण श्रद्धा देखकर मेरा हृदय हर्ष से छलक उठा। ब्रजकिशोर बाबू के प्रति बिहार के वकील-मंडल का आदर भाव देखकर मुझे सानंद आश्चर्य हुआ।

इस मंडल के और मेरे बीच जीवन भर की गाँठ बँध गई।

ब्रजकिशोर बाबू ने मुझे सारी हकीकतों की जानकारी दी। वे गरीब किसानों के लिए मुकदमे लड़ते थे। ऐसे दो मुकदमे चल रहे थे। इस तरह के मुकदमों की पैरवी करके वे थोड़ा व्यक्तिगत आश्वासन प्राप्त कर लिया करते थे। कभी-कभी उसमें भी विफल हो जाते थे। इन भोले किसानों से फीस तो वे लेते ही थे। त्यागी होते हुए भी ब्रजकिशोर बाबू अथवा राजेंद्र बाबू मेहनताना लेने में कभी संकोच नहीं करते थे। उनकी दलील यह थी कि पेशे के काम में मेहनताना न लें, तो उनका घर खर्च न चले और वे लोगों की मदद भी न कर सकें। उनके मेहनताने के और बंगाल तथा बिहार के बैरिस्टरों को दिए जाने वाले मेहनताने के कल्पना में न आ सकनेवाले आँकड़े सुनकर मेरा दम घुटने लगा।

'...साहब को हमने 'ओपीनियन' (सम्मति) के लिए दस हजार रुपये दिए।' हजारों के सिवा तो मैंने बात ही न सुनी।

इस मित्र-मंडल ने इस विषय में मेरा मीठा उलाहना प्रेमपूर्वक सुन लिया। उसका उन्होंने गलत अर्थ नहीं लगाया।

मैंने कहा, 'इन मुकदमों को पढ़ जाने के बाद मेरी राय तो यह बनी है कि अब हमें ये मुकदमे लड़ना ही बंद कर देना चाहिए। ऐसे मुकदमों से लाभ बहुत कम होता है। जहाँ रैयत इतनी कुचली गई है, जहाँ सब इतने भयभीत रहते हैं, वहाँ कचहरियों की मारफत थोड़ा ही इलाज हो सकता है। लोगों के लिए सच्ची दवा तो उनके डर को भगाना है। जब तक यह 'तीन कठिया' प्रथा रद न हो, तब तक हम चैन से बैठ ही नहीं सकते। मैं तो दो दिन में जितना देखा जा सके उतना देखने आया हूँ। लेकिन अब देख रहा हूँ कि यह काम तो दो वर्ष भी ले सकता है। इतना समय भी लगे तो मैं देने को तैयार हूँ। मुझे यह तो सूझ रहा है कि इस काम के लिए क्या करना चाहिए। लेकिन इसमें आपकी मदद जरूरी है।'

ब्रजकिशोर बाबू को मैंने बहुत ठंडे दिमाग का पाया। उन्होंने शांति से उत्तर दिया, 'हमसे जो मदद बनेगी, हम देंगे। लेकिन हमें समझाइए कि आप किस प्रकार की मदद चाहते हैं?'

इस बातचीत में हमने सारी रात बिता दी। मैंने कहा, 'मुझे आपकी वकालत की शक्ति का कम ही उपयोग होगा। आपके समान लोगों से तो मैं लेखक और दुभाषिए का काम लेना चाहूँगा। मैं देखता हूँ कि इसमें जेल भी जाना पड़ सकता हूँ। मैं इसे पसंद करूँगा कि आप यह जोखिम उठाएँ। पर आप उसे उठाना न चाहें, तो भले न उठाएँ। वकालत छोड़कर लेखक बनने और अपने धंधे को अनिश्चित अवधि के लिए बंद करने की माँग करके मैं आप लोगों से कुछ कम नहीं माँग रहा हूँ। यहाँ की हिंदी बोली समझने में मुझे कठिनाई होती है। कागज-पत्र सब कैथी में या उर्दू में लिखे होते हैं, जिन्हें मैं पढ़ नहीं सकता। इनके तरजुमे की मैं आपसे आशा रखता हूँ। यह काम पैसे देकर कराना हमारे बस का नहीं है। यह सब सेवाभाव से और बिना पैसे के होना चाहिए।'

ब्रजकिशोर बाबू समझ गए, किंतु उन्होंने मुझसे और अपने साथियों से जिरह शुरू की। मेरी बातों के फलितार्थ पूछे। मेरे अनुमान के अनुसार वकीलों को किस हद तक त्याग करना चाहिए, कितनों की आवश्यकता होगी, थोडे-थोड़े लोग

थोड़ी-थोड़ी मुद्दत के लिए आवें तो काम चलेगा या नहीं इत्यादि प्रश्न मुझसे पूछे। वकीलों से उन्होंने पूछा कि वे कितना त्याग कर सकते हैं।

अंत में उन्होंने अपना यह निश्चय प्रकट किया—'हम इतने लोग आप जो काम हमें सौंपेंगे, वह कर देने के लिए तैयार रहेंगे। इनमें से जितनों को आप जिस समय चाहेंगे उतने आपके पास रहेंगे। जेल जाने की बात नई है। उसके लिए हम शक्ति-संचय करने की कोशिश करेंगे।'

14. अहिंसा देवी का साक्षात्कार

मुझे तो किसानों की हालत की जाँच करनी थी। नील के मालिकों के विरुद्ध जो शिकायतें थीं, उनमें कितनी सचाई है, यह देखना था। इस काम के लिए हजारों किसानों से मिलने की जरूरत थी। किंतु उनके संपर्क में आने से पहले मुझे यह आवश्यक मालूम हुआ कि मैं नील के मालिकों की बात सुन लूँ और कमिश्नर से मिल लूँ। मैंने दोनों को चिट्ठी लिखी।

मालिकों के मंत्री के साथ मेरी जो मुलाकात हुई, उसमें उसने साफ कह दिया कि आपकी गिनती परदेशी में होती है। आपको हमारे और किसानों के बीच दखल नहीं देना चाहिए। फिर भी अगर आपको कुछ कहना हो, तो मुझे लिखकर सूचित कीजिए। मैंने मंत्री से नम्रतापूर्वक कहा कि मैं अपने को परदेशी नहीं मानता और किसान चाहें तो उनकी स्थिति की जाँच करने का मुझे पूरा अधिकार है। मैं कमिश्नर साहब से मिला। उन्होंने तो धमकाना ही शुरू कर दिया और मुझे सलाह दी कि आगे बढ़े बिना तिरहुत छोड़ दूँ।

मैंने सारी बातें साथियों को सुनाकर कहा कि संभव है सरकार मुझे जाँच करने से रोके और जेल जाने का समय मेरी अपेक्षा से भी पहले आ जाए। अगर गिरफ्तारी होनी ही है, तो मुझे मोतिहारी में और संभव हो तो बेतिया में गिरफ्तार होना चाहिए और इसके लिए वहाँ जल्दी से जल्दी पहुँच जाना चाहिए।

चंपारन तिरहुत विभाग का एक जिला है और मोतिहारी उसका मुख्य शहर। बेतिया के आस-पास राजकुमार शुक्ल का घर था और उसके आस-पास की

कोठियों के किसान ज़्यादा-से-ज़्यादा कंगाल थे। राजकुमार शुक्ल को उनकी दशा दिखाने का लोभ था और मुझे अब उसे देखने की इच्छा थी।

अतएव मैं उसी दिन साथियों को लेकर मोतिहारी के लिए रवाना हो गया। मोतिहारी में गोरख बाबू ने आश्रय दिया और उनका घर धर्मशाला बन गया। हम सब मुश्किल से उसमें समा सकते थे। जिस दिन हम पहुँचे उसी दिन सुना कि मोतिहारी से कोई पाँच मील दूर रहने वाले एक किसान पर अत्याचार किया गया है। मैंने निश्चय किया कि धरणीधर प्रसाद वकील को साथ लेकर मैं दूसरे दिन सवेरे उसे देखने जाऊँगा। सवेरे हाथी पर सवार होकर हम चल पड़े। चंपारन में हाथी का उपयोग लगभग उसी तरह होता है, जिस तरह गुजरात में बैलगाड़ियों का। आधे रास्ते पहुँचे होंगे कि इतने में पुलिस सुपरिंटेंडेंट का आदमी आ पहुँचा और मुझसे बोला, 'सुपरिंटेंडेंट साहब ने आपको सलाम भेजा है।' मैं समझ गया। धरणीधर बाबू से मैंने आगे जाने को कहा। मैं उस जासूस के साथ उसकी भाड़े की गाड़ी में सवार हुआ। उसने मुझे चंपारन छोड़कर चले जाने की नोटिस दी। वह मुझे घर ले गया और मेरी सलाह माँगी। मैंने जवाब दिया कि मैं चंपारन छोड़ना नहीं चाहता; मुझे तो आगे बढ़ना है और जाँच करनी है। निर्वासन की आज्ञा का अनादर करने के लिए मुझे दूसरे ही दिन कोर्ट में हाजिर रहने का समन मिला।

मैंने सारी रात जागकर जो पत्र मुझे लिखने थे लिखे और ब्रजकिशोर बाबू को सब प्रकार की आवश्यक सूचनाएँ दीं।

समन की बात एकदम चारों ओर फैल गई। लोग कहते थे कि उस दिन मोतिहारी में जैसा दृश्य देखा गया वैसा पहले कभी न देखा गया था। गोरख बाबू के घर और दफ्तर पर लोगों की भीड़ उमड़ पड़ी। सौभाग्य से मैंने अपना सारा काम रात को निबटा लिया था। इसलिए मैं इस भीड़ को सँभाल सका। साथियों का मूल्य मुझे पूरा-पूरा मालूम हुआ। वे लोगों को संयत रखने में जुट गए। कचहरी में जहाँ जाता वहाँ दल के दल लोग मेरे पीछे आते। कलेक्टर, मजिस्ट्रेट, सुपरिंटेंडेंट आदि के साथ भी मेरा एक प्रकार का संबंध स्थापित हो गया। सरकारी नोटिसों वगैरह के खिलाफ कानूनी विरोध करना चाहता, तो मैं कर सकता था। इसके बदले मैंने उनकी सब नोटिसों को स्वीकार कर लिया और अधिकारियों के साथ निजी व्यवहार में मिठास से काम लिया। इससे वे समझ गए कि मुझे उनका विरोध नहीं करना है, बल्कि उनकी आज्ञा का विनयपूर्वक विरोध करना है। इससे उनमें एक प्रकार की निर्भयता आ गई। मुझे तंग करने के

बदले उन्होंने लोगों को काबू में रखने में मेरी और मेरे साथियों की सहायता का प्रसन्नतापूर्वक उपयोग किया। किंतु साथ ही वे समझ गए कि उनकी सत्ता आज से लुप्त हुई। लोग क्षण भर को दंड का भय छोड़कर अपने नए मित्र के प्रेम की सत्ता के अधीन हो गए।

याद रहे कि चंपारन में मुझे कोई पहचानता न था। किसान-वर्ग बिलकुल अनपढ़ था। चंपारन गंगा के उस पार ठेठ हिमालय की तराई में नेपाल का समीपवर्ती प्रदेश है, अर्थात् नई दुनिया है। वहाँ न कहीं कांग्रेस का नाम सुनाई देता था, न कांग्रेस के कोई सदस्य दिखाई पड़ते थे। जिन्होंने नाम सुना था, वे कांग्रेस का नाम लेने में अथवा उसमें सम्मिलित होने में डरते थे। आज कांग्रेस के नाम के बिना कांग्रेस ने और कांग्रेस के सेवकों ने इस प्रदेश में प्रवेश किया और कांग्रेस की दुहाई फिर गई।

साथियों से परामर्श करके मैंने निश्चय किया था कि कांग्रेस के नाम से कोई भी काम किया जाए। हमें नाम से नहीं, बल्कि काम से मतलब है। 'कथनी' नहीं 'करनी' की आवश्यकता है। कांग्रेस का नाम यहाँ अप्रिय है। इस प्रदेश में कांग्रेस का अर्थ है, वकीलों की आपसी खींचातानी, कानूनी गलियों से सटक जाने की कोशिश। कांग्रेस का अर्थ है, बमगोला। कांग्रेस यानी कथनी एक, करनी दूसरी। यह धारणा सरकार की और सरकार की सरकार निलहे गोरों की थी। हमें यह सिद्ध करना था कि कांग्रेस ऐसी नहीं है, कांग्रेस तो दूसरी ही चीज है। इसलिए हमने कहीं भी कांग्रेस का नाम तक न लेने और लोगों को कांग्रेस की भौतिक देह का परिचय न कराने का निश्चय किया था। हमने यह सोच लिया था कि वे उसके अक्षर को न जानकर उसकी आत्मा को जानें और उसका अनुसरण करें तो बस है। यही असल चीज है। अतएव कांग्रेस की ओर से किन्हीं गुप्त या प्रकट दूतों द्वारा कोई भूमिका तैयार नहीं कराई गई थी। उनके बीच किसी ने आज तक राजनीति का काम किया ही नहीं था। चंपारन के बाहर की दुनिया को वे जानते नहीं थे। फिर भी उनका और मेरा मिलाप पुराने मित्रों जैसा लगा। अतएव यह कहने में अतिशयोक्ति नहीं, बल्कि अक्षरशः सत्य है कि इस कारण मैंने वहाँ ईश्वर का, अहिंसा का और सत्य का साक्षात्कार किया। जब मैं इस साक्षात्कार के अपने अधिकार की जाँच करता हूँ, तो मुझे लोगों के प्रति अपने प्रेम के सिवा और कुछ भी नहीं मिलता। इस प्रेम का अर्थ है, प्रेम अथवा अहिंसा के प्रति मेरी अविचल श्रद्धा।

चंपारन का यह दिन मेरे जीवन में कभी न भूलने जैसा था। मेरे लिए और किसानों के लिए यह एक उत्सव का दिन था। सरकारी कानून के अनुसार मुझ पर मुकदमा चलाया जाने वाला था। पर सच पूछा जाए तो मुकदमा सरकार के विरुद्ध था। कमिश्नर ने मेरे विरुद्ध जो जाल बिछाया था, उसमें उसने सरकार को ही फँसा दिया।

15. मुकदमा वापस लिया गया

मुकदमा चला। सरकारी वकील, मजिस्ट्रेट आदि घबराए हुए थे। उन्हें सूझ नहीं पड़ रहा था कि किया क्या जाए। सरकारी वकील सुनवाई मुल्तवी रखने की माँग कर रहा था। मैं बीच में पड़ा और विनती की कि सुनवाई मुलतवी रखने की कोई जरूरत नहीं है, क्योंकि मुझे चंपारन छोड़ने की नोटिस का अनादर करने का अपराध स्वीकार करना है। यह कहकर मैं उस बहुत ही छोटे बयान को पढ़ गया, जो मैंने तैयार किया था। वह इस प्रकार था :

> 'जाब्ता फौजदारी की दफा 144 के अनुसार दी हुई आज्ञा का खुला अनादर करने का गंभीर कदम मुझे क्यों उठाना पड़ा, इस संबंध में मैं एक छोटा-सा बयान अदालत की अनुमति से देना चाहता हूँ। मेरी नम्र सम्मति में यह प्रश्न अनादर का नहीं है, बल्कि स्थानीय सरकार और मेरे बीच मतभेद का प्रश्न है। मैं इस प्रदेश में जन-सेवा और देश-सेवा के ही उद्देश्य से आया हूँ। निलहे गोरे रैयत के साथ न्याय का व्यवहार नहीं करते, इस कारण उनकी मदद के लिए आने का प्रबल आग्रह मुझसे किया गया। इसलिए मुझे आना पड़ा है। समूचे प्रश्न का अध्ययन किए बिना मैं उनकी मदद किस प्रकार कर सकता हूँ? इसलिए मैं इस प्रश्न का अध्ययन करने आया हूँ और संभव हो तो सरकार और निलहों की सहायता लेकर इसका अध्ययन करना चाहता हूँ। मेरे सामने कोई दूसरा उद्देश्य नहीं है, और मैं यह नहीं मान सकता कि मेरे आने से लोगों की शांति भंग होगी और खून-खराबा होगा। मेरा दावा है कि इस विषय का मुझे अच्छा खासा अनुभव है। पर सरकार का विचार इस संबंध में मुझसे भिन्न है। उसकी कठिनाई को मैं समझता हूँ और मैं यह

भी स्वीकार करता हूँ कि उसे प्राप्त जानकारी पर ही विश्वास करना होता है। कानून का आदर करने वाले एक प्रजाजन के नाते तो मुझे जो आज्ञा दी गई है, उसे स्वीकार करने की स्वाभाविक इच्छा होनी चाहिए, और हुई थी। पर मुझे लगा कि वैसा करने में जिनके लिए मैं यहाँ आया हूँ उनके प्रति रहे अपने कर्तव्य की मैं हत्या करूँगा। मुझे ऐसा लगता है कि आज मैं उनकी सेवा उनके बीच रहकर ही कर सकता हूँ। इसलिए स्वेच्छा से चंपारन छोड़ना मेरे लिए संभव नहीं है। इस धर्म-संकट के कारण मुझे चंपारन से हटाने की जिम्मेदारी मैं सरकार पर डाले बिना रह न सका।

'मैं इस बात को अच्छी तरह समझता हूँ कि हिंदुस्तान के लोक-जीवन में मुझ जैसी प्रतिष्ठा रखनेवाले आदमी को कोई कदम उठाकर उदाहरण प्रस्तुत करते समय बड़ी सावधानी रखनी चाहिए। पर मेरा दृढ़ विश्वास है कि आज जिस अटपटी परिस्थितियों में हम पड़े हुए हैं उसमें मेरे जैसी परिस्थितियों में फँसे हुए स्वाभिमानी मनुष्य के सामने इसके सिवा दूसरा कोई सुरक्षित और सम्मानयुक्त मार्ग नहीं है कि आज्ञा का अनादर करके उसके बदले में जो दंड प्राप्त हो, उसे चुपचाप सहन कर लिया जाए।

'आप मुझे जो सजा देना चाहते हैं, उसे कम कराने की भावना से मैं यह बयान नहीं दे रहा हूँ। मुझे तो यही जता देना है कि आज्ञा का अनादर करने में मेरा उद्देश्य कानून द्वारा स्थापित सरकार का अपमान करना नहीं है, बल्कि मेरा हृदय जिस अधिक बड़े कानून को—अर्थात् अंतरात्मा की आवाज को—स्वीकार करता है, उसका अनुसरण करना ही मेरा उद्देश्य है।'

अब मुकदमे की सुनवाई को मुल्तवी रखने की जरूरत न रही थी, किंतु चूँकि मजिस्ट्रेट और वकील ने इस परिणाम की आशा नहीं की थी, इसलिए सजा सुनाने के लिए अदालत ने केस मुल्तवी रखा। मैंने वायसरॉय को सारी स्थिति तार द्वारा सूचित कर दी थी। पटना भी तार भेजा था। भारत-भूषण पंडित मालवीयजी आदि को भी वस्तुस्थिति की जानकारी तार से भेज दी थी। सजा सुनने के लिए कोर्ट में जाने का समय हुआ, उससे कुछ पहले मेरे नाम मजिस्ट्रेट का हुक्म आया कि गवर्नर साहब की आज्ञा से मुकदमा वापस ले लिया गया है। साथ ही कलेक्टर का पत्र मिला कि मुझे जो जाँच करनी हो, मैं करूँ और उसमें अधिकारियों की ओर से जो मदद आवश्यक हो, सो माँग लूँ। ऐसे तात्कालिक और शुभ परिणाम की आशा हममें से किसी ने नहीं रखी थी।

मैं कलेक्टर मि. हेकांक से मिला। मुझे वह स्वयं भला और न्याय करने में तत्पर जान पड़ा। उसने कहा कि आपको जो कागज पत्र या कुछ और देखना हो, सो आप माँग लें और मुझसे जब भी मिलना चाहें, मिल लिया करें।

दूसरी ओर सारे हिंदुस्तान को सत्याग्रह का अथवा कानून के सविनय भंग का पहला स्थानीय पदार्थ-पाठ मिला। अखबारों में इसकी खूब चर्चा हुई और चंपारन को तथा मेरी जाँच को अनपेक्षित रीति से प्रसिद्धि मिल गई।

अपनी जाँच के लिए मुझे सरकार की ओर से तटस्थता की तो आवश्यकता थी, परंतु समाचार-पत्रों की चर्चा की और उनके संवाददाताओं की आवश्यकता न थी। यही नहीं बल्कि उनकी आवश्यकता से अधिक टीकाओं से और जाँच की लंबी-चौड़ी रिपोर्टों से हानि होने का भय था। इसलिए मैंने खास-खास अखबारों के संपादकों से प्रार्थना की थी कि वे रिपोर्टरों का भेजने का खर्च न उठाएँ; जितना छपाने की जरूरत होगी उतना मैं स्वयं भेजता रहूँगा और उन्हें खबर देता रहूँगा।

मैं यह समझता था कि चंपारन के निलहे खूब चिढ़े हुए हैं। मैं यह भी समझता था कि अधिकारी भी मन में खुश न होंगे; अखबारों में सच्ची-झूठी खबरों के छपने से वे अधिक चिढ़ेंगे। उनकी चिढ़ का प्रभाव मुझ पर तो कुछ नहीं पड़ेगा, पर गरीब, डरपोक रैयत पर पड़े बिना न रहेगा। ऐसा होने से जो सच्ची स्थिति मैं जानना चाहता हूँ, उसमें बाधा पड़ेगी। निलहों की तरफ से विषैला आंदोलन शुरू हो चुका था। उनकी ओर से अखबारों में मेरे और साथियों के बारे में खूब झूठा प्रचार हुआ, किंतु मेरे अत्यंत सावधान रहने से और बारीक-से-बारीक बातों में भी सत्य पर दृढ़ रहने की आदत के कारण उनके तीर व्यर्थ गए।

निलहों ने ब्रजकिशोर बाबू की अनेक प्रकार से निंदा करने में जरा भी कसर नहीं रखी। पर ज्यों-ज्यों वे उनकी निंदा करते गए, त्यों-त्यों ब्रजकिशोर बाबू की प्रतिष्ठा बढ़ती गई।

ऐसी नाजुक स्थिति में मैंने रिपोर्टरों को आने के लिए जरा भी प्रोत्साहित नहीं किया, न नेताओं को बुलाया। मालवीयजी ने मुझे कहला भेजा था 'जब जरूरत समझें, मुझे बुला लें। मैं आने को तैयार हूँ।' उन्हें भी मैंने तकलीफ नहीं दी। मैंने इस लड़ाई को कभी राजनीतिक रूप धारण न करने दिया। जो कुछ होता था, उसकी प्रासंगिक रिपोर्ट मैं मुख्य-मुख्य समाचार-पत्रों को भेज दिया करता था। राजनीतिक काम करने के लिए भी जहाँ राजनीति की गुंजाइश न हो, वहाँ उसे राजनीतिक स्वरूप देने से पांडे को दोनों दीन से जाना पड़ता है; और इस प्रकार

विषय का स्थानांतरण न करने से दोनों सुधरते हैं। बहुत बार के अनुभव से मैंने यह सब देख लिया था। चंपारन की लड़ाई यह सिद्ध कर रही थी कि शुद्ध लोकसेवा में प्रत्यक्ष नहीं तो परोक्ष रीति से राजनीति मौजूद ही रहती है।

16. कार्य-पद्धति

चंपारन की जाँच का विवरण देने का अर्थ है, चंपारन के किसानों का इतिहास देना। ऐसा विवरण इन प्रकरणों में नहीं दिया जा सकता। फिर, चंपारन की जाँच का अर्थ है, अहिंसा और सत्य का एक बड़ा प्रयोग। इसके संबंध की जितनी बातें मुझे प्रति सप्ताह सूझती हैं उतनी देता रहता हूँ। उसका विशेष विवरण तो पाठकों को बाबू राजेंद्र प्रसाद द्वारा लिखित इस सत्याग्रह के इतिहास में और 'युगधर्म' प्रेस द्वारा प्रकाशित उसके (गुजराती) अनुवाद में ही मिल सकता है।

अब मैं इस प्रकरण के विषय पर आता हूँ। यदि गोरख बाबू के घर रहकर यह जाँच चलाई जाती, तो उन्हें अपना घर खाली करना पड़ता। मोतिहारी में अभी लोग इतने निर्भय नहीं हुए थे कि माँगने पर कोई तुरंत अपना मकान किराए पर दे दे। किंतु चतुर ब्रजकिशोर बाबू ने एक लंबे-चौड़े अहातेवाला मकान किराए पर लिया और हम उसमें रहने गए।

स्थिति ऐसी नहीं थी कि हम बिलकुल बिना पैसे के अपना काम चला सकें। आज तक की प्रथा सार्वजनिक काम के लिए जनता से धन प्राप्त करने की नहीं थी। ब्रजकिशोर बाबू का मंडल मुख्यतः वकीलों का मंडल था। अतएव वे जरूरत पड़ने पर अपनी जेब से खर्च कर लेते थे और कुछ मित्रों से भी माँग लेते थे। उनकी भावना यह थी कि जो लोग स्वयं पैसे-टके से सुखी हों, वे लोगों से द्रव्य की भिक्षा क्यों माँगें? मेरा यह दृढ़ निश्चय था कि चंपारन रैयत से एक कौड़ी भी न ली जाए। यदि ली जाती तो उसके गलत अर्थ लगाए जाते। यह भी निश्चय था कि इस जाँच के लिए हिंदुस्तान में सार्वजनिक चंदा न किया जाए। वैसा करने पर यह जाँच राष्ट्रीय और राजनीतिक रूप धारण कर लेती। बंबई से मित्रों ने 15 हजार रुपये की मदद का तार भेजा। उनकी यह मदद सधन्यवाद अस्वीकार की

गई। निश्चय यह हुआ कि ब्रजकिशोर बाबू का मंडल चंपारन के बाहर से, लेकिन बिहार के ही खुशहाल लोगों से जितनी मदद ले सके ले और कम पड़नेवाली रकम मैं डॉ. प्राणजीवनदास मेहता से प्राप्त कर लूँ। डॉ. मेहता ने लिखा कि जितने रुपयों की जरूरत हो, मँगा लीजिए। अतएव द्रव्य के विषय में हम निश्चिंत हो गए। गरीबी से, कम-से-कम खर्च करते हुए, लड़ाई चलानी थी, अतएव अधिक द्रव्य की आवश्यकता पड़ने की संभावना न थी। असल में पड़ी भी नहीं। मेरा खयाल है कि कुल मिलाकर दो या तीन हजार से अधिक खर्च नहीं हुआ था। जो द्रव्य इकट्ठा किया गया था उसमें से पाँच सौ या एक हजार रुपये बच गए थे, ऐसा मुझे याद है।

शुरू-शुरू के दिनों में हमारी रहन-सहन विचित्र थी और मेरे लिए वह रोज के विनोद का विषय बन गई थी। वकील-मंडल में हर एक का अपना रसोइया था और हर एक के लिए अलग-अलग रसोई बनती थी। वे रात बारह बजे तक भी भोजन करते थे। ये सब महाशय रहते तो अपने खर्च से ही थे। परंतु मेरे लिए उनकी यह रहन-सहन उपाधि रूप थी। मेरे और मेरे साथियों के बीच इतनी मजबूत प्रेमगाँठ बँध गई थी कि हममें कभी गलतफहमी हो ही नहीं सकती थी। वे मेरे शब्दबाणों को प्रेमपूर्वक सहते थे। आखिर यह तय हुआ कि नौकरों को छुट्टी दे दी जाए। सब एक साथ भोजन करें और भोजन के नियमों का पालन करें। सब निरामिषाहारी नहीं थे और दो रसोईघर चलाने से खर्च बढ़ता था। अतएव निश्चय हुआ कि निरामिष भोजन ही बनाया जाए और एक ही रसोईघर रखा जाए। भोजन भी सादा रखने का आग्रह था। इससे खर्च में बहुत बचत हुई, काम करने की शक्ति बढ़ी और समय भी बचा।

अधिक शक्ति की बहुत आवश्यकता थी, क्योंकि किसानों के दल-के-दल अपनी कहानी लिखाने के लिए आने लगे थे। कहानी लिखानेवालों के साथ भीड़ तो रहती ही थी। इससे मकान का अहाता और बगीचा सहज ही भर जाता था। मुझे दर्शनार्थियों से सुरक्षित रखने के लिए साथी भारी प्रयत्न करते और विफल हो जाते। एक निश्चित समय पर मुझे दर्शन देने के लिए बाहर निकाले सिवा कोई चारा न रह जाता था। कहानी लिखनेवाले भी पाँच-सात बराबर बने ही रहते थे, तो भी दिन के अंत में सबके बयान पूरे न हो पाते थे। इतने सारे बयानों की आवश्यकता नहीं थी, फिर भी बयान लेने से लोगों को संतोष होता था और मुझे उनकी भावना का पता चलता था।

कहानी लिखने वालों को कुछ नियमों का पालन करना पड़ता था, जैसे—हर एक किसान से जिरह की जाए। जिरह में जो उखड़ जाए, उसका बयान न लिया जाए। जिसकी बात मूल में ही बेबुनियाद मालूम हो, उसके बयान न लिखे जाएँ। इस तरह नियमों के पालन से यद्यपि थोड़ा अधिक समय खर्च होता था, फिर भी बयान बहुत सच्चे और साबित हो सकनेवाले मिलते थे।

इन बयानों के लेते समय खुफिया पुलिस का कोई-न-कोई अधिकारी हाजिर रहता ही था। इन अधिकारियों को आने से रोका जा सकता था, पर हमने शुरू से ही निश्चय कर लिया था कि उन्हें न सिर्फ हम आने से नहीं रोकेंगे, बल्कि उनके प्रति विनय का बरताव करेंगे और दे सकने योग्य खबरें भी उन्हें देते रहेंगे। उनके सुनते और देखते ही सारे बयान लिए जाते थे। इसका एक लाभ यह हुआ कि लोगों में अधिक निर्भयता आई। खुफिया पुलिस से लोग बहुत डरते थे। ऐसा करने से वह डर चला गया और उनकी आँखों के सामने दिए जाने वाले बयानों में अतिशयोक्ति का डर कम रहता था। इस डर से कि झूठ बोलने पर अधिकारी कहीं उन्हें फाँद न लें, उन्हें सावधानी से बोलना पड़ता था।

मैं निलहों को खिझाना नहीं चाहता था, बल्कि मुझे तो उन्हें विनय द्वारा जीतने का प्रयत्न करना था। इसलिए जिसके विरुद्ध विशेष शिकायतें आतीं, उसे मैं पत्र लिखता और उससे मिलने का प्रयत्न भी करता था। निलहों के मंडल से भी मैं मिला था और रैयत की शिकायतें उनके सामने रखकर मैंने उनकी बातें भी सुन ली थीं। उनमें से कुछ मेरा तिरस्कार करते थे, कुछ उदासीन रहते थे और कोई-कोई मेरे साथ सभ्यता और नम्रता का व्यवहार करते थे।

17. साथी

ब्रजकिशोर बाबू और राजेंद्र बाबू तो एक अद्वितीय जोड़ी थी। उन्होंने अपने प्रेम से मुझे इतना पंगु बना दिया था कि उनके बिना मैं एक कदम भी आगे नहीं जा सकता था। उनके शिष्य कहिए अथवा साथी, शंभू बाबू, अनुग्रह बाबू, धरणी बाबू और रामनवमी बाबू—ये वकील लगभग निरंतर मेरे साथ रहते थे। विंध्या

बाबू और जनकधारी बाबू भी समय-समय पर साथ रहते थे। यह तो बिहारियों का संघ हुआ। उनका मुख्य काम था लोगों के बयान लेना।

अध्यापक कृपलानी इसमें सम्मिलित हुए बिना कैसे रह सकते थे? स्वयं सिंधी होते हुए भी वे बिहारी से भी बढ़कर बिहारी थे। मैंने ऐसे सेवक कम देखे हैं, जिनमें वे जिस प्रांत में जाएँ उसमें पूरी तरह घुल-मिल जाने की शक्ति हो और जो किसी को यह मालूम न होने दें कि वे दूसरे प्रांत के हैं। इनमें कृपलानी एक हैं। उनका मुख्य काम द्वारपाल का था। दर्शन करने वालों से मुझे बचा लेने में उन्होंने इस समय अपने जीवन की सार्थकता समझ ली थी। किसी को वे विनोद करके मेरे पास आने से रोकते थे, तो किसी को अहिंसक धमकी से। रात होने पर अध्यापक का धंधा शुरू करते और सब साथियों को हँसाते थे, और कोई डरपोक पहुँच जाए, तो उसे हिम्मत बँधाते थे।

मौलाना मजहरुल हक ने मेरे सहायक के रूप में अपना हक दर्ज करा रखा था और वे महीने में एक-दो बार दर्शन दे जाते थे। उस समय के उनके ठाट-बाट और दबदबे में और आज की सादगी में जमीन-आसमान का अंतर है। हमारे बीच आकर वे हमसे हृदय की एकता साध जाते थे, पर अपनी साहबी के कारण बाहर के आदमी को वे हमसे अलग-जैसे जान पड़ते थे।

जैसे-जैसे मुझे अनुभव प्राप्त होता गया वैसे-वैसे मैंने देखा कि चंपारन में ठीक से काम करना हो तो गाँवों में शिक्षा का प्रवेश होना चाहिए। लोगों का अज्ञान दयनीय था। गाँवों के बच्चे मारे-मारे फिरते थे अथवा माता-पिता दो या तीन पैसे की आमदनी के लिए उनसे सारे दिन नील के खेतों में मजदूरी करवाते थे। उन दिनों वहाँ पुरुषों की मजदूरी दस पैसे से अधिक नहीं थी। स्त्रियों की छह पैसे और बालकों की तीन पैसे थी। चार आने की मजदूरी पाने वाला किसान भाग्यशाली समझा जाता था।

साथियों से सलाह करके पहले तो छह गाँवों में बालकों के लिए पाठशालाएँ खोलने का निश्चय किया। शर्त यह थी कि उन गाँवों के मुखिया मकान और शिक्षक का भोजन-व्यय दें; उसके दूसरे खर्च की व्यवस्था हम करें। यहाँ के गाँवों में पैसे की विपुलता नहीं थी, पर अनाज वगैरह देने की शक्ति लोगों में थी। इसलिए लोग कच्चा अनाज देने को तैयार हो गए थे।

महान् प्रश्न यह था कि शिक्षक कहाँ से लाए जाएँ? बिहार में थोड़ा वेतन लेने वाले अथवा कुछ न लेने वाले अच्छे शिक्षकों का मिलना कठिन था। मेरी कल्पना

यह थी कि साधारण शिक्षक के हाथ में बच्चों को कभी न छोड़ना चाहिए। शिक्षक को अक्षर-ज्ञान चाहे थोड़ा हो, पर उसमें चरित्र-बल तो होना ही चाहिए।

इस काम के लिए मैंने सार्वजनिक रूप से स्वयंसेवकों की माँग की। उसके उत्तर में गंगाधरराव देशपांडे ने बाबासाहब सोमण और पुंडलीक को भेजा। बंबई से अवंतिकाबाई गोखले आईं। दक्षिण से आनंदीबाई आईं। मैंने छोटेलाल, सुरेंद्रनाथ तथा अपने लड़के देवदास को बुला लिया। इसी बीच महादेव देसाई और नरहरि परीख मुझे मिल गए थे। महादेव देसाई की पत्नी दुर्गाबहन और नरहरि परीख की पत्नी मणिबहन भी आईं। मैंने कस्तूरबाई को भी बुला लिया था। शिक्षकों और शिक्षिकाओं का इतना संघ काफी था। श्रीमती अवंतिकाबाई और आनंदीबाई की गिनती तो शिक्षितों में हो सकती थी, पर मणिबहन परीख और दुर्गाबहन देसाई को सिर्फ थोड़ी सी गुजराती आती थी। कस्तूरबाई की पढ़ाई तो नहीं के बराबर ही थी। ये बहनें हिंदी-भाषी बच्चों को किस प्रकार पढ़ातीं?

चर्चा करके मैंने बहनों को समझाया कि उन्हें बच्चों को व्याकरण नहीं, बल्कि रहन-सहन का तौर-तरीका सिखाना है। पढ़ना-लिखना सिखाने की अपेक्षा, उन्हें स्वच्छता के नियम सिखाने हैं। उन्हें यह भी बताया कि हिंदी, गुजराती, मराठी के बीच कोई बड़ा भेद नहीं है, और पहले दर्जे में तो मुश्किल से अंक लिखना सिखाना है। अतएव उन्हें कोई कठिनाई होगी ही नहीं। परिणाम यह निकला कि बहनों की कक्षाएँ बहुत अच्छी तरह चलीं। बहनों में आत्मविश्वास उत्पन्न हो गया और उन्हें अपने काम में रस भी आने लगा। अवंतिकाबाई की पाठशाला आदर्श पाठशाला बन गई। उन्होंने अपनी पाठशाला में प्राण फूँक दिए। उनकी योग्यता भी काफी थी। इन बहनों के द्वारा गाँवों के स्त्री-समाज में भी हमारा प्रवेश हो सका था।

पर मुझे पढ़ाई की व्यवस्था करके ही रुकना नहीं था। गाँवों में गंदगी की कोई सीमा न थी। गलियों में कचरा, कुओं के आस-पास कीचड़ और बदबू, आँगन इतने गंदे कि देखे न जा सकें। बड़ों को स्वच्छता की शिक्षा की जरूरत थी। चंपारन के लोग रोगों से पीड़ित देखे जाते थे। जितना हो सके उतना सफाई का काम करके लोगों के जीवन के प्रत्येक विभाग में प्रवेश करने की हमारी वृत्ति थी।

इस काम में डॉक्टरों की सहायता की जरूरत थी। अतएव मैंने गोखले की सोसाइटी से डॉ. देव की माँग की। उनके साथ मेरी स्नेहगाँठ तो बँध ही चुकी थी। छह महीनों के लिए उनकी सेवा का लाभ मिला। उनकी देख-रेख में शिक्षकों और शिक्षिकाओं को काम करना था।

सबको यह समझा दिया गया था कि कोई भी निलहों के विरुद्ध की जानेवाली शिकायतों में न पड़ें। राजनीति को न छुएँ। शिकायत करने वालों को मेरे पास भेज दें। कोई अपने क्षेत्र से बाहर एक कदम भी न रखें। चंपारन के इन साथियों का नियम-पालन अद्भुत था। मुझे ऐसा कोई अवसर याद नहीं आता, जब किसी ने दी हुई सूचनाओं का उल्लंघन किया हो।

18. ग्राम-प्रवेश

प्रायः प्रत्येक पाठशाला में एक पुरुष और एक स्त्री की व्यवस्था की गई थी। उन्हीं के द्वारा दवा और सफाई के काम करने थे। स्त्रियों की मारफत स्त्री-समाज में प्रवेश करना था। दवा का काम बहुत सरल बना लिया था। अंडी का तेल, कुनैन और एक मरहम—इतनी ही चीजें प्रत्येक पाठशाला में रखी जाती थीं। जाँचने पर जीभ मैली दिखाई दे और कब्ज की शिकायत हो, तो अंडी का तेल पिला देना। और अगर फोड़े हों तो उन्हें धोकर उन पर मरहम लगा देना। खाने की दवा अथवा मरहम साथ ले जाने के लिए शायद ही दिया जाता था। कहीं कोई खतरनाक या समझ में न आनेवाली बीमारी होती, तो वह डॉ. देव को दिखाने के लिए छोड़ दी जाती। डॉ. देव अलग-अलग जगहों में नियत समय पर हो आते थे। ऐसी सादी सुविधा का लाभ लोग ठीक मात्रा में उठाने लगे थे। आमतौर से होने वाली बीमारियाँ थोड़ी ही हैं और उनके लिए बड़े-बड़े विशारदों की आवश्यकता नहीं होती। इसे ध्यान में रखा जाए, तो उपर्युक्त रीति से की गई व्यवस्था किसी को हास्यजनक प्रतीत नहीं होगी। लोगों को तो नहीं ही हुई।

सफाई का काम कठिन था। लोग गंदगी दूर करने को तैयार नहीं थे। जो लोग रोज खेतों की मजदूरी करते थे, वे भी अपने हाथ से मैला साफ करने के लिए तैयार न थे। डॉ. देव झट हार मान लेने वाले आदमी न थे। उन्होंने और स्वयंसेवकों ने अपने हाथ से एक गाँव के रास्तों की सफाई की, लोगों के आँगनों से कचरा साफ किया, कुओं के आस-पास के गड्ढे भरे, कीचड़ निकाला और गाँववालों को स्वयंसेवक देने की बात प्रेम-पूर्वक समझाते रहे। कुछ स्थानों में

लोगों ने शर्म में पड़कर काम करना शुरू किया और कहीं-कहीं तो लोगों ने मेरी मोटर के आने-जाने के लिए अपनी मेहनत से सड़कें भी तैयार कर दीं। ऐसे मीठे अनुभवों के साथ ही लोगों की लापरवाही के कड़वे अनुभव भी होते रहते थे। मुझे याद है कि सफाई की बात सुनकर कुछ जगहों में लोगों ने अपनी नारागी भी प्रकट की थी।

इन अनुभवों में से एक, जिसका वर्णन मैंने स्त्रियों की कई सभाओं में किया है, यहाँ देना अनुचित न होगा। भीतिहरवा एक छोटा-सा गाँव था। उसके पास उससे भी छोटा एक गाँव था। वहाँ कुछ बहनों के कपड़े बहुत मैले दिखाई दिए। इन बहनों को कपड़े बदलने के बारे में समझाने के लिए मैंने कस्तूरबाई से कहा। उसने उन बहनों से बात की। उनमें से एक बहन कस्तूरबाई को अपनी झोंपड़ी में ले गई और बोली, 'आप देखिए, यहाँ कोई पेटी या अलमारी नहीं है कि जिसमें कपड़े बंद हों। मेरे पास यही एक साड़ी है, जो मैंने पहन रखी है। इसे मैं कैसे धो सकती हूँ? महात्माजी से कहिए कि वे कपड़े दिलवाएँ। उस दशा में मैं रोज नहाने और कपड़े बदलने को तैयार रहूँगी।' हिंदुस्तान में ऐसे झोपड़े अपवाद रूप नहीं हैं। असंख्य झोपड़ों में साज-सामान, संदूक-पेटी, कपड़े-लत्ते, कुछ नहीं होते और असंख्य लोग केवल पहने हुए कपड़ों पर ही अपना निर्वाह करते हैं।

एक दूसरा अनुभव भी बताने जैसा है। चंपारन में बाँस या घास की कमी नहीं रहती। लोगों ने भीतिहरवा में पाठशाला का जो छप्पर बनाया था, वह बाँस और घास का था। किसी ने उसे रात को जला दिया। संदेह तो आस-पास के निलहों के आदमियों पर हुआ था। फिर से बाँस और घास का मकान बनाना मुनासिब मालूम नहीं हुआ। यह पाठशाला श्री सोमण और कस्तूरबाई के जिम्मे थी। श्री सोमण ने ईंटों का पक्का मकान बनाने का निश्चय किया और उनके स्वपरिश्रम की छूत दूसरों को लगी, जिससे देखते-देखते ईंटों का मकान बनकर तैयार हो गया और फिर से मकान के जल जाने का डर न रहा।

इस प्रकार पाठशाला, सफाई और औषधोपचार के कामों से लोगों में स्वयंसेवकों के प्रति विश्वास और आदर की वृद्धि हुई और उन पर अच्छा प्रभाव पड़ा।

पर मुझे खेद के साथ कहना पड़ता है कि इस काम को स्थायी रूप देने का मेरा मनोरथ सफल न हो सका। जो सवयंसेवक मिले थे, वे एक निश्चित अवधि के लिए ही मिले थे। दूसरे नए स्वयंसेवकों के मिलने में कठिनाई हुई और बिहार से

इस काम के लिए योग्य स्थायी सेवक न मिल सके। मुझे भी चंपारन का काम पूरा होते-होते दूसरा काम, जो तैयार हो रहा था, घसीट ले गया। इतने पर भी छह महीनों तक हुए इस काम ने इतनी जड़ पकड़ ली कि एक नहीं तो दूसरे स्वरूप में उसका प्रभाव आज तक बना हुआ है।

19. उजला पहलू

एक ओर समाज-सेवा का वह काम हो रहा था, जिसका वर्णन मैंने पिछले प्रकरणों में किया है, और दूसरी ओर लोगों के दुःखों की कहानियाँ लिखने का काम उत्तरोत्तर बढ़ते पैमाने पर हो रहा था। हजारों लोगों की कहानियाँ लिखी गईं। उनका कोई असर न हो, यह कैसे संभव था? जैसे-जैसे मेरे पड़ाव पर लोगों की आमद-रफ्त बढ़ती गई वैसे-वैसे निलहों का क्रोध बढ़ता गया, उनकी ओर से मेरी जाँच को बंद कराने के प्रयत्न बढ़ते गए।

एक दिन मुझे बिहार-सरकार का पत्र मिला। उसका आशय इस प्रकार था—'आपकी जाँच काफी लंबे समय तक चल चुकी है और अब आपको उसे बंद करके बिहार छोड़ देना चाहिए।' पत्र विनयपूर्वक लिखा गया था, पर उसका अर्थ स्पष्ट था। मैंने लिखा कि जाँच का काम तो अभी देर तक चलेगा और समाप्त होने पर भी जब तक लोगों के दुःख दूर न होंगे, मेरा इरादा बिहार छोड़कर जाने का नहीं है।

मेरी जाँच बंद कराने के लिए सरकार के पास एक समुचित उपाय यही था कि वह लोगों की शिकायत को सच मानकर उन्हें दूर करे, अथवा शिकायतों को ध्यान में लेकर अपनी जाँच-समिति नियुक्त करे। गवर्नर सर एडवर्ड गेट ने मुझे बुलाया और कहा कि वे स्वयं एक जाँच-समिति नियुक्त करना चाहते हैं। उन्होंने मुझे उसका सदस्य बनने के लिए आमंत्रित किया। समिति के दूसरे नाम देखने के बाद मैंने साथियों से सलाह की और इस शर्त के साथ सदस्य बनना कबूल किया कि मुझे अपने साथियों से सलाह-मशवरा करने की स्वतंत्रता रहनी चाहिए और सरकार को यह समझ लेना चाहिए कि सदस्य बन जाने से मैं किसानों की

हिमायत करना छोड़ न दूँगा, तथा जाँच पूरी हो जाने पर यदि मुझे संतोष न हुआ, तो किसानों का मार्ग-दर्शन करने की अपनी स्वतंत्रता को मैं हाथ से जाने न दूँगा।

सर एडवर्ड गेट ने इन शर्तों को उचित मानकर इन्हें मंजूर किया। स्व. सर फ्रेंक स्लाई समिति के अध्यक्ष नियुक्त किए गए थे। जाँच-समिति ने किसानों की सारी शिकायतों को सही ठहराया और निलहे गोरों ने उनसे जो रकम अनुचित रीति से वसूल की थी, उसका कुछ अंश लौटाने और 'तीन कठिया' के कानून को रद करने की सिफारिश की।

इस रिपोर्ट के सांगोपांग तैयार होने और अंत में कानून के पास होने में सर एडवर्ड गेट का बहुत बड़ा हाथ था। यदि वे दृढ़ न रहे होते अथवा उन्होंने अपनी कुशलता का पूरा उपयोग न किया होता, तो जो सर्वसम्मत रिपोर्ट तैयार हो सकी वह न हो पाती और आखिर में जो कानून पास हुआ, वह भी न हो पाता। निलहों की सत्ता बहुत प्रबल थी। रिपोर्ट के पेश हो जाने पर भी उनमें से कुछ ने बिल का कड़ा विरोध किया था। पर सर एडवर्ड गेट अंत तक दृढ़ रहे और उन्होंने समिति की सिफारिशों पर पूरा-पूरा अमल किया।

इस प्रकार सौ साल से चले आने वाले 'तीन कठिया' के कानून के रद होते ही निलहे गोरों के राज्य का अस्त हुआ, जनता का जो समुदाय बराबर दबा ही रहता था, उसे अपनी शक्ति का कुछ भान हुआ और लोगों का यह वहम दूर हुआ कि नील का दाग धोए धुल ही नहीं सकता।

मैं तो चाहता था कि चंपारन में शुरू किए गए रचनात्मक काम को जारी रखकर लोगों में कुछ वर्षों तक काम करूँ, अधिक पाठशालाएँ खोलूँ और अधिक गाँवों में प्रवेश करूँ। क्षेत्र तैयार था। पर ईश्वर ने मेरे मनोरथ प्रायः पूरे होने ही नहीं दिए। मैंने सोचा कुछ था और दैव मुझे घसीटकर ले गया एक दूसरे ही काम में।

20. मजदूरों के संपर्क में

चंपारन में अभी मैं समिति के काम को समेट ही रहा था कि इतने में खेड़ा से मोहनलाल पंड्या और शंकरलाल परीख का पत्र आया कि खेड़ा जिले में फसल

नष्ट हो गई है और लगान माफ कराने की जरूरत है। उन्होंने आग्रहपूर्वक लिखा कि मैं वहाँ पहुँचूँ और लोगों की रहनुमाई करूँ। मौके पर जाँच किए बिना कोई सलाह देने की मेरी इच्छा नहीं थी, न मुझमें वैसी शक्ति या हिम्मत ही थी।

दूसरी ओर से अनसूयाबाई का पत्र उनके मजदूर-संघ के बारे में आया था। मजदूरों की तनख्वाहें कम थीं। तनख्वाह बढ़ाने की उनकी माँग बहुत पुरानी थी। इस मामले में उनकी रहनुमाई करने का उत्साह मुझमें था। लेकिन मुझमें यह क्षमता न थी कि इस अपेक्षाकृत छोटे प्रतीत होने वाले काम को भी मैं दूर बैठकर कर सकूँ। इसलिए मौका मिलते ही मैं पहले अहमदाबाद पहुँचा। मैंने यह सोचा था कि मामलों की जाँच करके थोड़े समय में मैं वापस चंपारन पहुँचूँगा और वहाँ के रचनात्मक काम की देखरेख करूँगा।

पर अहमदाबाद पहुँचने के बाद वहाँ ऐसे काम निकल आए कि मैं कुछ समय तक चंपारन नहीं जा सका और जो पाठशालाएँ वहाँ चल रही थीं, वे एक-एक करके बंद हो गईं। साथियों ने और मैंने कितने ही हवाई किले रचे थे, पर कुछ समय के लिए तो वे सब ढह गए।

चंपारन में ग्राम-पाठशालाओं और ग्राम-सुधार के अलावा गोरक्षा का काम भी मैंने हाथ में लिया था। गोरक्षा और हिंदी-प्रचार के काम का इजारा मारवाड़ी भाइयों ने ले रखा है, इसे मैं अपने भ्रमण में देख चुका था। बेतिया में एक मारवाड़ी सज्जन ने अपनी धर्मशाला में मुझे आश्रय दिया था। बेतिया के मारवाड़ी सज्जनों ने मुझे अपनी गोशाला के काम में फाँद लिया था। गोरक्षा के विषय में मेरी जो कल्पना आज है, वही उस समय बन चुकी थी। गोरक्षा का अर्थ है, गोवंश की वृद्धि, गोजाति का सुधार, बैल से मर्यादित काम लेना, गोशाला को आदर्श दुग्धालय बनाना आदि-आदि। इस काम में मारवाड़ी भाइयों ने पूरी मदद देने का आश्वासन दिया था। पर मैं चंपारन में स्थिर होकर रह न सका, इसलिए वह काम अधूरा ही रह गया। बेतिया में गोशाला तो आज भी चलती है, पर वह आदर्श दुग्धालय नहीं बन सकी है। चंपारन के बैलों से आज भी उनकी शक्ति से अधिक काम लिया जाता है। नामधारी हिंदू आज भी बैलों को निर्दयतापूर्वक पीटते हैं और धर्म को बदनाम करते हैं। यह कसक मेरे मन में सदा के लिए रह गई। और जब-जब मैं चंपारन जाता हूँ तब-तब इन अधूरे रहे हुए महत्त्वपूर्ण कामों का स्मरण करके लंबी साँस लेता हूँ और उन्हें अधूरा छोड़ देने के लिए मारवाड़ी भाइयों और बिहारियों का मीठा उलाहना सुनता हूँ।

पाठशालाओं का काम तो एक या दूसरी रीति से अन्य स्थानों में चल रहा है, पर गोसेवा के कार्यक्रम ने जड़ ही नहीं पकड़ी थी, इसलिए उसे सही दिशा में गति न मिल सकी।

अहमदाबाद में खेड़ा जिले के काम के बारे में सलाह-मशवरा हो ही रहा था कि इस बीच मैंने मजदूरों का काम हाथ में ले लिया।

मेरी स्थिति बहुत ही नाज़ुक थी। मजदूरों का मामला मुझे मजबूत मालूम हुआ। अनसूयाबाई को अपने सगे भाई के साथ लड़ना था। मजदूरों और मालिकों के बीच के इस दारुण युद्ध में श्री अंबालाल साराभाई ने मुख्य रूप से हिस्सा लिया था। मिल-मालिकों के साथ मेरा मीठा संबंध था। उनके विरुद्ध लड़ने का काम विकट था। उनसे चर्चाएँ करके मैंने प्रार्थना की कि वे मजदूरों की माँग के संबंध में पंच नियुक्त करें। किंतु मालिकों ने अपने और मजदूरों के बीच पंच के हस्तक्षेप की आवश्यकता को स्वीकार न किया।

मैंने मजदूरों को हड़ताल करने की सलाह दी। यह सलाह देने से पहले मैं मजदूरों के और मजदूर-नेताओं के संपर्क में अच्छी तरह आया। उन्हें हड़ताल की शर्तें समझाईं :

1. किसी भी दशा में शांति भंग न होने दी जाए।
2. जो मजदूर काम पर जाना चाहे, उसके साथ ज़ोर-जबरदस्ती न की जाए।
3. मजदूर भिक्षा का अन्न न खाएँ।
4. हड़ताल कितनी ही लंबी क्यों न चले, वे दृढ़ रहें और अपने पास पैसे न रहें तो दूसरी मजदूरी करके खाने योग्य कमा लें।

मजदूर-नेताओं ने ये शर्तें समझ लीं और स्वीकार कर लीं। मजदूरों की आम सभा हुई और उसमें उन्होंने निश्चय किया कि जब तक उनकी माँग मंजूर न की जाए अथवा उसकी योग्यता-अयोग्यता की जाँच के लिए पंच की नियुक्ति न हो, तब तक वे काम पर नहीं जाएँगे।

कहना होगा कि इस हड़ताल के दौरान में मैं बल्लभाई पटेल और श्री शंकरलाल बैंकर को यथार्थ रूप में पहचानने लगा। श्री अनसूयाबाई का परिचय तो मुझे इसके पहले ही अच्छी तरह हो चुका था। हड़तालियों की सभा रोज

साबरमती नदी के किनारे एक पेड़ की छाया तले होने लगी। उसमें वे लोग सैकड़ों की तादाद में जमा होते थे। मैं उन्हें रोज प्रतिज्ञा का स्मरण कराता तथा शांति बनाए रखने और स्वाभिमान की रक्षा करने की आवश्यकता समझाता था। वे अपना 'एक टेक' का झंडा लेकर रोज शहर में घूमते थे और जुलूस के रूप में सभा में हाजिर होते थे।

यह हड़ताल इक्कीस दिन तक चली। इस बीच समय-समय पर मैं मालिकों से बातचीत किया करता था और उन्हें इन्साफ करने के लिए मनाता था। मुझे यह जवाब मिलता—'हमारी भी तो टेक है न? हममें और हमारे मजदूरों में बाप-बेटे का संबंध है। उसके बीच में कोई दखल दे, तो हम कैसे सहन करें? हमारे बीच पंच कैसे?'

21. आश्रम की झाँकी

मजदूरों की बात को आगे बढ़ाने से पहले यहाँ आश्रम की झाँकी कर लेना आवश्यक है। चंपारन में रहते हुए भी मैं आश्रम को भूल नहीं सकता था। कभी-कभी वहाँ हो भी आता था।

कोचरब अहमदाबाद के पास एक छोटा-सा गाँव है। आश्रम का स्थान इस गाँव में था। कोचरब में प्लेग शुरू हुआ। आश्रम के बालकों को मैं उस बस्ती के बीच सुरक्षित नहीं रख सकता था। स्वच्छता के नियमों का अधिक-से-अधिक सावधानी से पालन करने पर भी आस-पास की अस्वच्छता से आश्रम को अछूता रखना असंभव था। कोचरब के लोगों से स्वच्छता के नियमों का पालन कराने की अथवा ऐसे समय में उनकी सेवा करने की हममें शक्ति नहीं थी। हमारा आदर्श तो यह था कि आश्रम को शहर अथवा गाँव से अलग रखें, फिर भी वह इतना दूर न हो कि वहाँ पहुँचने में बहुत कठिनाई हो। किसी-न-किसी दिन तो आश्रम को आश्रम के रूप में सुशोभित होने से पहले अपनी जमीन पर खुली जगह में स्थिर होना ही था।

प्लेग को मैंने कोचरब छोड़ने की नोटिस माना। श्री पूँजाभाई हीराचंद आश्रम के साथ बहुत निकट का संबंध रखते थे और आश्रम की छोटी-बड़ी सेवा शुद्ध

और निरभिमान भाव से करते थे। उन्हें अहमदाबाद के कारबारी जीवन का व्यापक अनुभव था। उन्होंने आश्रम के लिए जमीन की खोज तुरंत ही कर लेने का बीड़ा उठाया। कोचरब के उत्तर-दक्षिण के भाग में मैं उनके साथ घूमा। फिर उत्तर की ओर तीन-चार मील दूर कोई टुकड़ा मिल जाए, तो उसका पता लगाने की बात मैंने उनसे कही। उन्होंने आज की आश्रमवाली जमीन का पता लगा लिया। वह जेल के पास है, यह मेरे लिए खास प्रलोभन था। सत्याग्रह-आश्रम में रहने वाले के भाग्य में जेल तो लिखा ही होता है। अपनी इस मान्यता के कारण जेल का पड़ोस मुझे पसंद आया। मैं यह तो जानता ही था कि जेल के लिए हमेशा वही जगह पसंद की जाती है जहाँ आस-पास स्वच्छ स्थान हो।

कोई आठ दिन के अंदर ही जमीन का सौदा तय कर लिया। जमीन पर न तो कोई मकान था, न कोई पेड़। जमीन के हक में नदी किनारा और एकांत—ये दो बड़ी सिफारिशें थीं। हमने तंबुओं में रहने का निश्चय किया और सोचा कि रसोईघर के लिए टीन का एक कामचलाऊ छप्पर बाँध लेंगे और धीरे-धीरे स्थायी मकान बनाना शुरू कर देंगे।

इस समय आश्रम की बस्ती बढ़ गई थी। लगभग चालीस छोटे-बड़े स्त्री-पुरुष थे। सुविधा यह थी कि सब एक ही रसोईघर में खाते थे। योजना की कल्पना मेरी थी। उसे अमली रूप देने का बोझ उठानेवाले तो नियमानुसार स्व. मगनलाल गांधी ही थे।

स्थायी मकान बनने से पहले की कठिनाइयों का पार न था। बारिश का मौसम सामने था। सब सामान चार मील दूर शहर से लाना होता था। इस निर्जन भूमि में साँप आदि हिंसक जीव तो थे ही। ऐसी स्थिति में बालकों की सार-सँभाल का खतरा मामूली नहीं था। रिवाज यह था कि सर्पादि को मारा न जाए। लेकिन उनके भय से मुक्त तो हममें से कोई न था, आज भी नहीं हैं।

फीनिक्स, टॉल्स्टॉय फार्म और साबरमती-आश्रम तीनों जगहों में हिंसक जीवों को न मारने के नियम का यथाशक्ति पालन किया गया है। तीनों जगहों में निर्जन जमीनें बसानी पड़ी थीं। कहना होगा कि तीनों स्थानों में सर्पादि का उपद्रव काफी था। तिस पर भी आज तक एक भी जान खोनी नहीं पड़ी। इसमें मेरे समान श्रद्धालु को तो ईश्वर के हाथ का, उसकी कृपा का ही दर्शन होता है। कोई यह निरर्थक शंका न उठावे कि ईश्वर कभी पक्षपात नहीं करता, मनुष्य के दैनिक कामों में दखल देने के लिए वह बेकार नहीं बैठा है। मैं इस चीज को, इस

अनुभव को, दूसरी भाषा में रखना नहीं जानता। ईश्वर की कृति को लौकिक भाषा में प्रकट करते हुए भी मैं जानता हूँ कि उसका 'कार्य' अवर्णनीय है। किंतु यदि पामर मनुष्य वर्णन करने बैठे, तो उसके पास तो उसकी अपनी तोतली बोली ही हो सकती है। साधारणतः सर्पादि को न मारने पर भी आश्रम-समाज के पच्चीस वर्ष तक बचे रहने को संयोग मानने के बदले ईश्वर की कृपा मानना यदि वहम हो, तो वह वहम भी बनाए रखने जैसा है।

जब मजदूरों की हड़ताल हुई, तब आश्रम की नींव पड़ रही थी। आश्रम की प्रधान प्रवृत्ति बुनाई काम की थी। कातने की तो अभी हम खोज ही नहीं कर पाए थे। अतएव पहले बुनाई घर बनाने का निश्चय किया था। इससे उसकी नींव चुनी जा रही थी।

22. उपवास

मजदूरों ने शुरू के दो हफ्तों में खूब हिम्मत दिखाई शांति भी खूब रखी; प्रतिदिन की सभाओं में वे बड़ी संख्या में हाजिर भी रहे। प्रतिज्ञा का स्मरण मैं रोज उन्हें कराता ही था। वे रोज पुकार-पुकार कर कहते थे, 'हम मर मिटेंगे, पर अपनी टेक कभी न छोड़ेंगे।'

लेकिन आखिर वे कमज़ोर पड़ते जान पड़े। और जिस प्रकार कमज़ोर आदमी हिंसक होता है, उसी प्रकार उनमें, जो कमज़ोर पड़े, वे मिल में जाने वालों से द्वेष करने लगे और मुझे डर मालूम हुआ कि कहीं वे किसी के साथ जबरदस्ती न कर बैठें। रोज की सभा में लोगों की उपस्थिति कम पड़ने लगी। आनेवालों के चेहरों पर उदासीनता छाई रहती थी। मुझे खबर मिली कि मजदूर डगमगाने लगे हैं। मैं परेशान हुआ। यह सोचने लगा कि ऐसे समय में मेरा धर्म क्या हो सकता है। मुझे दक्षिण अफ्रीका के मजदूरों की हड़ताल का अनुभव था। पर यह अनुभव नया था। जिस प्रतिज्ञा के करने में मेरी प्रेरणा थी, जिसका मैं प्रतिदिन साक्षी बनता था, वह प्रतिज्ञा कैसे टूट सकती है? इस विचार को आप चाहे मेरा अभिमान कह लीजिए अथवा मजदूरों के और सत्य के प्रति मेरा प्रेम कह लीजिए।

सबेरे का समय था। मैं सभा में बैठा था। मेरी समझ में नहीं आ रहा था कि मुझे क्या करना चाहिए। किंतु सभा में ही मेरे मुँह से निकल गया, 'यदि मजदूर फिर से दृढ़ न बनें और फैसला होने तक हड़ताल को चला न सकें, तो मैं तब तक के लिए उपवास करूँगा।'

जो मजदूर हाजिर थे, वे सब हक्के बक्के रह गए। अनसूया बहन की आँखों से आँसू की धारा बह चली। मजदूर बोल उठे, 'आप नहीं, हम उपवास करेंगे। आपको उपवास नहीं करना चाहिए। हमें माफ कीजिए। हम अपनी प्रतिज्ञा का पालन करेंगे।'

मैंने कहा, 'आपको उपवास करने की जरूरत नहीं है। आपके लिए तो यही बरा है कि आप अपनी प्रतिज्ञा का पालन करें। हमारे पास पैसा नहीं है। हम मजदूरों को भीख का अन्न खिलाकर हड़ताल चलाना नहीं चाहते। आप कुछ मजदूरी कीजिए और उससे अपनी रोज की रोटी के लायक पैसा कमा लीजिए। ऐसा करेंगे तो फिर हड़ताल कितने ही दिन क्यों न चले, आप निश्चिंत रह सकेंगे। मेरा उपवास तो अब फैसले से पहले न छूटेगा।'

बल्लभभाई पटेल मजदूरों के लिए म्युनिसिपैलिटी में काम खोज रहे थे, पर वहाँ कुछ काम मिलने की संभावना न थी। आश्रम की बुनाई-शाला में रेत का भराव करने की जरूरत थी। मगनलाल गांधी ने सुझाया कि इस काम में बहुत से मजदूर लगाए जा सकते हैं। मजदूर इसे करने को तैयार हो गए। अनसूया बहन ने पहली टोकरी उठाई और नदी में से रेत की टोकरियाँ ढोनेवाले मजदूरों की एक कतार खड़ी हो गई। वह दृश्य देखने योग्य था। मजदूरों में नया बल आ गया। उन्हें पैसे चुकानेवाले चुकाते-चुकाते थक गए।

इस उपवास में एक दोष था। मैं ऊपर लिख चुका हूँ कि मालिकों के साथ मेरा मीठा संबंध था। इसलिए उन पर उपवास का प्रभाव पड़े बिना रह ही नहीं सकता था। मैं तो जानता था कि सत्याग्रही के नाते मैं उनके विरुद्ध उपवास कर ही नहीं सकता; उन पर कोई प्रभाव पड़े तो वह मजदूरों की हड़ताल का ही पड़ना चाहिए। मेरा प्रायश्चित्त उनके दोषों के लिए नहीं था; मजदूरों के दोष के निमित्त से था। मैं मजदूरों का प्रतिनिधि था। इसलिए उनके दोष से मैं दोषित होता था। मालिकों से तो मैं केवल विनती ही कर सकता था। उनके विरुद्ध उपवास करना उन पर ज्यादती करने के समान था। फिर भी मैं जानता था कि मेरे उपवास का प्रभाव उन पर पड़े बिना रहेगा ही नहीं। प्रभाव पड़ा भी। किंतु

मैं अपने उपवास को रोक नहीं सकता था। मैंने स्पष्ट देखा कि ऐसा दोषमय उपवास करना मेरा धर्म है।

मैंने मालिकों को समझाया—'मेरे उपवास के कारण आपको अपना मार्ग छोड़ने की तनिक भी जरूरत नहीं।' उन्होंने मुझे कड़वे-मीठे ताने भी दिए। उन्हें वैसा करने का अधिकार था।

सेठ अंबालाल इस हड़ताल के विरुद्ध दृढ़ रहनेवालों में अग्रगण्य थे। उनकी दृढ़ता आश्चर्यजनक थी। उनकी निष्कपटता भी मुझे उतनी ही पसंद आई। उनसे लड़ना मुझे प्रिय लगा। उनके जैसे अगुवा जिस विरोधी दल में थे, उस पर उपवास का पड़नेवाला अप्रत्यक्ष प्रभाव मुझे अखरा। फिर, उनकी धर्मपत्नी श्री सरलादेवी का मेरे प्रति सगी बहन जैसा प्रेम था। मेरे उपवास से उन्हें जो घबराहट होती थी, वह मुझसे देखी नहीं जाती थी।

मेरे पहले उपवास में अनसूया बहन, दूसरे कई मित्र और मजदूर साथी बने। उन्हें अधिक उपवास न करने के लिए मैं मुश्किल से समझा सका। इस प्रकार चारों ओर प्रेममय वातावरण बन गया। मालिक केवल दया-वश होकर समझौते का रास्ता खोजने लगे। अनसूया बहन के यहाँ उनकी चर्चाएँ चलने लगीं। श्री आनंदशंकर ध्रुव भी बीच में पड़े। आखिर वे पंच नियुक्त हुए और हड़ताल टूटी। मुझे केवल तीन उपवास करने पड़े। मालिकों ने मजदूरों को मिठाई बाँटी। इक्कीसवें दिन समझौता हुआ। समझौते की सभा में मिल-मालिक और उत्तरी विभाग के कमिश्नर मौजूद थे। कमिश्नर ने मजदूरों को सलाह दी थी—'आपको हमेशा मि. गांधी जैसा कहें वैसा करना चाहिए।' इस घटना के बाद तुरंत ही मुझे इन्हीं कमिश्नर से लड़ना पड़ा था। समय बदला, इसलिए वे भी बदल गए और खेड़ा के पाटीदारों को मेरी सलाह न मानने की बात कहने लगे।

यहाँ एक दिलचस्प और करुणाजनक घटना का उल्लेख करना उचित जान पड़ता है। मालिकों की बनवाई हुई मिठाई बहुत ज़्यादा थी और सवाल यह खड़ा हो गया था कि वह हजारों मजदूरों में कैसे बाँटी जाए? जिस पेड़ की छाया तले मजदूरों ने प्रतिज्ञा की थी, वहीं उसे बाँटना उचित है, यह सोचकर और दूसरी जगह हजारों मजदूरों को इकट्ठा करना कष्टप्रद होगा, यह समझकर पेड़ के आस-पास के खुले मैदान में बाँटने का निश्चय हुआ था। अपने भोलेपन के कारण मैंने यह मान लिया था कि इक्कीस दिन तक नियमन में रहे हुए मजदूर बिना प्रयत्न के कतार में खड़े होकर मिठाई ले लेंगे और अधीर बनकर उस पर टूट न

पड़ेंगे। पर मैदान में बाँटने की दो-तीन रीतियाँ आजमाई गई और वे विफल हुईं। दो-तीन मिनट काम ढंग से चलता और फिर तुरंत कतार टूट जाती। मजदूरों के नेताओं ने खूब कोशिश की, पर वह व्यर्थ सिद्ध हुई। अंत में भीड़, कोलाहल और छीनाछपटी यहाँ तक बढ़ गई कि कुछ मिठाई कुचलकर बरबाद हो गई। मैदान में बाँटना बंद करना पड़ा और बची हुई मिठाई को मुश्किल से बचाकर सेठ अंबालाल के मिर्जापुरवाले बँगले पर पहुँचाया जा सका। दूसरे दिन यह मिठाई बँगले के मैदान में ही बाँटनी पड़ी।

इस घटना में निहित हास्यरस तो स्पष्ट ही है। परंतु उसके करुण रस का उल्लेख करना जरूरी है। 'एक टेक' वाले पेड़ के पास मिठाई न बँट सकने के कारण का पता लगाने पर मालूम हुआ कि मिठाई बँटने की खबर पाकर अहमदाबाद के भिखारी वहाँ आ पहुँचे थे और उन्होंने कतार तोड़कर मिठाई झपट लेने की कोशिश की थी।

यह देश भुखमरी से इतना पीड़ित है कि भिखारियों की संख्या दिनोदिन बढ़ती जाती है और वे भोजन पाने के लिए साधारण मर्यादा का उल्लंघन करते हैं। धनवान लोग ऐसे भिखारियों के लिए काम की व्यवस्था करने के बदले बिना विचारे भिक्षा देकर उन्हें पोसते हैं।

23. खेड़ा-सत्याग्रह

मजदूरों की हड़ताल समाप्त होने के बाद दम लेने को भी समय न मिला और मुझे खेड़ा जिले के सत्याग्रह का काम हाथ में लेना पड़ा। खेड़ा जिले में अकाल की सी स्थिति होने के कारण खेड़ा के पाटीदार लोग लगान माफ कराने की कोशिश कर रहे थे। इस विषय में श्री अमृतलाल ठक्कर ने जाँच करके रिपोर्ट तैयार की थी। इस बारे में कोई निश्चित सलाह देने से पहले मैं कमिश्नर से मिला। श्री मोहनलाल पंड्या और श्री शंकरलाल परीख अथक परिश्रम कर रहे थे। वे स्व. गोकलदास कहानदास पारेख और विट्ठलभाई पटेल के द्वारा धारासभा में आंदोलन कर रहे थे। सरकार के पास डेप्युटेशन भी गए थे।

इस समय मैं गुजरात-सभा का सभापति था। सभा ने कमिश्नर और गवर्नर को प्रार्थना-पत्र भेजे, तार किए, अपमान सहे। सभा उनकी धमकियों को पचा गई। अधिकारियों का उस समय का ढंग आज तो हास्यजनक प्रतीत होता है। उन दिनों का उनका अत्यंत हलका बरताव आज असंभव-सा मालूम होता है।

लोगों की माँग इतनी साफ और इतनी साधारण थी कि उसके लिए लड़ाई लड़ने की जरूरत ही न होनी चाहिए थी। कानून यह था कि अगर यह फसल चार ही आना या उससे कम आवे, तो उस साल का लगान माफ किया जाना चाहिए। पर सरकारी अधिकारियों का अंदाज चार आने से अधिक था। लोगों द्वारा यह सिद्ध किया जा रहा था कि उपज चार आने से कम कृती जानी चाहिए, पर सरकार क्यों मानने लगी? लोगों की ओर से पंच बैठाने की माँग की गई। सरकार को वह असह्य मालूम हुई। जितना अनुनय-विनय हो सकता था, सो सब कर चुकने के बाद और साथियों से परामर्श करने के पश्चात् मैंने सत्याग्रह करने की सलाह दी।

साथियों में खेड़ा जिले के सेवकों के अतिरिक्त मुख्यत : बल्लभभाई पटेल, श्री शंकरलाल बैंकर, श्री अनसूया बहन, श्री इंदुलाल कन्हैयालाल याज्ञिक, श्री महादेव देसाई आदि थे। श्री बल्लभभाई अपनी बड़ी और बढ़ती हुई वकालत की बलि देकर आए थे। ऐसा कहा जा सकता है कि इसके बाद वे निश्चिंत होकर वकालत कर ही न सके।

हम नड़ियाद के अनाथाश्रम में ठहरे थे। अनाथाश्रम में ठहरने को कोई विशेषता न समझे। नड़ियाद में उसके जैसा कोई स्वतंत्र मकान नहीं था, जिसमें इतने सारे लोग समा सकें। अंत में नीचे लिखी प्रतिज्ञा पर हस्ताक्षर लिए गए :

> 'हम जानते हैं कि हमारे गाँवों की फसल चार आने से कम हुई है। इस कारण हमने सरकार से प्रार्थना की कि वह लगान-वसूली का काम अगले वर्ष तक मुल्तवी रखे। फिर भी वह मुल्तवी नहीं किया गया। अतएव हम नीचे सही करने वाले लोग यह प्रतिज्ञा करते हैं कि हम इस साल का पूरा या बाकी रहा सरकारी लगान नहीं देंगे। पर उसे वसूल करने के लिए सरकार जो भी कानूनी कार्रवाई करना चाहेगी, हम करने देंगे और उससे होने वाले दुःख सहन करेंगे। यदि हमारी जमीन खालसा की गई, तो हम उसे खालसा भी होने देंगे। पर अपने हाथों पैसे जमा करके हम झूठे नहीं ठहरेंगे और स्वाभिमान नहीं खोएँगे। अगर सरकार बाकी बची हुई सब जगहों में दूसरी किस्त की वसूली मुल्तवी रखे, तो हममें से जो लोग जमा

करा सकते हैं, वे पूरा अथवा बाकी रहा हुआ लगान जमा कराने को तैयार हैं। हममें से जो जमा करा सकते हैं, उनके लगान जमा न कराने का कारण यह है कि अगर समर्थ लोग जमा करा सकते हैं, तो असमर्थ लोग घबराहट में पड़कर अपनी कोई भी चीज बेचकर या कर्ज करके लगान जमा करा देंगे और दुःख उठाएँगे। हमारी यह मान्यता है कि ऐसी स्थिति में गरीबों की रक्षा करना समर्थ लोगों का कर्तव्य है।'

इस लड़ाई के लिए मैं अधिक प्रकरण नहीं दे सकता। अतएव अनेक मीठे स्मरण छोड़ देने पड़ेंगे। जो इस महत्त्वपूर्ण लड़ाई का गहरा अध्ययन करना चाहें, उन्हें श्री शंकरलाल परीख द्वारा लिखित खेड़ा की लड़ाई का विस्तृत प्रामाणिक इतिहास पढ़ जाने की मैं सिफारिश करता हूँ।

24. 'प्याजचोर'

चंपारन हिंदुस्तान के ऐसे कोने में स्थिति था और वहाँ की लड़ाई को इस तरह अखबारों से अलग रखा जा सका था कि वहाँ बाहर से देखनेवाले कोई आते नहीं थे। पर खेड़ा की लड़ाई अखबारों की चर्चा का विषय बन चुकी थी। गुजरातियों को इस नई वस्तु में विशेष रस आने लगा था। वे पैसा लुटाने को तैयार थे। सत्याग्रह की लड़ाई पैसे से नहीं चल सकती, उसे पैसे की कम-से-कम आवश्यकता रहती है, यह बात जल्दी उनकी समझ में नहीं आ रही थी। मना करने पर भी बंबई के सेठों ने आवश्यकता से अधिक पैसे दिए थे और लड़ाई के अंत में उसमें से कुछ रकम बच गई थी।

दूसरी तरफ सत्याग्रही सेना को भी सादगी का नया पाठ सीखना था। मैं यह तो नहीं कह सकता कि वे पूरा पाठ सीख सके थे, पर उन्होंने अपनी रहन-सहन में बहुत कुछ सुधार कर लिया था।

पाटीदारों के लिए भी यह लड़ाई नई थी। गाँव-गाँव घूमकर लोगों को इसका रहस्य समझाना पड़ता था। सरकारी अधिकारी जनता के मालिक नहीं, बल्कि नौकर हैं; जनता के पैसे से उन्हें तनख्वाह मिलती है—यह सब

समझाकर उनका भय दूर करने का काम मुख्य था। और निर्भय होने पर भी विनय के पालन का उपाय बताना और उसे गले उतारना लगभग असंभव-सा प्रतीत होता था। अधिकारियों का डर छोड़ने के बाद उनके द्वारा किए गए अपमानों का बदला चुकाने की इच्छा किसे नहीं होती! फिर भी यदि सत्याग्रही अविनयी बनता है, तो वह दूध में जहर मिलने के समान है। पाटीदार विनय का पाठ पूरी तरह पढ़ नहीं पाए, इसे मैं बाद में अधिक समझ सका। अनुभव से मैं इस परिणाम पर पहुँचा हूँ कि विनय सत्याग्रह का कठिन-से-कठिन अंश है। यहाँ विनय का अर्थ केवल सम्मान-पूर्वक वचन कहना ही नहीं है। विनय से तात्पर्य है, विरोधी के प्रति भी मन में आदर, सरल भाव, उसके हित की इच्छा और तदनुसार व्यवहार।

शुरू के दिनों में लोगों में खूब हिम्मत दिखाई देती थी। शुरू-शुरू में सरकारी कार्रवाई भी कुछ ढीली ही थी। लेकिन जैसे-जैसे लोगों की दृढ़ता बढ़ती मालूम हुई, वैसे-वैसे सरकार को भी अधिक उग्र कार्रवाई करने की इच्छा हुई। कुर्की करने वालों ने लोगों के पशु बेच डाले, घर में से जो चाहा सो माल उठाकर ले गए। चौथाई जुर्माने की नोटिसें निकलीं। किसी-किसी गाँव की सारी फसल जब्त कर ली गई। लोगों में घबराहट फैली। कुछ ने लगान जमा करा दिया। दूसरे मन-ही-मन यह चाहने लगे कि सरकारी अधिकारी उनका सामान जब्त करके लगान वसूल कर लें तो भर पाए। कुछ लोग मर-मिटनेवाले भी निकले।

इसी बीच शंकरलाल परीख की जमीन का लगान उनकी जमीन पर रहने वाले आदमी ने जमा करा दिया। इससे हाहाकार मच गया। शंकरलाल परीख ने वह जमीन जनता को देकर अपने आदमी से हुई भूल का प्रायश्चित्त किया। इससे उनकी प्रतिष्ठा की रक्षा हुई और दूसरों के लिए एक उदाहरण प्रस्तुत हो गया।

भयभीत लोगों को प्रोत्साहित करने के लिए मोहनलाल पंड्या के नेतृत्व में मैंने एक ऐसे खेत में खड़ी प्याज की तैयार फसल को उतार लेने की सलाह दी, जो अनुचित रीति से जब्त की गई थी। मेरी दृष्टि में इससे कानून भंग नहीं होता था। लेकिन अगर कानून टूटता हो, तो भी मैंने यह सुझाया कि मामूली-से लगान के लिए समूची तैयार फसल को जब्त करना कानूनन ठीक होते हुए भी नीति के विरुद्ध है और स्पष्ट लूट है, अतएव इस प्रकार की जब्ती का अनादर करना हमारा धर्म है। लोगों को स्पष्ट रूप से समझा दिया था कि ऐसा करने में जेल जाने और जुर्माना होने का खतरा है। मोहनलाल पंड्या तो यही चाहते

थे। सत्याग्रह के अनुरूप किसी रीति से किसी सत्याग्रही के जेल गए बिना खेड़ा की लड़ाई समाप्त हो जाए, यह चीज उन्हें अच्छी नहीं लग रही थी। उन्होंने इस खेत का प्याज खुदवाने का बीड़ा उठाया। सात-आठ आदमियों ने उनका साथ दिया।

सरकार उन्हें पकड़े बिना भला कैसे रहती? मोहनलाल पंड्या और उनके साथी पकड़े गए। इससे लोगों का उत्साह बढ़ गया। जहाँ लोग जेल इत्यादि के विषय में निर्भय बन जाते हैं, वहाँ राजदंड लोगों को दबाने के बदले उनमें शूरवीरता उत्पन्न करता है। अदालत में लोगों के दल-के-दल मुकदमा देखने को उमड़ पड़े। मोहलाल पंड्या को और उनके साथियों को थोड़े-थोड़े दिनों की कैद की सजा दी गई। मैं मानता हूँ कि अदालत का फैसला गलत था। प्याज उखाड़ने का काम चोरी की कानूनी व्याख्या की सीमा में नहीं आता था। पर अपील करने की किसी की वृत्ति ही न थी।

जेल जाने वालों को पहुँचाने के लिए एक जुलूस उनके साथ हो गया, और उस दिन से मोहनलाल पंड्या को लोगों की ओर से 'प्याजचोर' की सम्मानित पदवी प्राप्त हुई, जिसका उपभोग वे आज तक कर रहे हैं।

इस लड़ाई का कैसा और किस प्रकार अंत हुआ, इसका वर्णन करके हम खेड़ा-प्रकरण समाप्त करेंगे।

25. खेड़ा की लड़ाई का अंत

इस लड़ाई का अंत विचित्र रीति से हुआ। यह तो साफ था कि लोग थक चुके थे। जो दृढ़ रहे थे, उन्हें पूरी तरह बरबाद होने देने से संकोच हो रहा था। मेरा झुकाव इस ओर था कि सत्याग्रही के अनुरूप इसकी समाप्ति का कोई शोभास्पद मार्ग निकल आए, तो उसे अपनाना ठीक होगा। ऐसा एक अनसोचा उपाय सामने आ गया। नड़ियाद ताल्लुके के तहसीलदार ने संदेशा भेजा कि अगर अच्छी स्थितिवाले पाटीदार लगान अदा कर दें, तो गरीबों का लगान मुल्तवी रहेगा। इस विषय में मैंने लिखित स्वीकृति माँगी और वह मिल गई। तहसीलदार

अपनी तहसील की ही जिम्मेदारी ले सकता था। सारे जिले की जिम्मेदारी तो कलेक्टर ही ले सकता था। इसलिए मैंने कलेक्टर से पूछा। उनका जवाब मिला कि तहसीलदार ने जो कहा है, उसके अनुसार तो हुक्म निकल ही चुका है। मुझे इसका पता नहीं था। लेकिन यदि ऐसा हुक्म निकल चुका हो, तो माना जा सकता है कि लोगों की प्रतिज्ञा का पालन हुआ। प्रतिज्ञा में यही वस्तु थी, अतएव इस हुक्म से हमने संतोष माना।

फिर भी इस प्रकार की समाप्ति से हम प्रसन्न न हो सके। सत्याग्रह की लड़ाई के पीछे जो एक मिठास होती है, वह इसमें नहीं थी। कलेक्टर मानता था कि उसने कुछ किया ही नहीं। गरीब लोगों को छोड़ने की बात कही जाती थी, किंतु वे शायद ही छूट पाए। जनता यह कहने का अधिकार आजमा न सकी कि गरीब में किसकी गिनती की जाए। मुझे इस बात का दुःख था कि जनता में इस प्रकार की शक्ति रह नहीं गई थी। अतएव लड़ाई की समाप्ति का उत्सव तो मनाया गया, पर इस दृष्टि से मुझे वह निस्तेज लगा। सत्याग्रह का शुद्ध अंत तभी माना जाता है, जब जनता में आरंभ की अपेक्षा अंत में अधिक तेज और शक्ति पाई जाए। मैं इसका दर्शन न कर सका। इतने पर भी इस लड़ाई के जो अदृश्य परिणाम निकले, उनका लाभ तो आज भी देखा जा सकता है और उठाया जा रहा है। खेड़ा की लड़ाई से गुजरात के किसान-समाज की जागृति का और उसकी राजनीतिक शिक्षा का श्रीगणेश हुआ।

विदुषी डॉ. बेसेंट के 'होम रूल' के तेजस्वी आंदोलन ने उसका स्पर्श अवश्य किया था, लेकिन कहना होगा कि किसानों के जीवन में शिक्षित समाज का और स्वयंसेवकों का सच्चा प्रवेश तो इस लड़ाई से ही हुआ। सेवक पाटीदारों के जीवन में ओत-प्रोत हो गए थे। स्वयंसेवकों को इस लड़ाई में अपने क्षेत्र की मर्यादाओं का पता चला। इससे उनकी त्यागशक्ति बढ़ी। इस लड़ाई में बल्लभभाई ने अपने आपको पहचाना। यह एक ही कोई ऐसा-वैसा परिणाम नहीं है। इसे हम पिछले साल संकट-निवारण के समय और इस साल बारडोली में देख चुके हैं। इससे गुजरात के लोक-जीवन में नया तेज आया, नया उत्साह उत्पन्न हुआ। पाटीदारों को अपनी शक्ति का जो ज्ञान हुआ, उसे वे कभी न भूले। सब कोई समझ गए कि जनता की मुक्ति का आधार स्वयं जनता पर, उसकी त्यागशक्ति पर है। सत्याग्रह ने खेड़ा के द्वारा गुजरात में अपनी जड़ जमा ली। अतएव यद्यपि लड़ाई के अंत से मैं प्रसन्न न हो सका, तो भी खेड़ा की जनता में उत्साह था। क्योंकि

उसने देख लिया था कि उसकी शक्ति के अनुपात में उसे सब कुछ मिल गया है और भविष्य में राज्य की ओर से होने वाले कष्टों के निवारण का मार्ग उसके हाथ लग गया है। उसके उत्साह के लिए इतना ज्ञान पर्याप्त था। किंतु खेड़ा की जनता सत्याग्रह का स्वरूप पूरी तरह समझ नहीं सकी थी। इस कारण उसे कैसे कड़वे अनुभव हुए, सो हम आगे देखेंगे।

26. एकता की रट

जिन दिनों खेड़ा का आंदोलन चल रहा था, उन दिनों यूरोप का महायुद्ध भी जारी ही था। वायसरॉय ने उसके सिलसिले में नेताओं को दिल्ली बुलाया था। मुझसे आग्रह किया गया था कि मैं भी उसमें हाजिर होऊँ। मैं बता चुका हूँ कि लॉर्ड चेम्सफर्ड के साथ मेरी मित्रता थी।

मैंने निमंत्रण स्वीकार किया और मैं दिल्ली गया। किंतु इस सभा में सम्मिलित होते समय मेरे मन में एक संकोच था। मुख्य कारण तो यह था कि इस सभा में अली भाइयों को, लोकमान्य को और दूसरे नेताओं को निमंत्रित नहीं किया गया था। उस समय अली भाई जेल में थे। उनसे मैं एक-दो बार ही मिला था। उनके बारे में सुना बहुत था। उनकी सेवावृत्ति और बहादुरी की सराहना सब कोई करते थे। हकीम साहब के संपर्क में मैं नहीं आया था। स्व. आचार्य रुद्र और दीनबंधु एंड्रूज के मुँह से उनकी बहुत प्रशंसा सुनी थी। कलकत्ते में हुई मुस्लिम लीग की बैठक के समय श्वेब कुरेशी और बैरिस्टर ख्वाजा से मेरी जान-पहचान हुई थी। डॉ. अंसारी और डॉ. अब्दुर रहमान के साथ भी जान-पहचान हो चुकी थी। मैं सज्जन मुसलमानों की संगति के अवसर ढूँढता रहता था और जो पवित्र तथा देशभक्त माने जाते थे, उनसे जान-पहचान करके उनकी भावना को जानने की तीव्र इच्छा मुझमें रहती थी। इसलिए वे अपने समाज में मुझे जहाँ कहीं ले जाते वहाँ बिना किसी आनाकानी के मैं चला जाता था।

इस बात को तो मैं दक्षिण अफ्रीका में ही समझा चुका था कि हिंदू-मुसलमानों के बीच सच्चा मित्रभाव नहीं है। मैं वहाँ ऐसे एक भी उपाय को हाथ से जाने न

देता था, जिससे दोनों के बीच की अनबन दूर हो। झूठी खुशामद करके अथवा स्वाभिमान खोकर उनको अथवा किसी और को रिझाना मेरे स्वभाव में न था। लेकिन वहीं से मेरे दिल में यह बात जमी हुई थी कि मेरी अहिंसा की कसौटी और उसका विशाल प्रयोग इस एकता के सिलसिले में ही होगा। आज भी मेरी वह राय कायम है। ईश्वर प्रतिक्षण मुझे कसौटी पर कस रहा है। मेरा प्रयोग चालू ही है।

इस प्रकार के विचार लेकर मैं बंबई बंदर पर उतरा था। इसलिए मुझे इन दोनों भाइयों से मिलकर प्रसन्नता हुई। हमारा स्नेह बढ़ता गया। हमारी जान-पहचान होने के बाद तुरंत ही अली भाइयों को सरकार ने जीते-जी दफना दिया। मौलाना मुहम्मदअली को जब इजाज़त मिलती, तब वे बैतूल या छिंदवाड़ा जेल से मुझे लंबे-लंबे पत्र लिखा करते थे। मैंने उनसे मिलने की इजाज़त सरकार से माँगी थी, पर वह मिल न सकी।

अली भाइयों की नजरबंदी के बाद मुसलमान भाई मुझे कलकत्ता मुस्लिम लीग की बैठक में लिवा ले गए थे। वहाँ मुझसे बोलने को कहा गया। मैं बोला। मैंने मुसलमानों को समझाया कि अली भाइयों को छुड़ाना उनका धर्म है।

इसके बाद वे मुझे अलीगढ़ कॉलेज में भी ले गए थे। वहाँ मैंने मुसलमानों को देश के लिए फकीरी अख्तियार करने की दावत दी।

अली भाइयों को छुड़ाने के लिए मैंने सरकार से पत्र-व्यवहार शुरू किया। उसके निमित्त से इन भाइयों की ख़िलाफ़त संबंधी हलचल का अध्ययन किया। मुसलमानों के साथ चर्चाएँ कीं। मुझे लगा कि अगर मैं मुसलमानों का सच्चा मित्र बनना चाहता हूँ, तो मुझे अली भाइयों को छुड़ाने में और ख़िलाफ़त के प्रश्न को न्यायपूर्वक सुलझाने में पूरी मदद करनी चाहिए। ख़िलाफ़त का सवाल मेरे लिए सरल था। मुझे उसके स्वतंत्र गुण-दोष देखने की जरूरत नहीं थी। मुझे लगा कि अगर उसके संबंध में मुसलमानों की माँग नीति-विरुद्ध न हो, तो मुझे उनकी मदद करनी चाहिए। धर्म के प्रश्न में श्रद्धा सर्वोपरि होती है। यदि एक ही वस्तु के प्रति सबकी एक सी श्रद्धा हो, तो संसार में एक ही धर्म रह जाए। मुझे मुसलमानों की ख़िलाफ़त संबंधी माँग नीति-विरुद्ध प्रतीत नहीं हुई। यही नहीं, बल्कि ब्रिटेन के प्रधानमंत्री लॉयड जॉर्ज ने इस माँग को स्वीकार किया था, इसलिए मुझे तो उनसे वचन का पालन करवाने का भी प्रयत्न करना था। वचन ऐसे स्पष्ट शब्दों में था कि मर्यादित माँग के गुण दोष जाँचने का काम केवल अपनी अंतरात्मा को प्रसन्न करने के लिए ही करना था।

चूँकि मैंने ख़िलाफ़त के मामले में मुसलमानों का साथ दिया था, इसलिए इस संबंध में मित्रों और आलोचकों ने मेरी काफ़ी आलोचना की है। उन सब पर विचार करने के बाद जो राय मैंने बनाई और जो मदद दी या दिलाई, उसके बारे में मुझे कोई पश्चात्ताप नहीं है, न उसमें मुझे कोई सुधार ही करना है। मुझे लगता है कि आज भी ऐसा सवाल उठे, तो मेरा व्यवहार पहले की तरह ही होगा।

इस प्रकार के विचार लेकर मैं दिल्ली गया। मुसलमानों के दुःख की चर्चा मुझे वायसरॉय से करनी थी। ख़िलाफ़त के प्रश्न ने अभी पूर्ण स्वरूप धारण नहीं किया था।

दिल्ली पहुँचते ही दीनबंधु एंड्रूज ने एक नैतिक प्रश्न खड़ा कर दिया। उन्हीं दिनों इटली और इंग्लैंड के बीच गुप्त संधि होने की जो चर्चा अंग्रेज़ी अखबारों में छिड़ी थी, उसकी बात कहकर दीनबंधु ने मुझसे कहा, 'यदि इंग्लैंड ने इस प्रकार की गुप्त संधि किसी राष्ट्र के साथ की हो, तो आप इस सभा में सहायक की तरह कैसे भाग ले सकते हैं?' मैं इन संधियों के विषय में कुछ जानता नहीं था। दीनबंधु का शब्द मेरे लिए पर्याप्त था। इस कारण को निमित्त बनाकर मैंने लॉर्ड चेम्सफर्ड को पत्र लिखा कि सभा में सम्मिलित होते हुए मुझे संकोच हो रहा है। उन्होंने मुझे चर्चा के लिए बुलाया। उनके साथ और बाद में मि. मेफी के साथ मेरी लंबी चर्चा हुई। उसका परिणाम यह हुआ कि मैंने सभा में सम्मिलित होना स्वीकार किया। थोड़े में वायसरॉय की दलील यह थी'—आप यह तो नहीं मानते कि ब्रिटिश मंत्रि-मंडल जो कुछ करे, उसकी जानकारी वायसरॉय को होनी ही चाहिए? मैं यह दावा नहीं करता कि ब्रिटिश सरकार कभी भूल करती ही नहीं। कोई भी ऐसा दावा नहीं करता। किंतु यदि आप यह स्वीकार करते हैं कि उसका अस्तित्व संसार के लिए कल्याणकारी है, यदि आप यह मानते हैं कि उसके कार्यों से इस देश को कुल मिलाकर कुछ लाभ हुआ है, तो क्या आप यह स्वीकार नहीं करेंगे कि उसकी विपत्ति के समय उसे मदद पहुँचाना प्रत्येक नागरिक का धर्म है? गुप्त संधि के विषय में आपने समाचार-पत्रों में जो देखा है, वही मैंने भी देखा है। इससे अधिक मैं कुछ नहीं जानता यह मैं आपसे विश्वासपूर्वक कह सकता हूँ। अखबारों में कैसी-कैसी गप्पें आती हैं, यह तो आप जानते ही हैं। क्या अखबारों में आई हुई एक निंदासूचक बात पर आप ऐसे समय राज्य का त्याग कर सकते हैं? लड़ाई समाप्त होने पर आपको जितने नैतिक प्रश्न उठाने हों उतने उठा सकते हैं और जितनी तकरार करनी हो उतनी कर सकते हैं।'

यह दलील नई नहीं थी। लेकिन जिस अवसर पर और जिस रीति से यह पेश की गई, उससे मुझे नई जैसी लगी और मैंने सभा में जाना स्वीकार कर लिया। ख़िलाफ़त के बारे में यह निश्चय हुआ कि मैं वायसरॉय को पत्र लिखकर भेजूँ।

27. रंगरूटों की भरती

मैं सभा में हाजिर हुआ। वायसरॉय की तीव्र इच्छा थी कि मैं सिपाहियों की मददवाले प्रस्ताव का समर्थन करूँ। मैंने हिंदी-हिंदुस्तानी में बोलने की इजाज़त चाही। वायसरॉय ने इजाज़त तो दी, किंतु साथ ही अंग्रेज़ी में भी बोलने का कहा। मुझे भाषण तो करना ही नहीं था। 'मैंने वहाँ जो कहा सो इतना ही था—मुझे अपनी जिम्मेदारी का पूरा खयाल है और उस जिम्मेदारी को समझते हुए मैं इस प्रस्ताव का समर्थन करता हूँ।'

हिंदुस्तानी में बोलने के लिए मुझे बहुतों ने धन्यवाद दिया। वे कहते थे कि इधर के जमाने में वायसरॉय की सभा में हिंदुस्तानी में बोलने का यह पहला उदाहरण था। धन्यवाद की और पहले उदाहरण की बात सुनकर मुझे दुःख हुआ। मैं शर्माया। अपने ही देश में, देश से संबंध रखनेवाले काम की सभा में, देश की भाषा का बहिष्कार अथवा उसकी अवगणना कितने दुःख की बात थी! और, मेरे जैसा कोई हिंदुस्तानी में एक या दो वाक्य बोले, तो उसमें धन्यवाद किस बात का? ऐसे प्रसंग हमारी गिरी हुई दशा का खयाल करानेवाले हैं। सभा में कहे गए वाक्य में मेरे लिए तो बहुत वजन था। मैं उस सभा को अथवा उस समर्थन को भूल नहीं सकता था। अपनी एक जिम्मेदारी तो मुझे दिल्ली में ही पूरी कर लेनी थी। वायसरॉय को पत्र लिखने का काम मुझे सरल न जान पड़ा। सभा में जाने की अपनी अनिच्छा, उसके कारण, भविष्य की आशाएँ आदि की सफाई देना मुझे अपने लिए, सरकार के लिए और जनता के लिए आवश्यक मालूम हुआ।

मैंने वायसरॉय को जो पत्र लिखा, उसमें लोकमान्य तिलक, अली भाई आदि नेताओं की अनुपस्थिति के विषय में अपना खेद प्रकट किया तथा लोगों की राजनीतिक माँग का और लड़ाई के कारण उत्पन्न हुई मुसलमानों की माँगों का

उल्लेख किया। मैंने इस पत्र को छपाने की अनुमति चाही और वायसरॉय ने वह खुशी से दी।

यह पत्र शिमला भेजना था, क्योंकि सभा के समाप्त होते ही वायसरॉय शिमला पहुँच गए थे। वहाँ डाक द्वारा पत्र भेजने में देर होती थी। मेरी दृष्टि से पत्र महत्त्व का था। समय बचाने की आवश्यकता थी। हर किसी के साथ पत्र भेजने की इच्छा न थी। मुझे लगा कि पत्र किसी पवित्र मनुष्य के द्वारा जाए तो अच्छा हो। दीनबंधु और सुशील रुद्र ने रेवरेंड आयरलैंड नामक एक सज्जन का नाम सुझाया। उन्होंने पत्र ले जाना स्वीकार किया, बशर्ते कि पढ़ने पर वह उन्हें शुद्ध प्रतीत हो। पत्र व्यक्तिगत नहीं था। उन्होंने पढ़ा। उनको अच्छा लगा और वे ले जाने को राजी हुए। मैंने दूसरे दर्जे का रेल-किराया देने की व्यवस्था की, किंतु उन्होंने उसे लेने से इनकार किया और रात की यात्रा होते हुए भी ड्योढ़े दर्जे का ही टिकट लिया। उनकी सादगी, सरलता और स्पष्टता पर मैं मुग्ध हो गया। इस प्रकार पवित्र हाथों द्वारा दिए गए पत्र का परिणाम मेरी दृष्टि से अच्छा ही हुआ। उससे मेरा मार्ग साफ हो गया।

मेरी दूसरी जिम्मेदारी रंगरूट भरती करने की थी। इसकी याचना मैं खेड़ा में न करता तो और कहाँ करता? पहले अपने साथियों को न न्योतता तो किसे न्योतता? खेड़ा पहुँचते ही बल्लभभाई इत्यादि के साथ मैंने सलाह की। उनमें से कुछ के गले बात तुरंत उतरी नहीं। जिनके गले उतरी, उन्होंने कार्य की सफलता के विषय में शंका प्रकट की। जिन लोगों में रंगरूटों की भरती करनी थी, उन लोगों में सरकार के प्रति किसी प्रकार का अनुराग न था। सरकारी अफसरों का उन्हें जो कड़वा अनुभव हुआ था, वह भी ताजा ही था।

फिर भी सब इस पक्ष में हो गए कि काम शुरू कर दिया जाए। शुरू करते ही मेरी आँख खुली। मेरा आशावाद भी कुछ शिथिल पड़ा। खेड़ा की लड़ाई में लोग अपनी बैलगाड़ी मुफ्त में देते थे। जहाँ एक स्वयंसेवक की हाजिरी की जरूरत थी, वहाँ तीन-चार मिल जाते थे। अब पैसे देने पर भी गाड़ी दुर्लभ हो गई। लेकिन हम यों निराश होने वाले नहीं थे। गाड़ी के बदले हमने पैदल यात्रा करने का निश्चय किया। रोज बीस मील की मंजिल तय करनी थी। जहाँ गाड़ी न मिलती, वहाँ खाना तो मिलता ही कैसे? माँगना भी उचित नहीं जान पड़ा। अतएव यह निश्चय किया कि प्रत्येक स्वयंसेवक अपने खाने के लिए पर्याप्त सामग्री अपनी थैली में लेकर निकले। गरमी के दिन थे, इसलिए साथ में ओढ़ने के लिए तो कुछ रखने की आवश्यकता न थी।

हम जिस गाँव में जाते, उस गाँव में सभा करते। लोग आते, लेकिन भरती के लिए नाम तो मुश्किल से एक या दो ही मिलते। 'आप अहिंसावादी होकर हमें हथियार उठाने के लिए क्यों कहते हैं?' 'सरकार ने हिंदुस्तान का क्या भला किया है कि आप हमें उसकी मदद करने को कहते हैं?' ऐसे अनेक प्रकार के प्रश्न मेरे सामने रखे जाते थे।

यह सब होते हुए भी धीरे-धीरे हमारे सतत कार्य का प्रभाव लोगों पर पड़ने लगा था। नाम भी काफी संख्या में दर्ज होने लगे थे और हम यह मानने लगे थे कि अगर पहली टुकड़ी निकल पड़े, तो दूसरों के लिए रास्ता खुल जाएगा। यदि रंगरूट निकलें तो उन्हें कहाँ रखा जाए इत्यादि प्रश्नों की चर्चा मैं कमिश्नर से करने लगा था। कमिश्नर दिल्ली के ढंग पर जगह-जगह सभाएँ करने लगे थे। गुजरात में भी वैसी सभा हुई। उसमें मुझे और साथियों को निमंत्रित किया गया था। मैं उसमें भी सम्मिलित हुआ था। पर यदि दिल्ली की सभा में मेरे लिए कम स्थान था, तो यहाँ की सभा में तो उससे भी कम स्थान मुझे अपने लिए मालूम हुआ। 'जी-हुजूरी' के वातावरण में मुझे चैन न पड़ता था। यहाँ मैं कुछ अधिक बोला था। मेरी बात में खुशामद जैसी तो कोई चीज थी ही नहीं, बल्कि दो कड़वे शब्द भी थे।

रंगरूटों की भरती के सिलसिले में मैंने जो पत्रिका प्रकाशित की थी, उसमें भरती के लिए लोगों को निमंत्रित करते हुए जो एक दलील दी गई थी, वह कमिश्नर को बुरी लगी थी। उसका आशय यह था—'ब्रिटिश राज्य के अनेकानेक दुष्कृत्यों में समूची प्रजा को निःशस्त्र बनानेवाले कानून को इतिहास उसका काले से काला काम मानेगा। इस कानून को रद कराना हो और शस्त्रों का उपयोग सीखना हो, तो उसके लिए यह एक सुवर्ण अवसर है। संकट के समय में मध्यम श्रेणी के लोग स्वेच्छा से शासन की सहायता करेंगे, तो अविश्वास दूर होगा और जो व्यक्ति शस्त्र धारण करना चाहेगा, वह आसानी से वैसा कर सकेगा।' इसको लक्ष्य में रखकर कमिश्नर को कहना पड़ा था कि उनके और मेरे बीच मतभेद के रहते हुए भी सभा में मेरी उपस्थिति उन्हें प्रिय थी। मुझे भी अपने मत का समर्थन यथासंभव मीठे शब्दों में करना पड़ा था।

ऊपर वायसरॉय को लिखे जिस पत्र का उल्लेख किया गया है, उसका सार नीचे दिया जाता है :

> 'युद्ध-परिषद् में उपस्थित रहने के विषय में मेरी अनिच्छा थी, पर आपसे मिलने के बाद वह दूर हो गई और उसका एक कारण यह अवश्य था कि आपके प्रति मुझे बड़ा आदर है। न आने के कारणों में मजबूत कारण यह

था कि उसमें लोकमान्य तिलक, मिसेज बेसेंट और अली भाई निमंत्रित नहीं किए गए थे। इन्हें मैं जनता के बहुत शक्तिशाली नेता मानता हूँ। मुझे तो लगता है कि इन्हें निमंत्रित न करने में सरकार ने गंभीर भूल की है और मैं अभी भी सुझाता हूँ कि प्रांतीय परिषदें की जाएँ, तो उनमें इन्हें निमंत्रित किया जाए। मेरा यह नम्र मत है कि कोई सरकार ऐसे प्रौढ़ नेताओं की उपेक्षा नहीं कर सकती, फिर भले उनके साथ उसका कैसा भी मतभेद क्यों न हो? इस स्थिति में मैं सभा की समितियों में उपस्थित नहीं रह सका और सभा में प्रस्ताव का समर्थन करके संतुष्ट रहा। सरकार के सम्मुख मैंने जो सुझाव रखे हैं, उनके स्वीकृत होते ही मैं अपने समर्थन को अमली रूप देने की आशा रखता हूँ।

'जिस साम्राज्य में आगे चलकर हम संपूर्ण रूप से साझेदार बनने की आशा रखते हैं, संकट के समय में उसकी पूरी मदद करना हमारा धर्म है। किंतु मुझे यह तो कहना ही चाहिए कि इसके साथ यह आशा बँधी हुई है कि इस मदद के कारण हम अपने ध्येय तक शीघ्र पहुँच सकेंगे। अतएव लोगों को यह मानने का अधिकार है कि आपके भाषण में जिन सुधारों के तुरंत अमल में आने की आशा प्रकट की गई है, उन सुधारों में कांग्रेस और मुस्लिम लीग की मुख्य माँगों का समावेश किया जाएगा। यदि मेरे लिए यह संभव होता, तो मैं ऐसे समय होमरूल आदि का उच्चारण तक न करता। बल्कि मैं समस्त शक्तिशाली भारतीयों को प्रेरित करता कि साम्राज्य के संकट के समय वे उसकी रक्षा के लिए चुपचाप खप जाएँ। इतना करने से ही हम साम्राज्य के बड़े-से-बड़े और आदरणीय साझेदार बन जाते और रंग-भेद तथा देश-भेद का नाम-निशान भी न रहता।

'पर शिक्षित समाज ने इससे कम प्रभावकारी मार्ग अपनाया है। आम लोगों पर उसका बड़ा प्रभाव है। मैं जब से हिंदुस्तान आया हूँ तभी से आम लोगों के गाढ़ संपर्क में आता रहा हूँ और मैं आपको यह बतलाना चाहता हूँ कि होमरूल की लगन उनमें पैठ गई है। होमरूल के बिना लोगों को कभी संतोष न होगा। वे समझते हैं कि होमरूल प्राप्त करने के लिए जितना बलिदान दिया जाए उतना कम है। अतएव यद्यपि साम्राज्य के लिए जितने स्वयंसेवक दिए जा सकें उतने देने चाहिए, तथापि आर्थिक सहायता के विषय में मैं ऐसा नहीं कह सकता। लोगों की हालत को जानने के बाद मैं यह कह सकता हूँ कि हिंदुस्तान जो सहायता दे चुका है, वह उसके सामर्थ्य से अधिक है। लेकिन मैं यह समझता हूँ कि सभा में जिन्होंने समर्थन किया है, उन्होंने मरते दम तक सहायता करने का निश्चय किया है। फिर भी हमारी स्थिति विषम है। हम एक पेढ़ी

के हिस्सेदार नहीं हैं। हमारी मदद की नींव भविष्य की आशा पर खड़ी की गई है और यह आशा क्या है सो जरा खोलकर कहने की जरूरत है। मैं सौदा करना नहीं चाहता। पर मुझे इतना तो कहना ही चाहिए कि उसके बारे में हमारे मन में निराशा पैदा हो जाए, तो साम्राज्य के विषय में आज तक की हमारी धारणा भ्रम मानी जाएगी।

'आपने घर के झगड़े भूल जाने की सलाह दी है। यदि उसका अर्थ यह हो कि अत्याचार और अधिकारियों के अपकृत्य सहन कर लिए जाएँ तो यह असंभव है। संगठित अत्याचार का सामना अपनी समूची शक्ति लगाकर करना मैं अपना धर्म मानता हूँ। अतएव आपको अधिकारियों को यह सुझाना चाहिए कि वे एक भी मनुष्य की अवगणना न करें और लोकमत का उतना आदर करें, जितना पहले कभी नहीं किया है। चंपारन में सौ साल पुराने अत्याचार का विरोध करके मैंने ब्रिटिश न्याय की सर्वश्रेष्ठता सिद्ध कर दिखाई है। खेड़ा की जनता ने देख लिया है कि जब उसमें सत्य के लिए दुःख सहने की शक्ति होती है; तब वास्तविक सत्ता राजसत्ता नहीं, बल्कि लोकसत्ता होती है; और फलतः जनता जिस शासन को शाप देती है, उसके प्रति उसकी कटुता कम हुई है और जिस हुकूमत ने सविनय कानून-भंग को सहन कर लिया, वह लोकमत की पूरी उपेक्षा करने वाली नहीं हो सकती, इसका उसे विश्वास हो गया है। अतएव मैं यह मानता हूँ कि चंपारन और खेड़ा में मैंने जो काम किया है, वह इस लड़ाई में मेरी सेवा है। यदि आप मुझसे इस प्रकार का अपना काम बंद कर देने को कहेंगे, तो मैं यह मानूँगा कि आपने मुझे मेरी साँस बंद करने के लिए कहा है। यदि आत्मबल को अर्थात् प्रेमबल को शस्त्रबल के बदले लोकप्रिय बनाने में मैं सफल हो जाऊँ, तो मैं मानता हूँ कि हिंदुस्तान सारे संसार की टेढ़ी नजर का भी सामना कर सकता है। अतएव हर बार मैं दुःख सहन करने की इस सनातन नीति को अपने जीवन में बुन लेने के लिए अपनी आत्मा को कसता रहूँगा और इस नीति को स्वीकार करने के लिए दूसरों को निमंत्रण देता रहूँगा; और यदि मैं किसी अन्य कार्य में योग देता हूँ, तो उसका हेतु भी केवल इसी नीति की अद्वितीय उत्तमता सिद्ध करना है।

'अंत में मैं आपसे विनती करता हूँ कि आप मुसलमानी राज्यों के बारे में स्पष्ट आश्वासन देने के लिए ब्रिटिश मंत्रिमंडल को लिखिए। आप जानते हैं कि इसके बारे में हर एक मुसलमान को चिंता बनी रहती है। स्वयं हिंदू होने के कारण उनकी भावना के प्रति मैं उपेक्षा का भाव नहीं रख सकता। उनका दुःख हमारा ही दुःख है। इन मुसलमानी राज्यों के अधिकारों की रक्षा में, उनके धर्मस्थानों के बारे में,

उनकी भावना का आदर करने में और हिंदुस्तान की होमरूल-विषयक माँग को स्वीकार करने में साम्राज्य की सुरक्षा समाई हुई है। चूँकि मैं अंग्रेज़ों से प्रेम करता हूँ, इसलिए मैंने यह पत्र लिखा है और मैं चाहता हूँ कि जो वफादारी एक अंग्रेज़ में है वही वफादारी हर एक हिंदुस्तानी में जागे।'

28. मृत्यु-शय्या पर

रंगरूटों की भरती के काम में मेरा शरीर काफी क्षीण हो गया। उन दिनों मेरे आहार में मुख्यतः सिंकी हुई और कुटी हुई मूँगफली, उसके साथ थोड़ा गुड़, केले वगैरह फल और दो-तीन नीबू का पानी, इतनी चीजें रहा करती थीं। मैं जानता था कि अधिक मात्रा में खाने से मूँगफली नुकसान करती है। फिर भी वह अधिक खा ली गई। उसके कारण पेट में कुछ पेचिश रहने लगी। मैं समय-समय पर आश्रम में तो आता ही था। मुझे यह पेचिश बहुत ध्यान देने योग्य प्रतीत न हुई। रात आश्रम पहुँचा। उन दिनों में दवा क्वचित् ही लेता था। विश्वास यह था कि एक बार का खाना छोड़ देने से दर्द मिट जाएगा। दूसरे दिन सवेरे कुछ भी न खाया था। इससे दर्द लगभग बंद हो चुका था। पर मैं जानता था कि मुझे उपवास चालू रखना चाहिए अथवा खाना ही हो तो फल के रस जैसी कोई चीज लेनी चाहिए।

उस दिन कोई त्योहार था। मुझे याद पड़ता है कि मैंने कस्तूरबाई से कह दिया था कि मैं दोपहर को भी नहीं खाऊँगा। लेकिन उसने मुझे ललचाया और मैं लालच में फँस गया। उन दिनों मैं किसी पशु का दूध नहीं लेता था। इससे घी-छाछ का भी मैंने त्याग कर दिया था। इसलिए उसने मुझसे कहा कि आपके लिए दले हुए गेहूँ को तेल में भूनकर लपसी बनाई गई है और खासतौर पर आपके लिए ही पूरे मूँग भी बनाए गए हैं। मैं स्वाद के वश होकर पिघला। पिघलते हुए भी इच्छा तो यह रखी थी कि कस्तूरबाई को खुश रखने के लिए थोड़ा खा लूँगा, स्वाद भी ले लूँगा और शरीर की रक्षा भी कर लूँगा। पर शैतान अपना निशाना ताक कर ही बैठा था। खाने बैठा तो थोड़ा खाने के बदले पेट भरकर खा गया।

इस प्रकार स्वाद तो मैंने पूरा लिया, पर साथ ही यमराज को न्यौता भी भेज दिया। खाने के बाद एक घंटा भी न बीता था कि ज़ोर की पेचिश शुरू हो गई।

रात नड़ियाद तो वापस जाना ही था। साबरमती स्टेशन तक पैदल गया। पर सवा मील का वह रास्ता तय करना मुश्किल हो गया। अहमदाबाद स्टेशन पर बल्लभभाई पटेल मिलनेवाले थे। वे मिले और उन्होंने मेरी पीड़ा ताड़ ली। फिर भी मैंने उन्हें अथवा दूसरे साथियों को यह मालूम न होने दिया कि पीड़ा असह्य थी।

नड़ियाद पहुँचे। वहाँ से अनाथाश्रम जाना था, जो आधे मील से कुछ कम ही दूर था। लेकिन उस दिन यह दूरी दस मील के बराबर मालूम हुई। बड़ी मुश्किल से घर पहुँचा। लेकिन पेट का दर्द बढ़ता ही जाता था। 15-15 मिनट से पाखाने की हालत मालूम होती थी। आखिर मैं हारा। मैंने अपनी असह्य वेदना प्रकट की और बिछौना पकड़ा। आश्रम के आम पाखाने में जाता था, उसके बदले दो मंजिले पर कमोड मँगवाया। शर्म तो बहुत आई, पर मैं लाचार हो गया था। फूलचंद बापूजी बिजली की गति से कमोड ले आए। चिंतातुर होकर साथियों ने मुझे चारों ओर से घेर लिया। उन्होंने मुझे अपने प्रेम से नहला दिया। पर वे बेचारे मेरे दुःख में किस प्रकार हाथ बँटा सकते थे? मेरे हठ का पार न था। मैंने डॉक्टर को बुलाने से इनकार कर दिया। दवा तो लेनी ही न थी; सोचा, किए हुए पाप की सजा भोगूँगा। साथियों ने यह सब मुँह लटकाकर सहन किया। चौबीस घंटों में तीस-चालीस बार पाखाने की हाजत हुई होगी। खाना मैं बंद कर ही चुका था, और शुरू के दिनों में तो मैंने फल का रस भी नहीं लिया था। लेने की बिलकुल रुचि न थी।

आज तक जिस शरीर को मैं पत्थर के समान मानता था, वह अब गीली मिट्टी जैसा बन गया। शक्ति क्षीण हो गई। साथियों ने दवा लेने के लिए समझाया। मैंने इनकार किया। उन्होंने पिचकारी लगवाने की सलाह दी। मैंने उसके लिए भी इनकार कर दिया। उस समय का पिचकारी-विषयक मेरा अज्ञान हास्यास्पद था। मैं यह मानता था कि पिचकारी में किसी-न-किसी प्रकार की लसी होगी। बाद में मुझे मालूम हुआ कि वह तो निर्दोष वनस्पति से बनी औषधि की पिचकारी थी। पर जब समझ आई तब अवसर बीत चुका था। हाजतें तो जारी ही थीं। अतिशय परिश्रम के कारण बुखार आ गया और बेहोशी भी आ गई। मित्र अधिक घबराए। दूसरे डॉक्टर भी आए। पर जो रोगी उनकी बात माने नहीं, उसके लिए वे क्या कर सकते थे?

सेठ अंबालाल और उनकी धर्मपत्नी दोनों नड़ियाद आए। साथियों से चर्चा करने के बाद वे अत्यंत सावधानी के साथ मुझे मिर्जापुर वाले अपने बँगले पर ले गए। इतनी बात तो मैं अवश्य कह सकता हूँ कि अपनी इस बीमारी में मुझे जो निर्मल और निष्काम सेवा प्राप्त हुई, उससे अधिक सेवा कोई पा नहीं सकता। मुझे हलका बुखार रहने लगा। मेरा शरीर क्षीण होता गया। बीमारी काफी लंबे समय तक चलेगी, शायद मैं बिछौने से उठ नहीं सकूँगा, ऐसा भी एक विचार मन में पैदा हुआ। अंबालाल सेठ के बंगले में प्रेम से घिरा होने पर भी मैं अशांत हो उठा और मैंने उनसे प्रार्थना की कि वे मुझे आश्रम ले जाएँ। मेरा अतिशय आग्रह देखकर वे मुझे आश्रम ले गए।

मैं अभी आश्रम में पीड़ा भोग ही रहा था कि इतने में बल्लभभाई समाचार लाए कि जर्मनी पूरी तरह हार चुका है और कमिश्नर ने कहलवाया है कि रंगरूट भरती करने की कोई आवश्यकता नहीं है। यह सुनकर भरती की चिंता से मैं मुक्त हुआ और मुझे शांति मिली।

उन दिनों मैं जल का उपचार करता था और उससे शरीर टिका हुआ था। पीड़ा शांत हो गई थी, किंतु शरीर किसी भी उपाय से पुष्ट नहीं हो रहा था। वैद्य मित्र और डॉक्टर मित्र अनेक प्रकार की सलाह देते थे, पर मैं किसी तरह दवा पीने को तैयार नहीं हुआ। दो-तीन मित्रों ने सलाह दी कि दूध लेने में आपत्ति हो, तो मांस का शोरबा लेना चाहिए और औषधि के रूप में मांसादि चाहे जो वस्तु ली जा सकती है। इसके समर्थन में उन्होंने आयुर्वेद के प्रमाण दिए। एक ने अंडे लेने की सिफारिश की। लेकिन मैं इनमें से किसी भी सलाह को स्वीकार न कर सका। मेरा उत्तर एक ही था—नहीं।

खाद्य-अखाद्य का निर्णय मेरे लिए केवल शास्त्रों के श्लोकों पर अवलंबित नहीं था, बल्कि मेरे जीवन के साथ वह स्वतंत्र रीति से जुड़ा हुआ था। चाहे जो चीज खाकर और चाहे जैसा उपचार करके जीने का मुझे तनिक भी लोभ न था। जिस धर्म का आचरण मैंने अपने पुत्रों के लिए किया, स्त्री के लिए किया, स्नेहियों के लिए किया, उस धर्म का त्याग मैं अपने लिए कैसे करता?

इस प्रकार मुझे अपनी इस बहुत लंबी और जीवन की सबसे पहली इतनी बड़ी बीमारी में धर्म का निरीक्षण करने और उसे कसौटी पर चढ़ाने का अलभ्य लाभ मिला। एक रात तो मैंने बिलकुल ही आशा छोड़ दी थी। मुझे ऐसा भास हुआ कि अब मृत्यु समीप ही है। अनसूया बहन को खबर भिजवाई। वे आईं।

बल्लभभाई आए। डॉक्टर कानूगा आए। डॉ. कानूगा ने मेरी नाड़ी देखी और कहा, 'मैं खुद तो मरने के कोई चिह्न देख नहीं रहा हूँ। नाड़ी साफ है। केवल कमजोरी के कारण आपके मन में घबराहट है।' लेकिन मेरा मन न माना। रात तो बीती। किंतु उस रात मैं शायद ही सो सका होऊँगा।

सबेरा हुआ। मौत न आई। फिर भी उस समय जीने की आशा न बाँध सका और यह समझकर कि मृत्यु समीप है, जितनी देर बन सके उतनी देर तक साथियों से गीतापाठ सुनने में लगा रहा। काम-काज करने की कोई शक्ति रही ही नहीं थी। पढ़ने जितनी भी शक्ति नहीं रह गई थी। किसी के साथ बात करने की भी इच्छा न होती थी। थोड़ी बात करने से दिमाग थक जाता था। इस कारण जीने में कोई रस न रह गया था। जीने के लिए जीना मुझे कभी पसंद पड़ा ही नहीं। बिना कुछ काम-काज किए साथियों की सेवा लेकर क्षीण हो रहे शरीर को टिकाए रखने में मुझे भारी उकताहट मालूम होती थी।

यों मैं मौत की राह बैठा देखता था। इतने में डॉ. तलवलकर एक विचित्र प्राणी को लेकर आए। वे महाराष्ट्री हैं। हिंदुस्तान उन्हें पहचानता नहीं। मैं उन्हें देखकर समझ सका था कि वे मेरी ही तरह 'चक्रम' हैं। वे अपने उपचार का प्रयोग मुझ पर करने के लिए आए थे। उन्हें डॉ. तलवलकर अपनी सिफारिश के साथ मेरे पास लाए थे। उन्होंने ग्रांट मेडिकल कॉलेज में डॉक्टरी का अध्ययन किया था, पर वे डिग्री नहीं पा सके थे। बाद में मालूम हुआ कि वे ब्रह्मसमाजी हैं। नाम उनका केलकर है। बड़े स्वतंत्र स्वभाव के हैं। वे बर्फ के उपचार के बड़े हिमायती हैं। मेरी बीमारी की बात सुनकर जिस दिन वे मुझ पर बर्फ का अपना उपचार आजमाने के लिए आए, उसी दिन से हम उन्हें 'आइस डॉक्टर' के उपनाम से पहचानते हैं। अपने विचारों के विषय में वे अत्यंत आग्रही हैं। उनका विश्वास है कि उन्होंने डिग्रीधारी डॉक्टरों से भी कुछ अधिक अच्छी खोजें की हैं। अपना यह विश्वास वे मुझमें पैदा नहीं कर सके, यह उनके और मेरे दोनों के लिए दुःख की बात रही है। मैं एक हद तक उनके उपचारों में विश्वास करता हूँ। पर मेरा खयाल है कि कुछ अनुमानों तक पहुँचने में उन्होंने जल्दी की है।

पर उनकी खोजें योग्य हों अथवा अयोग्य, मैंने उन्हें अपने शरीर पर प्रयोग करने दिए। मुझे बाह्य उपचारों से स्वस्थ होना अच्छा लगता था, सो भी बर्फ के अर्थात् पानी के। अतएव उन्होंने मेरे सारे शरीर पर बर्फ घिसनी शुरू की। इस इलाज से जितने परिणाम की आशा वे लगाए हुए थे, उतना परिणाम तो

मेरे संबंध में नहीं निकला। फिर भी मैं, जो रोज मौत की राह देखा करता था, अब मरने के बदले कुछ जीने की आशा रखने लगा। मुझमें कुछ उत्साह पैदा हुआ। मन के उत्साह के साथ मैंने शरीर में भी उत्साह का अनुभव किया। मैं कुछ अधिक खाने लगा। रोज पाँच-दस मिनट घूमने लगा। अब उन्होंने सुझाया, 'अगर आप अंडे का रस पीएँ, तो आपमें जितनी शक्ति आई है, उससे अधिक शक्ति आने की गारंटी मैं दे सकता हूँ। अंडे दूध के समान ही निर्दोष हैं। वे मांस तो हरगिज नहीं हैं। हर एक अंडे में से बच्चा पैदा होता ही है, ऐसा कोई नियम नहीं है। जिनसे बच्चे पैदा होते ही नहीं, ऐसे निर्जीव अंडे भी काम में लाए जाते हैं, इसे मैं आपके सामने सिद्ध कर सकता हूँ।' पर मैं ऐसे निर्जीव अंडे लेने को भी तैयार न हुआ। फिर भी मेरी गाड़ी कुछ आगे बढ़ी और मैं आस-पास के कामों में थोड़ा-थोड़ा रस लेने गया।

29. रौलट एक्ट और मेरा धर्म-संकट

मित्रों ने सलाह दी कि माथेरान जाने से मेरा शरीर शीघ्र पुष्ट होगा। अतएव मैं माथेरान गया। किंतु वहाँ का पानी भारी था, इसलिए मेरे सरीखे रोगी के लिए वहाँ रहना कठिन हो गया। पेचिश के कारण गुदाद्वार इतना नाजुक हो गया था कि साधारण स्पर्श भी मुझसे सहा न जाता था और उसमें दरारें पड़ गई थीं, जिससे मलत्याग के समय बहुत कष्ट होता था। इससे कुछ भी खाते हुए डर लगता था। एक हफ्ते में माथेरान से वापस लौटा। मेरी तबीयत की हिफाजत का जिम्मा शंकरलाल बैंकर ने अपने हाथ में लिया था। उन्होंने डॉ. दलाल से सलाह लेने का आग्रह किया। डॉ. दलाल आए। उनकी तत्काल निर्णय करने की शक्ति ने मुझे मुग्ध कर लिया। वे बोले, 'जब तक आप दूध न लेंगे, मैं आपके शरीर को फिर से हृष्ट-पुष्ट न बना सकूँगा। उसे पुष्ट बनाने के लिए आपको दूध लेना चाहिए और लोहे तथा आर्सेनिक की पिचकारियाँ लेनी चाहिए। यदि आप इतना करें, तो आपके शरीर को पुनः पुष्ट करने की गारंटी मैं देता हूँ।'

मैंने जवाब दिया, 'पिचकारी लगाइए, लेकिन दूध मैं न लूँगा।'

डॉक्टर ने पूछा, 'दूध के संबंध में आपकी प्रतिज्ञा क्या है?'

'यह जानकर कि गाय-भैंस पर फूँके की क्रिया की जाती है, मुझे दूध से नफरत हो गई है। और, यह तो मैं सदा से मानता रहा हूँ कि दूध मनुष्य का आहार नहीं है। इसलिए मैंने दूध छोड़ दिया है।'

यह सुनकर कस्तूरबाई, जो मेरी खटिया के पास ही खड़ी थी, बोल उठी, 'तब तो बकरी का दूध आप ले सकते हैं।'

डॉक्टर बीच में बोले, 'आप बकरी का दूध लें, तो मेरा काम बन जाए।'

मैं गिरा। सत्याग्रह की लड़ाई के मोह ने मेरे अंदर जीने का लोभ पैदा कर दिया और मैंने प्रतिज्ञा के अक्षरार्थ के पालन से संतोष मानकर उसकी आत्मा का हनन किया। यद्यपि दूध की प्रतिज्ञा लेते समय मेरे सामने गाय-भैंस ही थीं, फिर भी मेरी प्रतिज्ञा दूधमात्र की मानी जानी चाहिए। और, जब तक मैं पशु के दूधमात्र को मनुष्य के आहार के रूप में निषिद्ध मानता हूँ, तब तक मुझे उसे लेने का अधिकार नहीं, इस बात को जानते हुए भी मैं बकरी का दूध लेने को तैयार हो गया। सत्य के पुजारी ने सत्याग्रह की लड़ाई के लिए जीने की इच्छा रखकर अपने सत्य को लांछित किया।

मेरे इस कार्य का डंक अभी तक मिटा नहीं है और बकरी का दूध छोड़ने के विषय में मेरा चिंतन तो चल ही रहा है। बकरी का दूध पीते समय मैं रोज दुःख का अनुभव करता हूँ। किंतु सेवा करने का महासूक्ष्म मोह, जो मेरे पीछे पड़ा है, मुझे छोड़ता नहीं। अहिंसा की दृष्टि से आहार के अपने प्रयोग मुझे प्रिय हैं। उनसे मुझे आनंद प्राप्त होता है। वह मेरा विनोद है। परंतु बकरी का दूध मुझे आज इस दृष्टि से नहीं अखरता। वह अखरता है सत्य की दृष्टि से। मुझे ऐसा भास होता है कि मैं अहिंसा को जितना पहचान सका हूँ, सत्य को उससे अधिक पहचानता हूँ। मेरा अनुभव यह है कि अगर मैं सत्य को छोड़ दूँ, तो अहिंसा की भारी गुत्थियाँ मैं कभी सुलझा नहीं सकूँगा। सत्य के पालन का अर्थ है, लिए हुए व्रत के शरीर और आत्मा की रक्षा, शब्दार्थ और भावार्थ का पालन। मुझे हर दिन यह बात खटकती रहती है कि मैंने दूध के बारे में व्रत की आत्मा का—भावार्थ का—हनन किया है। यह जानते हुए भी मैं यह नहीं जान सका कि अपने व्रत के प्रति मेरा धर्म क्या है, अथवा कहिए कि मुझमें उसे पालने की हिम्मत नहीं है। दोनों बातें एक ही हैं; क्योंकि शंका के मूल में श्रद्धा का अभाव रहता है। हे ईश्वर, तू मुझे श्रद्धा दे।

बकरी का दूध शुरू करने के कुछ दिन बाद डॉ. दलाल ने गुदाद्वार की दरारों का ऑपरेशन किया और वह बहुत सफल हुआ।

बिछौना छोड़कर उठने की कुछ आशा बँध रही थी और अखबार वगैरह पढ़ने लगा ही था कि इतने में रौलट कमेटी की रिपोर्ट मेरे हाथ में आई। उसकी सिफारिशें पढ़कर मैं चौंका। भाई उमर सोबानी और शंकरलाल बैंकर ने चाहा कि कोई निश्चित कदम उठाना चाहिए। एकाध महीने में मैं अहमदाबाद गया। बल्लभभाई प्रायः प्रतिदिन मुझे देखने आते थे। मैंने उनसे बात की और सुझाया, 'इस विषय में हमें कुछ करना चाहिए।' 'क्या किया जा सकता है?' इसके उत्तर में मैंने कहा—'यदि थोड़े लोग भी इस संबंध में प्रतिज्ञा करने वाले मिल जाएँ तो, और कमेटी की सिफारिश के अनुसार कानून बने तो, हमें सत्याग्रह शुरू करना चाहिए। यदि मैं बिछौने पर पड़ा न होता, तो अकेला भी इससे जूझता और यह आशा रखता कि दूसरे लोग बाद में आ मिलेंगे। किंतु अपनी लाचार स्थिति में अकेले जूझने की मुझमें बिलकुल शक्ति नहीं है।'

इस बातचीत के परिणामस्वरूप ऐसे कुछ लोगों की एक छोटी सभा बुलाने का निश्चय हुआ, जो मेरे संपर्क में ठीक-ठीक आ चुके थे। मुझे तो यह स्पष्ट प्रतीत हुआ कि प्राप्त प्रमाणों के आधार पर रौलट कमेटी ने जो कानून बनाने की सिफारिश की है, उसकी कोई आवश्यकता नहीं है। मुझे यह भी इतना ही स्पष्ट प्रतीत हुआ कि स्वाभिमान रक्षा करने वाली कोई भी जनता ऐसे कानून को स्वीकार नहीं कर सकती।

वह सभा हुई। उसमें मुश्किल से कोई बीस लोगों को न्योता गया था। जहाँ तक मुझे याद है, बल्लभभाई के अतिरिक्त उसमें श्रीमती सारोजिनी नायडू, मि. हार्निमैन, स्व. उमर सोबानी, श्री शंकरलाल बैंकर, अनसूया बहन आदि सम्मिलित हुए थे।

प्रतिज्ञा-पत्र तैयार हुआ और मुझे याद है कि जितने लोग हाजिर थे उन सबने उस पर हस्ताक्षर किए। उस समय मैं कोई अखबार नहीं निकालता था। पर समय-समय पर अखबारों में लिखा करता था, उसी तरह लिखना शुरू किया और शंकरलाल बैंकर ने ज़ोर का आंदोलन चलाया। इस अवसर पर उनकी काम करने की और संगठन करने की शक्ति का मुझे खूब अनुभव हुआ।

कोई भी चलती हुई संस्था सत्याग्रह जैसे नए शस्त्र को स्वयं उठा ले, इसे मैंने असंभव माना। इस कारण सत्याग्रह-सभा की स्थापना हुई। उसके मुख्य सदस्यों के नाम बंबई में ही लिखे गए। केंद्र बंबई में रखा गया। प्रतिज्ञा-पत्रों पर खूब हस्ताक्षर होने लगे। खेड़ा की लड़ाई की तरह पत्रिकाएँ निकलीं और जगह-जगह सभाएँ हुईं।

मैं इस सभा का सभापति बना था। मैंने देखा कि शिक्षित समाज के और मेरे बीच बहुत मेल नहीं बैठ सकता। सभा में गुजराती भाषा के उपयोग के मेरे आग्रह ने और मेरे कुछ दूसरे तरीकों ने उन्हें परेशानी में डाल दिया। फिर भी बहुतों ने मेरी पद्धति की निबाहने की उदारता दिखाई, यह मुझे स्वीकार करना चाहिए। लेकिन मैंने शुरू में ही देख लिया कि यह सभा लंबे समय तक टिक नहीं सकेगी। इसके अलावा, सत्य और अहिंसा पर जो ज़ोर मैं देता था, वह कुछ लोगों को अप्रिय मालूम हुआ। फिर भी शुरू के दिनों में यह नया काम धड़ल्ले के साथ आगे बढ़ा।

30. वह अद्भुत दृश्य!

एक ओर से रौलट कमेटी की रिपोर्ट के विरुद्ध आंदोलन बढ़ता गया, दूसरी ओर से सरकार कमेटी की सिफारिशों पर अमल करने के लिए दृढ़ होती गई। रौलट बिल प्रकाशित हुआ। मैं एक बार धारासभा की बैठक में गया था। रौलट बिल की चर्चा सुनने गया था। शास्त्रीजी ने अपना जोशीला भाषण किया, सरकार को चेतावनी दी। जिस समय शास्त्रीजी की वाग्धारा बह रही थी, वायसरॉय उनके सामने टकटकी लगाकर देख रहे थे। मुझे तो जान पड़ा कि इस भाषण का असर उन पर हुआ होगा। शास्त्रीजी की भावना उमड़ी पड़ती थी।

पर सोए हुए आदमी को जगाया जा सकता है; सोने वाला सोने का बहाना करे तो उसके कान में ढोल बजाने पर भी वह क्यों सुनने लगा? धारासभा में बिलों की चर्चा का 'फार्स' तो करना ही चाहिए। सरकार ने वह किया। किंतु उसे जो काम करना था, उसका निश्चय तो हो ही चुका था। इसलिए शास्त्रीजी की चेतावनी व्यर्थ सिद्ध हुई।

मेरी तूती की आवाज को तो भला कौन सुनता? मैंने वायसरॉय से मिलकर उन्हें बहुत समझाया। व्यक्तिगत पत्र लिखे। सार्वजनिक पत्र लिखे। मैंने उनमें स्पष्ट बता दिया कि सत्याग्रह को छोड़कर मेरे पास दूसरा कोई मार्ग नहीं है। लेकिन सब व्यर्थ हुआ।

अभी बिल गजट में नहीं छपा था। मेरा शरीर कमज़ोर था, फिर भी मैंने लंबी यात्रा का खतरा उठाया। मुझमें ऊँची आवाज से बोलने की शक्ति नहीं आई थी। खड़े रहकर बोलने की शक्ति जो गई, सो अभी तक लौटी नहीं है। थोड़ी देर खड़े रहकर बोलने पर सारा शरीर काँपने लगता था और छाती तथा पेट में दर्द मालूम होने लगता था। पर मुझे लगा कि मद्रास से आया हुआ निमंत्रण स्वीकार करना ही चाहिए। दक्षिण के प्रांत उस समय भी मुझे घर सरीखे मालूम होते थे। दक्षिण अफ्रीका के संबंध के कारण तमिल-तेलुगु आदि दक्षिण प्रदेश के लोगों पर मेरा कुछ अधिकार है, ऐसा मैं मानता आया हूँ। और अपनी इस मान्यता में मैंने थोड़ी भी भूल की है, ऐसा मुझे आज तक प्रतीत नहीं हुआ। निमंत्रण स्व. कस्तूरी रंगा आयंगार की ओर से मिला था। मद्रास जाने पर पता चला कि इस निमंत्रण के मूल में राजगोपालाचार्य थे। रोजगोपालाचार्य के साथ यह मेरा पहला परिचय कहा जा सकता है। मैं इसी समय उन्हें प्रत्यक्ष पहचानने लगा था।

सार्वजनिक काम में अधिक हिस्सा लेने के विचार से और श्री कस्तूरी रंगा आयंगार इत्यादि मित्रों की माँग पर वे सेलम छोड़कर मद्रास में वकालत करने वाले थे। मुझे उनके घर पर ठहराया गया था। कोई दो दिन बाद ही मुझे पता चला कि मैं उनके घर ठहरा हूँ; क्योंकि बँगला कस्तूरी रंगा आयंगार का था, इसलिए मैंने अपने को उन्हीं का मेहमान मान लिया था। महादेव देसाई ने मेरी भूल सुधारी। राजगोपालाचार्य दूर-दूर ही रहते थें। पर महादेव ने उन्हें भली-भाँति पहचान लिया था। महादेव ने मुझे सावधान करते हुए कहा, 'आपको राजगोपालाचार्य से जान पहचान बढ़ा लेनी चाहिए।'

मैंने परिचय बढ़ाया। मैं प्रतिदिन उनके साथ लड़ाई की रचना के विषय में चर्चा करता था। सभाओं के सिवा मुझे और कुछ सूझता ही न था। यदि रौलट बिल कानून बन जाए, तो उसकी सविनय अवज्ञा किस प्रकार की जाए? उसकी सविनय अवज्ञा करने का अवसर तो सरकार दे तभी मिल सकता है। दूसरे कानूनों की सविनय अवज्ञा की जा सकती है? उसकी मर्यादा क्या हो? आदि प्रश्नों की चर्चा होती थी।

श्री कस्तूरी रंगा आयंगार ने नेताओं की एक छोटी सभा भी बुलाई। उसमें भी खूब चर्चा हुई। श्री विजयराघवाचार्य ने उसमें पूरा हिस्सा लिया। उन्होंने सुझाव दिया कि सूक्ष्म-से-सूक्ष्म सूचनाएँ लिखकर मैं सत्याग्रह का शास्त्र तैयार कर लूँ। मैंने बताया कि यह काम मेरी शक्ति से बाहर है।

इस प्रकार मंथन-चिंतन चल रहा था कि इतने में समाचार मिला कि बिल कानून के रूप में गजट में छप गया है। इस खबर के बाद की रात को मैं विचार करते-करते सो गया। सवेरे जल्दी जाग उठा। अर्धनिद्रा की दशा रही होगी, ऐसे में मुझे सपने में एक विचार सूझा। मैंने सवेरे ही सवेरे राजगोपालाचार्य को बुलाया और कहा, 'मुझे रात स्वप्नावस्था में यह विचार सूझा कि इस कानून के जवाब में हम सारे देश को हड़ताल करने की सूचना दें। सत्याग्रह आत्मशुद्धि की लड़ाई है। वह धार्मिक युद्ध है। धर्मकार्य का आरंभ शुद्धि से करना ठीक मालूम होता है। उस दिन सब उपवास करें और काम-धंधा बंद रखें। मुसलमान भाई रोजे से अधिक उपवास न करेंगे, इसलिए चौबीस घंटों का उपवास करने की सिफारिश की जाए। इसमें सब प्रांत सम्मिलित होंगे या नहीं, यह तो कहा नहीं जा सकता। पर बंबई, मद्रास, बिहार और सिंध की आशा तो मुझे है ही। यदि इतने स्थानों पर भी ठीक से हड़ताल रहे, तो हमें संतोष मानना चाहिए।'

राजगोपालाचार्य को यह सूचना बहुत अच्छी लगी। बाद में दूसरे मित्रों को तुरंत इसकी जानकारी दी गई। सबने इसका स्वागत किया। मैंने एक छोटी सी विज्ञप्ति तैयार कर ली। पहले 1919 के मार्च की 30वीं तारीख रखी गई थी। बाद में 6 अप्रैल रखी गई। लोगों को बहुत ही थोड़े दिन की मुद्दत दी गई थी। चूँकि काम तुरंत करना जरूरी समझा गया था, अतएव तैयारी के लिए लंबी मुद्दत देने का समय ही न था।

लेकिन न जाने कैसे सारी व्यवस्था हो गई। समूचे हिंदुस्तान में—शहरों में और गाँवों में—हड़ताल हुई! वह दृश्य भव्य था!

31. वह सप्ताह!

1

दक्षिण में थोड़ी यात्रा करके संभवतः 4 अप्रैल को मैं बंबई पहुँचा। शंकरलाल बैंकर का तार था कि छठी तारीख मनाने के लिए मुझे बंबई में मौजूद रहना चाहिए।

पर इससे पहले दिल्ली में तो हड़ताल 30 मार्च के दिन ही मनाई जा चुकी थी। दिल्ली में स्व. श्रद्धानंदजी और मरहूम हकीम साहब अजमल खाँ की दुहाई फिरती थी। 6 अप्रैल तक हड़ताल की अवधि बढ़ाने की सूचना दिल्ली देर से पहुँची थी। दिल्ली में उस दिन जैसी हड़ताल हुई वैसी पहले कभी न हुई थी। ऐसा जान पड़ा मानो हिंदू और मुसलमान दोनों एकदिल हो गए हैं। श्रद्धानंदजी को जामा मस्जिद में निमंत्रित किया गया और वहाँ उन्हें भाषण करने दिया गया। अधिकारी यह सब सहन नहीं कर पाए। रेलवे स्टेशन की तरफ जाते हुए जुलूस को पुलिस ने रोका और गोलियाँ चलाईं। कितने ही लोग घायल हुए। कुछ जान से मारे गए। दिल्ली में दमन का दौर-दौरा शुरू हुआ। श्रद्धानंदजी ने मुझे दिल्ली बुलाया। मैंने तार दिया कि बंबई में छठी तारीख मनाकर तुरंत दिल्ली पहुँचूँगा।

जो हाल दिल्ली का था, वही लाहौर-अमृतसर का भी रहा। अमृतसर से डॉ. सत्यपाल और किचलू के तार आए थे कि मुझे वहाँ तुरंत पहुँचना चाहिए। इन दो भाइयों को मैं उस समय बिलकुल जानता नहीं था। पर वहाँ भी इस निश्चय की सूचना भेजी थी कि दिल्ली होकर अमृतसर पहुँचूँगा।

6 अप्रैल के दिन बंबई में सवेरे-सवेरे हजारों लोग चौपाटी पर स्नान करने गए और वहाँ से ठाकुरद्वार[17] जाने के लिए जुलूस रवाना हुआ। उसमें स्त्रियाँ और बच्चे भी थे। जुलूस में मुसलमान भी अच्छी संख्या में सम्मिलित हुए थे। इस जुलूस में से मुसलमान भाई हमें एक मस्जिद में ले गए। वहाँ श्रीमती सरोजिनी देवी से और मुझसे भाषण कराए। वहाँ श्री विठ्ठलदास जेराजाणी ने स्वदेशी और हिंदू-मुस्लिम एकता की प्रतिज्ञा लिवाने का सुझाव रखा। मैंने ऐसी उतावली में प्रतिज्ञा कराने से इनकार किया और जितना हो रहा था उतने से संतोष करने की सलाह दी। की हुई प्रतिज्ञा फिर तोड़ी नहीं जा सकती। स्वदेशी का अर्थ हमें समझना चाहिए। हिंदू-मुस्लिम एकता की प्रतिज्ञा की जिम्मेदारी का खयाल हमें रहना चाहिए—आदि बातें कहीं और यह सूचना की कि प्रतिज्ञा लेने का जिसका विचार हो, वह चाहे तो अगले दिन सवेरे चौपाटी के मैदान पर पहुँच जाए।

बंबई की हड़ताल संपूर्ण थी।

यहाँ कानून की सविनय अवज्ञा की तैयारी कर रखी थी। जिनकी अवज्ञा की जा सके, ऐसी दो-तीन चीजें थीं। जो कानून रद किए जाने लायक थे और जिनकी अवज्ञा सब सरलता से कर सकते थे, उनमें से एक का ही उपयोग करने का निश्चय था। नमक-कर का कानून सबको अप्रिय था। उस कर को रद कराने

के लिए बहुत कोशिशें हो रही थीं। अतएव मैंने एक सुझाव यह रखा था कि सब लोग बिना परवाने के अपने घर में नमक बनाएँ। दूसरा सुझाव सरकार द्वारा जब्त की हुई पुस्तकें छपाने और बेचने का था। ऐसी दो पुस्तकें मेरी ही थीं—*हिंद स्वराज्य* और *सर्वोदय*। इन पुस्तकों का छपाना और बेचना सबसे सरल सविनय अवज्ञा मालूम हुई। इसलिए ये पुस्तकें छपाई गईं और शाम को उपवास छूटने के बाद और चौपाटी की विराट् सभा के विसर्जित होने के बाद इन्हें बेचने का प्रबंध किया गया।

शाम को कई स्वयंसेवक ये पुस्तकें बेचने निकल पड़े। एक मोटर में मैं निकला और एक में श्रीमती सरोजिनी नायडू निकलीं। जितनी प्रतियाँ छपाई गई थीं उतनी सब बिक गईं। इनकी जो कीमत वसूल होती, वह लड़ाई के काम में ही खर्च की जानेवाली थी। एक प्रति का मूल्य चार आना रखा गया था। पर मेरे हाथ पर अथवा सरोजिनी देवी के हाथ पर शायद ही किसी ने चार आने रखे होंगे। अपनी जेब में जो था सो सब देकर किताबें खरीदनेवाले बहुतेरे निकल आए। कोई-कोई दस और पाँच के नोट भी देते थे। लोगों को समझा दिया गया था कि खरीदनेवाले के लिए भी जेल का खतरा है। लेकिन क्षण भर के लिए लोगों ने जेल का भय छोड़ दिया था।

7 तारीख को पता चला कि जिन किताबों के बेचने पर सरकार ने रोक लगाई थी, सरकार की दृष्टि से वे बेची नहीं गई हैं। जो पुस्तकें बिकी हैं, वे तो उनकी दूसरी आवृत्ति मानी जाएँगी। जब्त की हुई पुस्तकों में उनकी गिनती नहीं हो सकती। सरकार की ओर से यह कहा गया था कि नई आवृत्ति छपाने, बेचने और खरीदने में कोई गुनाह नहीं है। यह खबर सुनकर लोग निराश हुए।

उस दिन सवेरे लोगों को चौपाटी पर स्वदेशी-व्रत और हिंदू-मुस्लिम एकता का व्रत लेने के लिए इकट्ठा होना था। विट्ठलदास जेराजाणी को यह पहला अनुभव हुआ कि हर सफेद चीज दूध नहीं होती। बहुत थोड़े लोग इकट्ठा हुए थे। इनमें से दो-चार बहनों के नाम मेरे ध्यान में आ रहे हैं। पुरुष भी थोड़े ही थे। मैंने व्रतों का मसविदा बना रखा था। उपस्थित लोगों को उनका अर्थ अच्छी तरह समझा दिया गया और उन्हें व्रत लेने दिए गए। थोड़ी उपस्थिति से मुझे आश्चर्य नहीं हुआ; दुःख भी नहीं हुआ। परंतु मैं उसी समय से धूम-धड़क्के के काम और धीमे तथा शांत रचनात्मक काम के बीच का भेद तथा लोगों में पहले काम के लिए पक्षपात और दूसरे के लिए अरुचि का अनुभव करता आया हूँ।

पर इस विषय के लिए एक अलग प्रकरण देना पड़ेगा।

7 अप्रैल की रात को मैं दिल्ली-अमृतसर जाने के लिए रवाना हुआ। 8 को मथुरा पहुँचने पर कुछ ऐसी भनक कान तक आई कि शायद मुझे गिरफ्तार करेंगे। मथुरा के बाद एक स्टेशन पर गाड़ी रुकती थी। वहाँ आचार्य गिडवानी मिले। उन्होंने मेरे पकड़े जाने के बारे में पक्की खबर दी और जरूरत हो तो अपनी सेवा अर्पण करने के लिए कहा। मैंने धन्यवाद दिया और कहा कि जरूरत पड़ने पर आपकी सेवा लेना नहीं भूलूँगा।

पलवल स्टेशन आने के पहले ही पुलिस अधिकारी ने मेरे हाथ में आदेश-पत्र रखा। आदेश इस प्रकार का था—'आपके पंजाब में प्रवेश करने से अशांति बढ़ने का डर है, अतएव आप पंजाब की सीमा में प्रवेश न करें।' आदेश-पत्र देकर पुलिस ने मुझे उत्तर जाने को कहा। मैंने उतरने से इनकार किया और कहा, 'मैं अशांति बढ़ाने नहीं, बल्कि निमंत्रण पाकर अशांति घटाने के लिए जाना चाहता हूँ। इसलिए खेद है कि मुझसे इस आदेश का पालन नहीं हो सकेगा।'

पलवल आया। महादेव मेरे साथ थे। उनसे मैंने दिल्ली जाकर श्रद्धानंदजी को खबर और लोगों को शांत रखने के लिए कहा। मैंने महादेव से यह भी कहा कि वे लोगों को बता दें कि सरकारी आदेश का अनादर करने के कारण जो सजा होगी, उसे भोगने का मैंने निश्चय कर लिया है। साथ ही, लोगों को यह समझाने के लिए कहा कि मुझे सजा होने पर भी उनके शांत रहने में ही हमारी जीत है।

मुझे पलवल स्टेशन पर उतार लिया गया और पुलिस के हवाले किया गया। फिर दिल्ली से आनेवाली किसी ट्रेन के तीसरे दर्जे के डिब्बे में मुझे बैठाया गया और साथ में पुलिस का दल भी बैठा। मथुरा पहुँचने पर मुझे पुलिस की बैरक में ले गए। मेरा क्या होगा और मुझे कहाँ ले जाना है, सो कोई पुलिस अधिकारी मुझे बता न सका। सुबह 4 बजे मुझे जगाया गया और बंबई की ओर जानेवाली मालगाड़ी में बैठा दिया गया। दोपहर को मुझे सवाई माधोपुर स्टेशन पर उतारा गया। वहाँ बंबई की डाकगाड़ी में लाहौर से इंस्पेक्टर बोरिंग आए। उन्होंने मेरा चार्ज लिया।

अब मुझे पहले दर्जे में बैठाया गया। साथ में साहब भी बैठे। अभी तक मैं एक साधारण कैदी था, अब 'जेंटलमैन कैदी' माना जाने लगा। साहब ने सर माइकल ओडवायर का बखान शुरू किया। उन्हें मेरे विरुद्ध तो कोई शिकायत है ही नहीं, किंतु मेरे पंजाब जाने से उन्हें अशांति का पूरा भय है, आदि बातें कहकर

मुझे स्वेच्छा से लौट जाने और फिर से पंजाब की सीमा पार न करने का अनुरोध किया। मैंने उनसे कह दिया कि मुझसे आज्ञा का पालन नहीं हो सकेगा और मैं स्वेच्छा से वापस जाने को तैयार नहीं। अतएव साहब ने लाचार होकर कानूनी कार्रवाई करने की बात कही। मैंने पूछा, 'लेकिन यह तो कहिए कि आप मेरा क्या करना चाहते हैं?'

वे बोले, 'मुझे पता नहीं है। मैं दूसरे आदेश की राह देख रहा हूँ। अभी तो मैं आपको बंबई ले जा रहा हूँ।'

सूरत पहुँचने पर किसी दूसरे अधिकारी ने मुझे अपने कब्जे में लिया। उसने मुझे रास्ते में कहा, 'आप रिहा कर दिए गए हैं। लेकिन आपके लिए मैं ट्रेन को मरीन लाइंस स्टेशन के पास रुकवाऊँगा। आप वहाँ उतर जाएँगे, तो ज़्यादा अच्छा होगा। कोलाबा स्टेशन पर बड़ी भीड़ होने की संभावना है।'

मैंने उससे कहा, 'आपका कहा करने में मुझे प्रसन्नता होगी।' वह खुश हुआ और उसने मुझे धन्यवाद दिया। मैं मरीन लाइंस पर उतरा। वहाँ किसी परिचित की घोड़ागाड़ी दिखाई दी। वे मुझे रेवाशंकर झवेरी के घर छोड़ गए। उन्होंने मुझे खबर दी—'आपके पकड़े जाने की खबर पाकर लोग क्रुद्ध हो गए हैं और पागल-से बन गए हैं। पायधूनी के पास दंगे का खतरा है। मजिस्ट्रेट और पुलिस वहाँ पहुँच गई है।'

मैं घर पहुँचा ही था कि इतने में उमर सोबानी और अनसूया बहन मोटर में आए और उन्होंने मुझे पायधूनी चलने को कहा। उन्होंने बताया, 'लोग अधीर हो गए हैं और बड़े उत्तेजित हैं। हममें से किसी के किए शांत नहीं हो सकते। आपको देखेंगे तभी शांत होंगे।'

मैं मोटर में बैठ गया। पायधूनी पहुँचते ही रास्ते में भारी भीड़ दिखाई दी। लोग मुझे देखकर हर्षोन्मत्त हो उठे। अब जुलूस बना। 'वंदे मातरम्' और 'अल्लाहो अकबर' के नारों से आकाश गूँज उठा। पायधूनी पर घुड़सवार दिखाई दिए। ऊपर से ईंटों की वर्षा हो रही थी। मैं हाथ जोड़कर लोगों से प्रार्थना कर रहा था कि वे शांत रहें। पर जान पड़ा कि हम भी ईंटों की इस बौछार से बच नहीं पाएँगे।

अब्दुर्रहमान गली में से क्रॉफर्ड मार्केट की ओर जाते हुए जुलूस को रोकने के लिए घुड़सवारों की एक टुकड़ी सामने से आ पहुँची। वे जुलूस को किले की ओर जाने से रोकने की कोशिश कर रहे थे। लोग वहाँ समा नहीं रहे थे। लोगों ने पुलिस की पाँत को चीरकर आगे बढ़ने के लिए ज़ोर लगाया। वहाँ हालत ऐसी नहीं थी

कि मेरी आवाज सुनाई पड़ सके। यह देखकर घुड़सवारों की टुकड़ी के अफसर ने भीड़ को तितर-बितर करने का हुक्म दिया और अपने भालों को घुमाते हुए इस टुकड़ी ने एकदम घोड़े दौड़ाने शुरू कर दिए। मुझे डर लगा कि उनके भाले हमारा काम तमाम कर दें तो आश्चर्य नहीं। पर मेरा वह डर निराधार था। बगल से होकर सारे भाले रेलगाड़ी की गति से सनसनाते हुए दूर निकल जाते थे। लोगों की भीड़ में दरार पड़ी। भगदड़ मच गई। कोई कुचले गए। कोई घायल हुए। घुड़सवारों को निकलने के लिए रास्ता नहीं था। लोगों के लिए आस-पास बिखरने का रास्ता नहीं था। वे पीछे लौटें तो उधर भी हजारों लोग ठसाठस भरे हुए थे। सारा दृश्य भयंकर प्रतीत हुआ। घुड़सवार और जनता दोनों पागल-जैसे मालूम हुए। घुड़सवार कुछ देखते ही नहीं थे अथवा देख नहीं सकते थे। वे तो टेढ़े होकर घोड़ों को दौड़ाने में लगे थे। मैंने देखा कि जितना समय इन हजारों के दल को चीरने में लगा, उतने समय तक वे कुछ देख ही नहीं सकते थे।

इस तरह लोगों को तितर-बितर किया गया और आगे बढ़ने से रोका गया। हमारी मोटर को आगे जाने दिया गया। मैंने कमिश्नर के कार्यालय के सामने मोटर रुकवाई और मैं उससे पुलिस के व्यवहार की शिकायत करने के लिए उतरा।

32. वह सप्ताह!

2

मैं कमिश्नर ग्रिफिथ साहब के कार्यालय में गया। उनकी सीढ़ी के पास जहाँ देखा वहीं हथियारबंद सैनिकों को बैठा पाया, मानो लड़ाई के लिए तैयार हो रहे हों! बरामदे में भी हलचल मची हुई थी। मैं खबर देकर ऑफिस में बैठा, तो देखा कि कमिश्नर के पास मि. बोरिंग बैठे हुए हैं।

मैंने कमिश्नर से उस दृश्य का वर्णन किया, जिसे मैं अभी-अभी देखकर आया था। उन्होंने संक्षेप में जवाब दिया, 'मैं नहीं चाहता था कि जुलूस फोर्ट की ओर जाए। वहाँ जाने पर उपद्रव हुए बिना न रहता। और मैंने देखा कि लोग

लौटाए लौटनेवाले न थे। इसलिए सिवा घोड़े दौड़ाने के मेरे पास दूसरा कोई उपाय न था।'

मैंने कहा, 'किंतु उसका परिणाम तो आप जानते थे। लोग घोड़ों के पैरों तले दबने से बच नहीं सकते थे। मेरा तो खयाल है कि घुड़सवारों की टुकड़ी भेजने की आवश्यकता ही नहीं थी।'

साहब बोले, 'आप इसे समझ नहीं सकते। आपकी शिक्षा का लोगों पर क्या असर हुआ है, इसका पता आपकी अपेक्षा हम पुलिसवालों को अधिक रहता है। हम पहले से कड़ी कार्रवाई न करें, तो अधिक नुकसान हो सकता है। मैं आपसे कहता हूँ कि लोग आपके काबू में भी रहने वाले नहीं हैं। वे कानून को तोड़ने की बात तो झट समझ जाएँगे, लेकिन शांति की बात समझना उनकी शक्ति से परे है। आपके हेतु अच्छे हैं, लेकिन लोग उन्हें समझेंगे नहीं। वे तो अपने स्वभाव का ही अनुसरण करेंगे।'

मैंने जवाब दिया, 'किंतु आपके और मेरे बीच जो भेद है, सो इसी बात में है। मैं कहता हूँ कि लोग स्वभाव से लड़ाकू नहीं, बल्कि शांतिप्रिय हैं।'

हममें बहस होने लगी।

आखिर साहब ने कहा, 'अच्छी बात है, यदि आपको विश्वास हो जाए कि लोग आपकी शिक्षा को समझे नहीं हैं, तो आप क्या करेंगे?'

मैंने उत्तर दिया, 'यदि मुझे इसका विश्वास हो जाए, तो मैं इस लड़ाई को मुल्तवी कर दूँगा।'

'मुल्तवी करने का मतलब क्या? आपने तो मि. बोरिंग से कहा है कि मुक्त होने पर आप तुरंत वापस पंजाब जाना चाहते हैं!'

'हाँ, मेरा इरादा तो लौटती ट्रेन से ही वापस जाने का था, पर अब आज तो जाना हो ही नहीं सकता।'

'आप धैर्य से काम लेंगे तो आपको और अधिक बातें मालूम होंगी। आप जानते हैं, अहमदाबाद में क्या हो रहा है? अमृतसर में क्या हुआ है? लोग सब कहीं पागल से हो गए हैं। मुझे भी पूरा पता नहीं है। कई स्थानों में तार भी टूटे हैं। मैं तो आपसे कहता हूँ कि इस सारे उपद्रव की जवाबदेही आपके सिर पर है।'

मैंने कहा, 'मुझे जहाँ अपनी जिम्मेदारी महसूस होगी वहाँ मैं उसे अपने ऊपर लिए बिना नहीं रहूँगा। अहमदाबाद में लोग थोड़ी भी उपद्रव करें, तो मुझे आश्चर्य और दुःख होगा। अमृतसर के बारे में मैं कुछ भी नहीं जानता। वहाँ तो

मैं कभी गया ही नहीं। वहाँ मुझे कोई जानता भी नहीं है। पर मैं इतना जानता हूँ कि पंजाब की सरकार ने मुझे वहाँ जाने से रोका न होता, तो मैं शांति-रक्षा में बहुत मदद कर सकता था। मुझे रोककर तो सरकार ने लोगों को चिढ़ाया ही है।'

इस तरह हमारी बातचीत होती रही। हमारे मत का मेल मिलनेवाला न था। मैं यह कहकर विदा हुआ कि चौपाटी पर सभा करने और लोगों को शांति रखने के लिए समझाने का मेरा इरादा है।

चौपाटी पर सभा हुई। मैंने लोगों को शांति और सत्याग्रह की मर्यादा के विषय में समझाया और बतलाया, 'सत्याग्रह सच्चे का हथियार है। यदि लोग शांति न रखेंगे, तो मैं सत्याग्रह की लड़ाई कभी लड़ न सकूँगा।'

अहमदाबाद से अनसूया बहन को भी खबर मिल चुकी थी कि वहाँ उपद्रव हुआ है। किसी ने अफवाह फैला दी थी कि वे भी पकड़ी गई हैं। इससे मजदूर पागल हो उठे थे। उन्होंने हड़ताल कर दी थी, उपद्रव भी मचाया था; और एक सिपाही का खून भी हो गया था।

मैं अहमदाबाद गया। मुझे पता चला कि नड़ियाद के पास रेल की पटरी उखाड़ने की कोशिश भी हुई थी। वीरमगाम में एक सरकारी कर्मचारी का खून हो गया था। अहमदाबाद पहुँचा तब वहाँ मार्शल लॉ जारी थी। लोगों में आतंक फैला हुआ था। लोगों ने जैसा किया वैसा पाया और उसका ब्याज भी पाया।

मुझे कमिश्नर मि. प्रेट के पास ले जाने के लिए एक आदमी स्टेशन पर हाजिर था। मैं उनके पास गया। वे बहुत गुस्से में थे। मैंने उन्हें शांति से उत्तर दिया। जो हत्या हुई थी, उसके लिए मैंने खेद प्रकट किया। यह भी सुझाया कि मार्शल लॉ की आवश्यकता नहीं है, और पुनः शांति स्थापित करने के लिए जो उपाय करने जरूरी हों, सो करने की अपनी तैयारी बताई। मैंने आम सभा बुलाने की माँग की। यह सभा आश्रम की भूमि पर करने की अपनी इच्छा प्रकट की। उन्हें यह बात अच्छी लगी। जहाँ तक मुझे याद है, मैंने रविवार 13 अप्रैल को सभा की थी। मार्शल लॉ भी उसी दिन अथवा दूसरे दिन रद हुआ था। इस सभा में मैंने लोगों को उनके अपने दोष दिखाने का प्रयत्न किया। मैंने प्रायश्चित्त के रूप में तीन दिन के उपवास किए और लोगों को एक दिन का उपवास करने की सलाह दी। जिन्होंने हत्या वगैरह में हिस्सा लिया हो, उन्हें मैंने सुझाया कि वे अपना अपराध स्वीकार कर लें।

मैंने अपना धर्म स्पष्ट देखा। जिन मजदूरों आदि के बीच मैंने इतना समय बिताया था, जिनकी मैंने सेवा की थी और जिनके विषय में अच्छे व्यवहार की

आशा रखता था, उन्होंने उपद्रव में हिस्सा लिया, यह मुझे असह्य मालूम हुआ और मैंने अपने को उनके दोष में हिस्सेदार माना।

जिस तरह मैंने लोगों को समझाया कि वे अपना अपराध स्वीकार कर लें, उसी तरह सरकार को भी गुनाह माफ करने की सलाह दी। दोनों में से किसी एक ने भी मेरी बात नहीं सुनी। न लोगों ने अपने दोष स्वीकार किए, न सरकार ने किसी को माफ किया।

स्व. रमणभाई आदि नागरिक मेरे पास आए और मुझे सत्याग्रह मुल्तवी करने के लिए मनाने लगे। पर मुझे मनाने की आवश्यकता ही नहीं रही थी। मैंने स्वयं निश्चय कर लिया था कि जब तक लोग शांति का पाठ न सीख लें, तब तक सत्याग्रह मुल्तवी रखा जाए। इससे वे प्रसन्न हुए।

कुछ मित्र नाराज भी हुए। उनका खयाल यह था कि अगर मैं सब कहीं शांति की आशा रखूँ और सत्याग्रह की यही शर्त रहे, तो बड़े पैमाने पर सत्याग्रह कभी चल ही नहीं सकता। मैंने अपना मतभेद प्रकट किया। जिन लोगों में काम किया गया है, जिनके द्वारा सत्याग्रह करने की आशा रखी जाती है, वे यदि शांति का पालन न करें, तो अवश्य ही सत्याग्रह कभी चल नहीं सकता। मेरी दलील यह थी कि सत्याग्रही नेताओं को इस प्रकार की मर्यादित शांति बनाए रखने की शक्ति प्राप्त करनी चाहिए। अपने इन विचारों को मैं आज भी बदल नहीं सका हूँ।

33. 'पहाड़ जैसी भूल'

अहमदाबाद की सभा के बाद मैं तुरंत ही नड़ियाद गया। 'पहाड़ जैसी भूल' नामक जो शब्द-प्रयोग प्रसिद्ध हुआ है, उसका उपयोग मैंने पहली बार नड़ियाद में किया। अहमदाबाद में ही मुझे अपनी भूल मालूम पड़ने लगी थी। पर नड़ियाद में वहाँ की स्थिति का विचार करके और यह सुनकर कि खेड़ा जिले के बहुत से लोग पकड़े गए हैं, जिस सभा में मैं घटित घटनाओं पर भाषण कर रहा था, उसमें मुझे अचानक यह खयाल आया कि खेड़ा जिले के और ऐसे दूसरे लोगों को कानून

को सविनय भंग करने के लिए निमंत्रित करने में मैंने जल्दबाजी की भूल की और वह भूल मुझे पहाड़ जैसी मालूम हुई।

इस प्रकार अपनी भूल कबूल करने के लिए मेरी खूब हँसी उड़ाई गई। फिर भी अपनी इस स्वीकृति के लिए मुझे कभी पश्चात्ताप नहीं हुआ। मैंने हमेशा यह माना है कि जब हम दूसरों के गज जैसे दोषों को रजवत् मानकर देखते हैं और अपने रजवत् प्रतीत होने वाले दोषों को पहाड़ जैसा देखना सीखते हैं, तभी हमें अपने और पराए दोषों का ठीक-ठीक अंदाज हो पाता है। मैंने यह भी माना है कि सत्याग्रही बनने की इच्छा रखनेवाले को तो इस साधारण नियम का पालन बहुत अधिक सूक्ष्मता के साथ करना चाहिए।

अब हम यह देखें कि पहाड़ जैसी प्रतीत होने वाली वह भूल क्या थी? कानून का सविनय भंग उन्हीं लोगों द्वारा किया जा सकता है, जिन्होंने विनयपूर्वक और स्वेच्छा से कानून का सम्मान किया हो। अधिकतर तो हम कानून का पालन इसलिए करते हैं कि उसे तोड़ने पर जो सजा होती है उससे हम डरते हैं। और, यह बात उस कानून पर विशेष रूप से घटित होती है, जिसमें नीति-अनीति का प्रश्न नहीं होता। कानून हो चाहे न हो, जो लोग भले माने जाते हैं, वे एकाएक कभी चोरी नहीं करते। फिर भी रात में साइकल पर बत्ती जलाने के नियम से बच निकलने में भले आदमियों को भी क्षोभ नहीं होता; और ऐसे नियम का पालन करने की कोई सलाह-भर देता है, तो भले आदमी भी उसका पालन करने के लिए तुरंत तैयार नहीं होते। किंतु जब उसे कानून में स्थान मिलता है और उसको भंग करने पर दण्डित होने का डर लगता है, तब दंड की असुविधा से बचने के लिए वे भी रात में साइकल पर बत्ती जलाते हैं। इस प्रकार का नियम-पालन स्वेच्छा से किया हुआ पालन नहीं कहा जा सकता।

लेकिन सत्याग्रही समाज के जिन कानूनों का सम्मान करेगा, वह सम्मान सोच-समझकर, स्वेच्छा से, सम्मान करना धर्म है ऐसा मानकर करेगा। जिसने इस प्रकार समाज के नियमों का विचारपूर्वक पालन किया है, उसी को समाज के नियमों में नीति-अनीति का भेद करने की शक्ति प्राप्त होती है और उसी को मर्यादित परिस्थितियों में अमुक नियमों को तोड़ने का अधिकार प्राप्त होता है। लोगों के इस तरह का अधिकार प्राप्त करने से पहले मैंने उन्हें सविनय कानून-भंग के लिए निमंत्रित किया, अपनी यह भूल मुझे पहाड़ जैसी लगी। और, खेड़ा जिले में प्रवेश करने पर मुझे खेड़ा की लड़ाई का स्मरण हुआ और लगा कि मैं

बिलकुल गलत रास्ते पर चल पड़ा हूँ। मुझे लगा कि लोग सविनय कानून-भंग करने योग्य बनें, इससे पहले उन्हें उसके गंभीर रहस्य का ज्ञान होना चाहिए। जिन्होंने कानूनों को रोज जान-बूझकर तोड़ा हो, जो गुप्त रीति से अनेक बार कानूनों का भंग करते हों, वे अचानक सविनय कानून भंग को कैसे समझ सकते हैं? उसकी मर्यादा का पालन कैसे कर सकते हैं?

यह तो सहज ही समझ में आ सकता है कि इस प्रकार की आदर्श स्थिति तक हजारों या लाखों लोग नहीं पहुँच सकते। किंतु यदि बात ऐसी है तो सविनय कानून भंग कराने से पहले शुद्ध स्वयंसेवकों का एक ऐसा दल खड़ा होना चाहिए, जो लोगों को ये सारी बातें समझाए और प्रतिक्षण उनका मार्गदर्शन करे। और ऐसे दल को सविनय कानून भंग का तथा उसकी मर्यादा का पूरा-पूरा ज्ञान होना चाहिए।

इन विचारों से भरा हुआ मैं बंबई पहुँचा और सत्याग्रह सभा के द्वारा सत्याग्रही स्वयंसेवकों का एक दल खड़ा किया। लोगों को सविनय कानून भंग का मर्म समझाने के लिए जिस तालीम की जरूरत थी, वह इस दल के जरिए देनी शुरू की और इस चीज को समझानेवाली पत्रिकाएँ निकालीं।

यह काम चला तो सही, लेकिन मैंने देखा कि मैं इसमें ज़्यादा दिलचस्पी पैदा नहीं कर सका। स्वयंसवेकों की बाढ़ नहीं आई। यह नहीं कहा जा सकता कि जो लोग भरती हुए, उन सबने नियमित तालीम ली। भरती में नाम लिखाने वाले भी जैसे-जैसे दिन बीतते गए, वैसे-वैसे दृढ़ के बदले खिसकने लगे। मैं समझ गया कि सविनय कानून भंग की गाड़ी मैंने सोचा था उससे धीमी चलेगी।

34. 'नवजीवन' और 'यंग इंडिया'

एक तरफ तो चाहे जैसा धीमा होने पर भी शांति-रक्षा का यह आंदोलन चल रहा था और दूसरी तरफ सरकार की दमन-नीति पूरे ज़ोर से चल रही थी। पंजाब में उसके प्रभाव का साक्षात्कार हुआ। वहाँ फौजी कानून यानी नादिरशाही शुरू हुई। नेतागण पकड़े गए। खास अदालतें अदालतें नहीं थीं, बल्कि केवल गवर्नर का हुक्म बजाने का साधन बनी हुई थीं। उन्होंने बिना सबूत और बिना शहादत

के लोगों को सजाएँ दीं। फौजी सिपाहियों ने निर्दोष लोगों को कीड़ों की तरह पेट के बल चलाया। इसके सामने जलियाँवाला बाग का घोर हत्याकांड तो मेरी दृष्टि में किसी गिनती में नहीं था, यद्यपि आम लोगों का और दुनिया का ध्यान इस हत्याकांड ने ही खींचा था।

मुझ पर दबाव पड़ने लगा कि मैं जैसे भी बने पंजाब पहुँचूँ। मैंने वायसरॉय को पत्र लिखे, तार किए, परंतु जाने की इजाज़त न मिली। बिना इजाज़त के जाने पर अंदर तो जा ही नहीं सकता था; केवल सविनय कानून-भंग करने का संतोष मिल सकता था। मेरे सामने यह विकट प्रश्न खड़ा था कि इस धर्म-संकट में मुझे क्या करना चाहिए। मुझे लगा कि निषेधाज्ञा का अनादर करके प्रवेश करूँगा, तो वह विनयपूर्ण अनादर न माना जाएगा। शांति की जो प्रतीति मैं चाहता था, वह मुझे अब तक हुई नहीं थी। पंजाब की नादिरशाही ने लोगों की अशांति को अधिक भड़का दिया था। मुझे लगा कि ऐसे समय मेरे द्वारा की गई कानून की अवज्ञा जलती आग में घी होमने का काम करेगी। अतएव पंजाब में प्रवेश करने की सलाह को मैंने तुरंत माना नहीं। मेरे लिए यह निर्णय एक कड़वा घूँट था। पंजाब से रोज अन्याय के समाचार आते थे और मुझे रोज सुनना तथा दाँत पीसकर रह जाना पड़ता था।

इतने में मि. हार्निमैन को, जिन्होंने 'क्रॉनिकल' को एक प्रचंड शक्ति बना दिया था, सरकार चुरा ले गई और जनता को इसका पता तक न चलने दिया गया। इस चोरी में जो गंदगी थी, उसकी बदबू मुझे अभी तक आया करती है। मैं जानता हूँ कि मि. हार्निमैन अराजकता नहीं चहाते थे। मैंने सत्याग्रह-समिति की सलाह के बिना पंजाब सरकार का हुक्म तोड़ा, यह उन्हें अच्छा नहीं लगा था, सविनय कानून भंग को मुल्तवी रखने में वे पूरी तरह सहमत थे। उसे मुल्तवी रखने का अपना निर्णय मैंने प्रकट किया, इसके पहले ही मुल्तवी रखने की सलाह देनेवाला उनका पत्र मेरे नाम रवाना हो चुका था और वह मेरा निर्णय प्रकट होने के बाद मुझे मिला। इसका कारण अहमदाबाद और बंबई के बीच का फासला था। अतएव उनके देश निकाले से मुझे जितना आश्चर्य हुआ उतना ही दुःख भी हुआ।

इस घटना के कारण 'क्रॉनिकल' के व्यवस्थापकों ने उसे चलाने का बोझ मुझ पर डाला। मि. ब्रेलवी तो थे ही। इसलिए मुझे अधिक कुछ करना नहीं पड़ता था। फिर भी मेरे स्वभाव के अनुसार मेरे लिए यह जिम्मेदारी बहुत बड़ी हो गई थी।

किंतु मुझे यह जिम्मेदारी अधिक दिन तक उठानी नहीं पड़ी। सरकार की मेहरबानी से 'क्रॉनिकल' बंद हो गया।

जो लोग 'क्रॉनिकल' की व्यवस्था के कर्ता-धर्ता थे, वे ही लोग 'यंग इंडिया' की व्यवस्था पर भी निगरानी रखते थे। वे थे उमर सोबानी और शंकरलाल बैंकर। इन दोनों भाइयों ने मुझे सुझाया कि मैं 'यंग इंडिया' की जिम्मेदारी अपने सिर लूँ। और 'क्रॉनिकल' के अभाव की थोड़ी पूर्ति करने के विचार से 'यंग इंडिया' को हफ्ते में एक बार के बदले दो बार निकालना उन्हें और मुझे ठीक लगा। मुझे लोगों को सत्याग्रह का रहस्य समझाने का उत्साह था। पंजाब के बारे में मैं और कुछ नहीं तो कम-से-कम उचित आलोचना तो कर ही सकता था, और उसके पीछे सत्याग्रहरूपी शक्ति है, इसका पता सरकार को था ही। अतएव इन मित्रों की सलाह मैंने स्वीकार कर ली।

किंतु अंग्रेज़ी के द्वारा जनता को सत्याग्रह की शिक्षा कैसे दी जा सकती थी? गुजरात मेरे कार्य का मुख्य क्षेत्र था। इस समय भाई इंदुलाल याज्ञिक, उमर सोबानी और शंकरलाल बैंकर की मंडली में थे। वे 'नवजीवन' नामक गुजराती मासिक चला रहे थे। उसका खर्च भी उक्त मित्र पूरा करते थे। भाई इंदुलाल ने और उन मित्रों ने यह पत्र मुझे सौंप दिया और भाई इंदुलाल ने इसमें काम करना भी स्वीकार किया। इन मासिक को साप्ताहिक बनाया गया।

इस बीच 'क्रॉनिकल' फिर जी उठा, इसलिए 'यंग इंडिया' पुनः साप्ताहिक हो गया और मेरी सलाह के कारण उसे अहमदाबाद ले जाया गया। दो पत्रों के अलग-अलग स्थानों से निकलने में खर्च अधिक होता था और मुझे अधिक कठिनाई होती थी। 'नवजीवन' तो अहमदाबाद से ही निकलता था। ऐसे पत्रों के लिए स्वतंत्र छापाखाना होना चाहिए, इसका अनुभव मुझे 'इंडियन ओपीनियन' के संबंध में हो ही चुका था। इसके अतिरिक्त यहाँ के उस समय के अखबारों के कानून भी ऐसे थे कि मैं जो विचार प्रकट करना चाहता था, उन्हें व्यापारिक दृष्टि से चलनेवाले छापाखानों के मालिक छापने में हिचकिचाते थे। अपना स्वतंत्र छापाखाना खड़ा करने का यह भी एक प्रबल कारण था और यह काम अहमदाबाद में ही सरलता से हो सकता था। अतएव 'यंग इंडिया' को अहमदाबाद ले गए।

इन पत्रों के द्वारा मैंने जनता को यथाशक्ति सत्याग्रह की शिक्षा देना शुरू किया। पहले दोनों पत्रों की थोड़ी ही प्रतियाँ खपती थीं। लेकिन बढ़ते-बढ़ते वे चालीस हजार के आस-पास पहुँच गईं। 'नवजीवन' के ग्राहक एकदम बढ़े, जब

कि 'यंग इंडिया' के धीरे-धीरे बढ़े। मेरे जेल जाने के बाद इसमें कमी हुई और आज दोनों की ग्राहक-संख्या 8,000 से नीचे चली गई है।

इन पत्रों में विज्ञापन न लेने का मेरा आग्रह शुरू से ही था। मैं मानता हूँ कि इससे कोई हानि नहीं हुई और इस प्रथा के कारण पत्रों के विचार-स्वातन्त्र्य की रक्षा करने में बहुत मदद मिली।

इन पत्रों द्वारा मैं अपनी शांति प्राप्त कर सका। क्योंकि यद्यपि मैं सविनय कानून भंग तुरंत ही शुरू नहीं कर सका, फिर भी मैं अपने विचार स्वतंत्रतापूर्वक प्रकट कर सका; जो लोग सलाह और सुझाव के लिए मेरी ओर देख रहे थे, उन्हें मैं आश्वासन दे सका। और, मेरा खयाल है कि दोनों पत्रों ने उस कठिन समय में जनता की अच्छी सेवा की और फौजी कानून के जुल्म को हलका करने में हाथ बँटाया।

35. पंजाब में

पंजाब में जो कुछ हुआ, उसके लिए अगर सर माइकल ओडवायर ने मुझे गुनहगार ठहराया था, तो वहाँ के कोई-कोई नवयुवक फौजी कानून के लिए भी मुझे गुनहगार ठहराने में हिचकिचाते न थे। क्रोधावेश में भरे इन नवयुवकों की दलील यह थी कि यदि मैंने सविनय कानून भंग को मुल्तवी न किया होता, तो जलियाँवाला बाग का कत्लेआम कभी न होता और न फौजी कानून ही जारी हुआ होता। किसी-किसी ने तो यह धमकी भी दी थी कि मेरे पंजाब जाने पर लोग मुझे जान से मारे बिना न रहेंगे।

किंतु मुझे तो अपना कदम उपयुक्त मालूम होता था कि उसके कारण समझदार आदमियों में गलतफहमी होने की संभावना ही न थी। मैं पंजाब जाने के लिए अधीर हो रहा था। मैंने पंजाब कभी देखा न था। अपनी आँखों से जो कुछ देखने को मिले, उसे देखने की मेरी तीव्र इच्छा थी; और मुझे बुलानेवाले डॉ. सत्यपाल, डॉ. किचलू तथा पं. रामभजदत्त चौधरी को मैं देखना चाहता था। वे जेल में थे। पर मुझे पूरा विश्वास था कि सरकार उन्हें लंबे समय तक जेल में रख

ही नहीं सकेगी। मैं जब-जब बंबई जाता तब-तब बहुत से पंजाबी मुझसे आकर मिला करते थे। मैं उन्हें प्रोत्साहन देता था, जिसे पाकर वे प्रसन्न होते थे। इस समय मुझमें विपुल आत्मविश्वास था।

लेकिन मेरा जाना टलता जाता था। वायसरॉय लिखाते रहते थे कि 'अभी जरा देर है।'

इस बीच हंटर कमेटी आई। उसे फौजी कानून के दिनों में पंजाब के अधिकारियों द्वारा किए गए कारनामों की जाँच करनी थी। दीनबंधु एंड्रूज वहाँ पहुँच गए थे। उनके पत्रों में हृदयद्रावक वर्णन होते थे। उनके पत्रों की ध्वनि यह थी कि अखबारों में जो कुछ छपता था, फौजी कानून का जुल्म उससे कहीं अधिक था। पत्रों में मुझसे पंजाब पहुँचने का आग्रह किया गया। दूसरी तरफ मालवीयजी के भी तार आ रहे थे कि मुझे पंजाब पहुँचना चाहिए। इस पर मैंने वायसरॉय को फिर तार दिया। उत्तर मिला—'आप फलाँ तारीख को जा सकते हैं।' मुझे तारीख ठीक याद नहीं है, पर बहुत करके वह 17 अक्टूबर थी।

लाहौर पहुँचने पर जो दृश्य मैंने देखा, वह कभी भुलाया नहीं जा सकता। स्टेशन पर लोगों का समुदाय इस कदर इकट्ठा हुआ था, मानो बरसों के बिछोह के बाद कोई प्रियजन आ रहा हो और सगे-संबंधी उससे मिलने आए हों। लोग हर्षोन्मत्त हो गए थे।

मुझे पं. रामभजदत्त चौधरी के घर ठहराया गया था। सरलादेवी चौधरानी पर, जिन्हें मैं पहले से जानता था, मेरी आवभगत का बोझ आ पड़ा था। 'आवभगत का बोझ' शब्द मैं जान-बूझकर लिख रहा हूँ, क्योंकि आजकल की तरह उस समय भी जहाँ मैं ठहरता था, वहाँ मकान-मालिक का मकान धर्मशाला-सा हो जाता था।

पंजाब में मैंने देखा कि बहुत से पंजाबी नेताओं के जेल में होने के कारण मुख्य नेताओं का स्थान पं. मालवीयजी, पं. मोतीलालजी और स्व. स्वामी श्रद्धानंदजी ने ले रखा था। मालवीयजी और श्रद्धानंदजी के संपर्क में तो मैं भली-भाँति आ चुका था, पर पं. मोतीलालजी के निकट संपर्क में मैं लाहौर में ही आया। इन नेताओं ने और स्थानीय नेताओं ने, जिन्हें जेल जाने का सम्मान नहीं मिला था, मुझे तुरंत अपना बना लिया। मैं कहीं भी अपरचित-सा नहीं जान पड़ा।

हंटर कमेटी के सामने गवाही न देने का निश्चय हम सबने सर्व सम्मति से किया। इसके सब कारण उस समय प्रकाशित कर दिए गए थे। इसलिए यहाँ मैं

उनकी चर्चा नहीं करता। आज भी मेरा यह खयाल है कि वे कारण सबल थे और कमेटी का बहिष्कार उचित था।

पर यह निश्चय हुआ कि यदि हंटर कमेटी का बहिष्कार किया जाए, तो जनता की ओर से अर्थात् कांग्रेस की ओर से एक कमेटी होनी चाहिए। पं. मालवीयजी, पं. मोतीलाल नेहरू, स्व. चितरंजन दास, श्री अब्बास तैयबजी और श्री जयकरन को तथा मुझे इस कमेटी में रखा गया। हम जाँच के लिए अलग-अलग स्थानों में बँट गए। इस कमेटी की व्यवस्था का भार सहज ही मुझ पर आ पड़ा था, और चूँकि अधिक-से-अधिक गाँवों की जाँच का काम मेरे हिस्से में आया था, इसलिए मुझे पंजाब और पंजाब के गाँव देखने का अलभ्य लाभ मिला।

इस जाँच के दौरान पंजाब की स्त्रियों से तो मैं इस तरह से मिला, मानो मैं उन्हें युगों से पहचानता होऊँ। जहाँ जाता वहाँ उनके दल-के-दल मुझसे मिलते और वे मेरे सामने अपने काते हुए सूत का ढेर लगा देती थीं। इस जाँच के सिलसिले में अनायास ही मैं देख सका कि पंजाब खादी का महान् क्षेत्र हो सकता है।

लोगों पर ढाए गए जुल्मों की जाँच करते हुए जैसे-जैसे मैं गहराई में जाने लगा, वैसे-वैसे सरकारी अराजकता की, अधिकारियों की नादिरशाही और निरंकुशता की अपनी कल्पना से परे की बातें सुनकर मुझे आश्चर्य हुआ और मैंने दुःख का अनुभव किया। जिस पंजाब से सरकार को अधिक-से-अधिक सिपाही मिलते हैं, उस पंजाब में लोग इतना ज़्यादा ज़ुल्म कैसे सहन कर सके, यह बात मुझे उस समय भी आश्चर्यजनक मालूम हुई थी और आज भी मालूम होती है।

इस कमेटी की रिपोर्ट तैयार करने का काम भी मुझे ही सौंपा गया था। जो यह जानना चाहते हैं कि पंजाब में किस तरह के जुल्म हुए थे, उन्हें यह रिपोर्ट अवश्य पढ़नी चाहिए। इस रिपोर्ट के बारे में इतना मैं कह सकता हूँ कि उसमें जान-बूझकर एक भी जगह अतिशयोक्ति नहीं हुई है। जितनी हकीकतें दी गई हैं, उनके लिए उसी में प्रमाण भी प्रस्तुत किए गए हैं। इस रिपोर्ट में जितने प्रमाण दिए गए हैं, उनसे अधिक प्रमाण कमेटी के पास मौजूद थे। जिसके विषय में तनिक भी शंका थी, ऐसी एक भी बात रिपोर्ट में नहीं दी गई। इस तरह केवल सत्य को ही ध्यान में रखकर लिखी हुई रिपोर्ट से पाठक देख सकेंगे कि ब्रिटिश राज्य अपनी सत्ता को दृढ़ बनाए रखने के लिए किस हद तक जा सकता है, कैसे अमानुषिक काम कर सकता है। जहाँ तक मैं जानता हूँ, इस रिपोर्ट की एक भी बात आज तक झूठ साबित नहीं हुई।

36. ख़िलाफ़त के बदले गोरक्षा?

अब थोड़ी देर के लिए पंजाब के हत्याकांड को छोड़ दें।

कांग्रेस की तरफ से पंजाब की डायरशाही की जाँच चल रही थी। इतने में एक सार्वजनिक निमंत्रण मेरे हाथ में आया। उसमें स्व. हकीम साहब और भाई आसफ अली के नाम थे। उसमें यह भी लिखा था कि सभा में श्रद्धानंदजी उपस्थित रहने वाले हैं। मुझे कुछ ऐसा खयाल है कि वे उप-सभापति थे। यह निमंत्रण दिल्ली में ख़िलाफ़त के संबंध में उत्पन्न परिस्थिति का विचार करने वाली और संधि के उत्सव में सम्मिलित होने या न होने का निर्णय करने वाली हिंदू-मुसलमानों की एक संयुक्त सभा में उपस्थित होने का था। मुझे कुछ ऐसा याद है कि यह सभा नवंबर महीने में हुई थी।

इस निमंत्रण में यह लिखा था कि सभा में केवल ख़िलाफ़त के प्रश्न की ही चर्चा नहीं होगी, बल्कि गोरक्षा के प्रश्न पर भी विचार होगा और यह कि गोरक्षा साधने का यह एक सुंदर अवसर बनेगा। मुझे यह वाक्य चुभा। इस निमंत्रण-पत्र का उत्तर देते हुए मैंने लिखा कि मैं उपस्थित होने की कोशिश करूँगा और यह भी लिखा कि ख़िलाफ़त और गोरक्षा को एक साथ मिलाकर उन्हें परस्पर सौदे का सवाल नहीं बनाना चाहिए। हर प्रश्न का विचार उसके गुण-दोष की दृष्टि से किया जाना चहिए।

मैं सभा में हाजिर रहा। सभा में उपस्थिति अच्छी थी। पर बाद में जिस तरह हजारों लोग उमड़ते थे, वैसा दृश्य वहाँ नहीं था। इस सभा में श्रद्धानंदजी उपस्थित थे। मैंने उनके साथ उक्त विषय पर चर्चा कर ली। उन्हें मेरी दलील जँची और उसे पेश करने का भार उन्होंने मुझ पर डाला। हकीम साहब के साथ भी मैंने बात कर ली थी। मेरी दलील यह थी कि दोनों प्रश्नों पर उनके अपने गुण-दोष की दृष्टि से विचार करना चाहिए। यदि ख़िलाफ़त के प्रश्न में सार हो, उसमें सरकार की ओर से अन्याय हो रहा हो, तो हिंदुओं को मुसलमानों का साथ देना चाहिए और इस प्रश्न के साथ गोरक्षा के प्रश्न को नहीं जोड़ना चाहिए। अगर हिंदू ऐसी कोई शर्त करते हैं, तो वह उन्हें शोभा नहीं देगा। मुसलमान ख़िलाफ़त के लिए मिलने वाली मदद के बदले में गोवध बंद करें, तो वह उनके लिए भी शोभास्पद न होगी। पड़ोसी और एक ही भूमि के निवासी होने के नाते तथा हिंदुओं की भावना का आदर

करने की दृष्टि से यदि मुसलमान स्वतंत्र रूप से गोवध बंद करें, तो यह उनके लिए शोभा की बात होगी। यह उनका फर्ज है और एक स्वतंत्र प्रश्न है। अगर यह फर्ज है और मुसलमान इसे फर्ज समझें, तो हिंदू ख़िलाफ़त के काम में मदद दें या न दें, तो भी मुसलमानों को गोवध बंद करना चाहिए। मैंने अपनी तरफ से यह दलील पेश की कि इस तरह दोनों प्रश्नों का विचार स्वतंत्र रीति से किया जाना चाहिए और इसलिए इस सभा में तो सिर्फ ख़िलाफ़त के प्रश्न की ही चर्चा मुनासिब है। सभा को मेरी दलील पसंद पड़ी। गोरक्षा के प्रश्न पर सभा में चर्चा नहीं हुई। लेकिन मौलाना अब्दुलबारी साहब ने कहा, 'हिंदू ख़िलाफ़त के मामले में मदद दें चाहे न दें, लेकिन चूँकि हम एक ही मुल्क के रहने वाले हैं इसलिए मुसलमानों को हिंदुओं के जज्बात की खातिर गोकुशी बंद करनी चाहिए।' एक समय तो ऐसा मालूम हुआ कि मुसलमान सचमुच गोवध बंद कर देंगे।

कुछ लोगों की यह सलाह थी कि पंजाब के सवाल को भी ख़िलाफ़त के साथ जोड़ दिया जाए। मैंने इस विषय में अपना विरोध प्रकट किया। मेरी दलील यह थी कि पंजाब का प्रश्न स्थानीय है; पंजाब के दुःख की वजह से हम हुकूमत से संबंध रखने वाले संधि-विषयक उत्सव से अलग नहीं रह सकते। इस सिलसिले में ख़िलाफ़त के सवाल के साथ पंजाब को जोड़ देने से हम अपने सिर अविवेक का आरोप ले लेंगे। मेरी दलील सबको पसंद आई।

इस सभा में मौलाना हसरत मोहानी भी थे। उनसे मेरी जान-पहचान तो हो ही चुकी थी। पर वे कैसे लड़वैया हैं, इसका अनुभव मुझे यहीं हुआ। यहीं से हमारे बीच मतभेद शुरू हुआ और कई मामलों में वह आखिर तक बना रहा।

कई प्रस्तावों में एक प्रस्ताव यह भी था कि हिंदू-मुसलमान सबको स्वदेशी-व्रत का पालन करना चाहिए और इसके लिए विदेशी कपड़े का बहिष्कार करना चाहिए। खादी का पुनर्जन्म अभी हुआ नहीं था। मौलाना हसरत मोहानी को यह प्रस्ताव जँच नहीं रहा था। यदि अंग्रेज़ी हुकूमत ख़िलाफ़त के मामले में इन्साफ न करे, तो उन्हें उससे बदला लेना था। इसलिए उन्होंने सुझाया कि यथासंभव हर तरह के ब्रिटिश माल का बहिष्कार करना चाहिए। मैंने हर तरह के ब्रिटिश माल के बहिष्कार की आवश्यकता और अयोग्यता के बारे में अपनी वे दलीलें पेश कीं, जो अब सुपरिचित हो चुकी हैं। मैंने अपनी अहिंसा-वृत्ति का भी प्रतिपादन किया। मैंने देखा कि सभा पर मेरी दलीलों का गहरा असर पड़ा है। हसरत मोहानी की दलीलें सुनकर लोग ऐसा हर्षनाद करते थे कि मुझे लगा, यहाँ मेरी तूती की आवाज कोई

नहीं सुनेगा। पर मुझे अपना धर्म चूकना और छिपाना नहीं चाहिए, यह सोचकर मैं बोलने के लिए उठा। लोगों ने मेरा भाषण बहुत ध्यान से सुना। मंच पर तो मुझे संपूर्ण समर्थन मिला और मेरे समर्थन में एक के बाद एक भाषण होने लगे। नेतागण यह देख सके कि ब्रिटिश माल के बहिष्कार का प्रस्ताव पास करने से एक भी हेतु सिद्ध नहीं होगा। हाँ, हँसी काफी होगी। सारी सभा में शायद ही कोई ऐसा आदमी देखने में आता था, जिसके शरीर पर कोई-न-कोई ब्रिटिश वस्तु न हो। इतना तो अधिकांश लोग समझ गए कि जो बात सभा में उपस्थित लोग भी नहीं कर सकते, उसे करने का प्रस्ताव पास करने से लाभ के बदले हानि ही होगी।

मौलाना हसरत मोहानी ने अपने भाषण में कहा, 'हमें आपके विदेशी वस्त्र बहिष्कार से संतोष हो ही नहीं सकता। कब हम अपनी जरूरत का सब कपड़ा पैदा कर सकेंगे और कब विदेशी वस्त्रों का बहिष्कार होगा? हमें तो ऐसी कोई चीज चाहिए, जिसका प्रभाव ब्रिटिश जनता पर तत्काल पड़े। आपका बहिष्कार चाहे रहे, पर इससे ज़्यादा तेज कोई चीज आप हमें बताइए।' मैं यह भाषण सुन रहा था। मुझे लगा कि विदेशी वस्त्र के बहिष्कार के अलावा कोई दूसरी नई चीज सुझानी चाहिए। उस समय मैं यह तो स्पष्ट रूप से जानता था कि विदेशी वस्त्र का बहिष्कार तुरंत नहीं हो सकता। यदि हम चाहें तो संपूर्ण रूप से खादी उत्पन्न करने की शक्ति हममें है, इस बात को जिस तरह मैं बाद में देख सका, वैसे उस समय नहीं देख सका था। अकेली मिल तो दगा दे जाएगी, यह मैं उस समय भी जानता था। जब मौलाना साहब ने अपना भाषण पूरा किया, तब मैं जवाब देने के लिए तैयार हो रहा था।

मुझे कोई उर्दू या हिंदी शब्द तो नहीं सूझा। ऐसी खास मुसलमानों की सभा में तर्कयुक्त भाषण करने का मेरा यह पहला अनुभव था। कलकत्ते में मुस्लिम लीग की सभा में मैं बोला था, किंतु वह तो कुछ मिनटों का और दिल को छूने वाला भाषण था। पर यहाँ तो मुझे विरुद्ध मतवाले समाज को समझाना था। लेकिन मैंने शर्म छोड़ दी थी। मुझे दिल्ली के मुसलमानों के सामने शुद्ध उर्दू में लच्छेदार भाषण नहीं करना था, बल्कि अपनी मंशा टूटी-फूटी हिंदी में समझा देनी थी। यह काम मैं भली-भाँति कर सका। यह सभा इस बात का प्रत्यक्ष प्रमाण थी कि हिंदी-उर्दू ही राष्ट्रभाषा बन सकती है। अगर मैंने अंग्रेज़ी में भाषण किया होता, तो मेरी गाड़ी आगे न बढ़ती; और मौलाना साहब ने जो चुनौती मुझे दी, उसे देने का मौका न आया होता और आया भी होता तो मुझे जवाब न सूझता।

उर्दू या हिंदी शब्द ध्यान में न आने से मैं शर्माया, पर मैंने जवाब तो दिया ही। मुझे 'नॉन-कोऑपरेशन' शब्द सूझा। जब मौलाना भाषण कर रहे थे तब मैं यह सोच रहा था कि मौलाना खुद कई मामलों में जिस सरकार का साथ दे रहे हैं, उस सरकार के विरोध की बात करना उनके लिए बेकार है। मुझे लगा कि जब तलवार से सरकार का विरोध नहीं करना है, तो उसका साथ न देने में ही सच्चा विरोध है। और फलतः मैंने 'नॉन-कोऑपरेशन' शब्द का प्रयोग पहली बार इस सभा में किया। अपने भाषण में मैंने इसके समर्थन में अपनी दलीलें दीं। उस समय मुझे इस बात का कोई खयाल न था कि इस शब्द में किन-किन बातों का समावेश हो सकता है। इसलिए मैं तफसील में न जा सका। मुझे तो इतना ही कहने की याद है :

> 'मुसलमान भाइयों ने एक और भी महत्त्वपूर्ण निश्चय किया है। ईश्वर न करे, पर यदि कहीं सुलह की शर्तें उनके खिलाफ जाएँ, तो वे सरकार की सहायता करना बंद कर देंगे। मेरे विचार में यह जनता का अधिकार है। सरकारी उपाधियाँ धारण करने अथवा सरकारी नौकरियाँ करने के लिए हम बँधे हुए नहीं हैं। जब सरकार के हाथों ख़िलाफ़त जैसे अत्यंत महत्त्वपूर्ण धार्मिक प्रश्न के संबंध में हमें नुकसान पहुँचता है, तब हम उसकी सहायता कैसे कर सकते हैं? इसलिए अगर ख़िलाफ़त का फैसला हमारे खिलाफ हुआ, तो सरकार की सहायता न करने का हमें हक होगा।'

पर इसके बाद इस वस्तु का प्रचार होने में कई महीने बीत गए। यह शब्द कुछ महीनों तक तो इस सभा में ही दबा पड़ा रहा। एक महीने बाद जब अमृतसर में कांग्रेस का अधिवेशन हुआ, तो वहाँ मैंने असहयोग के प्रस्ताव का समर्थन किया। उस समय तो मैंने यही आशा रखी थी कि हिंदू-मुसलमानों के लिए सरकार के खिलाफ असहयोग करने का अवसर नहीं आएगा।

37. अमृतसर की कांग्रेस

फौजी कानून के चलते जिन सैकड़ों निर्दोष पंजाबियों को नाम की अदालतों ने नाम के सबूत लेकर छोटी-बड़ी मुद्दतों के लिए जेल में तूस दिया था, पंजाब

की सरकार उन्हें जेल में रख न सकी। इस घोर अन्याय के विरुद्ध चारों ओर से ऐसी जबरदस्त आवाज उठी कि सरकार के लिए इन कैदियों को अधिक समय तक जेल में रखना संभव न रहा। अतएव कांग्रेस अधिवेशन के पहले बहुत से कैदी छूट गए। लाला हरकिसन लाल आदि सब नेता रिहा हो गए और कांग्रेस अधिवेशन के दिनों में अली भाई भी छूट कर आ गए। इससे लोगों के हर्ष की सीमा न रही। पं. मोतीलाल नेहरू, जिन्होंने अपनी वकालत को एक तरफ रखकर पंजाब में ही डेरा डाल दिया था, कांग्रेस के सभापति थे। स्वामी श्रद्धानंदजी स्वागत समिति के अध्यक्ष थे।

अब तक कांग्रेस में मेरा काम इतना ही रहता था कि हिंदी में अपना छोटा-सा भाषण करूँ, हिंदी भाषा की वकालत करूँ और उपनिवेशों में रहने वाले हिंदुस्तानियों का मामला पेश करूँ। यह खयाल नहीं था कि अमृतसर में मुझे इससे अधिक कुछ करना पड़ेगा। लेकिन जैसा कि मेरे संबंध में पहले भी हो चुका है, जिम्मेदारी अचानक मुझ पर आ पड़ी।

नए सुधारों के संबंध में सम्राट् की घोषणा प्रकट हो चुकी थी। वह मुझे पूर्ण संतोष देनेवाली नहीं थी और किसी को तो वह बिलकुल पसंद ही नहीं थी। लेकिन उस समय मैंने यह माना था कि उक्त घोषणा में सूचित सुधार त्रुटिपूर्ण होते हुए भी स्वीकार किए जा सकते हैं। सम्राट् की घोषणा में मुझे लॉर्ड सिंह का हाथ दिखाई पड़ा था। उस समय की मेरी आँखों ने घोषणा की भाषा में आशा की किरणें देखी थीं। किंतु लोकमान्य, चितरंजन दास आदि अनुभवी योद्धा विरोध में सिर हिला रहे थे। भारत-भूषण मालवीयजी तटस्थ थे।

मेरा डेरा मालवीयजी ने अपने ही कमरे में रखा था। उनकी सादगी की झाँकी काशी-विश्वविद्यालय के शिलान्यास के समय मैं कर चुका था। लेकिन इस बार तो उन्होंने मुझे अपने कमरे में ही स्थान दिया था। इससे मैं उनकी सारी दिनचर्या देख सका और मुझे सानंद आश्चर्य हुआ। उनका कमरा क्या था, गरीबों की धर्मशाला थी। उसमें कहीं रास्ता नहीं रहने दिया गया था। जहाँ-तहाँ लोग पड़े ही मिलते थे। वहाँ न कोई खाली जगह थी, न एकांत था। चाहे जो आदमी चाहे जिस समय आता था और उनका चाहे जितना समय ले लेता था। इस कमरे के एक कोने में मेरा दरबार अर्थात् खटिया थी।

किंतु मुझे इस प्रकरण में मालवीयजी की रहन-सहन का वर्णन नहीं करना है। अतएव मैं अपने विषय पर आता हूँ।

इस स्थिति में मालवीयजी के साथ रोज मेरी बातचीत होती थी। वे मुझे सबका पक्ष बड़ा भाई जैसे छोटे को समझाता है वैसे प्रेम से समझाते थे। सुधार संबंधी प्रस्ताव में भाग लेना मुझे धर्म रूप प्रतीत हुआ। पंजाब विषयक कांग्रेस की रिपोर्ट की जिम्मेदारी में मेरा हिस्सा था। पंजाब के विषय में सरकार से काम लेना था। ख़िलाफ़त का प्रश्न तो था ही। मैंने यह भी माना था कि मांटेग्यू हिंदुस्तान के साथ विश्वासघात नहीं करने देंगे। कैदियों की और उनमें भी अली भाइयों की रिहाई को मैंने शुभ चिह्न माना था। अतएव मुझे लगा कि सुधारों को स्वीकार करने का प्रस्ताव पास होना चाहिए। चितरंजन दास का दृढ़ मत था कि सुधारों को बिलकुल असंतोषजनक और अधूरे मानकर उनकी उपेक्षा करनी चाहिए। लोकमान्य कुछ तटस्थ थे। किंतु देशबंधु जिस प्रस्ताव को पसंद करें, उसके पक्ष में अपना वजन डालने का उन्होंने निश्चय कर लिया था।

ऐसे पुराने अनुभवी और कसे हुए सर्वमान्य लोकनायकों के साथ अपना मतभेद मुझे स्वयं असह्य मालूम हुआ। दूसरी ओर मेरा अंतर्नाद स्पष्ट था। मैंने कांग्रेस की बैठक में से भागने का प्रयत्न किया। पं. मोतीलाल नेहरू और मालवीयजी को मैंने यह सुझाया कि मुझे अनुपस्थित रहने देने से सब काम बन जाएगा और मैं महान् नेताओं के साथ मतभेद प्रकट करने के संकट से बच जाऊँगा।

यह सुझाव इन दोनों बुजुर्गों के गले न उतरा। जब बात लाला हरकिसन लाल के कान तक पहुँची, तो उन्होंने कहा, 'यह हरगिज न होगा। इससे पंजाबियों को भारी आघात पहुँचेगा।' मैंने लोकमान्य और देशबंधु के साथ विचार-विमर्श किया। मि. जिन्ना से मिला। किसी तरह कोई रास्ता निकलता न था। मैंने अपनी वेदना मालवीयजी के सामने रखी, 'समझौते के कोई लक्षण मुझे दिखाई नहीं देते। यदि मुझे अपना प्रस्ताव रखना ही पड़ा, तो अंत में मत तो लिए ही जाएँगे। पर यहाँ मत ले सकने की कोई व्यवस्था मैं नहीं देख रहा हूँ। आज तक हमने भरी सभा में हाथ उठवाए हैं। हाथ उठाते समय दर्शकों और प्रतिनिधियों के बीच कोई भेद नहीं रहता। ऐसी विशाल सभा में मत गिनने की कोई व्यवस्था हमारे पास नहीं होती। अतएव मुझे अपने प्रस्ताव पर मत लिवाने हों तो भी इसकी सुविधा नहीं है।'

लाला हरकिसन लाल ने यह सुविधा संतोषजनक रीति से कर देने का जिम्मा लिया। उन्होंने कहा, 'मत लेने के दिन दर्शकों को नहीं आने देंगे। केवल प्रतिनिधि ही आएँगे और वहाँ मतों की गिनती करा देना मेरा काम होगा। पर आप कांग्रेस की बैठक में अनुपस्थित तो रह ही नहीं सकते।'

आखिर मैं हारा। मैंने अपना प्रस्ताव तैयार किया। बड़े संकोच से मैंने उसे पेश करना कबूल किया। मि. जिन्ना और मालवीयजी उसका समर्थन करने वाले थे। भाषण हुए। मैं देख रहा था कि यद्यपि हमारे मतभेद में कहीं कटुता नहीं थी, भाषणों में भी दलीलों के सिवा और कुछ नहीं था, फिर भी सभा जरा-सा भी मतभेद सहन नहीं कर सकती थी और नेताओं के मतभेद से उसे दुःख हो रहा था। सभा को तो एकमत चाहिए था।

जब भाषण हो रहे थे उस समय भी मंच पर मतभेद मिटाने की कोशिशें चल रही थीं। एक-दूसरे के बीच चिट्ठियाँ आ-जा रही थीं। मालवीयजी, जैसे भी बने, समझौता कराने का प्रयत्न कर रहे थे। इतने में जयरामदास ने मेरे हाथ पर अपना सुझाव रखा और सदस्यों को मत देने के संकट से उबार लेने के लिए बहुत मीठे शब्दों में मुझसे प्रार्थना की। मुझे उनका सुझाव पसंद आया। मालवीयजी की दृष्टि तो चारों ओर आशा की खोज में घूम ही रही थी। मैंने कहा, 'यह सुझाव दोनों पक्षों को पसंद आने लायक मालूम होता है।' मैंने उसे लोकमान्य को दिखाया। उन्होंने कहा, 'दास को पसंद आ जाए, तो मुझे कोई आपत्ति नहीं।' देशबंधु पिघले। उन्होंने विपिनचंद्र पाल की तरफ देखा। मालवीयजी की पूरी आशा बँध गई। उन्होंने परची हाथ से छीन ली। अभी देशबंधु के मुँह से 'हाँ' का शब्द पूरा निकल भी नहीं पाया था कि वे बोल उठे, 'सज्जनों, आपको यह जानकर खुशी होगी कि समझौता हो गया है।' फिर क्या था? तालियों की गड़गड़ाहट से मंडप गूँज उठा और लोगों के चेहरों पर जो गंभीरता थी, उसके बदले खुशी चमक उठी।

यह प्रस्ताव क्या था, इसकी चर्चा की यहाँ आवश्यकता नहीं। यह प्रस्ताव किस तरह स्वीकृत हुआ, इतना ही इस संबंध में बतलाना मेरे इन प्रयोगों का विषय है। समझौते ने मेरी जिम्मेदारी बढ़ा दी।

38. कांग्रेस में प्रवेश

मुझे कांग्रेस के काम-काज में हिस्सा लेना पड़ा, इसे मैं कांग्रेस में अपना प्रवेश नहीं मानता। इससे पहले की कांग्रेस की बैठकों में मैं गया सो सिर्फ अपनी

वफादारी की निशानी के रूप में। छोटे-से-छोटे सिपाही के काम के सिवा मेरा वहाँ दूसरा कोई कार्य हो सकता है, ऐसा पहले की बैठकों के समय मुझे कभी आभास नहीं हुआ था, न इससे अधिक कुछ करने की मुझे इच्छा हुई थी।

अमृतसर के अनुभव ने बतलाया कि मेरी एक-दो शक्तियाँ कांग्रेस के लिए उपयोगी हैं। मैं यह देख सका था कि पंजाब की जाँच कमेटी के मेरे काम से लोकमान्य, मालवीयजी, मोतीलालजी, देशबंधु आदि खुश हुए थे। इसलिए उन्होंने मुझे अपनी बैठकों और चर्चाओं में बुलाया। इतना तो मैंने देख लिया था कि विषय-विचारिणी समिति का सच्चा काम इन्हीं बैठकों में होता था और ऐसी चर्चाओं में वे लोग सम्मिलित होते थे, जिन पर नेता विशेष विश्वास या आधार रखते थे और दूसरे वे लोग होते थे, जो किसी-न-किसी बहाने से घुस जाते थे।

अगले साल करने योग्य कामों में से दो कामों में मुझे दिलचस्पी थी, क्योंकि उनमें मैं कुछ दखल रखता था।

एक था जलियाँवाला बाग के हत्याकांड का स्मारक। इसके बारे में कांग्रेस ने बड़ी शान के साथ प्रस्ताव पास किया था। स्मारक के लिए करीब पाँच लाख रुपये की रकम इकट्ठी करनी थी। उसके रक्षकों (ट्रस्टियों) में मेरा नाम था। देश में जनता के काम के लिए भिक्षा माँगने की जबरदस्त शक्ति रखनेवालों में पहला पद मालवीयजी का था और है। मैं जानता था कि मेरा दर्जा उनसे बहुत दूर नहीं रहेगा। अपनी यह शक्ति मैंने दक्षिण अफ्रीका में देख ली थी। राजा-महाराजाओं पर अपना जादू चलाकर उनसे लाखों रुपये प्राप्त करने की शक्ति मुझमें नहीं थी, आज भी नहीं है। इस विषय में मालवीयजी के साथ प्रतिस्पर्धा करनेवाला मुझे कोई मिला ही नहीं। मैं जानता था कि जलियाँवाला बाग के काम के लिए उन लोगों से पैसा नहीं माँगा जा सकता। अतएव रक्षक का पद स्वीकार करते समय ही मैं यह समझ गया था कि इस स्मारक के लिए धन-संग्रह करने का बोझ मुझ पर पड़ेगा, और यही हुआ भी। बंबई के उदार नागरिकों ने इस स्मारक के लिए दिल खोलकर धन दिया और आज जनता के पास उसके लिए जितना चाहिए उतना पैसा है। किंतु हिंदुओं, मुसलमानों और सिखों के मिश्रित रक्त से पावन बनी हुई इस भूमि पर किस तरह का स्मारक बनाया जाए, अर्थात् पड़े हुए पैसों का क्या उपयोग किया जाए, यह एक विकट सवाल हो गया है; क्योंकि तीनों के बीच अथवा कहिए कि दोनों के बीच आज दोस्ती के बदले दुश्मनी का भास हो रहा है।

मेरी दूसरी शक्ति लेखक और मुंशी का काम करने की थी, जिसका उपयोग कांग्रेस कर सकती थी। नेतागण यह समझ चुके थे कि लंबे समय के अभ्यास के कारण कहाँ, क्या और कितने कम शब्दों में व अविनय-रहित भाषा में लिखना चाहिए, सो मैं जानता हूँ। उस समय कांग्रेस का जो विधान था, वह गोखले की छोड़ी हुई पूँजी थी। उन्होंने कुछ नियम बना दिए थे। उनके सहारे कांग्रेस का काम चलता था। वे नियम कैसे बनाए गए, इसका मधुर इतिहास मैंने उन्हीं के मुँह से सुना था। पर अब सब कोई यह अनुभव कर रहे थे कि कांग्रेस का काम उतने ही नियमों से नहीं चल सकता। उसका विधान बनाने की चर्चाएँ हर साल उठती थीं। पर कांग्रेस के पास ऐसी कोई व्यवस्था ही नहीं थी जिससे पूरे वर्ष भर उसका काम चलता रहे, अथवा भविष्य की बात कोई सोचे। उसके तीन मंत्री होते थे, पर वास्तव में कार्यवाहक मंत्री तो एक ही रहता था। वह भी चौबीसों घंटे दे सकनेवाला नहीं होता था। एक मंत्री कार्यालय चलाए या भविष्य का विचार करे अथवा भूतकाल में उठाई हुई कांग्रेस की जिम्मेदारियों को वर्तमान वर्ष में पूरा करे? इसलिए इस वर्ष यह प्रश्न सबकी दृष्टि से अधिक महत्त्वपूर्ण बन गया। कांग्रेस में हजारों की भीड़ होती थी। उसमें राष्ट्र का काम कैसे हो सकता था? प्रतिनिधियों की संख्या की कोई सीमा न थी। किसी भी प्रांत से चाहे जितने प्रतिनिधि आ सकते थे। कोई भी प्रतिनिधि हो सकता था। अतएव कुछ व्यवस्था करने की आवश्यकता सबको प्रतीत हुई। विधान तैयार करने का भार उठाने की जिम्मेदारी मैंने अपने सिर ली। मेरी एक शर्त थी। जनता पर दो नेताओं का प्रभुत्व मैं देख रहा था। इससे मैंने चाहा कि उनके प्रतिनिधि मेरे साथ रहें। मैं समझता था कि वे स्वयं शांति से बैठकर विधान बनाने का काम नहीं कर सकते। इसलिए लोकमान्य और देशबंधु से उनके विश्वास के दो नाम मैंने माँगे। मैंने यह सुझाव रखा कि इनके सिवा विधान समिति में और कोई न होना चाहिए। यह सुझाव मान लिया गया। लोकमान्य ने श्री केलकर का और देशबंधु ने श्री आई. बी. सेन का नाम दिया। यह विधान समिति एक दिन भी कहीं मिलकर नहीं बैठी। फिर भी हमने अपना काम एकमत से पूरा किया। पत्र-व्यवहार द्वारा अपना काम चला लिया। इस विधान के लिए मुझे थोड़ा अभिमान है। मैं मानता हूँ कि इसका अनुसरण करके काम किया जाए, तो हमारा बेड़ा पार हो सकता है। यह तो जब होगा तब होगा, परंतु मेरी यह मान्यता है कि इस जिम्मेदारी को लेकर मैंने कांग्रेस में सच्चा प्रवेश किया।

39. खादी का जन्म

मुझे याद नहीं पड़ता कि सन् 1908 तक मैंने चरखा या करघा कहीं देखा हो। फिर भी मैंने 'हिंद स्वराज्य' में यह माना था कि चरखे के जरिए हिंदुस्तान की कंगालियत मिट सकती है। और यह तो सबके समझ सकने जैसी बात है कि जिस रास्ते भुखमरी मिटेगी, उसी रास्ते स्वराज्य मिलेगा। सन् 1915 में मैं दक्षिण अफ्रीका से हिंदुस्तान वापस आया, तब भी मैंने चरखे के दर्शन नहीं किए थे। आश्रम के खुलते ही उसमें करघा शुरू किया था। करघा शुरू करने में भी मुझे बड़ी मुश्किल का सामना करना पड़ा। हम सब अनजान थे, अतएव करघे के मिल जाने भर से तो करघा चल नहीं सकता था। आश्रम में हम सब कलम चलानेवाले थे या व्यापार करना जाननेवाले लोग इकट्ठा हुए थे; हममें कोई कारीगर नहीं था। इसलिए करघा प्राप्त करने के बाद बुनना सिखानेवाले की आवश्यकता पड़ी। काठियावाड़ और पालनपुर से करघा मिला और एक सिखानेवाला आया। उसने अपना पूरा हुनर नहीं बताया। परंतु मगनलाल गांधी शुरू किए हुए काम को जल्दी छोड़ने वाले न थे। उनके हाथ में कारीगरी तो थी ही। इसलिए उन्होंने बुनने की कला पूरी तरह समझ ली और फिर आश्रम में एक के बाद एक नए-नए बुननेवाले तैयार हुए।

हमें तो अब अपने कपड़े तैयार करके पहनने थे। इसलिए आश्रमवासियों ने मिल के कपड़े पहनना बंद किया और यह निश्चय किया कि वे हाथ-करघे पर देशी मिल के सूत का बुना हुआ कपड़ा पहनेंगे। ऐसा करने से हमें बहुत कुछ सीखने को मिला। हिंदुस्तान के बुनकरों के जीवन की, उनकी आमदनी की, सूत प्राप्त करने में होने वाली उनकी कठिनाई की, इसमें वे किस प्रकार ठगे जाते थे और आखिर किस प्रकार दिन-दिन कर्जदार होते जाते थे, इन सबकी जानकारी हमें मिली। हम स्वयं अपना सब कपड़ा तुरंत बुन सकें, ऐसी स्थिति तो थी ही नहीं। इस कारण से बाहर के बुनकरों से हमें अपनी आवश्यकता का कपड़ा बुनवा लेना पड़ता था। देशी मिल के सूत का हाथ से बुना कपड़ा झट मिलता नहीं था। बुनकर सारा अच्छा कपड़ा विलायती सूत का ही बुनते थे, क्योंकि हमारी मिलें सूत कातती नहीं थीं। आज भी वह महीन सूत अपेक्षाकृत कम ही कातती हैं; बहुत महीन तो कात ही नहीं सकतीं। बड़े प्रयत्न के बाद कुछ बुनकर हाथ लगे, जिन्होंने देशी सूत का कपड़ा बुन देने की मेहरबानी की! इन बुनकरों को आश्रम की तरफ से यह गारंटी देनी पड़ी थी कि

देशी सूत का बुना हुआ कपड़ा खरीद लिया जाएगा। इस प्रकार विशेष रूप से तैयार कराया हुआ कपड़ा बुनवाकर हमने पहना और मित्रों में उसका प्रचार किया। यों हम कातने वाली मिलों के अवैतनिक एजेंट बने। मिलों के संपर्क में आने पर उनकी व्यवस्था की और उनकी लाचारी की जानकारी हमें मिली। हमने देखा कि मिलों का ध्येय खुद कातकर खुद ही बुनना था। वे हाथ-करघों की सहायता स्वेच्छा से नहीं, बल्कि अनिच्छा से करती थीं।

यह सब देखकर हम हाथ से कातने के लिए अधीर हो उठे। हमने देखा कि जब तक हाथ से कातेंगे नहीं, तब तक हमारी पराधीनता बनी रहेगी। मिलों के एजेंट बनकर हम देशसेवा करते हैं, ऐसा हमें प्रतीत नहीं हुआ।

लेकिन न तो कहीं चरखा मिलता था और न कोई चरखे का चलानेवाला मिलता था। कुकड़ियाँ आदि भरने के चरखे तो हमारे पास थे, पर उन पर काता जा सकता है, इसका तो हमें खयाल ही नहीं था। एक बार कालीदास वकील एक बहन को खोजकर लाए। उन्होंने कहा कि यह बहन सूत कातकर दिखाएगी। उसके पास एक आश्रमवासी को भेजा, जो नए काम सीख लेने में बड़े होशियार थे। पर हुनर उनके हाथ न लगा।

दिन तो बीते जा रहे थे। मैं अधीर हो उठा था। आश्रम में आने वाले हर ऐसे आदमी से, जो इस विषय में कुछ बता सकता था, मैं पूछताछ किया करता था। पर कातने का इजारा तो स्त्री का ही था। अतएव ओने-कोने में पढ़ी हुई कातना जाननेवाली स्त्री तो किसी स्त्री को ही मिल सकती थी।

सन् 1917 में मेरे गुजराती मित्र मुझे भड़ौंच शिक्षा-परिषद् में घसीट ले गए थे। वहाँ महासाहसी विधवा बहन गंगाबाई मुझे मिलीं। वे पढ़ी-लिखी अधिक नहीं थीं, पर उनमें हिम्मत और समझदारी साधारणतया जितनी शिक्षित बहनों में होती है, उससे अधिक थी। उन्होंने अपने जीवन में अस्पृश्यता की जड़ काट डाली थी; वे बेधड़क अंत्यजों में मिलतीं और उनकी सेवा करती थीं। उनके पास पैसा था, पर उनकी अपनी आवश्यकताएँ बहुत कम थीं। उनका शरीर कसा हुआ था और चाहे जहाँ अकेले जाने में उन्हें जरा भी झिझक नहीं होती थी। वे घोड़े की सवारी के लिए भी तैयार रहती थीं। इन बहन का विशेष परिचय गोधरा की परिषद् में प्राप्त हुआ। अपना दुःख मैंने उनके सामने रखा और दमयंती जिस प्रकार नल की खोज में भटकी थी, उसी प्रकार चरखे की खोज में भटकने की प्रतिज्ञा करके उन्होंने मेरा बोझ हलका कर दिया।

40. चरखा मिला!

गुजरात में अच्छी तरह भटक चुकने के बाद गायकवाड़ के बीजापुर गाँव में गंगा बहन को चरखा मिला। वहाँ बहुत से कुटुंबों के पास चरखा था, जिसे उठाकर उन्होंने छत पर चढ़ा दिया था। पर यदि कोई उनका सूत खरीद ले और उन्हें पूनी मुहैया कर दे, तो वे कातने को तैयार थे। गंगा बहन ने मुझे खबर भेजी। मेरे हर्ष का कोई पार न रहा। पूनी मुहैया करने का काम मुश्किल मालूम हुआ। स्व. भाई उमर सोबानी से चर्चा करने पर उन्होंने अपनी मिल से पूनी की गुछलियाँ भेजने का जिम्मा लिया। मैंने वे गुछलियाँ गंगा बहन के पास भेजीं और सूत इतनी तेजी से कतने लगा कि मैं हार गया।

भाई उमर सोबानी की उदारता विशाल थी, फिर भी उसकी हद थी। दाम देकर पूनियाँ लेने का निश्चय करने में मुझे संकोच हुआ। इसके सिवा, मिल की पूनियों से सूत कतवाना मुझे बहुत दोषपूर्ण मालूम हुआ। अगर मिल की पूनियाँ हम लेते हैं, तो फिर मिल का सूत लेने में क्या दोष है? हमारे पूर्वजों के पास मिल की पूनिया कहाँ थीं? वे किस तरह पूनियाँ तैयार करते होंगे? मैंने गंगा बहन को लिखा कि वे पूनी बनानेवाले की खोज करें। उन्होंने इसका जिम्मा लिया और एक पिंजारे को खोज निकाला। उसे 35 रुपये या इससे अधिक वेतन पर रखा गया। बालकों को पूनी बनाना सिखाया गया। मैंने रुई की भिक्षा माँगी। भाई यशवन्तप्रसाद देसाई ने रुई की गाँठें देने का जिम्मा लिया। गंगा बहन ने काम एकदम बढ़ा दिया। बुनकरों को लाकर बसाया और कता हुआ सूत बुनवाना शुरू किया। बीजापुर की खादी मशहूर हो गई।

दूसरी तरफ आश्रम में अब चरखे का प्रवेश होने में देर न लगी। मगनलाल गांधी की शोधक शक्ति ने चरखे में सुधार किए और चरखे तथा तकुए आश्रम में बने। आश्रम की खादी के पहले थान की लागत फी गज सत्रह आने आई। मैंने मित्रों से मोटी और कच्चे सूत की खादी के दाम सत्रह आना फी गज के हिसाब से लिए, जो उन्होंने खुशी-खुशी दिए।

मैं बंबई में रोग-शय्या पर पड़ा हुआ था, पर सबसे पूछता रहता था। मैं खादीशास्त्र में अभी निपट अनाड़ी था। मुझे हाथकते सूत की जरूरत थी। कत्तिनों की जरूरत थी। गंगा बहन जो भाव देती थीं, उससे तुलना करने पर मालूम हुआ

कि मैं ठगा रहा हूँ। लेकिन वे बहनें कम लेने को तैयार न थीं। अतएव उन्हें छोड़ देना पड़ा। पर उन्होंने अपना काम किया। उन्होंने श्री अवंतिकाबाई, श्री रमीबाई कामदार, श्री शंकरलाल बैंकर की माताजी और वसुमतीबहन को कातना सिखा दिया और मेरे कमरे में चरखा गूँजने लगा। यह कहने में अतिशयोक्ति न होगी कि इस यंत्र ने मुझ बीमार को चंगा करने में मदद की। बेशक, यह एक मानसिक असर था। पर मनुष्य को स्वस्थ या अस्वस्थ करने में मन का हिस्सा कौन कम होता है? चरखे पर मैंने भी हाथ आजमाया। किंतु इससे आगे मैं इस समय जा नहीं सका।

बंबई में हाथ की पूनियाँ कैसे प्राप्त की जाएँ? श्री रेवाशंकर झवेरी के बँगले के पास से रोज एक धुनिया ताँत बजाता हुआ निकला करता था। मैंने उसे बुलाया। वह गद्दों के लिए रुई धुना करता था। उसने पूनियाँ तैयार करके देना स्वीकार किया। भाव ऊँचा माँगा, जो मैंने दिया। इस तरह तैयार हुआ सूत मैंने वैष्णवों के हाथ ठाकुरजी की माला के लिए दाम लेकर बेचा। भाई शिवजी ने बंबई में चरखा सिखाने का वर्ग शुरू किया। इन प्रयोगों में पैसा काफी खर्च हुआ। श्रद्धालु देशभक्तों ने पैसे दिए और मैंने खर्च किए। मेरे नम्र विचार में यह खर्च व्यर्थ नहीं गया। उससे बहुत-कुछ सीखने को मिला। चरखे की मर्यादा का माप मिल गया।

अब मैं केवल खादीमय बनने के लिए अधीर हो उठा। मेरी धोती देशी मिल के कपड़े की थी। बीजापुर में और आश्रम में जो खादी बनती थी, वह बहुत मोटी और 30 इंच अर्ज की होती थी। मैंने गंगा बहन को चेतावनी दी कि अगर वे एक महीने के अंदर 45 इंच अर्जवाली खादी की धोती तैयार करके न देंगी, तो मुझे मोटी खादी की घुटनों तक की धोती पहनकर अपना काम चलाना पड़ेगा। गंगा बहन अकुलाई। मुद्दत कम मालूम हुई, पर वे हारी नहीं। उन्होंने एक महीने के अंदर मेरे लिए 50 इंच अर्ज का धोतीजोड़ा मुहैया कर दिया और मेरा दारिद्र्य मिटाया।

इसी बीच भाई लक्ष्मीदास लाठी गाँव से एक अंत्यज भाई रामजी और उनकी पत्नी गंगा बहन को आश्रम में लाए और उनके द्वारा बड़े अर्ज की खादी बुनवाई। खादी-प्रचार में इस दंपती का हिस्सा ऐसा-वैसा नहीं कहा जा सकता। उन्होंने गुजरात में और गुजरात के बाहर हाथ का सूत बुनने की कला दूसरों को सिखाई है। निरक्षर परंतु संस्कारशील गंगा बहन जब करघा चलाती हैं, तब उसमें इतनी

लीन हो जाती हैं कि इधर-उधर देखने या किसी के साथ बातचीत करने की फुरसत भी अपने लिए नहीं रखतीं।

41. एक संवाद

जिस समय स्वदेशी के नाम से परिचित यह आंदोलन चलने गया, उस समय मिल-मालिकों की ओर से मेरे पास काफी टीकाएँ आने लगीं। भाई उमर सोबानी स्वयं एक होशियार मिल-मालिक थे। अतएव वे अपने ज्ञान का लाभ तो मुझे देते ही थे, पर दूसरों की राय की जानकारी भी मुझे देते रहते थे। उनमें से एक की दलील का असर उन पर भी हुआ और उन्होंने मुझे उन भाई के पास ले चलने की सूचना की। मैंने उसका स्वागत किया। हम उनके पास गए। उन्होंने आरंभ इस प्रकार किया :

> 'आप यह तो जानते हैं न कि आपका स्वदेशी आंदोलन पहला ही नहीं है?'

मैंने जवाब दिया, 'जी हाँ।'

'आप जानते हैं न कि बंग-भंग के समय स्वदेशी आंदोलन ने खूब ज़ोर पकड़ा था, जिसका हम मिलवालों ने खूब फायदा उठाया था और कपड़े के दाम बढ़ा दिए थे? कुछ नहीं करने लायक बातें भी की थीं?'

मैंने यह बात सुनी है और सुनकर मैं दुःखी हुआ हूँ।

'मैं आपका दुःख समझता हूँ, पर उसके लिए कोई कारण नहीं है। हम परोपकार के लिए अपना व्यापार नहीं करते। हमें तो पैसा कमाना है। अपने हिस्सेदारों को जवाब देना है। वस्तु का मूल्य उसकी माँग पर निर्भर करता है, इस नियम के विरुद्ध कौन जा सकता है? बंगालियों को जानना चाहिए था कि उनके आंदोलन से स्वदेशी वस्त्र के दाम अवश्य बढ़ेंगे।'

'वे बेचारे मेरी तरह विश्वासशील हैं। इसलिए उन्होंने मान लिया कि मिल-मालिक नितान्त स्वार्थी नहीं बन जाएँगे। विश्वासघात तो कदापि न करेंगे। स्वदेशी के नाम पर विदेशी कपड़ा हरगिज न बेचेंगे।'

'मैं जानता था कि आप ऐसा मानते हैं। इसी से मैंने आपको सावधान करने का विचार किया और यहाँ आने का कष्ट दिया, ताकि आप भोले बंगालियों की तरह धोखे में न रह जाएँ।'

यह कहकर सेठजी ने अपने गुमाश्ते को नमूने लाने का इशारा किया। ये रद्दी रुई में से बने हुए कंबल के नमूने थे। उन्हें हाथ में लेकर वे भाई बोले, 'देखिए, यह माल हमने नया बनाया है। इसकी अच्छी खपत है। रद्दी रुई से बनाया है, इसलिए यह सस्ता तो पड़ता ही है। इस माल को हम ठेठ उत्तर तक पहुँचाते हैं। हमारे एजेंट चारों ओर फैले हुए हैं। अतएव आप देखते हैं कि हमें आपके समान एजेंट की जरूरत नहीं रहती। सच तो यह है कि जहाँ आप जैसों की आवाज नहीं पहुँचती, वहाँ भी हमारे एजेंट और हमारा माल पहुँचता है। साथ ही, आपको यह भी जानना चाहिए कि हिंदुस्तान की आवश्यकता का सब माल हम उत्पन्न नहीं करते हैं। अतएव स्वदेशी का प्रश्न मुख्यतः उत्पादन का प्रश्न है। जब हम आवश्यक मात्रा में कपड़ा पैदा कर सकेंगे और कपड़े की किस्म में सुधार कर सकेंगे, तब विदेशी कपड़े का आना अपने आप बंद हो जाएगा। इसलिए आपको मेरी सलाह तो यह है कि आप अपना स्वदेशी आंदोलन जिस तरह चला रहे हैं, उस तरह न चलाएँ और नई मिलें खोलने की ओर ध्यान दें। हमारे देश में स्वदेशी माल खपाने का आंदोलन चलाने की आवश्यकता नहीं है, बल्कि उसे उत्पन्न करने की आवश्यकता है।'

मैंने कहा, 'यदि मैं यही काम कर रहा होऊँ, तब तो आप उसे आशीर्वाद देंगे न?'

'सो किस तरह? यदि आप मिल खोलने का प्रयत्न करते हों, तो आप धन्यवाद के पात्र हैं।'

'ऐसा तो मैं नहीं कर रहा हूँ, पर मैं चरखे के काम में लगा हुआ हूँ।'

'यह क्या चीज है?'

मैंने चरखे की बात सुनाई और कहा, 'मैं आपके विचारों से सहमत हूँ। मुझे मिलों की दलाली नहीं करनी चाहिए। इससे फायदे के बदले नुकसान ही है। मिलों का माल पड़ा नहीं रहता। मुझे तो उत्पादन बढ़ाने में और उत्पन्न हुए कपड़े को खपाने में लगना चाहिए। इस समय मैं उत्पादन के काम में ही लगा हुआ हूँ। इस प्रकार की स्वदेशी में मेरा विश्वास है, क्योंकि उसके द्वारा हिंदुस्तान की भूख मरनेवाली अर्ध-बेकार स्त्रियों को काम दिया जा सकता है। उनका काता हुआ

सूत बुनवाना और उसकी खादी लोगों को पहनाना, यही मेरा विचार है और यही मेरा आंदोलन है। मैं नहीं जानता कि चरखा आंदोलन कहाँ तक सफल होगा। अभी तो उसका आरंभ काल ही है; पर मुझे उसमें पूरा विश्वास है। कुछ भी हो, उसमें नुकसान तो है ही नहीं। हिंदुस्तान में उत्पन्न होने वाले कपड़े में जितनी वृद्धि इस आंदोलन से होगी उतना फायदा ही है। अतएव इस प्रयत्न में आप बताते हैं, वह दोष तो है ही नहीं।'

'यदि आप इस रीति से आंदोलन चलाते हों, तो मुझे कुछ नहीं कहना है। हाँ, इस युग में चरखा चल सकता है या नहीं, यह एक अलग बात है। मैं तो आपकी सफलता ही चाहता हूँ।'

42. असहयोग का प्रवाह

इसके आगे खादी की प्रगति किस प्रकार हुई, इसका वर्णन इन प्रकरणों में नहीं किया जा सकता। कौन-कौन सी वस्तुएँ जनता के सामने किस प्रकार आईं, यह बता देने के बाद उनके इतिहास में उतरना इन प्रकरणों का क्षेत्र नहीं है। उतरने पर उन विषयों की अलग पुस्तक तैयार हो सकती है। यहाँ तो मैं इतना ही बताना चाहता हूँ कि सत्य की शोध करते हुए कुछ वस्तुएँ मेरे जीवन में एक के बाद एक किस प्रकार अनायास आती गईं।

अतएव मैं मानता हूँ कि अब असहयोग के विषय में थोड़ा कहने का समय आ गया है। ख़िलाफ़त के बारे में अली भाइयों का जबरदस्त आंदोलन तो चल ही रहा था। मरहूम मौलाना अब्दुलबारी वगैरह उलेमाओं के साथ इस विषय की खूब चर्चाएँ हुईं। इस बारे में विवेचन हुआ कि मुसलमान शांति को, अहिंसा को कहाँ तक पाल सकते हैं? आखिर यह तय हुआ कि अमुक हद तक युक्ति के रूप में उसका पालन करने में कोई एतराज नहीं हो सकता और अगर किसी ने एक बार अहिंसा की प्रतिज्ञा की है, तो वह उसे पालने के लिए बँधा हुआ है। आखिर ख़िलाफ़त -परिषद् में असहयोग का प्रस्ताव पेश हुआ और बड़ी चर्चा के बाद वह मंजूर हुआ। मुझे याद है कि एक बार इलाहाबाद में इसके लिए सारी रात

सभा चलती रही थी। हकीम साहब को शांतिमय असहयोग की शक्यता के विषय में शंका थी। किंतु उनकी शंका दूर होने पर वे उसमें सम्मिलित हुए और उनकी सहायता अमूल्य सिद्ध हुई।

इसके बाद गुजरात में परिषद हुई। उसमें मैंने असहयोग का प्रस्ताव रखा। उसमें विरोध करने वालों की पहली दलील यह थी कि जब तक कांग्रेस असहयोग का प्रस्ताव स्वीकार न करे, तब तक प्रांतीय परिषदों को यह प्रस्ताव पास करने का अधिकार नहीं है। मैंने सुझाया कि प्रांतीय परिषदें पीछे कदम नहीं हटा सकतीं; लेकिन आगे कदम बढ़ाने का अधिकार तो सब शाखा-संस्थाओं को है। यही नहीं, बल्कि उनमें हिम्मत हो तो ऐसा करना उनका धर्म है। इससे मुख्य संस्था का गौरव बढ़ता है। असहयोग के गुण-दोष पर अच्छी और मीठी चर्चा हुई। मत गिने गए और विशाल बहुमत से असहयोग का प्रस्ताव पास हुआ। इस प्रस्ताव को पास कराने में अब्बास तैयबजी और बल्लभभाई पटेल का बड़ा हाथ रहा। अब्बास साहब सभापति थे और उनका सुझाव असहयोग के प्रस्ताव की तरफ ही था।

कांग्रेस की महासमिति ने इस प्रश्न पर विचार करने के लिए कांग्रेस का एक विशेष अधिवेशन सन् 1920 के सितंबर महीने में कलकत्ते में करने का निश्चय किया। तैयारियाँ बहुत बड़े पैमाने पर थीं। लाला लाजपतराय सभापति चुने गए थे। बंबई से ख़िलाफ़त स्पेशल और कांग्रेस स्पेशल रवाना हुईं। कलकत्ते में सदस्यों और दर्शकों का बहुत बड़ा समुदाय इकट्ठा हुआ।

मौलाना शौकतअली के कहने पर मैंने असहयोग के प्रस्ताव का मसविदा रेलगाड़ी में तैयार किया। आज तक मेरे मसविदों में 'शांतिमय' शब्द प्रायः नहीं आता था। मैं अपने भाषण में इस शब्द का उपयोग करता था। सिर्फ मुसलमान भाइयों की सभाओं में 'शांतिमय' शब्द से मुझे जो समझाना था, वह मैं समझा नहीं पाता था। इसलिए मैंने मौलाना अबुलकलाम आजाद से दूसरा शब्द माँगा। उन्होंने 'बाअमन' शब्द दिया और असहयोग के लिए 'तर्के मवालात' शब्द सुझाया।

इस तरह अभी गुजराती में, हिंदी में, हिंदुस्तानी में असहयोग की भाषा मेरे दिमाग में बन रही थी कि इतने में ऊपर लिखे अनुसार कांग्रेस के लिए प्रस्ताव का मसविदा तैयार करने का काम मेरे हाथ में आया। प्रस्ताव में 'शांतिमय' शब्द लिखना रह गया। मैंने प्रस्ताव तैयार करके रेलगाड़ी में ही मौलाना शौकतअली

को दे दिया। रात में मुझे खयाल आया कि मुख्य शब्द 'शांतिमय' तो छूट गया है। मैंने महादेव को दौड़ाया और कहलवाया कि छापते समय प्रस्ताव में 'शांतिमय' शब्द बढ़ा लें। मेरा कुछ ऐसा खयाल है कि शब्द बढ़ाने से पहले प्रस्ताव छप चुका था। विषय-विचारिणी समिति की बैठक उसी रात थी। अतएव उसमें उक्त शब्द मुझे बाद में बढ़वाना पड़ा था। मैंने देखा कि यदि मैं प्रस्ताव के साथ तैयार न होता, तो बड़ी मुश्किल का सामना करना पड़ता।

मेरी स्थिति दयनीय थी। मैं नहीं जानता था कि कौन प्रस्ताव का विरोध करेगा और कौन प्रस्ताव का समर्थन करेगा। लालाजी के रुख के विषय में मैं कुछ जानता न था। तपे-तपाए अनुभवी योद्धा कलकत्ते में उपस्थित हुए थे। विदुषी एनी बेसेंट, पं. मालवीयजी, श्री विजयराघवाचार्य, पं. मोतीलालजी, देशबंधु आदि उनमें थे।

मेरे प्रस्ताव में ख़िलाफ़त और पंजाब के अन्याय को ध्यान में रखकर ही असहयोग की बात कही गई थी। पर श्री विजयराघवाचार्य को इसमें कोई दिलचस्पी मालूम न हुई। उन्होंने कहा, 'यदि असहयोग ही करना है, तो वह अमुक अन्याय के लिए ही क्यों किया जाए? स्वराज्य का अभाव बड़े-से-बड़ा अन्याय है। अतएव उसके लिए असहयोग किया जा सकता है।' मोतीलालजी भी स्वराज्य की माँग को प्रस्ताव में दाखिल कराना चाहते थे। मैंने तुरंत ही इस सूचना को स्वीकार कर लिया और प्रस्ताव में स्वराज्य की माँग भी सम्मिलित कर ली। विस्तृत, गंभीर और कुछ तीखी चर्चाओं के बाद असहयोग का प्रस्ताव पास हुआ।

मोतीलालजी उसमें सबसे पहले सम्मिलित हुए। मेरे साथ हुई उनकी मीठी चर्चा मुझे अभी तक याद है। उन्होंने कुछ शाब्दिक परिवर्तन सुझाए थे, जिन्हें मैंने स्वीकार कर लिया था। देशबंधु को मना लेने का बीड़ा उन्होंने उठाया था। देशबंधु का हृदय असहयोग के साथ था, पर उनकी बुद्धि उनसे कह रही थी कि असहयोग को जनता ग्रहण नहीं करेगी। देशबंधु और लालाजी ने असहयोग के प्रस्ताव को पूरी तरह तो नागपुर में स्वीकार किया। इस विशेष अधिवेशन के अवसर पर लोकमान्य की अनुपस्थिति मेरे लिए बहुत दुःखदायक सिद्ध हुई। आज भी मेरा मत है कि वे जीवित होते, तो कलकत्ते की घटना का स्वागत करते। पर वैसा न होता और वे विरोध करते, तो भी मुझे वह अच्छा ही लगता। मुझे उससे कुछ सीखने को मिलता। उनके साथ मेरे मतभेद सदा ही रहे, पर वे

सब मीठे थे। उन्होंने मुझे हमेशा यह मानने का मौका दिया था कि हमारे बीच निकट का संबंध है। यह लिखते समय उनके स्वर्गवास का चित्र मेरे सामने खड़ा हो रहा है। मेरे साथी पटवर्धन ने आधी रात को मुझे टेलीफोन पर उनके अवसान का समाचार दिया था। उसी समय मैंने साथियों से कहा था, 'मेरे पास एक बड़ा सहारा था, जो आज टूट गया।' उस समय असहयोग का आंदोलन पूरे ज़ोर से चल रहा था। मैं उनसे उत्साह और प्रेरणा पाने की आशा रखता था। अंत में जब असहयोग पूरी तरह मूर्तिमंत हुआ, तब उसके प्रति उनका रुख क्या रहा होता सो तो भगवान जाने; पर इतना मैं जानता हूँ कि राष्ट्र के इतिहास की उस महत्त्वपूर्ण घड़ी में उनकी उपस्थिति का अभाव सबको खटक रहा था।

43. नागपुर में

कांग्रेस के विशेष अधिवेशन में स्वीकृत असहयोग के प्रस्ताव को नागपुर में होने वाले वार्षिक अधिवेशन में बहाल रखना था। कलकत्ते की तरह नागपुर में भी असंख्य लोग इकट्ठा हुए थे। अभी तक प्रतिनिधियों की संख्या निश्चित नहीं हुई थी। अतएव जहाँ तक मुझे याद है, इस अधिवेशन में चौदह हजार प्रतिनिधि हाजिर हुए थे। लालाजी के आग्रह से विद्यालयों संबंधी प्रस्ताव में मैंने एक छोटा-सा परिवर्तन स्वीकार कर लिया था। देशबंधु ने भी कुछ परिवर्तन कराया था और अंत में शांतिमय असहयोग का प्रस्ताव सर्व-सम्मति से पास हुआ था।

इसी बैठक में महासभा के विधान का प्रस्ताव भी पास करना था। यह विधान मैंने कलकत्ते की विशेष बैठक में पेश तो किया ही था। इसलिए वह प्रकाशित हो गया था और उस पर चर्चा भी हो चुकी थी। श्री विजयराघवाचार्य इस बैठक के सभापति थे। विधान में विषय-विचारिणी समिति ने एक ही महत्त्व का परिवर्तन किया था। मैंने प्रतिनिधियों की संख्या पंद्रह सौ मानी थी। विषय-विचारिणी समिति ने इसे बदलकर छह हजार कर दिया। मैं मानता था कि यह कदम बिना सोचे-विचारे उठाया गया है। इतने वर्षों के अनुभव के बाद भी मेरा यही खयाल है। मैं इस कल्पना को बिलकुल गलत मानता हूँ कि बहुत से प्रतिनिधियों से काम

अधिक अच्छा होता है अथवा जनतन्त्र की अधिक रक्षा होती है। ये पंद्रह सौ प्रतिनिधि उदार मनवाले, जनता के अधिकारों की रक्षा करने वाले और प्रामाणिक हों, तो वे छह हजार निरंकुश प्रतिनिधियों की अपेक्षा जनतन्त्र की अधिक अच्छी रक्षा करेंगे। जनतन्त्र की रक्षा के लिए जनता में स्वतंत्रता की, स्वाभिमान की और एकता की भावना होनी चाहिए और अच्छे तथा सच्चे प्रतिनिधियों को ही चुनने का आग्रह रहना चाहिए। किंतु संख्या के मोह में पड़ी हुई विषय-विचारिणी समिति छह हजार से भी अधिक प्रतिनिधि चाहती थी। इसलिए छह हजार पर मुश्किल से समझौता हुआ।

कांग्रेस में स्वराज के ध्येय पर चर्चा हुई थी। विधान की धारा में साम्राज्य के भीतर अथवा उसके बाहर, जैसा मिले वैसा, स्वराज्य प्राप्त करने की बात थी। कांग्रेस में भी एक पक्ष ऐसा था, जो साम्राज्य के अंदर रहकर ही स्वराज्य प्राप्त करना चाहता था। उस पक्ष का समर्थन पं. मालवीयजी और मि. जिन्ना ने किया था। पर उन्हें अधिक मत न मिल सके। विधान की एक धारा यह थी कि शांतिपूर्ण और सत्यरूप साधनों द्वारा ही हमें स्वराज्य प्राप्त करना चाहिए। इस शर्त का भी विरोध किया गया था। पर कांग्रेस ने उसे अस्वीकार किया और सारा विधान कांग्रेस में सुंदर चर्चा होने के बाद स्वीकृत हुआ। मेरा मत है कि यदि लोगों ने इस विधान पर प्रामाणिकतापूर्वक और उत्साहपूर्वक अमल किया होता, तो उससे जनता को बड़ी शिक्षा मिलती। उसके अमल में स्वराज्य की सिद्धि समाई हुई थी। पर यह विषय यहाँ प्रस्तुत नहीं है।

इसी सभा में हिंदू-मुस्लिम एकता के बारे में, अस्पृश्यता निवारण के बारे में और खादी के बारे में भी प्रस्ताव पास हुए। उस समय से कांग्रेस के हिंदू सदस्यों ने अस्पृश्यता को मिटाने का भार अपने ऊपर लिया है और खादी के द्वारा कांग्रेस ने अपना संबंध हिंदुस्तान के नर-कंकालों के साथ जोड़ा है। कांग्रेस ने ख़िलाफ़त के सवाल के सिलसिले में असहयोग का निश्चय करके हिंदू-मुस्लिम एकता सिद्ध करने का एक महान् प्रयास किया था।

44. पूर्णाहुति

अब इन प्रकरणों को समाप्त करने का समय आ पहुँचा है।

इससे आगे का मेरा जीवन इतना अधिक सार्वजनिक हो गया है कि शायद ही कोई चीज ऐसी हो, जिसे जनता जानती न हो। फिर सन् 1921 से मैं कांग्रेस के नेताओं के साथ इतना अधिक ओत-प्रोत होकर रहा हूँ कि किसी प्रसंग का वर्णन नेताओं के संबंध की चर्चा किए बिना मैं यथार्थ रूप में कर ही नहीं सकता। ये संबंध अभी ताजे हैं। श्रद्धानंदजी, देशबंधु, लालाजी और हकीम साहब आज हमारे बीच नहीं हैं। पर सौभाग्य से दूसरे कई नेता अभी मौजूद हैं। कांग्रेस के महान् परिवर्तन के बाद का इतिहास अभी तैयार हो रहा है। मेरे मुख्य प्रयोग कांग्रेस के माध्यम से हुए हैं। अतएव उन प्रयोगों के वर्णन में नेताओं के संबंधों की चर्चा अनिवार्य है। शिष्टता के विचार से भी फिलहाल तो मैं ऐसा कर ही नहीं सकता। अंतिम बात यह है कि इस समय चल रहे प्रयोगों के बारे में मेरे निर्णय निश्चयात्मक नहीं माने जा सकते। अतएव इन प्रकरणों को तत्काल तो बंद कर देना ही मुझे अपना कर्तव्य मालूम होता है। यह कहना गलत नहीं होगा कि इसके आगे मेरी कलम ही चलने से इनकार करती है।

पाठकों से विदा लेते हुए मुझे दुःख होता है। मेरे निकट अपने इन प्रयोगों की बड़ी कीमत है। मैं नहीं जानता कि मैं उनका यथार्थ वर्णन कर सका हूँ या नहीं। यथार्थ वर्णन करने में मैंने कोई कसर नहीं रखी है। सत्य को मैंने जिस रूप में देखा है, जिस मार्ग से देखा है, उसे उसी तरह प्रकट करने का मैंने सतत प्रयत्न किया है और पाठकों के लिए उसका वर्णन करके चित्त में शांति का अनुभव किया है। क्योंकि मैंने आशा यह रखी है कि इससे पाठकों में सत्य और अहिंसा के प्रति अधिक आस्था उत्पन्न होगी।

सत्य से भिन्न कोई परमेश्वर है, ऐसा मैंने कभी अनुभव नहीं किया। यदि इन प्रकरणों के पन्ने पन्ने से यह प्रतीति न हुई हो कि सत्यमय बनने का एकमात्र मार्ग अहिंसा ही है, तो मैं इस प्रयत्न को व्यर्थ समझता हूँ। प्रयत्न चाहे व्यर्थ हो, किंतु वचन व्यर्थ नहीं है। मेरी अहिंसा सच्ची होने पर भी कच्ची है, अपूर्ण है। अतएव हजारों सूर्यों को इकट्ठा करने से भी जिस सत्यरूपी सूर्य के तेज का पूरा माप नहीं निकल सकता, सत्य की मेरी झाँकी ऐसे सूर्य की केवल एक किरण के दर्शन के

समान ही है। आज तक के अपने प्रयोगों के अंत में मैं इतना तो अवश्य कह सकता हूँ कि सत्य का संपूर्ण दर्शन संपूर्ण अहिंसा के बिना असंभव है।

ऐसे व्यापक सत्य-नारायण के प्रत्यक्ष दर्शन के लिए जीवमात्र के प्रति आत्मवत् प्रेम की परम आवश्यकता है। और, जो मनुष्य ऐसा करना चाहता है, वह जीवन के किसी भी क्षेत्र से बाहर नहीं रह सकता। यही कारण है कि सत्य की मेरी पूजा मुझे राजनीति में खींच लाई है। जो मनुष्य यह कहता है कि धर्म का राजनीति के साथ कोई संबंध नहीं है, वह धर्म को नहीं जानता, ऐसा कहने में मुझे संकोच नहीं होता, और न ऐसा कहने में मैं अविनय करता हूँ।

बिना आत्मशुद्धि के जीवमात्र के साथ ऐक्य सध ही नहीं सकता। आत्मशुद्धि के बिना अहिंसा-धर्म का पालन सर्वथा असंभव है। अशुद्ध आत्मा परमात्मा के दर्शन करने में असमर्थ है। अतएव जीवन-मार्ग के सभी क्षेत्रों में शुद्धि की आवश्यकता है। यह शुद्धि साध्य है; क्योंकि व्यष्टि और समष्टि के बीच ऐसा निकट का संबंध है कि एक की शुद्धि अनेको की शुद्धि के बराबर हो जाती है। और व्यक्तिगत प्रयत्न करने की शक्ति तो सत्य-नारायण ने सबको जन्म से ही दी है।

लेकिन मैं प्रतिक्षण यह अनुभव करता हूँ कि शुद्धि का यह मार्ग विकट है। शुद्ध बनने का अर्थ है मन से, वचन से और काया से निर्विकार बनना, राग-द्वेषादि से रहित होना। इस निर्विकारता तक पहुँचने का प्रतिक्षण प्रयत्न करते हुए भी मैं पहुँच नहीं पाया हूँ, इसलिए लोगों की स्तुति मुझे भुलावे में नहीं डाल सकती। उलटे, यह स्तुति प्रायः तीव्र वेदना पहुँचाती है। मन के विकारों को जीतना संसार को शस्त्र-युद्ध से जीतने की अपेक्षा मुझे अधिक कठिन मालूम होता है। हिंदुस्तान आने के बाद भी मैं अपने भीतर छिपे हुए विकारों को देख सका हूँ, शर्मिंदा हुआ हूँ, किंतु हारा नहीं हूँ। सत्य के प्रयोग करते हुए मैंने आनंद लूटा है और आज भी लूट रहा हूँ। लेकिन मैं जानता हूँ कि अभी मुझे विकट मार्ग तय करना है। इसके लिए मुझे शून्यवत् बनना है। मनुष्य जब तक स्वेच्छा से अपने को सबसे नीचे नहीं रखता, तब तक उसे मुक्ति नहीं मिलती। अहिंसा नम्रता की पराकाष्ठा है और यह अनुभव-सिद्ध बात है कि इस नम्रता के बिना मुक्ति कभी नहीं मिलती। ऐसी नम्रता के लिए प्रार्थना करते हुए और उसके लिए संसार की सहायता की याचना करते हुए इस समय तो मैं इन प्रकरणों को बंद करता हूँ।

संदर्भ

1 गुजराती के प्रसिद्ध कवि नर्मद (1833-86)। अर्वाचीन गद्य के निर्माता। गुजराती की नवीन काव्यधारा के एक प्रधान कवि।

2 अंग्रेज राज्य करते हैं और हिंदुस्तानी दबे रहते हैं। दोनों के शरीर तो देखो। वे पूरे पाँच हाथ के हैं। एक-एक पाँच सौ के लिए काफी है।

3 राम की भक्ति का बाण जिसे लगा हो, वही जान सकता है।

4 जो हमें पानी पिलाए, उसे हम अच्छा भोजन कराएँ। जो आकर हमारे सामने सिर नवाये, उसे हम उमंग से दंडवत् प्रणाम करें। जो हमारे लिए एक पैसा खर्च करे, उसका हम मुहरों को कोमत का काम कर दें। जो हमारे प्राण बचावे, उसका दुःख दूर करने के लिए हम अपने प्राण तक निछावर कर दें। जो हमारा उपकार करे, उसका तो हमें मन, वचन और कर्म से दस गुना उपकार करना ही चाहिए। लेकिन जग में सच्चा और सार्थक जीना उसी का है, जो अपकार करने वाले के प्रति भी उपकार करता है।

5 विषयों का चिंतन करने वाले पुरुष को उन विषयों में आसक्ति पैदा होती है। फिर आसक्ति से कामना पैदा होती है और कामना से क्रोध पैदा होता है। कोध से मूढ़ता पैदा होती है, मूढ़ता से स्मृति-लोप होता है और स्मृति-लोप से बुद्धि नष्ट होती है। और जिसकी बुद्धि नष्ट हो जाती है, उसका खुद का नाश हो जाता है।

6 शामळ भट्ट 18वीं सदी में गुजराती के एक प्रसिद्ध कवि हो गए हैं। छप्पय पर उनका जो प्रभुत्व था, उसके कारण गुजरात में यह कहावत प्रचलित हो गई है कि 'छप्पय तो शामळ के'।

7 जब हँसते-खेलते हर काम में मुझे हरि के दर्शन हों तभी मैं अपने जीवन को सफल मानूँगा। मुक्तानंद कहते हैं, मेरे स्वामी तो भगवान हैं, और वे ही मेरे जीवन की डोर हैं।

8 निराहारी के विषय तो शांत हो जाते हैं, पर उसकी वासना का शमन नहीं होता। ईश्वर-दर्शन से वासना भी शांत हो जाती है।

9 'रेड क्रॉस' का अर्थ है, लाल स्वस्तिक। युद्ध में शुश्रूषा का काम करने वालों के बाएँ हाथ पर इस चिह्न वाली पट्टी बाँधी जाती है। नियम यह है कि शत्रु भी उन्हें चोट नहीं पहुँचा सकता। अधिक विवरण के लिए देखिए, दक्षिण अफ्रीका के सत्याग्रह इतिहास—भाग 1, प्रकरण 91

10 हरिजी ने मुझे कच्चे (प्रेम के) धागे से बाँध रखा है। वे ज्यों-ज्यों उसे खींचते हैं त्यों-त्यों मैं उनकी होती जाती हूँ। मुझे प्रेम की कटारी लगी है।

11 गुजरात के एक भक्तकवि। इन्होंने अपने एक छप्पय में छुआछूत को 'आभडछेट अदकेरी अंग' कहकर उसका विरोध किया है और कहा है कि हिंदू धर्म में अस्पृश्यता के लिए कोई स्थान नहीं है।

12 इस विषय में गांधीजी के अंतिम विचारों के अध्ययन के लिए 1942 में लिखी उनकी आरोग्य की कुंजी नामक पुस्तक देखिए। नवजीवन ट्रस्ट द्वारा प्रकाशित।

13 *दक्षिण अफ्रीका सत्याग्रह का इतिहास* का हिंदी अनुवाद नवजीवन प्रकाशन मंदिर, अहमदाबाद—14 द्वारा प्रकाशित हो चुका है।

14 जेल के मेरे अनुभव भी पुस्तकाकार प्रकाशित हो चुके हैं। मूलतः वे गुजराती में लिखे गए थे और वे ही अंग्रेज़ी में प्रकाशित हुए हैं। जहाँ तक मैं जानता हूँ, दोनों पुस्तकें मिल जाती हैं।

15 यहाँ 'डरबन' के बदले 'जोहानिसबर्ग' होना चाहिए।

16 कच्चा पारा खाना और चोरी का धन खाना समान ही है।

17 यहाँ 'ठाकुरद्वार' के स्थान पर 'माधवबाग' पढ़िए। अब तक के अंग्रेज़ी और गुजराती संस्करण में यह गलती रहती आई है। उस समय गांधीजी के साथ रहनेवाले श्री मथुरादास विक्रमजी ने इसे सुधरवाया था।